Wolfgang Hohlbein

THOR GARSON

Das Totenschiff

UEBERREUTER

ISBN 978-3-8000-5352-0

Umschlaggestaltung von Init, Büro für Gestaltung, Bielefeld, unter Verwendung von Fotos von Getty Images

Druck: Druckerei Theiss GmbH, St. Stefan i. L.
1 3 5 7 6 4 2

Ueberreuter im Internet: www.ueberreuter.at
Wolfgang Hohlbein bei Ueberreuter im Internet: www.hohlbein.com

NORDATLANTIK 1937

84° 47' NÖRDL. BREITE, 75° 30' WESTL. LÄNGE

Weiß. So weit das Auge blickte, war dieses Weiß das Einzige, was er sah. Angefangen von der dünnen, wie mit einem Lineal auf den Horizont gemalten Linie der arktischen Eismasse, über den Himmel, der sich mit tief hängenden, bauchigen weißen Wolken überzogen hatte, bis hin zum Meer, das vom Packeis wie von einem gewaltigen, schimmernden Panzer bedeckt war; ein Puzzle aus Millionen und Abermillionen unterschiedlich großen, unterschiedlich geformten, unterschiedlich dicken Bruchstücken, das trotzdem so gefährlich wie eine einzige kompakte Masse war.

Vielleicht sogar gefährlicher, dachte Morton, während er das Fernglas absetzte und sich mit der dick behandschuhten Linken über die Augen fuhr. Bei einer kompakten Landmasse bestand nämlich nicht die Gefahr, dass man versehentlich hineinfuhr und bereits nach einer halben Meile oder auch nach fünf Meilen feststellte, dass man stecken geblieben war und nur noch vom Packeis zerquetscht werden oder erfrieren konnte.

Morton setzte den Feldstecher wieder an, aber was er sah, gefiel ihm noch weniger als vor zehn Sekunden. Dieses Packeis, das das Meer wie der zerschmetterte Panzer einer weißen Riesenschildkröte bedeckte, war eine einzige Falle und dieser riesige Brocken dort …

Nicht zum ersten Mal, seit Morton seine behaglich geheizte Kapitänskajüte verlassen hatte, um auf das eisverkrustete, windige Vorderdeck der POSEIDON hinaufzuklettern, verharrte der Feldstecher für einige Augenblicke bei der schwimmenden Eisinsel. Morton hatte schon viele treibende Eisberge gesehen und es waren Giganten darunter gewesen, die fünfmal so groß waren wie dieser. Trotzdem: Irgendetwas an diesem Berg war anders.

Dabei war es Morton unmöglich in Worte zu fassen, was ihn an diesem Eisberg so erschreckte – oder faszinierte?

Er war ein Riese, gute drei Meilen im Durchmesser und eine Viertelmeile hoch. Und das wiederum bedeutete, überlegte Morton, dass sich weitere *zwei* Meilen dieses Giganten unter der Wasseroberfläche verbargen. Wahrscheinlich ein Gewirr von spitzen Eisnadeln und scharfkantigen Klingen, das nur auf einen Narren wie ihn wartete, um den Rumpf seines Schiffes aufzuschlitzen und das, was dann noch davon übrig war, zu zerquetschen und zu zermalmen.

Morton war gerade damit beschäftigt, sich die achte oder neunte originelle Todesart auszudenken, als die Stimme seines Ersten Offiziers in seine Gedanken drang.

»Sir?«

Morton ließ abermals das Glas sinken und blickte zu O'Shaugnessy hinauf, der auf der schmalen Galerie vor der Brücke stand, trotz der beißenden Kälte nur in seine weiße Offiziersjacke gehüllt. *Weiß.* Morton begann die Farbe Weiß allmählich zu hassen. Und außerdem war O'Shaugnessy verrückt.

»Durchfahrt voraus«, rief O'Shaugnessy, als Morton keinerlei Anstalten machte zu antworten. Sein ausgestreckter Arm deutete nach vorne zum Bug und ein wenig nach rechts.

Morton setzte den Feldstecher wieder an und sah in die gezeigte Richtung. Trotzdem dauerte es einen Moment, bis er entdeckte, was O'Shaugnessy von seinem erhöhten Beobachtungsposten auf der Brücke offensichtlich schon viel eher gesehen hatte: eine schmale, gezackte Durchfahrt zwischen den treibenden Schollen, wie ein silberner Blitz, der den weißen Panzer über der See spaltete und trotz seines scheinbar willkürlichen Hin und Her in fast gerader Linie auf die schwimmende Eisinsel deutete.

Kapitän Morton blickte lange, sehr lange auf die scheinbar aus dem Nichts aufgetauchte Durchfahrt im Packeis. Zumindest in einem Punkt glich sie allem, was er bisher hier gesehen hatte: Sie gefiel ihm nicht. Als Kapitän eines Forschungsschiffes, das nicht zum ersten Mal in die eisige nördliche See fuhr, hatte Morton eine gewisse Erfahrung mit Packeis. Obwohl die Durchfahrt breit genug schien, drei Schiffe von der Größe der POSEIDON passieren zu lassen, wusste er doch, wie täuschend dieses Bild sein konnte. Diese schmalen Gräben im Eis konnten ebenso schnell wieder verschwinden, wie sie aufgetaucht waren. Und die so trügerisch und zerbrechlich wirkenden Schollen waren in Wirklichkeit massiv genug, ein Schiff wie die POSEIDON binnen weniger Augenblicke zu zermalmen.

»Sir?«

Abermals war es O'Shaugnessys Stimme, die ihn aus seinen düsteren Überlegungen abrupt in die Wirklichkeit riss. Morton ließ den Feldstecher endgültig sinken, drehte sich herum und stapfte missmutig zu der schmalen Eisenleiter zurück, die zur Brücke hinaufführte. Mit Fingern, die trotz der gefütterten Handschuhe steif vor Kälte waren und schmerzten, griff er nach den rostigen Sprossen und kletterte hinauf.

O'Shaugnessy öffnete die Tür zur Brücke, trat einen Schritt beiseite, um ihn vorbeizulassen, und folgte ihm dann ohne Hast. In seiner weißen Offiziersuniform wirkte er beinahe lächerlich, aber in Morton löste der Anblick eher Ärger aus. Ein Ärger irrationaler, grundloser Art, den er gar nicht an sich kannte und der ihn für einen Moment verwirrte. Aber statt irgendetwas zu sagen, was ihm vermutlich im gleichen Moment schon wieder leidtun würde, drehte er sich herum, versuchte mit den Zähnen die Handschuhe von seinen steif gefrorenen Fingern zu zerren und sah wiederum O'Shaugnessy an, der nur mit dünnen Leinenhosen und einer Sommerjacke bekleidet auf der Galerie gestanden hatte, als herrschten da draußen hochsommerliche Temperaturen und nicht zwanzig oder auch fünfundzwanzig Minusgrade. Abermals erfüllte ihn der Anblick mit Ärger. *Wieso fror dieser Kerl eigentlich nicht?*

O'Shaugnessy schien zumindest zu spüren, was in seinem Kapitän vor sich ging, denn sein Lächeln wirkte mit einem Mal etwas unsicher. Er zog die Tür hinter sich zu, ging wortlos zu dem kleinen Bord neben dem Steuerpult und goss Kaffee aus einer zerbeulten Blechkanne in eine noch zerbeultere Blechtasse. Morton griff danach, verbrühte sich nacheinander Finger, Lippen und Zunge an dem kochend heißen Getränk und stellte die Tasse mit einem gequälten Lächeln wieder zurück ohne wirklich getrunken zu haben. Nicht dass er dabei das Gefühl hatte, irgendetwas versäumt zu haben – wenn es an Bord etwas gab, was er noch weniger mochte als O'Shaugnessy, dann war es O'Shaugnessys *Kaffee.*

»Ihre Befehle, Sir?«, fragte O'Shaugnessy.

Auch diesmal antwortete Morton nicht sofort, sondern drehte sich brüsk herum und blickte sekundenlang durch die beschlagene Scheibe des Steuerhauses nach Norden, wo sich die Durchfahrt im Packeis noch mehr geweitet hatte. Es sah aus wie eine Einladung, dachte er. Und aus irgendeinem Grund beunruhigte ihn der Gedanke noch mehr als der Anblick des eisbedeckten Ozeans und der schwimmenden Insel.

O'Shaugnessy räusperte sich gekünstelt und das Geräusch erinnerte Morton wieder daran, dass er der Kapitän dieses Schiffes war und sein Erster Offizier auf Befehle wartete.

»Alle Maschinen stopp«, befahl er.

»Schon geschehen, Sir«, erwiderte O'Shaugnessy. Es klang fast entschuldigend.

Morton schenkte ihm einen ärgerlichen Blick und fragte sich gleichzeitig insgeheim, ob sein Ärger wirklich O'Shaugnessy galt oder nicht vielmehr sich selbst. Und überhaupt: ob es nicht vielleicht eher *Angst* war.

Kapitän Morton fuhr seit elf Jahren auf der POSEIDON. Und er hatte in dieser Zeit Fahrten unternommen, die *wirklich* riskant gewesen waren. Es gab keinen Grund, Angst zu haben. Das Packeis dort vor ihnen war gefährlich, aber die POSEIDON war ein gutes Schiff mit einer guten Mannschaft und Morton war ein guter Kapitän. Und trotzdem hatte er das sichere Gefühl, dass es besser gewesen wäre, nicht hierherzukommen.

Vielleicht war es das, was ihn so verunsicherte. Kapitän Morton war ein Mann, der mit beiden Beinen fest auf dem Boden der Tatsachen stand und der prinzipiell nur an das glaubte, was er selbst sah. Er hatte niemals viel auf Gefühle oder gar Ahnungen gegeben, aber seit zwei Tagen … Seit dem Moment, in dem der Funker der POSEIDON den verstümmelten Hilferuf empfangen hatte, sie daraufhin den Kurs änderten und statt nach Hause in die beinahe entgegengesetzte Richtung gefahren waren, plagte ihn diese gestaltlose Furcht, diese Ahnung, dass irgendetwas geschehen würde. Dass es besser wäre, besser für ihn, seine Mannschaft und das Schiff, den Spruch zu ignorieren und geradewegs nach Boston weiterzulaufen.

Aber dummerweise kümmerte sich das Seerecht herzlich wenig um Ahnungen, und Kapitän Morton hatte keine Lust, sein Kapitänspatent zu verlieren oder gar ins Gefängnis zu wandern, weil er aus einer Intuition heraus den SOS-Spruch eines in Seenot Geratenen ignoriert hatte. Und davon abgesehen: Er hätte niemals einen Menschen im Stich gelassen.

O'Shaugnessy räusperte sich zum zweiten Mal gekünstelt und etwas lauter als vorher. Und Morton verscheuchte auch diese Gedanken und deutete auf die Durchfahrt im Eis: »Also los.«

Verrückt oder nicht: O'Shaugnessy war ein guter Mann. Während Morton weiter wie gebannt auf das schimmernde Weiß vor dem Bug der POSEIDON blickte, gab er seine Befehle an den Maschinenraum und trat ans Ruder. Langsam, mit der täuschenden Schwerfälligkeit aller großen Schiffe, schwang der Bug herum und richtete sich pfeilgerade auf den gezackten silbernen Blitz im Eis aus. Die beiden schweren Dieselmotoren tief im Rumpf der POSEIDON begannen mit ihrem gewohnten dumpfen Hämmern, während das Schiff erst allmählich wieder rasche Fahrt aufnahm und die schwimmende Eismasse ansteuerte.

Morton war nicht einmal sicher, ob sie noch rechtzeitig kamen. Es war drei Tage her, seit sie den Spruch aufgefangen hatten – noch dazu verstümmelt und offensichtlich von jemandem aufgegeben, der nicht besonders viel vom Morsen verstand –, und wenn man das Wetter bedachte, das in den letzten beiden Tagen in dieser Gegend geherrscht hatte, dann war es nicht besonders wahrscheinlich, dass dort drüben überhaupt noch jemand am Leben war. Vielleicht hatten sie diesen sechstägigen Umweg in Kauf genommen, um ein paar steif gefrorene Leichen vom Eis zu kratzen, dachte Morton. Und dann ertappte er sich bei einem Gedanken, der ihn wirklich erschreckte: dass es nämlich vielleicht so das Beste wäre.

Mit einer ruckartigen Bewegung drehte er sich herum und trat neben O'Shaugnessy ans Ruder. Der Erste Offizier blickte ihn fragend an und hob die Hände von dem großen hölzernen Steuer, aber Morton schüttelte nur den Kopf. Er war durcheinander, verwirrt. Und es war ganz und gar nicht nur der Anblick dieses schwimmenden Eisgiganten dort draußen. Es war …

Nein, Morton wusste einfach nicht, was es war. Er war gereizt und er war nicht einmal der Einzige an Bord, dem es so erging. Abgesehen von O'Shaugnessy, den wahrscheinlich nicht einmal das Auftauchen eines sechzehnarmigen Riesenkraken aus dem Ozean aus der Ruhe gebracht hätte, war die gesamte Mannschaft nervös. An Bord herrschte eine gereizte, fast aggressive Stimmung, die während der letzten beiden Tage immer schlimmer geworden war. Bisher hatte Morton dies einfach darauf zurückgeführt, dass die Mannschaft am Ende ihrer Kräfte – immerhin befand sich die POSEIDON jetzt seit siebeneinhalb Monaten auf hoher See – und über die neuerliche Unterbrechung der Heimfahrt alles andere als erfreut war, zumal bald Weihnachten vor der Tür stand und viele von ihnen Familie hatten. Aber das war es nicht. Es war irgendetwas an diesem Berg dort vorne. Irgendetwas an diesem weißen Giganten, der wie ein bizarrer, glitzernder Gott auf dem Meer dahintrieb. Er machte ihm Angst.

»Glauben Sie wirklich, dass wir dort Überlebende finden werden?«, fragte O'Shaugnessy.

Morton zuckte nur mit den Schultern, ohne den Blick vom Fenster zu wenden. Genau das fragte er sich seit dem frühen Morgen, seit sie den Eisberg das erste Mal gesichtet hatten. So verstümmelt der Hilferuf auch gewesen war, so eindeutig waren die Positionsangaben. Morton hatte sie fünfmal mit seinen Karten verglichen. Bedachte er die Größe dieses Eisberges, die in diesen Gewässern herrschende beständige Strömung und die Windgeschwindigkeit, die sich seit Tagen kaum geändert hatte, dann musste sich der

Treibeisbrocken vor drei Tagen exakt an der Stelle befunden haben, von der der SOS-Ruf gekommen war.

Aber wie um alles in der Welt sollte irgendjemand *dort* hinaufkommen? Sie hatten den schwimmenden Gletscher zu zwei Dritteln umrundet, seit sie ihn zum ersten Mal gesehen hatten, und zumindest auf diesen zwei Dritteln waren seine Flanken glatt wie Glas und beinahe senkrecht. Jemand, der dort hinaufwollte, musste entweder Flügel oder Saugnäpfe wie eine Fliege haben, dachte er.

»Wir werden es sehen«, antwortete er mit einiger Verspätung auf O'Shaugnessys Frage. »Vielleicht gibt es ja auf der Rückseite eine Möglichkeit hinaufzukommen.«

Wie üblich antwortete O'Shaugnessy überhaupt nicht, aber Morton konnte sein Achselzucken förmlich spüren.

Langsam näherte sich die POSEIDON dem Eisberg. Und je näher sie dem schwimmenden Giganten kamen, desto größer wurde Kapitän Mortons Angst.

Und er wusste immer noch nicht, warum.-

Es *gab* eine Möglichkeit, auf die Oberfläche der Eisinsel hinaufzukommen. Und Kapitän Morton erschien sie beinahe zu einladend: Neun Zehntel des schwimmenden Eisbergs bestanden aus glatten weißen Wänden, die so unbesteigbar wie ein Spiegel und zehnmal so hoch wie die POSEIDON waren, aber auf der Rückseite – sie hatten den Berg fast zur Gänze umrunden müssen, um ihn überhaupt zu sehen – gab es einen natürlichen Hafen, einen schmalen, dreieckigen Spalt, der wie mit einer gewaltigen Axt in den Berg hineingeschlagen zu sein schien und wo aus unbesteigbaren Klippen ein flacher, einladender Strand wurde. Und direkt auf diesem Eisstrand, nur einen Steinwurf vom Wasser entfernt, stand ein Zelt.

Die Maschinen der POSEIDON waren verstummt und

Morton war nicht mehr allein auf dem Vorderdeck. Jeder, dessen Tätigkeit es irgendwie zuließ, war heraufgekommen, um nach den Schiffbrüchigen Ausschau zu halten, und auf der anderen Seite des Schiffes, unter O'Shaugnessys Anleitung, waren drei oder vier Männer damit beschäftigt, das einzige Beiboot der POSEIDON seeklar zu machen.

Das Schiff war entschieden zu groß, um direkt am Eisberg anzulegen. Die POSEIDON hatte nicht einmal besonderen Tiefgang und das Wasser war hier, auf der windabgewandten Seite des schwimmenden Gletschers, so klar, dass kaum die Gefahr bestand, auf ein unter der Oberfläche verborgenes Hindernis aufzulaufen. Trotzdem hätte sich Morton entschieden wohler gefühlt, wäre die POSEIDON nicht fünfhundert Yards, sondern fünf *Meilen* von der schwimmenden Insel entfernt gewesen. Ein plötzlich aufkommender Sturm, mit dem man in diesen Breiten immer rechnen musste, eine winzige Änderung in der Strömung, der der schwimmende Berg folgte, und sie würden aus erster Hand erfahren, was es hieß, von einigen Millionen Tonnen gefrorenem Wasser gerammt zu werden.

Zum zigsten Mal an diesem Tag nahm Kapitän Morton den Feldstecher zur Hand und sah hindurch. Das Ergebnis war so enttäuschend wie zuvor: Der Eisstrand war menschenleer.

Auf der spiegelnden, nahezu kreisförmigen Eisfläche erhoben sich die zerfetzten Überreste eines Zeltes, daneben eine vom Eis überkrustete Ansammlung von Kisten, achtlos liegen gelassenen Kleidungs- und Ausrüstungsstücken und etwas, das Morton für eine improvisierte Funkantenne hielt. Aber es war keine Spur von Leben zu sehen.

Wahrscheinlich waren sie doch umsonst gekommen, dachte er. Und er bedauerte das nicht unbedingt, ganz im Gegenteil. Allein die Vorstellung, dass irgendetwas, das auf diesem Eisberg gewesen war, sein Schiff betrat, ließ ihn schaudern.

Irgendetwas Böses, Unheimliches umgab den schwimmenden Giganten. Und was oder wer immer ihn auch berührte, musste dieses Böse mit sich bringen wie ein schleichendes Gift.

Morton runzelte, verwirrt über seine eigenen Gedanken, die Stirn, setzte das Fernglas wieder ab und sah sich um. Er schien nicht der Einzige an Bord zu sein, der mit seinen Gefühlen nicht ganz im Reinen war. Auf den Gesichtern der meisten Männer zeigte sich – außer der in einer Situation wie dieser zu erwartenden Neugier – das gleiche, eigentlich irrationale Unbehagen, das auch er empfand, und …

… Ja, dachte er – Furcht.

Es war keine Einbildung. Jeder einzelne Mann an Bord empfand die gleiche unbegründete Angst wie er. Und wenn es so war, dachte Morton, dann konnte das eigentlich nur eines bedeuten: dass die Angst eben nicht ganz so unbegründet war, wie er sich bisher einzureden versucht hatte. Vielleicht war dort drüben wirklich irgendetwas und vielleicht hatte der Hilferuf, der die POSEIDON hierher geführt hatte, einen völlig anderen Grund als bisher angenommen.

Kapitän Morton kam nicht dazu, den Gedanken weiterzuverfolgen, denn in diesem Moment wurden hinter ihm Stimmen laut. Erregte, zornige Stimmen. Und als er sich herumdrehte, sah er, dass sich die Aufmerksamkeit der Männer vom Eisstrand weg und zu einem Punkt dicht unterhalb der Brücke verlagert hatte. Offensichtlich war dort eine heftige Auseinandersetzung im Gange.

Er eilte hinüber. Die Stimmen wurden lauter, und noch ehe er die beiden Männer erreichte, erkannte er sie: Es waren Meyers, der Maschinist, und Pularski, der Küchenbulle. Morton stellte sich innerlich auf eine unangenehme Situation ein. Meyers und Pularski. Es war nicht das erste Mal, dass er schlichtend in einen Streit zwischen den beiden eingreifen musste, und auch nicht das erste Mal, dass einer – oder auch beide – ein paar Tage auf der Krankenstation verbringen musste, weil sie ihre Auseinandersetzung mit Worten begonnen und mit Fäusten zu Ende geführt hatten. Wären sie nicht beide, Meyers an seinen Maschinen und Pularski vor seinen Kochtöpfen, wahre Genies gewesen, hätte sich Morton längst von einem getrennt.

Morton kam nicht so schnell voran, wie er wollte, denn die Männer drängten sich so dicht um die beiden Streithähne, dass ein Durchkommen fast unmöglich war. Er musste zwei, drei Männer fast gewaltsam beiseitestoßen, ehe er den Kreis aus Neugierigen endlich durchbrechen konnte – gerade rechtzeitig, um zu sehen, wie Pularski ein scharf geschliffenes Küchenmesser unter seiner Pelzjacke hervorzog. Sein Gesicht war rot, aber nicht nur vor Kälte, sondern auch vor Zorn, und in seinen Augen glitzerte es mordlustig.

»Pularski! Sind Sie verrückt geworden?«

Morton hatte gewiss nicht leise gesprochen, aber Pularski reagierte nicht einmal. Mit einem Laut, der eher dem Knurren eines wütenden Hundes als einer menschlichen Stimme glich, hob er sein Messer und ging auf sein Gegenüber los.

Und obwohl Morton diese Bewegung hätte vorausahnen müssen, überraschte sie ihn vollkommen. Er stand einfach da wie gelähmt, unfähig, einen klaren Gedanken zu fassen oder gar einzugreifen. Pularski und Meyers waren zwar dafür bekannt, einander zu hassen, aber ihre Feindseligkeit war nie so weit gegangen, dass der eine versucht hätte den anderen zu verletzen oder gar *umzubringen.*

Doch es war nicht einmal das, was Kapitän Morton für Sekunden einfach lähmte.

Es war der Ausdruck auf Pularskis Gesicht. Das Glitzern

in seinen Augen, das nur noch mit purer Mordlust zu beschreiben war, und die Entschlossenheit in seinen Zügen, die plötzlich eher einem wilden Tier als einem Menschen zu gleichen schien.

»Pularski!«, schrie Morton noch einmal und diesmal mit vollem Stimmaufwand. *»Legen Sie das Messer weg!«*

Tatsächlich zögerte Pularski für einen Moment – aber nur für einen Moment. Er ließ erneut diesen furchtbaren, knurrenden Laut hören, packte sein Küchenmesser nun mit beiden Händen und warf sich mit einem Schrei nach vorne. Auch Morton bewegte sich, aber er wusste, dass er zu spät kommen würde.

Meyers schrie auf, wich dem niedersausenden Messer im allerletzten Moment aus und stolperte ungeschickt ein paar Schritte vorwärts, bis er gegen die Brücke prallte. Mit einem zornigen Fauchen wirbelte Pularski herum, hob sein Messer ein zweites Mal in die Höhe – und brach plötzlich in die Knie.

Hinter ihm war eine hünenhafte, ganz in weißes Leinen gekleidete Gestalt aufgetaucht. O'Shaugnessy. Und anders als sein Kapitän verschwendete der Erste Offizier keine Sekunde damit, Pularski fassungslos anzustarren oder ihm Befehle zuzubrüllen. Er versuchte auch nicht, ihm die Waffe zu entringen, obwohl er einen guten Kopf größer und fast dreißig Pfund schwerer war als der Koch, sondern schlug Pularski kurzerhand die geballten Fäuste in den Nacken und trat ihm gleichzeitig so wuchtig in die Kniekehlen, dass der Koch einfach nach vorne stürzte. Das Messer flog klappernd gegen die Reling und verschwand über Bord.

Aber es war noch nicht zu Ende. O'Shaugnessy war ein wahrer Hüne und er hatte mit aller Wucht zugeschlagen, wie Morton sehr wohl gesehen hatte, doch Pularski kämpfte mit der Kraft eines Wahnsinnigen. Er blieb nur eine Sekunde liegen, dann stemmte er sich – zwar benommen, aber alles andere als außer Gefecht gesetzt – in die Höhe, schüttelte wie ein angeschlagener Stier den Kopf und fuhr herum, um sich auf den neu aufgetauchten Gegner zu stürzen. Offensichtlich war er in einem Zustand, in dem ihm völlig egal war, wen er angriff.

Aber O'Shaugnessy ließ ihm keine Chance.

Er wich dem ungestümen Angriff des Kochs mit einer fast eleganten Bewegung aus, streckte plötzlich das linke Bein vor und schmetterte Pularski mit aller Kraft den Ellbogen zwischen die Schulterblätter, als dieser erwartungsgemäß stolperte. Morton glaubte die Wirbelsäule des Kochs knacken zu hören, und aus Pularskis wütendem Gebrüll wurde ein schmerzerfülltes Keuchen, als er zum zweiten Mal binnen weniger Augenblicke in die Knie sank und vergeblich sein Gleichgewicht zu halten versuchte.

Und dann tat O'Shaugnessy etwas, was Morton beinahe noch weniger verstand als Pularskis Angriff auf den Maschinisten. Der Kampf war eindeutig vorüber. Pularski war auf die Knie gefallen und hatte kaum noch die Kraft, sich aufrecht zu halten. Sein Blick war leer. Das jedoch hinderte O'Shaugnessy nicht daran, ihm mit einem Sprung nachzusetzen, mit einer Hand brutal in sein Haar zu greifen und seinen Kopf herumzureißen. Seine Faust landete mit fürchterlicher Wucht in Pularskis Gesicht und ließ seine Unterlippe aufplatzen. Pularski schrie, fiel nach hinten und riss schützend die Arme vor das Gesicht, aber O'Shaugnessy hörte selbst jetzt nicht auf. Ein derber Fußtritt ließ Pularskis Nasenbein brechen und ein zweiter hätte ihn mindestens einige Zähne gekostet, wenn nicht das Genick gebrochen, hätte Morton nicht in diesem Moment endgültig seine Erstarrung überwunden und seinen Ersten Offizier mit einer wütenden Bewegung zurückgerissen.

»O'Shaugnessy!«, brüllte er. »Sind Sie wahnsinnig geworden?«

O'Shaugnessy schlug Mortons Arm beiseite und riss sich los. Und für einen Moment, einen winzigen Moment nur, aber deutlich, sah Morton in seinen Augen das gleiche irre Glitzern, das er vor Sekunden in denen Pularskis beobachtet hatte.

»O'Shaugnessy!«

Das Lodern in O'Shaugnessys Blick erlosch. Drei, vier Sekunden lang starrte der Erste Offizier Kapitän Morton an, und alles, was dieser jetzt noch in seinem Blick sah, war Verwirrung. Dann machte der Ausdruck einem grenzenlosen Erschrecken Platz.

»O'Shaugnessy!«, sagte Morton noch einmal, noch immer scharf und in befehlendem Ton, aber nicht mehr laut. »Was ist los mit Ihnen?«

»Ich ...« O'Shaugnessy hob verwirrt, ja beinahe hilflos die Hände und aus dem Schrecken in seinem Blick wurde fast so etwas wie Entsetzen. Doch so schnell, wie er die Beherrschung verloren hatte, fand er sie auch wieder.

»Es ... es tut mir leid, Sir«, sagte er. Seine Stimme war jetzt wieder so kalt und ausdruckslos, wie Morton es gewohnt war.

Kapitän Morton blickte seinen Ersten Offizier noch eine Sekunde lang gleichermaßen verstört wie erschrocken an, dann drehte er sich mit einem Ruck herum und ließ sich neben Pularski in die Hocke sinken. Der Koch stöhnte leise. Sein Gesicht war voller Blut und seine Hände zuckten unkontrolliert.

Er war bei Bewusstsein, aber als Morton vor seinen Augen die Finger von rechts nach links bewegte, folgten sie dieser Bewegung nicht, sondern starrten weiter ins Leere.

»Er ist schwer verletzt«, sagte Morton besorgt, stand auf und deutete wahllos auf zwei der Männer. »Bringt ihn in seine Kabine. Und ruft Doktor Pauly. Er soll sich um ihn kümmern.«

Die beiden Männer gehorchten widerspruchslos, aber Morton fiel auf, dass sie Pularski mit weit weniger Umsicht behandelten, als angemessen gewesen wäre. Doch er sagte kein Wort dazu, sondern deutete mit einer zornigen Geste nacheinander auf Meyers und O'Shaugnessy. »Kommen Sie mit!«

O'Shaugnessys Blick blieb neutral wie immer, aber Meyers starrte ihn beinahe herausfordernd an, und für einen Moment rechnete Kapitän Morton ernsthaft damit, dass sich der Maschinenmaat seinem Befehl einfach widersetzen würde. Dann verging der gefährliche Augenblick und Meyers senkte den Kopf und folgte ihm und O'Shaugnessy wie ein geprügelter Hund.

Sie stiegen zur Brücke hinauf. Morton gab O'Shaugnessy mit einem Wink zu verstehen, die Tür zu schließen, wartete, bis er es getan hatte, und trat dann ans Fenster. Sein Blick glitt über das Vorderdeck der POSEIDON.

Die Mannschaft hatte sich wieder zerstreut und die meisten Männer waren an ihre Plätze an der Reling zurückgekehrt, obwohl es dort absolut nichts anderes als noch vor zehn Minuten zu sehen gab. Der Eisstrand war weiterhin leer, und wäre es nach Morton gegangen, dann würde er das auch für die nächsten hundert Jahre bleiben. Er hoffte jetzt beinahe, dass sie dort drüben nichts fanden.

»Also?«, begann er. »Was war los?«

Die Frage galt Meyers. Und er konnte am Spiegelbild in der Fensterscheibe erkennen, dass sich der Maat unruhig bewegte. Aber er antwortete nicht.

Morton musste sich plötzlich mit aller Kraft beherrschen, um nicht herumzufahren und Meyers anzubrüllen oder ihn einfach am Kragen zu packen und so lange zu schütteln, bis er antwortete. Langsam drehte er sich um, sah den Maschinenmaat durchdringend an und fragte noch einmal: »Was war los?«

Meyers presste die Lippen aufeinander. Für einen Moment flammte es abermals trotzig in seinem Blick auf und diesmal war er dem Punkt, an dem er Morton nicht mehr gehorchen würde, schon ein ganzes Stück näher. Aber noch nicht nahe genug. Es war Kapitän Morton, der das stumme Duell gewann, denn nach einer weiteren Sekunde senkte Meyers doch den Blick und begann unruhig mit den Füßen zu scharren. »Ich habe keine Ahnung«, murmelte er.

»Keine Ahnung!!« Morton erschrak selbst, als er das Zittern in seiner Stimme hörte. Er sprach nicht sofort weiter, sondern zählte in Gedanken langsam bis zehn und zwang sich innerlich zur Ruhe.

»Keine Ahnung?«, sagte er noch einmal. »Halten Sie mich nicht für dumm, Mann! Was war los? Selbst Pularski geht doch nicht völlig ohne Grund mit einem Messer auf Sie los!«

Meyers schürzte trotzig die Lippen. »Offensichtlich schon«, antwortete er. »Ich habe jedenfalls keine Ahnung, was in ihn gefahren ist.«

»So?« Plötzlich wurde Mortons Stimme ganz kalt. Er war bei den Männern beliebt; ein Kapitän, der seine Autorität nur selten – und wenn, dann nur in wohlüberlegten Momenten – ausspielte, aber er wusste, dass er diesmal Härte zeigen musste. Etwas war anders an dieser Situation, anders als an allen anderen, die er jemals erlebt hatte.

»So«, meinte er noch einmal. »Sie wissen also nicht, was los war. Dann werde ich Ihnen ausreichend Gelegenheit geben, darüber nachzudenken. Gehen Sie in Ihre Kabine und warten Sie dort auf mich. Sie stehen unter Arrest.«

Meyers Augen wurden schmal. Irgendetwas flackerte darin, etwas, das Morton zutiefst erschreckte. Es war nicht einfach nur Zorn. Nicht einfach nur die Wut eines Mannes, der sich ungerecht behandelt fühlte – es war Hass. Purer, brodelnder, kaum noch beherrschbarer *Hass.*

»Verschwinden Sie endlich!«, sagte Morton scharf.

»Wieso?«, widersprach Meyers. »Ich habe nichts –«

»Sie sollen in Ihre Kabine gehen«, unterbrach ihn Morton. *»Auf der Stelle!«*

Diesmal hatte er wirklich geschrien. Er sah aus den Augenwinkeln, wie O'Shaugnessy leicht zusammenfuhr, aber der scharfe Ton half: Meyers hielt seinem Blick nur noch eine halbe Sekunde stand, dann drehte er sich auf dem Absatz herum und stürmte aus der Steuerkabine, wobei er die Tür so wütend hinter sich zuwarf, dass das Glas klirrte.

Morton atmete hörbar auf.

»Soll ich ihn zurückrufen, Sir?«, fragte O'Shaugnessy.

»Wozu?«

O'Shaugnessy deutete auf die Tür. »Wollen Sie sich das gefallen lassen?«

»Nein«, antwortete Morton grob. »Aber das kläre ich später. Mit ihm. Und allein. Die Situation ist schlimm genug, auch ohne dass wir jede Kleinigkeit noch künstlich hochspielen. Finden Sie nicht auch?«

O'Shaugnessy zuckte schweigend mit den Schultern und blickte weg.

»Was ist los mit Ihnen?«, fragte Morton. Mit einer Kopfbewegung deutete er auf das Vorderdeck hinunter. »Haben Sie völlig den Verstand verloren?«

O'Shaugnessy sah ihn fragend an. »Sir?«

»Sie wissen sehr gut, was ich meine, O'Shaugnessy«, erwiderte Morton und er gab sich nicht einmal mehr Mühe, das zornige Beben in seiner Stimme zu unterdrücken.

»Was ist in Sie gefahren, so auf Pularski loszugehen? Wollten Sie ihn umbringen?«

»Er hatte ein Messer, Sir«, antwortete O'Shaugnessy. »Was sollte ich machen?«

»Ihm die Waffe wegnehmen, verdammt noch mal, aber ihn nicht halb tot schlagen!«, schrie Morton. »Sind Sie wahnsinnig geworden? Wenn ich Sie nicht zurückgehalten hätte, hätten Sie ihm sämtliche Knochen im Leib gebrochen!«

»Er war drauf und dran, Meyers umzubringen«, warf O'Shaugnessy ein.

»Ja«, sagte Morton grimmig. »Und Sie ihn.«

»Sir!«, widersprach O'Shaugnessy. »Ich denke, es –«

»Was Sie denken, *Mister* O'Shaugnessy«, unterbrach Morton ihn zornig, wobei er das Mister so betonte, dass es fast einer Beleidigung gleichkam, »interessiert mich im Moment nur am Rande. Verdammt, Sie wissen so gut wie ich, dass die Stimmung an Bord auf dem Siedepunkt ist. Die Männer sind am Ende ihrer Kräfte. Sie wollen nach Hause. Sie sind reizbar. Was, glauben Sie wohl, wird passieren, wenn nicht einmal wir als Offiziere uns mehr beherrschen?«

O'Shaugnessy schwieg, aber es war gerade dieses Schweigen, das Morton noch mehr in Rage brachte. »Noch eine solche Entgleisung, Mister O'Shaugnessy«, sagte er, »und Sie werden sich in einem Marinegerichtsverfahren verantworten müssen. Haben Sie das verstanden?«

O'Shaugnessy sagte immer noch nichts, aber er nickte.

»Dann ist es gut.« Morton drehte sich herum, trat wieder ans Fenster und starrte fast eine Minute lang durch die Scheibe nach draußen. Die Menge auf dem Deck hatte sich ein wenig zerstreut, aber er glaubte die Spannung, die zwischen den Männern herrschte, beinahe sehen zu können.

Hilflos schüttelte er den Kopf. Mehr zu sich selbst als an O'Shaugnessy gerichtet sagte er: »Was geht hier vor?«

»Wir waren alle zu lange unterwegs, Sir«, antwortete O'Shaugnessy. »Sieben Monate sind genug. Die Männer wollen nach Hause.«

»Nein.« Morton schüttelte abermals den Kopf. »Das ist es nicht.«

Sein Blick suchte den Eisberg, der weiß und gigantisch über der POSEIDON emporragte und das Schiff mit seiner bloßen Nähe zu erdrücken schien. »Es ist dieser Berg«, sagte er. »Es ist irgendetwas an ihm. Ich spüre es.«

Er drehte sich zu O'Shaugnessy um und sah seinen Ersten Offizier an, aber O'Shaugnessys Gesicht war wieder so ausdruckslos wie immer, und schließlich seufzte Morton tief und löste sich mit einer kraftlosen Bewegung von seinem Platz am Fenster.

»Ist das Beiboot bereit?«, fragte er.

»Jawohl, Sir.«

»Dann lassen Sie uns gehen.«

Vom Wasser stiegen feuchte Schwaden auf, die sich wie eisiges Glas auf die Haut legten, und das Tuckern des kleinen Außenbordmotors wirkte sonderbar verloren in der weißen Unendlichkeit, durch die das Beiboot glitt.

Mortons Augen schmerzten. Obwohl er eine Sonnenbrille aufgesetzt hatte, war das vom Eis reflektierte Licht noch so grell, dass es ihm die Tränen in die Augen trieb, und seine Hände, die das Ruder hielten, waren trotz der dicken Handschuhe taub vor Kälte.

»Dort vorne!«

Paulsens Hand deutete nach links auf einen Punkt vielleicht dreißig Schritte westlich des Zeltes. »Ich glaube, da sind Spuren. «

Morton blickte angestrengt in die angegebene Richtung, konnte aber außer glitzerndem, blendendem Weiß nichts erkennen und nahm schließlich die Sonnenbrille ab. Das Licht wurde noch greller und ließ seine Augen noch mehr tränen, aber er sah immer noch nichts. Trotzdem korrigierte er den Kurs des Bootes um eine Winzigkeit, sodass sie nun in gerader Linie auf die Stelle zufuhren, auf die Paulsen gedeutet hatte. Als sie noch fünfzig Yards vom Eisberg entfernt waren, nahm er Gas weg, zögerte einen Moment und schaltete den Motor schließlich ganz aus.

Nachdem das Tuckern des Dieselmotors verstummt war, wurde es beinahe unheimlich still. Das Beiboot wurde langsamer, glitt jedoch weiterhin zielstrebig auf den flachen Eisstrand zu und erreichte ihn nach wenigen Augenblicken. Sein Rumpf fuhr scharrend über das Eis, das dicht unter der Wasseroberfläche lag, stieß gegen ein etwas größeres verborgenes Hindernis und zitterte noch einmal, bevor das Boot völlig zum Stillstand kam.

Morton unterdrückte einen Fluch. Er hatte sich verschätzt. Das Boot war nicht auf den Strand hinaufgeglitten, wie er es beabsichtigt hatte, sondern gut zehn Yards davor zum Stillstand gekommen. Das Meer war an dieser Stelle nur noch etwa knietief, aber sie würden trotzdem durch das eiskalte Wasser waten müssen, und das bei Temperaturen, die ihnen schon fast die Tränen auf dem Gesicht gefrieren ließen. Aber den Motor noch einmal zu starten und das Boot die letzten Meter auf den Strand hinaufzufahren hätte bedeutet, seinen Fehler quasi vor den Männern zuzugeben, und aus irgendeinem Grund war ihm dies im Moment zuwider. Dabei gehörte Kapitän Morton normalerweise nicht zu den Vorgesetzten, die sich für unfehlbar hielten, und schon gar nicht zu denen, die von ihren Männern verlangten, ihnen das Gefühl zu geben, es zu sein. Aber was war hier schon normal?

Er stand auf, gab Paulsen und den beiden anderen Männern, die ihn begleiteten, ein Zeichen, dasselbe zu tun, und sah noch einmal zur POSEIDON zurück.

Das Schiff wirkte irgendwie … deplatziert. Als wäre dieser eisige, schweigende Gigant, der aus den kalten Meeren des Nordens hierhergetrieben war, Teil einer anderen Welt, in der Menschen und ihre technischen Errungenschaften nichts zu suchen hätten.

Der Gedanke verwirrte Morton. Es war jetzt das zweite Mal, dass ihm solche sonderbaren Gedanken durch den Kopf schossen, und das war wirklich ungewöhnlich, denn Kapitän Morton gehörte nicht zu den Menschen, die zum Philosophieren neigten, und schon gar nicht in einer Situation wie dieser. Andernfalls wäre er niemals Kapitän eines Forschungsschiffes wie der POSEIDON geworden.

Er wurde sich der Tatsache bewusst, dass Paulsen und die beiden anderen ihn anstarrten, verscheuchte seine Gedanken mit einem ärgerlichen Schulterzucken und sprang über Bord, ohne noch eine Sekunde zu zögern.

Das Wasser war nicht nur eisig, wie er erwartet hatte – es war mörderisch. Obwohl er wie alle anderen Gummistiefel und wasserdichte Überhosen angezogen hatte, drang die Kälte fast augenblicklich durch seine Kleidung und berührte seine Haut wie glühendes Eisen. Morton biss die Zähne zusammen, um ein Stöhnen zu unterdrücken, suchte auf dem glatten Untergrund aus Eis nach festem Halt und griff gleichzeitig nach dem zusammengerollten Tau, das im Bug des Beibootes lag. Ohne auf Paulsen oder die beiden anderen zu warten, watete er auf den Strand zu, wobei er das Tau hinter sich herzog. Das Boot bewegte sich nur unwillig. Es war schwerer, als er erwartet hatte, sehr viel schwerer, und als er sich umdrehte, erkannte er auch, warum das so war: Nur Paulsen war seinem Beispiel gefolgt und watete durch das Wasser, die beiden anderen standen reglos im Bug des kleinen Beibootes und blickten ihm und dem Maat unschlüssig nach.

Normalerweise hätte dieser Zwischenfall Morton höchstens geärgert. Jetzt erfüllte ihn der Anblick der beiden bewegungslos verharrenden Matrosen mit Wut, mit einem Zorn, so wie er ihn in Pularskis und für einen kurzen Moment sogar in O'Shaugnessys Augen gesehen hatte. Er musste sich mit aller Kraft beherrschen, um die beiden nicht anzubrüllen oder gleich das Tau fallen zu lassen und zurückzurennen, damit er sie mit bloßen Händen packen und aus dem Boot zerren konnte. Er …

Morton atmete gezwungen tief und ruhig ein, schloss die Augen und zählte in Gedanken bis fünf. Was war nur mit ihm los?

Statt wütend loszubrüllen, was – zumindest seinem Blick nach zu urteilen – auch Paulsen erwartet hatte, drehte er sich wortlos herum, ergriff das Tau fester und zerrte das Boot mit seinen beiden Passagieren allein so weit den Strand hinauf, bis er sicher war, dass es nicht von einer Welle ergriffen und davongespült werden konnte. Erst dann ließ er das Tau fallen und ging bis zur Wasserlinie zurück. Die beiden Matrosen blickten ihm trotzig entgegen, sagten kein Wort und auch Morton verbiss sich jeden Kommentar und wiederholte nur seine auffordernde Geste.

Diesmal reagierten die beiden sofort. Stenton hob das Tau auf und schlug einen Haken ins Eis, um es daran festzumachen, während sich Coleman Paulsen und ihm anschloss. Von den Spuren, die Paulsen vom Wasser aus entdeckt haben wollte, war übrigens nichts zu sehen, aber daran verschwendete Morton nur einen einzigen Gedanken. Je näher sie dem Zelt kamen, desto weniger glaubte er ohnehin, dass sie Überlebende finden würden.

Seinem Aussehen nach zu schließen musste es schon lange hier stehen, sehr lange. Die Stangen waren schief und verbogen und an zwei Stellen durchgebrochen, und überall lagen achtlos zurückgelassene Ausrüstungsgegenstände herum: zerfetzte Kleider, ein Stück eines blauen Marineschlafsacks, leere Konservendosen, eine zerrissene Seekarte. Jetzt, als sie näher kamen, konnte Morton erkennen, dass das sonderbare Gebilde daneben tatsächlich eine improvisierte Funkantenne war. Irgendjemand hatte aus einigen Zeltstangen und gewickeltem Draht ein Dreibein zusammengebastelt, auf dessen Spitze die offensichtlich mit Gewalt abgebrochene Antenne eines tragbaren Funkgerätes befestigt war. Von dem Gerät selbst fehlte jede Spur wie auch vom Bewohner dieses Zeltes. Der Strand war so glatt, als wäre er sorgsam poliert worden.

Trotzdem bewegte sich Morton mit äußerster Vorsicht, als er sich dem Zelt weiter näherte. Es war nicht das erste Mal, dass er einen Schiffbrüchigen auflas, der tage- oder gar wochenlang auf Rettung gewartet hatte. Solche Leute waren manchmal unberechenbar. Hunger, Angst und Verzweiflung konnten einen Mann vergessen lassen, dass die, die kamen, nicht seine Feinde waren, sondern seine Lebensretter.

Aber das Zelt war leer. Sein Inneres bot einen noch chaotischeren Anblick als der Boden ringsum: Was einmal eine Zelteinrichtung gewesen war, bestand jetzt nur noch aus Trümmern. Jemand hatte sich die Mühe gemacht, alles, aber auch wirklich *alles* zu zerschlagen, zu zerreißen, zu zerschneiden und kurz und klein zu hacken. Zerrissene Seekarten, zerfetzte Bücher, zerschnittene Kleider und die herausgerissene Daunenfüllung eines Schlafsacks bildeten ein wahres Tohuwabohu, in dem die dunklen, hässlich eingetrockneten Flecken im ersten Moment gar nicht auffielen.

Und Morton bemerkte sie auch erst, als er das Messer sah.

Es war ein wirklich beeindruckendes Messer. Die Klinge

war gut zwanzig Zentimeter lang, auf der einen Seite so scharf wie ein Rasiermesser geschliffen, auf der anderen Seite wie eine Säge gezackt. Sie steckte fast zur Hälfte im Boden des Zeltes, der aus Eis bestand; die andere Hälfte und ein Teil des Griffes waren über und über mit Blut beschmiert. Morton versuchte sich vorzustellen, welche Kraft nötig war, um ein Messer *so* tief ins Eis zu treiben, aber seine Fantasie reichte dazu nicht aus.

»Großer Gott«, stammelte Paulsen hinter ihm. »Was ist denn hier passiert?«

Morton zuckte nur stumm mit den Schultern. Ihm war nicht wohl dabei, dass Paulsen und die beiden anderen das Messer sahen – und die Blutflecken. Die Männer waren nicht dumm. Sie wussten so wenig wie er, was hier passiert war, aber sie konnten deutlich sehen, *dass* hier etwas passiert war. Und sie waren nervös genug.

»Ich weiß es nicht«, sagte er und richtete sich auf. »Trotzdem – seid vorsichtig.«

Er trat einen Schritt zur Seite, damit sich sein Umriss deutlicher vom weißen Eis abhob und man ihn von Bord der POSEIDON aus erkennen konnte, hob beide Arme und winkte zum Schiff hinüber. Einen Moment später antwortete eine der winzigen Gestalten auf dem Vorderdeck mit der gleichen Geste.

»Okay«, sagte Morton. »Coleman, Sie bleiben hier und halten Verbindung mit dem Schiff. Paulsen und Stenton, Sie kommen mit!«

»Wohin?«, fragte Paulsen.

Morton reagierte nicht. Er hätte eine Menge dafür gegeben, die Antwort auf diese Frage zu wissen. Der Eisberg war einerseits so abweisend und feindselig, dass es ihm unvorstellbar schien, irgendjemand könnte länger als ein oder zwei Tage in dieser Umgebung überleben. Andererseits war er groß genug, um einer ganzen Armee Versteck bieten zu können. Wenn sie den Mann, der den Hilferuf aufgegeben hatte – oder seine Leiche – nicht auf Anhieb fanden, blieb ihnen nichts anderes übrig, als diesen ganzen verdammten schwimmenden Klotz Meter für Meter abzusuchen. Und das wäre schon unter normalen Umständen eine Arbeit für Tage, wenn nicht Wochen gewesen. Bei der gespannten Stimmung, die an Bord der POSEIDON herrschte, der Kälte und dem Kurs, dem der schwimmende Eisberg folgte, war es schlichtweg ein Ding der Unmöglichkeit. Aber Morton wusste auch, dass man ihm Fragen stellen würde, sollte er es einfach dabei belassen, die Überreste des Zeltes und der Funkanlage einzusammeln und wieder abzufahren. Sehr unangenehme Fragen, auf die er keine Antwort hätte.

»Da drüben scheint es eine Stelle zu geben, an der man hochklettern kann«, sagte Stenton und deutete nach Westen. Morton beschattete die Augen mit der Hand und sah in die angegebene Richtung. Auch hier bildeten die Eiswände des Berges eine hohe, schier unüberwindbare Mauer, die den Eisstrand an drei Seiten umschloss. Aber Stenton hatte recht: Es gab einen schmalen, dreieckigen Spalt, fast wie ein Pass, der zur Oberseite des Berges hinaufführte. Dorthin zu kommen würde zwar eine halsbrecherische Kletterei bedeuten, aber es war immerhin möglich. »Okay«, seufzte Morton. »Versuchen können wir es ja.«

Sie brauchten allein zehn Minuten, um den Spalt zu erreichen, denn der Boden stieg immer steiler an und er war glatt wie Glas, sodass sie trotz der gerippten Sohlen ihrer Gummistiefel mehr als einmal ausglitten und ein Stück zurückschlitterten. Und aus der Nähe betrachtet wirkte ein Aufstieg im Eis nicht halb so einladend wie von Weitem.

»Unmöglich«, sagte Paulsen überzeugt. »Niemand kann da raufkommen.«

Stenton nickte bekräftigend. Morton schwieg. Paulsen wusste so gut wie er, dass es durchaus möglich war, dort hinaufzukommen. Und er musste so gut wie er die Spuren gesehen haben. Die Spuren schwerer, grobsohliger Stiefel und die kleinen ausgezackten Löcher, wo jemand Haken ins Eis geschlagen und hinterher wieder entfernt hatte.

Ohne ein weiteres Wort wagte Morton einen Schritt, dann noch einen und noch einen, wobei er sich mit beiden Händen an den nahezu senkrechten Wänden des Spaltes abstützte, um überhaupt von der Stelle zu kommen. Erst dann merkte er, dass die beiden anderen ihm nicht folgten. Ärgerlich blieb er stehen und drehte sich um. »Worauf wartet ihr?«

Paulsen zögerte noch einen Moment, ehe er ihm folgte. Stenton rührte sich nicht von der Stelle.

Wieder spürte Morton diese plötzliche, jähe Wut, die er kaum noch zügeln konnte. »Was ist mit Ihnen, Matrose?«, fragte er scharf. »Soll ich Ihnen den Befehl schriftlich geben?«

»Ich gehe da nicht rauf«, antwortete Stenton.

»Wie bitte?«

Stenton schürzte trotzig die Lippen und wich seinem Blick aus. Aber er rührte sich nicht von der Stelle. »Ich gehe da nicht rauf«, wiederholte er. »Das ist doch Selbstmord. Ich habe keine Lust, mir den Hals zu brechen.«

Morton schluckte die wütende Antwort, die ihm auf den Lippen lag.

»Gut«, sagte er kalt. »Dann bleiben Sie, wo Sie sind, Matrose. Aber wir unterhalten uns später darüber.« Er deutete mit einer Kopfbewegung zur POSEIDON hinüber. »An Bord.«

»Meinetwegen«, antwortete Stenton verstockt. »Immer noch besser, als mit gebrochenen Knochen hier zu verrecken.«

Morton sog scharf und hörbar die Luft ein, verzichtete aber auch diesmal darauf, Stenton anzubrüllen, sondern drehte sich mit einem Ruck herum und ging weiter. Die Wut, die heiß und fast unbezwingbar in ihm brodelte, half ihm, die ersten zehn, fünfzehn Meter des Aufstiegs mühelos hinter sich zu bringen. Aber der Weg stieg immer steiler an und Paulsen und er hatten noch nicht einmal die Hälfte geschafft, als es einfach nicht mehr weiterging. Es sei denn, sie hätten sich auf Händen und Knien bewegt und wären den Rest des Weges gekrochen.

Schwer atmend blieb er stehen, suchte mit der linken Hand Halt an der Wand und wandte sich an Paulsen. »Das hat keinen Sinn. Stenton hat recht. Es ist Selbstmord, ohne entsprechende Ausrüstung hier hochsteigen zu wollen.«

Er überlegte einen Moment, dann deutete er abermals auf die POSEIDON, die jetzt Meilen entfernt schien.

»Nehmen Sie Stenton und fahren Sie mit ihm zurück zum Schiff«, sagte er. »O'Shaugnessy soll sich um ihn kümmern. Und dann kommen Sie mit einem anderen Mann, einigen Seilen und Haken wieder. Und beeilen Sie sich. Ich habe keine Lust, länger als nötig –«

Er sah die Bewegung aus den Augenwinkeln, aber sein Schreckensschrei kam zu spät. Ein Eisbrocken von der Größe eines Kinderkopfes flog wie ein Geschoss auf Paulsen zu, verfehlte seine Schläfe um Haaresbreite und traf mit fürchterlicher Wucht seine Schulter. Paulsen trug wie er eine dicke, pelzgefütterte Jacke, sodass ihn der Eisbrocken nicht verletzte. Aber die Wucht des Aufpralls war groß genug, ihn aus seinem ohnehin unsicheren Gleichgewicht zu bringen. Er schrie auf, griff mit wild rudernden Armen um sich und stürzte nach hinten. Seine Hände suchten verzweifelt nach Halt, aber auf dem spiegelglatten Boden hatte er nicht die Spur einer Chance. Schreiend und immer schneller werdend schlitterte er den Weg zurück, den sie sich mühsam hinaufgekämpft hatten, prallte irgendwo auf halber Strecke gegen ein Hindernis und überschlug sich drei-, vier-, fünfmal hintereinander, bevor er wie ein lebendes Geschoss auf den Eisstrand hinausfegte und sich mit rasender Geschwindigkeit dem Wasser näherte. Morton sah, wie Stenton und auch Coleman plötzlich in Bewegung kamen und auf ihn zurannten, aber natürlich kamen sie zu spät. Paulsen schlitterte hilflos und mit gellenden Hilfeschreien an ihnen vorbei und versank im Wasser. Mit einer verzweifelten Bewegung richtete er sich wieder auf und machte einen einzelnen, taumelnden Schritt. Dann blieb er stehen, brach im Zeitlupentempo abermals in die Knie und stürzte ein zweites Mal. Und diesmal blieb er liegen, obwohl sich sein Gesicht unter Wasser befand.

»Holt ihn raus!«, schrie Morton, so laut er nur konnte. Gleichzeitig rannte er los.

Wie Paulsen vorhin, so verlor auch er auf dem spiegelglatten Boden fast augenblicklich den Halt. Aber er war darauf vorbereitet; er schlitterte zwar wie der Maat hilflos durch den engen Spalt zurück, brachte aber irgendwie das Kunststück fertig, seine Geschwindigkeit nicht so groß werden zu lassen, dass er sich verletzte oder völlig die Kontrolle verlor.

Unten angekommen richtete er sich vorsichtig wieder auf, verlor natürlich das Gleichgewicht und fiel erneut auf die Knie. Aber dann kam er endgültig auf die Füße und lief auf den Strand zu.

Stenton und Coleman hatten Paulsen erreicht und aus dem Wasser gezogen, als er bei ihnen anlangte. Paulsen war bei Bewusstsein, doch seine Augen waren weit und starr und er zitterte so heftig, dass Stenton seine Hände festhalten musste. Seine Lippen bewegten sich. Er versuchte etwas zu sagen, brachte aber nur hilflose, wimmernde Laute hervor. Sein Bart und seine Haare färbten sich vor den Augen der Männer weiß, weil das Wasser in der eisigen Luft beinahe augenblicklich gefror. Seine Kleider knisterten wie steifes Papier, als Morton ihn anfasste.

»Schnell!«, befahl Morton. »Zieht ihm die nassen Kleider aus!« Während die beiden Matrosen darangingen, Paulsen aus den völlig durchnässten Kleidern zu schälen, rannte Morton zum Zelt zurück, raffte die erstbesten Stoff- und Kleidungsfetzen an sich und zerrte auch den zerfetzten Schlafsack aus dem Durcheinander heraus. Er trug alles zu Paulsen zurück, half den beiden anderen dabei, den Maat ganz auszuziehen, und benutzte die blutbesudelten Überreste eines Hemdes, um Paulsens Oberarme und Schultern trocken zu reiben. Stenton und Coleman taten es ihm nach. Paulsen stöhnte. Offensichtlich bereitete ihm die Berührung Schmerzen. Schwach versuchte er ihre Hände beiseitezuschieben, aber hatte kaum noch die Kraft, die Arme zu heben. Sein Gesicht war bleich wie das eines Toten und seine Lippen hatten eine dunkelblaue, fast schon schwarze Färbung angenommen.

»Stenton!«, befahl Morton. »Binden Sie das Boot los, schnell! Coleman, Sie helfen mir!«

Während Stenton mit fliegenden Fingern an dem Tau zu zerren begann, hüllten Morton und Coleman den zitternden Maat in den zerrissenen Schlafsack. Dann hoben sie ihn gemeinsam hoch und trugen ihn ins Boot. Morton startete den Motor und machte eine befehlende Geste zu Coleman.

»Sie bringen ihn zurück, schnell«, sagte er. »Und dann kommen Sie wieder. Erzählen Sie O'Shaugnessy, was hier passiert ist. Er soll drei oder vier Mann mit einer entsprechenden Ausrüstung schicken. Und sie sollen Waffen mitbringen.«

Coleman sah überrascht auf und starrte ihn an und auch Stentons Kopf flog mit einem Ruck in den Nacken.

»Waffen?«, vergewisserte sich Coleman.

»Ja, verdammt noch mal!«, knurrte Morton. »Und jetzt fahren Sie schon los! Wir haben keine Zeit zu verlieren!«

Er sprang auf den Strand zurück. Stenton und er schoben das Boot weit genug ins Wasser, damit es freikam, und Coleman ließ den Motor aufbrüllen. In einer Fontäne spritzenden Wassers wendete das Beiboot fast auf der Stelle und jagte zur POSEIDON zurück. Rasend schnell wurde es kleiner und näherte sich dem wartenden Schiff. Coleman holte das Letzte aus dem Motor heraus.

Trotzdem hatte Morton das Gefühl, dass die Zeit nur noch im Schneckentempo verging. Dabei war jede Sekunde wichtig, vielleicht lebenswichtig für Paulsen. Er wusste, dass sich der Maat beim Sturz nicht schwer verletzt haben konnte, aber bei diesen Temperaturen ins Wasser zu fallen konnte tödlich sein. Selbst wenn es Coleman gelang, ihn rechtzeitig an Bord der POSEIDON zu bringen, war noch lange nicht gesagt, dass er auch überleben würde. Der Eisberg hatte sein erstes Opfer gefordert.

»Waffen?«, fragte Stenton noch einmal.

Morton drehte sich um und blickte zum Spalt im Eis hinüber, ehe er antwortete.

»Ja, Waffen«, sagte er. »Wissen Sie, Stenton, vielleicht hatten Sie vorhin gar nicht so unrecht.«

»So?« Der Matrose blickte ihn misstrauisch an. »Wie meinen Sie das?«

Morton deutete mit grimmigem Gesichtsausdruck zu der Gletscherspalte hinauf. »Damit, dass es Selbstmord wäre, dort hinaufzusteigen«, antwortete er. »Dieser Eisbrocken ist nicht von selbst heruntergefallen«, meinte er. »Jemand hat ihn geworfen.«

Es verging fast eine halbe Stunde, bevor das Boot zurückkam. Coleman war nicht mehr an Bord, aber dafür brachte das kleine Schiff mehr als ein Dutzend Männer an Land, die mit Seilen, Steigeisen und Gewehren ausgerüstet waren – und O'Shaugnessy höchstpersönlich, was Morton mit einem leisen Gefühl von Verärgerung registrierte.

Und als hätte sich zu allem Überfluss nun auch noch die Natur gegen sie verschworen, begann das Wetter umzuschlagen: Von Westen her schoben sich dunkle Wolkengebilde über den Himmel, vereinzelt und scheinbar langsam. Aber Morton hatte genügend Stürme auf hoher See erlebt, um zu wissen, dass diesen ersten Wolken bald eine massive Wand folgen würde und dass ihre Bewegungen nur durch die große Entfernung langsam wirkten. In einer Stunde, spätestens zwei würden sie einen ausgewachsenen Polarmeersturm erleben. Der Wind hatte bereits aufgefrischt. Und Morton würde alles in seiner Macht Stehende tun, damit sie dann nicht mehr hier waren.

Er verscheuchte den Gedanken. Ungeduldig ging er dem Boot entgegen und fuhr O'Shaugnessy an, noch bevor dieser einen Fuß auf das Eis gesetzt hatte: »Wieso kommen Sie mit? Ich hatte Ihnen das Kommando über die POSEIDON gegeben.«

O'Shaugnessys Lippen pressten sich zu einem dünnen, ärgerlichen Strich zusammen. Aber seine Stimme war beherrscht wie immer, als er antwortete: »Stevens hat das Kommando. Ich denke, er kann so gut wie ich auf ein Schiff aufpassen, das ohne Fahrt vor Anker liegt.«

Morton starrte seinen Ersten Offizier fassungslos an. O'Shaugnessy hatte sehr ruhig gesprochen, doch das, *was* er gesagt hatte, trieb ihm schon wieder die Zornesröte ins Gesicht. Aber er beruhigte sich ein wenig. Rein logisch betrachtet hatte O'Shaugnessy durchaus recht. Dass das, was er getan hatte, jedoch verdächtig nahe an eine glatte Befehlsverweigerung herankam, würden sie später ausmachen. Nicht jetzt und vor allem nicht *hier.*

Mühsam beherrscht fragte er: »Wie geht es Paulsen?«

O'Shaugnessy hob die Schultern. »Er lebt. Doktor Pauly kümmert sich um ihn, aber es sieht nicht gut aus.« Er sah Morton eine Sekunde lang durchdringend an, dann deutete er mit einer Kopfbewegung auf die Gewehre in den Händen der Männer. »Wozu die Waffen?«

Diesmal dauerte es einen Moment, bis Morton antwortete: »Das war kein Unfall.«

»*Was* war kein Unfall?«

»Paulsen ist nicht einfach abgestürzt.«

»Ich weiß.« O'Shaugnessy nickte. »Ein Eissplitter hat ihn getroffen.«

»Ja«, sagte Morton düster. »Aber nicht einfach so, wissen Sie. Jemand hat das Ding geworfen.«

»Geworfen?« Der Zweifel in O'Shaugnessys Stimme war nicht zu überhören.

»Und zwar gezielt«, fügte Morton hinzu. »Ich weiß nicht, wen er treffen wollte, ob Stenton oder mich – aber das Ding ist ganz bestimmt nicht von selbst heruntergefallen.« Er zögerte einen kurzen Moment. »Und da ist noch etwas«, sagte er. Mit wenigen knappen Worten, bei denen er sich bemühte, so sachlich wie möglich zu bleiben, erzählte er dem Ersten Offizier von dem verwüsteten Zelt und dem blutigen Messer, das er darin gefunden hatte.

O'Shaugnessy schwieg noch eine ganze Weile, nachdem Morton zu Ende gesprochen hatte. Seine Augen wurden schmal, als sie die messerscharf gezogene Kante des Eisplateaus sechshundert Fuß über ihnen absuchten. Auf seinem Gesicht machte sich ein sehr besorgter Ausdruck breit. »Sie glauben, dass es einer der Überlebenden ist?«

Morton nickte. »Vermutlich«, sagte er. »Wäre nicht das erste Mal, dass einer den Verstand verliert, wenn er zu lange auf Rettung wartet.«

»Ist irgendetwas in dem Zelt, was uns weiterhilft?«

Morton schüttelte den Kopf. »Nein. Jemand hat sich große Mühe gemacht, alles kurz und klein zu schlagen.«

»Und jetzt wollen Sie dort hinauf?«

»Es sei denn, Sie liefern mir einen triftigen Grund, es nicht zu tun«, sagte er. O'Shaugnessy wollte widersprechen, aber Morton fiel ihm rasch und mit erhobener Stimme ins Wort: »Verdammt, O'Shaugnessy, ich habe genauso wenig Lust dazu wie Sie. Aber ganz davon abgesehen, dass wir verpflichtet sind, diesem Hilferuf nachzugehen – ich würde nie einen Mann hier draußen im Stich lassen. Wenn Sie jedoch anderer Meinung sind«, fügte er böse hinzu, »können Sie das gerne sagen. Ich trage es dann ins Logbuch ein, sobald wir zurück an Bord sind.«

Für eine Sekunde war er beinahe sicher, dass O'Shaugnessy erneut widersprechen würde. Es war wie vorhin auf der Brücke: O'Shaugnessy sagte kein Wort, aber ihre Blicke lieferten sich ein kurzes stummes Duell, das Morton auch jetzt gewann – aber vielleicht zum letzten Mal. Dann drehte sich der Erste Offizier mit einem Ruck um, rammte die Hände in die Taschen seiner pelzgefütterten Jacke und ging zu dem zerstörten Zelt hinüber. Morton widerstand der Versuchung, ihm zu folgen, um ihn zur Rede zu stellen. Es war nicht allein O'Shaugnessys Schuld, vielleicht überhaupt nicht seine Schuld. Irgendetwas ging hier vor. Etwas, das ihn von Sekunde zu Sekunde mehr mit Angst erfüllte.

Er winkte einen Matrosen herbei und ließ sich ein Gewehr geben. Anders als sonst üblich erfüllte ihn das Gewicht der Waffe nicht mit einem Gefühl der Sicherheit, sondern bewirkte eher das Gegenteil. Die Situation war absurd, dachte er, während er sich einmal um seine eigene Achse drehte und den Blick über das halbe Dutzend bis an die Zähne bewaffneter Matrosen schweifen ließ, die das Boot gebracht hatte. Sie waren etliche hundert Meilen hierhergefahren, um einem Hilferuf zu folgen, aber im Moment sahen sie eher aus wie Männer, die in den Krieg zogen. Und obwohl keiner der Männer ein Wort sprach, glaubte er die gereizte Stimmung regelrecht zu spüren.

O'Shaugnessy kam zurück. Er wich seinem Blick aus, stellte aber zwei Männer dazu ab, das verwüstete Zelt und die Überreste der Funkanlage ins Beiboot zu schaffen, und er schärfte ihnen ein, auch nicht die winzigste Kleinigkeit liegen zu lassen. Morton fügte der langen Liste von Minuspunkten, die er in Gedanken über O'Shaugnessy angelegt hatte, einen Pluspunkt hinzu: Wenn sie den Mann, der den Hilferuf aufgegeben hatte, nicht fanden, dann brauchten sie jeden gottverdammten Beweis, den sie bekommen konnten.

O'Shaugnessy und er bildeten die Spitze, als sie sich ein zweites Mal dem Spalt im Eis näherten. Auf Mortons Befehl hin blieb einer der Männer am Fuß zurück, um die Kante der Hochebene im Auge zu behalten und sie bei einem eventuellen Angriff rechtzeitig warnen zu können. Oder ihnen Deckung zu geben, je nachdem.

Aber diese Vorsichtsmaßnahme erwies sich als überflüssig: Der Aufstieg war so mühsam wie vorhin, als er ihn zusammen mit Paulsen und Stenton versucht hatte, sogar noch etwas mühsamer. Der Wind wurde immer eisiger und zerrte wie mit unsichtbaren Krallen an ihren Kleidern. Dazu kam, dass sie kaum noch etwas sehen konnten, denn der Sturm überschüttete sie zu allem Überfluss mit einem Hagel mikroskopisch feiner Eissplitter und gefrorenem Schnee, der wie Nadeln in die Augen der Männer stach. Und auch diesmal ging es nicht ohne Stürze und Flüche und blaue Flecken ab, aber vom Himmel regnete es keine Eisbrocken mehr und sie wurden auch sonst in keiner Weise angegriffen. Nach gut zwanzig Minuten, die Morton vorgekommen waren wie zwanzig Stunden, erreichten sie das Ende des Spaltes und damit das Plateau.

Der Wind sprang sie an wie ein Raubtier, das nur darauf gewartet hatte, dass sie sich aus ihrer Deckung herauswagten, um dann mit aller Kraft über sie herzufallen. Im ersten Moment sah Morton überhaupt nichts, denn das grelle Licht der Sonne, das vom Eis gebrochen und zigfach verstärkt zurückgeworfen wurde, war hier oben ungleich intensiver als unten. Es gab keine Schatten, keinen Widerstand, keine Unebenheiten, nichts, woran sich das Auge festhalten konnte. Nur dieses erbarmungslose kalte Licht und das Heulen des Sturms.

Es dauerte mehrere Minuten, bis sich seine Augen so weit an die quälende Helligkeit gewöhnt hatten, dass er seine Umgebung wieder einigermaßen klar erkennen konnte.

Was von Bord der POSEIDON und auch vom Eisstrand aus ausgesehen hatte wie eine vollkommen waagrechte Ebene, das erwies sich jetzt als ein unangenehm steil abfallender Hang, der sich über sicherlich zwei, wenn nicht drei Meilen erstreckte, ehe er abbrach und in eine lotrechte Wand überging, die am anderen Ende des Eisbergs ins Meer hinabstürzte. Zur Linken gab es eine Anzahl hoch aufgetürmter, bizarr geformter Gebilde aus glitzerndem Eis, die wie verwunschene Schlösser aussahen, und in einiger Entfernung teilte ein gewaltiger gezackter Riss die Oberfläche des Eisbergs, aber der allergrößte Teil der schwimmenden Insel bestand aus nichts als schimmernder Glätte, auf der jeder Schritt zu einem lebensgefährlichen Abenteuer werden musste, vor allem bei diesem Sturm. Morton blickte besorgt in den Himmel, dann wieder auf das Eis hinab. Ein Fehltritt und sein Leben würde mit einer drei Meilen langen Rutschpartie und einem fünfhundert Fuß tiefen Sturz ins eisige Wasser des Nordatlantiks enden.

»Sehen Sie etwas?«

Morton drehte sich um, schüttelte den Kopf und sah voller Schadenfreude zu, wie O'Shaugnessy schnaubend über die Kante des Plateaus kroch und vor Schreck bleich wurde, als er sah, was vor ihnen lag.

»Nein«, sagte er. »Wenn ich es nicht besser wüsste, würde ich jeden Eid schwören, dass hier oben niemand ist.«

O'Shaugnessy antwortete nicht, sondern verwendete seinen verbliebenen Atem lieber dazu, sich ganz aus dem Spalt herauszuarbeiten und Platz für den nächsten Mann zu machen. Als er sich aufrichtete und auf Morton zutrat, tat er es sehr vorsichtig, mit umständlichen, fast schon albern aussehenden winzigen Schritten und schräg gegen den immer heftiger tobenden Sturm gestemmt. Seine gewohnte Selbstbeherrschung und Sicherheit hatten beim Anblick der tödlichen Eisbahn, die vor ihnen lag, einen gehörigen Knacks bekommen, dachte Morton, nicht ohne einen abermaligen Anflug von Schadenfreude.

Sie warteten, bis sich auch die anderen Männer zu ihnen hochgekämpft hatten, dann deutete Morton mit dem Lauf seines Gewehrs auf die gezackte Eisformation zur Linken. »Wenn hier überhaupt jemand ist, dann dort«, sagte er. »Zwei Mann bleiben hier und sichern unseren Rückzug. O'Shaugnessy und die anderen kommen mit mir.«

Sehr vorsichtig gingen sie los. Die Entfernung betrug nur etwa hundert Meter, aber sie brauchten trotzdem gute zehn Minuten, um sie zurückzulegen, denn jeder unaufmerksame Schritt konnte der letzte sein. Hinzu kam, dass der Sturm noch an Heftigkeit zunahm, wie um ihnen auf diese Weise zuzuschreien, dass sie hier oben nichts verloren hatten. Dies war das Reich der Kälte, der Stille; Menschen hatten hier nichts verloren. Kapitän Morton war felsenfest davon überzeugt, dass es so war. Und dass sie für ihr unbefugtes Eindringen in diese eisige weiße Welt würden bezahlen müssen.

Und er sollte recht behalten.

Die Höhle war gigantisch. Morton schätzte ihren Durchmesser auf gut anderthalb bis zwei Meilen, und ihre Decke, die von einem Gewirr mannsdicker Stalaktiten bedeckt war, musste sich gut fünfzig Fuß über ihren Köpfen befinden. Hier und da schimmerte trübes Licht durch das Eis, und an zwei oder drei Stellen sah er sogar dünne gezackte Linien in Grau und Blau. Die Höhlendecke war geborsten und dort, wo sie noch nicht gespalten war, nicht besonders dick. Nicht *mehr* besonders dick, dachte Morton besorgt. Es kam ihm selbst lächerlich vor – aber der Anblick, der sich ihm und O'Shaugnessy geboten hatte, als sie die Höhle betraten, ließ nur einen einzigen Schluss zu: Dieser ganze verdammte Berg *schmolz!* Es war warm hier drinnen; zu warm, wenn er an die Kälte draußen dachte und daran, wie relativ dünn die Wände hinter ihnen waren. Es war einfach lächerlich: Jeder Physikstudent im ersten Semester hätte ihm erklären können, warum es unmöglich sei, aber dennoch war es so – der Eisberg hatte angefangen von innen her zu schmelzen. Ein unablässiges Rauschen, Raunen und Wispern erfüllte den gewaltigen Hohlraum, der einen Großteil dieses schwimmenden Eisbergs ausmachen musste, und Mortons und O'Shaugnessys Gesichter waren feucht von dem andauernden Sprühregen, der sie überschüttete, seit sie die Höhle betreten hatten.

Vorsichtig und mindestens zum zehnten Mal innerhalb der letzten zehn Minuten beugte sich Kapitän Morton vor. Der Anblick hatte auch jetzt nichts von seiner erschreckenden Faszination verloren: Dicht vor seinen Füßen brach der schmale Sims jäh ab. Dahinter gähnte ein Abgrund, der eine gute Meile tief sein musste.

Und das war vollkommen unmöglich.

Aber es war so: Beinahe eine Meile unter Mortons und O'Shaugnessys ungläubig blickenden Augen glitzerte ein nahezu kreisrunder See auf dem Boden der Eishöhle, ein See, der sich eine Dreiviertelmeile *unter* dem Meeresspiegel befand. Und noch unmöglicher als dieser See unter dem Meer war das, was darauf schwamm.

»Aber das … das gibt es doch nicht!« O'Shaugnessys Stimme war dünn und zitterte, und die Wände und das Gewirr aus schimmernden Eisnadeln über ihren Köpfen warfen sie vielfach gebrochen und als unheimlich verzerrtes Echo zurück. In Mortons Ohren klang der Laut beinahe wie Hohngelächter.

Er reagierte nicht. Jetzt so wenig wie die ersten drei oder vier Mal, als O'Shaugnessy dasselbe gesagt hatte. Er blickte einfach weiter in die Tiefe, starrte das Ding unter sich an und zweifelte an seinem Verstand.

»Wir sollten die anderen holen«, sagte O'Shaugnessy.

Morton nickte abwesend. Es war ihm unmöglich, seinen Blick von dem Ding zu lösen, das auf dem See schwamm. »Haben Sie … einen Fotoapparat mitgebracht?«, fragte er, mühsam und ohne sich zu O'Shaugnessy umzudrehen.

»Ich nicht«, antwortete der Erste Offizier. »Aber ich habe West mitgebracht und ich schätze, er hat seinen Apparat dabei.«

West war Maschinist auf der POSEIDON und ganz nebenbei auch noch Hobbyfotograf. Und es gab niemanden an Bord des Schiffes, dem er mit seiner Manie, alles und jeden vor die Linse zu bekommen, nicht schon gehörig auf die Nerven gegangen wäre. Jetzt betete Morton, dass er seinen Apparat dabeihatte. Kein Mensch würde ihnen glauben, wenn sie von *dem hier* erzählten, ohne einen Beweis zu haben.

»Holen Sie ihn«, sagte er. »Und bringen Sie auch die anderen Männer herein. Ich will, dass sie das sehen. Alle.«

Er hörte, wie O'Shaugnessy sich umdrehte und verschwand, und ließ sich vorsichtig auf die Knie sinken. Er war so fasziniert von dem Anblick, dass ihm die Gefahr, in der er sich befand, überhaupt nicht bewusst wurde. Und selbst wenn, hätte er wahrscheinlich trotzdem nicht darauf geachtet. Sie hatten den Eingang ins Innere des hohlen Eisbergs nur durch reinen Zufall gefunden. Es war ein schmaler, nicht einmal mannshoher Spalt, verborgen zwischen zahllosen anderen Spalten und Rissen, sodass sie wahrscheinlich einfach daran vorbeigelaufen wären, ohne ihn auch nur zu bemerken, hätte sich nicht ein verirrter Lichtstrahl auf den glitzernden Eisskulpturen hier drinnen gebrochen und O'Shaugnessys Aufmerksamkeit erregt. Der kurze Gang, den sie, gebückt und ein Stück weit sogar auf Händen und Knien kriechend, hinter sich gebracht hatten, endete in einem kaum halbmeterbreiten Eissims, der dicht unter der Decke der gigantischen Höhle an der Wand entlangführte. Fast zu gleichmäßig und perfekt in seiner Form, um natürlichen Ursprungs zu sein.

Irgendwo polterte etwas. Morton schenkte dem Geräusch im allerersten Moment keinerlei Beachtung, aber es wiederholte sich kurze Zeit später und diesmal schien es ihm näher; fast im gleichen Augenblick hörte er ein verräterisches Rascheln und Schleifen, nur noch ein kurzes Stück hinter sich. Erschrocken richtete er sich auf und drehte den Kopf.

Diese Bewegung rettete ihm das Leben. Wo sich gerade noch sein Gesicht befunden hatte, durchschnitt etwas Riesiges, silbrig Glänzendes pfeifend die Luft und bohrte sich fast handtief in das Eis.

Morton warf sich herum und gleichzeitig zurück und kam durch die hastige Bewegung vollends aus dem Gleichgewicht. Hilflos stürzte er nach hinten, prallte gegen die Wand der Eishöhle und griff verzweifelt um sich, als er spürte, wie er den Halt verlor und auf den Abgrund zu zu rutschen begann. Unter seinen strampelnden Füßen war plötzlich Leere, dann hingen seine Waden und schließlich seine Oberschenkel frei in der Luft, und er spürte, wie die Schwerkraft unbarmherzig nach ihm griff und ihn ganz in den Abgrund zu zerren versuchte. Ganz instinktiv griff er zu und klammerte sich an das Nächste, was seine Hände fanden.

Es war etwas Hartes, Großes und es hatte rasiermesserscharfe Kanten, die mühelos durch seine Handschuhe und tief in das Fleisch seiner Finger schnitten. Morton schrie vor Schmerz, lockerte instinktiv seinen Griff und packte sofort noch einmal zu, als er fühlte, wie er weiter abzurutschen begann.

Ein zorniges Knurren erklang. Über Morton wuchs ein gewaltiger Schatten empor, dann traf ihn etwas mit unvorstellbarer Wucht in die Seite, trieb ihm die Luft aus den Lungen, jagte einen gequälten Schmerzensschrei über die Lippen und brach ihm mindestens zwei Rippen.

Und trotzdem war es dieser Schmerz, der ihn in die Wirklichkeit zurückriss. Den furchtbaren Schmerz in seinen Händen ignorierend krallte er sich weiter in das Blatt der gewaltigen zweischneidigen Axt, die neben ihm im Eis steckte. Gleichzeitig warf er mit einer verzweifelten Anstrengung seinen Körper herum, sodass seine Beine nun nicht mehr lose über dem Abgrund baumelten. Mit einer verkrampften Bewegung zog er sich auf den Sims hinauf. Erst dann nahm er sich die Zeit, den Kopf zu drehen und zu dem unheimlichen Angreifer aufzublicken.

Und was er sah, war so fantastisch, dass er für einen Moment nicht nur die Schmerzen an seinen Händen, sondern sogar die akute Lebensgefahr vergaß, in der er sich befand: Über ihm stand ein *Wikinger.*

Der Mann war ein Riese, ein Hüne von sicherlich sechseinhalb Fuß Größe und mit Schultern, hinter denen sich sogar O'Shaugnessy spielend hätte verstecken können. Sein Körper steckte fast vollständig in einem Mantel aus schwarzem, zottigem Fell und seine Brust verbarg sich hinter einem rostigen Kettenhemd. Auf dem Kopf trug er einen gewaltigen lederbezogenen Helm, aus dem zwei riesige gebogene Hörner hervorwuchsen. Sein Gesicht war schmutzig, verzerrt und bärtig und in seinen Augen flackerte das Feuer des Wahnsinns.

Morton reagierte, ohne zu denken: Der Wikinger ließ wieder diesen knurrenden, fast tierischen Laut hören, gab seine Bemühungen auf, die Axt aus dem Eis herauszuzerren, und griff stattdessen unter den Mantel, um einen rostigen, langen Dolch hervorzuziehen. Morton riss blitzartig die Knie an den Körper und stieß dem Angreifer mit aller Wucht die Füße in den Leib.

Aus dem wütenden Geknurre des Wikingers wurde ein halb ersticktes Heulen, als er zurück und gegen die Wand taumelte. Der Anprall war so heftig, dass er wieder einen Schritt nach vorne torkelte und einen Moment lang mit wild rudernden Armen über der Kante des Simses zu schweben schien.

Morton wartete nicht ab, ob er ihm den Gefallen tat hinunterzustürzen oder etwa sein Gleichgewicht wiederfand, sondern nützte die einzige Chance, die ihm vielleicht blieb. Er hatte keine besondere Erfahrung im Umgang mit Wahnsinnigen, aber er verspürte auch wenig Lust herauszufinden, ob sie wirklich so stark waren, wie man es ihnen nachsagte. Mit einer Schnelligkeit und Kraft, die ihn selbst überraschten, sprang er auf die Füße, fuhr herum und war mit einem einzigen Satz in dem Tunnel, der aus der Höhle hinausführte.

Er hatte den Weg zu zwei Drittel geschafft, als er hinter sich das helle Splittern von Eis und gleich darauf ein zorniges Gebrüll hörte. Ein Blick über die Schulter zeigte ihm, dass der Wikinger nicht abgestürzt war, sondern seine Waffe wieder an sich genommen hatte und hinter ihm herraste.

Der Anblick ließ Morton noch einmal Tempo zulegen. So schnell er konnte, rannte er durch den engen Spalt, taumelte ins Freie und schlitterte die letzten fünf oder sechs Schritte bis zu O'Shaugnessy und den Männern mit wild rudernden Armen dahin, ehe er endgültig das Gleichgewicht verlor und stürzte.

O'Shaugnessy wollte ihm auf die Füße helfen, erstarrte dann aber mitten in der Bewegung, als er die zerschnittenen Hände sah und die breite, unregelmäßige Blutspur, die Morton hinter sich hergezogen hatte. »Was –?!«

Er sprach nicht zu Ende und Morton kam auch nicht dazu zu antworten, denn in diesem Augenblick erscholl hinter ihnen wieder dieses tierische Gebrüll, und er musste sich nicht herumdrehen, um zu wissen, welcher Anblick sich den Männern bot; der Ausdruck auf O'Shaugnessys Gesicht sagte ihm genug.

Hastig stemmte er sich auf Hände und Knie hoch und fuhr herum. Der Wikinger war jetzt nur noch ein paar Schritte entfernt. In dem heulenden Sturm und Schneegestöber wirkte er noch bizarrer und bedrohlicher als im Halbdunkel der Höhle. Er hatte seinen Helm verloren, und so konnte Morton sehen, dass sein Haar lang und verfilzt war und ebenso vor Schmutz starrte wie sein Gesicht. Seine nackten Unterarme und die Hände waren mit zahllosen kleinen Wunden und entzündeten Schrammen übersät – was ihn aber keineswegs daran hinderte, die gewaltige Streitaxt hoch über dem Kopf zu schwingen und mit einem gellenden Gebrüll näher zu kommen.

»Vorsicht!«, schrie Morton. »Passt auf!«

Aber keiner der Männer reagierte. Der Anblick schien sie zu lähmen. Alle starrten den herannahenden Riesen an.

Alle – bis auf O'Shaugnessy. Der Erste Offizier der POSEIDON war der Einzige, der seine Überraschung überwand; und er beging den größten – und letzten – Fehler seines Lebens. Den Ausdruck auf dem Gesicht des Wahnsinnigen und die Waffe in seinen Händen ignorierend, hob er den Arm und trat ihm entgegen.

»Beruhigen Sie sich«, sagte er. »Wir sind nicht –«

Die Streitaxt vollführte eine blitzartige kreiselnde Bewegung, dann war O'Shaugnessys linke Hand plötzlich verschwunden und der Ausdruck von Unsicherheit auf seinem Gesicht machte dem grenzenloser Überraschung Platz. Eine Sekunde lang stand er einfach nur da und starrte den blutenden Stumpf an, als könne er nicht begreifen, was er sah. Dann begann er zu taumeln, brach ganz langsam in die Knie und stürzte nach vorne. Alles ohne einen einzigen Laut.

Morton ließ sich zur Seite fallen, als der Besessene heranstürmte. Zum zweiten Mal innerhalb weniger Minuten verfehlte ihn die Streitaxt nur um Haaresbreite, aber diesmal war er vorbereitet: Obwohl verletzt und selbst fast wahnsinnig vor Angst wälzte er sich herum, stellte dem Wikinger ein Bein und griff mit beiden Händen nach dem Axtstiel, als der Wikinger tatsächlich stolperte.

Es gelang ihm nicht, dem Wahnsinnigen die Waffe zu entreißen, aber es gelang ihm zumindest, ihn niederzuringen und ihn für Sekunden festzuhalten. Dann bohrte sich das hochgerissene Knie des Wikingers in seine Seite und seine gebrochenen Rippen verwandelten seinen ganzen Körper in ein loderndes Meer von Schmerzen. Er schrie auf und ließ den tobenden Riesen los.

Kapitän Morton musste wohl für einige Augenblicke das Bewusstsein verloren haben, denn das Nächste, was er wahrnahm, war ein ganzes Knäuel von Leibern und ineinander verstrickten Gliedern, die ein Stück neben ihm miteinander rangen. Schreie und wütendes Gebrüll waren zu hören und dazwischen immer wieder das Klatschen von Schlägen.

Benommen wälzte sich Morton herum, presste die Hand auf seine pochende Seite und versuchte die roten Schleier wegzublinzeln, die vor seinen Augen wogten. Die Männer hatten endlich ihre Lähmung überwunden und sich auf den Angreifer gestürzt. Aber irgendetwas stimmte nicht. Obwohl vier gegen einen, schienen sie erhebliche Schwierigkeiten zu haben, den Mann zu halten. Und die Männer, die O'Shaugnessy ausgesucht hatte, waren alles andere als Schwächlinge.

»O'Shaugnessy!«

Morton vergaß für Augenblicke den Verrückten und kroch auf Händen und Knien zu seinem verwundeten Ersten Offizier hinüber.

O'Shaugnessy regte sich nicht. Er lag in einer gewaltigen, rasch größer werdenden Blutlache, die in der eiskalten Luft dampfte; in seinen weit geöffneten Augen und auf dem starren Gesicht war noch immer nicht die mindeste Spur von Schmerz zu erkennen, sondern weiterhin dieses völlig fassungslose Erstaunen.

Er war tot.

Morton schloss die Augen, ballte in hilflosem Zorn die Fäuste und blieb fast eine Minute reglos und mit zitternden

Händen vor der Leiche seines Ersten Offiziers sitzen. Er hatte O'Shaugnessy nie gemocht und er hatte niemals einen Hehl daraus gemacht; weder O'Shaugnessy selbst noch der Besatzung gegenüber. Aber es war so sinnlos gewesen, so vollkommen überflüssig und dumm. Er begriff einfach nicht, was sich O'Shaugnessy dabei gedacht hatte, dem Wahnsinnigen völlig unbewaffnet gegenüberzutreten.

Plötzlich packte ihn Zorn; ein rasender, glühend heißer Zorn, dem er nichts entgegenzusetzen hatte. Er würde diesen Kerl umbringen, diesen Verrückten, der versucht hatte ihn zu töten, der O'Shaugnessy umgebracht und vielleicht auch noch Paulsen auf dem Gewissen hatte.

Er sprang auf, rannte zurück zu der Stelle, an der die Männer noch immer mit dem Wahnsinnigen kämpften, und bückte sich nach einem Gewehr, das einer der Männer hatte fallen lassen. Seine Hände tasteten nach dem Abzug, aber er konnte die Finger kaum noch bewegen. In den Schnittwunden pulsierte ein pochender Schmerz und das Metall des Gewehrs wurde glitschig von seinem Blut. Er glitt ab, berührte versehentlich den Abzug und taumelte unter dem Rückschlag der Waffe zurück, als sich ein Schuss löste.

Die Kugel fuhr kaum eine Handbreit neben einem der Matrosen in das Eis und überschüttete die Männer mit einem Hagel von Splittern.

Trotz des Sturms hallte der Schuss unheimlich laut und verzerrt über das Eisplateau. Und das hatte eine Wirkung, mit der Morton nicht gerechnet hatte: Für einen Moment erstarrten alle – sowohl der Verrückte als auch die Männer, die versuchten ihn niederzuringen – zur Reglosigkeit. Und im gleichen Augenblick kam auch Morton wieder zur Vernunft.

Er ließ die Waffe sinken, hob sie gleich darauf wieder und

richtete den Lauf auf das bärtige Gesicht des Wikingers. Aber seine Finger zitterten jetzt nicht mehr. Und er wusste, dass er nicht schießen würde. Nicht, wenn der Mann ihn nicht dazu zwang.

»Steh auf!«, befahl er. »Ganz vorsichtig!«

Die vier Matrosen der POSEIDON bewegten sich hastig zur Seite, um ihm freies Schussfeld zu gewähren, und der Blick des Verrückten bohrte sich in seine Augen.

Morton war plötzlich gar nicht mehr sicher, ob der Wikinger wirklich verrückt war. In seinen Augen war etwas; ein Glitzern, das Morton schaudern ließ, aber es war kein Wahnsinn.

Es war …

… dasselbe, was auch er gespürt hatte. Die gleiche mörderische Wut; dieser kaum zu beherrschende brodelnde Hass; der Wunsch, zu töten, zu verletzen, irgendetwas zu packen und zu zerschlagen, ganz egal, was oder wen …

Diesmal kostete es Morton alle Kraft, den Zorn noch einmal zurückzudrängen und sich auf seine Aufgabe zu konzentrieren. Er war für diese Männer hier verantwortlich. Für sie und ihre Kameraden auf der POSEIDON. Er musste einen klaren Kopf bewahren. »Steh auf!«, befahl er noch einmal. »Langsam!«

Er war nicht sicher, ob der Mann seine Worte wirklich verstand, aber verrückt oder nicht – er schien zumindest zu wissen, was ein Gewehr war. Langsam, mit kleinen fahrigen Bewegungen stemmte er sich in die Höhe und starrte Morton an.

Morton sah das Glitzern in seinen Augen den Bruchteil einer Sekunde lang, bevor der Wahnsinnige ihn ansprang; aber wieder waren seine Bewegungen von so fantastischer, beinahe übermenschlicher Schnelligkeit, dass Mortons Reaktion zu spät kam. Ohne auf die drohend auf ihn gerichtete Waffe zu achten, warf er sich mit weit ausgebreiteten Armen vor, riss Morton von den Füßen und begrub ihn im Sturz unter sich.

Ein Schuss löste sich. Morton hatte das Gefühl, als ob ein weißglühender Draht seinen Oberschenkel streifte, als die Kugel eine rauchende Spur durch seine Hose und die Haut darunter zog und in die Hüfte des Angreifers fuhr. Der Wikinger brüllte vor Schmerz, bäumte sich auf – und warf sich erneut mit aller Macht auf Morton. Seine Fäuste schlugen mit fürchterlicher Wucht in Mortons Gesicht, ließen seine Wange und Unterlippe aufplatzen und trieben ihn abermals fast an den Rand der Bewusstlosigkeit.

Er registrierte kaum noch, wie sich die Matrosen abermals auf den Wahnsinnigen stürzten und ihn wegzerrten.

Es gelang ihnen nur schlecht. Selbst zu viert waren ihre Kräfte denen des Wikingers kaum gewachsen. Der Mann kämpfte wie ein Berserker. Obwohl sich gleich zwei Matrosen an jeden seiner Arme geklammert hatten und ihn mit aller Macht zurückzerrten, gelang es ihm noch einmal, eine Hand loszureißen und nach Morton zu schlagen. Er verfehlte ihn, aber der Schwung seiner eigenen Bewegung riss ihn nach vorne und ließ auch die Männer, die ihn zu halten versuchten, torkeln. Einer der Matrosen stürzte. Ein zweiter fand mit einem grotesk aussehenden Schritt sein Gleichgewicht wieder, war aber für eine Sekunde abgelenkt, sodass es der Wikinger nur noch mit zwei Gegnern zu tun hatte. Mit einem gellenden Schrei riss er auch seinen anderen Arm los, versetzte einem der Männer einen Stoß vor die Brust, der ihn meterweit zurücktaumeln und schließlich stürzen ließ, und packte den letzten Matrosen mit beiden Händen an Jackenaufschlag und Gürtel. Fast spielerisch riss er ihn in die Höhe, hielt ihn zwei, drei Sekunden lang an ausgestreckten Armen hoch über dem Kopf und schleuderte ihn meterweit davon. Der Matrose flog durch die Luft, prallte mit entsetzlicher Wucht auf dem stahlharten Eis auf und verlor auf dem abschüssigen Boden sofort den Halt. Schreiend vor Angst, mit wild rudernden Armen und Beinen und immer schneller und schneller werdend, schlitterte er über das Eis und verschwand schließlich in einer Spalte.

Die drei übrig gebliebenen Matrosen wichen entsetzt vor dem tobenden Giganten zurück. Der Riese war verletzt. Morton sah, dass seine Kugel eine gewaltige, heftig blutende Wunde in seine rechte Hüfte gerissen hatte – aber die schien er gar nicht zu spüren. Seine Bewegungen waren noch immer so schnell und kraftvoll wie zuvor. Das Lodern in seinem Blick entsprang nicht dem Schmerz, sondern dem Hass – blindem, rasendem Hass.

Morton sah, wie einer der Männer sein Gewehr hob und auf den Berserker anlegte. »Nein!«, schrie er. »Nicht schießen! Ich will ihn lebend!«

Aber der Matrose kam gar nicht dazu abzudrücken. Mit einer Bewegung, die so schnell und kraftvoll war, dass Morton sie kaum mit den Augen verfolgen konnte, sprang der Wikinger vor, riss dem Mann das Gewehr aus der Hand und schmetterte ihm fast gleichzeitig die Faust ins Gesicht. Der Matrose taumelte zurück, fiel auf die Knie und blieb wimmernd und mit vor das Gesicht gepressten Händen liegen.

Der Wikinger fuhr herum. Sein Gesicht flammte vor Zorn.

Seine Hände waren halb geöffnete Krallen, die darauf warteten, das nächste Opfer zu packen und zu zerreißen, und aus seinem Mundwinkel lief schaumiger Speichel.

Ein Schuss krachte. Der Wikinger erstarrte mitten im Schritt, senkte den Blick und sah mit fast erstauntem Gesichtsausdruck auf den dunkelroten, rasch größer werdenden Fleck, der sich auf seinem Kettenhemd bildete. Dann hob er erneut die Hände und machte einen weiteren Schritt. Er schien auch diese Verletzung nicht einmal zu spüren.

»Nein!«, schrie Morton beinahe verzweifelt. »Nicht schießen, hab ich gesagt!« Aber es war zu spät. Auch der zweite Matrose hatte sein Gewehr aufgehoben und auf den Wikinger angelegt. Er und sein Kamerad drückten beinahe gleichzeitig ab.

Und sie trafen beide.

IRGENDWO IN ALASKA
DREI MONATE SPÄTER

Aus einer Entfernung von vier Meilen und einer Höhe von anderthalb betrachtet sah Saint Claire eigentlich nicht wie eine Stadt aus, sondern wie eine Ansammlung von schwarzem und braunem Geröll, das, keiner erkennbaren Ordnung folgend, im schmutzigen Schnee der Ebene verteilt war. Und sehr viel mehr war es eigentlich auch nicht.

Morton war noch niemals in dieser Stadt gewesen, aber der Pilot des Wasserflugzeugs, der sie zwölf Meilen von hier entfernt abgesetzt hatte, hatte ihnen genug über Saint Claire erzählt, um ihm eine ungefähre Vorstellung von dem zu geben, was sie erwartete: zwei oder drei Dutzend baufällige Bretterhütten, die nicht nur so aussahen, als wären sie aus den Zeiten des Goldrauschs am Yukon übrig geblieben, sondern es tatsächlich waren, und ein knappes Hundert abenteuerlicher Gestalten, die im Aussehen und vom Charakter her zu diesem Ort passten. Und um die man besser einen Bogen machte, nicht nur in der Nacht, sondern auch am Tage.

Was Morton allerdings in den letzten fünf Minuten durch den Feldstecher hindurch beobachtet hatte, das waren nicht hundert, sondern sicherlich dreimal so viele dick vermummte Gestalten, die sich in und um Saint Claire herumtrieben, mit keiner erkennbaren Tätigkeit beschäftigt, trotzdem aber sehr aktiv. Und Hunde. Hunderte, wenn nicht Tausende von Hunden, deren Gekläff der Wind selbst über fünf Meilen Entfernung noch herantrug.

Morton ließ den Feldstecher sinken und reichte ihn nach kurzem Zögern an seinen Begleiter weiter. Der Mann hatte ungefähr seine Größe und Statur, und selbst ihre Gesichter ähnelten sich ein bisschen, aber Doktor Browning war gut zwanzig Jahre älter als Morton und er hatte nicht die Hautfarbe eines von Wind und Wetter gegerbten Seemanns, sondern den blassen, leicht kränklich wirkenden Teint eines Wissenschaftlers, der fünfundneunzig Prozent seiner Zeit hinter einem zerkratzten Schreibtisch in einem verstaubten Institut verbrachte.

Und es war ihm deutlich anzusehen, dass er sich in seiner Haut und dieser Umgebung mindestens ebenso unwohl fühlte wie Morton, wenn nicht unwohler.

Kapitän Morton nutzte die Zeit, die Browning brauchte, um den Feldstecher anzusetzen und Saint Claire und die Ansammlung von Menschen und Hunden darin zu betrachten, dafür, sich in die Hocke niederzulassen und die Bindungen der Langlaufskier zu überprüfen, mit denen sie ausgerüstet waren. Nicht dass es nötig gewesen wäre; aber Morton war ein gründlicher Mensch. Das letzte Stück Weg, das noch vor ihnen lag, sah harmlos aus, aber er wusste, wie sehr ein solcher erster Eindruck täuschen konnte.

Wäre die Erinnerung nicht so schmerzlich gewesen, dann hätte Morton über die Ähnlichkeit der äußeren Umstände gelächelt. Es war drei Monate her und sie waren etliche tausend Seemeilen entfernt. Trotzdem fühlte er sich an nichts stärker erinnert als an den Moment, in dem sie sich der schwimmenden Eisinsel das erste Mal genähert hatten. Auch jetzt lagen vor ihnen wieder eine weiße Einöde und eine Aufgabe, von der sie bestenfalls ahnen konnten, wie sie ausgehen mochte. Und auch jetzt hatte er wieder das sichere Gefühl, dass die nächsten Stunden nicht halb so ruhig verlaufen würden, wie er es sich gewünscht hatte.

»Puh«, machte Browning und ließ den Feldstecher sinken. Morton blickte ihn an.

»Und Sie sind sicher, dass wir Mister Garson dort unten finden?«, fragte er zweifelnd.

Browning zuckte mit den Schultern. »Nach allem, was ich gehört habe, nimmt er an diesem Rennen teil«, antwortete er. »Aber das heißt nicht, dass er unbedingt dort ist.« Er deutete mit einer Kopfbewegung ins Tal hinunter, und Morton nahm den Feldstecher wieder an sich, ehe er weitersprach. Allein in den beiden Tagen, die sie jetzt zusammen waren, hatte Browning einen Kompass, zwei Karten, eine Schneebrille, ein Paar Handschuhe, einen Schlafsack und noch eine ganze Reihe anderer Dinge verloren. Der Wissenschaftler war möglicherweise einer der intelligentesten, gewiss aber mit Abstand einer der schlampigsten Menschen, denen Morton jemals begegnet war.

»Was soll das bedeuten?«, fragte Morton. »›Das heißt nicht, dass er auch unbedingt dort ist?‹«

»Das Rennen geht über insgesamt anderthalbtausend Meilen«, antwortete Browning. »Dieses Kaff dort unten ist so eine Art Sammelpunkt. Es liegt ziemlich genau auf halber Strecke, und wenn auch nur die Hälfte von dem stimmt, was ich über Mister Garson gehört habe, dann dürfte er nicht allzu viel Zeit damit verschwenden, sich auszuruhen. Vielleicht ist er noch gar nicht da. Oder schon wieder weg.«

Morton schwieg verwirrt. Wieder glitt sein Blick für einen Moment zu der Ansammlung windschiefer Hütten am Ufer des zugefrorenen Flusses und der Ausdruck auf seinem Gesicht wurde noch ein bisschen betrübter. Schließlich seufzte er tief. »Also gut«, sagte er. »Versuchen wir unser Glück. Je eher wir hier wieder wegkommen, desto besser.« Sie fuhren los.

Weder Morton noch Doktor Browning waren geübte Skifahrer, weshalb sie nur langsam vorwärtskamen, zumal der Hang sich als so trügerisch erwies, wie Morton befürchtet hatte. Unter der scheinbar glatten Schneedecke verbarg sich eine Unzahl von Felsen und Gestrüpp, in denen sich ihre Skier immer wieder verfingen. Beide stürzten mehr als einmal und es glich einem kleinen Wunder, dass sich keiner von ihnen verletzte.

Aber es war ohnehin eine Art Wunder, dachte Morton, dass sie überhaupt so weit gekommen waren. Diese letzten zwölf Meilen, die sie auf Skiern zurückgelegt hatten, waren nicht geplant gewesen. Zwar hatten sie von vornherein gewusst, dass das Wasserflugzeug auf diesem zugefrorenen Seitenarm des Yukon nicht landen konnte, aber eigentlich hätte ein Hundeschlittengespann auf sie warten sollen, um sie nach Saint Claire zu bringen. Doch der Hundeführer hatte sich kurzerhand entschlossen, an dem Huskyrennen teilzunehmen, dessen Vorbereitungen sie vom Hügel herab beobachtet hatten. Und alles Toben und Zetern Brownings hatte nichts genutzt. Sie waren hier in Alaska. Noch dazu in einem Teil Alaskas, der ebenso gut aus dem vergangenen Jahrhundert hätte stammen können, und Brownings Position und Einfluss waren hier ungefähr genauso viel wert wie Mortons Kapitänspatent: nämlich gar nichts. Browning hätte ein paar Telegramme aufgeben und einigen Leuten gehörig die Meinung sagen können, aber das hätte wenig genutzt. Ihnen blieb einfach keine Zeit, auf einen Schlitten oder eine andere Transportmöglichkeit zu warten. Wenn sie Mister Garson hier verpassten, dann bedeutete das, dass sie wenigstens eine Woche verloren, vielleicht auch zwei oder drei, wenn das Wetter umschlug oder etwas anderes Unvorhergesehenes geschah, womit man in einer Gegend wie dieser immer rechnen musste. Und jeder Tag, der verging, war unwiederbringlich verloren; Zeit, die sie einfach nicht hatten.

So hatten sie sich entschlossen, die letzten zwölf Meilen mit dem einzigen Beförderungsmittel zurückzulegen, das außer einem Hundegespann oder Schneeschuhen in einer

Gegend wie dieser Sinn machte: auf Skiern. Browning hatte sich sogar überraschend gut gehalten; aber während der letzten Stunde war es ihm zunehmend schwerer gefallen, sich seine Erschöpfung nicht anmerken zu lassen.

Morton machte sich Sorgen um ihn. Der Regierungsbeauftragte war am Ende seiner Kräfte. Wenn sie Saint Claire erreichten und Mister Garson nicht auf Anhieb fanden, dann war ihr Auftrag so oder so gescheitert. Weder er noch Browning waren in der Lage oder willens, in den schneeverwehten Wäldern Alaskas einen einzelnen Mann zu suchen.

Er verscheuchte den Gedanken und fuhr ein wenig langsamer. Browning war zurückgefallen. Das Gelände wurde zunehmend unwegsamer. Aus der Schneedecke wuchsen jetzt immer mehr Felsen, Büsche und abgestorbene Baumwurzeln hervor und es gab jetzt kein Gefälle mehr, sodass sie sich mühsam mit ihren Skistöcken vorwärtsbewegen mussten.

Browning blieb stehen und rang keuchend nach Luft. Sein Gesicht war trotz der Kälte schweißbedeckt. »Mein Gott«, sagte er atemlos. »Ich schwöre, dass ich nie wieder in meinem Leben einen Fuß auf diese Teufelsdinger setzen werde.«

Morton nickte zustimmend. Er selbst hatte den gleichen Schwur schon vor drei Stunden geleistet, wenn auch nur für sich. Aber er konnte Brownings Gefühle sehr gut verstehen. Er glaubte jetzt zu ahnen, wie sich eine Landratte fühlte, die zum ersten Mal im Leben ein Schiff betrat und sofort in einen Sturm mit Windstärke zwölf geriet. Kapitän Morton war niemals in seinem Leben seekrank gewesen, nicht einmal auf seiner allerersten Fahrt. Aber er hatte während der ganzen Strapazen die Feststellung gemacht, dass man durchaus *skikrank* werden konnte.

»Es ist nicht mehr weit«, sagte er. »Noch anderthalb Meilen, vielleicht zwei.«

Browning sah müde auf und blinzelte zur Stadt hinüber. Das Winseln und Heulen der Hunde war jetzt ununterbrochen zu hören.

»Wie kommen wir über den Fluss?«

Morton zuckte nur mit den Schultern. Der Fluss war zugefroren, die Eisdecke war fest und würde sie sicherlich tragen. Immerhin war sie massiv genug, die zwei oder drei Dutzend Huskygespanne auszuhalten, die sich im Moment darauf tummelten. Aber er begriff auch, warum Browning diese Frage gestellt hatte. Das Flussufer, noch eine knappe Meile entfernt, wurde von einer Vielzahl mannshoher Felsen gesäumt. Sie zu überklettern würde ebenso zeitraubend wie anstrengend sein.

Eine Weile sah er sich suchend um, dann deutete er auf einen Punkt vielleicht eine Viertelmeile von ihrem direkten Kurs nach Saint Claire entfernt. »Dort drüben scheint es eine Lücke zu geben«, sagte er, »ein kleiner Umweg, aber vielleicht besser, als wenn wir uns auf diesen Felsen da den Hals brechen.« Browning verzog das Gesicht, sagte aber kein Wort, sondern nickte nur resignierend mit dem Kopf und fuhr weiter.

Der Wind, der ihnen bisher eisig ins Gesicht geblasen hatte, ließ jetzt nach. Und mit ihm wurden auch das Heulen der Hunde und das Raunen der Menschenmenge drüben am anderen Flussufer leiser. Als sie die Lücke zwischen den Felsen erreicht hatten, war es fast vollkommen still geworden.

Morton hielt an und sah misstrauisch auf den Fluss hinaus. Die Eisdecke war so massiv, wie er angenommen hatte; kein Problem, einfach über den Fluss zu gehen. Und obwohl es nicht sehr lange her war, dass er sich geschworen hatte, nie wieder im Leben einen Fuß auf irgendetwas zu setzen, was auch nur wie Eis aussah, war er fast erleichtert, endlich von diesen verdammten Skiern herunterzukommen. Aufatmend lehnte er seine Skistöcke an einen Felsen, ließ sich ungeschickt zu Boden sinken und begann mit klammen Fingern an den breiten Schnallen der Lederbindung herumzufummeln.

»He!«, sagte Browning.

Morton sah auf. »Was ist denn?«

Browning deutete mit gerunzelter Stirn über den Fluss. »Irgendetwas geht da vor.«

Mortons Blick folgte Brownings Handbewegung. Tatsächlich hatte sich irgendetwas in Saint Claire verändert, aber es dauerte einen Moment, bis er erkannte, was es war. Etwas in dem Rhythmus des unablässigen Hin und Her der Menschen dort drüben war anders geworden. Viele waren stehen geblieben und einige hatten die Arme erhoben und winkten. Morton hörte Rufe, ohne die Worte verstehen zu können. Doch es klang irgendwie … beunruhigend. Morton konnte nicht sagen, warum – aber was er sah, gefiel ihm nicht.

»Es sieht so aus, als hätten sie uns gesehen«, sagte Browning. Er lächelte müde. »Vielleicht schicken sie uns einen Schlitten.«

Morton schwieg. Er hatte kein gutes Gefühl. Das Rufen und Gestikulieren dort drüben galt eindeutig ihnen, aber er war ganz und gar nicht so sicher wie Browning, dass es nur eine Begrüßung war.

Voller Unbehagen sah er sich um. Die Felsen, zwischen denen sie angehalten hatten, waren riesig und mit geborstenen Panzern aus dünnem Eis überzogen. Nirgends rührte sich etwas. Kein Anzeichen irgendeiner Gefahr, in die sie unwissentlich hineingelaufen waren. Vielleicht war er einfach nur erschöpft und bereits übernervös.

»Möglich«, antwortete er mit einiger Verspätung. Er

stand auf und half Browning, sich ebenfalls von seinen Skiern zu befreien. Dabei blickte er immer wieder nach Saint Claire hinüber. Am jenseitigen Ufer waren mehr und mehr Menschen zusammengekommen und tatsächlich bewegten sich jetzt gleich drei Hundeschlitten auf sie zu. Sie würden Minuten brauchen, um sie zu erreichen. Der Fluss war breiter, als er von Weitem ausgesehen hatte.

»Gehen wir ihnen entgegen?«, fragte Browning.

Morton überlegte einen ganz kurzen Augenblick, dann schüttelte er den Kopf. »Nein«, sagte er. »Besser, wir warten hier. Sie brauchen ja nur ein paar Minuten.«

Aber das war nur die halbe Wahrheit. Er war plötzlich sicher, dass irgendetwas nicht stimmte. Und er hatte gelernt auf seine innere Stimme zu hören. Als er ihre Warnung das letzte Mal missachtet hatte, hätte ihn das beinahe das Leben gekostet. Vielleicht war vor ihnen eine dünne Stelle im Eis oder es gab irgendeine andere Gefahr, von der sie nichts wussten.

Kapitän Morton kam mit dieser Vermutung der Wahrheit ziemlich nahe; aber die Gefahr ging nicht vom Fluss aus und sie war auch nicht vor, sondern hinter ihnen. Und sie war nicht weiß, sondern schwarzbraun, mehr als acht Fuß groß, gute acht Zentner schwer und bestand nur aus Muskeln, Klauen, Zähnen – und Hunger. Trotz seiner ungeheuren Größe bewegte sich der Kodiakbär mit der lautlosen Eleganz eines Balletttänzers. Seine Schritte verursachten nur ein kaum hörbares Knirschen auf dem Schnee, das in den Geräuschen von Mortons und Brownings keuchenden Atemzügen völlig unterging. Das Tier bewegte sich ganz instinktiv so, dass nicht einmal sein Schatten die beiden Männer warnen konnte. Hätte Morton sich nicht rein zufällig umgedreht, dann wäre der Tod vollkommen unvermittelt über die beiden Männer hereingebrochen.

Aber auch so entgingen sie ihm nur um Haaresbreite.

Mortons Blick und der des riesigen Kodiakbären trafen sich für eine Sekunde, und im gleichen Moment, in dem der Mensch begriff, in welch entsetzlicher Gefahr sie sich befanden, begriff das Tier, dass die schon sicher geglaubte Beute gewarnt war. Mit einem zornigen Knurren und einer Geschwindigkeit, die man einem Wesen dieser Größe und Massigkeit niemals zugetraut hätte, stürmte es los.

Morton verschwendete keine Zeit darauf, Browning eine Warnung zuzuschreien, sondern packte den Regierungsbeauftragten kurzerhand am Kragen und zerrte ihn mit sich auf das Eis des zugefrorenen Flusses hinaus – in die einzige Richtung, die ihnen blieb.

Beinahe sofort verloren sie auf dem spiegelglatten Untergrund den Halt. Browning stolperte, kämpfte eine halbe Sekunde lang vergeblich um sein Gleichgewicht und stürzte, wobei er Morton mit sich riss. Nur knapp fünf Meter hinter ihnen stürmte der Kodiakbär zwischen den Felsen hervor und richtete sich mit einem angriffslustigen Knurren auf.

Aber auch das Raubtier hatte gewisse Schwierigkeiten mit dem Eis. Es strauchelte, drohte zu stürzen und ließ sich hastig wieder auf alle viere niedersinken – um sofort weiterzustürmen.

Morton sprang auf, riss Browning mit sich in die Höhe und versetzte ihm einen Stoß, der ihn sofort wieder zu Boden stürzen ließ. Gleichzeitig warf er sich selbst in die entgegengesetzte Richtung.

Der Bär raste heran wie eine lebende Lawine aus Fell und Muskeln. Für einen winzigen Moment schien er unschlüssig, auf welches der beiden Beutestücke er sich stürzen sollte; aber als er sich entschied, war es zu spät. Sein eigener Schwung trieb ihn auf dem spiegelglatten Untergrund weiter. Seine Krallen rissen fingertiefe Furchen in das Eis. Es gelang ihm nicht, seinen Kurs ausreichend zu korrigieren.

Haltlos schlitterte er zwischen den beiden Männern hindurch und rutschte noch gute fünfzehn, zwanzig Meter weiter, ehe er schließlich, ungeschickt und ärgerlich mit den Vordertatzen nach einem imaginären Gegner schlagend, zum Halten kam.

Abermals rappelte Morton sich auf. Sie hatten ein paar Sekunden gewonnen, doch nicht mehr. Hastig zerrte er mit den Zähnen den Handschuh von der Rechten, griff in die Tasche und zog die kleine Pistole heraus. Es war eine winzige Waffe, geradezu lächerlich gegen diesen Koloss aus Fleisch und Hunger, der bereits wieder heranstürmte. Und Morton war ganz und gar nicht sicher, ob er das Tier damit töten oder auch nur ernsthaft verletzen könnte. Aber vielleicht reichte sie ja aus, um den Kodiakbären wenigstens in die Flucht zu schlagen.

Aus den Augenwinkeln sah er, wie Browning sich umständlich erhob und beim Anblick des heranrasenden Bären erstarrte.

»Bleiben Sie liegen! Nicht bewegen!«, schrie Morton. Gleichzeitig packte er die Waffe mit beiden Händen, spreizte die Beine, um sicherer zielen zu können, und legte auf den Bären an. Das Ungeheuer war noch acht Meter entfernt, dann sechs, vier …

… und plötzlich schoss ein schwarz-weiß-braunes Etwas mit der Geschwindigkeit eines D-Zugs zwischen Morton und dem Bären über das Eis.

Morton prallte mit einem Schreckensschrei zurück und riss automatisch die Waffe hoch. Ein Schuss löste sich. Der Knall klang in der kalten, klaren Luft sonderbar dünn und verloren und der Rückstoß ließ Kapitän Morton auf dem spiegelglatten Eis endgültig die Balance verlieren. Er stürzte, rollte sich blitzschnell herum und versuchte seine Pistole auf den Bären zu richten.

Aber auch das riesige Tier war stehen geblieben, offensichtlich mehr aus Überraschung denn aus Schrecken. Sein gewaltiger, zottiger Schädel pendelte unschlüssig hin und her und der Blick aus riesigen Augen, in denen eine beunruhigende Schläue glitzerte, tastete abwechselnd Morton, Browning und den neu aufgetauchten Gegner ab.

Morton wandte ebenfalls den Kopf. Er sah erst jetzt, was es gewesen war, das ihn und Doktor Browning – zumindest für den Moment – vor einem unrühmlichen Ende im Magen dieses gewaltigen Bären bewahrt hatte: ein Hundeschlittengespann. Aber es war nicht irgendein Gespann. Morton verstand nicht viel von Hunden und schon gar nicht von Schlittenhunden, aber selbst ihm war klar, dass ein schneeweißer Husky schon etwas Besonderes sein musste. Und vor den flachen, ganz aus Bast und Weidenzweigen gefertigten Schlitten waren gleich acht weiße Schlittenhunde gespannt. Und so ungewöhnlich wie die Tiere und das Gefährt, das sie hinter sich herzerrten, waren auch die beiden Männer auf dem Schlitten.

Morton hätte sich kaum einen größeren Gegensatz als diese beiden vorstellen können. Der eine war ein Riese; ein Koloss von nahezu unglaublicher Statur und Schulterbreite, mit schwarzem, kurz geschnittenem Haar, das glänzte, als wäre es eingefettet, und den Gesichtszügen eines Inuks. Der andere war ein Mann von durchschnittlicher Statur, aber neben dem Inuk wirkte er wie ein Zwerg. Er war noch jung, konnte gerade erst erwachsen geworden sein, und trotzdem war etwas an ihm, das beinahe sofort Mortons Aufmerksamkeit weckte. Auch wenn er nicht gleich sagen konnte, warum. Er gehörte zu jenen Menschen, die man nur einmal zu sehen brauchte, um sie nie wieder zu vergessen.

Ein tiefes Knurren erinnerte Morton nachhaltig daran, dass der Anblick der beiden Männer das Letzte sein konnte, was er in seinem Leben zu Gesicht bekam. Hastig rappelte er sich auf, ergriff seine Pistole wieder mit beiden Händen und wich rasch ein paar Schritte über das Eis zurück, bis er das Flussufer erreicht und festen Stand gefunden hatte. Dann hob er die Waffe, hielt sie mit ausgestreckten Armen und zielte sorgfältig. Der Kodiakbär war ein Gigant, selbst für ein Wesen seiner Gattung. Wenn Morton mit dieser Spielzeugpistole überhaupt eine Chance hatte, ihn ernsthaft zu verwunden, dann nur, wenn er sehr genau traf – und das beim ersten Schuss.

»Nicht!«

Morton und der Bär erstarrten gleichzeitig mitten in der Bewegung und blickten beide gleichermaßen irritiert in die Richtung, aus der der Schrei gekommen war. Der Hundeschlitten hatte kehrtgemacht und raste jetzt wieder auf den Bären zu, wobei er allmählich an Tempo verlor. Voll ungläubigem Staunen sah Morton zu, wie der jüngere der beiden Männer die Zügel des Hundegespanns an den Inuk weiterreichte, an seine Seite griff und kaum fünf Meter vor dem gigantischen Bären aus dem Schlitten sprang, obwohl das Gespann noch immer in scharfem Tempo dahinlief. Und er bewegte sich so sicher, als wäre unter seinen Füßen nicht die zugefrorene Oberfläche eines Flusses, die glatt wie Schmierseife war.

Der Bär blickte den winzigen Menschen vor sich mit einer Verwirrung an, die Morton einem Tier bis zu diesem Moment nicht zugetraut hätte. Dann schüttelte er wie ein griesgrämiger alter Mann, der sich über den infantilen Scherz eines Kindes ärgert, den Kopf und richtete sich auf die Hinterpfoten auf. Obwohl er sich nicht einmal die Mühe machte, sich zu seiner vollen Größe hochzurecken, überragte er die Gestalt vor sich jetzt gut um das Doppelte.

Erstaunlicherweise schien das den Mann nicht besonders zu beeindrucken. Im Gegenteil. Er blieb zwar stehen, machte aber keine Anstalten, die Flucht zu ergreifen oder auch nur vor dem Bären zurückzuweichen – was diesen erneut innehalten ließ. Ein Wesen von der Größe dieses Kodiakbären musste es gewohnt sein, dass wirklich alles, was Beine hatte und in der Lage war, Angst zu empfinden, vor ihm floh.

Der Mann wich nicht. Als der Bär kampflustig die Arme ausbreitete und einen tapsigen Schritt in seine Richtung machte, spreizte der Mann nur ein wenig die Beine und hob die rechte Hand, die er vorhin zum Gürtel gesenkt hatte. Morton sah jetzt, dass sie tatsächlich eine Waffe hielt – aber eine völlig andere, als er erwartet hatte. Im ersten Moment hielt er das zusammengerollte braune Seil für ein Lasso, dann vollführte die Hand des Mannes eine blitzartige, kaum sichtbare Bewegung. Aus der Seilrolle wurde eine zuckende geflochtene Lederschlange. Eine Peitsche, wie sie normalerweise wohl dazu diente, die Schlittenhunde anzutreiben, die nun aber mit einem plötzlichen Knall nach der Schnauze des Bären schlug.

Das Ergebnis war erstaunlich: Der Schlag konnte kaum heftig genug gewesen sein, einem so gigantischen Tier wirklich wehzutun; geschweige denn es zu verletzen. Trotzdem taumelte der Bär mit einem wütenden Brüllen zurück und schlug mit den Tatzen in die Luft.

Die Peitsche knallte ein zweites Mal und diesmal traf der Knoten an ihrem Ende genau die Nasenspitze des Kodiakbären.

Der braune Gigant brüllte vor Schmerz und Wut, zog den Kopf zwischen die Schultern und riss mit erstaunlich menschlich wirkender Geste die Tatzen vor das Gesicht. Er knurrte, bleckte wie ein angreifender Hund die Zähne und schlug zwei-, dreimal mit den Pranken in die Richtung, aus der der Angriff erfolgt war, rührte sich aber nicht von der Stelle.

Der Mann begann jetzt vor dem Bären auf und ab zu tänzeln und (Morton zweifelte fast an seinem Verstand, aber er tat ganz genau das) er *sprach* mit dem Bären: Morton konnte die Worte nicht verstehen, aber er glaubte ein Lachen zu hören. Die freie, linke Hand des Mannes machte weit ausholende, wedelnde Bewegungen.

Der Bär grunzte, richtete sich plötzlich noch einmal zu seiner ganzen Größe auf und die Peitsche traf ein drittes Mal und noch heftiger seine Schnauze.

Doch irgendwann, dachte Morton, würde sich selbst in dem tierischen Instinkt der Bestie die Erkenntnis durchsetzen, dass die Peitsche ihr zwar Schmerzen zufügen, sie aber nicht wirklich verletzen könnte. Er hob seine Pistole, zielte sorgfältig und wartete darauf, dass der Mann mit der Peitsche einen Schritt zur Seite machte, um ihm freies Schussfeld zu gewähren.

Eine gewaltige Pranke legte sich auf seine Hände und drückte sie ohne sichtliche Anstrengung hinunter. Morton fuhr erschrocken zusammen, drehte sich um und blickte in ein breites, glänzendes Gesicht, das aus gut sieben Fuß Höhe auf ihn herabsah.

»Was soll das?«, fragte er aufgebracht. Er versuchte seine Hände loszureißen, aber sie saßen fest wie in einen Schraubstock eingespannt. Der Griff des Inuks war wie Stahl.

»Lassen Sie mich los!«, verlangte er. »Der Bär –«

Der Riese schüttelte mit ausdruckslosem Gesicht den Kopf. »Keine Waffe nötig«, sagte er. »Der Bär geht ...«

Morton starrte ihn eine Sekunde lang fassungslos an, dann gab er seine ohnehin aussichtslosen Bemühungen auf, seine Hände und damit die Waffe loszureißen, und blickte wieder zu dem Bären und dem Mann mit der Peitsche.

Und es schien, als hätte der Inuk tatsächlich recht: Selbst jetzt, als er es sah, glaubte Morton es nicht wirklich – aber die riesige Bestie wich tatsächlich langsam vor dem Mann zurück! Die Peitsche knallte noch zwei-, dreimal, aber sie traf den Bären jetzt nicht einmal mehr, sondern fuhr nur pfeifend dicht vor seiner Schnauze durch die Luft. Jedes Mal knurrte das Tier gereizt und schlug seinerseits mit den Pranken zu, traf aber natürlich nicht. Und dann geschah das Unfassbare; zumindest für Morton. Mit einem letzten, jetzt beinahe trotzig klingenden Knurren ließ der Bär sich wieder auf alle viere hinuntersinken, starrte seinen winzigen menschlichen Gegner noch einen Moment lang fast vorwurfsvoll an – und trollte sich!

Mortons Unterkiefer klappte herunter. »Aber das ist doch …«

Zum ersten Mal machte sich so etwas wie eine menschliche Regung auf dem Gesicht des Riesen breit; er lächelte. »Pistole nicht nötig. Töten selten nötig.«

Und damit ließ er Mortons Hände los und wandte sich ohne ein weiteres Wort um, um zum Hundeschlitten zurückzugehen.

Morton sah ihm einen Moment lang verwirrt nach. Dann wandte auch er sich um und eilte zu Doktor Browning hinüber, der die Szene mit der gleichen Fassungslosigkeit und dem gleichen Erstaunen verfolgt hatte wie er selbst.

»Alles in Ordnung?«, fragte er.

Browning nickte. Die Bewegung war fast nur zu ahnen und in seinem Blick war ein Ausdruck, der Morton klarmachte, dass der Wissenschaftler kurz davor stand, schlichtweg zusammenzuklappen.

»Wir sind außer Gefahr«, sagte er.

»Ja«, fügte eine Stimme hinter ihm hinzu. »Aber nur, wenn Sie sich ein bisschen damit beeilen, von hier wegzukommen.«

Als Morton sich umdrehte, blickte er ins Gesicht ihres Lebensretters. Es war trotz seiner Jugend ein kräftiges, sehr markantes Gesicht; ein wenig verwahrlost, als wäre es seit zwei oder drei Tagen weder mit einem Rasiermesser noch mit Wasser und Seife in Berührung gekommen; aber mit offenen, sympathischen Zügen und wachen Augen. Im Moment wanderte sein Blick von Morton zu Browning und wieder zurück, und der Ausdruck darin schwankte irgendwo zwischen Spott und einem sanften Vorwurf.

»Sie kennen sich nicht besonders gut in der Wildnis aus, wie?«, fragte er.

Morton schüttelte automatisch den Kopf. »Nein. Wir –«

»Das merkt man«, unterbrach ihn der Fremde. »Sie sehen eigentlich nicht wie Dummköpfe aus. Haben Sie sich nicht gewundert, dass sich keine Menschenseele auf diese Seite des Flusses traut?«

Morton schüttelte abermals den Kopf. »Nein«, gestand er.

Ein dünnes, spöttisches Lächeln stahl sich auf die Lippen des anderen. »Das sollten Sie in Zukunft aber«, sagte er. »Zumindest wenn Sie vorhaben, länger in dieser Gegend zu bleiben und zu überleben.«

»Wer konnte denn mit so etwas rechnen?«, verteidigte sich Morton. »Ich dachte, Bären halten um diese Jahreszeit Winterschlaf.«

»Normalerweise schon. Aber wenn ein paar hundert Greenhorns in der Nähe ihrer Höhlen herumtrampeln, dann werden sie schon einmal wach.« Das Lächeln des anderen wurde breiter. »Und meistens sind sie dann miserabler Laune.«

»Das haben wir gemerkt«, antwortete Morton.

»Gut«, sagte der Fremde. »Dann sorgen Sie dafür, dass Sie es so schnell nicht wieder vergessen. Und schauen Sie lieber, dass Sie von dieser Seite des Flusses wegkommen.« Er machte eine Bewegung nach Saint Claire hinüber. »Da drüben ist es ganz bestimmt weniger gefährlich.«

Er nickte Morton und Browning zum Abschied zu, drehte sich um und ging mit raschen Schritten auf den Hundeschlitten zu. »He!«, rief Morton. »Warten Sie doch!«

Der Fremde blieb stehen. Auf seinem Gesicht war jetzt eine leichte Spur von Unmut zu erkennen. »Ja?«

»Ich habe Ihnen noch gar nicht gedankt«, sagte Morton.

»Das ist auch nicht nötig. Bedanken Sie sich, indem Sie verschwinden. Ich habe Ihretwegen eine Pokerpartie unterbrochen – und ich hatte ein verdammt gutes Blatt.« Er ging weiter, kletterte hinter den Hünen auf den Schlitten und stieß einen schrillen Pfiff aus. Ohne dass einer der beiden auch nur die Zügel berührt hätte, setzte sich das Gespann in Bewegung, zog einen engen Halbkreis und jagte, immer schneller werdend, auf die Stadt am anderen Ufer des Flusses zu.

Morton sah ihm nach, bis es in der Menschenmenge verschwunden war, die sich am Ortsrand von Saint Claire eingefunden hatte. Erst dann riss er sich mühsam von dem Anblick los und drehte sich wieder zu Browning herum.

Auf dem Gesicht des Regierungsbeamten lag noch immer derselbe verstörte Ausdruck wie vorhin. Doch auch Morton kam sich sehr hilflos vor. Was sie gerade mit angesehen hatten, das war so unglaublich gewesen, dass er nicht einmal mehr Angst empfand. Ein einzelner Mann mit einer Peitsche gegen das größte und gefährlichste Raubtier dieses Planeten – das war … unvorstellbar.

»Wer … war das?«, fragte Morton unsicher.

Browning blickte ihn an und lächelte. »Das«, sagte er, »war Thor Garson.«

Aus der Nähe betrachtet wirkte Saint Claire noch weniger vertrauenerweckend als von Weitem, dafür aber schmutziger und lauter – *sehr viel* schmutziger und *sehr viel* lauter.

Das winzige Kaff an einem Seitenarm des Yukon war auf keiner Landkarte zu finden, aber das schien kein Hinderungsgrund für sämtliche Abenteurer, Verrückten und zwielichtigen Gestalten aus einem Umkreis von mindestens fünftausend Meilen zu sein, sich hier zu treffen. O ja, dachte Morton, und für jeden einzelnen Schlittenhund, den es auf dieser ganzen Welt geben musste.

Er hatte niemals so viele Hunde auf einmal gesehen. Die erste Schätzung, die er vom Berg aus gemacht hatte, musste er bald um ein gutes Stück nach oben korrigieren und er tat es ein zweites und ein drittes Mal, während er neben Browning über die einzige Straße des Ortes ging. Die Hunde waren überall: auf den hölzernen Bürgersteigen, auf den Veranden, in Türen, in Fenstern; sogar auf einigen der flachen Dächer sah er struppige, schwarz-weiße und braune vierbeinige Gestalten. Nur das weiße Gespann, nach dem sie suchten, fand er natürlich nicht.

»Was, zum Teufel, gibt es bei diesem Rennen zu gewinnen?«, fragte er.

»Nichts«, antwortete Browning.

»Nichts?«

Browning schüttelte den Kopf. »Keinen materiellen Preis, wenn Sie das meinen«, sagte er. »Es geht nicht darum, irgendetwas mitzunehmen, verstehen Sie? Nur der Sieg zählt. Und für die allermeisten hier nicht einmal das.«

»Ach«, knurrte Morton griesgrämig. »Ich verstehe, der olympische Gedanke.«

»Ganz genau.« Browning nickte bekräftigend. »Dabei sein ist alles.«

»Und für Mister Garson?«

Diesmal zögerte Browning einen kurzen Moment. »Ich weiß es nicht«, gestand er. »Ich kenne Mister Garson nicht persönlich, aber nach allem, was ich von ihm gehört habe, ist es ihm wahrscheinlich völlig egal, ob er gewinnt oder auf dem letzten Platz landet. Es geht ihm nur um das Abenteuer. Und wahrscheinlich wird er anschließend einen Artikel über das Rennen schreiben und ihn an die meistbietende Zeitung verkaufen. Seine Reportagen sind ziemlich gefragt; innerhalb kürzester Zeit ist es ihm gelungen, sich einen beachtlichen Ruf zu schaffen. Wahrscheinlich liegt es daran, dass er alles, worüber er schreibt, selbst erlebt hat. Nehmen Sie dieses Rennen. Bestimmt ist er nicht der einzige Reporter, der sich in diese Gegend verirrt hat und darüber berichtet, aber was glauben Sie, wie viele außer ihm persönlich daran teilnehmen?«

»Er ist noch ziemlich jung. Ein bisschen zu jung für meinen Geschmack. Glauben Sie wirklich, dass wir niemanden finden können, der geeigneter ist? Jemanden, der ein paar Jahre mehr auf dem Buckel und vielleicht sogar ein abgeschlossenes Archäologiestudium hat, von einem akademischen Titel gar nicht erst zu reden?«

»Bestimmt sogar«, entgegnete Browning. »An fast jeder Universität dürften wir einen verstaubten, weltfremden Archäologieprofessor finden, der seine Studenten langweilt und nichts lieber tut, als in alten Büchern zu schmökern oder noch ältere Artefakte zu begutachten. Glauben Sie, so jemand wäre der Richtige für uns?«

»Unsinn!«, stieß Morton hervor. »Das ist doch nur ein Klischee. Es gibt mit Sicherheit noch genügend Archäologen, die anders sind und von denen –«

»Von denen mindestens ein Drittel mehr am privaten Profit als an wissenschaftlichen Erkenntnissen interessiert ist«, fiel Browning ihm ins Wort. »Grabräuber und Plünderer der übelsten Sorte. Und von den meisten der übrigen zwei Drittel wissen wir nicht, ob sie wirklich vertrauenswürdig sind. Auch unter ihnen dürfte es einige schwarze Schafe geben und wir dürfen keinerlei Risiko eingehen. Sicherlich gibt es auch welche mit absolut untadeligem Ruf, aber die meisten von ihnen sind derzeit mit wichtigen Ausgrabungen beschäftigt, und bei dem bisschen, das wir ihnen vorzuweisen haben, dürften sie diese kaum unterbrechen, um sich auf ein Abenteuer mit so ungewissem Ausgang einzulassen, wie wir es vorhaben. Oder aber sie kommen aus anderen Gründen für uns nicht infrage.«

Er seufzte. »Glauben Sie mir, ich habe mir die Entscheidung nicht leicht gemacht und ich bin überzeugt, dass wir niemanden finden, der geeigneter für unser Vorhaben ist als Thor Garson«, fuhr er nach einer kurzen Pause fort. »Sein Vater hat sich zur Ruhe gesetzt, aber er war früher ein äußerst geachteter Archäologe, und der Junge hat ihn schon von Kindheit an auf Forschungsreisen in die ganze Welt begleitet. Trotz seiner Jugend besitzt er auf diesem Gebiet ein ungeheures Fachwissen. Darüber hinaus gilt er als absolut vertrauenswürdig und in seinen Adern fließt genügend Abenteuererblut, weshalb er sich eine Chance, wie wir sie ihm bieten, nicht entgehen lassen dürfte. Ich hoffe, dass bereits ein paar Andeutungen genügen, um ihn für unsere Sache zu gewinnen, ohne dass wir alle unsere Karten im Voraus auf den Tisch legen müssen. Außerdem stammt er aus Deutschland und ist mit den nordischen Sagen bestens vertraut.«

Obwohl seine Bedenken keineswegs ausgeräumt waren, antwortete Morton nicht. Nach dem, was er vor einer halben Stunde am anderen Ufer des Flusses erlebt hatte, war sein persönlicher Bedarf an Abenteuern für die nächsten fünfundzwanzig Jahre gedeckt. Ganz abgesehen davon, dass es ihm schon abenteuerlich genug erschien, alleine und nur mit einer Pistole bewaffnet durch diese Stadt zu gehen. Kapitän Morton war normalerweise kein Mann, der auf Äußerlichkeiten achtete, aber wenn er sich auch nur ein bisschen auf seine Menschenkenntnis verlassen konnte, waren hier in Saint Claire nicht nur alle Abenteurer, sondern auch alle Halsabschneider, Betrüger, Halunken, Wegelagerer, Falschspieler und Straßenräuber des gesamten nordamerikanischen Kontinents zusammengekommen. So ungefähr drei- bis viertausend Jahre Sing-Sing schätzte er. Wäre es nur nach ihm gegangen, dann hätte er sich allerhöchstens in Begleitung einer voll bewaffneten Kompanie Marinesoldaten hierher getraut; und selbst das erst, nachdem er Saint Claire eine halbe Stunde lang mit Breitseiten aus den Geschützen eines Schlachtkreuzers eingedeckt hätte.

Morton war ganz und gar nicht mehr sicher, ob es eine gute Idee gewesen war, die Gesellschaft des Kodiakbären gegen die der pelzvermummten Gestalten einzutauschen, die die Straße der Stadt bevölkerten.

»Wir sollten jemanden nach Mister Garson fragen«, sagte er. »Es ist ziemlich sinnlos, einfach hier herumzulaufen und darauf zu warten, dass wir über ihn stolpern.«

»Aber das müssen wir nicht«, antwortete Browning. »Garson sprach von einer Pokerpartie. Erinnern Sie sich?«

Morton nickte griesgrämig. Sein Blick begegnete dem eines bärtigen Riesen, der mit vor der Brust verschränkten Armen am Eingang einer Bretterbude lehnte und dessen Gesicht aussah, als hätte er seinen Lebensunterhalt bisher als Sparringspartner von King Kong verdient. Er sah rasch weg.

»Und?«

»Pokerpartien finden selten auf offener Straße statt«, fuhr Browning mit sanftem Spott fort. »Und schon gar nicht bei diesem Wetter. Also brauchen wir nur in die Gastwirtschaft da drüben zu gehen. Ich bin sicher, dass wir Mister Garson dort finden werden.«

Diesmal antwortete Morton gar nicht. Das, was Browning in einem Anfall von Größenwahn mit *Gastwirtschaft* bezeichnet hatte, war eine windschiefe Bude, über deren Tür ein lieblos gekritzeltes Schild behauptete, es handle sich um einen *Saloon.* Der Versammlung wilder Gestalten vor seiner Tür und dem Lärm und Gläserklirren aus seinem Inneren nach zu urteilen, musste er jede Hafenspelunke in den Schatten stellen, die Morton bisher kennengelernt hatte. Und er kannte eine Menge.

Er traf mit seiner Vermutung ins Schwarze. Das Innere des Saloons war nicht so schlimm, wie er erwartet hatte – es war schlimmer. Im ersten Moment war er fast blind, als sie durch die Tür traten, denn drinnen war es fast stockfinster. Es gab keine Fenster, sondern nur eine einzige rußende Petroleumlampe, die so dicht unter der Decke hing, dass sich Morton unwillkürlich fragte, wieso die ganze Bruchbude nicht schon vor fünfzig Jahren in Flammen aufgegangen war. Dann gewöhnten sich seine Augen an das dämmerige Licht und er erhielt die Antwort auf seine Frage: Feuer hatte hier einfach keinen Platz mehr. Von außen sah das Gebäude aus, als biete es Raum für dreißig, mit viel gutem Willen für vierzig Menschen, aber es mussten weit über hundert Gestalten sein, die sich an den roh gezimmerten Tischen und vor der Theke drängten, die nur aus einer über zwei Fässer gelegten Holzplanke bestand. Die Luft war zum Schneiden dick. Es stank nach Bier, Schnaps, Rauch und Schweiß und der Lärm war beinahe unbeschreiblich.

»Sehen Sie Mister Garson irgendwo?«, schrie er Browning über den Lärm hinweg zu.

Der Wissenschaftler stellte sich auf die Zehenspitzen, um über die Köpfe der Menschen sehen zu können. Und auch Morton kniff die Augen zusammen, um den Vorhang aus Qualm, Ruß und menschlichen Ausdünstungen zu durchdringen. Ein paar Gesichter wandten sich ihnen zu, neugierige Blicke trafen sie. Einige Männer begannen zu lachen, einige grinsten und jemand imitierte mit großem Geschick das Knurren eines Bären. Mortons Laune sank um weitere Grade, obwohl er das vor Augenblicken gar nicht für möglich gehalten hatte. Offensichtlich hatte die Geschichte ihres Eintreffens in Saint Claire bereits die Runde gemacht.

»Dort drüben!«

Browning berührte ihn am Arm und deutete mit der anderen Hand in den hintersten Winkel des Raumes. An einem runden Tisch saßen sieben oder acht Männer, von denen einer die übrigen um fast zwei Köpfe überragte. Der Riese wandte ihnen den Rücken zu, sodass sie sein Gesicht nicht erkennen konnten, aber Morton war sicher, dass es im Umkreis von zehntausend Meilen keinen zweiten Mann mit dieser Statur und diesen pechschwarzen Haaren gab. Dann, nach einigen weiteren Sekunden, entdeckte er auch Mister Garson auf der anderen Seite des Tisches. In der Linken hielt er ein Blatt aus schmuddeligen Spielkarten, mit der anderen kraulte er einen weißen Schlittenhund, der neben ihm saß und den Kopf in seinen Schoß gelegt hatte.

»Vielleicht sollten wir warten, bis sie ihre Pokerpartie beendet haben?«, schlug er vor.

»Was haben Sie?«, fragte Browning spöttisch. »Angst? Und ich dachte, Sie wären mitgekommen, um mich zu beschützen.«

Morton setzte zu einer scharfen Antwort an, aber Browning hörte gar nicht mehr zu, sondern begann sich mit Händen und Ellbogen seinen Weg durch die Menschenmenge zu bahnen und Morton musste ihm folgen, ob er wollte oder nicht.

Als sie endlich den Tisch erreichten, an dem Garson und der Inuk saßen, war er um etliche blaue Flecken und Prellungen und die Kenntnis von ungefähr hundert Flüchen in einem Dutzend verschiedener Sprachen reicher.

Zwei der Spieler sahen auf und musterten Browning und ihn kurz und prüfend, auch der Inuk sah sie flüchtig an, konzentrierte sich dann aber wieder auf seine Spielkarten. Garson schien sie nicht einmal zur Kenntnis zu nehmen.

»Mister Garson?«

Garson reagierte nicht, sondern starrte weiter gebannt auf das Blatt in seiner Hand, während er mit der anderen den Nacken des Huskys kraulte.

»Mister Garson!!«

Morton hatte nicht leise gesprochen. Mit Ausnahme des Inuks und Thor Garsons selbst blickten nun alle Spieler, teils verwundert, teils auch eindeutig zornig, zu ihm auf, aber niemand sagte etwas. Morton krauste wütend die Stirn und setzte dazu an, loszubrüllen, aber Browning berührte ihn rasch an der Hand und machte eine beruhigende Geste, und so schwieg er.

Es verging eine ganze Weile. Eine Minute, zwei, drei – schließlich legte einer der Spieler seine Karten auf den Tisch: ein Paar Könige. Zwei der anderen Mitspieler warfen ihr Blatt schulterzuckend vor sich hin, während sich der Inuk, Thor Garson und die beiden übrigen Pokerspieler nicht bewegten, sondern weiter auf ihre Karten starrten. Wieder vergingen Minuten, dann spielte ein anderer Mann aus – diesmal einen Drilling. Auch der Inuk und der letzte Pokerspieler stiegen aus dem Spiel aus.

Thor Garson hob ganz langsam den Blick und hörte auf, den Hund zu kraulen. Ein triumphierendes Grinsen überzog sein Gesicht und ließ es plötzlich wie das eines Zwölfjährigen aussehen, dem ein besonders raffinierter Streich gelungen ist. Mit umständlichen, fast andächtigen Bewegungen begann er seine Karten vor sich auf dem Tisch auszubreiten.

»Ein Flush!«, sagte er. »Sieht so aus, als hätte ich gewonnen, Freunde. Der Pot gehört mir.«

Niemand widersprach. Und Mortons Augen wurden groß vor Erstaunen, als Thor Garson sich vorbeugte und mit beiden Händen den Pot einstrich – der aus nichts weiter als ungefähr zwei- bis dreihundert Streichhölzern bestand!

»Mister Garson, wir müssten Sie sprechen«, sagte Browning.

Er hatte sehr viel leiser gesprochen als Morton vor ihm. Trotzdem reagierte Thor Garson. Sekundenlang sah er den Wissenschaftler durchdringend an und der Blick, mit dem er ihn musterte, war nicht unbedingt freundlich, sondern eher abschätzend. Garson versuchte erst gar nicht den Umstand zu verhehlen, dass ihm diese Störung unangenehm war. Aber dann zuckte er mit den Schultern, seufzte und ließ sich im Stuhl zurücksinken.

»Warum nicht?«, sagte er. An die anderen gewandt und mit leicht erhobener Stimme fügte er hinzu: »Was haltet ihr von einer kleinen Pause, Jungs? Ich habe sowieso genug gewonnen.«

Mit Ausnahme des Inuks erhoben sich die Spieler einer nach dem anderen und tauchten im Menschengewühl des Saloons unter. Garson deutete mit einer Kopfbewegung auf zwei frei gewordene Stühle und fuhr damit fort, die gewonnenen Streichhölzer vor sich in vier gleich große Häufchen aufzutürmen.

»Mister Garson, wir … müssen mit Ihnen sprechen«, begann Browning erneut, nachdem sie Platz genommen hatten.

Garson reagierte nicht. Dafür hob er die Hand und machte eine Geste in Richtung Theke.

Mortons Ärger wuchs weiter, aber Browning warf ihm erneut einen warnenden Blick zu und fuhr vorsichtig, mit fast schon übertrieben betonten Worten und einer entsprechenden Geste auf Morton fort. »Das ist Kapitän Morton und ich bin Doktor Browning vom –«

»Ich weiß, wer Sie sind«, sagte Garson ohne aufzublicken.

»Sie kennen mich?«

»Ich habe von Ihnen gehört«, entgegnete Garson. Er lächelte flüchtig. »Sind Sie wieder unterwegs, um Freiwillige für ein Himmelfahrtskommando zu suchen?«

Die Frage schien Browning sichtlich in Verlegenheit zu bringen, denn er brauchte eine ganze Weile, ehe er antwortete: »Nein, aber für ein Unternehmen, das –«

»– mich nicht interessiert«, fiel ihm Garson ins Wort. Leise, in fast freundlichem Ton, aber auch so entschlossen, dass Browning erneut schwieg; und diesmal fast eine Minute lang. Der Blick, mit dem er Morton dabei maß, war beinahe beschwörend. Irgendwo am anderen Ende des Lokals begannen zwei Männer zu streiten. Morton sah auf, konnte aber nichts als eine Mauer breiter, pelzverhüllter Rücken erkennen.

»Vielleicht hören Sie sich erst einmal an, was ich von Ihnen will«, meinte Browning schließlich.

Garson hatte seine Streichhölzer fertig sortiert, musterte die vier gleich großen, pedantisch ausgerichteten Stapel einige Sekunden aufmerksam und stieß sie dann mit dem Zeigefinger um. »Kein Interesse«, sagte er.

Ein dicker Kellner, der nach Schweiß und altem Schweinefett roch, trat an ihren Tisch, stellte einen Keramikkrug und vier Gläser, die genauso schmuddelig waren wie seine Finger, vor Garson ab und ging wieder. Garson goss zwei der Gläser voll, reichte eines an den Inuk weiter und warf Browning einen fragenden Blick zu. Der Wissenschaftler schüttelte hastig den Kopf. Morton nickte, als Garson ihn ebenfalls ansah. Er war nicht durstig und allein der Anblick des

Glases drehte ihm fast den Magen um, aber er hatte gelernt, dass es manchmal Kleinigkeiten waren, die dabei halfen, das Vertrauen eines Menschen zu gewinnen.

Fünf Sekunden später bedauerte er seinen Entschluss bitter, denn was immer in dem Krug gewesen war, er konnte jeden einzelnen Tropfen fühlen, der seine Kehle hinunterrann und eine brennende Spur in seine Speiseröhre ätzte. Vergeblich versuchte er ein Husten zu unterdrücken, würgte den Rest, den er im Mund hatte, heldenmütig hinunter und legte hastig die flache Hand auf das Glas, als Garson ihm nachschenken wollte. Das schadenfrohe Grinsen auf dem Gesicht seines Gegenübers entging ihm keineswegs.

»Was ist das?«, fragte er keuchend. »Schwefelsäure?«

Statt zu antworten, griff Garson nach seinem eigenen Glas, leerte es in einem Zug und schenkte sich sofort nach. Morton wechselte das Thema. »Mister Garson«, begann er umständlich. »Doktor Browning und ich sind einen langen Weg hierhergekommen, um mit Ihnen zu reden. Sie sollten sich wenigstens anhören, was er Ihnen zu sagen hat.«

»Und ich«, antwortete Garson, »bin einen noch längeren Weg gekommen, um an diesem Rennen teilzunehmen. Und ich habe fast ein halbes Jahr Vorbereitung und Training hinter mir. Was bringt Sie auf die Idee, dass ich das alles aufgeben könnte? Nur um an irgendeiner verrückten Unternehmung teilzunehmen? Von einer mehrseitigen Reportage, für die mir der *Global* bereits einen beträchtlichen Vorschuss bezahlt hat, ganz zu schweigen.«

»Wie wäre es mit Worten wie Loyalität, Liebe zum Vaterland und Pflichtbewusstsein?«, schlug Morton vor.

Garson sah auf und nun lachte er wirklich. »Sie scheinen mich zu verwechseln, Kapitän Morton«, sagte er. »Ich bin Reporter, weder Mitglied der Marine noch der Armee oder des Geheimdienstes.«

»Aber Sie sind seit einigen Jahren amerikanischer Staatsbürger, oder?«, entgegnete Morton. Er registrierte, wie sich Garsons Gesicht um eine Spur verfinsterte, und begriff, dass er offenbar an einem wunden Punkt gerührt hatte.

»Bitte, Kapitän!« In Brownings Stimme schwang beinahe Panik. Er räusperte sich, griff nun doch nach dem Schnapsglas, schüttelte aber den Kopf, als Garson es füllen wollte, und drehte es nur in den Händen. Als er weitersprach, spürte Morton genau, dass er sich jedes einzelne Wort sorgsam überlegte.

»Ich habe eine Menge über Sie gehört, Mister Garson«, begann er. »Dass Sie unfair wären, gehört nicht zu den Dingen, die man Ihnen nachsagt.«

»Unfair?«

Browning kam nicht sofort dazu zu antworten, denn der Streit, dessen Lärm in den letzten Minuten immer mehr angeschwollen war, artete urplötzlich in eine Schlägerei aus, die von den Zuschauern mit johlendem Gebrüll kommentiert wurde. Morton konnte außer einer dichter werdenden Menschentraube noch immer nichts erkennen, aber plötzlich kam ein Stuhl über die Köpfe der Zuschauer geflogen, begleitet von einem ganzen Chor schriller Pfiffe und Schreie. Thor Garson drehte fast gelassen den Oberkörper zur Seite. Er zuckte nicht einmal mit der Wimper, als der Stuhl direkt hinter ihm gegen die Wand krachte und zerbrach.

»Unfair?«, fragte er noch einmal, so ruhig, als wäre überhaupt nichts geschehen.

»Es ist nicht besonders fair, zwei Männern, die um die halbe Welt gereist sind, um mit Ihnen zu reden, nicht einmal die Gelegenheit zu geben, dies zu tun.«

Morton fiel es schwer, sich zu konzentrieren. Das Geschrei hinter ihnen wurde immer lauter; das Zentrum der

Schlägerei schien sich ihrem Tisch zu nähern. Aber Garson nahm nicht einmal Notiz davon. Morton versuchte vergeblich eine Antwort auf die Frage zu finden, ob er wirklich so kaltblütig war oder nur so tat, um Browning und ihn zu verunsichern.

Garson lachte leise. »Und ich dachte, Sie wären um die halbe Welt gereist, um sich von einem Bären fressen zu lassen.«

»Danke«, knurrte Morton. »Genau das habe ich jetzt gebraucht.« Garson lächelte weiter – aber sein Blick strafte dieses Lächeln Lügen.

»Bitte, meine Herren!« Brownings Stimme klang fast beschwörend. Er räusperte sich und rang sekundenlang nach Atem, ehe er sich wieder an Garson wandte: »Ich bin sicher, dass Sie uns begleiten werden, wenn Sie erst einmal gehört haben, was ich zu sagen habe.«

Hinter ihnen erscholl ein gellender Schrei. Die Mauer aus Menschen teilte sich und plötzlich kam eine Gestalt durch die Luft geflogen. Morton spannte sich in Erwartung des Aufpralls, aber es kam nicht dazu. Ohne auch nur hinzusehen, hob der Inuk den Arm und fing den Mann mitten im Flug ab. Einen Moment lang hielt er ihn fest – und dann nickte Garson fast unmerklich. Der Inuk zuckte mit den Achseln, grinste und warf den Mann in die Richtung zurück, aus der er gekommen war.

»Begleiten, wohin?«

»In eine Gegend, die Ihnen bestimmt gefällt«, antwortete Morton verwirrt. »Es ist dort gar nicht so viel anders als hier. Jedenfalls ist es genauso kalt und es gibt keine Bären.«

Garson lächelte leicht. »Zum Südpol?«

»Eher in die entgegengesetzte Richtung«, erwiderte Browning an Mortons Stelle. »Fahren Sie gern zur See?«

»Das kommt darauf an.« Garson hob die Schultern und

schenkte sich ein drittes Glas der unverdünnten Schwefelsäure ein, die sich in dem Krug befinden musste. Er besaß die Unverfrorenheit, es hinunterzustürzen, ohne auch nur eine Miene zu verziehen. Mortons Kehle war noch immer taub. Hinter ihnen ging die Schlägerei fröhlich weiter.

»Wohin soll die Reise denn gehen?«, fragte Garson.

»Das kann ich Ihnen jetzt noch nicht sagen«, antwortete Browning.

Garson blinzelte. »Und vermutlich können Sie mir auch nicht sagen, worum es geht«, sagte er.

»Das ist richtig«, antwortete Browning.

Garsons Lächeln wirkte jetzt ein wenig gequält. »Und ich nehme an, dass es sich um eine Sache von höchster Wichtigkeit handelt, wie? Das Wohl und Wehe des Landes oder gar der ganzen Welt steht auf dem Spiel und wahrscheinlich auch das Leben von Millionen Menschen.« Der Spott in seiner Stimme war verletzend und genau das sollte er auch sein. Browning fuhr leicht zusammen und sah wirklich ein wenig betroffen aus. Aber er hatte sich schnell wieder in der Gewalt.

Morton fragte sich erneut, wer dieser Doktor Browning wirklich war. Ihm hatte man den Wissenschaftler nur als Beauftragten der US-Regierung vorgestellt, ohne sich die Mühe zu machen, Morton zu erklären, in welcher wissenschaftlichen Disziplin er seinen Doktor hatte. Bisher hatte er ganz automatisch angenommen, dass es sich um einen Naturwissenschaftler handeln müsste, aber vielleicht war diese Annahme nicht ganz richtig.

»Ich muss Sie enttäuschen, Mister Garson«, antwortete Browning. »Es ist keins von beiden. Aber es handelt sich um etwas, was von höchstem wissenschaftlichen Interesse ist.«

»Das achte Weltwunder, wie?«

»Möglicherweise.« Browning lächelte. Er legte eine winzige, ganz genau berechnete Pause ein. »Auf jeden Fall die interessanteste archäologische Entdeckung, die in den letzten hundert Jahren gemacht worden ist. Und eine journalistische Sensation.«

In Thor Garsons Augen blitzte es auf. Er gab sich alle Mühe, sich sein Interesse nicht zu deutlich anmerken zu lassen. Aber Morton wusste, dass er den Köder geschluckt hatte, genau wie von Browning prophezeit. Der Wissenschaftler schien gut zu wissen, wie man mit Menschen umging. Ihm hatte er den Eindruck eines hilflosen, leicht vertrottelten Professors vermittelt, der kaum in der Lage zu sein schien, die gefährliche Reise hierher zum Yukon zu überstehen – aber vielleicht war auch das nur Theater gewesen.

»Um welche Entdeckung soll es sich dabei handeln?«, fragte Garson, als Browning nicht weitersprach.

Browning deutete auf Morton. »Einzelheiten kann Ihnen Mister Morton hier erzählen. Er ist der Kapitän der POSEIDON, eines Forschungsschiffes, das im Auftrag der US-Regierung im letzten Jahr im Polargebiet unterwegs war.«

»Und was haben Sie entdeckt?« Thor Garson gab sich Mühe, scherzhaft zu klingen, aber es fiel ihm immer schwerer, sein Interesse zu verhehlen. »Spuren des Yeti am Nordpol? Oder hat sich das Ungeheuer von Loch Ness verschwommen?«

»Wir können Ihnen jetzt nicht sagen, worum es sich im Einzelnen handelt«, sagte Browning fast hastig. »Nur so viel: Sie werden es ganz bestimmt nicht bereuen, uns zu begleiten.« Er zögerte einen winzigen Moment. »Wir brauchen Sie.«

»Brauchen? Wozu?«

»Es handelt sich um eine wissenschaftliche Expedition, wie ich bereits sagte«, antwortete Browning. »Wir haben das

Team fast zusammen, aber uns fehlt noch ein Archäologe und Sie sind der –«

»– der Einzige, der verrückt genug wäre, auf Ihre bloßen Behauptungen hin an einer solchen Expedition teilzunehmen?«, schlug Garson vor. »Das ist ein bisschen dünn, finden Sie nicht?« Browning wollte antworten, aber Garson hob die Hand und sprach weiter. »Ich meine, Sie kommen hierher, machen eine Menge geheimnisvoller Andeutungen und erwarten im Ernst von mir, dass ich sofort alles stehen und liegen lasse – ohne überhaupt genau zu wissen, wohin? Oder weshalb?«

Browning warf Morton einen Blick zu und deutete mit den Augen ein Nicken an. Sie hatten Zeit genug gehabt, sich darüber zu unterhalten, was sie Mister Garson sagen konnten und was nicht. Morton hatte sehr detaillierte Instruktionen, wie viel er preisgeben durfte.

»Ich gebe zu, dass ich aufgrund Ihres Alters und der Tatsache, dass Sie nicht einmal ein abgeschlossenes Archäologiestudium vorzuweisen haben, Bedenken hatte und noch habe, ob Sie der geeignete Mann für unser Vorhaben sind, aber Doktor Browning ist felsenfest davon überzeugt«, sagte er.

»Und was heißt das?«

»Es könnte gefährlich werden«, antwortete Morton ausweichend. »Nicht lebensgefährlich, aber anstrengend. Für die meisten Wissenschaftler entschieden zu anstrengend.«

»Für Archäologen nicht«, antwortete Garson. »Sie sind es gewohnt, in alten Ruinen umherzukriechen und auf Berge zu steigen.«

»Auch auf solche aus Eis?«, fragte Morton, »die sich auf hoher See befinden?«

Thor Garsons linke Augenbraue rutschte ein Stück nach oben. Er sagte nichts.

Und Morton begann zu erzählen. Er berichtete Garson

von der letzten Fahrt der POSEIDON, von dem Funkspruch, den sie aufgefangen hatten, und davon, dass es tatsächlich einen Überlebenden auf der treibenden Eisinsel gegeben hatte. Mehr nicht. Aber er flocht geschickt ein paar Andeutungen in seine Erzählung ein, aus denen klar hervorging, dass auf dieser Insel eben doch mehr als nur der Überlebende eines Schiffsunglücks gewesen war. Er redete gut fünf Minuten und er brachte dabei das Kunststück fertig, zu erzählen, ohne wirklich etwas zu sagen. Aber es gelang ihm immerhin, die Neugier seines Gegenübers weiter zu wecken. »Das ist alles, was ich Ihnen im Moment sagen kann und darf, Mister Garson«, schloss er. »Aber ich gebe Ihnen mein Ehrenwort, dass Doktor Browning nicht mit einer Silbe übertrieben hat. Was ich auf diesem Berg gesehen habe, das ist … unvorstellbar.«

»Und Sie können mir nicht verraten, was es war? Nur eine klitzekleine Andeutung?«

Morton schüttelte den Kopf und Browning sagte: »Nein, hier sind zu viele Ohren, die mithören. Aber ich gebe Ihnen mein Wort als Wissenschaftler, dass Sie es nicht bereuen werden. Und Sie bekommen die Exklusivrechte, über alles zu schreiben, was wir entdecken.«

Garson überlegte eine ganze Weile, dann, zögernd und mit einem Ausdruck, der den Zwiespalt deutlich machte, in dem er sich immer noch befand, antwortete er: »Gut, ich glaube Ihnen.«

»Das heißt, Sie kommen mit?«

»Wenn das hier vorbei ist, ja.«

»Was meinen Sie damit: ›Wenn das hier vorbei ist.‹?«

Garson machte eine ausholende Handbewegung. »Das Rennen.«

Browning tauschte einen überraschten Blick mit Morton. »Sie meinen dieses Hunderennen?«

»Ein Huskyrennen«, korrigierte ihn Garson, »und es ist nicht irgendein Rennen, sondern es ist *das* Rennen.«

»Aber wir haben nicht viel …«, begann Browning, wurde aber sofort von Garson unterbrochen und zwar in einem Tonfall, der jeden Widerspruch von vornherein ausschloss. »Quinn und ich haben ein halbes Jahr trainiert, um an diesem Rennen teilzunehmen, Doktor Browning. Ich habe allein vier Monate gebraucht, um die Hunde zu finden und auszubilden. Wir sind seit neun Tagen unterwegs und wir liegen bisher verdammt gut im Rennen. Ich denke nicht daran, das alles aufzugeben, nur weil Sie hier auftauchen und mir erzählen, dass Sie mir etwas sagen wollen, es aber nicht dürfen.«

Browning wirkte enttäuscht, doch er schien einzusehen, dass er alles erreicht hatte, was er erreichen konnte.

»Gut«, sagte er widerstrebend. »Und wie lange, schätzen Sie, wird es noch dauern?«

Garson zuckte mit den Schultern. »Fünf Tage, sechs, vielleicht auch zehn – dazu kommt der Rückweg.«

Doktor Browning sah plötzlich sehr enttäuscht aus, aber er widersprach auch jetzt nicht. »Also gut«, sagte er seufzend. »Dann sagen wir insgesamt vierzehn Tage. Wäre Ihnen das recht?«

»Das müsste reichen, wenn nichts dazwischenkommt.«

»Was meinen Sie damit?«, fragte Morton.

Garson blickte ihn beinahe verächtlich an. »Sie sind zum ersten Mal hier, wie?«

Morton nickte.

»Nun, etwas von dem, was dazwischenkommen *könnte*«, antwortete Garson betont, »haben Sie vor einer halben Stunde selbst erlebt. In einem Land wie diesem ist einfach alles möglich. Ich schlage vor, Sie nehmen den guten Doktor und versuchen ihn in einem Stück und unbeschadet wieder nach Hause zu bringen, und ich melde mich bei Ihnen, sobald das hier vorbei ist. Ach ja«, fügte er hinzu. »Und da ist noch etwas.«

»Was?«, erkundigte sich Morton misstrauisch.

Garson hob die Hand und deutete auf den Inuk auf der anderen Seite des Tisches, dann auf den Hund, dessen Kopf immer noch in seinem Schoß lag. »Quinn und meine Freunde hier werden mich begleiten«, sagte er.

»Quinn?«

Garson lächelte. »Darf ich vorstellen?« Garson zeigte mit einer zweiten, übertriebenen Geste auf den Inuk. »Mein Freund Quinn, auch Mighty Quinn genannt. Er ist der beste Schlittenführer, den Sie finden können. Und so ganz nebenbei hat er zwei Drittel seines Lebens im Eis verbracht. Sie sagten doch, dass es sich um einen Eisberg handelt, oder?«

Morton nickte. Ein wenig hilflos musterte er den hünenhaften Mann, der seinen Blick kühl erwiderte. »Das schon«, sagte er, »nur ...«

»Er ist vertrauenswürdig, wenn es das ist, was Sie beunruhigt«, sagte Garson.

Morton überlegte einen Moment. Vielleicht war Thor Garsons Vorschlag gar nicht so dumm. Wenn es jemanden gab, der sich mit Eisbergen auskannte, dann war das ganz gewiss ein Inuk. »Aber wozu die Hunde?«, fragte er.

»Das ist ganz einfach«, erwiderte Garson. »Quinn geht nirgendwohin ohne sein Gespann, und ich nirgendwohin ohne Quinn. Also wir alle – oder keiner.«

Morton und Browning schwiegen eine ganze Weile, aber natürlich stimmten sie am Ende doch zu.

HILTON-HOTEL, NEW YORK

Selbst nach einem guten halben Jahr fiel es Morton immer noch schwer, van Hesling unbefangen gegenüberzutreten. Sicher – die äußeren Umstände waren anders: Sie befanden sich nicht mehr auf einem Eisberg am Rande der Welt, sondern in einem der teuersten und vornehmsten Hotels der Stadt, und auch van Hesling selbst war kaum noch als der Mann wiederzuerkennen, der O'Shaugnessy und einen zweiten Mann der Besatzung getötet und Morton selbst und zwei weitere schwer verletzt hatte.

Der deutsche Wissenschaftler trug jetzt keinen eisverkrusteten Bärenfellmantel mehr, auf seinem Kopf thronte kein Hörnerhelm und seine Hände spielten mit einem Bleistift, mit dem er sinnlose Muster und Wellenlinien auf ein Blatt Papier kritzelte, statt mit einer zweischneidigen Wikingeraxt.

Und er war auch kein bärtiger Hüne mehr, sondern ein menschliches Wrack.

In den Monaten, die seit ihrem ersten Zusammentreffen vergangen waren, hatte er sich erholt. Sein Gesicht sah nicht mehr aus wie das eines Toten, den man zu begraben vergessen hat; das Flackern in seinen Augen war noch immer das eines Irrsinnigen, aber es entsprang nicht mehr dieser alles verzehrenden Mordlust; und er hatte sogar ein wenig zugenommen.

Aber von dem Mann, der Kapitän Morton in der Höhle auf Odinsland überfallen und um ein Haar getötet hätte, trennten ihn noch immer gut fünfzig Pfund Gewicht und – zumindest seinem Aussehen nach – ebenso viele Lebensjahre. Andererseits, dachte Morton, war es ein reines Wunder, dass van Hesling überhaupt noch am Leben war. Er hatte ihn mit an Bord der POSEIDON genommen und Doktor Pauly hatte wirklich sein Bestes getan, um ihn irgendwie am Leben zu erhalten, bis sie Boston und damit ein gut ausgestattetes Krankenhaus erreichten. Schon dass er diese Reise überlebte, war an sich eine Unmöglichkeit gewesen, die er einzig seiner schier übermenschlichen Konstitution und Doktor Paulys ärztlichem Können verdankte. Aber niemand – Morton und die Ärzte im Bostoner Krankenhaus, die van Hesling in Empfang genommen hatten, eingeschlossen – hätte auch nur einen Pfifferling für das Leben des Verrückten gegeben.

Trotzdem hatte er es irgendwie geschafft, am Leben zu bleiben.

Aber das war auch schon alles.

In den letzten sechs Monaten schien er um Jahrzehnte gealtert zu sein und aus dem fünfunddreißigjährigen, muskelbepackten Riesen, den sie von Odinsland gerettet hatten, war ein uralter, zitternder Greis mit schlohweißem Haar und eingefallenem Gesicht geworden, der sich nur noch mit Mühe bewegen konnte. Die drei Kugeln, die Doktor Pauly aus seinem Körper herausschnitt, hatten keine lebenswichtigen Organe getroffen, aber er hatte eine Unmenge Blut verloren. Mortons Gewehrkugel hatte seine linke Hüfte zerschmettert, sodass er das Bein nachzog und nur unter Schmerzen gehen konnte.

Aber schlimmer als die Verletzungen, die sein Körper davongetragen hatte, waren die seines Geistes. Er sprach selten, und wenn, dann meist zusammenhangloses, wirres Zeug, teils in einer fremden Sprache, die vielleicht einfach nur aus gestammelten Lauten bestand, teils auf die infantile Art eines Vierjährigen, der gerade das Sprechen lernt. Aber dazwischen gab es immerhin kurze lichte Momente, und es waren diese wenigen kostbaren Minuten, in denen er zu klarem Denken und Reden – und Erinnern – fähig war, deretwegen man ihn hierhergebracht hatte.

»Wenn Sie Professor van Hesling lange genug angestarrt haben, dann könnten Sie mir vielleicht sagen, was wir überhaupt hier tun«, drang eine Stimme in seine Gedanken.

Morton riss sich mühsam vom Anblick der Jammergestalt los, die auf der anderen Seite des Tisches saß und Kreise sowie zittrige Rechteckmuster auf ein Blatt Papier malte, und wandte sich Doktor Rosenfeld zu.

Der Anblick war so angenehm wie der des verrückten Wissenschaftlers Furcht einflößend: Doktor Rosenfeld war jung, schlank, hatte kurz geschnittenes pechschwarzes Haar und strahlte eine unverbrauchte, natürliche Frische aus, die dazu verleitete, sie zu unterschätzen, und zwar in jeder Hinsicht. Trotz ihrer knapp sechsundzwanzig Jahre war Doktor Mabel Rosenfeld unbestritten eine der Kapazitäten auf ihrem Gebiet, der Neurologie. Aber sie sah aus, als hätte sie gerade erst die Highschool absolviert, und sie gab sich nicht die allergeringste Mühe, diesen Eindruck irgendwie zu ändern, im Gegenteil. Morton hatte den Verdacht, dass sie es insgeheim liebte, unterschätzt zu werden, und sorgsam an ihrem Image arbeitete.

Dummerweise mochte sie ihn nicht. Und sie machte aus dieser Abneigung keinen Hehl.

Morton blickte einen Moment in den strömenden Regen vor dem Fenster hinaus, ehe er antwortete. »Ich muss Sie noch um ein wenig Geduld bitten, Doktor Rosenfeld«, sagte er.

Der Ausdruck von Unmut auf Mabel Rosenfelds Gesicht vertiefte sich.

»Das tun Sie jetzt schon eine ganze Weile, Mister Morton«, sagte sie. »Um genau zu sein, seit wir hier angekommen sind. Und das war gestern«, fügte sie spitz hinzu.

Morton seufzte. »Ich weiß«, gestand er. »Aber unser Unternehmen ist von größter Wichtigkeit, glauben Sie mir. Ich darf Ihnen keine Einzelheiten verraten. Noch nicht. Und ich könnte es noch nicht einmal, selbst wenn ich es wollte. Ich weiß nur wenig mehr als Sie.«

Was eine glatte Lüge war. Aber Browning hatte ihm in den düstersten Farben ausgemalt, was ihm und seiner Karriere als Kapitän alles zustoßen könnte, wenn er auch nur ein Sterbenswörtchen verriet. Und Morton schätzte den Regierungsbeauftragten nicht als jemanden ein, der leere Drohungen ausstieß.

Trotzdem war Morton nicht wohl dabei, Doktor Rosenfeld zu belügen. Und was sie sagen würde, wenn sie erst erfuhr, dass zwar ihr Schützling, nicht aber sie selbst dieses Hotel zusammen mit den anderen verlassen dürfte, wagte er sich gar nicht vorzustellen.

Er verscheuchte den Gedanken und stand auf, wobei er van Hesling mit einem weiteren nervösen Blick streifte, der Doktor Rosenfeld natürlich nicht entging.

»Sie können mich ruhig mit ihm allein lassen«, sagte sie spöttisch. »Er tut nichts.«

Morton widersprach nicht, aber er blickte vielsagend auf seine linke Hand hinunter. Ring-, Mittel- und kleiner Finger waren steif geblieben; ein Andenken an seine erste Begegnung mit van Hesling.

»Ich weiß, was Sie sagen wollen«, fiel ihm Doktor Rosenfeld ins Wort, noch bevor er antworten konnte. »Aber das ist vorbei. Er war nicht bei Sinnen, damals.«

Morton bedachte van Hesling mit einem langen, abschätzenden Blick. »Das scheint er mir jetzt auch noch nicht zu sein«, meinte er vorsichtig.

»Das stimmt.« Mabel Rosenfelds Stimme klang jetzt hörbar kühler als bisher und Morton begriff, dass er sie unabsichtlich beleidigt hatte. Wenn er die beiden – sie und den verrückten Deutschen – so betrachtete, erschien ihm der Gedanke geradezu absurd, aber es musste wohl so sein, dass etwas in van Heslings hilfloser, ungeschickter Art ihre Mutterinstinkte weckte. Auf jeden Fall hatte man ihn gewarnt: Wenn es um van Hesling ging, benahm sich Doktor Rosenfeld wenig anders als eine Raubkatze, die ihre Jungen verteidigte. Und sie hatte verdammt scharfe Krallen.

»Ganz wie Sie meinen«, sagte er und wandte sich zur Tür. »Wenn Sie mich suchen oder irgendetwas brauchen, ich bin unten in der Lobby.«

Er ging zur Tür, klopfte dreimal und wartete, bis der Posten auf der anderen Seite des Ganges auf das vereinbarte Signal hin aufschloss. Die Suite im obersten Stockwerk des New Yorker Hilton kostete pro Woche wahrscheinlich mehr, als er in einem halben Jahr verdiente, aber das änderte nichts daran, dass sie im Moment ein Gefängnis war. Ein äußerst komfortables Gefängnis zwar, aber trotzdem ein Gefängnis.

Nicht zum ersten Mal fragte er sich, was an den Entdeckungen in der Höhle auf Odinsland so ungeheuer wichtig sein mochte, dass man sich bei diesem Unternehmen solche Mühe gab. Und wie schon zuvor fand er auch diesmal keine Antwort darauf.

Morton betrat den Aufzug, nickte dem Boy abwesend zu und deutete auf den Boden. Der Boy war gar kein Liftboy, sondern ein Geheimagent der US-Regierung, der sich nur in die rot-gelbe Fantasieuniform gezwängt hatte; auch die übrigen Gäste in diesem Stockwerk des Hilton waren keine echten Gäste. Browning hatte eine ganze Armee aufgeboten, um alles abzuschirmen.

Der Aufzug fuhr ohne anzuhalten bis zum Erdgeschoss durch und Morton verließ die Kabine und trat in die Lobby hinaus. Ganz automatisch glitt sein Blick über die Ansammlung kleiner Tische, Plüschsofas und Sessel, die in nur scheinbar chaotischer Anordnung in dem großen Raum standen, bis er Loben, von Ludolf und die beiden Dänen an einem Tisch gleich neben der Tür erblickte. Die vier Männer verstanden sich erstaunlich gut, wenn man bedachte, aus welch gegensätzlichen ideologischen Lagern sie stammten – aber warum, zum Teufel, mussten sie ihre Unterhaltungen immer hier unten führen? Sie hatten ein ganzes Stockwerk des Hilton zur Verfügung. Komplett mit mehr als einem Dutzend Zimmern, einem Konferenzsaal und einer eigenen Bar. Browning würde vor Wut schäumen, wenn er sie hier entdeckte.

Morton steuerte automatisch auf die vier Männer zu, machte dann mitten im Schritt kehrt und ging zum Empfang. »Schon irgendeine Nachricht von –«

»Nein, Sir«, unterbrach ihn der Empfangschef, noch ehe er seinen Satz zu Ende bringen konnte. »Mister Garson hat nicht angerufen. Aber Doktor Browning lässt Ihnen ausrichten, dass er zum Bahnhof gefahren ist, um nach ihm zu suchen.«

Er blickte Morton noch einen Moment mit unbewegtem Gesicht an und wandte sich dann wieder der Frau zu, mit der er gesprochen hatte, bevor Morton sie unterbrach. »Es tut mir wirklich leid, gnädige Frau, aber der Manager besteht darauf, dass Sie Cassiopeia in Zukunft an der Leine führen.«

Morton wandte flüchtig den Blick, sah wieder weg und drehte sich noch einmal herum. Die Frau, die neben ihm stand und den Empfangschef aus Augen musterte, die dunkel vor Zorn waren, konnte man beim besten Willen nicht anders denn als aufgetakelte Matrone bezeichnen: Ihr Kleid musste ebenso teuer gewesen sein, wie es geschmacklos war, und auf ihrem hochgesteckten Haar thronte ein Hut von der Größe eines Wagenrades, der bei jedem Wort, das sie sprach, heftig wippte und wackelte. Ihr Gesicht war so dick mit Schminke bedeckt, dass ihr Alter unmöglich zu schätzen war, aber Morton vermutete, dass sie die Fünfzig schon seit geraumer Zeit hinter sich gelassen hatte. In den Armen trug sie eine weiße Siamkatze, die den Empfangschef mit jenem unbeschreiblichen Hochmut musterte, zu dem nur Tiere dieser Rasse fähig sind.

»Sie müssen völlig verrückt geworden sein«, sagte die Matrone empört. »Ich soll Cassiopeia an die Leine legen? Mein guter Mann – Cassiopeia ist eine Katze, kein tollwütiger Schäferhund!«

Cassiopeia fauchte zustimmend und zeigte dem Empfangschef zwei Reihen kleiner nadelspitzer Reißzähne.

Was diesen allerdings sichtlich nicht beeindruckte. Auch der Ausdruck auf seinem Gesicht änderte sich nicht; da war noch immer die unerschütterliche Höflichkeit, zu der nur Finanzbeamte und Angestellte teurer Restaurants fähig sind, aber seine Stimme klang sehr bestimmt, als er antwortete: »Ich bin wirklich untröstlich, gnädige Frau, aber die Anordnungen des Managers waren eindeutig.«

»Was ist das für ein Hotel, in dem man nicht einmal eine Katze mitbringen kann?«, empörte sich die Dicke. »Sie tun ja so, als hätte Cassiopeia die Räude!«

»Natürlich nicht, Madam«, antwortete der Empfangschef und maß die Katze samt ihrer Besitzerin mit einem Blick, der Morton an den der Hexe aus Hänsel und Gretel erinnerte. »Sie können so viele Haustiere mitbringen, wie Sie wollen. Aber das Personal beschwert sich und auch die übrigen Gäste fühlen sich belästigt. Erst gestern ist sie in die Küche gelaufen und hat einen anderthalbpfündigen Lachs weggeschnappt, und –«

»Wahrscheinlich hat sie Ratten und Mäuse gejagt«, sagte

die Dicke spitz. »Vielleicht sollten Sie Ihre Küche etwas besser sauber halten.«

»– als der Koch versucht hat sie einzufangen, hat sie ihn und zwei andere Männer gebissen«, fuhr der Empfangschef unbeeindruckt fort. »Ich bin untröstlich, aber Sie müssen das Tier anleinen oder es aus dem Hotel schaffen.«

»Ich werde mich beschweren!«, verkündete die Matrone. »Sie können morgen in der Zeitung lesen, wie man im Hilton-Hotel mit seinen Gästen umspringt!« Und damit drückte sie Cassiopeia an sich, wandte sich mit einem Ruck ab und stampfte davon.

Morton grinste schadenfroh, als er sich an den Empfangschef wandte. »Vielleicht sollte man Cassy einen kleinen Spielgefährten besorgen«, schlug er vor. »Einen ausgewachsenen Wolfshund, zum Beispiel, oder einen Dobermann. Haben Sie öfter solche Gäste?«

»Manchmal, Sir«, seufzte der Empfangschef. »Viele Gäste bringen ihre Hunde oder auch Katzen mit, einmal hatten wir sogar –«

Kapitän Morton erfuhr nie, welche Haustiere außer Hunden und Katzen schon im Hilton-Hotel übernachtet hatten, denn in diesem Moment wurde die große zweiflügelige Eingangstür unsanft aufgestoßen, und in der Öffnung erschien ein heftig gestikulierender und rufender Page, gefolgt von genau dem, was Morton gerade als Spielgefährten für Cassiopeia vorgeschlagen hatte: einem ausgewachsenen Wildhund, genauer gesagt: acht Stück davon.

Sie waren in ein Geschirr aus breiten Lederriemen eingespannt, an dem zahllose kleine Glöckchen bimmelten, und zogen genau den Hundeschlitten hinter sich her, den Morton und Doktor Browning das letzte Mal vor zwei Wochen an einem Seitenarm des Yukon gesehen hatten! Und genau wie dort wurde er von einem sieben Fuß großen Inuk und einem blondhaarigen jungen Mann, der gerade erst die Zwanzig überschritten hatte, gelenkt!

Der Unterkiefer des Empfangschefs klappte so weit nach unten, dass Morton fast die Hände ausgestreckt hätte, um ihn aufzufangen, und seine Augen quollen aus den Höhlen. Auf seinem Gesicht erschien ein Ausdruck absoluter Fassungslosigkeit.

Und dann ging alles unglaublich schnell: Noch während sich die Blicke aller Anwesenden dem Schlittengespann zuwandten, verharrte auch die dicke Frau mitten im Schritt und drehte sich neugierig herum. Cassiopeia stieß ein erschrockenes Kreischen aus, sprang mit einem fünf Fuß hohen Satz aus den Armen ihrer Besitzerin – wobei sie diese mit ausgefahrenen Krallen als Sprungschanze benutzte und tiefe, blutige Striemen in ihrer Haut hinterließ – und raste wie ein weißer Blitz, mit angelegten Ohren und steil aufgestelltem Schwanz, quer durch die Halle und die breite Treppe zur ersten Etage hinauf.

Und die Schlittenhunde drehten durch.

Die acht Tiere schossen gleichzeitig und mit solcher Geschwindigkeit los, dass Quinn und Mister Garson regelrecht aus dem Schlitten hinauskatapultiert wurden und zu Boden stürzten – Quinn direkt in die Arme des bedauernswerten Portiers, der das Gespann vergeblich am Betreten des Hotels zu hindern versucht hatte, während Garson sich in der Luft überschlug und in einem Blumentopf mit einer Stechpalme landete, der unter seinem Aufprall zu Bruch ging.

Aber darauf achtete im Moment niemand.

Cassiopeia hatte die Treppe erreicht und sprang, immer zwei, drei Stufen auf einmal nehmend, nach oben, aber das Hundegespann war ihr dicht auf den Fersen. Unter gewaltigem Heulen, Gekläff und Gebell rasten die acht Huskys quer durch die Empfangshalle des Hilton, wobei sie rücksichtslos Tische, Stühle, Gäste und Hotelpersonal über den Haufen rannten, die sich ihnen in den Weg stellten, und stürmten die Treppe hinauf. Der führerlose Schlitten folgte ihnen, wobei er wild auf und ab hüpfte.

Cassiopeia hatte mittlerweile die oberste Stufe erreicht und wandte sich nach links, um ihr Heil in einem der Gänge zu suchen, doch das Hundegespann war ihr dicht auf den Fersen. Das Kläffen, Jaulen und Bellen wurde leiser, aber dafür hob jetzt ein Chor menschlicher Schreie und ein ununterbrochenes Klirren und Scheppern an.

Quinn hatte sich endlich aus dem Griff des Portiers befreit und auf die Füße hochgerappelt. Lauthals in seiner Muttersprache nach den Hunden schreiend raste er hinter dem Gespann her – wobei er kaum weniger Schaden anrichtete als die Tiere vor ihm. Ein Hotelangestellter, der versuchte sich ihm in den Weg zu stellen, schien im letzten Moment einzusehen, dass es ziemlich aussichtslos war, diese menschliche Lawine mit irgendetwas, das kleiner war als ein Schiffsgeschütz, aufhalten zu wollen, und brachte sich mit einem hastigen Sprung in Sicherheit.

Cassiopeias Frauchen war etwas weniger umsichtig.

»Oh, Sie Unmensch!«, brüllte sie, wobei sie anklagend mit den blutig gekratzten Armen fuchtelte. »Wenn Ihre Ungeheuer meinem Baby etwas antun, dann bringe ich Sie um!«

Mit zornbebender Brust warf sie sich auf Quinn und klammerte sich am Ärmel seines Pelzmantels fest.

Der Inuk schien sie nicht einmal zu bemerken, denn er rannte einfach weiter und die Dicke wurde von den Füßen gerissen und sieben, acht Meter weit mitgeschleift, ehe sie endlich auf die Idee kam, loszulassen, und unsanft zu Boden ging.

Quinn raste weiter, zertrümmerte ganz aus Versehen ein

weiteres Tischchen und verschwand mit gewaltigen Sätzen und noch immer lauthals brüllend auf der Treppe.

Thor Garson hatte sich aus den Trümmern des Blumentopfes befreit und zupfte gerade die letzten Blätter der Stechpalme aus seiner Kleidung, als Morton sich zu ihm herumdrehte. Garson erkannte den Kapitän und ein flüchtiges Lächeln huschte über sein Gesicht.

»Hallo«, sagte er fröhlich. »Tut mir leid, dass wir zu spät kommen, aber der Verkehr in New York ist noch schlimmer geworden, seit ich das letzte Mal hier war.«

Morton musste sich mit aller Kraft beherrschen, um nicht einfach herauszuplatzen. Quinns Stimme und das Gekläff der Hunde drangen nach wie vor aus dem ersten Stockwerk herab und der Tumult, der das Ganze begleitete, war noch schlimmer geworden. Er fühlte sich hin- und hergerissen zwischen Entsetzen und dem immer stärker werdenden Drang, einfach laut loszulachen. Und das spöttische Glitzern in Thor Garsons Augen machte ihm klar, dass es diesem nicht anders erging. Einen Moment lang überlegte er ernsthaft, ob Garson wirklich so kaltblütig war, wie er tat.

»Sir!«

Eigentlich war es keine Stimme, sondern nur ein halb ersticktes, zitterndes Krächzen, das Garson und Morton gleichzeitig aufschauen ließ.

Das Gesicht des Empfangschefs war kreidebleich, während sein Blick unstet zwischen Thor Garson und der Treppe pendelte. Er sah aus, als stünde er kurz davor, vom Schlag getroffen zu werden. Von seiner schier unerschütterlichen Ruhe und Selbstbeherrschung war keine Spur mehr geblieben. Seine Hände klammerten sich mit solcher Kraft an den Rand der Empfangstheke, dass es Morton nicht gewundert hätte, wenn Blut unter seinen Fingernägeln hervorgespritzt wäre, und in seinen Augen war etwas, das ihn an den Blick van Heslings erinnerte, als er ihm erstmals begegnet war.

»Sir!«, wimmerte der Empfangschef noch einmal. »Was ist –«

»Mein Name ist Garson«, unterbrach ihn Garson. »Thor Garson. Auf meinen Namen ist ein Zimmer reserviert, wenn ich mich nicht täusche.«

Mit dem freundlichsten Lächeln trat er an Morton vorbei an die Theke, griff in seine Jacke und zog eine Brieftasche hervor.

»Ich war ein bisschen besorgt, wissen Sie. Mein Freund und ich waren nicht sicher, ob Haustiere im Hilton-Hotel zugelassen sind. Aber wie ich sehe, dulden Sie ja auch Katzen. Da werden unsere Hunde sicher kein Problem sein.«

Morton konnte sich jetzt endgültig nicht mehr beherrschen. Abrupt drehte er sich herum, ballte die Hände zu Fäusten und biss sich heftig auf die Zunge, um wenigstens nicht laut loszulachen. Er hörte, wie der Empfangschef keuchend nach Atem rang und sinnlose Worte zu stammeln begann.

Als Garson ihn in freundlichem Tonfall um einen Füllfederhalter bat, um das Anmeldeformular für sich und Quinn auszufüllen, fiel der Mann in Ohnmacht.

»Gehe ich recht in der Annahme, dass das, was Sie sich gerade unten in der Empfangshalle geleistet haben, das ist, was Sie unter *Diskretion* verstehen?«

Brownings Stimme zitterte noch immer vor Wut, Morton konnte sich nicht erinnern, den sonst so ruhig und unscheinbar wirkenden Wissenschaftler jemals derart aufgebracht erlebt zu haben wie während der vergangenen halben Stunde. Browning war kurz nach Garson und Quinn im Hilton eingetroffen – fast im gleichen Moment wie die Polizeibeamten, die der Manager gerufen hatte, um Garson und den Inuk samt ihrem Schlittengespann aus dem Hotel werfen zu lassen. Browning hatte mit Engelszungen geredet, aber weder seine Überredungskunst noch sein Dienstausweis, der ihn als Beauftragten der US-Regierung identifizierte, hatten den Manager des Hilton davon abhalten können, mit Nachdruck darauf zu bestehen, dass er und (Originalzitat) *die ganze Bande auf der Stelle das Hotel räumen und sich nicht wieder sehen lassen, bis die Hölle zufriert.*

Schließlich war Browning zum Telefon gegangen und hatte eine Nummer gewählt. Morton wußte nicht, *wen* er angerufen hatte, aber Browning reichte den Hörer nach ein paar Augenblicken an den Manager weiter und das Gesicht des Mannes hatte auch noch das letzte bisschen Farbe verloren. Danach waren die beiden Polizisten ohne ein weiteres Wort verschwunden und der Hotelmanager und sein noch immer schreckensbleicher Empfangschef hatten sich mit einem letzten eisigen Blick auf Doktor Browning zurückgezogen.

Seitdem waren dreißig Minuten vergangen.

Browning hatte zwanzig davon dazu benutzt, seiner Wut auf Thor Garson, den Inuk und ihre vierbeinigen Begleiter Luft zu machen und höchstpersönlich darüber zu wachen, dass das Hundegespann aus dem Hotel und an einen sicheren Ort gebracht wurde. Und die verbliebenen zehn, um Morton, Garson, die beiden Deutschen und die beiden dänischen Wissenschaftler wieder hierherauf ins oberste Stockwerk des Hilton zu bugsieren.

Jetzt saßen sie in der Präsidentensuite des Hilton, und die Tatsache, dass sie noch nicht vollzählig waren – die Hälfte von Brownings kleiner Privatarmee suchte seit einer Viertelstunde nach Bates, hatte ihn aber noch nicht gefunden –, steigerte Brownings Wut noch mehr.

»Beruhigen Sie sich doch, Doktor Browning«, sagte Thor Garson beinahe fröhlich. Er lümmelte in einem der kostbaren Louis-seize-Sessel, hatte die Stiefel auf einen kleinen Glastisch gelegt, der unter ihrem Gewicht bedrohlich ächzte, und gab sich keine besondere Mühe, seine Schadenfreude zu verbergen. »Es ist ja nichts passiert. Und für den Schaden werde ich aufkommen.«

»Schaden! Schaden!« Browning fuchtelte mit den Händen in der Luft herum, als schlage er nach einem imaginären Gegner. »Sie wissen ja nicht, was Sie da reden, Mann! Ich dachte, nach unserem Gespräch in Alaska hätten selbst *Sie* begriffen, dass das, was wir hier tun, geheim bleiben soll.«

»Ist es das denn nicht?«, erkundigte sich Garson harmlos.

»Nicht mehr, nach Ihrem Kunststückchen da unten!«, brüllte Browning. Sein Gesicht lief rot an und an seinem Hals begann eine Ader zu pochen. Sein Aussehen ähnelte plötzlich dem des Empfangschefs, eine Sekunde bevor er in Ohnmacht gefallen war.

Es klopfte. Browning fuhr wie von der Tarantel gestochen herum und brüllte mit vollem Stimmaufwand: *»Herein!«*

Ein schlanker, dunkelhaariger Mann in Jeans und einer blauen Steppjacke betrat das Zimmer. »Bates!«, blaffte Browning ihn an. »Wie zuvorkommend von Ihnen, uns mit Ihrer Anwesenheit zu beehren.«

Bates warf ihm einen irritierten Blick zu, zuckte mit den Schultern und ließ die Tür hinter sich ins Schloss fallen. Browning starrte ihn wild an und Morton räusperte sich übertrieben und hastig, bevor er abermals explodieren und seinen Zorn auf den Marineflieger abladen konnte.

»Vielleicht«, meinte Morton vorsichtig, »fangen wir jetzt an. Wir sind ja vollzählig.«

Browning blickte ihn wütend an, sagte aber zu Mortons Überraschung nichts mehr, sondern nickte nur und ließ sich in einen Stuhl fallen. Morton wartete, bis auch Bates Platz genommen hatte, dann räusperte er sich abermals und warf einen Blick in die Runde.

»Die meisten von uns haben sich ja in den letzten beiden Tagen schon miteinander bekannt gemacht«, begann er. Er deutete auf Garson. »Meine Herren, wenn ich Ihnen Thor Garson vorstellen darf? Er wird uns auf unserer Expedition archäologisch beraten.«

Von Ludolf und sein rattengesichtiger Assistent nickten steif, während sich die beiden Dänen keine Mühe gaben, die Schadenfreude zu unterdrücken, mit der Garsons Auftritt sie erfüllt hatte. Morton sah das gefährliche Glitzern in Brownings Augen und beeilte sich, mit der Vorstellung fortzufahren: »Das sind Major von Ludolf und sein Assistent, Herr Loben«, sagte er an Garson gewandt. Ihm entging nicht, dass der Blick, den dieser den beiden Deutschen zuwarf, alles andere als freundlich war, und er deutete rasch auf die beiden Dänen. »Und das sind Professor Erikson und Doktor Baldurson. Sie sind von der Dänischen Akademie der Wissenschaften in Kopenhagen hierhergeschickt worden. Sie werden gleich erfahren, warum.« Er deutete auf Bates. »Mister Bates ist unser Pilot.«

»Pilot?« Garson runzelte die Stirn. »Ich dachte, wir unternehmen eine Schiffsreise.«

»Auch«, antwortete Morton ausweichend. »Aber es ist möglich, dass wir … ein Stück des Weges in der Luft zurücklegen müssen.«

Garson sagte nichts, doch die Formulierung – und erst recht das winzige, aber merkliche Stocken in Mortons Worten – schien ihm aufzufallen, denn er sah Morton einen Moment lang überrascht an, ehe er sich an Browning wandte: »Also gut«, sagte er. »Jetzt, wo wir die Formalitäten hinter uns gebracht haben und unter uns sind, können Sie vielleicht mit der Geheimniskrämerei aufhören. Was ist das für eine *Expedition,* die Sie planen?«

Browning hatte sich ein wenig beruhigt, während Kapitän Morton Garson den übrigen Expeditionsteilnehmern vorstellte. Seine Stimme zitterte nicht mehr vor Zorn, aber der Blick, mit dem er Garson maß, war alles andere als freundlich. »Wir wissen noch nicht genau, wohin sie führen wird«, gab er zu.

»Wie bitte?« Garson zog überrascht die Augenbrauen hoch.

»Leider ist das die Wahrheit«, sagte Morton an Brownings Stelle. »Und das ist auch der Grund, warum die Doktoren Erikson und Baldurson uns begleiten.« Er wies auf die beiden Dänen, die seine Worte mit einem zustimmenden Nicken kommentierten. »Sehen Sie, als wir Odinsland …«

»Odinsland!«

Morton lächelte flüchtig. »Ich habe mir die Freiheit genommen, den Eisberg so zu taufen«, sagte er. »Irgendeinen Namen muss er ja haben. Und nach dem, was wir dort gesehen haben, erschien er mir passend.« Er räusperte sich, warf Browning einen raschen, beinahe entschuldigenden Blick zu und fuhr fort: »Nachdem wir also Odinsland verlassen haben, ist er natürlich nicht einfach dort geblieben. Wir haben gewisse Berechnungen angestellt, aber gerade in dieser Meeresgegend sind uns die Strömungsverhältnisse nicht genau bekannt. Davon abgesehen, dass ein Eisberg von dieser Größe sich manchmal wirklich unberechenbar verhält. Es kann sein, dass er wieder aufs offene Meer hinausgetrieben ist, es kann aber auch sein, dass er sich Grönland nähert.«

Garson nickte. »Ich verstehe. Und damit dänischen Hoheitsgewässern.«

»Ja. Aber das ist nicht der einzige Grund, warum die beiden Dänen uns begleiten.« Morton registrierte Brownings warnende Blicke und räusperte sich mehrmals, um ein wenig Zeit zu gewinnen.

»Und die Herren Admiräle?«, fragte Garson spöttisch und mit einem Blick auf die beiden Deutschen. Seine Abneigung gegen sie war unverkennbar.

»Major«, korrigierte von Ludolf ihn kalt. »Major reicht vollkommen, Mister Garson. Oder soll ich Sie aus alter Tradition lieber *Herr* Garson nennen?«

Morton sog scharf die Luft ein. Er hatte gewusst, dass es Spannungen geben würde, seit Browning ihm erzählt hatte, dass Garson deutscher Abstammung und mit seinen Eltern erst vor wenigen Jahren nach der Machtergreifung der Nazis in die Vereinigten Staaten emigriert war, um die amerikanische Staatsbürgerschaft anzunehmen. Aber so unverhohlene Feindseligkeiten hatte er nicht erwartet.

»Wir haben einen Mann auf Odinsland gefunden«, fuhr er rasch fort. »Offensichtlich den Überlebenden eines Schiffsuntergangs. Er ist deutscher Staatsbürger. Er war Mitglied einer wissenschaftlichen Expedition, die vor neun Monaten nördlich von Grönland verschollen ist.«

»Worum ging es dabei?«, fragte Garson.

»Das wissen wir nicht«, gestand Morton. Garson sah von Ludolf fragend an, aber der Major lächelte nur eisig und schwieg.

»Professor van Hesling und die anderen sind aufgebrochen, um die Strömungsverhältnisse im arktischen Meer zu untersuchen«, sagte Browning in diesem Moment. »Aber wir glauben, dass sie etwas ganz anderes gefunden haben.«

»Dasselbe wie Sie?«, fragte Garson an Morton gewandt.

»O nein«, sagte Morton hastig – eine Spur *zu* hastig, wie er selber bemerkte. »Wir haben auf Odinsland nur Professor van Hesling gefunden und die Überreste seines Zeltes sowie eine Funkanlage und ein paar …« Er zögerte einen winzigen Moment. »Artefakte.«

»Artefakte?«, wiederholte Garson stirnrunzelnd. »Was genau meinen Sie damit?«

»Wenn wir das wüssten, brauchten wir Sie nicht«, sagte Browning unfreundlich.

Garson blickte ihn eine Sekunde lang vorwurfsvoll an, antwortete aber nicht, sondern wandte sich an die beiden Deutschen. »Darf ich fragen, welche Rolle *Sie* bei dieser Expedition spielen?«

»Sie dürfen«, antwortete von Ludolf. »Professor van Hesling war im Auftrag des Deutschen Reichs unterwegs, wie Sie wissen. In einer rein wissenschaftlichen, friedlichen Mission. Aber er war nicht allein. Das Deutsche Reich kümmert sich um seine Bürger. Wenn es noch Spuren der anderen Vermissten gibt, dann möchten wir sie gerne finden.«

»Die Reichsregierung in Berlin hat uns bei der Identifizierung Professor van Heslings geholfen«, sagte Browning. »Und selbstverständlich haben wir ihrer Bitte entsprochen, Major Loben und Major von Ludolf an der geplanten Expedition teilnehmen zu lassen.«

Dass das nicht ganz der Wahrheit entsprach, musste jedem im Raum klar sein. Aber auch Thor Garson schwieg dazu. Die Beziehungen zwischen der US-Regierung und dem Regime in Deutschland waren seit Jahren alles andere als gut; aber man versuchte immerhin noch den Schein zu wahren. Wahrscheinlich, überlegte Garson, war es Brownings Auftraggebern gar nicht lieb gewesen, dass die Deutschen von der geplanten Expedition erfahren hatten. Aber ihre Bitte um eine Teilnahme abzuschlagen wäre einer glatten Brüskierung gleichgekommen. Und das war im Moment etwas, woran niemandem gelegen war. Er wusste aus eigener Erfahrung nur zu gut, dass die Situation in Europa einem Pulverfass mit einer schon fast heruntergebrannten Lunte glich. Man musste gewisse Rücksichten nehmen.

Aber die Anwesenheit der beiden Deutschen verriet Garson noch mehr: dass es sich nämlich bei dieser Expedition um alles andere als ein Routineunternehmen handeln musste. Der mit Sicherheit allerletzte Grund, den es für das deutsche Militär geben mochte, gleich zwei Offiziere für die Teilnahme an einer solchen Expedition zu entsenden, war die Sorge um einige verschollene Wissenschaftler. Seine Neugier war geweckt.

Schließlich räusperte er sich in das unangenehm werdende Schweigen hinein und fragte: »Wann brechen wir auf?«

»Noch heute«, antwortete Browning. »Wir liegen schon ein paar Stunden hinter dem Zeitplan zurück. Eigentlich war unsere Abfahrt bereits vor Sonnenaufgang geplant. Es ist alles vorbereitet.«

Garson ignorierte den Vorwurf, der in diesen Worten mitschwang. Er stand auf. »Wenn das so ist, entschuldigen Sie mich, meine Herren«, sagte er. »Ich habe noch ein paar Dinge zu erledigen, bevor wir –«

»Nein, das haben Sie nicht«, stellte Browning klar. »Es ist alles vorbereitet. In einer halben Stunde kommt ein Wagen und holt uns ab.«

»Das reicht vollkommen«, sagte Garson, aber Browning schüttelte den Kopf.

»Ich muss darauf bestehen, dass keiner der Anwesenden diesen Raum hier verlässt, bevor wir aufbrechen«, betonte er. »Wir haben schon viel zu viel Aufsehen erregt.«

Garson starrte ihn an. »Was ist wirklich auf diesem Eisberg?«, fragte er geradeheraus. »Der Stein der Weisen?«

»Das wissen wir nicht«, antwortete Browning ungerührt. »Und um allen Spekulationen endgültig einen Riegel vorzuschieben: Wahrscheinlich werden wir dort auch nichts anderes als ein paar alte Steine und Knochen finden. Aber ich habe keine Lust, von einer ganzen Meute neugieriger Journalisten und Abenteurer belagert zu werden. Sie vielleicht? Ich habe Ihnen versprochen, dass Sie exklusiv über alles schreiben dürfen, was wir entdecken, aber das gilt erst für die Zeit nach unserer Rückkehr. Bis dahin muss ich auch von Ihnen absolute Verschwiegenheit verlangen. Das dürfte in Ihrem eigenen Interesse sein.«

Er gab sich jetzt nicht einmal mehr Mühe, überzeugend zu lügen. Und Garson gab sich keine Mühe mehr, seinen Ärger zu verhehlen. »Wissen Sie, Doktor Browning«, sagte er langsam, »ich glaube mittlerweile doch nicht mehr, dass es eine so gute Idee war, zuzusagen. Ich denke, es ist vielleicht besser, wenn Quinn und ich –«

Vom Flur drang ein gellender Schrei ins Zimmer und Garson verstummte mitten im Satz. Dann fuhr er herum und war mit zwei, drei Schritten zur Tür hinaus. Morton und die anderen folgten ihm.

Als sie auf den Gang hinausstürzten, erklang der gellende Schrei erneut; fast in der gleichen Sekunde wurde die Tür zu van Heslings Zimmer aufgerissen und Doktor Rosenfeld rannte heraus.

»Hilfe!«, schrie sie. *»Kommt, schnell!«*

Thor Garson stürmte an ihr vorbei, sprengte die Zimmertür mit der Schulter vollends auf und blieb abrupt stehen.

Das Zimmer war leer. Aber es bot einen Anblick vollkommener Zerstörung. Fast alle Möbelstücke waren umgeworfen und zerschlagen, die Gardinen heruntergerissen und die Polster zerfetzt. Auf dem Boden lagen zerbrochenes Glas und Geschirr und einer der Fensterflügel stand offen. Die Scheiben waren zersplittert. Im Winkel unter dem Fenster lag eine verkrümmte, stöhnende Gestalt. Der Mann, den Browning vor der Tür postiert hatte.

»Was ist passiert?«, rief Garson.

»Van Hesling!«, antwortete Doktor Rosenfeld. »Er ist –«

Garson hörte gar nicht mehr zu, sondern stürzte zum Fenster und beugte sich hinaus. Mit klopfendem Herzen starrte er in die Tiefe, darauf gefasst, van Heslings zerschmetterten Körper fünfundzwanzig Stockwerke unter sich zu erblicken. Aber auf der Straße vor dem Hilton-Hotel bewegte sich nur der normale Verkehr. Kein Menschenauflauf. Keine quietschenden Reifen. Keine Schreie.

»Dort!«

Doktor Rosenfeld trat mit einem hastigen Schritt neben ihn und deutete nach rechts. »Sehen Sie doch!«

Thors Blick folgte der Bewegung – und dann riss er erstaunt die Augen auf: Van Hesling hatte sich nicht in die Tiefe gestürzt, wie Doktor Rosenfeld offensichtlich angenommen hatte. Er war sogar noch höchst lebendig – aber Garson war nicht sicher, wie lange dieser Zustand noch anhalten würde …

Wie bei den meisten großen Gebäuden in diesem Teil der Stadt gab es auch unter den Fenstern des Hilton-Hotels einen breiten, steinernen Sims, der sich um das ganze Haus zog, und das auf jeder Etage. Als Thor van Heslings zerschmetterten Körper nicht unten auf der Straße entdecken konnte, hatte er insgeheim schon damit gerechnet, den verrückten Wissenschaftler irgendwo auf diesem Sims zu sehen. Womit er *nicht* gerechnet hatte, war, ihn knapp zwanzig Schritte neben sich aufrecht stehen zu sehen, das Gesicht und die Hände zum Himmel erhoben, ein fast glückliches Strahlen auf den Zügen, und den rechten Fuß auf den Fahnenmast gesetzt, der aus der Fassade des Hilton ragte.

»O mein Gott!«

Thor Garson fuhr erschrocken zusammen und hob gleichzeitig warnend die Hand, ohne sich herumzudrehen oder den Verrückten auch nur eine Sekunde aus den Augen zu lassen. Doktor Rosenfeld rief noch einmal: »O mein Gott!« und dann versuchte sie ihn vom Fenster wegzuzerren.

»Lassen Sie das!«, sagte Thor grob und versetzte ihr einen Stoß, der etwas heftiger ausfiel, als es eigentlich beabsichtigt war, denn aus Doktor Rosenfelds entsetztem Ruf wurde ein wütender Laut und er hörte, wie sie zurückstolperte und von irgendjemandem aufgefangen wurde.

»Was fällt Ihnen ein!« Doktor Rosenfeld versuchte abermals ihn vom Fenster wegzuzerren, aber diesmal musste Thor sich nicht einmal die Mühe machen, ihre Hand abzustreifen – jemand (vermutlich Morton) ergriff die junge Neurologin mit sanfter Gewalt und zog sie fort, sodass Thor sich wenigstens nur noch mit *einem* Verrückten herumzuplagen hatte.

Was ihm im Moment übrigens völlig reichte.

Van Hesling hatte die Hände noch weiter erhoben und stand jetzt in einer grotesken Gebetshaltung da: beide Handflächen ausgestreckt und zum Himmel gewandt, wohin auch sein Blick gerichtet war.

Thor sah für einen Moment in die gleiche Richtung und erkannte, was den Wahnsinnigen offensichtlich so faszinierte: Der Regen hatte nachgelassen, während sie mit Browning gesprochen hatten, und am Himmel über New York spannte sich jetzt ein gewaltiger, in satten Farben strahlender Regenbogen.

»Bifröst!«, stammelte van Hesling. »Bifröst!« Immer wieder dieses eine Wort.

»Jetzt hat er völlig seinen Verstand verloren«, sagte eine Stimme hinter ihm, die Thor als die Brownings identifizierte.

»Vielleicht auch nicht«, knurrte Thor. Vorsichtig setzte er einen Fuß auf den Sims vor dem Fenster, suchte mit beiden

Händen nach sicherem Halt am Rahmen und stieg ganz hinaus.

Natürlich entging van Hesling die Bewegung nicht; er wandte kurz den Blick und sah Thor an, aber das glückliche Lächeln auf seinem Gesicht blieb. »Bifröst«, sagte er noch einmal.

Thor Garson machte einen Schritt und blieb wieder stehen. Mit der rechten Hand suchte er festen Halt an der rauen Sandsteinfassade des Hotels, den linken Arm hatte er wie ein Hochseilartist ausgestreckt, um sein Gleichgewicht zu halten. Er war nervös. Der Sims war im Grunde breit genug, um bequem darauf zu gehen, aber auf seiner linken Seite befand sich fünfundzwanzig Stockwerke weit *nichts;* ein verdammt langer Sturz – vom Aufprall gar nicht zu reden. Und vor ihm stand ein Verrückter, der sich offensichtlich einbildete, die sagenhafte Regenbogenbrücke ins Land der nordischen Götter gefunden zu haben. Denn genau in diesem Moment hob van Hesling wieder den Blick, starrte den Regenbogen aus glücklichen Augen an – und setzte auch den zweiten Fuß auf die Fahnenstange.

Thor erstarrte.

Was er sah, das war schlichtweg unmöglich! Van Hesling stand völlig frei da, beide Füße auf der kaum unterarmstarken Fahnenstange, die noch dazu in einem Winkel von gut dreißig Grad in den Himmel ragte, und er machte sich nicht einmal die Mühe, etwa die Arme auszustrecken, um sein Gleichgewicht zu halten. Trotzdem wankte er nicht.

»Bleiben Sie, wo Sie sind!«, rief Thor und fügte hinzu: »Bitte!«

Er hatte selbst kaum damit gerechnet, aber van Hesling reagierte tatsächlich auf seine Stimme. So selbstverständlich, als befände er sich auf ebenem Boden, drehte er nicht nur den Kopf, sondern den gesamten Oberkörper zu ihm herum, lächelte ein breites, kindliches, glückliches Lächeln und deutete mit der rechten Hand zum Himmel hinauf. »Sehen Sie doch!«, sagte er. »Das ist Bifröst. Ich kann endlich nach Hause gehen.«

Damit machte er einen weiteren Schritt auf die Fahnenstange hinaus.

Und Thor Garson rannte los.

Er setzte alles auf eine Karte. Van Hesling hatte offensichtlich das sprichwörtliche Glück der Kinder und Narren auf seiner Seite, aber er hatte auch gewisse Naturgesetze *gegen* sich. Eines davon nannte sich Gravitation und war vor guten dreihundert Jahren von einem gewissen Engländer namens Newton entdeckt worden, und es beharrte darauf, dass ein sechseinhalb Fuß großer, stoppelbärtiger Mann, der mit nackten Füßen auf einer polierten Fahnenstange fünfundzwanzig Stockwerke über dem Erdboden stand, nicht allzu *lange* dort stehen konnte.

Van Hesling hob nun auch wieder die andere Hand zum Himmel und diese neuerliche Bewegung war zu viel: Wie in einer Zeitlupenaufnahme sah Thor, dass van Heslings rechter Fuß von seinem ohnehin unsicheren Halt abglitt und sich sein Körper zur Seite neigte, und im gleichen Sekundenbruchteil bewegte sich Thors eigene Hand fast instinktiv und löste die Peitsche, die er noch immer bei sich trug, von seinem Gürtel.

Alles schien gleichzeitig zu geschehen, mit fantastischer Schnelligkeit und doch so, als wäre die Zeit stehen geblieben: Van Hesling verlor endgültig das Gleichgewicht und begann sich wie in einer grotesken Verbeugung zur Seite zu neigen, während seine ausgestreckten Hände noch immer den Regenbogen zu ergreifen versuchten; und Thor schwang die Peitsche in einem langen, kraftvollen Hieb, sodass die Lederschnur mit einem pfeifenden Geräusch nur eine Handbreit an van Heslings ausgestreckten Armen vorübersauste und sich ihr Ende um die Fahnenstange wickelte.

Er sprang – den Bruchteil einer Sekunde, bevor van Hesling endgültig in die Tiefe stürzte. Sich mit der linken Hand und aller Kraft an der Peitsche festhaltend schwang er in einem lang gestreckten Bogen von der Fassade des Hilton fort, streckte den freien, rechten Arm aus – und fing den stürzenden Körper des Wissenschaftlers auf!

Der Ruck schien ihm den Arm aus der Schulter zu reißen. Er schrie vor Schmerz, Schreck und Panik, als er in diesem Moment erst richtig begriff, was er gerade getan hatte (oder zu tun *versuchte),* und spürte, wie sich das geflochtene Band der Peitsche unter dem doppelten Gewicht zu dehnen begann wie ein überbeanspruchtes Gummi. Noch zwei, drei Sekunden und die Peitsche würde entweder reißen oder sich von der Fahnenstange lösen!

Es wurde zu einem Wettlauf mit der Zeit und diesmal gewann er ihn wirklich nur ganz knapp und allenfalls nach Punkten. Van Hesling und er bewegten sich wie das Gewicht eines übergroßen Pendels am Ende der Peitschenschnur, rasten für einen kurzen, aber entsetzlichen Moment scheinbar geradewegs ins Nichts hinaus und näherten sich dann wieder der Fassade, immer schneller und schneller werdend. Und Thor schoss der Gedanke durch den Kopf, dass das Hilton aus ziemlich massivem Stein erbaut war. Und dass sie sich, wenn sie mit dieser Geschwindigkeit dagegenprallten, um den zweiten, noch heftigeren Aufprall etliche Sekunden später und etliche Dutzend Meter tiefer wahrscheinlich keine Sorgen mehr zu machen brauchten …

Aber van Heslings Germanengottheiten schienen es noch nicht eilig damit zu haben, ihren Jünger und seinen etwas übereifrigen Lebensretter nach Walhall einzuladen. Statt der massiven Sandsteinmauer des Hilton sah Thor plötzlich ein großes zweigeteiltes Fenster auf sich zurasen, versuchte verzweifelt und reichlich hilflos seinen Kurs am Ende der schwingenden Peitschenschnur zu ändern, dabei gleichzeitig den verrückten Wissenschaftler schützend an sich zu pressen und festzuhalten und außerdem noch die Beine anzuziehen, um den erwarteten Anprall wenigstens halbwegs abzufangen.

Zwei dieser drei Unternehmungen gelangen: Er verlor nicht den Halt an der Peitsche und er verlor auch nicht seine zappelnde Last – aber er verlor eindeutig das Duell mit dem Fenster. Statt den Fensterflügel in der Mitte zu treffen und elegant aufzusprengen, sodass er mit einem artistischen Sprung ins Innere des Hotels hätte gelangen können, brachen van Hesling und er unter einem gewaltigen Klirren und Scheppern durch das Glas und landeten in einem Scherbenregen in dem dahinterliegenden Zimmer.

Der Aufprall war so gewaltig, dass Thor das Gefühl hatte, jeder einzelne Knochen im Leib würde ihm gebrochen. Hilflos, dabei aber immer noch mit aller Kraft van Heslings Hüfte umschlingend, rollte er vier-, fünf-, sechsmal hintereinander über den dicken Teppich, zertrümmerte auf dem Weg zur Tür einen kleinen Tisch, einen Stuhl und den Teewagen, auf dem die Zimmerbar untergebracht war, und hörte van Hesling brüllen.

Der Stoß gegen die Tür raubte ihm fast das Bewusstsein. Sekundenlang sah er nichts als bunte Kreise und Sterne und jedes bisschen Kraft wich aus seinem Körper. Er ließ endlich van Hesling los, wich ganz instinktiv zur Seite, als er spürte, wie der Verrückte sich hochstemmte und prompt wieder zusammenbrach, und blieb ein paar Sekunden liegen, um wieder zu Atem zu kommen.

Als Thor die Augen öffnete, bot sich ihm ein Anblick, über den er wahrscheinlich gelacht hätte, hätte er noch die

Kraft dazu gehabt: Das Zimmer war nicht leer. Ein ältliches Ehepaar saß auf der Plüschcouch und starrte van Hesling und ihn fassungslos und aus aufgerissenen Augen an. In den Händen hielten beide noch die Kaffeetassen, aus denen sie getrunken hatten, aber die Unterteller und das dazu passende Geschirr samt dem Tisch, auf dem es eigentlich stehen sollte, waren verschwunden. Thor erinnerte sich schwach an ein gewaltiges Klirren und Scheppern und einen harten Schlag, der seine Hüfte getroffen hatte, und erst in diesem Moment fühlte er, dass er in etwas Warmem, Klebrigem lag.

Unsicher stand er auf, sah an sich herab und bemerkte, dass er in einer dunklen, dampfenden Lache zum Liegen gekommen war. Seine Hosen waren von den Knien an aufwärts bis zum Gürtel mit derselben Flüssigkeit durchtränkt. Thor bückte sich, tunkte den Zeigefinger in die Pfütze und kostete vorsichtig. Dann verzog er missbilligend das Gesicht und schüttelte den Kopf.

»Der Kaffee ist lauwarm«, rügte er, während er mit der linken Hand zugriff, den stöhnenden van Hesling vom Boden hochzerrte und mit der anderen bereits an der Türklinke war. »Sie sollten sich beim Zimmerservice beschweren. Bei dem, was Sie hier für eine Übernachtung bezahlen müssen, haben Sie ein Anrecht auf heißen Kaffee.«

Die Augen des alten Mannes wurden so groß, dass es Thor nicht weiter gewundert hätte, wenn sie im nächsten Moment herausgefallen wären, während der Unterkiefer seiner Frau herunterklappte und sie ihre Kaffeetasse fallen ließ.

Er packte van Hesling noch etwas fester beim Kragen und zerrte ihn auf den Flur hinaus. Grob stieß er den Wissenschaftler vor sich her auf die Aufzugtüren zu, hatte aber noch nicht einmal die halbe Strecke zurückgelegt, als van Hesling plötzlich stehen blieb und mit einem zornigen Laut seine Hand abstreifte.

»Was ist geschehen?«, fragte er. Er wirkte verwirrt, als erwache er aus einem tiefen Schlaf und sei sich noch nicht ganz schlüssig, ob er das, woran er sich erinnerte, wirklich erlebt oder nur geträumt hatte. Zwei, drei Sekunden lang blickte er Thor an und dann glomm in seinen trüben Augen ein Zorn auf, der Thor Garson unwillkürlich einen Schritt zurückweichen ließ.

Keine Sekunde zu früh.

Van Hesling brüllte auf, ballte seine gewaltigen Hände zu noch gewaltigeren Fäusten und schoss einen Hieb in Thors Richtung ab, der den Kampf beendet hätte, noch bevor er richtig begann. »Du Hund!«, brüllte er. »Was hast du getan? Ich habe die Bifröst gesehen! Odin! Der Weg nach Walhall stand mir offen!«

Thor Garson brachte sich mit einem zweiten, sehr hastigen Sprung nach hinten in Sicherheit, als der Wahnsinnige wie von Sinnen auf ihn einzuschlagen begann, konnte aber nicht allen Hieben ausweichen. Zwei-, dreimal trafen ihn van Heslings gewaltige Fäuste an Kopf und Schultern, und obwohl sie ihn im Grunde nur streiften, reichte schon diese Berührung aus, abermals Punkte, Kreise und Sterne vor seinen Augen flimmern zu lassen. Wie aus endlos weiter Entfernung registrierte er, dass die Aufzugtüren sich öffneten und etwa ein halbes Dutzend Menschen auf den Korridor entließen. Irgendjemand begann zu schreien. Überall längs des Flurs flogen Türen auf, neugierige Gesichter blickten zu ihnen heraus oder zogen sich hastig wieder zurück, als sie sahen, was geschah. Eine Gestalt in grauem Kostüm und mit kurz geschnittenem dunklen Haar lief auf van Hesling zu, fiel ihm in den Arm und versuchte ihn zurückzureißen, während Thor unter einem weiteren Hieb des tobenden Giganten gegen die Wand torkelte.

Van Hesling schüttelte Doktor Rosenfeld mit einer Bewegung ab, die er selbst wahrscheinlich nicht einmal spürte, die aber die junge Wissenschaftlerin quer über den Flur taumeln ließ. »Odin!«, brüllte der Verrückte noch einmal. »Ich komme!«

Und das schien er genauso zu meinen, wie er es sagte, denn er verlor plötzlich jegliches Interesse an Thor Garson und den anderen. Stattdessen fuhr er auf der Stelle herum und rannte mit zwei, drei gewaltigen Schritten zu der Tür des Zimmers zurück, aus dem sie gerade herausgekommen waren. »Odin! Wotan! Ich komme.«

»Um Gottes willen – haltet ihn auf!«, rief Doktor Rosenfeld.

Thor Garson setzte ihm nach, packte seinen Arm und versuchte ihn herumzureißen. Genauso gut hätte er versuchen können, ein durchgehendes Pferd mit bloßen Händen festzuhalten. Van Hesling kämpfte nicht nur mit der ganzen Kraft seines hünenhaften Körpers, er entwickelte auch die unmenschliche Stärke eines Verrückten: Ohne sichtliche Anstrengung schüttelte er Thor ab, drehte sich mit einem fast tierischen Knurren zu ihm herum und schlug zu.

Es war nicht die Bewegung, sondern das Funkeln in seinen Augen, das Thor warnte – und ihm vermutlich das Leben rettete.

Im allerletzten Moment duckte er sich und drehte sich gleichzeitig zur Seite. Van Heslings Faust verfehlte sein Gesicht so knapp, dass er den Luftzug spüren konnte, traf die Tür und zerschmetterte sie wie dünnes Sperrholz. Die Wucht des Schlages war so gewaltig, dass der Verrückte nach vorne gerissen wurde und plötzlich sein ganzer Arm bis zur Schulter in dem Loch verschwand, das er selbst in die Tür geschlagen hatte.

Thor machte einen halben Schritt zurück, blockte einen Schlag, den van Hesling mit der linken Hand ungeschickt auf sein Gesicht zielte, mit dem Unterarm ab – und schlug selbst mit aller Gewalt zu.

Er legte jedes bisschen Kraft, das er noch hatte, in diesen einen Hieb, denn er wusste, dass ihm keine Gelegenheit für einen zweiten bleiben würde: Van Hesling tobte weiter, und dass sein Arm dabei noch immer bis zur Schulter in der Tür feststeckte, störte ihn dabei nicht sonderlich. Er war drauf und dran, die ganze Tür einfach aus dem Rahmen zu reißen.

Thor Garson war kein Schwächling. Auch war es, weiß Gott, nicht das erste Mal, dass er sich mit seinen Fäusten zur Wehr setzen musste. Und trotzdem schwor er sich in diesem Sekundenbruchteil, dass es das letzte Mal sein würde.

Es war, als hätte er gegen Stahl geschlagen. Van Heslings Kinn musste unter den Bartstoppeln aus solidem Gusseisen bestehen. Ein scharfer, betäubender Schmerz fuhr durch Thors Faust und lähmte seinen Arm bis zur Schulter hinauf. Er taumelte zurück, umklammerte seine rechte mit der linken Hand und starrte seine Knöchel an, die bereits anzuschwellen begannen.

Van Hesling schien den Schlag nicht einmal gespürt zu haben. Er stand einfach da, starrte Thor Garson aus zusammengekniffenen, vor mörderischem Zorn funkelnden Augen an und streckte die linke Hand nach ihm aus. Seine rechte Schulter hing noch immer in der Tür fest, aber die hatte er mittlerweile vollends aus dem Rahmen gerissen, sodass er sie einfach hinter sich herschleifte. Er machte einen Schritt, öffnete den Mund, stammelte: »Odin!« und fiel stocksteif nach vorne. Thor Garson musste sich abermals mit einem hastigen Sprung zur Seite in Sicherheit bringen, um diesmal nicht von der herausgerissenen Tür erschlagen zu werden, die van Hesling dabei mit sich riss.

»O mein Gott! Der arme Mann!«

Doktor Rosenfeld kam mit weit ausgestreckten Armen

und vor Entsetzen geweiteten Augen auf Thor zu. Thor nickte, verzog das Gesicht zu einer Grimasse und betrachtete wehleidig seine immer stärker anschwellende Rechte. »Das können Sie laut sagen«, jammerte er. »Der Kerl hat –«

Doktor Rosenfeld lief einfach an ihm vorbei, kniete neben van Hesling nieder und versuchte ächzend ihn auf den Rücken zu wälzen.

»Sie armer Kerl«, sagte sie. »Oh, Sie Ärmster. Was hat er Ihnen nur angetan?« In ihren Augen flammte die pure Mordlust auf, als sie den Blick hob und Thor anstarrte.

»Sie Ungeheuer!«, zischte sie vorwurfsvoll. »Wie konnten Sie nur mit diesem armen kranken Mann so umspringen?«

Thor öffnete den Mund, starrte sie an und klappte ihn wieder zu. Er war … fassungslos. Seine rechte Hand pochte, als würde sie jeden Moment platzen, und er konnte von Glück sagen, dass er den Kopf noch auf den Schultern trug.

»Sie … Sie Monster!«, rief Doktor Rosenfeld. »Wie konnten Sie nur?« Thor hatte seine Selbstbeherrschung mittlerweile so weit wiedergefunden, um antworten zu können, aber inzwischen waren auch die anderen herangeeilt. Loben und von Ludolf standen einfach nur da und blickten mit steinernen Gesichtern auf Doktor Rosenfeld und den Bewusstlosen hinab, während die beiden Dänen und Bates versuchten der jungen Ärztin dabei zu helfen, van Hesling auf den Rücken zu wälzen und seinen Arm aus der zerschmetterten Tür zu befreien. Browning war ein Dutzend Schritte entfernt stehen geblieben und blickte mit finsterem Gesichtsausdruck auf die Szene, während Morton langsam neben Thor trat und sichtlich Mühe hatte, nicht vor Lachen laut herauszuplatzen – was Thors Laune auch nicht unbedingt hob.

»Das ist skandalös!«, sagte Doktor Rosenfeld. »So etwas habe ich ja noch nie erlebt. Der Mann ist krank. Haben Sie das denn nicht gesehen?«

»Doch«, antwortete Thor wütend. »Und zwar ziemlich krank. Offensichtlich bildet er sich ein, ein Vogel zu sein oder ein Hochseilartist. Dummerweise ist er keins von beiden.«

Doktor Rosenfeld starrte ihn an und schwieg.

Vielleicht war es gerade dieses Schweigen, das Thor noch mehr in Rage brachte. Anklagend streckte er seine mittlerweile rot und blau angelaufene Hand vor und sagte: »Zum Teufel, Gnädigste – falls es Ihnen entgangen sein sollte: Ich habe Ihrem Zwei-Zentner-Baby gerade das Leben gerettet! Und mir um ein Haar den Hals und höchstwahrscheinlich wirklich die Hand gebrochen.«

»Sie hätten ihm fast den Schädel eingeschlagen«, erwiderte Doktor Rosenfeld gereizt. »Sehen Sie denn nicht, dass dieser Mann krank ist? Wie konnten Sie nur so grob mit ihm sein? Er wollte doch nur heim zu seinen Göttern.«

»Das habe ich gemerkt!«, knurrte Thor. »Aber ich hatte keine besondere Lust ihm dabei Gesellschaft zu leisten. Ich halte nicht viel von der Bifröst.« Er ballte die Faust, obwohl ihm die Bewegung schon fast Tränen des Schmerzes in die Augen trieb, und fügte hinzu: »Wenn überhaupt, dann halte ich es mehr mit Thors Hammer.«

Morton lachte unterdrückt und auch über Bates' Gesicht huschte ein Grinsen, während Doktor Rosenfeld wohl endgültig zu dem Schluss kam, dass es keinen Zweck hatte sich weiter mit Garson zu streiten. Mit einem Ruck wandte sie sich wieder ihrem Schützling zu.

Morton berührte Thor an der Schulter. »Kommen Sie«, sagte er. »Im Moment können wir hier nicht mehr ausrichten. Sie haben getan, was Sie konnten.«

»Ja!«, meinte Doktor Rosenfeld gerade so leise, dass die anderen es hören mussten, ohne sicher zu sein, dass sie es auch *sollten.* »Das kann man wirklich sagen.«

Vor der zudringlich gewordenen Presse blieb nur die Flucht aus dem Hotel. Keiner der Beteiligten hatte auch nur die geringste Ahnung, wie es den Journalisten gelungen war, so schnell Wind von dem zu bekommen, was sich im Hilton abgespielt hatte – aber als Thor, Morton und Bates weniger als zehn Minuten danach aus dem Aufzug im Erdgeschoss traten, um sich auf den Schrecken an der Hotelbar einen Drink zu genehmigen, wurden sie nicht nur von einem sehr aufgebrachten Manager, sondern auch von einer ganzen Meute mit Stenoblöcken und Fotoapparaten bewaffneter Journalisten empfangen. Besonders Thor Garsons Anwesenheit schien sie im ersten Moment zu verblüffen, aber bei dem Ruf, den er sich in Pressekreisen mittlerweile erworben hatte, überzeugte wohl gerade diese Anwesenheit die Reporter, dass sie unvermutet auf eine weit größere Sache, als zunächst erwartet, gestoßen waren und ließ sie vordrängen.

Sie hatten sich sehr hastig wieder in den Aufzug zurückgezogen und sogar das Kunststück fertiggebracht, die Türen zu schließen (nachdem Bates zwei- oder dreimal auf vorwitzige Finger geschlagen hatte, die versuchten sich dazwischenzuschieben); aber ein Mann, der eine Treppe hinaufrennt, ist allemal schneller als ein Aufzug – vor allem wenn es sich um einen Reporter handelt, der auf der Jagd nach einer Story ist. Der Weg zurück in das oberste, von Browning angemietete und von seinen Leuten hermetisch abgeriegelte Stockwerk des Hilton war zu einem Spießrutenlauf geworden; wobei Thor hinterher selbst nicht mehr genau wusste, wie sie ihn überlebt hatten.

Brownings Kommentar zu dem, was geschehen war, hatte die nächsten zehn Minuten beansprucht.

Und wiederum zehn Minuten später fand sich die ganze Gruppe – einschließlich Doktor Rosenfeld, die den mittlerweile wieder zur Besinnung gekommenen, aber noch immer sehr benommen dreinblickenden van Hesling wie ein zu groß geratenes Baby an der Hand führte und Thor Garson mit Blicken begrüßte, die einen Eisberg binnen einer Sekunde in eine Dampfwolke verwandelt hätten – auf einem schmuddeligen, mit Mülltonnen und überquellenden Wäschecontainern vollgestopften Hinterhof des Hilton wieder, den garantiert noch kein zahlender Gast des Hotels zu Gesicht bekommen hatte. Eine Ratte huschte quiekend davon, als Thor aus der Tür trat, und der Deckel eines übergroßen Müllbehälters flog plötzlich hoch und eine schmutzstarrende, gebeugte Gestalt sprang ins Freie und rannte davon.

Thor sah sich stirnrunzelnd um, ließ seinen Blick einen Moment lang auf Doktor Rosenfeld und ihrem Begleiter verweilen und murmelte dann: »Reizend.«

»Was meinen Sie damit?«, fragte Morton, der neben ihm ging. Thor grinste, zuckte mit den Schultern und wandte sich mit einem fragenden Blick zu Browning.

Der Regierungsbeauftragte starrte ihn finster an und tat so, als begreife er nicht, was Thor von ihm wollte. Thor hätte in diesem Moment eine Menge dafür gegeben, Brownings Gedanken lesen zu können.

Seine schadenfrohen Überlegungen wurden unterbrochen, als das Brummen eines Motors näher kam. Alle wandten sich um und nicht nur Thor runzelte überrascht die Stirn, als ein riesiger weiß gestrichener Kastenwagen mit der Aufschrift einer Wäscherei in den Hof rumpelte.

Browning hob die Hand, der Wagen vollführte eine enge Kurve und kam unmittelbar vor dem Regierungsbeauftragten zum Stehen. Die Tür flog auf und ein junger Mann in der weißen Kleidung eines Reinigungsangestellten sprang heraus, ging um den Wagen herum und öffnete die beiden großen rückwärtigen Türen. Dahinter verbarg sich nicht das Innere eines Transporters, sondern eine doppelte Reihe gepolsterter, durchaus bequem aussehender Sitzbänke, zwischen denen sogar ein schmaler Tisch auf dem Boden des Wagens festgeschraubt war.

Browning deutete mit einer halb einladenden, halb befehlenden, doch gänzlich ungeduldigen Geste auf die Türen, aber weder Garson noch einer der anderen bewegte sich.

»Sind das die neuen Gästewagen der Regierung?«, fragte Garson spöttisch – was ihm einen weiteren giftgetränkten Blick Brownings eintrug. Aber er zögerte nicht mehr, sondern sprang mit einem federnden Satz in den Wagen und ließ sich auf eine der Bänke fallen. Von Ludolf und sein Assistent sowie Bates folgten ihm, während die beiden Dänen noch zögerten.

Browning ging zu ihnen hinüber und begann leise mit ihnen zu sprechen, und Morton half Doktor Rosenfeld auch van Hesling in den Lieferwagen zu bugsieren – was sich als gar nicht so einfach erwies. Der Wissenschaftler leistete zwar keinen Widerstand mehr, aber er unternahm auch nicht das Geringste, um den beiden dabei zu helfen. Was zu einer einigermaßen grotesken Situation führte: Weder Doktor Rosenfeld noch Morton waren stark genug, den Hünen einfach in den Wagen zu heben, und als Morton schließlich ins Wageninnere sprang und einfach an van Heslings Arm zu zerren begann, da trug ihm das einen so giftigen Blick der Neurologin ein, dass er den Versuch unverzüglich wieder einstellte. Garson grinste fröhlich in sich hinein, betrachtete seine geschwollene Hand und sah weg.

Aber schließlich war auch der Letzte im Wagen. Browning schloss die Türen, hantierte eine halbe Minute ärgerlich vor sich hin murmelnd im Dunkeln herum und dann glomm unter der Decke eine Glühbirne auf. Fast im gleichen Moment sprang der Motor an und der Wagen setzte sich klappernd und holpernd in Bewegung.

»Wohin fahren wir?«, erkundigte sich Doktor Rosenfeld.

Browning tat so, als hätte er die Frage nicht gehört, und Thor sagte grinsend: »Warum schauen Sie nicht einfach aus dem Fenster?«

Doktor Rosenfeld schwieg, Bates und Morton grinsten und van Hesling tat, was er immer tat, wenn er nicht gerade versuchte über Regenbogen zu wandeln: Er lächelte dümmlich, während die Gesichter der beiden Deutschen unbewegt blieben und die beiden Dänen offensichtlich gar nicht verstanden, worum es ging. Browning schenkte Thor einen weiteren wütenden Blick und knurrte irgendetwas von Geheimhaltung, was keiner von ihnen richtig verstand.

»Der Wagen hat keine Fenster«, sagte Thor.

Browning schwieg beharrlich weiter.

»Nur wenn es nicht zu viel verlangt ist«, fuhr Thor fort, »wäre die Frage gestattet, was das alles hier soll?« Er machte eine Bewegung mit der unverletzten Hand und sah Browning fragend an, sodass dieser nun keine Möglichkeit mehr sah, so zu tun, als hätte er nichts gehört.

»Wir hatten leider nicht viel Zeit, für eine angenehmere Transportmöglichkeit zu sorgen«, sagte Browning zornig und fügte hinzu: »Woran Sie ja nicht ganz unbeteiligt waren, Mister Garson.«

Thor lächelte. »Dieser Wagen macht keinen sehr improvisierten Eindruck«, meinte er. Browning bewegte sich unruhig auf seiner Sitzbank hin und her und suchte sichtlich nach Worten.

»Vielleicht kann ich Ihnen helfen?«, bot Thor freundlich an. »So wie ich das sehe, gibt es nur zwei Erklärungen: Sie wollten nicht, dass man uns sieht – oder wir sollen aus irgendeinem Grund nicht wissen, wohin wir gebracht werden.«

»Unsinn«, murmelte Browning, entschieden zu rasch und zu überzeugt, um wirklich überzeugend zu wirken.

»Mister Garson hat recht«, sagte von Ludolf mit seiner unangenehmen näselnden Stimme. »Das ist nicht unbedingt das, was ich mir unter den Vorbereitungen einer wissenschaftlichen Expedition vorgestellt habe, Doktor Browning.«

Browning sah plötzlich aus wie eine Maus, die von einem ganzen Dutzend Katzen in die Ecke gedrängt wurde. Nervös griff er nach seiner Brille, schob sie eine Weile auf seiner Nase hin und her, setzte sie ab, klappte sie zusammen und setzte sie wieder auf. »Das … ähm … ist richtig«, gestand er. »Ich muss mich auch im Namen meiner Regierung noch einmal entschuldigen, für die … ähm …« Er begann vollends zu stammeln, verlor den Faden und rettete sich in ein reichlich verunglücktes Lächeln.

»Das war eine wirklich erschöpfende Auskunft«, konstatierte von Ludolf kalt.

»Sie müssen Mr Browning verstehen«, sagte Garson an Brownings Stelle. »Sehen Sie, ich weiß nicht, als was oder wer er sich Ihnen vorgestellt hat, aber er genießt einen gewissen … Ruf.«

Das Wort *Ruf* betonte er so, dass nicht nur von Ludolf irritiert aufsah, sondern auch Bates die Stirn runzelte und die beiden Dänen plötzlich hellhörig wurden.

»Halten Sie den Mund, Garson«, polterte Browning grob.

Was Thor natürlich nicht tat. Stattdessen fuhr er mit einer Handbewegung auf den Regierungsbeauftragten fort: »Als Reporter schnappt man so einiges auf und in den letzten Tagen habe ich ein paar sehr informative Telefonate geführt. Wissen Sie, wenn Doktor Browning nicht eine wundersame Wandlung mitgemacht und ein völlig neues Leben begonnen hat, dann können wir schon von Glück sagen, wenn die Hälfte von uns diese Expedition lebend übersteht.

Ist es nicht so, Doktor?«, fügte er mit einem freundlichen Lächeln in Brownings Richtung hinzu.

Brownings Lippen pressten sich zu einem dünnen, blutleeren Strich zusammen, während seine Augen unsichtbare Blitze in Thors Richtung schossen. »Unsinn«, murrte er noch einmal. »Ich weiß nicht, warum Sie so aggressiv sind, Mister Garson, und solche Geschichten verbreiten, aber das ist alles ausgemachter Quatsch.«

»Trotzdem«, näselte von Ludolf unbeeindruckt und noch immer mit einer Stimme, als lese er einen drei Wochen alten Wetterbericht vor, »wäre es vielleicht nett, wenn Sie uns jetzt erklären, wo wir hingebracht werden.«

»Das … kann ich nicht«, sagte Browning gequält. »Jetzt noch nicht. Sie werden alles erfahren, sobald es so weit ist. Und ich gebe Ihnen mein Ehrenwort, dass Sie weder in Gefahr noch in sonstigen Schwierigkeiten sind.«

Von Ludolfs Gesichtsausdruck war nicht anzusehen, ob er sich mit dieser Erklärung zufriedengab oder nicht, aber er sagte nichts mehr, sondern lehnte sich wieder zurück und erstarrte zur Statue eines deutschen Offiziers. Thor verkniff sich die spöttische Bemerkung, die ihm auf der Zunge lag.

Und auch die anderen schwiegen jetzt. Mehr noch als das, *was* Browning gesagt hatte, war es die Art und Weise gewesen, *wie* er es gesagt hatte, die jeden seine eigenen – und wahrscheinlich düsteren – Überlegungen über den Sinn und das Ziel ihrer Autofahrt anstellen ließ.

Vor allem Thor war plötzlich überhaupt nicht mehr sicher, ob es wirklich eine gute Idee gewesen war, Mortons Drängen in Alaska nachzugeben. Aber im Grunde hatte er das ja auch gar nicht getan. Was ihn letztendlich dazu bewogen hatte, doch an dieser Expedition teilzunehmen, waren weder Brownings Appelle noch die Aussicht auf eine große wissenschaftliche Entdeckung und seine Reportage darüber gewesen.

Thor Garson betrachtete sich als Abenteurer mit Leib und Seele, als vielleicht einer der letzten echten Abenteurer, die es noch gab. Das Altertum und die Archäologie, die dazu diente, diesem seine Geheimnisse und Zeugnisse zu entreißen, hatten ihn von jeher fasziniert, sicherlich ein Erbe seines Vaters, der früher ebenso gewesen war, bis er die Archäologie nach der Emigration nach Amerika und dem Tod von Thors Mutter an den Nagel gehängt und ein Antiquitätengeschäft in New York eröffnet hatte.

Auch Thor selbst hatte ein Archäologiestudium begonnen, trotz Bestnoten aber nach wenigen Semestern frustriert wieder abgebrochen. Was er gleichermaßen in Theorie und Praxis bereits von seinem Vater gelernt hatte, war mehr, als die meisten Professoren ihm beibringen konnten. Schon bald hatte das Studium ihn gelangweilt und er hatte begriffen, dass es nicht allein die *Archäologie* war, die ihn interessierte. Das natürlich auch – aber mehr, ungleich mehr interessierten ihn die *Abenteuer*, die damit verbunden waren.

Und das war der wirkliche Grund gewesen, warum er schließlich eingewilligt hatte, an der Expedition nach Odinsland teilzunehmen: das Abenteuer.

Im Moment bestand dieses Abenteuer allerdings lediglich darin, mit einer Gruppe von Menschen, von denen ihm die meisten fremd, nur einer wirklich sympathisch und einer ganz und gar unsympathisch waren, in einem engen, sich über mit Schlaglöchern übersäte Straßen quälenden Wagen eingesperrt zu sein und zu einem bisher unbekannten Ziel gebracht zu werden.

Und dabei blieb es auch für die nächsten zwanzig Minuten. Niemand sprach, aber die Stimmung im Wagen sank beharrlich weiter; einzig van Heslings Grinsen blieb, wie es war.

Aber endlich wurde der Wagen langsamer. Geräusche, die sich von denen in der Stadt unterschieden, drangen durch das Blech des Tarnaufbaus und schließlich erstarb der Motor mit einem letzten röchelnden Laut. Dann näherten sich Schritte dem Wagen und die beiden hinteren Türen wurden aufgerissen.

Thor blinzelte in das ungewohnt grelle Sonnenlicht. Im ersten Moment sah er nur Schatten, aber er erkannte immerhin, dass es nicht mehr der junge Mann in dem weißen Anzug war, sondern zwei hochgewachsene Männer in den dunkelblauen Paradeuniformen der Marine. Aus den Augenwinkeln sah er, wie von Ludolf und sein Assistent überraschte Blicke tauschten und selbst Morton leicht zusammenfuhr.

Seine Augen hatten sich völlig an die Helligkeit gewöhnt, als er aus dem Wagen sprang. Sie befanden sich am Hafen. Nicht in dem lauten, Besuchern, Passagieren und Neugierigen zugänglichen Teil des Hafens, sondern in einem schmalen Seitenarm, in dem sie nur wenige Schiffe sahen, von denen das größte eine Zweimastjacht war. Und es war selbst für diesen Teil des New Yorker Hafens zu ruhig.

Thor argwöhnte, dass die beiden Marinesoldaten nicht allein waren. Wahrscheinlich war das gesamte Becken abgesperrt worden, damit niemand den Wagen und seine Passagiere beobachtete.

Er wollte sich mit einer Frage an Browning wenden, aber der Regierungsbeauftragte machte nur eine herrische Geste und winkte den anderen ungeduldig, ebenfalls aus dem Wäschereiwagen zu klettern. Bis auf van Hesling und seine Begleiterin folgten ihm auch alle gehorsam, aber Doktor Rosenfeld machte keine Anstalten, das Fahrzeug zu verlassen.

»Ich verlange jetzt endlich zu wissen, wohin wir gebracht

werden«, sagte sie bestimmt. »Vorher rühre ich mich hier nicht von der Stelle.«

Browning verdrehte die Augen. Für einen ganz kurzen Moment schien er dicht vor einem seiner gefürchteten Wutanfälle zu stehen, und es hätte Thor nicht im Geringsten gewundert, wenn er den beiden Marinesoldaten Befehl gegeben hätte, die Neurologin und ihren Patienten einfach mit Gewalt aus dem Wagen zu schleifen. Aber dann besann er sich eines Besseren, kletterte noch einmal in das Fahrzeug und redete einige Augenblicke lang mit gedämpfter Stimme auf Doktor Rosenfeld ein. Weder Thor noch die anderen konnten verstehen, was er sagte, aber Thor sah, wie sich Doktor Rosenfelds Augen erstaunt weiteten und sie einen raschen ungläubigen Blick auf die Zweimastjacht am Kai hinter ihnen warf.

Auch Thor drehte sich herum und musterte das Schiff noch einmal aufmerksamer. Irgendwie kam es ihm bekannt vor, obwohl er ganz sicher war, es noch nie gesehen zu haben. Es war ein relativ kleines, aber sehr feines Schiff, vom Flair des Besonderen umgeben, wenngleich es sich weder in Größe noch Ausstattung von einem anderen Schiff seiner Klasse unterschied. Und trotzdem – irgendetwas …

»Kommen Sie, meine Herren.«

Browning hatte es endlich geschafft, Doktor Rosenfeld zum Verlassen des Wagens zu bewegen, und ging jetzt mit eiligen Schritten vor ihr her auf die Jacht zu. Die beiden Marinesoldaten flankierten van Hesling; sehr unauffällig, aber auch sehr geschickt. Sollte der Wahnsinnige wieder einen seiner Anfälle bekommen, würden sie ihn in Sekundenschnelle überwältigen und festhalten.

Sie betraten das Schiff über eine schmale Laufplanke. Thor sah sich abermals neugierig um. Jetzt, als er an Bord war, kam ihm die Jacht noch kleiner vor als bisher – und noch bekannter. Er glaubte nicht, dass sie mehr als sieben oder acht Besatzungsmitglieder hatte.

Und wenn sie alle an Bord dieses Schiffes bleiben und damit fahren sollten, dann war sie wahrscheinlich sogar überfüllt.

Sie sollten. Browning und die beiden Marineoffiziere dirigierten sie sanft, aber sehr nachdrücklich unter Deck, wo bereits einige Kabinen für sie vorbereitet waren: eine für Loben und von Ludolf sowie die beiden Dänen, eine andere für Bates, Morton, Browning und offensichtlich auch Thor, denn auch in ihr befanden sich vier Betten, und eine etwas kleinere Kajüte für van Hesling und sein »Kindermädchen«.

Noch während sie die Kabinen betraten, hörte Thor, wie der Motor der Jacht ansprang, und spürte, wie das Deck unter seinen Füßen zu beben begann. Sie hatten ganz offensichtlich abgelegt. Browning verlor keine Zeit.

»Mister Garson?«

Etwas am Klang von Brownings Stimme irritierte ihn. Thor drehte sich herum und sah den Regierungsbeauftragten fragend an. Browning wirkte mit einem Mal überhaupt nicht mehr feindselig, sondern ein ganz klein bisschen nervös. Und das entschuldigende Lächeln, das er auf sein Gesicht zwang, war nicht einmal hundertprozentig falsch – allerhöchstens neunundneunzigprozentig.

»Ja?«, fragte Thor.

Browning machte eine einladende Geste und hob gleichzeitig die andere Hand, als auch Morton und Bates von ihren Kojen aufstehen wollten, auf die sie sich gerade erst niedergelassen hatten. Er schüttelte den Kopf, was aber nur den beiden anderen galt. »Bitte folgen Sie mir«, sagte er zu Thor gewandt.

Thor gehorchte. Er war ein wenig verwirrt, aber auch beunruhigt.

Wenn es etwas gab, was Doktor Browning nervös machen konnte, dann musste das schon etwas Besonderes sein.

Sie verließen die Kabine, gingen den nur ein knappes halbes Dutzend Schritte messenden Gang entlang und betraten den Salon des Schiffes. Auch hier drinnen entsprach alles dem äußeren Eindruck, den die Jacht hinterließ: gediegen, solide, mit einem dezenten Luxus, der fast nur angedeutet, trotzdem aber deutlich spürbar war.

»Was ist das hier?«, fragte Thor.

Browning runzelte ärgerlich die Stirn. »Ein Schiff«, sagte er patzig.

»Das sehe ich selbst«, antwortete Thor im gleichen Ton. »Ich meine auch nicht, *was* es ist, sondern was wir –«

»Ich habe Sie nicht hierhergebeten, um mit Ihnen über Schiffe zu diskutieren«, unterbrach ihn Browning, nun wieder ganz in seiner gewohnt groben Art. »Bitte hören Sie mir zu, Mister Garson. Wir haben nicht viel Zeit und es ist vielleicht das letzte Mal, dass wir unter vier Augen miteinander reden können.«

Der Ernst, der plötzlich in seiner Stimme war, ließ Thor aufhorchen. Er nickte. »Also geht es doch um mehr als einen treibenden Eisberg und ein paar Fetzen von einem Wikingersegel. Hab ich recht?«

»Ich fürchte«, sagte Browning. »Aber um Ihrer nächsten Frage zuvorzukommen: Wir wissen wirklich nicht, worum es tatsächlich geht. Alles, was wir haben, ist die Aussage eines Verrückten und ein paar Vermutungen.«

»Und die wären?«, fragte Thor.

Browning zuckte hilflos mit den Schultern. »Selbst darüber kann ich nicht sprechen«, sagte er. »Es klingt zu verrückt, als dass selbst Sie es glauben würden.«

Thor verzog das Gesicht zu einer säuerlichen Grimasse. »Vielen Dank für das Kompliment«, erwiderte er. »Aber wenn Sie mir schon von sich aus nichts erzählen, dann darf ich vielleicht ein paar Fragen stellen?«

Browning sah ihn reglos an.

Thor machte eine Geste auf die geschlossene Tür hin. »Diese beiden Deutschen«, sagte er. »Warum sind sie wirklich hier? Doch nicht nur, weil van Hesling zufällig Mitglied einer deutschen Forschungsexpedition war.«

Er hatte mit seiner Vermutung ins Schwarze getroffen, wie der Ausdruck auf Brownings Gesicht verriet. Aber der Regierungsbeauftragte antwortete auch jetzt nicht gleich, sondern blickte betreten zu Boden und begann mit den Füßen zu scharren.

»Das ist«, begann er schließlich nach einer geraumen Weile und in einem sehr gequälten Tonfall, »nicht so einfach zu erklären.«

»Ich bin ein geduldiger Zuhörer«, sagte Thor. »Und manchmal verstehe ich sogar etwas. Wissen Sie?«

Hinter ihm erklang ein leises spöttisches Lachen.

Thor drehte sich erschrocken um – und sog ungläubig die Luft ein.

»Aber das ist doch …!«

»Ganz genau der«, antwortete der schlanke Mann, der plötzlich wie aus dem Nichts hinter ihm aufgetaucht war. »Das ist er.«

Er lächelte, ging mit raschen Schritten an Thor und Browning vorbei und nahm eine Flasche und drei Gläser vom Regal der Bar, die neben der Tür in die Wand eingelassen war. »Trinken Sie einen Whisky mit uns, Mister Garson?«, fragte er, wobei er bereits Eis aus einem Kühlbehälter in die Gläser warf und diese zwei Finger hoch auffüllte. Dann drehte er sich, alle drei Gläser in einer Hand balancierend, herum, reichte eines davon Browning und das zweite Thor, der es verblüfft entgegennahm. Das dritte behielt er selbst, nippte daran, sagte »Prost« und nahm einen zweiten, deutlich größeren Schluck.

Thor starrte sein Gegenüber noch immer fassungslos an. Er begriff sehr wohl, dass der angebotene Drink nur dem einzigen Zweck diente, das Eis zwischen ihnen zu brechen und ihm Gelegenheit zu geben, sich mit der plötzlich völlig veränderten Situation vertraut zu machen. Aber wenn er sonst auch selten Schwierigkeiten hatte, sich auf etwas Neues einzustellen – jetzt war es so weit. Er hatte mit allem gerechnet, aber nicht *damit.*

»Doktor Browning hat leider recht mit dem, was er Ihnen gerade erzählte, Mister Garson«, sagte der Mann, nachdem Thor ihn eine volle Minute lang weiter angestarrt und dabei sogar fast das Atmen vergessen hatte.

»Das, was er und Mister Morton Ihnen in Saint Claire erzählt haben, ist wirklich schon beinahe alles, was wir über diesen Eisberg wissen. Nicht ganz, aber fast. Alles andere sind Vermutungen … Und ein paar Befürchtungen.«

Die Pause vor den letzten Worten entging Thor Garson keineswegs und er fand seine Fassung jetzt auch wieder. Zumindest weit genug, um stammeln zu können: »Mister President …«

Der Präsident der Vereinigten Staaten von Amerika nickte, als schmeichle ihm die Bezeichnung, nahm einen weiteren Schluck aus seinem Whiskyglas, wobei er es leerte, und fuhr sich genießerisch mit der Zungenspitze über die Lippen.

»Leider hatte Doktor Browning auch mit seiner anderen Bemerkung recht«, fuhr er fort. »Nämlich der, dass wir überhaupt keine Zeit haben. Ich dürfte gar nicht hier sein und offiziell bin ich es auch nicht, wenn Sie verstehen?«

Thor nickte. Er verstand kein Wort.

»Um es kurz zu machen«, fuhr der Präsident fort, »die Situation ist folgende: Wir sind ziemlich sicher, dass die Expedition, an der Professor van Hesling teilgenommen hat, nicht nur wissenschaftlicher Neugier diente. Wir haben sogar Beweise, dass sich mehrere SS-Offiziere und eine Gruppe regimetreuer Wissenschaftler an Bord befanden sowie einige Ingenieure und Physiker. Fragen Sie mich jetzt nicht, warum oder woher wir diese Informationen haben. Aber es ist so.«

»Aber van Hesling ist –«

»Ich weiß, wer Professor van Hesling ist«, unterbrach ihn der Präsident mit einem milden, aber auch tadelnden Lächeln. »Mir ist bekannt, dass Doktor Browning und Sie keine Freunde sind, doch glauben Sie mir: Er ist einer der fähigsten Männer auf seinem Gebiet, über die unser Land verfügt. Informationen, die von ihm kommen, stimmen.«

Das hatte Thor Garson auch nie bezweifelt. Er hielt Browning nur einfach für einen Idioten. Das war alles.

Plötzlich lächelte der Präsident, als hätte er seine Gedanken gelesen.

»Ich hätte eine Menge darum gegeben, die Deutschen aus der Sache herauszuhalten. Glauben Sie mir, Mister Garson. Aber leider ging es nicht. Kapitän Morton hat den Vorfall über Funk gemeldet – was seine Pflicht war – und wir wissen ebenfalls aus sicherer Quelle, dass die Deutschen den Funkspruch abgefangen haben. Sie kennen die angespannte Lage, die im Moment zwischen Hitler-Deutschland und den Vereinigten Staaten von Amerika herrscht. Wir können es uns aus politischen und auch wirtschaftlichen Gründen nicht leisten, die Deutschen vor den Kopf zu stoßen, und es wäre mehr als ein Affront, sie an einer Expedition nicht teilnehmen zu lassen, die offiziell dem Zweck dient, das Schicksal eines verschollenen deutschen Forschungsschiffes aufzuklären.«

»Und inoffiziell?«, fragte Thor.

Das Lächeln des Präsidenten wurde zu einem Grinsen, das an das eines Schuljungen erinnerte, dem ein besonders guter Scherz gelungen war. »Demselben«, schmunzelte er. »Herauszufinden, was mit dem Schiff geschehen ist – und weshalb es sich *wirklich* dort herumgetrieben hat.«

»Ich verstehe«, sagte Thor. »Sie fürchten, dass die Deutschen dort oben irgendeine Schweinerei vorhaben.«

»Wir wissen es nicht«, sagte Browning anstelle des Präsidenten. »Aber wir wissen, dass der deutsche Geheimdienst völlig aus dem Häuschen geriet, als er die Nachricht bekam, dass van Hesling noch lebt.«

»Es hat uns sogar alle nur erdenkliche Mühe gekostet, von den Deutschen das Einverständnis zu bekommen, diese Expedition überhaupt durchzuführen.«

»Das verstehe ich nicht«, gestand Thor.

»Das ist ganz einfach«, erklärte der Präsident. »Natürlich können sie uns nicht daran hindern, eine Expedition in die Antarktis loszuschicken.«

»Arktis«, korrigierte Garson. »Verzeihung, Mister President – es heißt *Arktis.*« Er deutete mit dem Zeigefinger zum Boden hin. »Die *Antarktis* ist auf der anderen Seite.«

Browning schnappte nach Luft wie ein Fisch auf dem Trockenen, doch in den Augen des Präsidenten blitzte es abermals belustigt auf. »Von mir aus auch zum Mars«, sagte er lächelnd. »Das ändert nichts. Wie gesagt: Sie können uns nicht daran hindern, eine Expedition nach Was-weiß-ich-wohin zu schicken. Aber sie können uns sehr wohl daran hindern, dabei einen deutschen Wissenschaftler mitzunehmen.«

»Van Hesling?«, vermutete Garson.

Der Präsident nickte. »Ja. Wenn das, was wir vermuten, zutrifft, dann hat das alles keinen Sinn ohne seine Begleitung.«

»Und was ist das, was Sie vermuten?«, fragte Garson zum wiederholten Mal.

»Das Einzige, woran die Deutschen wirklich interessiert sind«, sagte Browning düster.

»Sauerkraut?«

Browning wurde nicht nur blass, sondern grün im Gesicht und der Präsident lachte herzhaft. »Wie ich sehe, können Sie selbst über Ihre Herkunft noch Scherze machen, das gefällt mir«, sagte er grinsend, nachdem er sich wieder beruhigt hatte. »Aber natürlich geht es um etwas weitaus Ernsteres: um Waffen. Sehen Sie, Mister Garson, wir haben die ursprüngliche Expedition van Heslings und der anderen rekonstruiert, soweit es uns mit den wenigen uns zugänglichen Daten möglich war. Alles spricht dafür, dass dieses Schiff unterwegs war, um nach irgendetwas zu suchen, was die Wehrmacht als Waffe benutzen kann. Ich habe keine Ahnung, was das sein könnte. Niemand hat eine Ahnung – aber es muss verdammt wichtig gewesen sein. Sie haben die besten Köpfe ihres Landes losgeschickt.«

»Und keiner ist zurückgekommen.«

»Keiner ist zurückgekommen«, bestätigte der Präsident. »Außer van Hesling. Und kaum hatte Hitler die Nachricht von seinem Überleben erhalten, da schickte er auch schon ungefähr die Hälfte seiner Nordmeerflotte los. Die Gewässer rings um Grönland wimmeln im Moment so sehr von deutschen Schiffen und Unterseebooten, dass die Fische wahrscheinlich auswandern werden.«

Thor überlegte einen Moment. »Unter diesen Umständen«, sagte er dann, »erscheint es mir immer sonderbarer, dass Sie diese Expedition durchführen. Immerhin sind Amerika und Deutschland alles andere als Freunde.«

»Aber auch keine Feinde«, fügt der Präsident hinzu. »Zumindest nicht offiziell – noch nicht. Außerdem haben sie gar keine andere Wahl. Sehen Sie, Mister Garson, wir haben den Kurs dieses Eisbergs –«

»Odinsland«, warf Browning ein. Der Präsident nickte dankbar. »Wir haben den wahrscheinlichen Kurs Odinslands also hochgerechnet. Natürlich sind es nur Schätzungen, aber wenn unsere Berechnungen auch nur ungefähr zutreffen, dann dürfte sich der Eisberg im Moment in einem Seegebiet befinden, das sowohl für Über- als auch für Unterwasserschiffe völlig unzugänglich ist. Zumindest bis zum nächsten Frühjahr. So wie es im Moment aussieht, sind wir die Einzigen, die die Transportmittel haben, um dorthin zu kommen. Und schnell hinzukommen, was aus irgendeinem Grund wichtig sein muss.«

»Und deshalb –«

»– hat Hitler sich bereit erklärt, das Hilfsangebot der Regierung der Vereinigten Staaten von Amerika anzunehmen«, sagte der Präsident spöttisch. »Ja.«

Thor überlegte einen Moment. Das war nicht alles. Der Präsident verschwieg ihm irgendetwas. Er war ein ausgezeichneter Schauspieler (das musste man wohl sein, bei einem Job wie seinem), aber Browning hatte sich nicht gut genug in der Gewalt. Sein Gesicht blieb zwar ausdruckslos und unfreundlich wie immer, doch sein Blick verriet, dass da noch mehr war. Etwas Wichtiges. Aber Thor spürte ebenso deutlich, dass er auf alle Fragen, die er jetzt noch stellen konnte, sowieso keine Antwort bekommen würde.

»Sie möchten also, dass ich ein Auge auf diese beiden Deutschen werfe«, meinte er schließlich.

Der Präsident schüttelte den Kopf. »Das bleibt Ihnen natürlich unbenommen, aber dafür werden schon Doktor Browning und seine Begleiter sorgen. Keine Angst. Nein – was wir von Ihnen möchten, ist Folgendes: Wir haben Sie gebeten, an dieser Expedition teilzunehmen, weil Sie über einen … nun, sagen wir: einen gewissen Ruf verfügen. Wie Sie ja selbst besser wissen als ich. Und Sie sind unbestritten ein fähiger Archäologe. Wenn Sie auf diesem Eisberg irgendetwas finden, was unsere Vermutungen bestätigt, dann versuchen Sie es für uns zu sichern. Und sollte dies nicht möglich sein, dann zerstören Sie es. Ganz egal, was es ist.«

Thor blickte den Präsidenten verstört an. Er versuchte zu lächeln, aber es misslang kläglich. »Ich verstehe Sie richtig?«, vergewisserte er sich. »Sie wollen, dass ich nach etwas suche, von dem wir nicht einmal wissen, was es ist, und es mitnehme oder zerstöre, ganz egal, was ich finden sollte – *wenn* wir etwas finden.«

Der Präsident nickte. »Ich weiß, es klingt verrückt, aber genau das ist es, was ich von Ihnen möchte, Mister Garson.«

»Ja«, gestand Thor mit einem gequälten Lächeln. »Das klingt verrückt.«

Brownings Gesicht färbte sich allmählich wieder rot. »Garson«, zischte er gepresst. »Es reicht allmählich. Sie –«

»Aber lassen Sie ihn doch, Doktor«, sagte der Präsident lächelnd. »Es tut gut, jemanden vor sich zu haben, der nicht nur katzbuckelt, sondern seine Meinung sagt. In einer Stellung wie der meinen trifft man viel zu selten auf Leute, die es noch wagen, ihre Meinung zu sagen.« Er lachte leise, füllte sein Glas erneut mit einer gewaltigen Portion Whisky und blickte fast vorwurfsvoll das Glas in Thors Hand an, das dieser bisher noch nicht einmal angerührt hatte.

»Nun, Mister Garson«, meinte er nach einer Weile. »Ich weiß, es ist nicht sehr fair, eine solche Entscheidung innerhalb einer einzigen Minute von Ihnen zu verlangen, aber ich fürchte, mir bleibt keine andere Wahl. Werden Sie tun, was ich von Ihnen verlange?«

»Hab ich denn eine Wahl?«, fragte Thor.

Der Blick seines Gegenübers wirkte mit einem Mal fast

verletzt. »Sie können tun und lassen, was Sie wollen, Mister Garson«, erwiderte er. »Ich meine das ernst. Wenn Sie es ablehnen, dann lasse ich das Schiff sofort anlegen und Sie zurückbringen. Major von Ludolf und sein Begleiter würden sich vermutlich darüber freuen. Also?«

Es dauerte fast eine Minute, bis Thor antwortete. Aber dann nickte er. »Warum eigentlich nicht?«, fragte er.

Das Schiff fuhr eine gute Stunde lang flussaufwärts. Und Thor verbrachte den allergrößten Teil dieser Zeit auf dem Rücken in seiner Koje liegend und die Kabinendecke anstarrend. Morton und Bates hatten ihn sofort mit Fragen bestürmt, kaum dass er wieder in die Kajüte gekommen war, aber er hatte keine einzige davon beantwortet, ja nicht einmal reagiert, sodass sie es schließlich aufgegeben und sich in ihre eigenen Betten zurückgezogen hatten, von wo aus sie ihn mit einer Mischung aus Ärger und Beunruhigung anstarrten.

Thor registrierte es nicht einmal. Das Gespräch mit dem Präsidenten hatte ihn mehr aufgewühlt, als er es sich selbst eingestehen wollte. Wie bei Browning zuvor war es nicht einmal so sehr das gewesen, *was* er gesagt hatte, sondern mehr das, was Thor zwischen seinen Worten herausgehört hatte. Wenn auch nur die Hälfte dessen zutraf, was er befürchtete, dann war dies mehr als ein Abenteuer. Mehr als ein Ausflug in die Vergangenheit, wie er ihn schon mehrmals überstanden hatte. Vielleicht waren er und die anderen ahnungslosen Mitglieder dieser kleinen Expedition schon längst zu Schlüsselfiguren im Ringen zweier gewaltiger Giganten geworden, in dem es um nichts anderes als um die Macht über die gesamte Welt ging.

Aber er konnte sich einfach nicht vorstellen, was die Deutschen dort in den eisigen Gewässern des Nordmeeres gefunden haben sollten, noch dazu auf einem Eisberg, der vielleicht seit Jahrtausenden seine Kreise über das Meer zog.

Und er verstand noch weniger, was er bei dieser Expedition sollte, weder als Reporter noch als Archäologe. Sein Fachgebiet waren versunkene Kulturen und das, was sie hinterlassen hatten. Aber in Grönland oder gar der Arktis hatte es niemals eine Kultur gegeben, von einigen nur wenige Jahre überdauernden Ansiedlungen der Wikinger einmal abgesehen und vielleicht ein paar Inukstämmen, die heute noch so lebten wie vor zweitausend Jahren. Was, um alles in der Welt, mochte es dort oben geben, das die Deutschen als Waffe gebrauchen konnten?

Fast die gesamt Zeit, in der sich die Jacht des Präsidenten den Hudson hinaufarbeitete, dachte Thor über diese und ähnliche Fragen nach, ohne jedoch auch nur den Schimmer einer Antwort zu erahnen. Aber er würde Browning danach fragen. Das nahm er sich vor. Und zwar noch heute. Und er würde keinerlei Ausflüchte mehr gelten lassen. Fast bedauerte er schon, nicht auf einer Antwort bestanden zu haben, auch auf die Gefahr hin, sie nicht zu bekommen und daraufhin von der Expedition ausgeschlossen zu werden. Aber das war Theorie. Praktisch hatte er nicht irgendjemandem, sondern dem Präsidenten der Vereinigten Staaten von Amerika gegenübergestanden. Nicht nur einem der mächtigsten Männer der Welt überhaupt, sondern dem Regierungsoberhaupt des Landes, dessen Staatsbürgerschaft er angenommen hatte.

Schließlich legte das Boot wieder an, nicht in einem Hafen, sondern an einem schmalen, offensichtlich nagelneuen hölzernen Steg, der ein ganzes Stück weit in den Fluss hineinragte und wahrscheinlich eigens für diesen Anlass und diesen Tag erbaut worden war. Sie verließen das Schiff und stiegen abermals in Wagen um – diesmal allerdings nicht in einen umgebauten Wäschereiwagen, sondern in drei offene Limousinen, die von Marinesoldaten chauffiert wurden. Sie rumpelten eine Viertelstunde lang über ausgefahrene Feldwege, bevor sie auf eine besser ausgebaute Straße stießen, durchquerten eine kleine Ortschaft und näherten sich schließlich einer Ansammlung riesiger Wellblechhallen und kleinerer, aber immer noch gewaltiger Gebäude, die sich rings um ein geradezu gigantisches Betonfeld gruppierten.

Wiederum hatte Thor das Gefühl, eigentlich wissen zu müssen, wo er sich befand – aber die Erkenntnis kam erst, als Bates neben ihm überrascht die Luft einsog und ein einziges Wort vor sich hin flüsterte: »Lakehurst!«

Lakehurst!

Thor richtete sich erschrocken im Sitz der Limousine auf. Das war ein Flughafen, aber nicht *irgendein* Flughafen. Thor konnte den Schrecken und das kaum noch verhohlene Entsetzen in Bates' Stimme sehr gut verstehen. Lakehurst war der Luftschiffhafen der Vereinigten Staaten, eben jenes Lakehurst, wo erst vor wenigen Jahren die Hindenburg explodiert war, die dabei zahllose Menschen in den Tod gerissen hatte. Seither war es still um die lautlosen Giganten der Lüfte geworden, wenn man sie auch dann und wann noch sah. Aber Thor hätte sich niemals träumen lassen, eines Tages selbst an Bord einer dieser riesigen fliegenden Zigarren zu gehen. Er konnte auch nicht sagen, dass er allzu scharf darauf war.

Dann fiel ihm etwas ein, was der Präsident gesagt hatte: »*... die Einzigen, die im Moment über die dazu nötigen Transportmittel verfügen.*«

Eine ungute, eine sehr ungute Ahnung stieg in ihm auf. Und sie wurde zur Gewissheit, als die Wagen das große Maschendrahttor passierten und ohne anzuhalten auf eine riesige, an die fünfzig Yard hohe und sicherlich eine halbe Meile lange Halle zurollten, deren zweigeteiltes Tor auseinanderzuschwingen begann, während sie sich ihm näherten.

»Was ist das hier?«, fragte Morton nervös.

»Lakehurst«, antwortete Bates. Verwundert fügte er hinzu: »Sie haben noch nie davon gehört?«

»Natürlich weiß ich, was Lakehurst ist«, erwiderte Morton in leicht gereiztem Ton. Er deutete mit der ausgestreckten Hand auf die gigantische Halle. »Ich frage mich, was *das da* ist.«

»Ein Hangar«, antwortete Bates. »Um genau zu sein, ein Luftschiffhangar.«

Morton wurde blass. »Sie meinen, dass wir … dass wir mit einem dieser Dinger fliegen werden?«

Bates zuckte mit den Schultern und sagte gar nichts. Thor Garson nickte und meinte: »Ja.«

»Woher wollen Sie das wissen?«, fragte Morton.

Thor Garson lächelte. »Jemand hat es mir gesagt«, antwortete er.

»Und wer? Browning?«

Thor schüttelte den Kopf. »Nein. Der Präsident der Vereinigten Staaten.«

Morton starrte ihn böse an und sagte gar nichts mehr, während Bates plötzlich Mühe hatte ein Lachen zu unterdrücken. Manchmal war es wirklich am einfachsten, die Wahrheit zu sagen. Vor allem dann, wenn man sicher sein konnte, dass einem sowieso niemand glaubte.

Die Wagen wurden langsamer und reihten sich hintereinander auf, um durch das Tor zu rollen. Das Innere der Halle war noch riesiger, als ihr Äußeres hatte vermuten lassen. Allerdings war von ihren wahren Abmessungen im Moment nicht allzu viel zu erkennen, denn der allergrößte Teil des vorhandenen Raumes wurde von einem gigantischen silbergrauen Etwas beansprucht, das, von einem wahren Spinnennetz armdicker Taue und Stahlseile gehalten, unter der Hallendecke schwebte. Bates stieß einen anerkennenden Pfiff durch die Zähne aus, während Morton abermals die Luft einsog.

Auch Thor betrachtete das Luftschiff voll ungläubigem Staunen. Das war nicht der erste Zeppelin, den er sah. Aber dieser hier war der mit Abstand größte. Es war schwer, hier drinnen irgendwelche Vergleiche anzustellen, denn die weitläufige Halle ließ das Luftschiff wiederum kleiner erscheinen, als es tatsächlich war – doch selbst die legendäre Hindenburg musste gegen diesen Giganten ein Zwerg gewesen sein. Seine wahre Größe kam Thor erst zu Bewusstsein, als sie sich der Gondel näherten, die unter dem zigarrenförmigen, schimmernden Rumpf hing, und er sah, wie winzig die beiden vor ihm fahrenden Wagen plötzlich aussahen.

Sie stiegen aus. Bates entfernte sich wortlos in Richtung der Luftschiffgondel und begann fast augenblicklich ein Gespräch mit einem der herumstehenden Matrosen, während Morton noch immer sichtlich fassungslos vor Staunen dastand und den Kopf in den Nacken legte, um den schwebenden Giganten zu betrachten, der über ihnen hing.

Auch Thor sah nach oben – und bereute es eine Sekunde später. Für seinen Geschmack war es ein verdammt ungutes Gefühl, ein Gebilde von der Größe eines dreißigstöckigen Wolkenkratzers zu sehen, das über ihm schwebte und scheinbar nur darauf wartete, herunterzufallen und die winzigen Menschen unter sich zu zermalmen. Natürlich wusste er, dass das nicht passieren konnte; ja nicht einmal *möglich* war. Aber das war nur der logische Anteil in ihm, der das behauptete. Außer diesem kleinen und im Moment ziemlich hilflosen Teil gab es noch einen größeren, unlogischen Thor Garson, der ihm erklärte, dass sich dieses Ding dort oben einfach nicht in der Luft halten *konnte* und jeden Moment wie ein Berg zu Boden krachen und sich bis nach China durchbohren musste.

»Überrascht?«

Der hämische Klang des Wortes verriet Thor, wem die Stimme gehörte, und so hatte er noch Gelegenheit, ein unfreundliches Lächeln auf sein Gesicht zu zaubern, ehe er sich umdrehte, damit Browning nicht sah, wie er sich *wirklich* fühlte.

»Ein wenig«, gestand er. »Obwohl ich mir irgendetwas in dieser Art hätte denken sollen nach unserem … Gespräch.«

»Ja«, sagte Browning ungerührt. »Und jetzt verstehen Sie sicher auch, warum ich bisher niemandem sagen konnte, wohin wir wirklich fahren werden.«

»Wieso?« Thor wies mit einer Kopfbewegung auf das Luftschiff. »Hatten Sie Angst, dass die Hälfte Ihrer Expedition abspringt und sich weigert mit dem Ding da zu fliegen?«

»Aber wieso denn?«, erwiderte Browning mit perfekt geschauspielerter Überraschung.

»Weshalb dann?«, wollte Thor wissen.

»Weil das hier nicht unbedingt für jedermanns Augen bestimmt ist«, antwortete Browning. »Das ist ein Versuchsmodell. Ein eigentlich streng geheimes Projekt der Navy, von dem bisher nur die unmittelbar Beteiligten und eine Handvoll Außenstehender wussten.«

»Und seit zehn Minuten auch zwei deutsche Wehrmachtsoffiziere«, fügte Thor Garson mit einem schadenfrohen Grinsen hinzu.

Browning machte plötzlich ein Gesicht, als hätte er unversehens in eine Zwiebel gebissen. »Ja«, gestand er bekümmert. »Ich fürchte, so ist es.«

»Und wie werden Sie mit diesem Problem fertig?«, fragte Thor. »Werden Sie sie irgendwo über dem Atlantik über Bord werfen?«

In Brownings Augen blitzte es auf, aber er verbiss sich die wütende Antwort, die ihm sichtlich auf der Zunge lag. »Ich habe meine diesbezüglichen Bedenken geäußert«, sagte er nur. »Aber wir werden uns um das Problem kümmern, sobald der eigentliche Anlass unserer Expedition erledigt ist.«

»Falls Sie Hilfe brauchen«, schlug Thor Garson todernst vor, »dann melden Sie sich. Ich kann Ihnen sagen, wie man ein Grab anlegt, das man mindestens zweitausend Jahre lang nicht findet.«

Browning starrte ihn an, knirschte hörbar mit den Zähnen und drehte sich auf dem Absatz herum, um wütend davonzustampfen.

»Warum sind Sie so feindselig?«, fragte Morton.

Thor zögerte einen Moment. »Das ist eine alte Geschichte«, sagte er dann. »Und eine ziemlich lange. Vielleicht erzähle ich sie Ihnen eines Tages, aber nicht jetzt.«

Nur um weiteren lästigen Fragen zu entgehen, drehte er sich von Morton weg und wandte sich der Gondel des Luftschiffs zu. Sie kam ihm immer größer vor, je näher er kam. Die Tür, breit genug, um drei Männer nebeneinander durchzulassen, wirkte winzig in der schimmernden Flanke und die Fenster waren nicht mehr als Nadelstiche in der Aluminiumhaut. Seine Schritte wurden immer langsamer und er war nicht der Einzige, dem es so erging. Auch die beiden Dänen und Doktor Rosenfeld nebst ihrem Schützling zögerten sichtlich, die breite Metalltreppe zu betreten, die nach oben führte. Einzig Loben und von Ludolf marschierten im Stechschritt an ihnen vorbei und die Stufen hinauf, als wäre es für sie das Selbstverständlichste der Welt.

Auch Thor überwand sich und wollte das Luftschiff betreten, blieb dann aber noch einmal stehen, als hinter ihm Stimmen laut wurden, die er als die Doktor Rosenfelds und Brownings identifizierte, zwischen denen es offensichtlich zu einer Auseinandersetzung gekommen war. Neugierig und von einer Mischung aus Schadenfreude und Beunruhigung erfüllt drehte er sich um und sah, wie Browning heftig gestikulierend auf die Neurologin einredete, wobei er abwechselnd auf sie und auf van Hesling deutete. Doktor Rosenfeld ihrerseits gestikulierte auch – und sie deutete abwechselnd auf van Hesling und Thor Garson.

Thor näherte sich den beiden langsam und blieb stehen, als Browning aufsah und ihm einen zornigen Blick zuwarf. »Kann ich vielleicht irgendwie vermitteln?«, fragte er. »Ich habe das Gefühl, dass es zwischen Ihnen beiden zu kleinen … Unstimmigkeiten gekommen ist.«

Rosenfeld warf ihm einen giftgetränkten Blick zu, während Browning ärgerlich die Hände zu Fäusten ballte und sie in Ermangelung eines Gesichts, in das er sie schlagen konnte, in seine eigenen Hüften rammte. »Das stimmt«, sagte er wütend. »Und es ist ganz allein Ihre Schuld.«

»Ach«, meinte Thor Garson.

»Ach ja«, zischte Browning gereizt. Anklagend deutete er auf Doktor Rosenfeld. »Doktor Rosenfeld weigert sich, ihren Patienten mit uns kommen zu lassen.«

»Solange Sie dabei sind«, fügte Doktor Rosenfeld hinzu.

Thor sagte vorsichtshalber nichts, sondern sah Browning nur fragend an. Der Regierungsbeauftragte wandte sich noch einmal an die Neurologin und versuchte es diesmal offensichtlich im Guten. »Bitte, seien Sie doch vernünftig, Doktor Rosenfeld«, sagte er. »Wir müssen Professor van Hesling mitnehmen. Das müssen Sie einsehen.«

»Ich muss überhaupt nichts«, antwortete Doktor Rosenfeld spitz. »Das Einzige, was ich *muss,* ist mir Sorgen um das Wohl meines Patienten zu machen – und diese sind nur zu berechtigt, solange dieser grobe Mensch dort in seiner Nähe ist.«

Mit dem groben Menschen meinte sie offensichtlich Thor Garson, der diese Worte mit einem Stirnrunzeln, aber kommentarlos registrierte.

Browning seufzte. »Ich verstehe ja Ihre Besorgnis, Doktor«, sagte er. »Aber ich gebe Ihnen mein Wort, dass ich selbst auf Professor van Hesling achtgeben werde.«

»So wie heute Morgen im Hotel?«, fragte Doktor Rosenfeld.

Browning verdrehte die Augen, kam aber nicht dazu, noch etwas zu sagen, denn Doktor Rosenfeld fuhr lauter und in erregtem Tonfall – und heftig in Thors Richtung gestikulierend – fort: »*Mister* Browning«, sagte Doktor Rosenfeld, wobei sie das *Mister* so betonte, dass es einer Beleidigung nahekam. »Ich möchte ein für alle Mal klarstellen: Professor van Hesling ist mein Patient. Der Mann ist krank, das sollten eigentlich sogar Sie erkennen. Und ich allein trage die Verantwortung für ihn! Ich weiß ja nicht, was Sie vorhaben oder wo Sie mit dem Ding da« – sie deutete auf das riesige Luftschiff – »hinwollen, aber Sie werden meinen Patienten nirgendwo hinbringen, ohne dass ich ihn begleite!«

Browning blinzelte irritiert. Für einen Moment sah er so verwirrt und hilflos aus, dass er Thor beinahe leidtat; aber auch nur beinahe. Dann schüttelte er den Kopf, machte einen halben Schritt rückwärts und maß Doktor Rosenfeld mit einem langen, bewusst abschätzenden Blick. »Mein liebes Kind«, begann er. »Ich glaube nicht, dass –«

»Ich bin nicht Ihr liebes Kind!«, unterbrach ihn Doktor Rosenfeld scharf. »Und es ist mir völlig egal, was Sie glauben, Mister Browning. Professor van Hesling wird nirgendwo hingehen ohne mich. Und ich glaube auch nicht, dass er *mit* mir dort hingeht, wohin Sie ihn bringen wollen.«

Thor grinste, verschränkte die Arme vor der Brust und musterte Browning mit einem schadenfrohen Blick, der

Browning keineswegs entging, denn das kampflustige Funkeln in seinen Augen nahm noch zu. »Ich fürchte, Sie überschätzen Ihre Macht, Doktor Rosenfeld«, sagte er.

»Ach?«, entgegnete Doktor Rosenfeld spitz.

Browning nickte. Thor sah, wie schwer es ihm fiel, wenigstens noch den Schein von Höflichkeit zu wahren, aber es waren im Moment einfach zu viele Ohren in der Nähe, als dass er in seiner gewohnt aufbrausenden Art lospoltern konnte. Doktor Rosenfeld hatte alles andere als leise gesprochen, und obwohl in der gewaltigen Halle ein reger Betrieb und ein erstaunlicher Lärm herrschten, wandten sich doch immer mehr Blicke ihr und dem kleinwüchsigen Regierungsbeauftragten zu.

»Es handelt sich hier um eine Sache von höchster Wichtigkeit«, sagte Browning. »Um genau zu sein: Ich handle im direkten Auftrag des Präsidenten der Vereinigten Staaten von Amerika.«

»Meinetwegen des Kaisers von China!«, rief Doktor Rosenfeld ungerührt. »Wissen Sie, Mister Browning, es interessiert mich herzlich wenig, was Sie vorhaben oder wer Sie sind. Das Einzige, was mich interessiert, ist das Wohl meines Patienten.«

Brownings Augen wurden schmal. »Ich könnte Ihnen eine Menge Ärger bereiten«, drohte er.

Einen größeren Fehler hätte er wahrscheinlich gar nicht begehen können. Doktor Rosenfelds Gesicht schien zu versteinern. Zwei oder drei Sekunden lang funkelte sie Browning nur an, dann sagte sie: »Das glaube ich Ihnen sogar. Aber wissen Sie, Mister Browning, *ich* könnte Ihnen wahrscheinlich noch mehr Ärger bereiten.«

»Das bezweifle ich. Sie –«

Thor hörte nicht mehr zu. Er wusste, wie rücksichtslos und hartnäckig Browning sein konnte. Aber es schien, als hätte er in dieser zarten, so zerbrechlich aussehenden jungen Frau einen Gegner gefunden, der ihm durchaus gewachsen war. Und Thor hatte das sichere Gefühl, dass die Auseinandersetzung zwischen Browning und Doktor Rosenfeld nur die erste in einer langen Reihe war, die er noch miterleben würde; ob er wollte oder nicht. Statt dem Wortduell der beiden weiter zu lauschen, wandte er sich um und ging ein paar Schritte in den Hangar hinein. Während der wenigen Minuten, die sie jetzt hier waren, hatte das Bodenpersonal die Startvorbereitungen schon fast ganz abgeschlossen; ein weiterer Beweis für seine Vermutung, dass diese ganze Aktion von langer Hand vorbereitet war. Und er wusste immer noch nicht, worum es ging.

Sein Blick glitt über die riesige silberne Hülle des Luftschiffs. Er war niemals im Leben mit einem Zeppelin geflogen und er interessierte sich auch nur am Rande für diese gigantischen fliegenden Zigarren. Aber selbst er begriff, dass dieses Schiff etwas ganz Besonderes war. Es hatte die gewohnte, konventionelle Zigarrenform, war aber fast doppelt so lang wie jedes andere Luftschiff, das er jemals zu Gesicht bekommen hatte. Und auch die unter dem Rumpf befestigte Gondel war um ein Mehrfaches größer als die normalen Passagierkabinen anderer Zeppeline. Und es gab noch etwas Eigenartiges an diesem Zeppelin: In der Hülle des Luftschiffs befand sich eine große Anzahl runder Bullaugen, was darauf hindeutete, dass es weitaus mehr Passagiere befördern konnte, als ein Luftschiff es normalerweise tat. Und nichts von all dem, was er sah, gefiel ihm. Dieses Schiff, all die Marinesoldaten, die den Hangar bevölkerten, Brownings schon fast hysterische Geheimniskrämerei – das alles bestärkte Thor in seinem unguten Gefühl.

Er hatte sich ein gutes Stück von Browning und Doktor Rosenfeld entfernt, als das aufgeregte Bellen eines Hundes an sein Ohr drang. Thor blieb stehen, drehte sich um und sah verwirrt nach rechts und links, ohne das Tier zu entdecken. Dann wiederholte sich das Kläffen und diesmal begriff er, dass es von *oben* kam.

Überrascht hob er den Blick. In der Tür der Passagiergondel war eine riesige, in einen Fellmantel gehüllte Gestalt erschienen, die ihm zuwinkte. Und neben ihr zappelte ein weißes Fellbündel, das sich in dieser luftigen Höhe offensichtlich alles andere als wohlfühlte, denn das Kläffen des Huskys wurde immer nervöser.

Thor hob die Hand, winkte Quinn und seinem vierbeinigen Begleiter zu und warf einen raschen Blick zu Doktor Rosenfeld und Browning hinüber, die immer noch damit beschäftigt waren, sich zu streiten. Er war zwar jetzt zu weit entfernt, um die Worte zu verstehen, aber Brownings Gesten waren hektischer und aufgeregter geworden, während Doktor Rosenfeld im gleichen Maß, in dem er die Beherrschung verlor, ruhiger und entschlossener zu werden schien.

Und irgendetwas stimmte nicht.

Es dauerte einige Sekunden, bevor Thor klar wurde, was ihn am Anblick der beiden störte: Es war nicht das, was da war, sondern etwas, das *fehlte.*

Professor van Hesling.

Erschrocken fuhr er herum, sah hastig nach rechts und links – und sah gerade noch den Schatten einer hünenhaften, humpelnden Gestalt, die aus dem offenen Hangartor schlüpfte.

»Doktor Rosenfeld!«, schrie er. »Ihr Riesenbaby entwischt!« Gleichzeitig rannte er los.

Van Hesling war zwar durch seine Verletzung behindert, aber er hatte einen gehörigen Vorsprung und er entwickelte auch jetzt wieder ein Tempo und eine Geschicklichkeit, die man ihm kaum zugetraut hätte. Als Thor das Tor erreichte, hatte van Hesling bereits einen gewaltigen Vorsprung. Und Thor fuhr erschrocken zusammen und zischte einen Fluch, als er sah, worauf der verrückte Wissenschaftler zusteuerte!

Weniger als fünfzig Schritt neben dem Hangartor erhob sich ein gewaltiges, sicherlich dreißig bis vierzig Meter hohes Metallgerüst; einer der Landemaste, an denen die Zeppeline festgemacht wurden. Und nach allem, was Thor mit van Hesling erlebt hatte, gehörte wahrlich nicht mehr viel Fantasie dazu, sich auszumalen, was der Verrückte dort wollte!

»Van Hesling!«, brüllte Garson. »Bleiben Sie stehen!«

Was van Hesling natürlich nicht tat. Ganz im Gegenteil: Er drehte im Laufen den Kopf, sah seinen Verfolger und beschleunigte seine Schritte noch mehr. Auch Thor rannte schneller, aber er begriff, dass er zu spät kommen würde. Van Hesling war allerhöchstens noch zehn Meter von dem Landemast entfernt und trotz seiner Behinderung war sein Vorsprung groß genug, dass er ihn erreichen und damit beginnen konnte, hinaufzuklettern, lange bevor Thor ihn eingeholt haben würde.

»Van Hesling!«, schrie Thor noch einmal. »Verdammt noch mal, bleiben Sie stehen! Das ist nicht der Weg nach Walhall!«

Er kam sich reichlich lächerlich bei diesen Worten vor, aber die Vorstellung, hinter dem Wahnsinnigen herzuklettern und ihn in zehn oder auch dreißig Metern Höhe von dem Drahtgerüst zu pflücken, gefiel ihm noch sehr viel weniger. So verdoppelte er seine Anstrengungen noch einmal, rannte so schnell hinter dem Deutschen her, wie er konnte – stolperte und fiel der Länge nach hin.

Als er sich wieder aufrichtete, hatte van Hesling den Landemast fast erreicht.

»O nein«, stöhnte Thor. »Nicht schon wieder.«

Ein weißer Blitz raste an ihm vorbei, schoss auf van Hesling zu, stieß ein schrilles Kläffen aus und rannte ihn kurzerhand über den Haufen. Van Hesling schrie gellend auf, stürzte zu Boden und riss schützend die Hände vor das Gesicht, als der Husky knurrend zu einem weiteren Angriff ansetzte. »Hilfe!«, brüllte er. »So helft mir doch!«

Der Husky wich ein Stück zurück, bleckte drohend die Zähne, stieß ein tiefes, wütendes Knurren aus, versuchte aber nicht noch einmal, sich auf den Wahnsinnigen zu stürzen. Aber als van Hesling sich auf Knie und Ellbogen hochstemmen wollte, sprang er mit einem Satz vor und zeigte ihm drohend ein Furcht einflößendes Gebiss. Van Hesling kreischte, als hätte der Hund tatsächlich zugebissen, krümmte sich auf dem Boden und verbarg wimmernd das Gesicht zwischen den Armen.

»Fenris! Zurück!«

Neben Thor Garson erschien die riesenhafte Gestalt Quinns. Der Husky zögerte. Sekundenlang irrte sein Blick zwischen van Hesling und seinem Herrn hin und her, dann rief Quinn noch einmal: »Fenris! Aus!« und das Tier wich gehorsam von seinem Opfer zurück. Quinn streckte die Hand aus und tätschelte den Hund zwischen den Ohren und Fenris hob den Blick und sah seinen Herrn Beifall heischend an.

»Gut gemacht, Junge«, lobte Quinn.

Thor Garson verzog das Gesicht und stemmte sich in die Höhe und Doktor Rosenfeld reagierte ganz genau so, wie er erwartet hatte. Sie sagte gar nichts, war aber mit zwei Schritten neben ihrem Schützling und ließ sich auf die Knie sinken. Der Anblick war beinahe lächerlich: Van Hesling musste fast doppelt so viel wiegen wie sie und aufgerichtet war er fast einen halben Meter größer. Trotzdem nahm Doktor Rosenfeld ihn jetzt wie ein Kind in die Arme und begann seinen Oberkörper zu wiegen, während sie leise, beruhigende Töne in sein Ohr summte.

Thor Garson schüttelte den Kopf, rappelte sich hoch und begann sich den Schmutz von Hose und Jacke zu klopfen. »Herzlichen Glückwunsch«, sagte er an Quinn gewandt. »Jetzt stehst du auch auf ihrer Abschussliste. Gleich neben mir.«

Quinn sah ihn irritiert an, schließlich wusste er nichts von dem, was im Hotel vorgefallen war. Dann zuckte er einfach mit den Schultern, drehte sich auf der Stelle um und ging wieder in den Hangar zurück. Fenris trottete wie ein Schoßhündchen neben ihm her. Es war fast eine Wiederholung der Szene aus dem Hilton: Doktor Rosenfeld, Bates und die beiden Dänen bemühten sich auch jetzt wieder um van Hesling, während Browning mit einem Gesicht dabeistand, das jeder Beschreibung spottete, und Morton nun wirklich ganz unverhohlen schadenfroh grinste.

Und da Thor Garson ahnte, was nun kommen würde, zog er es vor, sich nicht einzumischen, sondern stattdessen lieber zum Luftschiff zurückzugehen.

Jedenfalls wollte er das.

Browning hielt ihn zurück. »War das unbedingt nötig?«, fragte er.

»Was?«

Browning verzog das Gesicht. »Sie wissen sehr gut, was ich meine, Garson«, sagte er. »Ich habe Ihnen gesagt, ich stimme nur zu, dass Ihr Freund und die Hunde uns begleiten, wenn er uns keine Schwierigkeiten macht.«

»Schwierigkeiten?!«, japste Thor. »Ich glaube, Sie verwechseln da etwas, Doktorchen!« Er deutete anklagend auf van Hesling. »Mir ist dieser Bursche nicht entwischt. Aber Sie hatten ja offensichtlich damit zu tun, sich mit dieser Walküre zu streiten, statt auf ihn aufzupassen.«

Browning setzte zu einer scharfen Antwort an, kam aber nicht dazu, denn in diesem Augenblick stand Doktor Rosenfeld mit einem Ruck auf und stürmte mit gesenktem Kopf und kampflustig vorgestreckten Schultern auf ihn zu. Für einen Moment erinnerte sie ihn nun wirklich an eine Walküre.

»Doktor Browning!«, begann sie schrill. »Das reicht nun wirklich! Ich verlange, dass mein Patient und ich auf der Stelle zurückgebracht werden!«

Browning verdrehte die Augen, aber zu Thors Überraschung war seine Stimme ganz ruhig, als er antwortete: »Es tut mir leid, Doktor Rosenfeld, aber das geht einfach nicht. Professor van Hesling muss uns begleiten oder diese ganze Expedition ist sinnlos.«

»Dann komme ich auch mit!«, sagte Doktor Rosenfeld bestimmt.

»Auch das geht nicht«, sagte Browning. »Wir haben doch schon –«

»Es interessiert mich nicht, was wir vor fünf Minuten besprochen haben«, fiel ihm Doktor Rosenfeld ins Wort. Anklagend deutete sie auf Thor, dann in die Richtung, in der Quinn und der Hund verschwunden waren. »Zuerst lassen Sie diesen ungehobelten Klotz da auf meinen Patienten los und dann wird er auch noch von einem Hund angefallen! Ich glaube, das reicht für einen Tag!«

»Wäre es Ihnen lieber gewesen, wir hätten tatenlos zugesehen, wie er dort hinaufklettert und sich den Hals bricht?«, fragte Thor mit einer Handbewegung auf den Landemast. Doktor Rosenfeld ignorierte ihn kurzerhand. »Ich überlasse Ihnen die Wahl, Mister Browning«, sagte sie, plötzlich wieder ganz kühl. »Entweder ich begleite Professor van Hesling oder er begleitet *mich!*«

Browning musterte sie drei oder vier Sekunden lang ganz

ruhig, ehe er leise sagte: »Ich könnte Sie auf der Stelle verhaften lassen, ist Ihnen das klar?«

Doktor Rosenfeld nickte. »Sehr klar. Aber ich gebe Ihnen mein Wort, dass diese Geschichte dann spätestens in vierundzwanzig Stunden in jeder Zeitung des Landes steht.«

Browning wurde bleich. »Das wagen Sie nicht! Das wäre Hochverrat.«

»Was für ein Unsinn!«, sagte Doktor Rosenfeld. »Es gibt in diesem Land etwas, was sich Pressefreiheit nennt, Browning. Auch wenn ich fast annehme, dass Sie von diesem Begriff noch nie etwas gehört haben. Aber ich denke, all diese Journalisten und Reporter, die im Hilton-Hotel hinter uns her waren, würden sich gierig auf diese Geschichte stürzen. Was sie dann daraus machen, liegt nicht in meiner Hand.«

Browning starrte sie an. Seine Kiefer mahlten und seine kurzen, dicken Stummelfinger schlossen sich in hilflosem Zorn zu Fäusten. Aber Thor wusste, dass er verloren hatte. Doktor Rosenfeld gehörte nicht zu den Menschen, die leere Drohungen ausstießen. Und Browning musste das ebenso gut erkannt haben wie er.

»Das ist Erpressung«, sagte er schließlich.

»Nennen Sie es, wie Sie wollen«, erwiderte Doktor Rosenfeld. »Aber entscheiden Sie sich. Ich *und* Professor van Hesling oder *keiner* von uns.«

Wieder vergingen Sekunden, in denen Browning sie nur anstarrte. Aber schließlich nickte er. Welche Wahl hatte er schon?

Die Passagiergondel des Luftschiffs war noch größer, als es von außen den Anschein gehabt hatte. Nachdem Thor über die wankende Metalltreppe nach oben gestiegen war, hatte er sich unvermittelt in einem weitläufigen, allerdings sehr spartanisch eingerichteten Raum wiedergefunden, der nur einer von vielen war. Außer Quinn und allen anderen Expeditionsteilnehmern, die er bereits im Hilton kennengelernt hatte, befanden sich weitere Männer in den blauen Uniformen der Marine an Bord. Und obwohl keiner von ihnen eine Waffe trug, erkannte Thor sie auf den ersten Blick als das, was sie wirklich waren: keineswegs Techniker oder Bordpersonal, sondern Soldaten. Noch dazu eine ganz besondere Art von Soldaten. Keiner von ihnen sagte etwas Verräterisches, keiner machte eine eindeutige Geste oder auch nur eine Andeutung. Die Männer waren Angehörige einer Eliteeinheit, ausgesucht harte Männer, die vor nichts Angst hatten und darauf vorbereitet waren, durch die Hölle zu gehen. Was, um alles in der Welt, hatte Morton auf Odinsland gefunden?

Das nervöse Bellen von Hunden schlug ihm entgegen, als er eine Klappe am oberen Ende einer schmalen Treppe, die aus der Gondel hinaus und ins Innere des eigentlichen Luftschiffrumpfes hinaufführte, öffnete und hindurchstieg. Thor zögerte einen Moment, um seinen Augen Gelegenheit zu geben, sich an das hier drinnen herrschende Halbdunkel zu gewöhnen, dann kletterte er weiter, ließ die Klappe hinter sich zufallen und sah sich um. Er befand sich in einem schier endlosen Raum. Über ihm spannten sich die mit breiten Metallstegen verbundenen Gaskammern des Zeppelins, zwischen denen sich ein ganzes Gewirr von Laufgängen, schmalen eisernen Leitern und Stegen entlangzog. Aber das Innere des Zeppelins bestand nicht zur Gänze aus gasgefüllten Kammern. Rechts und links des schmalen, mit einem zerbrechlich wirkenden Eisengeländer versehenen Steges, auf den die Leiter hinausgeführt hatte, befanden sich große, offensichtlich nachträglich eingebaute Kabinen. Das Licht reichte nicht aus, um den riesigen Zeppelin ganz zu überblicken, aber Thor schätzte, dass es gut zehn bis fünfzehn dieser Verschläge geben musste; und das auf jeder Seite.

Das Hundegebell drang aus einem dieser Aufbauten. Thor ging hin, öffnete die Tür ohne anzuklopfen und hob grüßend die Hand, als er Quinn inmitten eines nervösen Hunderudels entdeckte.

Der Inuk erwiderte seinen Gruß knapp. Quinn war niemals ein Mann vieler Worte gewesen und er schwieg auch jetzt, bis Thor sich durch das Durcheinander aus unruhig auf und ab laufenden Hunden zu ihm durchgekämpft und sich neben ihn auf den Boden gehockt hatte. So groß der Verschlag war – Thor schätzte seine Länge auf mindestens zwanzig Meter –, herrschte hier drinnen doch fast eine erdrückende Enge. Außer Quinn und seinen Hunden waren auch die beiden Schlitten sowie eine große Anzahl in Segeltuch eingeschlagener Bündel hier untergebracht. Offensichtlich enthielten sie eine komplette Polarausrüstung: Thor erkannte ein gutes Dutzend zusammengerollter Zelte, einige Gaskocher und -heizungen samt einer großen Anzahl dazugehöriger Flaschen, eine komplette tragbare Funkanlage sowie ganze Paletten voller kältefest eingepackter Nahrungsmittel. Er fragte sich, was in den anderen Verschlägen sein mochte und warum man es Quinn zumutete, sich mitsamt seinen Hunden den Platz hier drinnen zu teilen.

»Was hältst du von alldem, mein Freund?«, fragte er.

Quinn zuckte mit den Schultern, wandte gemächlich den Kopf und blickte auf Thor herab. »Nichts«, sagte er auf seine gewohnt bündige Art.

Thor lächelte. Quinn drückte sich manchmal – selbst für seinen Geschmack – etwas zu wortkarg aus, aber diesmal kam er mit seiner Antwort der Wahrheit ziemlich nahe. Auch Thor bedauerte längst, Browning an jenem Tag in Saint Claire nicht kurzerhand rausgeworfen zu haben. Er ahnte, dass das, was sie auf dem treibenden Eisberg erwarten würde, wirklich wichtig sein musste. Und trotzdem wäre ihm wohler gewesen, nicht dabei zu sein. Dieses ganze Unternehmen schien von Anfang an unter einem schlechten Stern zu stehen. Das hatte damit begonnen, dass es von Doktor Browning geleitet wurde, einem Mann, der nicht einfach nur einen schlechten Ruf hatte, sondern sozusagen die Verkörperung dieses Begriffs war. Thor war ihm niemals zuvor persönlich begegnet, aber er hatte genug von ihm gehört, um zu wissen, dass er nicht nur im übertragenen, sondern auch im wortwörtlichen Sinne über Leichen ging. Es ging weiter mit dem wahnsinnigen van Hesling, von dem Thor ahnte, dass er ihnen noch so manche unangenehme Überraschung bereiten würde, und seiner zwar nicht wahnsinnigen, dafür aber reichlich hysterischen Betreuerin, die mit Sicherheit auch für die eine oder andere Abwechslung während der Reise gut war. Und letztlich diese beiden deutschen Soldaten: zwei Männer, die sich nicht einmal mehr sonderliche Mühe gegeben hatten, zu verheimlichen, wer sie wirklich waren. Nämlich Männer, die für die SS oder gar die Gestapo arbeiteten. Was, um alles in der Welt, war dort, nördlich von Grönland?

Ein leichtes Beben lief durch den Rumpf des Luftschiffs und die Hunde wurden noch nervöser. Einige von ihnen begannen schrill und ängstlich zu jaulen, andere drängten sich Schutz suchend an Quinn und Thor, und Fenris, das Leittier des Rudels, bleckte die Zähne und fing an, tief und drohend zu knurren. Quinn streckte die Hand aus, berührte ihn zwischen den Ohren und begann leise, beruhigende Worte in seiner Muttersprache zu murmeln. Der Husky beruhigte sich sofort. Er hörte auf zu knurren, doch er hatte immer noch Angst; sein Nackenfell war gesträubt und er hatte die Ohren angelegt.

Abermals bebte der Boden und diesmal glaubte Thor eine sachte, gleitende Bewegung zu spüren. Er stand auf, breitete hastig die Arme aus, um sein Gleichgewicht wiederzufinden, als ein neuerlicher, diesmal härterer Ruck durch den Boden lief, und ging mit unsicheren, tapsigen Schritten zu einem der Bullaugen hinüber.

Das riesige Luftschiff hatte sich in Bewegung gesetzt. Sanft, fast majestätisch glitt es aus dem gewaltigen Hangar hinaus, und Thor hob schützend die Hand vor die Augen, als das Halbdunkel der riesigen Montagehalle plötzlich dem grellen Licht des Tages wich. Tief unter sich konnte er winzige Gestalten erkennen; Dutzende, wenn nicht Hunderte winziger Gestalten, die wie Ameisen an den Enden der zahllosen Taue zappelten, an denen das Schiff hing. Ihrer Zahl nach zu schließen musste das Luftschiff einen gewaltigen Auftrieb haben. Was Thor abermals verwunderte, wenn er bedachte, dass fast ein Drittel des Innenraums nicht von gasgefüllten Kammern, sondern von den nachträglich eingebauten Verschlägen beansprucht wurde.

Er wandte sich an Quinn. »Ich denke, ich gehe hinunter und schaue mir den Start von der Kanzel aus an«, sagte er. »Kommst du mit?«

Quinn schüttelte den Kopf. »Die Hunde sind unruhig«, antwortete er.

Thor zuckte bedauernd mit den Achseln und bewegte sich vorsichtig durch den überfüllten Laderaum zurück zur Tür. Sie wurde von außen geöffnet, kurz bevor er sie erreichte, und einer der Marinesoldaten blickte zu ihnen herein. »Mister Garson?«

Thor nickte.

»Colonel Lestrade möchte Sie sprechen«, sagte der Soldat.

»Wer, zum Teufel, ist das schon wieder?«, fragte Thor.

Ein flüchtiges Lächeln huschte über die kantigen Züge des Marinesoldaten. »Der Kapitän der DRAGON«, antwortete er. Mit einer erklärenden Geste fügte er hinzu: »Dieses Luftschiffs.«

»Welch aparter Name.« Thor verzog das Gesicht, nickte Quinn zum Abschied zu und folgte dem Soldaten in die eigentliche Gondel des Zeppelins.

Der Passagierraum, der ihm vorhin noch so gewaltig vorgekommen war, schien geschrumpft zu sein. Thor schätzte, dass sich gut vier oder fünf Dutzend blau gekleidete »Besatzungsmitglieder« auf den einfachen Sperrholzsitzen lümmelten, eine kleine Armee, die ganz offensichtlich nicht nur er als das erkannte, was sie wirklich war. Morton und die beiden Dänen standen neben der Tür und machten einen reichlich verlorenen Eindruck, während die beiden deutschen Soldaten sich so weit von ihren Konkurrenten zurückgezogen hatten, wie es überhaupt möglich war. Thor lächelte flüchtig, als er den verbissenen Ausdruck auf von Ludolfs Gesicht erblickte. Der Major sah aus wie ein Soldat, der sich zum letzten Gefecht gegen eine erdrückende Übermacht bereit macht. Van Hesling und seine Beschützerin entdeckte er nirgendwo.

Der Soldat, der ihn begleitet hatte, deutete auf eine Tür am anderen Ende des Passagierraums. Mit raschen Schritten folgte Thor ihm, wobei er mehr und mehr Mühe hatte, mit dem Mann Schritt zu halten, denn der Boden zitterte und bebte jetzt immer stärker. Offensichtlich war das Luftschiff bereits gestartet oder befand sich zumindest direkt in der Startphase. Und das war ebenfalls etwas, was Thor sehr verwirrte: Auch mit der geringen Erfahrung, die er im Umgang mit Luftschiffen hatte, wusste er doch, dass diese Riesen der Lüfte sich mit lautloser Eleganz fortbewegen, nicht bockend und schaukelnd und wie ein Boot auf hoher See.

Morton schloss sich ihnen an, als sie durch die Tür am vorderen Ende der Passagierkabine gingen. Sie durchquerten einen kurzen Gang, stiegen eine Wendeltreppe hinab und fanden sich unversehens im Steuerraum des Luftschiffs wieder.

Staunend sah sich Thor um. Er wusste selbst nicht genau, was er erwartet hatte – vielleicht etwas, was an das Ruderhaus eines Schiffes erinnerte oder an die Steuerkanzel eines Flugzeugs. Aber keines von beidem war der Fall. Was er sah, war eine zu zwei Drittel von Glas umgebene Kabine, die dem Kapitän einen fast uneingeschränkten Rundumblick gewährte, und ein sehr kompliziert anmutendes Steuerpult, auf dem zahllose Skalen, Anzeigeinstrumente und verschiedenfarbige Lichter um die Wette blinkten und zuckten. Und dazu ein Steuerruder, das nun wirklich wie das eines Schiffes aussah, nur etwas kleiner war.

Vor diesem Steuerruder stand eine hochgewachsene, schlanke Gestalt. Ein Mann mit schütterem grauen Haar und einem scharf geschnittenen Gesicht. Er hatte wache, sehr klare Augen, aber um seinen Mund lag ein verbissener Zug und seine Haltung wirkte ein kleines bisschen mehr angespannt, als es der Situation angemessen schien. Er musste Thor gesehen haben, denn dessen Gestalt spiegelte sich in der Glasscheibe vor ihm und die Schritte waren auf der Metalltreppe alles andere als leise gewesen. Trotzdem verging fast eine Minute, ehe er sich zu ihm herumdrehte und ihn mit einem langen, nicht besonders freundlichen Blick maß.

»Colonel Lestrade, nehme ich an«, sagte Thor.

Wieder vergingen Sekunden, dann nickte der Mann. »Und Sie sind Thor Garson, der Abenteuer-Reporter?«, entgegnete er in herablassendem Tonfall.

»Sie wollten mich sprechen?« Thor überging die Frage absichtlich. Er hatte soeben beschlossen, Lestrade nicht zu mögen.

Lestrade hob die Hand und deutete auf einen Punkt hinter Thor, und als der sich umdrehte, erkannte er Browning, der mit vor der Brust verschränkten Armen an der Rückwand der Steuerkabine lehnte und so tat, als beobachte er interessiert die Startvorbereitungen. Das Luftschiff hing noch immer an seinen Tauen, gewann aber bereits allmählich an Höhe.

»Doktor Browning sagte mir, dass Sie der richtige Mann sind.«

»Der richtige Mann wofür?«

Lestrades Gesicht verdunkelte sich. »Es geht um diese Hunde«, sagte er. »Und den Eingeborenen.«

Thor blickte ihn finster an, schwieg aber.

»Um es kurz zu machen«, fuhr Lestrade fort, als Thor ihm nicht den Gefallen tat, in irgendeiner Weise zu antworten, »ich bin und war dagegen, dass diese Tiere an Bord meines Schiffes sind. Aber man sagte mir, dass Sie es zur Bedingung gemacht haben, sie mitzunehmen. Also werden Sie auch dafür sorgen, dass sie keinen Ärger machen.«

Thor sagte immer noch nichts. Er blickte Lestrade nur kühl an und sekundenlang erwiderte der Luftschiffkapitän seinen Blick auf die gleiche Weise. Dann sagte er: »Ich nehme an, wir haben uns verstanden.«

»Keineswegs«, antwortete Thor. Lestrades Stirnrunzeln vertiefte sich.

»Dann muss ich wohl deutlicher werden«, meinte er. Er machte eine weit ausholende Geste, die das gesamte Luftschiff einschloss. »Ich bin für dieses Fahrzeug und seine Besatzung verantwortlich. Mir ist zu Ohren gekommen, dass einer Ihrer Hunde bereits einen Mann angefallen hat. Sie werden also dafür sorgen, dass die Tiere ihr Quartier während der gesamten Reise nicht verlassen.«

Thor zählte in Gedanken bis zehn, ehe er antwortete: »Ich

glaube, Sie verwechseln da etwas, mein lieber Colonel. Ich habe mich keineswegs darum gerissen, an dieser sonderbaren Unternehmung teilzunehmen. Und wenn ich vorher gewusst hätte, dass wir mit dieser fliegenden Zigarre fahren werden, hätte ich es wahrscheinlich auch rundheraus abgelehnt.«

Lestrade fiel ihm ins Wort: »Garson, Sie befinden sich hier an Bord eines Luftschiffs der US-Navy, und –«

»Das ist Ihre Meinung, Colonel«, unterbrach ihn Garson. »Wenn Sie meine hören wollen, dann ist das hier nichts als ein fliegendes Irrenhaus, und das da« – er deutete auf Browning – »ist der Oberirre. Und mein Freund Quinn, den Sie als Eingeborenen bezeichnen, und ich gehören zufällig nicht zur Marine oder zu einem anderen Teil der Army. Und sollte Ihnen das nicht passen, dann können Sie diesen fliegenden Bus gerne zur nächsten Haltestelle bringen und uns aussteigen lassen.«

Lestrade setzte zu einer scharfen Antwort an, aber Browning kam ihm zuvor. »Bitte, meine Herren«, sagte er. »Beginnen Sie die Reise doch nicht gleich mit einem Missklang. Ich bin sicher, dass sich Mister Garson und Mister Quinn um die Tiere kümmern werden.« Er warf Thor einen beinahe flehenden Blick zu, der diesen tatsächlich davon abhielt, Lestrade die Antwort zukommen zu lassen, die ihm auf der Zunge lag, und fuhr fort: »Colonel Lestrade hat Sie im Grunde nur hierhergebeten, um Ihnen mitzuteilen, dass wir einen Sturm umfahren müssen. Es könnte ziemlich unruhig werden. Daher wäre es vielleicht besser, wenn Sie Ihren Begleiter warnen. Ich weiß nicht, wie die Hunde darauf reagieren, falls es unruhig werden sollte.«

»Wahrscheinlich nicht so ungehalten wie ich, wenn das so weitergeht«, murmelte Thor. So leise, dass nur Browning die Worte verstehen konnte, nicht aber Lestrade. Er wandte sich wieder an den Marineoffizier. »Wir werden versuchen die Tiere zu beruhigen«, sagte er mühsam beherrscht. Nach einer winzigen Pause und an Browning gewandt fügte er hinzu: »Sonst noch etwas?«

Browning schüttelte beinahe hastig den Kopf. »Nein. Im Moment war das alles. Ich danke Ihnen, Mister Garson.«

Wenn Thor überhaupt noch daran gezweifelt hatte, dass sein Besuch in der Steuerkanzel einem völlig anderen Zweck dienen sollte als dem, den Lestrade vorgab, so war es Brownings Reaktion, die ihn endgültig davon überzeugte.

»Und noch etwas«, sagte Lestrade, als Thor sich umwenden und das Steuerhaus verlassen wollte.

Thor blieb auf der untersten Stufe der Treppe stehen und war ganz bewusst unhöflich genug, sich nicht zu Lestrade herumzudrehen. »Ja?«, fragte er.

»Ich möchte nicht, dass die Tiere oder dieser Eingeborene in meinem Schiff frei herumlaufen«, betonte Lestrade. »Und schon gar nicht oben in den Laderäumen.«

Thor schluckte auch diesmal die wütende Antwort, die ihm auf der Zunge lag, nickte nur abgehackt und verließ das Steuerhaus wieder. Und was ihn vielleicht am meisten ärgerte, war, dass es keine Tür gab, die er hinter sich zuknallen konnte.

Lestrade hatte keineswegs übertrieben. Das Luftschiff gewann innerhalb der nächsten dreißig Minuten zunehmend an Höhe und entfernte sich von Lakehurst, und im gleichen Maß, in dem die Erde unter ihm zusammenschrumpfte, wurde das Wetter schlechter. Nachdem die DRAGON ihre Reisehöhe erreicht und den stumpfen Bug nach Norden gewendet hatte, begannen die vier riesigen Propeller des Luftschiffs dröhnend zu arbeiten, und aus dem gemächlichen Dahintreiben der DRAGON wurde ein rasches, zwar nicht lautloses, aber doch sanftes Gleiten.

Allerdings nicht lange.

Der Himmel, der vor und während des Starts über Lakehurst von einem strahlenden, fast schon unnatürlichen Blau gewesen war, begann zunehmend sich zu verdunkeln und nach einer Weile prasselten die ersten schweren Regentropfen gegen die silbernen Flanken des Zeppelins.

Nach dem Disput mit Lestrade war Thor wutschnaubend wieder zu Quinn und den Hunden zurückgekehrt, hatte den Laderaum aber schließlich auf Quinns Drängen hin verlassen, um wieder zu den anderen zu gehen. Zu seinem Erstaunen hatte Quinn nicht halb so empört auf Lestrades Worte reagiert, wie er erwartet hatte, sondern nur sanft gelächelt und erklärt, dass er ohnehin nicht vorgehabt habe, seine Tiere allein zu lassen.

Die große Passagierkabine hatte sich wieder geleert, als Thor zurückkehrte. Die Besatzung, die nur während des Starts komplett hier zusammengekommen war, hatte sich auf die diversen Kabinen und Unterkünfte der großen Gondel verteilt und zu seiner Erleichterung waren auch Dr. Rosenfeld und van Hesling immer noch abwesend. Die beiden Deutschen saßen mit verbissenen Gesichtern an einem Tisch im äußersten Winkel des Raumes und Morton und Browning standen neben der Tür zur Steuerkabine und unterhielten sich leise.

Thor sah sich unschlüssig um, entdeckte Bates und die beiden dänischen Forscher rund um einen Tisch an einem der großen Fenster und balancierte vorsichtig zu ihnen hinüber. Der Boden hatte wieder zu beben begonnen. Und manchmal erzitterte das ganze Luftschiff wie unter harten, hallenden Hammerschlägen. Das Dröhnen der Motoren klang jetzt nicht mehr ganz so ruhig wie zuvor. Offensichtlich begann der Sturm sie einzuholen.

Er setzte sich, nickte Baldurson und Erikson freundlich

zu und wartete darauf, dass einer der beiden das Gespräch eröffnete. Aber die beiden Dänen starrten ihn nur an. Schließlich wandte Baldurson den Blick und sah angestrengt aus dem Fenster, als gäbe es dort etwas Interessanteres zu sehen als weiße Wolken unter und schwarze Wolken über ihnen, während Erikson in irgendwelchen Papieren zu kramen begann, die er vor sich auf dem Tisch ausgebreitet hatte.

Bates grinste, warf Thors schweigenden Forscherkollegen einen vielsagenden Blick zu und sagte: »Ich höre, Sie haben unseren liebreizenden Kommandanten bereits kennengelernt.«

Thor verzog das Gesicht. »Wenn Sie Colonel Lestrade meinen, dann ja.«

Bates' Grinsen wurde noch etwas breiter. »Machen Sie sich nichts draus«, riet er. »Lestrade ist dafür bekannt, ein Armleuchter zu sein. Aber er ist auch einer der verdammt besten Piloten, die die Marine jemals gehabt hat.«

»Das muss er auch sein«, grollte Thor. »Ansonsten wäre er mit *dem* Charakter wohl nie übers Latrinensäubern hinausgekommen.« Bates lächelte noch breiter, griff in die Tasche seiner abgewetzten Fliegerjacke und zog eine silberne Zigarettendose und ein Streichholzbriefchen heraus. Er klappte die Dose auf, hielt sie Garson hin und zuckte mit den Achseln, als dieser nur den Kopf schüttelte. Umständlich nahm er sich selbst eine Zigarette, steckte die Dose wieder ein und klappte das Streichholzbriefchen auf. Thor blinzelte überrascht, als er den Aufdruck *Hindenburg* auf dem Streichholzbriefchen entdeckte.

»Ist das … ein Scherz?«, fragte er.

Bates nickte, riss ein Streichholz an und nahm einen tiefen Zug aus seiner Zigarette, ehe er antwortete. »Ja. Aber nicht von mir. Die Dinger liegen hier überall herum.«

Plötzlich grinste auch Garson. »Es sieht so aus, als wäre ich nicht der Einzige, der unseren Chauffeur nicht leiden kann.«

»Ganz bestimmt nicht«, gab Bates zu. Dann wurde er plötzlich ernst. »Allerdings wäre ich vorsichtig mit solchen Scherzen. Ich weiß ja nicht, wer auf diese Idee gekommen ist, aber man sollte mit so etwas vorsichtig sein. Lestrade reagiert reichlich allergisch darauf. Er hat schon einmal ein Luftschiff verloren.«

»Oh«, sagte Thor.

»Es war nicht seine Schuld«, meinte Bates. »Soviel ich weiß, hat einer der Motoren Feuer gefangen und er hatte die Wahl, eine Notlandung zu versuchen und das Risiko einzugehen, das Ding über einem Vorort von Los Angeles explodieren zu lassen, oder es aufs Meer hinauszusteuern und damit sein und das Leben der gesamten Besatzung zu riskieren.«

»Und was hat er getan?«

»Es aufs Meer hinausgelenkt«, antwortete Bates. »Ich glaube, er und sein Erster Offizier waren die Einzigen, die die Explosion überlebten. Und das auch nur durch einen Zufall. Damals hat er geschworen, nie wieder ein Luftschiff zu kommandieren.«

Thor schwieg einen Moment. Was Bates ihm gerade erzählt hatte, machte ihm Lestrade zwar nicht sympathischer, aber es erklärte manches.

»Und warum tut er es jetzt trotzdem wieder?«

Bates zuckte mit den Schultern. »Vermutlich weil er mit diesem Ding hier umgehen kann.« Er nahm die Zigarette aus dem Mund: »Er ist der Einzige, der Erfahrung mit diesem Monstrum hat.«

»Es ist ein besonderes Schiff, wie?«, fragte Garson.

Bates nickte. »Sogar ein einmaliges«, erwiderte er. »Ein Prototyp. Eine völlig neue Konstruktion. Die Marine hat es vor zwei oder drei Jahren bauen lassen, eigentlich als erstes einer ganzen Flotte. Und das Modernste vom Modernen. Soviel ich weiß, soll es bis zu dreihundert Mann und etliche Tonnen Nutzlast transportieren können.«

»Soll?«, fragte Thor.

Bates zögerte. »Höchstwahrscheinlich kann es das auch«, sagte er. »Aber es ist bei diesem ersten Modell geblieben. Und bis vor ein paar Tagen war es auch eingemottet.«

Thor sah sich demonstrativ um. »Was spricht dagegen, mehr Schiffe dieser Art zu bauen?«

»Die Kosten«, antwortete Bates. »Und« – er lächelte ein flüchtiges Verschwörerlächeln und warf einen raschen Blick zu den beiden Deutschen hinüber, die am anderen Ende der Kabine saßen – »unsere Freunde vom Kontinent.«

Thor blickte ihn fragend an.

»Die Dinger sind zu groß und zu verwundbar«, fuhr Bates mit gesenkter Stimme und plötzlich ernst fort. »Ein einziger gezielter Schuss aus einer kleinen Kanone und ...«, er schlug sich mit der geballten Faust in die geöffnete Linke, *»... bumm!«*

»Sie wissen eine Menge über diese Dinger«, wunderte sich Thor. »Ich meine, wenn es sich doch um ein geheimes Forschungsprojekt handelt ...«

Plötzlich grinste Bates wieder. »Es ist ein Marineschiff«, erinnerte er. »Und ich gehöre zu demselben Haufen, schon vergessen?«

Erikson sah flüchtig von seinen Papieren auf, blickte von Bates zu Thor und wieder zurück und versenkte sich dann wieder in seine Lektüre.

»Wenn Sie so viel wissen, dann wissen Sie wohl auch, wohin wir überhaupt fliegen«, sagte Garson.

»Fahren«, korrigierte ihn Bates lächelnd. »Beim Luftschiff spricht man vom Fahren.«

»Meinetwegen auch paddeln«, antwortete Thor gereizt. »Aber allmählich reicht mir diese Geheimniskrämerei.«

»Mir auch«, gestand Bates. »Aber glauben Sie mir, ich weiß ebenso wenig wie Sie. Niemand hier an Bord weiß etwas.«

Draußen vor den Fenstern hatten sich die Wolken weiter zusammengezogen. Rechts und über der DRAGON türmten sich gewaltige schwarze Gebilde auf, in denen es ab und zu unheilvoll wetterleuchtete. Und auch das Zittern und Beben des Bodens hatte zugenommen. Aus dem anfangs gleichmäßigen Grollen der Propellermotoren war ein stampfendes, mühsames und irgendwie drohendes Geräusch geworden, und der Regen klatschte jetzt so heftig gegen die Fenster, dass die Welt draußen wie hinter einem grauen Schleier zu liegen schien. Dann traf die erste richtige Sturmbö das Luftschiff, und nicht nur Thor klammerte sich erschrocken an die Kante des am Boden festgeschraubten Tisches, als sich der ganze Zeppelin in einer langsamen, aber ungeheuer kraftvollen Bewegung auf die Seite legte und sich ebenso gemächlich wieder aufrichtete. Irgendwo zerbrach klirrend ein Glas.

»Wird das … noch schlimmer?«, erkundigte sich Thor mit einem gequälten Lächeln.

Bates nickte und sog an seiner Zigarette. Er schien der Einzige an Bord zu sein, der keinerlei Beunruhigung empfand. »Garantiert«, sagte er. »Aber nicht sehr lange. Keine Angst.«

Thor blickte mit wachsender Beunruhigung aus dem Fenster. Er war sicher, es sich nur einzubilden, aber in diesem Moment hätte er einen heiligen Eid geschworen, dass die Wolkenfront bereits sichtbar näher gekommen war, seit er das letzte Mal hinausgesehen hatte. »Können wir diesen Sturm nicht umfahren?«

»Genau das tun wir«, antwortete Bates. »Jedenfalls das Schlimmste.«

»Das Schlimmste?« Thor musste sich beherrschen, um in seiner Stimme keinen hysterischen Unterton aufkommen zu lassen. So ganz schien es ihm nicht zu gelingen, denn Bates feixte jetzt ganz unverblümt.

»Sie dürfen ein Luftschiff nicht mit einem Flugzeug vergleichen, Mister Garson«, sagte er. »Die DRAGON ist schnell, aber auch ein schnelles Luftschiff ist immer noch *langsam.* Wir können nicht vor dem Sturm davonfliegen. Ich vermute, dass Lestrade versuchen wird über die Wolken zu kommen. Aber die Ausläufer des Sturms werden uns wohl erwischen.«

Wie um seine Worte zu bestätigen, erzitterte die DRAGON in diesem Moment unter einem weiteren dröhnenden Hieb des Sturms, der die gesamte Hülle zum Erbeben brachte. Der Zeppelin schwankte jetzt in sanftem Rhythmus hin und her, wie um der zweiten Hälfte des Wortes Luftschiff gebührende Beachtung zu verschaffen. In Thor Garsons Magen begann sich ein flaues Gefühl auszubreiten.

»Sie sollten in Ihre Kabine gehen und sich hinlegen«, riet Bates.

»Oh«, sagte Thor kleinlaut. »Sieht man es mir so deutlich an?«

Statt sofort zu antworten, deutete Bates mehrmals zu den beiden Deutschen hinüber. Von Ludolf saß mit steinernem Gesicht da und starrte aus dem Fenster, aber Loben war reichlich blass geworden. Die Haut um seinen Mund herum hatte einen ganz leichten Stich ins Grüne und er schluckte ununterbrochen.

»Sehen Sie die beiden da?«, fragte Bates. Thor nickte und der Marineflieger fügte fast fröhlich hinzu: »Gegen Sie sieht der Major aus wie das blühende Leben, Mister Garson.«

Thor lächelte gequält, versuchte aufzustehen und fiel unsanft auf seinen Sitz zurück, als sich die DRAGON in genau diesem Moment abermals auf die Seite legte.

»Vielleicht haben Sie recht«, gestand er. »Ich sollte wirklich in meine Kabine gehen und mich ein wenig ausruhen.« Und hoffen, dass es nicht noch schlimmer wird, fügte er in Gedanken hinzu.

Aber es wurde noch schlimmer.

Sehr viel schlimmer.

Thor Garson erinnerte sich hinterher nicht daran, wie lange es gedauert hatte. Von Bates erfuhr er später, dass es Lestrade tatsächlich gelungen war, den Sturm zu umfahren, sodass die DRAGON lediglich von ihm gestreift wurde. Aber ihm kam es vor, als tauche das riesige Luftschiff direkt ins Herz eines Tornados ein. Aus dem Zittern und Beben des Bodens wurde ein ununterbrochenes Bocken und Stampfen und aus dem leichten Unwohlsein, das sich in seinem Magen ausgebreitet hatte, eine solche Übelkeit, dass er sich nach einer Viertelstunde in seinem Bett wiederfand und sich beinahe wünschte auf der Stelle zu sterben, nur um endlich erlöst zu sein. Er hatte niemals unter See- oder Luftkrankheit gelitten, aber das hier war selbst für ihn zu viel. Er erinnerte sich kaum daran, dass Bates nach einer Weile wieder zu ihm gekommen war und ihn angesprochen hatte. Ihm war einfach nur übel. So übel wie niemals zuvor im Leben und selten danach. Stöhnend wälzte er sich auf der schmalen Pritsche hin und her, kämpfte abwechselnd gegen Übelkeit, Schwindelgefühl oder auch beides und kehrte erst langsam wieder ins Bewusstsein zurück, als jemand einen Becher an seine Lippen setzte und ihn mit sanfter Gewalt zwang seinen Inhalt zu schlucken.

Sein Magen revoltierte. Die Flüssigkeit, die ihm eingeflößt wurde, schmeckte scheußlich und es kostete ihn all seine Kraft, sich nicht zu übergeben.

Aber es half.

Thor machte noch einmal schreckliche, qualvolle Minuten durch, aber das Rumoren in seinem Leib hörte allmählich auf und auch das Schwindelgefühl zwischen seinen Schläfen legte sich, wenn es auch nicht ganz verschwand. Immerhin nahm er seine Umgebung nicht mehr nur als Durcheinander von ineinanderfließenden Farben und Formen wahr, als er das nächste Mal die Augen öffnete.

Trotzdem hatte er Mühe, das Gesicht zu identifizieren, das sich über ihn beugte: ein schmales, blasses Gesicht, das von kurz geschnittenen dunklen Haaren eingerahmt wurde und aus dem ihn Augen mit einer Mischung von Spott, Schadenfreude und echtem Mitleid anblickten.

»Sie …?«

Doktor Rosenfeld nickte, während das spöttische Glitzern in ihren Augen zunahm. »Haben Sie jemand anderen erwartet? Ich bin der einzige Arzt an Bord.«

»Eigentlich … nicht«, gestand Thor verwirrt. Er versuchte sich auf die Ellbogen hochzustemmen, aber Doktor Rosenfeld drückte ihn mit sanfter Gewalt zurück und schüttelte den Kopf.

»Lassen Sie das«, warnte sie. »Was ich Ihnen gegeben habe, wirkt nur gegen die schlimmsten Beschwerden.«

»Ich … ich dachte, Sie wären Gehirnklempner«, sagte Garson.

Doktor Rosenfeld lächelte. »So kann man es auch nennen. Aber ein bisschen Allgemeinmedizin habe ich auch studiert. Jedenfalls genug, um Ihnen über das Schlimmste hinwegzuhelfen.«

»Das ist nett«, sagte Thor schleppend. In seinem Mund war ein bitterer Geschmack und er musste ununterbrochen schlucken. Schon diese flüchtige Bewegung hatte seinen Magen wieder in Aufruhr versetzt. »Ich danke Ihnen jedenfalls ganz besonders, dass Sie sich trotzdem um mich bemüht haben«, stöhnte er.

Zwischen Mabel Rosenfelds Augen entstand eine steile, tief eingegrabene Falte. »Trotzdem?«

Thor lächelte unsicher. »Ich dachte ...«

»... ich kann Sie nicht leiden?«, führte Doktor Rosenfeld den Satz zu Ende.

Thor zuckte mit den Schultern und zog es vor, nicht zu antworten.

»Das ändert nichts daran, dass Sie krank sind«, betonte Doktor Rosenfeld. »Und ich bin Ärztin. Ich behandle Patienten nicht nach Sympathie oder Antipathie.«

»Das wollte ich damit auch nicht sagen«, beteuerte Thor hastig. »Es ist nur ...« Er brach verwirrt ab. Offensichtlich hatte sich der Sturm nicht nur auf seinen Magen ausgewirkt, sondern auch auf seinen Verstand. Er begann Unsinn zu reden.

Doktor Rosenfeld sah ihn eine ganze Weile schweigend und mit undeutbarem Gesichtsausdruck an, dann beugte sie sich hinab und nahm eine kleine schwarze Arzttasche vom Boden. Sie klappte sie auf, griff hinein und zog ein Gläschen heraus, aus dem sie drei winzige weiße Tabletten auf ihre Handfläche schüttete.

»Ich lasse Ihnen etwas hier, falls die Beschwerden noch zunehmen sollten«, sagte sie. »Aber seien Sie vorsichtig damit. Es ist ein ziemlich starkes Beruhigungsmittel. Nehmen Sie immer nur eine, wenn überhaupt.«

Thor nickte dankbar, nahm die drei Tabletten aus Doktor Rosenfelds Hand und schluckte eine gleich auf der Stelle hinunter, was die Neurologin zu einem abermaligen missbilligenden Stirnrunzeln veranlasste. Aber sie enthielt sich jedes Kommentars, klappte ihre Tasche wieder zu und stand auf. Obwohl der Boden immer noch wild hin und her wankte und sich die ganze Kabine samt dem Luftschiff um Thor Garson drehte, stand sie völlig ruhig da. »Kann ich Sie alleine lassen?«

Thor nickte schwach. Doktor Rosenfeld zögerte noch einen Moment, wandte sich dann um und ging zur Tür, aber Thor rief sie noch einmal zurück.

»Doktor Rosenfeld?«

Sie blieb stehen, drehte sich zu ihm herum und sah ihn fragend an. »Das von heute Morgen tut mir leid«, sagte Thor. »Ich meine die Sache im Hilton.«

Doktor Rosenfeld lächelte. Und zum ersten Mal, seit Thor sie kennengelernt hatte, kam ihm dieses Lächeln echt und weder geschauspielert noch schadenfroh vor.

»Schon gut«, sagte sie. »Ich glaube, ich habe auch etwas übertrieben reagiert. Ich würde einfach sagen, wir sind quitt. Einverstanden?«

IRGENDWO ÜBER KANADA

Der Sturm tobte die ganze Nacht. Es gelang Lestrade zwar, die DRAGON aus dem Schlimmsten herauszuhalten, aber das Luftschiff – und somit auch seine Besatzung – wurde trotzdem stundenlang durchgeschüttelt und Thor verbrachte die schrecklichsten sieben oder acht Stunden seines Lebens. Entgegen Doktor Rosenfelds Rat nahm er auch die beiden übrigen Tabletten und fiel wenigstens für die letzten Stunden der Nacht in einen unruhigen, von Albträumen und Übelkeitsanfällen gestörten Schlaf, aus dem er mit fieberheißer Stirn und hämmernden Kopfschmerzen erwachte. Genauer gesagt: wach gerüttelt wurde.

Es war Bates, der ihn weckte. Das gewohnte spöttische Glitzern war aus seinen Augen verschwunden und der Ausdruck darin war jetzt ebenso besorgt wie vorher der in Doktor Rosenfelds Augen, als er auf Thor herabblickte.

»Was ist denn?«, nuschelte Thor undeutlich und versuchte die Hand beiseitezustoßen, die unbarmherzig weiter an seiner Schulter rüttelte.

»Also, erstens ist es neun Uhr morgens und damit schon längst Zeit aufzustehen«, antwortete Bates. »Und zweitens wartet Dr. Browning auf Sie.«

Thor gab es endlich auf, sich gegen den Quälgeist wehren zu wollen, und stemmte sich mühsam von seinem Lager hoch.

»Fühlen Sie sich in der Lage dazu?«, fragte Bates.

Thor fühlte sich *ganz und gar nicht* in der Lage, weder dazu noch zu irgendetwas anderem. Aber der Gedanke, vor Browning – und erst recht Lestrade! – zuzugeben, dass ihm nicht nur speiübel, sondern so schlecht wie niemals zuvor im Leben war, weckte seinen Trotz. Sehr vorsichtig, um das

Schwindelgefühl in seinem Kopf nicht zu einer neuen Attacke zu reizen, richtete er sich ganz auf, tastete sich blind zu dem kleinen Waschbecken, das neben seinem Bett an der Wand angeschraubt war, und goss Wasser hinein.

Es half. Er hatte zwar das Gefühl, bei lebendigem Leib tiefgekühlt zu werden, als er sich das eiskalte Wasser ins Gesicht und in den Nacken schöpfte, aber sein Kopf klärte sich ein wenig. Und als er sich nach wenigen Augenblicken aufrichtete, da bemerkte er zum ersten Mal, dass sich der Boden unter seinen Füßen nicht mehr bewegte. Das scheinbare Schwanken und Drehen des Schiffes kam aus seinem Kopf.

»Ist der Sturm vorüber?«, fragte er.

Bates nickte. »Schon seit Stunden«, antwortete er. Seine Stimme nahm einen besorgten Klang an. »Sie sehen nicht gut aus, Mister Garson.«

»Ich fühle mich auch nicht gut«, antwortete Thor.

»Wenn Sie sich so fühlen, wie Sie aussehen, muss es Ihnen entsetzlich schlecht gehen«, sagte Bates trocken.

Thor schenkte ihm einen bösen Blick, tastete blind nach dem Handtuch und griff dreimal daneben, bevor Bates ihm die Arbeit abnahm und es ihm reichte.

Aber das kalte Wasser schien Wunder gewirkt zu haben. Er fühlte sich zwar immer noch reichlich benommen – was wahrscheinlich eher an Doktor Rosenfelds Tabletten als an irgendetwas anderem lag –, aber sein Kopf klärte sich zusehends, während er hinter Bates die Kabine verließ und dem Flieger in den Aufenthaltsraum der DRAGON folgte.

Er war nicht der Einzige, den Browning zu sich zitiert hatte. Außer den beiden Dänen, Loben, von Ludolf und Morton waren auch Lestrade und zwei weitere, Thor noch unbekannte Offiziere der DRAGON anwesend.

Und alle blickten Thor auf eine Art und Weise an, die

ihm klarmachte, dass Bates Worte keineswegs übertrieben gewesen waren.

Thor lächelte gequält, bewegte sich mit kleinen, unsicheren Schritten auf den Tisch zu, an dem Brownings ad hoc einberufene Beratung stattfand, und blieb vor einem der großen Fenster stehen, um hinauszublicken. Der Himmel hatte wieder diesen kräftigen strahlend blauen Farbton angenommen und von den dunklen Gewitterwolken war nicht mehr die allergeringste Spur zu sehen. Unter ihnen, unendlich *tief* unter ihnen, wie es schien, erstreckte sich ein verwirrendes Muster aus Weiß und Grün und Braun, in dem hier und da das silberne Band eines Flusses glitzerte.

»Wo sind wir?«, fragte Thor.

»Über Kanada«, antwortete Browning. Seine Stimme klang ungeduldig. Er hatte nicht wie die meisten anderen Platz genommen, sondern stand am Kopfende des langen Tisches und wartete offensichtlich voller Ungeduld darauf, dass auch Thor sich setzte.

»Und wenn Sie jetzt freundlicherweise die Güte hätten, Platz zu nehmen, Mister Garson«, fuhr er fort, »dann könnten wir vielleicht endlich beginnen. Nachdem wir alle darauf warten mussten, dass Sie ausgeschlafen haben«, fügte er spitz hinzu.

Thor schenkte ihm den wütendsten Blick, zu dem er im Moment fähig war – was nicht besonders viel sein konnte –, ging absichtlich langsam zum Tisch und setzte sich. Bates ließ sich auf den freien Stuhl neben ihm fallen und auch Browning nahm endlich Platz.

Er räusperte sich übertrieben. »Da jetzt alle Teilnehmer unserer Expedition versammelt sind …«, begann er.

»Nicht alle«, unterbrach ihn Thor. Browning sah auf. Er wirkte mehr als nur ein wenig verärgert, beherrschte sich aber noch. »Wie meinen Sie das?«, fragte er.

Thor blickte demonstrativ in die Runde, ehe er antwortete: »Professor van Hesling fehlt. Und Dr. Rosenfeld.«

Browning legte die Stirn in Falten, presste die Lippen zu einem dünnen, ärgerlichen Strich zusammen und atmete hörbar ein. »Ich glaube kaum, dass wir die Gesellschaft eines Verrückten und seines Kindermädchens brauchen.«

»Da bin ich anderer Meinung«, widersprach Thor. Für einen Moment tauchte das Gesicht Mabel Rosenfelds vor seinem inneren Auge auf, wie er es gestern Abend gesehen hatte, besorgt und mit einem flüchtigen, aber echten Lächeln. Eigentlich hatte er van Hesling nur erwähnt, um Browning zu ärgern, aber mit einem Mal hatte er das Gefühl, es Doktor Rosenfeld schuldig zu sein, wenn er auf ihrer Teilnahme an diesem Gespräch bestand. »Immerhin haben Sie selbst oft genug betont, wie wichtig es sei, dass van Hesling uns begleitet«, fügte er hinzu.

Browning starrte ihn finster an, aber in diesem Moment erhielt Thor Hilfe von unerwarteter Seite. »Ich finde, Mister Garson hat durchaus recht«, sagte Morton.

In Brownings Augen blitzte es ärgerlich auf. »Wieso?«, schnappte er.

»Nun, was van Hesling angeht, dürfte die Antwort auf der Hand liegen«, antwortete Morton. »Ich weiß selbst am besten, dass er nicht ganz zurechnungsfähig ist. Aber so wenig er uns auch sagen kann: Er ist der Einzige, der uns *überhaupt* etwas sagen kann. Und Dr. Rosenfeld …« Er zuckte mit den Schultern und legte eine Kunstpause ein. »Sie wird kaum damit einverstanden sein, dass wir ihren Patienten verhören, ohne sie dabeizuhaben.«

»Was für ein Unsinn«, sagte Browning.

Von Ludolf räusperte sich hörbar. Alle Aufmerksamkeit richtete sich auf ihn.

»Ja?«, fragte Browning.

»Wenn ich Mister Garson und Mister Morton recht verstanden habe«, begann der deutsche Major umständlich, »dann schlagen Sie vor, dass diese jü… diese *Ärztin* als aktives Mitglied an unserer Expedition teilnimmt.«

Thor blickte ihn mit kaum verhohlener Wut an. Weder ihm noch einem der anderen Anwesenden war entgangen, was von Ludolf eigentlich hatte sagen wollen.

»Und?«, fragte er lauernd. »Was spricht dagegen?«

Von Ludolf starrte ihn fast empört an. »Eine ganze Menge!«, antwortete er. »Zum Beispiel der Umstand, dass sie –«

»Einen jüdischen Namen trägt?«, fiel ihm Morton ins Wort.

Von Ludolf funkelte ihn böse über den Tisch hinweg an, antwortete aber nicht und auch in Brownings Blick schien irgendetwas zu Eis zu erstarren. Doch es dauerte noch einen Moment, bis Thor begriff, dass sie diesmal ausnahmsweise auf derselben Seite standen, denn ganz plötzlich und völlig unerwartet sagte Browning: »Ich glaube, Mister Garson hat doch recht. Wir werden Professor van Hesling brauchen. Und damit auch Dr. Rosenfeld. Ob es uns nun gefällt oder nicht.«

»Wenn Sie das tun«, sagte von Ludolf eisig, »dann weigere ich mich, weiterhin an dieser Expedition teilzunehmen.«

Browning zuckte nur mit den Achseln. »Das liegt völlig in Ihrem Ermessen, Herr Major. Wir sind zwar knapp in der Zeit, aber ich bin sicher, dass Colonel Lestrade einen kleinen Umweg in Kauf nimmt, um Sie in Anchorage abzusetzen. Von dort aus bekommen Sie jederzeit ein Flugzeug, das Sie zurück nach New York bringt.«

Von Ludolf starrte ihn an, ballte in stummer Wut die Fäuste und sagte gar nichts mehr.

Für lange Augenblicke kehrte vollkommene Stille ein. Schließlich wandte Browning sich an Bates und machte eine auffordernde Geste. »Bitte, seien Sie so freundlich und holen Sie Professor van Hesling und Doktor Rosenfeld. Ich werde so lange warten.«

Bates stand wortlos auf und ging und wieder breitete sich dieses unangenehme, fast aggressive Schweigen aus. Browning und von Ludolf lieferten sich Blickduelle, während die beiden Dänen wieder einmal eher amüsiert zu sein schienen. Colonel Lestrades Gesichtsausdruck blieb undurchschaubar. Thor bemühte sich, die beiden Deutschen nicht anzusehen, um seinen Zorn nicht noch zu schüren. Seine Mutter war Jüdin gewesen, und von Ludolf schien die exakte Verkörperung all dessen zu sein, weshalb seine Eltern mit ihm aus Deutschland emigriert waren. Aber was hatte er von einem so ranghohen Offizier auch anderes erwartet? Trotzdem tat es ihm immer wieder weh, wenn er mit dem finsteren Geist konfrontiert wurde, der von dem Land, in dem er geboren und aufgewachsen war, Besitz ergriffen hatte.

Es vergingen nur wenige Minuten, bis Bates in Begleitung des deutschen Wissenschaftlers und Doktor Rosenfelds zurückkam. Die Neurologin machte einen verstörten, gleichzeitig aber durchaus kampflustigen Eindruck: Wie am Tag zuvor führte sie van Hesling wie ein zu groß geratenes Kind an der Hand neben sich her und wie gestern ließ sich der schwachsinnige Riese von ihr gehorsam führen. Doktor Rosenfeld bugsierte ihn auf einen freien Stuhl, setzte sich neben ihn und wandte sich mit einem fragenden Blick an Browning.

»Nun«, begann der Regierungsbeauftragte von Neuem. »Jetzt, da wir endlich *alle* hier sind, kann ich ja vielleicht anfangen. In groben Zügen wurden Sie ja bereits über den Sinn dieses Fluges informiert.«

»Ich nicht«, sagte Doktor Rosenfeld.

Browning ignorierte sie, beugte sich vor und öffnete eine

schmale Aktenmappe, die vor ihm auf dem Tisch lag. Er entnahm ihr einige eng beschriebene Schriftstücke sowie eine Anzahl großformatiger Schwarz-Weiß-Fotos, die er aber ganz bewusst so hielt, dass keiner der Anwesenden erkennen konnte, was darauf zu sehen war.

»Wie Ihnen Kapitän Morton bereits erzählt hat«, begann er, »ist er mit seinem Schiff auf seiner letzten Fahrt in der Nähe Grönlands auf einen schwimmenden Eisberg gestoßen. Wir haben diesen Eisberg Odinsland getauft. Und das nicht ohne Grund.« Er legte eine kleine, genau bemessene Pause ein und deckte dann eines der Fotos auf.

Nicht nur Thor beugte sich neugierig vor. Das Bild war offensichtlich eine Amateuraufnahme: nicht besonders scharf und mit einer falschen Belichtungszeit aufgenommen, sodass die Umrisse der Eisinsel leicht verschwommen erschienen. Und trotzdem war das, was es zeigte, beeindruckend. Das Foto war offensichtlich von Bord eines Schiffes aufgenommen worden, denn am unteren Rand konnte man ein Stück der Reling erkennen. Das Meer war mit Eisschollen bedeckt und die gesamte hintere Hälfte der Fotografie wurde von einem wahrhaft riesigen treibenden Eisberg eingenommen: Odinsland.

»Mein Gott!«, flüsterte Bates. »Das Ding ist ja gigantisch.«

»An die drei Meilen im Durchmesser«, sagte Morton. »Und fast eine Viertelmeile hoch. Jedenfalls war er das, als wir ihn das letzte Mal gesehen haben.«

»Was soll das heißen«, fragte Thor, »›war‹?«

Browning warf Morton einen raschen, aber eindeutig warnenden Blick zu und antwortete an seiner Stelle: »Wenn der Berg seinen damaligen Kurs beibehalten hat, dann dürfte er mittlerweile weit genug nach Süden abgetrieben sein, um zu schmelzen.«

»Quatsch!«

Alle Blicke wandten sich Erikson zu. Soweit Thor sich erinnern konnte, war es das erste Mal, dass er den Dänen überhaupt reden hörte.

»Eisberge schmelzen nicht einfach so«, fuhr Erikson fort. »Auch nicht, wenn sie weiter nach Süden abgetrieben werden. Bis ein solcher Koloss schmilzt«, er deutete mit dem Zeigefinger auf den gigantischen Eisberg auf dem Foto, »dauert es Monate, wenn nicht Jahre. Haben Sie eine Ahnung, wie viel Eis in einem solchen Berg steckt?«

Mortons Lächeln wirkte plötzlich ein wenig gequält. »Das habe ich«, sagte er. »Jedenfalls normalerweise.«

Erikson blickte verwirrt zu ihm auf und Browning hob die Hand zu einer begütigenden Geste. »Vielleicht ist es am einfachsten«, sagte er, »wenn Sie Kapitän Morton und mich erst einmal berichten lassen und wir hinterher diskutieren.«

Erikson widersprach nicht mehr, aber sein Gesichtsausdruck machte deutlich, was er von Brownings Worten hielt: nämlich nichts.

»Ich muss ein wenig weiter ausholen«, begann Browning. »Wie bereits gesagt schickte die Deutsche Wehrmacht vor ziemlich genau neun Monaten ein Forschungsschiff in die arktischen Gewässer, um die Strömungs- und Wetterverhältnisse dort zu untersuchen. Vor siebeneinhalb Monaten nun verschwand dieses Schiff, und zwar spurlos und ohne dass auch nur ein einziger Notruf aufgefangen wurde. Das Schicksal dieser Expedition ist bis heute nicht geklärt. Aber das Schiff oder zumindest ein Rettungsboot muss den Kurs von Odinsland gekreuzt haben. Auch wenn das –«, er warf einen raschen, warnenden Blick auf die beiden Deutschen, den von Ludolf eisig erwiderte, »– eigentlich nicht möglich ist, bedenkt man den Kurs, den der Eisberg genommen haben muss. Und den, den das Forschungsschiff gefahren ist.«

Von Ludolf starrte weiter ins Leere und schwieg.

»Auf jeden Fall«, fuhr Browning fort, »haben Professor van Hesling und auch noch einige andere Überlebende des Schiffsuntergangs – wenn es einer war – Odinsland erreicht. Offensichtlich ist es ihnen gelungen, dort mehrere Monate lang zu überleben. Wie, weiß niemand. Am 20. Dezember des vergangenen Jahres jedenfalls fing der Funker der POSEIDON einen verstümmelten SOS-Ruf auf, der das Schiff schließlich nach Odinsland führte. Kapitän Morton und eine Rettungsmannschaft betraten den Eisberg, aber sie fanden zuerst keine Überlebenden. Nur ein völlig zerstörtes Zelt und die Überreste einer Funkanlage.«

Er nahm ein zweites Foto aus dem Stapel und ließ es herumgehen. Das Bild zeigte die letzten Überreste des Lagers, auf die Morton und die Matrosen gestoßen waren.

Browning wartete geduldig, bis alle das Foto in Ruhe begutachtet hatten, bevor er fortfuhr: »Kapitän Morton, sein Erster Offizier und eine Rettungsexpedition untersuchten daraufhin den Eisberg. Und wie Sie alle wissen, fanden sie einen Überlebenden: Professor van Hesling. Aber sie fanden noch etwas.«

Diesmal war die dramatische Pause, die er einlegte, noch etwas länger. Und er konnte auch der Versuchung nicht widerstehen, die nächsten drei Fotos ganz langsam aus dem Stapel herauszuziehen und mit der Rückseite nach oben vor sich auszubreiten wie ein Pokerspieler, der ein Full House auf der Hand hat und es genießt, den Moment noch hinauszuzögern, wenn er es aufdeckt. »Professor van Hesling hat ganz offensichtlich nicht mit den wenigen Vorräten überlebt, die an Bord des Rettungsbootes gewesen sind. Kapitän Morton fand ihn in einer Höhle im Inneren des Eisbergs.«

»Und er fand auch noch etwas anderes, nehme ich an«, sagte Thor Garson. Brownings theatralisches Gehabe begann ihm allmählich auf die Nerven zu gehen. Und nicht nur ihm, wie die Blicke der anderen deutlich machten.

Browning nickte. »Das ist richtig. Bevor ich Ihnen jedoch zeige, was sie gefunden haben, möchte ich eines klarstellen: Kapitän Morton besitzt unser absolutes Vertrauen. Er ist ein durch und durch integerer Mann und seine Besatzung ist über jeden Zweifel erhaben; schließlich handelt es sich nicht um einen Bananendampfer, sondern um ein Forschungsschiff, das im Auftrag der US-Regierung unterwegs war.«

»Und was haben Sie nun so Spannendes gefunden?«, fragte Erikson ungeduldig.

»Das hier.«

Morton drehte die drei Bilder um und reichte sie an den Dänen weiter. Erikson nahm sie, fächerte sie in der Hand auseinander – und riss erstaunt die Augen auf. Auch sein Kollege Baldurson, der neben ihm saß und sich neugierig vorgebeugt hatte, um über seine Schulter sehen zu können, stieß einen überraschten Laut aus, starrte Browning und Morton eine Sekunde lang fassungslos an und begann dann hastig in seiner Muttersprache auf seinen Kollegen einzureden, wobei er heftig gestikulierend auf die Bilder deutete.

Es dauerte eine Weile, bis sich die beiden so weit beruhigt hatten, dass sie wenigstens zwei der drei Bilder an die anderen weiterreichten. Und was Thor auf dem Foto sah, das schließlich bei ihm anlangte, ließ ihn die ungläubige Erregung der beiden Dänen durchaus verstehen.

Das Bild war von wesentlich besserer Qualität als das erste, das Browning ihm gezeigt hatte. Die Aufnahme war gestochen scharf und sie zeigte das Innere einer wahrhaft riesigen Eishöhle. Der Durchmesser war schwer zu schätzen, da es keinen Vergleichsmaßstab gab, aber wenn die Zahlen stimmten, die Morton vorhin genannt hatte, dann musste sie den Großteil des Inneren von Odinsland beanspruchen. Und eigentlich war es keine richtige Höhle, sondern ein gewaltiger, nahezu perfekt kreisrunder Schacht, der bis auf den Meeresboden hinabreichte. Auf seinem Grund war ein riesiger runder See zu erkennen, und auf diesem See …

»Das ist unmöglich!«, rief Erikson im Brustton der Überzeugung. Browning schwieg.

Im ersten Moment war Thor Garson durchaus geneigt, dem Dänen vorbehaltlos zuzustimmen. Denn was er sah, war vielleicht nicht unmöglich, aber doch so fantastisch, dass es schwer fiel, es zu glauben: Am Rand des gewaltigen Sees, noch zu gut einem Drittel ins Eis der Höhlenwand eingebettet, befand sich ein Schiff. Nicht irgendein Schiff. Es war ein großes, offensichtlich ganz aus Holz gebautes Schiff mit einem breiten, ausladenden Rumpf, einer niedrigen Reling, hinter der sich runde, wahrscheinlich bunt bemalte Schilde aufreihten, zwischen denen eine Anzahl schlanker Ruder hervorragte, und einem weit nach oben gezogenen Bug, der in einem geschnitzten Drachenkopf endete. Das einzige Segel, das schlaff von dem hohen Mast herabhing, war gestreift, und statt des gewohnten Deck- oder Achteraufbaus gab es nur ein niedriges, ebenfalls gestreiftes Zelt, das das gesamte hintere Drittel des Schiffes beanspruchte.

Es war ein Wikingerboot, ohne Zweifel.

»Unmöglich«, murmelte Erikson noch einmal.

»Genau das haben wir auch gedacht«, sagte Browning. »Um ehrlich zu sein, im allerersten Moment haben wir an einen schlechten Scherz geglaubt, trotz des guten Rufs, den Kapitän Morton und seine Besatzung genießen. Aber es gibt ein paar Punkte, die entschieden dagegensprechen.«

Erikson warf das Foto mit einer fast angewiderten Geste aus der Hand und blickte abwechselnd Morton und Browning mit einer Mischung aus Verwirrung und ganz offener Feindseligkeit an. »So? Und welche?«

Browning antwortete nicht, sondern gab das Wort mit einer auffordernden Handbewegung an Morton weiter.

»Zum einen die Tatsache«, sagte Morton ruhig, »dass ich selber dort war in dieser Höhle und das Schiff gesehen habe. Zum anderen der Umstand, dass außer mir auch mein Erster Offizier und ungefähr zwanzig Besatzungsmitglieder das Schiff gesehen haben. Drittens das Foto, das Sie gerade selbst in Händen halten, Doktor Erikson. Und viertens Professor van Hesling.« Er warf dem deutschen Wissenschaftler einen Blick über den Tisch hinweg zu, den dieser auf seine gewohnte Art beantwortete: mit einem dümmlichen Grinsen. Thor fiel auf, dass niemand van Hesling die Bilder gezeigt hatte, ja man achtete sogar sorgsam darauf, dass er die Fotos nicht zu Gesicht bekam.

»Bei allem Respekt«, sagte Erikson, »aber der geschätzte Kollege van Hesling scheint mir im Moment kaum in der Lage zu sein, eine glaubwürdige Aussage zu machen.«

Morton nickte. Er wirkte nervös, aber Thor hatte das sichere Gefühl, dass es nicht daran lag, er befürchte, man könnte ihm nicht glauben. Vielmehr schien es an der Erinnerung zu liegen, was er auf Odinsland gesehen – oder erlebt – hatte.

»Auch das ist richtig«, sagte Morton. »Aber als wir Professor van Hesling …«, seine Stimme zitterte und ein Ausdruck von Schmerz huschte kurz über sein Gesicht, »… fanden, da war er in dieser Höhle. Und er muss ganz offensichtlich auch auf dem Schiff gewesen sein, denn er trug die typische Kleidung eines Wikingers. Einen Fellmantel, ein Kettenhemd, Schwert, Helm – Sie können all diese Dinge persönlich in Augenschein nehmen, wenn Sie das wünschen. Sie befinden sich an Bord der DRAGON.«

»Das werden wir«, knurrte Erikson grimmig. »Darauf haben Sie mein Wort.«

»Und wir würden gern auch mit einem der anderen Kollegen reden«, fügte Baldurson hinzu. »Wo ist zum Beispiel Ihr Erster Offizier? Wieso ist er nicht hier?«

»O'Shaugnessy«, sagte Morton leise. »Leider wird er Ihnen nichts mehr sagen können. Professor van Hesling hat ihn getötet.«

Für einen Moment breitete sich betretenes Schweigen am Tisch aus. Schließlich räusperte sich Browning und warf Morton einen auffordernden Blick zu, und der Kapitän fuhr nun wieder etwas gefasster fort: »Ich verstehe Ihre Zweifel durchaus, meine Herren, aber ich gebe Ihnen mein Wort darauf, dass wir ganz genau das, was Sie auf diesen Bildern sehen, im Inneren des Berges gefunden haben.«

»Aber das ist völlig unmöglich!«, rief Baldurson. Er deutete mit einer fast wütenden Geste auf das Foto. »Entweder dieses Foto ist schlicht und einfach gefälscht oder jemand hat sich einen schlechten Scherz erlaubt.«

»Das wäre der aufwendigste schlechte Scherz, von dem ich je gehört habe«, sagte Bates.

Baldurson warf ihm einen schrägen Blick zu und fuhr mit einem überzeugten Nicken fort: »Das mag sein. Aber ich kann Ihnen auf Anhieb ein halbes Dutzend Details an diesem Boot zeigen, die nicht stimmen. Das Ding sieht vielleicht auf den ersten Blick wie ein Wikingerschiff aus, aber es ist keins.«

»Auch das ist uns klar«, sagte Browning. Er lächelte beinahe entschuldigend in Baldursons Richtung. »Auch wir haben Spezialisten, wissen Sie? Aber echt oder nicht – dieses Schiff ist da. Und wenn auch nur die allergeringste Chance besteht, dass es sich um ein echtes Wikingerboot aus der Zeit um fünfhundert oder auch tausend nach Christus handelt, dann ist dies hier der bedeutendste Fund seit der Wiederentdeckung Trojas.«

Und genau das war es nicht. Thor spürte es. Erikson und Baldurson mussten es wissen und auch die anderen blickten Browning eher misstrauisch denn verwirrt an. Thor bezweifelte in diesem Moment nicht einmal die Echtheit dieses Schiffes; aber er spürte ebenso deutlich wie die anderen, dass da noch mehr sein musste. Ein echtes Wikingerschiff wäre natürlich eine archäologische Sensation. Sogar eine ganz gewaltige. Aber all das hätte nicht diesen Aufwand gerechtfertigt. Und da war noch etwas, von dem nur er und Browning wussten: Alle Wikingerschiffe der Welt zusammen wären wohl kaum Grund genug für den Präsidenten der Vereinigten Staaten von Amerika gewesen, seine besten Leute, ein bisher streng geheim gehaltenes Versuchsschiff der US-Navy und Doktor Browning, seinen Mann für ganz besondere Fälle, auf eine Reise um die halbe Welt zu schicken. Von Thor Garson und den anderen einmal ganz abgesehen.

»Ich glaube das nicht«, beharrte Erikson. »Irgendetwas stimmt an dieser Sache nicht.«

»Und um genau das herauszufinden, sind wir hier«, sagte Browning.

»Und wozu dann all die Geheimniskrämerei?«, erkundigte sich Baldurson.

Browning zuckte nur ganz leicht zusammen, aber das änderte nichts daran, dass Thor Garson es registrierte. »Nun«, begann er langsam. »Sie können sich vielleicht vorstellen, welches Aufsehen eine solche Entdeckung in der Fachwelt hervorrufen wird. Und leider nicht nur in der Fachwelt. Ich muss Ihnen nicht sagen, was geschehen wäre, hätten wir Kapitän Mortons Entdeckung vorschnell publik gemacht. Nicht nur sämtliche Wissenschaftler der Welt, sondern auch alle Abenteurer, Schatzsucher und Verrückten hätten sich einen Wettlauf nach Grönland geliefert. Und ganz davon abgesehen, dass der Schaden, wenn dieses Schiff von einem unqualifizierten Team gefunden und etwa aus dem Eis herausgebrochen würde, nicht abzusehen wäre, sind die Gewässer dort gefährlich, selbst für so erfahrene Seeleute wie Kapitän Morton oder den Kapitän des Forschungsschiffes, auf dem Professor van Hesling war. Möchten Sie die Verantwortung für Dutzende, wenn nicht Hunderte von Menschenleben übernehmen, die dabei aufs Spiel gesetzt würden?«

Erikson antwortete nicht, aber nun griff von Ludolf nach dem Foto und drehte es nachdenklich in den Händen. Schließlich blickte er zu Morton auf. »Ich will einmal ganz dahingestellt lassen, mein lieber Kapitän«, sagte er, »ob dieses Bild echt, gefälscht oder einfach ein übler Scherz ist, dem Sie aufgesessen sind. Aber ich nehme doch an, dass Sie diesen Eisberg hinterher gründlich untersucht haben.«

Morton schwieg. Aber auf seinem Gesicht erschien plötzlich ein betroffener Ausdruck.

»Das ist doch so?«, vergewisserte sich von Ludolf.

Morton druckste eine Weile herum, dann schüttelte er den Kopf. »Nein«, gestand er. »Dazu war keine Gelegenheit mehr.«

Von Ludolf legte das Foto aus der Hand und starrte den Kapitän an. »Wie bitte?«

»Wir haben Professor van Hesling an Bord der POSEIDON genommen und sind sofort wieder auf Westkurs gegangen«, sagte Morton.

»Ohne nach weiteren Überlebenden zu suchen?«, fragte von Ludolf empört.

»Das war nicht möglich«, sagte Browning an Mortons Stelle.

Von Ludolf wandte mit einem Ruck den Kopf und starrte ihn eisig an. »Was soll das heißen?«

»Sie müssen die Situation verstehen, in der wir waren«, sagte Morton. »Professor van Hesling hat nicht nur meinen Ersten Offizier, sondern auch ein weiteres Besatzungsmitglied getötet. Außerdem zog ein Sturm auf. Ich konnte es nicht riskieren, das Schiff länger in der Nähe dieses Eisbergs zu lassen.«

»Und Sie haben eventuelle Überlebende einfach ihrem Schicksal überlassen?«, empörte sich von Ludolf.

»Mir blieb keine Wahl!«, verteidigte sich Morton. »Ich hatte die Verantwortung für mein Schiff und meine Besatzung.«

»Das ist … unglaublich!«, sagte von Ludolf. Zornig deutete er auf das zweite Foto, das das Zelt und die zertrümmerte Funkanlage zeigte. »Van Hesling war mit Sicherheit nicht allein auf diesem Berg. Sie haben die Männer einfach ihrem Schicksal überlassen!«

»Bitte!«, meinte Browning beschwörend. »Ich gebe Ihnen mein Wort, Herr Major, dass wir auch diesen Aspekt gründlich geprüft haben. So wie die Dinge lagen, hatte Kapitän Morton keine andere Wahl, als sein Schiff aus dem Gefahrenbereich zu bringen. Gäbe es daran irgendeinen Zweifel, dann wäre er jetzt nicht hier, sondern müsste sich vor einem Seegericht verantworten.«

»Humbug!«, widersprach von Ludolf. »Der Mann war schlicht und einfach feige!«

»Das reicht!«, mischte sich Lestrade ein. Er hatte nicht einmal besonders laut gesprochen, aber seine Stimme war so schneidend, dass selbst von Ludolf für einen Moment verstummte und ihn nur verwirrt und ein wenig verunsichert ansah. Doch dann schürzte er kampflustig die Lippen und beugte sich vor, aber auch diesmal kam ihm Lestrade zuvor: »Kapitän Morton ist Mitglied der US-Navy, Herr Major«, sagte er kalt. »Ich lasse nicht zu, dass einer unserer Offiziere in meiner Gegenwart beleidigt wird.«

»Offizier! Der Mann ist kein Offizier. Er ist schlichtweg verrückt. Oder ein Betrüger!«

Lestrade setzte zu einer zornigen Antwort an, aber diesmal unterbrach ihn Browning, der offenbar endlich begriff, dass die ganze Situation ihm aus den Händen zu gleiten drohte. »Bitte, meine Herren«, rief er. »Ich beschwöre Sie! Ich verstehe ja, dass Sie alle von dem, was ich Ihnen gerade berichtet habe, auf die eine oder andere Weise überrascht wurden. Aber ich gebe Ihnen mein Ehrenwort, dass wir Ihnen nichts verheimlicht und auch nichts hinzugefügt haben.«

»Überdies«, fügte Morton hinzu, »werden Sie alle in wenigen Tagen Gelegenheit haben, das Schiff mit eigenen Augen zu sehen.«

Von Ludolf sagte nichts mehr, aber die Blicke, mit denen er Morton maß, sprachen Bände. Die beiden Dänen steckten weiter die Köpfe zusammen und unterhielten sich leise und offensichtlich sehr erregt in ihrer Muttersprache, während sie immer wieder auf die Fotos von Odinsland und dem darin eingeschlossenen Wikingerschiff deuteten.

Schließlich war es Thor Garson, der das immer unangenehmer werdende Schweigen brach: »Vielleicht können Sie uns ja weiterhelfen, Professor«, sagte er an van Hesling gewandt. Er sah den deutschen Wissenschaftler dabei zwar an, aber die Frage galt eher Doktor Rosenfeld und sie war es auch, die antwortete.

»Ich glaube nicht, dass das eine gute Idee ist«, sagte sie. »Ebenso wenig wie ich es für eine gute Idee halte, Professor van Hesling zurück auf diesen Eisberg zu bringen.« Sie schenkte Browning einen vorwurfsvollen Blick. »Sie hätten mir sagen müssen, wohin diese Reise geht, Doktor Browning.«

»Ich habe Sie nicht gerade aufgefordert, uns zu begleiten«, erinnerte Browning unfreundlich.

»Das stimmt«, erwiderte Doktor Rosenfeld. »Und wenn Sie es getan hätten, dann hätte ich es abgelehnt. Was, glauben Sie, passiert, wenn Professor van Hesling zurück an den Ort gebracht wird, der seine Krankheit verursacht hat?«

»Das weiß ich nicht«, gestand Browning ruhig. »Aber schließlich haben wir ja einen Spezialisten für solche Fälle bei uns, nicht wahr?« Doktor Rosenfeld schenkte ihm einen giftigen Blick.

»Wenn nicht Professor van Hesling«, sagte Thor, »dann können uns vielleicht die Herren Offiziere weiterhelfen.« Er wandte sich an Loben und von Ludolf und machte eine rasche erklärende Geste auf van Hesling. »Welchem Zweck diente die Expedition, an der der bedauernswerte Professor teilnahm, wirklich?«

Von Ludolf musterte ihn kalt. In den wenigen Augenblicken, die vergangen waren, hatte er seine gewohnte Selbstbeherrschung wiedergefunden. »Diese Frage wurde bereits mehrmals beantwortet«, erwiderte er kühl. »Es war ein rein wissenschaftliches Unternehmen. Das Schiff sollte die Strömungsverhältnisse im arktischen Meer erforschen.«

»Vermutlich«, sagte Bates, »damit Ihre Unterseeboote dort besser navigieren können.«

Falls diese Worte den Versuch darstellen sollten, den deutschen Major aus der Reserve zu locken, so schlug er fehl. Von Ludolf machte sich nicht einmal die Mühe, den Marineflieger anzusehen, sondern fuhr, an Thor gewandt, fort: »Sie mögen mich nicht und ich mag Sie nicht, Mister Garson. In meinen Augen sind Sie ein Vaterlandsverräter halb jüdischer Abstammung, doch unsere persönliche Abneigung sollte im Moment keine Rolle spielen. Bedeutender ist, dass Sie versuchen dem Deutschen Reich bei jeder sich bietenden Gelegenheit nach Kräften Schaden zuzufügen, wie Sie gerade wieder beweisen. Aber was immer Sie in diese Sache hineinzugeheimnissen versuchen, es ist falsch. Allein die Tatsache, dass unsere Regierung zugestimmt hat, die Vereinigten Staaten an diesem Rettungsunternehmen teilnehmen zu lassen, sollte Ihnen beweisen, dass wir nichts zu verbergen haben.«

»Teilnehmen?«, wiederholte Thor ungläubig. Er lachte ohne die mindeste Spur von Humor. »Es kann ja sein, dass ich mich täusche«, sagte er. »Aber für mich sieht es so aus, als hätten *wir* zugestimmt, *Sie* mitzunehmen, Herr Major.«

»Haarspaltereien!«, antwortete von Ludolf. »Immerhin war es ein deutscher Staatsbürger, der den Eisberg, den Ihr etwas übereifriger Kollege auf den Namen Odinsland getauft hat, als Erster betrat. Streng genommen handelt es sich bei dieser Insel also um deutsches Hoheitsgebiet.«

»Ich dachte, die Kolonialzeiten wären vorbei«, grinste Thor spöttisch.

»Ich verbitte mir Ihre Unverschämtheiten!«, zischte von Ludolf. Er wandte sich an Browning. »Muss ich mir das als Gast auf diesem Schiff wirklich gefallen lassen?«

Browning blickte Thor Garson sekundenlang beinahe betrübt an, ehe er den Kopf schüttelte. »Nein, Herr Major, das müssen Sie nicht«, antwortete er. »Aber Sie müssen auf der anderen Seite auch Mister Garson verstehen. Schließlich kann uns schon die winzigste Information weiterhelfen.«

»Sie haben ein komplettes Dossier über die verschollene Expedition Professor van Heslings von der Reichsregierung in Berlin erhalten!«, sagte von Ludolf. Mit einer ärgerlichen Bewegung stand er auf und auch sein Assistent erhob sich. »Aber ich sehe schon, es ist völlig sinnlos, weiterzureden.«

Browning hob besänftigend die Hand. »Herr Major –«

»Wenn Sie dem Ehrenwort eines deutschen Offiziers nicht mehr glauben«, fuhr von Ludolf ungerührt und in eisigem Tonfall fort, »dann frage ich mich, ob es überhaupt noch Sinn hat, dass wir an diesem Unternehmen teilnehmen.« Damit nahm er seinen Hut vom Tisch, setzte ihn mit einer zackigen Bewegung auf und verließ in Begleitung seines Assistenten Loben die Kabine.

Thor Garson blickte ihm stirnrunzelnd nach. Er war jetzt sicher, dass Morton und Browning nicht die Einzigen waren, die etwas verschwiegen. Offensichtlich verheimlichte auf dieser Expedition jeder etwas vor jedem. Und er war ebenso sicher, dass er nicht zum letzten Mal mit den beiden Wehrmachtsoffizieren aneinandergeraten war.

Und auch damit sollte er recht behalten.

Das Wetter verschlechterte sich zwar nicht mehr, sodass der Flug auf seine gewohnt ruhige Art weiterging, aber der Streit vom Morgen wirkte noch während des ganzen Tages nach. An Bord herrschte eine niedergeschlagene und gleichzeitig gereizte Stimmung, in der jeder nur darauf zu warten schien, dass irgendjemand etwas sagte oder tat, was ihm nicht passte. Selbst Bates, zu dem Thor bisher noch das beste Verhältnis gehabt zu haben glaubte, schien ihm aus dem Weg zu gehen.

So verbrachte er den größten Teil des Tages im Laderaum, in dem Quinn und die Hunde untergebracht waren. Alle Expeditionsteilnehmer hatten von Browning einen Satz der Fotografien erhalten, die er ihnen am Morgen gezeigt hatte, sowie eine Kopie der wenigen schriftlichen Aufzeichnungen, die es über Mortons Abenteuer auf Odinsland gab. Und natürlich hatte es sich auch Thor Garson nicht nehmen lassen, die wenigen Dinge, die Morton von dort mitgebracht hatte, selbst in Augenschein zu nehmen. Aber obwohl sie unzweifelhaft echt und ebenso unzweifelhaft sehr alt waren, stellten sie im Grunde doch nichts Besonderes dar: ein Mantel, aus grobem Leder gefertigte Stiefel, ein rostiges Kettenhemd und ein germanisches Griffzungenschwert nebst einem fast einen halben Zentner schweren, wuchtigen Hörnerhelm. Die typische Kleidung eines hochgestellten Wikingers eben. Nicht weniger, aber auch nicht mehr. Thor und die beiden Dänen untersuchten die Dinge, die Browning ihnen bereitwillig zeigte, sehr gründlich und sie fachsimpelten fast eine Stunde darüber. Aber sie kamen alle drei zu dem Schluss, dass diese Funde zwar erstaunlich, keineswegs aber ein Beweis für Mortons Behauptungen waren. So wenig wie die Fotos. Erikson hatte im Laufe des Tages nicht mehr so vehement an der Echtheit der Bilder gezweifelt wie am frühen Morgen, aber er hatte Thor auf eine ganze Reihe von Besonderheiten hingewiesen, die dieses Boot aufwies und die ganz eindeutig nicht mit dem übereinstimmten, was man bisher über Wikingerboote zu wissen glaubte.

Alles in allem hatte das Gespräch am Morgen außer einem ausgewachsenen Streit nichts gebracht; keine Aufklärung, sondern nur zahllose neue Fragen. Und nicht nur in Thor Garson hatte es das Gefühl erzeugt, sich auf etwas eingelassen zu haben, das vielleicht ganz anders enden würde, als es jetzt schien.

Thor schlief schlecht in dieser Nacht, obwohl er erst lange nach Sonnenuntergang in seine Kabine gegangen war und sich vorher an der kleinen, aber gut bestückten Bar der DRAGON gleich vier doppelte Whiskys genehmigt hatte, um seinen revoltierenden Magen gewissermaßen schon im Voraus zu beruhigen. Doktor Rosenfeld hatte seine Bitte, ihm noch einige ihrer Wunderpillen zu geben, rundheraus abgelehnt. Und sie hatte auch jeden seiner Versuche, ein Gespräch mit ihr zu beginnen, bereits im Ansatz erstickt. Auch wenn sie sich am Morgen Mühe gegeben hatte, es sich nicht zu deutlich anmerken zu lassen, war sie doch sehr verärgert, jetzt, als sie das wirkliche Ziel ihrer Reise erfahren hatte.

Und Thor verstand sie sogar: Er war zwar kein Psychologe, aber selbst ihm war klar, dass van Heslings Reaktionen, wenn er zurück zu Odinsland kam und vielleicht wirklich dieses Schiff dort sah, schlichtweg nicht vorauszusehen waren. Es war möglich, dass es der heilsame Schock sein konnte, den sein Geist brauchte, um das Gleichgewicht wiederzufinden. Genauso gut möglich war aber auch, dass ihn die Erinnerung daran, was er in den Monaten auf dem Eis mitgemacht hatte, vollends zerbrechen würde.

So war es kein Wunder, dass Thor – lange nach Mitternacht, aber noch sehr viel länger vor Sonnenaufgang – aus einem unruhigen, von Albträumen geplagten Schlaf hochschreckte. Er war noch immer müde und in seinem Magen war schon wieder ein ungutes Gefühl. Der Boden unter ihm wiegte sich sanft auf und ab. Das Wetter schien während der Nacht erneut schlechter geworden zu sein. Eine Zeit lang wälzte er sich unruhig auf seinem schmalen Lager, dann sah er ein, dass er doch nicht würde einschlafen können, und stand auf.

Er verließ die Kabine. Es war sehr still an Bord des Schiffes. Ganz leise und wie aus sehr, sehr weiter Entfernung hörte er das Heulen des Windes, der an der Hülle des Luftschiffs zerrte, und selbst das beständige Dröhnen und Rumoren der Propellermotoren schien leiser geworden zu sein. Aber aus dem Aufenthaltsraum drang Licht, und als er sich der Tür näherte, hörte er gedämpfte Stimmen. Er betrat den Raum und erkannte Bates und Morton, die an einem kleinen Tisch neben einem der großen Fenster saßen und sich unterhielten. Morton drehte ihm den Rücken zu, aber Bates sah auf, runzelte für einen Moment überrascht die Stirn und winkte ihn dann mit einer Geste herbei.

»Sie können auch nicht schlafen, wie?«, fragte er, als sich Thor zu ihnen setzte. Thor schüttelte den Kopf, nickte Morton flüchtig zu und sagte erst dann: »Nein. Ich fürchte, die Luftfahrt ist nicht unbedingt mein Metier.«

»Meines auch nicht«, meinte Morton gequält.

Thor sah ihn fragend und überrascht an und Morton fügte erklärend hinzu: »Ich weiß, dass es lächerlich klingt. Immerhin bin ich Seemann und mein ganzes Leben nicht seekrank gewesen. Aber an Bord dieses fliegenden Ungetüms hier beginne ich zu begreifen, was so mancher auf meinem Schiff mitgemacht haben muss.«

Thor lachte leise und schüttelte ablehnend den Kopf, als Bates ihm eine Zigarette anbot. Nachdenklich blickte er aus dem Fenster. Draußen herrschte tiefste Nacht und der Himmel hatte sich wieder bewölkt, sodass auch die Sterne nicht mehr zu sehen waren. Aber tief, sehr tief unter dem Schiff sah er ein schwaches Glitzern. Sie befanden sich über dem offenen Meer. Offensichtlich hatte die DRAGON während der Nacht beigedreht und Kurs nach Norden genommen, auf den Ozean hinaus.

»Wie lange werden wir brauchen?«

Bates zuckte mit den Schultern. »So genau kann man das nicht sagen«, antwortete Morton. »Vielleicht zwei, drei Tage, vielleicht aber auch eine Woche. Das kommt darauf an, wie weit der Berg abgetrieben ist und ob wir ihn auf Anhieb finden oder nicht.«

»Reizende Aussichten«, knurrte Thor.

Morton lächelte. »Mit etwas Glück dauert es ja nur ein paar Tage«, sagte er.

»Ja, und wenn nicht, dann sind wir auch auf ein paar Monate eingerichtet«, fügte Thor hinzu. Morton sah ihn fragend an und auch Bates runzelte die Stirn.

Thor deutete mit der Hand zur Decke hinauf. »Ich war ein paarmal oben«, sagte er. »Quinn und die Hunde sind in den Lagerräumen untergebracht, wissen Sie. Und dabei ist mir aufgefallen, dass dieses Schiff vollgestopft mit Vorräten ist.«

Bates überraschte dies nicht. »Immerhin kann es sein, dass wir lange auf diesem Eisberg bleiben müssen«, meinte er. »Wenn dieses Schiff wirklich dort ist …«

»Das ist es«, sagte Morton ernst. Er beobachtete Bates und Thor bei diesen Worten genau.

»Niemand zweifelt daran, dass Sie es gesehen haben«, stellte Thor hastig richtig. »Aber es ist …« Er suchte einen Moment vergeblich nach Worten und rettete sich schließlich in ein verlegenes Lächeln. »Nun, selbst mir fällt es schwer, so etwas zu glauben. Ich habe eine Menge erstaunlicher Dinge gesehen, doch so etwas war noch nicht dabei.«

Morton nickte. Er lächelte flüchtig, aber er sah gleichzeitig auch verletzt aus und Thor konnte das verstehen. »Glauben Sie mir, Mister Garson«, antwortete er. »Mir ging es genauso. Aber ich schwöre bei allem, was mir heilig ist, dass ich dieses Schiff gesehen habe. Es ist dort.«

»Waren Sie an Bord?«, fragte Thor.

Morton schüttelte den Kopf. »Leider nein. Es war nicht möglich, heranzukommen. Und davon abgesehen hatten wir andere Probleme.«

»Van Hesling?«

Morton nickte. Ein Schatten huschte über sein Gesicht.

»Was meinen Sie damit?«, fragte Thor.

Es dauerte eine Weile, bis Morton antwortete. Und als er es tat, trat ein sonderbarer Ausdruck in seine Augen. Er sah Thor an, aber gleichzeitig war es, als sähe er etwas ganz anderes. Und was immer es war, woran ihn die Worte erinnerten, es musste eine sehr unangenehme, bittere Erinnerung sein. »Irgendetwas … war dort«, sagte er. »Ich weiß, es klingt verrückt, aber ich habe es einfach gespürt. Etwas … Böses umgibt diesen Berg.«

»Etwas Böses?«

Morton lächelte nervös. »Ich weiß, wie das in Ihren Ohren klingen muss, Mister Garson. Aber ich kann es nicht anders beschreiben. Und es erging allen an Bord so. Sie können jeden Mann der POSEIDON fragen: Sie alle haben es gefühlt. Dieser schwimmende Eisberg ist ein böser Ort.«

»Es muss schlimm gewesen sein dort«, meinte Bates mitfühlend. Morton nickte abermals. Er hob die linke Hand und Thor merkte erst jetzt, dass drei seiner Finger steif waren. »Ein kleines Andenken an meine letzte Begegnung mit Odinsland«, sagte Morton. »Und ich habe noch Glück gehabt. Mein Erster Offizier und ein weiterer Mann der Besatzung sind tot.«

Thor und auch Bates warteten darauf, dass er weitersprach, aber das tat Morton nicht. Stattdessen stand er plötzlich auf, starrte noch eine Sekunde aus dem Fenster in die Nacht hinaus und verabschiedete sich dann mit ein paar gemurmelten Worten. Thor sah ihm nachdenklich hinterher, als er den Raum verließ.

»Ich bin gespannt, was wir wirklich dort finden werden«, sagte Bates, als sie allein waren.

Thor blickte ihn fragend an.

»Ich wollte es gerade nicht sagen, als Morton dabei war«, fuhr Bates fort. Er sprach plötzlich leiser und er tat es auch erst, nachdem er sich mit einem raschen Blick in den Raum davon überzeugt hatte, dass sie wirklich allein waren. »Aber ich war in einem dieser Laderäume, von denen Sie gesprochen haben. In manchen sind wirklich Vorräte.«

»Und in den anderen?«, fragte Thor.

Wieder zögerte Bates einen Moment mit der Antwort. »Waffen«, sagte er schließlich.

Thor hätte nicht überrascht sein dürfen nach allem, was

bisher geschehen war. Aber er war es trotzdem. »Waffen?«, wiederholte er ungläubig.

Bates nickte und fuhr sich mit dem Handrücken unter dem Kinn entlang. »Die DRAGON ist bis hierhin vollgestopft mit Waffen«, bestätigte er. »Und Lestrades sogenannte Besatzung ist auch keine Besatzung. Ich weiß ja nicht, was Browning auf diesem Eisberg wirklich zu finden glaubt, aber er muss einen verdammten Respekt davor haben.«

»Waffen?«, wiederholte Thor noch einmal. »Sind Sie sicher?«

»Hundertprozentig«, antwortete Bates. Und plötzlich grinste er wieder. »Wollen Sie sie sehen?«

Thor zögerte. Er glaubte Bates. Der Marineflieger hatte überhaupt keinen Grund ihn anzulügen. Gleichzeitig wollte er nichts dringender, als sich mit eigenen Augen davon überzeugen, dass Bates die Wahrheit sprach. Aber andererseits war da immer noch das, was der Präsident zu ihm gesagt hatte. Vielleicht wurde es Zeit, sich einzugestehen, dass er den Ernst dieser Worte bisher noch gar nicht richtig begriffen hatte.

Trotzdem …

Er hob den Blick und sah Bates an. »Warum nicht?«

Sie standen auf, verließen den Aufenthaltsraum und stiegen über die schmale Eisentreppe nach oben. Bates gebot ihm mit einer Geste, still zu sein, und sah sich aufmerksam in alle Richtungen um, ehe er die ins Innere des eigentlichen Rumpfes führende Luke öffnete. Thor wusste, dass seine Vorsicht nur zu berechtigt war. Bei der gereizten Stimmung, die ohnehin an Bord herrschte, wäre es ein gefundenes Fressen für Lestrade, Bates und ihn bis zum Ende ihrer Reise einzusperren, wenn sie ihm auch nur einen fadenscheinigen Vorwand dafür lieferten. Andererseits bestand kaum die Gefahr, dass man sie entdeckte. Es war mitten in der Nacht, und selbst wenn jemand sie beobachten sollte, könnte Thor immer noch behaupten, dass sie zu Quinn und den Hunden hätten gehen wollen.

Gebückt kletterte er hinter Bates durch die schmale Luke, ließ sie hinter sich wieder zugleiten – und erstarrte.

Sie waren nicht allein.

Rings um sie herum herrschte fast vollkommene Dunkelheit, an die sich ihre Augen erst allmählich gewöhnten, und das Einzige, was er hörte, waren seine und Bates' gedämpfte Atemzüge sowie das ferne Dröhnen der Propellermotoren. Und trotzdem spürte er, dass noch jemand hier war. Ganz in der Nähe.

»Was haben Sie?«, fragte Bates im Flüsterton.

Thor hob hastig die Hand und winkte ab – was angesichts der Dunkelheit ziemlich sinnlos war –, aber Bates schien die Bewegung zu spüren, denn er verstummte.

Thor lauschte angespannt. Im ersten Moment hörte er weiter nichts, aber dann glaubte er ein leises schleifendes Geräusch in der Dunkelheit links von sich wahrzunehmen. Vorsichtig drehte er den Kopf, schloss die Augen, zählte in Gedanken langsam bis zehn und hob die Lider dann wieder. Er sah jetzt wenigstens Umrisse.

In der Dunkelheit wirkte das Schiff noch größer und unheimlicher als bei Tageslicht. Eine riesige fliegende Halle, in der sich formlose Umrisse und Schatten aneinanderdrängten und deren Enden in beiden Richtungen nicht auszumachen waren. Dicht vor sich konnte er Bates' geduckten Schatten erkennen, der wie er mitten in der Bewegung erstarrt war und offensichtlich ebenfalls lauschte – und dahinter einen Umriss, der ganz und gar nicht hierher gehörte.

»Vorsicht!«

Seine Warnung kam keine Sekunde zu früh. Der Schatten hinter Bates erwachte plötzlich zu lautloser, aber entsetzlich schneller Bewegung, und unmittelbar danach hörte Thor einen dumpfen, klatschenden Schlag, gefolgt von Bates' Stöhnen und einem zweiten, etwas lauteren Poltern, als der Marineflieger zu Boden stürzte.

Thor stieß sich mit aller Kraft ab und sprang mit ausgebreiteten Armen auf den unsichtbaren Angreifer zu. Aber er hatte den Mann unterschätzt. Der andere schien seine Bewegung vorausgeahnt zu haben, denn er wich im letzten Moment zur Seite, streckte blitzschnell das Bein vor und versetzte Thor einen wuchtigen Fausthieb in den Nacken, der ihn unmittelbar neben Bates zu Boden fallen ließ.

Sofort rappelte Thor sich wieder hoch, hob schützend den linken Arm vor das Gesicht und ballte die andere Hand zur Faust, während er sich wild nach dem Angreifer umsah. Aber der Mann verzichtete darauf, seinen momentanen Vorteil auszunutzen, sondern verschwand mit weit ausgreifenden Schritten in der Dunkelheit. Schon nach wenigen Augenblicken konnte Thor ihn nicht mehr sehen, aber seine Schritte polterten hörbar auf dem schmalen Laufweg.

Thor fuhr herum, setzte dazu an, die Verfolgung aufzunehmen, und blieb dann mitten in der Bewegung stehen, um sich zu Bates hinabzubeugen. »Sind Sie okay?«, fragte er.

Bates stöhnte leise, stemmte sich auf Knie und Hände hoch und schüttelte den Kopf. »Der Mann hat einen Faustschlag wie ein Ochse«, meinte er. »Aber es geht schon. Schnappen Sie sich den Kerl!«

Thor zögerte, aber schließlich nickte er. »Rufen Sie die anderen!«, sagte er. Dann fuhr er herum und stürmte hinter dem Mann her.

Thor war dem Schatten dicht auf den Fersen, aber der andere musste entweder über das Orientierungsvermögen einer Fledermaus verfügen oder sich schlicht und einfach besser hier auskennen, denn während Thor unentwegt über irgendwelche jäh aus dem Dunkel auftauchenden Hindernisse stolperte, bewegte der andere sich mit fast tänzerischer Leichtigkeit. Sein Vorsprung wuchs. Thor war noch nicht ganz klar, *wohin* er überhaupt wollte – das Luftschiff war zwar groß, aber selbst der größte Raum ist irgendwo zu Ende.

Und dann war der Mann plötzlich verschwunden.

Thor stolperte noch ein paar Schritte weiter, ehe er überrascht stehen blieb und sich verwirrt umsah. Er hatte den Bug der DRAGON fast erreicht. Vor ihm, kaum noch ein Dutzend Schritte entfernt, endete die Laufplanke an einem nur hüfthohen metallenen Geländer und dahinter war nichts als das grazile Metallskelett des Luftschiffs und die silberne Hülle, die sich darüber spannte.

Aber das war doch unmöglich! Der Kerl konnte sich doch nicht in Luft aufgelöst haben.

In Luft aufgelöst haben ... Thors Kopf flog mit einem Ruck in den Nacken – und tatsächlich: Die Gestalt befand sich schon gut fünf, sechs Meter über ihm. Wie eine riesige vierbeinige Spinne kletterte sie geschickt und beinahe lautlos an der dünnen Metallleiter hinauf, die in die oberen Bereiche der DRAGON führte.

Sofort setzte Thor zur Verfolgung an. Aber auch diesmal war der andere schneller. Thor kletterte, so rasch er konnte, und mehr als einmal *ahnte* er die dünnen Sprossen in der Dunkelheit mehr, als er sie wirklich sah. Trotzdem entfernte sich der andere immer weiter von ihm und Thor hatte kaum die Hälfte der Leiter hinter sich gebracht, als die Gestalt über ihm verschwand. Augenblicke später hörte er hastige Schritte auf dem Metall eines zweiten, noch schmaleren Laufstegs, der sich über ihm entlangzog.

Ein eisiger Luftzug traf ihn, als er Augenblicke später schnaubend auf den Steg hinauskletterte. Er sah den anderen etwa dreißig, wenn nicht vierzig Schritte vor sich, eine gebückte, massige Gestalt, die sich mit weit ausgreifenden Schritten von ihm entfernte. Aber obwohl er jetzt viel weiter weg war, konnte er ihn trotzdem deutlicher erkennen, denn seine Gestalt hob sich als scharf umrissener Schatten vor einem grauen Schimmer ab, der das Schiff plötzlich erfüllte.

Die Hülle!, schoss es Thor durch den Kopf. Jemand hatte ein Loch in die Hülle des Luftschiffs geschnitten!

»Stehen bleiben!«, brüllte Thor. Natürlich reagierte die Gestalt auch jetzt nicht darauf, aber immerhin wandte sie mitten im Lauf den Blick und sah kurz zu ihm her. Das Licht war zu schlecht, als dass er ihr Gesicht erkennen konnte, aber er sah zumindest, dass es niemand von der Besatzung war. Der Mann trug nicht die blaue Borduniform der Marine, sondern einen einfachen dunklen Anzug, den er sich offensichtlich aus einem einzigen Grund angezogen hatte: um sich in der hier oben herrschenden Dunkelheit verbergen zu können. Und Thor sah noch etwas: In seiner rechten Hand blitzte es kurz und silbern auf – ein Messer!

»Bleiben Sie stehen, verdammt noch mal!«, rief Thor. »Sie haben ja doch keine Chance!«

Der andere schien da etwas anderer Meinung zu sein. Statt aufzugeben, beschleunigte er seine Schritte noch mehr und näherte sich rasch dem großen, ausgefransten Loch, das in der Seitenwand der DRAGON klaffte.

Der eisige Wind peitschte Thor heftiger ins Gesicht. Mit ihm trieben Regenschleier ins Innere des Luftschiffs, die das glatte Metall unter seinen Füßen noch schlüpfriger und unsicherer machten. Er hatte Mühe, sich überhaupt noch auf den Füßen zu halten, während der andere mit schon beinahe unverschämter Sicherheit vor ihm herraste.

Er sah die Falle einen Sekundenbruchteil, bevor er wirklich hineinlaufen konnte.

Der Mann war nämlich nicht allein. Er blieb plötzlich stehen und drehte sich um und im gleichen Moment sah Thor einen zweiten gedrungenen Schatten, der hinter ihm wie aus dem Nichts auftauchte. Und noch eine dritte dunkle Gestalt, die sich auf dem Boden zwischen den beiden krümmte. Ein leises Stöhnen drang an sein Ohr.

Thor blieb ebenfalls stehen und warf sich instinktiv zur Seite, als einer der Schatten eine Bewegung machte und er das flüchtige Blitzen von Metall wahrnahm.

Das Messer verfehlte ihn um Haaresbreite und prallte irgendwo weit hinter ihm klappernd gegen den Steg. Aber die plötzliche Bewegung hatte Thor aus dem Gleichgewicht gebracht. Hart und schmerzhaft prallte er mit der Hüfte gegen das Eisengeländer des Stegs, spürte, wie er das Gleichgewicht zu verlieren drohte, und streckte instinktiv die Arme aus, als er nach hinten kippte. Seine Hände klammerten sich mit verzweifelter Kraft an das dünne Metallrohr.

Er sah, wie eine der schattenhaften Gestalten sich auf ihn zuzubewegen begann, versuchte sich in die Höhe zu ziehen und verlor dabei fast vollends den Halt.

Seine baumelnden Füße streiften etwas Weiches, Nachgiebiges. Thor sah nach unten und erkannte, dass er genau über einer der riesigen Gaskammern des Luftschiffs hing. Sie hatte die Form eines prall aufgeblasenen, gut fünfzehn Meter durchmessenden Luftballons, und selbst wenn ihre Oberfläche stabil genug gewesen wäre, sein Gewicht zu tragen – was er bezweifelte –, gab es nichts, woran er sich festhalten konnte. Wenn er den Halt am Geländer verlor, dann würde er unweigerlich von diesem riesigen Luftballon abrutschen und sich fünfzehn Meter tiefer den Hals brechen.

Unter ihm wurden jetzt Schreie laut. Zahlreiche hastige Schritte dröhnten auf dem Metall der Laufplanke, und als er den Blick wandte, sah er eine hünenhafte schwarzhaarige

Gestalt mit der Geschicklichkeit eines Artisten die Leiter heraufturnen. Quinn. Aber so schnell der Inuk auch war, er würde zu spät kommen. Der Angreifer hatte ihn fast erreicht, und auch wenn er jetzt kein Messer mehr hatte, würden zwei oder drei beherzte Faustschläge auf Thors Finger den gleichen Zweck erfüllen wie die Klinge. Noch einmal versuchte er mit aller Kraft die Knie an den Körper zu ziehen und wenigstens ein Bein auf die Planke zu bekommen, dann traf ein fürchterlicher Schlag seine linke Hand und lähmte sie bis in den Arm hinauf. Jedes Gefühl wich aus seinen Fingern. Hilflos musste er zusehen, wie seine Hand an ihrem Halt abrutschte, und für einige schreckliche Sekunden hing er nur noch an einem Arm über dem Abgrund. Vergeblich versuchte er die linke, geprellte Hand zur Faust zu ballen, um damit nach dem Angreifer zu schlagen. Und der Mann hob in diesem Moment die beiden aneinandergelegten Fäuste, um sie auf seine rechte Hand herunterkrachen zu lassen.

Thor setzte alles auf eine Karte. Er zog beide Knie an den Körper, stemmte die Füße gegen die Kante der schmalen Laufplanke – und stieß sich mit aller Gewalt nach hinten ab.

Eine endlos scheinende Sekunde schien er schwerelos über dem Nichts zu hängen. Dann prallte er auf etwas Weiches, sehr Nachgiebiges, warf sich instinktiv herum und streckte die Arme aus, um irgendwo Halt zu finden.

Die Oberfläche des Heliumballons war noch glatter, als er gefürchtet hatte. Er spürte, wie er in die Tiefe zu rutschen begann, krallte sich verzweifelt mit den Fingern fest – und das Wunder geschah: Aus dem Abstürzen wurde ein langsames Gleiten und nach einer weiteren schreckerfüllten Sekunde kam er zur Ruhe.

Auf dem Laufsteg über ihm erscholl ein enttäuschtes Knurren. Thor hob vorsichtig den Kopf, blinzelte zu der riesigen Gestalt hinauf, die er auch jetzt nur als schwarzen Schatten erkennen konnte, und stellte fest, dass er in einer sanften Vertiefung lag, die sein eigenes Körpergewicht in die Oberfläche des riesigen Luftsacks drückte. Und wie durch ein Wunder hielt das Material der Belastung stand.

Vorsichtig begann er sich zu bewegen. Es ging, wenn er sich nur Millimeter um Millimeter rührte und versuchte sein Gewicht möglichst gleichmäßig zu verteilen, auch wenn der dünne Boden unter ihm dabei bedrohlich zu schwanken begann. Sacht gegen die Oberfläche des Luftsacks gepresst und sich nur mit Finger- und Zehenspitzen vorwärts arbeitend versuchte er wieder in die Höhe zu kriechen, um ganz auf die Oberseite des riesigen Gasbehälters zu gelangen.

Und wahrscheinlich hätte es sogar geklappt, wäre der Mann auf dem Laufsteg nicht gewesen.

Thor war viel zu sehr damit beschäftigt, am Leben zu bleiben, um dem Angreifer die gebührende Aufmerksamkeit zu schenken. Aber er registrierte immerhin, dass Quinn auf der anderen Seite des Ganges das Ende der Leiter erreicht hatte und sich drohend zu seiner vollen Größe von weit über sieben Fuß aufrichtete. Der Schatten auf der Planke wich ein paar Schritte zurück, blieb stehen und zog ein Messer.

Aber nicht, um Quinn damit anzugreifen. Stattdessen holte er aus, zögerte noch einen Sekundenbruchteil – und schleuderte es mit aller Kraft nach Thor Garson!

Thor duckte sich, so gut er konnte, um der Klinge auszuweichen. Diesmal verfehlte ihn das Messer um gut einen Meter – aber er begriff entschieden zu spät, dass der Mann auch gar nicht auf *ihn* gezielt hatte.

Der schwere Dolch durchschlug die dünne Folie, auf der er lag, ohne sichtlichen Widerstand und verschwand in der Tiefe.

Einen Moment lang starrte Thor ungläubig auf das winzige, kaum handspannengroße Loch, das der Dolch in das beschichtete Segeltuch gerissen hatte, und plötzlich fauchte ein übel riechendes Gas aus der Tiefe direkt in sein Gesicht.

Erschrocken holte Thor Garson tief Luft und krümmte sich sofort in einem Erstickungsanfall, als statt Sauerstoff Helium in seine Lungen strömte.

Die hastige Bewegung ließ den Riss im Gewebe unter ihm noch weiter anwachsen. Ein widerliches reißendes Geräusch, wie von einer Messerklinge in Seide, erklang und sofort spürte Thor, wie alles unter ihm nachgab, sich in einer fast langsamen Bewegung senkte – und dann war nichts mehr unter ihm.

Hilflos stürzte er in die Tiefe. Eine Sekunde, zwei – und er schlug auf etwas auf, das seinen Körper wie ein übergroßes Trampolin sanft abfing und noch zwei-, dreimal in die Höhe federn ließ, ehe er endlich zur Ruhe kam.

Ganz instinktiv hatte er den Atem angehalten und wahrscheinlich war es das, was ihm das Leben rettete. Hastig richtete er sich auf, verlor sofort wieder das Gleichgewicht, denn auch hier gab der Boden unter ihm wie Gummi nach, und sah sich verzweifelt um. Absolute Schwärze umgab ihn. Der Riss in der Oberseite des riesigen Ballons, durch den er heruntergestürzt war, schien unendlich weit entfernt. Und das war er auch. Selbst wenn es eine Möglichkeit gegeben hätte, dort hinaufzukommen – ihm blieb einfach nicht genug Zeit.

Er fuhr herum, starrte wild in die Dunkelheit und versuchte mit aller Konzentration das Chaos in seinen Gedanken zu beruhigen. Er hatte nur noch Sekunden. Seine Lungen brannten schon jetzt, als wären sie mit Säure verätzt, und in seinem Kopf begann sich bereits ein taubes, einschläferndes Gefühl breitzumachen. Noch ein paar Augenblicke und er würde atmen *müssen.* Das Gas, mit dem die Kammer gefüllt war, war zwar nicht giftig, aber auch nicht *lebenserhaltend* und er würde daran ebenso sicher ersticken, als wäre es tödlich. Nur nicht ganz so schnell.

Seine Gedanken rasten. Seine Hände tasteten über seine Kleidung, suchten nach irgendetwas, mit dem er das dünne Gewebe zerreißen oder zerschneiden konnte, fanden aber nichts. Da sie sich hier an Bord eines – vermeintlich – nur mit Verbündeten besetzten Luftschiffs befanden, hatte es keine Veranlassung für ihn gegeben, irgendeine Waffe mitzubringen.

Das Hämmern in seiner Brust wurde schlimmer. Seine Lungen schrien nach Sauerstoff und er fragte sich, wie lange er alldem standhalten würde. *Er musste hier raus!* Ganz egal, wie.

Seine Finger glitten über etwas Hartes. *Die Gürtelschnalle!*

Mit hastigen Bewegungen öffnete Thor Garson seinen Gürtel, riss ihn kurzerhand samt den Schlaufen, die ihn normalerweise an der Hose hielten, herunter und rammte den stumpfen Metalldorn der Schnalle mit aller Gewalt in das dünne Material unter sich.

Ein Zischen erklang und unter seinen Fingern entstand ein winziges Loch. Thor riss und zerrte mit verzweifelter Kraft an der Gürtelschnalle, versuchte sie wie ein Messer durch das zähe Material des Heliumsacks zu ziehen und begriff immer deutlicher, dass er es nicht schaffen würde. Er konnte kaum noch denken. Seine Lungen schmerzten, als wären sie mit glühender Lava gefüllt, und seine Kraft ließ bereits stark nach. Er fiel zur Seite, griff noch einmal mit beiden Händen zu und schaffte es schließlich, das Loch so zu erweitern, dass er beide Hände hineinschieben konnte.

Alles um ihn herum begann zu verschwimmen. Der Schmerz in seinen Lungen und das Hämmern seines eigenen Pulsschlages hinter den Schläfen verschwanden und plötzlich fühlte er sich leicht, fast schwerelos. Unter ihm war ein blasses, winziges Licht, durch das rote Blitze zuckten und an dem sich seine Hände zu schaffen machten. Er sank nach vorne, kroch mit dem letzten bisschen Kraft genau auf diesen winzigen Lichtfleck zu, presste das Gesicht dagegen –

– und dann konnte er *atmen.*

Seine Lungen füllten sich mit süßem, köstlichem Sauerstoff. Gierig sog er ihn so tief ein, wie er konnte, schloss die Augen und tat für die nächsten zwei, drei Minuten nichts anderes, als Luft zu holen.

Sein rasender Pulsschlag beruhigte sich allmählich. Seine Lungen schmerzten jetzt nicht mehr, dafür begann sich in seinem Kopf ein immer heftiger werdendes Schwindelgefühl auszubreiten. Wie durch einen grauen treibenden Nebel hindurch sah er, dass Gestalten unter ihm erschienen, Gestalten in blauen Uniformen und mit weißen Marinemützen, eine von ihnen in einer grauen, mit schwarzen und goldenen Tressen geschmückten Uniform, die irgendwie unpassend wirkte. Schreie erfüllten das Luftschiff und das Trappeln zahlloser hastiger Schritte.

Plötzlich blieb eine der Gestalten stehen, hob den Kopf und blickte direkt zu ihm herauf. Es war Lestrade. Seine Augen weiteten sich fassungslos, als er das Gesicht von Thor Garson in der zerschnittenen Hülle des Gastanks erblickte. »Was, zum Teufel, tun Sie dort?«, schrie er.

»Ich versuche am Leben zu bleiben«, antwortete Thor Garson mühsam. Seine Stimme klang lächerlich: schrill und quietschend, verzerrt vom Helium, das seine Lungen gefüllt hatte. Er atmete noch einmal tief ein, richtete sich auf und zerrte mit aller Kraft. Das dünne Material zerriss jetzt wie

Papier und plötzlich verlor Thor zum wiederholten Male in den vergangenen Minuten den Halt, konnte sich gerade noch irgendwo festklammern, um wenigstens nicht kopfüber in die Tiefe zu stürzen, und landete reichlich ungeschickt kaum einen Meter vor Lestrades Füßen. Über ihm begann der Gastank allmählich seine Form zu verlieren. Das Helium strömte jetzt aus beiden Rissen immer schneller und schneller ins Freie und aus dem gewaltigen, prall gefüllten Luftballon war längst ein nur noch halb so großer Sack mit dem Aussehen einer schrumpeligen braunen Riesenmelone geworden.

Lestrade blickte fassungslos von Thor Garson zu dem zusammensackenden Gastank hinauf und dann wieder zurück. »Was … was haben Sie getan?«, fragte er. Seine Stimme war nur noch ein entsetztes Krächzen. Dass es jemand gewagt hatte, Hand an sein Schiff zu legen, das musste für ihn einer Gotteslästerung gleichkommen.

Thor rappelte sich mühsam hoch, schüttelte zwei-, dreimal den Kopf, um die Benommenheit loszuwerden, und sagte noch einmal: »Ich habe versucht zu überleben, mein lieber Colonel. Irgendjemand war so freundlich, mir für den Rest der Reise ein Einzelzimmer zuweisen zu wollen.« Er deutete mit dem Zeigefinger nach oben. »In dem Ding da.«

Lestrades Augen quollen fast aus den Höhlen. »Sie … Sie …«, stammelte er.

Thor hörte gar nicht mehr hin. Das Schwindelgefühl in seinem Kopf wurde immer schlimmer und in seinem Mund begann sich ein widerwärtiger, fauliger Geschmack auszubreiten. Offensichtlich war das Gas, das die DRAGON in der Luft hielt, doch nicht ganz so ungefährlich, wie allgemein behauptet wurde. Er wollte einen Schritt machen, spürte, wie seine Knie weich wurden, und griff instinktiv nach dem Erstbesten, was seine Hände fanden: dem Ordensband auf der linken Brustseite von Lestrades Uniform, das unter seinem Gewicht abriss.

Thor taumelte. Er versuchte vergeblich irgendwo Halt zu finden und machte einen letzten mühsamen Schritt. In seinem Kopf drehte sich alles und seine Gedanken begannen sich zu verwirren.

Als er mit allerletzter Kraft an Lestrade vorbeiwankte, fiel er der Länge nach hin – diesmal über seine eigenen Hosen, die, ihres Gürtels beraubt, ins Rutschen geraten waren und bis zu seinen Knöcheln hinunterglitten.

Aber davon bemerkte er schon nichts mehr.

Thor erwachte mit den schlimmsten Kopfschmerzen seines Lebens. In seinem Mund war ein Geschmack, als hätte er versucht das Totenhemd seines Großvaters zum Frühstück zu verspeisen, und in seinen Gliedern machte sich ein Gefühl von Betäubung breit, das fast an Schmerz grenzte. Er blinzelte, stöhnte unterdrückt, als ein grelles, unerträglich gleißendes Licht in seine Augen stach, und senkte hastig wieder die Lider.

»Ich glaube, er kommt zu sich.«

Die Stimme kam ihm vage bekannt vor, aber er war noch zu benommen, um sie einordnen zu können. Wesentlich vorsichtiger als beim ersten Mal hob er wieder die Lider und diesmal konnte er sehen.

Er befand sich nicht mehr im Inneren des Luftschiffs, sondern lag auf der Pritsche in seiner eigenen Kabine. Colonel Lestrade, Browning sowie Bates standen mit besorgten Gesichtern um ihn herum und Doktor Rosenfeld saß auf dem Rand seiner Liege und knipste gerade die bleistiftdünne Taschenlampe aus, mit der sie ihm in die Augen geleuchtet hatte. Als sie seinem Blick begegnete, lächelte sie flüchtig und fragte: »Wie fühlen Sie sich?«

»Wollen Sie eine ehrliche Antwort?«

Doktor Rosenfelds Lächeln wurde noch freundlicher, während sie den Kopf schüttelte. »Versuchen Sie nicht aufzustehen«, sagte sie. Zu Lestrade und den anderen gewandt erklärte sie: »Er scheint es relativ gut überstanden zu haben. Ich glaube nicht, dass er ernsthaft verletzt ist. Aber ich bin nur Neurologin«, fügte sie hinzu.

Thor ignorierte Doktor Rosenfelds Rat und stemmte sich auf den Ellbogen hoch, was er fast in der gleichen Sekunde wieder bereute, denn das Schwindelgefühl in seinem Kopf erwachte jäh zu neuem Leben und in seinem Magen breitete sich Übelkeit wie eine warme, klebrige Woge aus.

»Was ist passiert?«, fragte er mühsam. Er hatte Schwierigkeiten mit dem Sprechen. Was aus seinem Mund kam, war jetzt nicht mehr diese alberne Mickymaus-Stimme, aber sein Kehlkopf und seine Lippen fühlten sich noch immer taub an und er war unbeschreiblich durstig.

»Ich dachte, das könnten Sie uns sagen.« Lestrade gab der Ärztin mit den Augen zu verstehen, dass sie aufstehen sollte, wartete, bis sie gehorchte, und ließ sich dann an ihrer Stelle auf Thors Bettkante nieder. »Was war da oben los?«

»Ich weiß es nicht«, antwortete Thor wahrheitsgemäß. »Jemand hat Bates und mich angegriffen, als wir hinaufkamen.« Er warf dem Marineflieger einen Beistand heischenden Blick zu, aber Bates nickte nur und schwieg.

Lestrade musterte ihn und Bates abwechselnd mit feindseligen Blicken. »Das wissen wir mittlerweile auch«, erwiderte er. »Was haben Sie überhaupt dort oben gesucht?«

Bates fuhr ganz leicht zusammen und Thor begriff, dass er dem Kapitän der DRAGON nicht die ganze Wahrheit gesagt hatte. »Wir wollten zu Quinn und den Hunden«, log er. »Ich konnte nicht schlafen und Bates mag Tiere genauso gern wie ich.«

Lestrades Blick machte sehr deutlich, was er von dieser Antwort hielt, aber er ging nicht weiter darauf ein, sondern fragte: »Konnten Sie einen der Kerle erkennen?«

»Nein.« Thor schüttelte bedauernd – und sehr vorsichtig – den Kopf und versuchte die Beine von der Liege zu schwingen. Dass er Lestrade damit mehr oder weniger von seiner Bettkante schubste, war ein unbeabsichtigter, aber keineswegs bedauernswerter Nebeneffekt. »Ich dachte, Sie hätten sie gekriegt«, fuhr er fort, nachdem er sich aufgerichtet hatte.

Lestrades Gesichtsausdruck wurde noch düsterer. »Nein«, antwortete er. »Wir hatten alle Hände voll damit zu tun, das Schiff am Abstürzen zu hindern und Sie und Morton hier herunterzubringen.«

»Morton?« Thor sah verwirrt auf.

»Jemand hat versucht ihn umzubringen«, gestand Browning leise und sehr ernst. »Und es wäre ihm gelungen, wenn Sie und Bates nicht dazwischengeplatzt wären.«

»Jemand?«, fragte Thor Garson.

»Sie sind entkommen«, sagte Browning düster. »Aber ich kann mir ungefähr denken, wer es war.« Er machte eine auffordernde Handbewegung und blickte zuerst Doktor Rosenfeld, dann Thor fragend an. »Fühlen Sie sich in der Lage aufzustehen?«

Thor fühlte sich ganz und gar nicht in der Lage *irgendetwas* zu tun, aber er nickte trotzdem, griff dankbar nach Bates' hilfreich ausgestreckter Hand und stand vorsichtig auf.

Sie verließen die Kabine. Obwohl es noch immer tiefste Nacht sein musste, herrschte an Bord der DRAGON jetzt rege Betriebsamkeit. Überall hörte man Schritte, Stimmen und die Geräusche eilig hin und her hastender Menschen. Und auch das Dröhnen der Motoren hatte sich verändert: Es klang jetzt kraftvoller, tiefer und Thor begriff, dass er selbst nicht nur um ein Haar sein Leben, sondern Colonel Lestrade auch die Gewalt über sein kostbares Schiff verloren hätte.

Sie betraten den Aufenthaltsraum. Er war taghell erleuchtet und an die zwanzig Soldaten – diesmal voll bewaffnet mit Gewehren, aufgepflanzten Bajonetten und Pistolengürteln – standen in kleinen Gruppen zwischen den Tischen herum. Er entdeckte Morton an demselben Tisch, an dem er vor zwei Stunden mit ihm und Bates zusammengesessen hatte. Der Kapitän saß vornübergebeugt da, den Kopf in die Hände gestützt; auf seiner Stirn leuchtete ein weißer Verband, auf dessen rechter Seite sich ein hässlicher dunkler Fleck zeigte. Die beiden dänischen Forscher saßen neben ihm. An einem anderen Tisch, nur ein Stück entfernt, hockten Loben und von Ludolf, wie immer mit steinernen Gesichtern und trotz der späten Stunde mit perfekt sitzenden Uniformen. Und die Soldaten, die ihren Tisch umgaben, standen nicht *zufällig* dort, das begriff Thor Garson im gleichen Moment, in dem er sie sah.

Er ging ein wenig schneller, beugte sich vor und berührte Morton an der Schulter. Der Kapitän sah auf. Er blinzelte. Sein Blick war trüb und es schien eine Weile zu dauern, bis er Thor überhaupt erkannte. Dann zwang er sich zu einem mühsamen Lächeln. »Mister Garson«, sagte er.

»Wie geht es Ihnen?«, fragte Thor besorgt.

Mortons Lächeln wurde noch etwas gequälter. »Ich bin noch am Leben, wenn Sie das meinen. Aber das habe ich nur Ihnen zu verdanken. Wenn Sie nicht gekommen wären …«

»Das war reiner Zufall«, sagte Thor. »Was ist passiert?«

Er zog sich einen Stuhl heran und setzte sich, als Morton mit den Schultern zuckte. »Ich weiß es nicht«, gestand er unglücklich. »Ich bin in meine Kabine gegangen, nachdem wir miteinander gesprochen haben, und von da an …«

Er zögerte. »Ich habe keine Ahnung, was passiert ist«,

meinte er schließlich. »Ich muss wohl einen Schlag über den Kopf bekommen haben. Als ich aufwachte, lag ich jedenfalls dort oben auf dem Steg und einer der beiden Kerle war gerade dabei, mit einem Messer ein Loch in die Hülle zu schneiden.«

»Aber wozu denn?«, wunderte sich Erikson.

»Bestimmt nicht, weil ihm warm war«, knurrte Lestrade zornig. »Die beiden wollten Kapitän Morton über Bord werfen, vermute ich.«

»Und dafür schneiden sie extra ein Loch in die Hülle?«, fragte Thor zweifelnd.

»Wissen Sie eine bessere Erklärung?«

»Nein«, gestand Thor. »Aber Ihre gefällt mir auch nicht.« Er wandte sich wieder an Morton. »Haben Sie sie erkannt?«

Morton schüttelte abermals den Kopf. »Ich habe überhaupt nichts mitbekommen«, sagte er. »Die beiden müssen auf mich gewartet haben. Ich weiß wirklich nicht, wer es war.«

»Wer, zum Teufel, sollte einen Grund haben Sie umzubringen?«, fragte Thor.

Kapitän Morton antwortete nicht sofort, aber er war auch nicht der Einzige, der den Blick hob und zu den beiden Deutschen hinübersah, die ein paar Tische entfernt saßen und die kleine Versammlung voll unverhohlenem Misstrauen beobachteten.

»Das ist nicht Ihr Ernst«, zweifelte Thor. Er war vermutlich der Letzte an Bord, der die beiden deutschen Wehrmachtsoffiziere als seine Freunde bezeichnet hätte; aber einen *Mord* traute er ihnen denn doch nicht zu. Vor allem dann nicht, wenn er so sinnlos und offensichtlich war.

Aber dann fiel ihm etwas ein. Etwas, was er gesehen und gleich wieder vergessen hatte, woran er sich aber mit einem Mal wieder erinnerte.

»Was starren Sie mich so an?«, fragte von Ludolf. Seine Stimme war kühl und gelassen wie immer, aber in seinem Blick war etwas Aggressives.

»Oh, es ist … nichts«, sagte Browning. »Es ist nur …«

Er suchte einen Moment nach Worten, lächelte flüchtig und unecht und räusperte sich hörbar. Als er weitersprach, hatte seine Stimme einen offiziellen Tonfall angenommen. »Jemand hat versucht Kapitän Morton umzubringen.«

Von Ludolf nickte ärgerlich. »Und selbstverständlich verdächtigen Sie sofort uns«, sagte er. »Warum? Gibt es irgendwelche Beweise gegen uns oder ist es schlichtweg die Tatsache, dass wir die einzigen Deutschen an Bord sind?«

»Sie waren dort oben«, erwiderte Thor an Brownings Stelle.

»Und? Fast alle waren dort oben«, antwortete von Ludolf. Er musterte Thor mit dem kalten, glitzernden Blick einer Schlange, die nach einer passenden Stelle zum Zubeißen sucht. »Wir haben die Schreie gehört und sind hinaufgerannt, um nachzusehen, was los ist. Und um zu helfen.«

»Hat Sie irgendjemand dabei gesehen?«, fragte Browning.

Von Ludolf lachte humorlos. »Zum Beispiel Mister Garson«, antwortete er. »Nebst ungefähr drei Dutzend Männern Ihrer Besatzung, Mister Browning.«

Browning überging den beißenden Spott in von Ludolfs Stimme und schüttelte den Kopf. »Das meine ich nicht, Herr Major«, sagte er. »Ich meine, hat irgendjemand gesehen, wie Sie nach oben gelaufen sind – *nachdem* wir Mister Garsons Schreie gehört haben?«

Der Deutsche zuckte mit den Schultern. »Das weiß ich nicht«, meinte er. »Aber ich denke schon. Warum fragen Sie nicht einfach die Männer, die mit oben waren?«

»Das werden wir«, versicherte Browning. »Das werden wir sogar ganz bestimmt.«

»Allmählich reicht es mir«, schnappte von Ludolf. »Welchen Grund sollten Major Loben und ich wohl haben, Kapitän Morton umbringen zu wollen? Noch dazu auf eine so dumme Art und Weise?«

»Das weiß ich nicht«, antwortete Browning. »Für mich ergibt das Ganze so wenig Sinn wie für alle hier. Selbst einmal vorausgesetzt, es *gäbe* einen Grund, Kapitän Morton zu töten, so fallen mir auf Anhieb ungefähr fünfundzwanzig Methoden ein, dies unauffälliger und sicherer zu bewerkstelligen, als ihn niederzuschlagen, ihn quer durch das Schiff zu tragen und ein Loch in die Außenhülle zu schneiden, um ihn dann ins Meer zu werfen.«

In von Ludolfs Augen blitzte es auf. Browning hatte es endgültig geschafft, seine Selbstsicherheit zu erschüttern. Und wahrscheinlich wäre es jetzt wirklich zum Streit zwischen den beiden Männern gekommen, wäre in diesem Moment nicht die Tür aufgeflogen und einer der Marinesoldaten hereingestürmt. Mit raschen Schritten durchmaß er den Raum, beugte sich zu Browning nieder und flüsterte ihm etwas ins Ohr. Browning sah auf, blickte den Mann einen Moment fragend an und erhob sich dann mit einem Ruck.

»Was gibt es denn?«, fragte Thor.

»Ich weiß es noch nicht«, antwortete Browning. »Aber wir haben ein paar Männer hinaufgeschickt, um dort oben nach Spuren zu suchen. Und es sieht so aus, als hätten sie etwas gefunden.«

Die riesige Halle hatte sich völlig verändert, seit Thor das letzte Mal hier gewesen war. Die Lichtstrahlen zahlloser starker Handscheinwerfer durchschnitten die Finsternis und überall waren hastende, suchende Gestalten. Das Schiff hallte wider von den Stimmen der Männer, die offensichtlich keinen Winkel bei ihrer Suche nach den Attentätern oder irgendwelchen Spuren, die sie vielleicht hinterlassen hatten, ausließen. Selbst die Tür zu dem Laderaum, in dem die Hunde untergebracht waren, stand offen und wurde von einem bewaffneten Matrosen bewacht. Dahinter konnte Thor das aufgeregte Knurren und Winseln der Huskys vernehmen sowie Quinns Stimme, die beruhigende Worte murmelte, wahrscheinlich, damit die Tiere sich nicht kurzerhand auf die Männer stürzten, die ihre Unterkunft durchsuchten.

Lestrade deutete nach oben, empor zu dem Laufsteg, auf dem Thor gegen die beiden Schatten gekämpft hatte. Sehr rasch und ohne ein weiteres Wort folgten sie dem Mann, der Browning etwas zugeflüstert hatte.

Vor der schmalen Leiter, die in die Höhe führte, kam es für einen Moment zu einem kleinen Gedränge. Thor trat einen Schritt zurück, um Browning, Bates und den anderen den Vortritt zu lassen. Er selbst war gar nicht so wild darauf, wieder dort hinaufzusteigen.

Sein Blick streifte den riesigen, jetzt schlaff durchhängenden Gastank, in dem er um ein Haar ein so unrühmliches Ende gefunden hätte.

»Ist der Schaden sehr groß?«, wandte er sich an Lestrade, der den zerfetzten Tank mit Blicken musterte, als nähme er Abschied von einem toten Sohn.

Lestrade machte eine Bewegung, die eine Mischung aus Achselzucken und einem Kopfschütteln darzustellen schien. »Wenn Sie damit meinen, ob es uns daran hindert, unser Ziel zu erreichen: nein«, antwortete er. »Aber wir werden nicht mehr ganz so schnell sein. Und wir müssen aufpassen, sollten wir in einen Sturm geraten.«

»Aber das Schiff stürzt doch nicht ab?«, vergewisserte sich Thor.

Lestrade zog eine Grimasse. »Die DRAGON besitzt insgesamt acht Heliumtanks«, sagte er. »Und sie würde selbst dann fliegen, wenn nur noch in zweien davon Gas wäre. Sogar mit einem könnten wir eine Notlandung zustande bringen. Aber es könnte unsere Manövrierfähigkeit beeinträchtigen.«

Er schien noch mehr sagen zu wollen, stoppte aber plötzlich und ging den Weg zurück, bis er direkt unter dem schlaffen Riesensack stand. Der Riss, durch den Thor Garson sich ins Freie gearbeitet hatte, klaffte wie eine gewaltige Wunde mit ausgefransten Rändern direkt über seinem Kopf. Aber das war es nicht, was seine Aufmerksamkeit erregt hatte. Plötzlich fasste er nach unten, tastete über den silberfarbenen Stoff und schien irgendetwas zu finden. Thor konnte nicht genau erkennen, was es war, aber Lestrade steckte den Arm durch den Riss, suchte einen Moment im Inneren des zerstörten Tanks herum und nahm dann etwas heraus, das er eine Sekunde stirnrunzelnd betrachtete und mit einer raschen Bewegung in der Tasche verschwinden ließ.

»Was haben Sie gefunden?«, fragte Thor neugierig, als Lestrade zurückkam.

Der Colonel antwortete nicht, sondern trat wortlos an ihm vorbei und begann die Eisenleiter hinaufzusteigen. Thor blickte ihm ärgerlich nach und machte sich schließlich als Letzter auf den Weg nach oben.

Die schmale Treppe begann bedrohlich unter ihrem Gewicht zu ächzen und hin und her zu wanken, als Thor Garson, Colonel Lestrade, die beiden Dänen, Bates, Morton, Browning sowie der Soldat, der sie abgeholt hatte, sich dem klaffenden Loch am Rumpf des Schiffes näherten. Der enge Gang war nicht für solche Belastungen ausgelegt. Und Thors eigene Erfahrungen mit diesem Schiff waren nicht von der Art, die ihn allzu viel Vertrauen in dessen Haltbarkeit setzen ließen.

»Hier, Sir.« Der Soldat hob seinen Handscheinwerfer und ließ den Strahl wie einen Zeigestab über die Ränder des Lochs gleiten. Dicht neben der klaffenden Wunde im Rumpf der DRAGON hatte jemand etwas in zehn Zentimeter großen, zittrigen Buchstaben an die Wand gemalt.

»Odin!«, murmelte Lestrade.

Thor Garson sah verwirrt auf. »Was haben Sie gesagt?«

»Odin!«, wiederholte Lestrade und deutete mit der Hand auf die krakeligen Buchstaben. »Das steht dort.«

Er trat einen Schritt näher und auch Thor beugte sich neugierig und zugleich beunruhigt vor. Lestrade streckte zögernd die Hand aus, berührte einen der Buchstaben mit dem Finger und führte diesen dann vorsichtig an die Lippen. Er wurde blass, als er behutsam daran kostete. »Das ist … Blut!«, murmelte er erschüttert.

»Aber was, um alles in der Welt, soll das bedeuten?«, stammelte Morton verwirrt. »Das ergibt doch überhaupt keinen Sinn!«

Plötzlich fuhr Thor zusammen, seine Augen weiteten sich. »Doch«, sagte er. »Das ergibt sehr wohl einen Sinn!«

Und damit fuhr er auf der Stelle herum und stürmte über den wankenden Steg zurück, so schnell er konnte. Lestrade und Browning sahen ihm verstört nach, aber zumindest Bates – und nach einer weiteren Sekunde auch Morton – schienen zu begreifen, was er meinte, denn sie folgten ihm rasch.

Thor raste die Planke hinunter, erreichte die Leiter und kletterte hinab. Grob stieß er einen Soldaten beiseite, der ihm nicht schnell genug den Weg frei machte, rannte auf die Klappe zu und sprang, immer zwei, drei Stufen auf einmal nehmend, in die Passagiergondel der DRAGON zurück.

Hinter sich hörte er Morton und dann auch Lestrade rufen, aber er achtete nicht darauf, lief im Gegenteil nur noch schneller, bis er die Kabine van Heslings erreichte.

Sie war abgeschlossen. Thor verschwendete keine Zeit damit, nach dem Schlüssel zu suchen, sondern sprengte die dünne Sperrholztür kurzerhand mit der Schulter auf, taumelte in das winzige Zimmer und tastete blind nach dem Lichtschalter.

Die Kabine war vollkommen verwüstet. Was Thor sah, als die Glühbirne unter der Decke aufflammte, das war ein Bild so völliger Zerstörung, dass er eine Sekunde einfach verblüfft stehen blieb und sich umblickte: Alles, aber auch alles in diesem Raum war umgeworfen, zerbrochen, zerrissen, zerfetzt oder sonst wie zerstört worden. Selbst das Kopfkissen und die Bettwäsche waren in Stücke gerissen, sodass weiße Daunenfedern auf das Chaos herabgeschneit waren. An die Wand neben der Tür war mit roter Farbe ein Kreuz geschmiert, dessen oberer, kurzer Teil unvollständig war.

Hinter ihm drängten Morton und Bates in die Kabine und blieben ebenso verblüfft stehen wie er. Dann näherten sich hastige Schritte und auch Lestrade und ein heftig keuchender Doktor Browning versuchten sich an Thor und den beiden anderen vorbei in die winzige Kammer zu drängen.

»Großer Gott!«, rief Browning entsetzt. »Was ist denn hier passiert?«

Thor kam nicht dazu, sofort zu antworten, denn in diesem Moment drängte sich eine schmale schwarzhaarige Gestalt zwischen den Männern hindurch und blieb mit einem unterdrückten Schrei unter der Tür stehen.

Doktor Rosenfelds Gesicht verlor alle Farbe und ihre Augen weiteten sich vor Entsetzen, als sie sah, in welchem Zustand sich van Heslings Kabine befand. Erschrocken schlug sie die Hand vor den Mund, starrte Thor einen Moment lang fassungslos an und drehte sich dann hilflos um ihre Achse. »Wo … ist er?«

Thor antwortete nicht. Aber vor seinem geistigen Auge entstand noch einmal das Bild des zerfransten Lochs, das jemand in die Außenhülle der DRAGON geschnitten hatte, und eines zittrigen, mit Blut an die Wand geschriebenen Wortes.

»Van Hesling?«, murmelte Morton. Beinahe hilflos blickte er Thor an. »Sie … Sie glauben, dass es van Hesling war, der mich …«

Thor schüttelte grimmig den Kopf. »Nein«, sagte er überzeugt. »Das war nicht van Hesling.«

»Ich denke, Sie haben niemanden erkannt?«, fragte Lestrade misstrauisch.

»Aber ich bin ganz sicher, dass er es nicht war. Außerdem war er nicht allein. Dort oben waren zwei Männer«, erinnerte er.

»Was … hat das alles zu bedeuten?«, stotterte Doktor Rosenfeld verstört. »Wo ist Professor van Hesling? Und was …«

Thor wich ihrem Blick aus, schwieg eine Sekunde und wandte sich dann wieder an Morton und Lestrade. »Ich weiß zwar nicht, was wirklich passiert ist«, sagte er. »Aber ich kann Ihnen sagen, was wir glauben *sollen.*« Er hob die Hand und machte eine Geste in das verwüstete Zimmer hinein. »Irgendjemand wollte den Eindruck erwecken, dass Professor van Hesling durchgedreht ist und Kapitän Morton überwältigt hat, um ihn dann nach oben zu bringen und über Bord zu werfen.«

»Das ergibt Sinn«, meinte Lestrade nachdenklich. »Wir haben Mortons Kapitänsmütze oben gefunden. Und es waren Blutflecke daran.«

»Und?«, fragte Bates. »Morton hatte eine hübsche Platzwunde an der Stirn.«

»Aber sie wurde ihm hier beigebracht«, sagte Lestrade grimmig. »In van Heslings Kabine, Mister Bates.« Er schüttelte den Kopf. »Nein, ich fürchte, Mister Garson hat völlig recht. Professor van Hesling hat Morton nicht niedergeschlagen und dort hinaufgebracht. Aber irgendjemand wollte, dass wir das glauben. Und ich glaube sogar zu wissen, wer.«

»Wer?«, fragten Thor, Browning und Doktor Rosenfeld wie aus einem Mund.

Aber Lestrade antwortete nicht, sondern fuhr stattdessen auf der Stelle herum und lief mit langen Schritten in den Aufenthaltsraum zurück.

Die beiden deutschen Offiziere saßen unverändert dort. Von Ludolf redete heftig auf Loben ein, der mit steinernem Gesicht aus dem Fenster blickte, brach aber mitten im Wort ab, als Lestrade, dicht gefolgt von Thor und den anderen, in den Raum stürmte.

Lestrade baute sich herausfordernd vor den beiden deutschen Majoren auf und blickte von Ludolf und Loben eine Sekunde lang durchdringend an, ehe er mit ausdrucksloser Stimme fragte: »Major von Ludolf, dürfte ich Sie bitten, mir Ihr Messer zu zeigen?«

Von Ludolf sah den Colonel einen Moment lang mit ehrlicher Überraschung an, zuckte dann aber mit den Schultern und griff sich an das Koppel. Er runzelte die Stirn. Verwirrt senkte er den Blick, sah an sich herab und meinte: »Es ist nicht da.«

»Das hätte mich auch gewundert«, sagte Lestrade grimmig. Und damit griff er in seine Tasche und zog ein gut dreißig Zentimeter langes Messer mit dunkelgrünem Griff heraus, das er so wuchtig vor den beiden Deutschen auf den Tisch knallte, dass Loben erschrocken zusammenfuhr.

»Ich nehme an, das hier ist Ihr Messer«, rief er.

Von Ludolf griff nach dem Messer, drehte es zwei-, dreimal in der Hand und zuckte schließlich mit den Schultern. »Das ist ein normales Wehrmachtsmesser«, sagte er. »Es gehört zu meiner Uniform. Spricht irgendetwas dagegen, dass ich es an Bord trage?«

»Nein«, antwortete Lestrade. »Solange Sie es in Ihrem Gürtel stecken lassen, nicht.«

»Wo haben Sie es gefunden?«, fragte von Ludolf.

»Bitte, Herr Major, ersparen Sie sich und uns dieses unrühmliche Theater. Sie wissen besser als ich, wo ich dieses Messer gefunden habe.«

»Nein, das weiß ich nicht«, antwortete von Ludolf.

Lestrade seufzte. »Dann werde ich es Ihnen erklären, wenn Sie es vorziehen, weiter zu leugnen, statt wie ein Mann zu dem zu stehen, was Sie getan haben.« Er deutete anklagend auf das Messer. »Das ist die Waffe, die jemand nach Mister Garson geworfen hat. Ich habe sie in dem zerstörten Gastank gefunden, in den er gestürzt ist.«

Von Ludolf sah plötzlich sehr hilflos drein. Aber er wirkte kein bisschen schuldbewusst, fand Thor. Erschrocken, ja, und auch völlig überrascht – aber nicht so wie ein Mann, der sich irgendwie ertappt fühlt.

»Ich schwöre Ihnen, ich habe keine Ahnung, wie dieses Messer dort hinaufkommt«, sagte er. »Es muss mir gestohlen worden sein.«

Lestrade machte sich nicht einmal die Mühe, darauf zu antworten. Er trat zwei Schritte zurück, gab den beiden Soldaten hinter sich einen entsprechenden Wink und sagte: »Major von Ludolf, Major Loben, ich erkläre Sie für verhaftet. Bitte übergeben Sie meinen Männer Ihre Waffen.«

»Verhaftet?«, krächzte von Ludolf erschüttert. »Aber warum denn, um Gottes willen?«

Lestrade schürzte abfällig die Lippen. »Warum? Nun,

wegen versuchten Mordes an Thor Garson und an Mister Bates, versuchten Mordes an Kapitän Morton und höchstwahrscheinlich vollendeten Mordes an Professor van Hesling.«

IRGENDWO ÜBER DEM ATLANTIK

Es dauerte zwei Tage, bis sich die Aufregung an Bord wieder so weit gelegt hatte, dass zumindest etwas Ähnliches wie ein normales Leben einkehrte. Falls das Leben auf einem Luftschiff, das sich in zehntausend Fuß Höhe dem Pol näherte, in irgendeiner Form normal sein konnte, hieß das. Thor Garson hatte seine Zweifel, was von Ludolfs und Lobens Schuld an dem Attentat anging, nicht für sich behalten, sondern sie erst Browning und dann Lestrade gegenüber geäußert. Doch natürlich war er bei beiden auf taube Ohren gestoßen; auch wenn zumindest Browning nicht ganz so felsenfest von der Schuld der Wehrmachtsoffiziere überzeugt zu sein schien wie Lestrade. Aber er hatte Thor unverblümt erklärt, dass er zwar der Kommandant der Expedition nach Odinsland, Lestrade aber der Kapitän *dieses Schiffes* sei und selbst er sich nach seinen Anordnungen zu richten hätte, bis sie den schwimmenden Eisberg erreichten. Im Übrigen hatte er Thor versprochen dafür zu sorgen, dass die beiden Deutschen mit aller ihnen zustehenden Sorgfalt behandelt würden und sich auch später in einem fairen Prozess verteidigen durften.

Nicht dass das Thor wirklich beruhigte – er mochte die beiden Deutschen so wenig wie Browning oder Lestrade –, aber er verfügte auch über einen ausgeprägten Gerechtigkeitssinn. Insgeheim nahm er sich vor, ein Auge auf sie und vor allem Lestrade zu werfen, solange sie sich an Bord dieses Schiffes befanden.

Den größten Teil der folgenden beiden Tage verbrachte er wie üblich bei Quinn und den Hunden und die restliche Zeit mit mehr oder weniger vergeblichen Versuchen, Doktor Rosenfeld zu trösten, die sich schwere Vorwürfe machte.

Allerdings nutzten all seine und auch Mortons Beteuerungen, dass sie absolut keine Schuld an dem Tod ihres Schützlings treffe, überhaupt nichts. Sie war von Anfang an gegen diese Reise gewesen und sie hatte die Verantwortung für van Hesling gehabt, der trotz seines Alters und seiner Stärke hilflos wie ein Kind gewesen war. Und keine Macht der Welt vermochte sie davon zu überzeugen, dass sie nicht einmal eine Mitschuld an seinem Tod traf – an dem es im Übrigen keinen Zweifel mehr gab. Am Morgen nach dem missglückten Mordanschlag auf Morton hatten Lestrades Männer die DRAGON noch einmal und noch gründlicher als während der Nacht von einem Ende zum anderen durchsucht. Nichts, was größer als eine Maus war, hätte ihnen entkommen können. Aber van Hesling war einfach nicht mehr da.

Und die Männer hatten noch etwas getan: Einen halben Tag lang hatte das Schiff von Hämmern und Sägen widergehallt, und als Thor danach wieder nach oben ging, um Quinn zu besuchen, da hatte er eine gut drei Meter hohe Wand aus Sperrholz vorgefunden, die den Weg ins Innere des Luftschiffs verwehrte. So viel zu seiner Hoffnung, dass Lestrade ihm die Antwort geglaubt hatte, die er ihm auf die Frage gegeben hatte, was er dort oben denn überhaupt suchte.

Es war am Abend des vierten Tages ihrer Reise, die sie jetzt immer weiter nach Nordosten führte. Thor saß mit Bates und Morton im Aufenthaltsraum, als plötzlich die Tür aufflog und Quinn hereinkam. Er sagte wie üblich kein Wort, aber Thor kannte den riesigen Inuk gut genug, um sofort zu spüren, dass irgendetwas mit ihm nicht stimmte.

Er entschuldigte sich mit einem flüchtigen Lächeln bei Bates und dem Kapitän und eilte zu Quinn hinüber. »Was ist passiert?«

Quinn drehte sich wortlos um und trat wieder durch die

Tür. Thor folgte ihm, aber Quinn ging auch jetzt weiter, und als Thor versuchte ihn am Arm festzuhalten, streifte er seine Hand einfach ab und deutete wortlos auf die Treppe nach oben.

Erst als sie den Laderaum mit den Huskys und der Polarausrüstung erreicht hatten, brach der Inuk das Schweigen. Mit grimmigem Gesichtsausdruck bückte er sich, hob etwas vom Boden auf und reichte es Thor. »Schau«, sagte er.

Thor nahm verwirrt den Gegenstand entgegen, den der Inuk ihm hinhielt. Es war ein Stück Pergamentpapier, in das jemand eine Anzahl Knochen und Fleischreste eingewickelt hatte. »Und?«, fragte er. »Das ist Hundefutter, oder?«

»Jemand hat es vergiftet!«, sagte Quinn.

»Vergiftet!« Thor blickte den Inuk zweifelnd an. »Bist du sicher?«

Quinn nickte grimmig. »Die Hunde fressen es nicht«, meinte er. »Und man kann es riechen.«

Thor hob das Paket mit dem Fleisch ans Gesicht und schnupperte vorsichtig daran. Für ihn roch es, wie ausgelöste Knochen und Fleischabfälle nun einmal riechen. Nicht gerade angenehm, aber auch nicht nach Gift. Trotzdem zweifelte er nicht an Quinns Worten. Der Inuk hatte schon mehr als einmal bewiesen, dass er über Sinne verfügte, die weit schärfer als die Thors und der meisten anderen Menschen waren. Er begriff nur nicht, warum jemand die Hunde vergiften sollte.

»Vielleicht … war es ein Versehen?«, meinte er unsicher.

Quinn lachte böse. »Kein Versehen!«, sagte er überzeugt. »Ich bin rausgegangen, nur ein paar Minuten, und als ich wiederkam, lag das Fleisch da. Jemand hat gewartet, bis ich weg war, und es dann gebracht.«

»Ich begreife das nicht«, murmelte Thor wahrheitsgemäß. »Wer sollte so etwas tun?«

»Jemand, der nicht will, dass wir ankommen«, vermutete Quinn. Er ballte die Fäuste. »Wenn ich den Kerl erwische, verfüttere ich *ihn* an die Hunde.«

Thor lachte, aber sehr leise und nicht sehr echt. Quinns Worte waren keine leeren Drohungen, das wusste er. Der Inuk liebte seine Hunde, als wären sie seine Kinder. Wenn jemand versuchte ihnen ein Leid anzutun, dann spielte er mit seinem Leben.

»Ich werde von jetzt an hierbleiben«, sagte Quinn. »Sag den anderen, dass außer dir niemand hier reindarf. Ich dulde nicht, dass sich jemand den Hunden nähert.«

Thor wusste, wie sinnlos es war, dem Inuk widersprechen zu wollen. Vorsichtig wickelte er das Paket wieder zu, klemmte es sich unter den Arm und ging zur Tür. »Ich werde Lestrade erzählen, was hier passiert ist«, sagte er. »Und ich sorge persönlich dafür, dass hier niemand mehr raufkommt.«

Er ging zurück ins Passagierabteil der DRAGON, lief im Sturmschritt an Morton und Bates vorbei, die ihm verwunderte Blicke zuwarfen, und riss die Tür zum Steuerhaus auf.

Auf der obersten Stufe der Wendeltreppe, die zu Lestrades Refugium hinabführte, blieb er stehen. Der Kapitän war nicht im Steuerhaus. Er hörte seine Stimme aus einer Tür, an der er soeben vorübergestürmt war. Thor drehte sich um, streckte die Hand nach der Klinke aus – und zögerte.

Lestrades Stimme klang schrill und sehr erregt. Er schien kurz davor zu stehen, einfach loszuschreien. Und das war etwas, was Thor an dem so selbstsicheren und zumindest nach außen hin beherrschten Colonel überhaupt nicht kannte. Neugierig trat er näher und legte das Ohr an die dünne Sperrholztür.

»... und noch eine einzige solche Verfehlung, Mister Pieters«, hörte er Lestrades Stimme durch die Tür, »und Sie können den Rest der Reise in einer Arrestzelle verbringen. Habe ich mich eindeutig ausgedrückt?«

»Ja, Sir«, antwortete eine kleinlaute Stimme. »Aber ich habe den Kapitän dieses Dampfers doch nur nach dem Wetterbericht gefragt. Ich dachte, das sei in Ihrem Sinne.«

»Sie sind nicht hier, um zu *denken,* Matrose!«, schrie Lestrade. »Sondern einzig und allein, um Ihre Arbeit zu tun und Befehle auszuführen. Ich habe absolute Funkstille befohlen, und wenn ich absolute Funkstille sage, dann meine ich *absolute* Funkstille!«

Thor hatte genug gehört. Entschlossen öffnete er die Tür und betrat die Kabine.

Wie er nach den mitgehörten Worten bereits vermutet hatte, handelte es sich um die Funkkabine der DRAGON; einen winzigen, doch bis zum Bersten mit technischen und Funkapparaturen vollgestopften Raum, der gerade noch Platz für ein winziges Tischchen und einen Stuhl bot, auf dem ein im Moment ziemlich demoralisiert aussehender Funker hockte und mit angstvollen Blicken zu Lestrade aufsah, der mit hochrotem Gesicht vor ihm stand und die Fäuste geballt hatte, als könne er sich nur noch mit Mühe beherrschen, sich nicht auf ihn zu stürzen. Als Thor eintrat, wirbelte Lestrade mit einer zornigen Bewegung herum, sein Blick verdunkelte sich noch mehr, als er Thor erkannte.

»Was suchen Sie hier?«, blaffte er. »Dieser Teil des Schiffes ist für Passagiere gesperrt.«

»Das ist mir neu«, antwortete Thor ruhig. »Und außerdem wusste ich bis jetzt gar nicht, dass ich zu den Passagieren gerechnet werde.« Lestrade setzte zu einer wütenden Antwort an, besann sich dann aber im letzten Moment eines Besseren. »Dann wissen Sie es jetzt«, zischte er mühsam beherrscht. »Also – was wollen Sie hier?«

Thor hielt das Paket mit dem vergifteten Fleisch in die Höhe. »Das hat jemand den Hunden gegeben«, sagte er.

Lestrade faltete das Papier auseinander, warf einen flüchtigen Blick auf den Inhalt des Pakets und zuckte mit den Schultern. »Und?«, fragte er. »Das ist Fleisch. Hunde fressen doch Fleisch, oder?«

»Sicherlich«, antwortete Thor. »Nur nicht so gerne, wenn es vergiftet ist.«

»Vergiftet?« Lestrade blickte ihn ungläubig an. »Wer sagt das?«

»Quinn«, erwiderte Thor.

»Woher will er das wissen?«, fragte Lestrade. »Ist einer der Hunde gestorben?«

»Nein. Die Tiere waren gottlob klug genug, nichts von dem Zeug zu fressen.«

Lestrade runzelte die Stirn, sah das Fleischpaket ein zweites Mal und diesmal sehr viel aufmerksamer an und zuckte schließlich erneut mit den Schultern. »Aber wer sollte denn die Hunde vergiften wollen?«, fragte er.

»Das weiß ich so wenig wie Sie«, antwortete Thor unfreundlich. »Das Einzige, was ich mit Sicherheit weiß, ist, wer es *nicht* war.«

»Und wer?«, fragte Lestrade lauernd.

»Ihre beiden Gefangenen«, sagte Thor. »Major von Ludolf und Major Loben.«

Lestrades Augen wurden schmal. »Was wollen Sie damit sagen?«

Thor wickelte das Paket wieder ein und lächelte. »Eigentlich nichts«, erwiderte er. »Aber ich denke, wenn Sie ein bisschen darüber nachdenken, kommen Sie von selbst drauf.«

Er verließ die Funkkabine. Lestrade folgte ihm, schloss die Tür hinter sich und warf einen raschen Blick nach links und rechts, als wolle er sich davon überzeugen, dass sie auch wirklich allein auf dem kurzen Gang waren.

»Sind Sie sicher, dass das Fleisch vergiftet ist?«, flüsterte er.

Thor nickte überzeugt. »Hundertprozentig. Wenn Quinn sagt, es ist vergiftet, dann *ist* es vergiftet.«

»Quinn! Was weiß dieser Wilde schon?«

Thor schluckte die ärgerliche Antwort hinunter, die ihm auf der Zunge lag, und hielt Lestrade das Paket hin. »Wenn Sie so davon überzeugt sind, dass Quinn sich irrt, warum bringen Sie das Zeug dann nicht in die Küche und lassen es für sich braten?«, zischte er böse.

»Aber wer sollte ein Interesse daran haben, die Tiere umzubringen?«, fragte Lestrade. Er wirkte gleichzeitig wütend und hilflos.

Thor zuckte mit den Schultern. »Vermutlich derselbe, der van Hesling getötet und versucht hat auch Kapitän Morton umzubringen«, sagte er.

»Aber die beiden Offiziere sind eingesperrt«, protestierte Lestrade. »Meine beiden besten Männer bewachen sie rund um die Uhr.«

»Eben«, sagte Thor. »Und selbst Sie sollten begreifen, was das bedeutet.«

»Sie meinen … es gibt noch einen Verräter an Bord?«

»Entweder das«, erwiderte Thor, »oder Sie haben die Falschen geschnappt, Colonel.«

Ein paar Sekunden lang weidete er sich an Lestrades betroffenem Gesichtsausdruck, dann drückte er ihm mit einem freundlichen Lächeln das Fleischpaket in die Hand, drehte sich um und ging wieder in den Aufenthaltsraum zurück.

Er wollte zu Quinn und den Hunden, aber als er an dem Tisch vorbeikam, an dem Bates mit den beiden Dänen und

Doktor Rosenfeld saß, blickte die junge Neurologin auf und sah ihm ins Gesicht. »Ärger?«

Thor blieb stehen. Ihm war bisher nicht klar gewesen, dass man ihm seine Gemütsverfassung so deutlich ansah. Aber das kurze Gespräch mit Lestrade hatte ihn wütender gemacht, als er zuzugeben bereit war. Er schüttelte den Kopf und sagte: »Ja.«

Doktor Rosenfeld lächelte flüchtig und deutete auf den freien Platz neben sich. »Warum setzen Sie sich nicht zu uns und erzählen?«, fragte sie.

»Ich will Sie nicht auch noch mit meinen Problemen belästigen«, erwiderte Thor, setzte sich aber trotzdem.

Doktor Rosenfeld seufzte. »Sie belästigen uns nicht, Mister Garson«, sagte sie. »Jede Abwechslung ist besser als gar keine. Wenn dieser Flug noch länger dauert, dann sterbe ich vor Langeweile.«

»Was war los?«, fragte Bates. Auch die beiden Dänen sahen ihn neugierig an, schwiegen aber wie meistens. Thor machte eine wegwerfende Handbewegung. »Das Übliche. Ich habe versucht vernünftig mit Lestrade zu reden. Aber das war vergebene Liebesmüh.«

»Vernünftig?« Doktor Rosenfeld runzelte übertrieben die Stirn. »Ich fürchte, mein lieber Mister Garson, die Worte vernünftig und Lestrade schließen sich gegenseitig aus.«

Bates lachte leise und auch über Eriksons Gesicht huschte ein flüchtiges Lächeln, während Baldurson stur an ihnen vorbei aus dem Fenster sah.

»Also?«, fragte Bates noch einmal. »Was gab es?«

»Jemand hat versucht Quinns Hunde umzubringen.«

Bates' Augen weiteten sich ungläubig und auch Doktor Rosenfeld sah ihn eher verwirrt als erschrocken an.

»Die Hunde?«, vergewisserte sich Erikson.

»Jemand hat ihnen vergiftetes Fleisch gebracht«, bestätigte Thor. »Doch die Tiere waren klug genug, es nicht anzurühren.«

»Aber das ist doch völlig sinnlos«, rief Doktor Rosenfeld. »Die Hunde haben niemandem etwas getan!«

Thor seufzte tief. »Ich weiß«, sagte er. »Doch es sieht so aus, als hätte irgendwer etwas dagegen, dass wir das Ziel unserer Reise erreichen.«

»Und deshalb vergiftet er *die Hunde*?«, fragte Doktor Rosenfeld zweifelnd. »Das verstehe ich nicht.«

»Ich auch nicht«, gestand Thor. »Wenn dieser Eisberg auch nur halbwegs so aussieht, wie Morton ihn uns beschrieben hat – und er auf den Fotos zu sehen ist –, werden wir das Schlittengespann sowieso nicht brauchen.«

»Vielleicht doch«, meinte Erikson. Alle Blicke wandten sich dem Dänen zu.

»Wieso?«, wollte Bates wissen.

Erikson sah sie der Reihe nach an, beugte sich unter den Tisch und zog eine Aktentasche hervor, die mit Karten, Büchern und eng beschriebenen Blättern vollgestopft war. Er zog das Foto von Odinsland hervor, das er von Browning bekommen hatte, und dazu eine vielfach gefaltete, offensichtlich schon sehr alte Karte, die die Nordküste Grönlands und das angrenzende Meer zeigte. Thor beugte sich ein wenig vor und sah, dass mit roter Tinte eine Anzahl gestrichelter Linien und kleiner schraffierter Kreise auf das Meer gemalt waren. Darüber befanden sich Worte in einer winzigen, gestochen scharfen Handschrift, die jedoch in einer Sprache abgefasst waren, die er nicht zu verstehen imstande war. Wahrscheinlich Dänisch.

»Sehen Sie«, begann Erikson, »ich bin kein Meteorologe, aber ich verstehe ein wenig von der Seefahrt wie die meisten Dänen.« Er lächelte flüchtig. Sein Zeigefinger deutete auf einen der schraffierten Kreise und fuhr die gestrichelte Linie entlang, die ihn mit einem anderen verband. »Das hier ist die exakte Position, wo die POSEIDON auf Odinsland stieß«, sagte er. »Und das ist der Kurs, den der Berg genommen haben muss, wenn er der Strömung gefolgt ist, die in diesem Seegebiet herrscht. Aber es gab eine Anzahl schwerer Stürme während des vergangenen halben Jahres. Niemand weiß genau, wo sich der Berg befindet. Doch es ist immerhin möglich, dass er sich wieder Grönland genähert hat. Es ist sogar möglich, dass er irgendwo gegen die Küste geprallt ist.«

»Wieder?«, fragte Thor. Erikson nickte.

»Sie sind ein aufmerksamer Zuhörer, Mister Garson«, sagte er anerkennend. »Ja, ich sagte: ›wieder‹. Und das war kein Versehen.«

»Sie meinen, er war schon einmal dort?«, fragte Doktor Rosenfeld.

»Doktor Baldurson und ich sind sogar sicher, dass es sich bei diesem Eisberg um ein Stück des grönländischen Festlandeises handelt«, antwortete Erikson.

Erikson faltete seine Karte wieder zusammen und zog stattdessen eine Anzahl großformatiger, offenbar schon sehr alter Schwarz-Weiß-Fotos aus der Aktentasche, die allesamt nichts anderes als Eisberge zeigten – genauer gesagt: eine gewaltige, schier endlose Eismasse, gegen deren Fuß das Meer brandete. Die winzige weiße Linie, an der die Brecher zu Schaum zerstoben, machte die gewaltige Größe dieser eisigen Küste deutlich.

»Ist das Grönland?«, fragte Thor.

Erikson nickte mit einem leichten Lächeln. »Ich sehe schon, Sie wissen genauso viel über Grönland wie die meisten – oder so wenig«, sagte er. »Diese Fotos zeigen tatsächlich die Nordküste Grönlands. Sie besteht zu einem großen Teil aus nichts anderem als Eis, das sich zum Teil meilenweit ins Meer vorschiebt. Und oft brechen Teile dieser Küste ab und werden fortgetrieben.«

»Sie meinen, wie in der Arktis?«

»So groß ist der Unterschied nicht«, sagte Erikson nickend. »Die arktischen Gletscher kalben häufiger, wenn Sie das mit Ihrer Frage meinten, aber im Prinzip ist es dasselbe, ja.«

»Und jetzt vermuten Sie, dass Odinsland ein Teil der grönländischen Küste gewesen ist – vor tausend oder zweitausend Jahren«, sagte Doktor Rosenfeld.

»Eher vor fünf oder sechs Jahren«, berichtigte sie Erikson.

»Und was führt Sie zu dieser Vermutung?«

Erikson lehnte sich zurück und legte die Hände flach nebeneinander auf den Tisch. »Logisches Überlegen«, sagte er. »Und auch ein wenig Erfahrung in solchen Dingen. Sehen Sie, Mister Garson, Eisberge dieser Größe treiben nicht jahrzehnte- oder jahrhundertelang auf den Weltmeeren umher. Sie werden nach Süden abgetrieben und schmelzen oder sie prallen irgendwo gegen die Küste oder eine andere Eismasse und zerschellen. Dieser Berg kann noch nicht sehr lange unterwegs sein. Und es gibt nur zwei Orte, woher er stammen kann. Aus der Arktis oder aus Grönland.«

»Was spricht gegen die Arktis?«, fragte Bates. »Immerhin ist dieses Schiff uralt.«

»Wenn es existiert«, fügte Erikson hinzu.

Bates wollte widersprechen, aber der dänische Wissenschaftler hob rasch die Hand und fuhr fort: »Mein Kollege und ich haben lange darüber diskutiert, Mister Bates. Wir sind nach wie vor skeptisch. Andererseits – wir sind nun einmal hier und in ein paar Tagen werden wir sehen, ob die Fotos echt oder geschickte Fälschungen sind; es wäre also ziemlich sinnlos, wenn wir uns jetzt noch streiten wollten. Aber einmal unterstellt das Schiff ist echt – dann spricht eine große Wahrscheinlichkeit dafür, dass es aus dem grönländischen Eis stammt, nicht aus dem der Arktis.«

»Waren die Wikinger denn in Grönland?«, fragte Bates.

»Die waren so ziemlich überall«, meinte Thor an Eriksons Stelle. »Bisher ist es nur eine Theorie, aber es spricht sogar einiges dafür, dass sie Amerika ungefähr fünfhundert Jahre *vor* Kolumbus entdeckt haben.«

Bates sah ihn zweifelnd an, doch Erikson sprang Thor mit einem zustimmenden Nicken bei. »Das ist richtig«, sagte er. »Wie Mister Garson bereits sagte: Es ist nur eine Theorie. Aber sehr vieles spricht dafür und ich gehöre auch zu denen, die an diese Theorie glauben. Die Wikingerkolonie auf Grönland hingegen ist alles andere als eine Theorie. Ihre Existenz ist wissenschaftlich einwandfrei erwiesen.«

»Die Wikinger haben Grönland kolonialisiert?«, vergewisserte sich Bates, immer noch zweifelnd.

»Kolonialisiert ist nicht unbedingt das richtige Wort«, sagte Erikson. »Grönland ist ein hartes Land. Vielleicht das härteste, in dem sich Menschen jemals niedergelassen haben. Selbst heute ist das Leben dort nur unter enormem technischen und materiellen Aufwand möglich. Im Mittelalter, als die Männer auf ihren Reisen auf diesen neuen Kontinent stießen und dort Fuß zu fassen versuchten, muss es ungleich schlimmer gewesen sein. Trotzdem haben sie mehrere Städte gegründet und die Südküste mindestens ein Jahrhundert lang bewohnt.«

»Und dann?«, fragte Doktor Rosenfeld.

Diesmal antwortete Erikson nicht sofort. Er sah die junge Nervenärztin nachdenklich an, zuckte schließlich mit den Schultern und blickte aus dem Fenster auf das still daliegende Meer hinab. »Niemand weiß, was geschehen ist. Und wahrscheinlich wird es auch niemand mehr herausfinden nach all der Zeit«, antwortete er. »Aber Tatsache ist, dass sie eines Frühjahrs einfach verschwunden waren. Alle.«

»Verschwunden? Sie meinen gestorben. Erfroren oder verhungert oder an einer Seuche zugrunde gegangen«, sagte Doktor Rosenfeld.

Erikson schüttelte den Kopf. »Nein. Einfach verschwunden. Wir wissen nicht sehr viel aus dieser Zeit, Doktor Rosenfeld. Nur wenig wurde aufgeschrieben. Die meisten Dinge wurden mündlich überliefert. Aber in diesem Punkt stimmen alle Überlieferungen überein: Es war damals nicht möglich, im Winter an die grönländische Küste zu gelangen. Die Drachenschiffe der Wikinger waren zwar großartige Konstruktionen für ihre Zeit, aber einem Nordmeersturm hätten sie kaum standgehalten. Während der Wintermonate waren die Kolonien auf sich selbst gestellt und die Häfen sowieso meistens zugefroren. Aber in jedem Frühjahr kamen Schiffe aus der Heimat. In diesem Frühjahr nun fanden sie die Städte verlassen vor. Die Häuser waren unversehrt. Nichts fehlte. Selbst die Schiffe lagen unberührt im Hafen, zum Teil noch voll beladen. Aber von den Einwohnern fehlte jede Spur. Und es gab keine Anzeichen eines Kampfes. Niemand hat je erfahren, wohin sie verschwunden sind.«

»Doch es gibt eine Legende«, fügte Thor Garson hinzu.

Er war nicht sicher – aber für einen winzigen Moment glaubte er so etwas wie Schrecken in Eriksons Augen aufblitzen zu sehen. Dann hatte sich der Däne wieder in der Gewalt.

Er nickte zögernd. »Sicherlich gibt es die. Ein Ereignis wie dieses muss die Fantasie der Menschen ungemein angeregt haben, zumal in einer Zeit, in der man noch viel stärker an die Macht der Götter und Dämonen geglaubt hat, als wir es heute tun.«

»Was ist das für eine Legende?«, wollte Doktor Rosenfeld wissen.

Erikson lächelte. »Nichts als eine Geschichte«, sagte er. »Es heißt, Odin selbst sei mit seinem Drachenschiff gekommen, um die Bewohner der neuen Welt heim zu den Göttern zu holen.«

Aus einem Grund, den Thor nicht begriff, erfüllten ihn diese Worte mit einem Schaudern. Und er war nicht der Einzige, dem es so erging. Auch Doktor Rosenfeld blickte den Dänen eindeutig betroffen an und selbst auf Bates' Gesicht erschien ein verwirrter, unsicherer Ausdruck.

»Es ist nur ein Märchen«, beruhigte Erikson sie. »Aber wer weiß – möglicherweise finden wir ja die Antwort auf die Frage, was damals wirklich passiert ist, auf diesem Schiff. Falls es existiert.«

HUNDERT MEILEN VOR DER KÜSTE GRÖNLANDS

Zehntausend Fuß unter dem Luftschiff erstreckte sich das Meer, so weit das Auge reichte. Der Himmel war wolkenlos und klar und in seinem Zenit stand eine Sonne, deren greller Glanz die eisigen Temperaturen vergessen ließ, die draußen herrschten. Irgendwo weit, weit im Osten, noch nicht wirklich zu sehen, sondern fast nur zu erahnen, war eine dünne weiße Linie: die Westküste Grönlands, der sie sich nun näherten. Und damit dem Punkt, an dem sich Odinsland jetzt befinden musste, sollten die Berechnungen, die Browning hatte anstellen lassen, zutreffen.

Sie taten es nicht.

Browning war noch nicht bereit es zuzugeben und Lestrade hatte Thors einzige Frage in diese Richtung mit einem so eisigen Blick quittiert, dass keiner der anderen nachgehakt hatte, aber im Grunde war allen im Steuerhaus klar, dass sie sich auf eine lange Suche einstellen mussten.

Dabei hätten sie eigentlich nicht enttäuscht sein dürfen. Allen war klar gewesen, dass Brownings sogenannte *Berechnungen* in Wirklichkeit eher *Vermutungen* waren. Und dass es schon an ein Wunder gegrenzt hätte, wenn sie die schwimmende Eisinsel auch nur im Umkreis von fünfhundert Meilen von dem angenommenen Punkt gefunden hätten. Trotzdem wirkte nicht nur Browning enttäuscht. Auf Kapitän Mortons Gesicht lag ein verbissener, beinahe wütender Ausdruck, und Bates sah aus, als wäre er soeben zu einer sechsmonatigen Gefängnisstrafe verurteilt worden.

Wahrscheinlich fühlte er sich auch so. Und nicht nur er.

Während der beiden vergangenen Tage war die Situation an Bord beinahe unerträglich geworden. Es war nichts weiter geschehen – wenn es einen Verräter an Bord gab und der

Anschlag auf die Huskys nicht nur die Tat eines Wahnsinnigen war, so hatte er sich in den letzten beiden Tagen still verhalten –, aber ein Luftschiff, so groß und komfortabel es auch eingerichtet sein mochte, war trotz allem *klein.* Die Platzverhältnisse entsprachen in etwa denen an Bord eines Unterseeboots und die Anfälligkeit der Besatzung und Passagiere für Klaustrophobie war ebenso hoch. Während der letzten beiden Tage war es mehrmals zu lautstarken Auseinandersetzungen zwischen Mitgliedern der Besatzung gekommen und einmal hatte Lestrade nur noch im letzten Moment den Ausbruch einer Schlägerei zwischen einem Soldaten und einem seiner Offiziere verhindern können. Dazu kam – und das war vielleicht das Schlimmste – die Atmosphäre von Misstrauen, die vom gesamten Schiff und seiner Besatzung Besitz ergriffen hatte. Irgendwie misstraute hier jeder jedem und das strikte Funkverbot, das Lestrade vor vier Tagen verhängt und seither nicht wieder aufgehoben hatte, machte die Situation auch nicht besser. Bisher hatte er sich beharrlich geweigert, seinen Befehl zu erklären. Und Browning, der vielleicht der Einzige an Bord war, der außer Lestrade wusste, welchem Zweck diese übermäßige Geheimhaltung galt, schwieg ebenso stur und wich Thors diesbezüglichen Fragen mit erstaunlicher Geschicklichkeit aus.

Selbst Thor fühlte sich gereizt und nervös. Und auch er war wider besseres Wissen enttäuscht, dass sie nicht auf Anhieb den Eisberg gefunden hatten.

»Also?« Bates, der zwischen Morton und Browning am Fenster stand und wie sie die letzten zehn Minuten gebannt nach unten geblickt hatte, sah Lestrade fragend an. »Was tun wir jetzt?«

»Wir beginnen mit dem, weswegen wir hergekommen sind«, antwortete Lestrade unfreundlich. »Wir suchen nach diesem Berg.«

Bates zog eine Grimasse. »Und wie, wenn ich fragen darf?«

»Es gibt noch zwei, drei andere Punkte, an denen er sein könnte«, antwortete Browning an Lestrades Stelle. »Wenn wir ihn auch dort nicht finden, dann müssen wir kreisen. Sie kennen das ja: Man sucht sich einen Ausgangspunkt und sucht in immer weiter werdenden Spiralen.«

Bates japste. »Aber das kann Wochen dauern!«

Browning nickte ungerührt. »Möglicherweise sogar Monate«, sagte er.

»Aber so lange *wird* es nicht dauern.«

Alle blickten überrascht auf und sahen Morton an, der die Worte gesprochen hatte. Auch er stand am Fenster und sah hinunter, aber da sich alle Aufmerksamkeit in der letzten halben Stunde auf den Ozean konzentriert hatte, war er nicht besonders beachtet worden. Und auch Thor fiel erst jetzt auf, dass der Ausdruck auf Mortons Gesicht zwar ebenso enttäuscht und verbittert war wie bei den anderen, aber dass auf seinen Zügen noch etwas lag. Er wusste nicht genau, was, aber es erschreckte ihn.

»Was wollen Sie damit sagen?«, fragte er.

Morton zuckte unglücklich mit den Schultern und schwieg fast eine halbe Minute lang. »Der Berg ist nicht mehr weit entfernt«, sagte er leise.

»Woher wollen Sie das wissen?«, herrschte Lestrade ihn an.

Wieder vergingen Sekunden, ehe Morton antwortete: »Wir sind ganz in der Nähe. Ich ... spüre es.«

Browning und auch Thor sahen ihn sehr aufmerksam an, während sich Lestrades ärgerliches Stirnrunzeln vertiefte. »Was soll das heißen, Sie spüren es? Haben Sie so eine Art zweites Gesicht, oder was?«

Der beißende Spott in seinen Worten prallte von Morton

ab, falls er ihn überhaupt registrierte. Er sagte noch einmal: »Wir sind ganz in seiner Nähe.«

»Warum verraten Sie uns dann nicht, wo genau wir ihn finden?«, fragte Lestrade sarkastisch.

»Lassen Sie das!«, zischte Browning scharf, an den Colonel gewandt. Dann drehte er sich wieder zu Morton um: »Bitte erklären Sie Ihre Worte, Kapitän.«

Morton sah ihn unglücklich an, zuckte mit den Schultern und breitete mit einer hilflosen Geste die Hände aus. »Ich weiß es einfach«, sagte er.

»Das ist … ein bisschen wenig«, antwortete Browning. Aber es klang eher enttäuscht als spöttisch. Und nach einer weiteren Sekunde wandte er sich auch wieder an den Colonel: »Also gut, Colonel«, meinte er. »Dann fliegen Sie den zweiten Suchpunkt auf Ihrer Karte an. Sie kennen den Kurs.«

Als sie wieder in den Aufenthaltsraum hinaustraten, übersah Thor einen der Marinesoldaten und rempelte ihn versehentlich mit der Schulter an. Er stolperte, drehte sich im Schritt halb herum, schenkte dem Mann ein entschuldigendes Lächeln und wollte sich entschuldigen – aber dann blickte er ihn stattdessen nur verwirrt an, als er den wütenden, ja fast schon hasserfüllten Blick registrierte, den der Mann ihm zuwarf. Er sagte nichts und auch der Soldat blieb nur eine Sekunde lang stehen und starrte ihn an, aber Thor bemerkte, dass sich seine Hände zu Fäusten schlossen und er zornig die Kiefer aufeinanderpresste. Er sah aus, als hielte er sich nur noch mit Mühe zurück, sich einfach auf Thor zu stürzen und ihn wegen dieses kleinen Versehens niederzuschlagen.

Als der Soldat endlich weiterging und auch Thor sich wieder umdrehte, begegnete er Mortons Blick. Und plötzlich wusste er, was der Ausdruck auf diesem Gesicht bedeutete, der ihn die ganze Zeit über so irritiert hatte: Es war Angst.

»Was haben Sie?«, fragte er.

»Dieser … Mann«, stammelte Morton stockend.

Thor sah dem Soldaten nach, der mit weit ausgreifenden Schritten und zornig angehobenen Schultern den Raum verließ. »Er war ein bisschen wütend«, meinte er.

Morton schüttelte den Kopf. »Das ist es nicht«, sagte er leise. »Es geht wieder los.«

»Was?«, fragte Thor. Er sah sich rasch und beinahe alarmiert um, ergriff Morton am Arm und zog ihn mit sich in eine Ecke, in der sie weit genug von den anderen entfernt waren, sodass diese ihre Worte nicht hören konnten. »Was haben Sie gemeint, Kapitän?«, fragte er. »Was geht wieder los?«

Morton versuchte seine Hand abzustreifen, aber Thor hielt ihn eisern fest. »Ich habe Sie vorhin im Steuerhaus beobachtet, Kapitän«, sagte er. »Sie verschweigen uns etwas.«

»Es ist wie … wie damals«, flüsterte Morton stockend. »Auf der POSEIDON. Es war genauso.«

»*Was* war genauso?«

Thor fuhr erschrocken herum. Doktor Rosenfeld war so leise hinter ihn getreten, dass er ihre Schritte nicht gehört hatte. »Nichts«, sagte er rasch. »Es ist nichts.«

Doktor Rosenfeld runzelte die Stirn und maß ihn mit einem ärgerlichen Blick von Kopf bis Fuß. »Für wie dumm halten Sie mich, Mister Garson?«, fragte sie spitz. »Kapitän Morton ist bleich wie ein Toter und Sie sehen aus wie das personifizierte schlechte Gewissen.« Sie wandte sich an Morton. »Also?«

»Es ist … dasselbe wie auf der POSEIDON«, sagte Morton noch einmal. Er fand seine Selbstbeherrschung wieder, blieb aber nervös. »Es ist irgendetwas an diesem Berg. Ich spüre ihn. Ich kann seine Nähe fühlen. Ich weiß, es klingt lächerlich, aber genauso ist es.«

»Ich lache nicht«, erwiderte Thor ernst.

»Was meinen Sie damit: ›etwas an diesem Berg‹?«, erkundigte sich Doktor Rosenfeld. Auch sie wirkte sehr ernst und eher alarmiert als spöttisch.

Morton hob hilflos die Schultern. »Es ist wie ein Gift, das in unsere Gedanken schleicht«, sagte er. »Auf der POSEIDON war es das Gleiche. Die Besatzung war gereizt und nervös und es wurde schlimmer, je mehr wir uns dem Berg näherten. Es hätte um ein Haar einen Toten gegeben. Selbst mein Erster Offizier hat die Beherrschung verloren und einen der Männer geschlagen.«

»Vielleicht waren die Männer einfach nervös«, meinte Thor. »Mit einem Schiff und noch dazu im Winter in diesen Gewässern zu fahren, muss verdammt anstrengend sein.«

Morton nickte und schüttelte fast in der gleichen Bewegung den Kopf. »Das war es nicht«, sagte er überzeugt. »Es ist dieser Berg. Und es geht auch hier los. Spüren Sie es denn nicht?«

Natürlich spürte Thor es. So deutlich wie Morton, Doktor Rosenfeld und jeder andere hier an Bord. Während der letzten beiden Tage war die Stimmung immer schlechter und schlechter geworden. Aber natürlich hatte er es auf die drückende Enge, die Anstrengung der Reise oder das Gefühl, einen Verräter an Bord zu haben, geschoben – auf irgendetwas eben. Wahrscheinlich genau wie Morton, dachte er, als er sich zum ersten Mal Odinsland näherte.

»Irgendetwas will nicht, dass wir diesen Berg betreten«, sagte Morton. »Und wir sollten es besser auch nicht tun.«

»Unsinn«, meinte Doktor Rosenfeld. Aber ihre Stimme klang alles andere als überzeugt. Und der Blick, mit dem sie erst Morton und dann Thor maß, war nervös. Sehr nervös.

Morton ging ohne ein weiteres Wort und Thor blickte ihm besorgt nach.

»Glauben Sie, dass er es durchhält?«

»Kapitän Morton?« Doktor Rosenfeld zuckte mit den Schultern. »Wie meinen Sie das? Haben Sie Angst, er könnte die Beherrschung verlieren?«

»Einen sehr beherrschten Eindruck machte er nicht«, sagte Thor.

»Er ist ein starker Mann«, beruhigte ihn Doktor Rosenfeld.

»Das war Professor van Hesling auch«, erwiderte Thor.

Die Worte taten ihm fast sofort wieder leid, denn bei der Erwähnung des deutschen Wissenschaftlers fuhr Doktor Rosenfeld sichtlich zusammen. Eine Sekunde lang blickte sie ihn erschrocken und sehr unglücklich an, dann wandte sie sich mit einem Ruck ab und trat ans Fenster.

Thor zögerte kurz, ehe er ihr folgte. »Entschuldigung«, murmelte er. »Es war taktlos von mir. Ich wollte Sie nicht daran erinnern.«

»Sie brauchen sich nicht zu entschuldigen, Mister Garson«, antwortete Doktor Rosenfeld, ohne ihn anzusehen. Ihr Blick ging weiter starr aus dem Fenster, aber ihre Finger spielten unruhig miteinander.

»Es war nicht Ihre Schuld«, sagte Thor leise.

»Doch«, widersprach Doktor Rosenfeld. »Das war es.«

»Unsinn!«, erwiderte Thor, nun schon etwas heftiger. »Sie hätten überhaupt nichts tun können.«

»Ich habe in der Kabine nebenan gelegen und geschlafen, während er umgebracht wurde«, rief Doktor Rosenfeld. Ihre Stimme zitterte.

»Seien Sie froh, dass Sie nicht aufgewacht sind«, sagte Thor. »Wahrscheinlich hätten die Sie auch umgebracht.«

»Es ist trotzdem meine Schuld«, beharrte Doktor Rosenfeld. »Ich hätte es besser wissen müssen. Ich hätte niemals zustimmen dürfen, dass van Hesling mitkommt.«

»Sie hatten gar keine andere Wahl«, meinte Thor. »Glauben Sie mir, Doktor Rosenfeld.« Er streckte den Arm aus, zögerte und griff dann nach ihrer Hand. Für einen Moment versteifte sich Doktor Rosenfeld, aber sie versuchte nicht ihre Finger wegzuziehen, sondern drehte sich um und blickte ihm jetzt ins Gesicht.

»Sie hätten gar nichts tun können«, wiederholte Thor. »Ich kenne Browning. Wenn er sich einmal etwas vorgenommen hat, dann führt er es auch durch. Und nichts und niemand auf der Welt bringt ihn davon ab. Ich nicht, Morton nicht – und Sie schon gar nicht.«

Mabel Rosenfeld lächelte schmerzlich. »Sie wollen mich trösten, nicht wahr?«

»Sicher«, gestand Thor. »Das auch. Aber es ist trotzdem die Wahrheit. Vielleicht«, fügte er hinzu und das eigentlich nur, um Doktor Rosenfeld abzulenken und über etwas anderes als van Hesling zu sprechen, »sollten wir uns lieber um die Zukunft Gedanken machen statt um das, was passiert und nicht mehr zu ändern ist. Es wäre mir lieb, wenn Sie ein Auge auf Kapitän Morton werfen könnten.«

Doktor Rosenfeld schüttelte entschieden den Kopf. »Er ist nicht mehr und nicht weniger hysterisch als jeder Mann hier an Bord«, sagte sie überzeugt. »Glauben Sie mir, ich habe ein bisschen Erfahrung in solchen Sachen.« Sie lächelte flüchtig, aber Thor blieb ernst.

»Jeder hat irgendwo seine Grenzen«, sagte er. »Ich frage mich, was auf diesem Berg geschehen ist, das ihm solche Angst macht.«

»Er hat ein paar seiner Männer verloren«, antwortete Doktor Rosenfeld. »Und wurde selbst schwer verletzt.«

Thor schüttelte abermals den Kopf. »Das allein ist es

nicht«, beharrte er. »Sie haben ihn doch gesehen, oder? Er war halb wahnsinnig vor Angst. Und Professor van Hesling hat es völlig um den Verstand gebracht.«

»Van Hesling war wochenlang auf diesem Eisberg«, berichtigte Doktor Rosenfeld. »Vielleicht sogar Monate. Er war mehr tot als lebendig, als Morton ihn fand.«

»Wir sollten aufhören uns verrückt zu machen, noch ehe wir dort sind«, sagte Thor entschieden. Plötzlich hatte er eine Idee. »Ich gehe jetzt hinauf zu Quinn und den Hunden, um ihnen ein bisschen Gesellschaft zu leisten«, meinte er. »Hätten Sie nicht Lust mitzukommen?«

Doktor Rosenfeld zögerte.

»Die Hunde sind friedlich«, sagte Thor hastig. »Sie tun keinem Menschen etwas. Und Quinn auch nicht.«

Doktor Rosenfeld zögerte noch eine Sekunde, aber dann nickte sie. »Warum eigentlich nicht?«, fragte sie.

Sie verließen den Aufenthaltsraum und stiegen die Treppe hinauf. Es war düster wie immer hier oben und es war noch kälter geworden: Ihr Atem erschien als weißer Dampf vor ihren Gesichtern und Thors Fingerspitzen begannen vor Kälte zu kribbeln. Er schauderte – und fühlte sich gleichzeitig ein wenig schuldbewusst. Er war in den letzten beiden Tagen kaum hier heraufgekommen. Er hätte es viel eher tun sollen. Vielleicht wäre ihm dann aufgefallen, wie kalt es hier oben geworden war. Quinn und seine Tiere mussten halb erfroren sein.

Der Gedanke rief ihm wieder Lestrades ausdrücklichen Befehl ins Gedächtnis, dass nicht nur die Tiere, sondern auch Quinn die Reise in den Laderäumen zu verbringen hatte. Und die abfällige Art, in der der Colonel über den Inuk gesprochen hatte. Und das erfüllte Thor mit einem tiefen Groll gegen den Kommandanten der DRAGON.

Das Gefühl irritierte ihn. Er hatte allen Grund, ärgerlich

auf Lestrade zu sein, ja sogar wütend, aber das, was er im Augenblick spürte, das war … beinahe so etwas wie Hass. Etwas, was ihn an den Blick des Matrosen erinnerte, den er unten versehentlich angerempelt hatte.

Vor der Tür von Quinns Unterkunft stand ein Soldat mit Pelzjacke und Handschuhen. Der Mann blickte Doktor Rosenfeld und ihm misstrauisch entgegen, trat aber wortlos zur Seite, als Thor eine entsprechende Bewegung machte.

Thor klopfte – Quinn hatte darauf bestanden, dass er sich mit einem Klopfzeichen meldete, denn er würde niemand anderen als ihn zu seinen Tieren lassen – und Augenblicke später hörte er, wie sich schwere Schritte der Tür näherten. Ein Schlüssel wurde im Schloss gedreht und dann schwang die dünne Tür nach innen auf. Quinns mächtige, in einen dicken Pelzmantel gehüllte Gestalt erschien in der Öffnung.

Und eine zweite, sehr viel kleinere und struppige Gestalt, die mit einer blitzschnellen Bewegung zwischen Quinns Beinen durchflitzte und um ein Haar Doktor Rosenfeld von den Füßen gerissen hätte, wäre sie nicht rasch genug zur Seite gesprungen.

»Fenris!«, schrie Quinn und setzte dem Hund nach. Das Tier schlug einen blitzschnellen Haken, sodass Quinns zupackende Hände ins Leere griffen, und rannte direkt auf den Soldaten zu.

»He!«, brüllte der Mann. »Bleib stehen!« Er beugte sich vor, streckte die Hände aus – und zog sie mit einem Schrei wieder zurück, als der Husky mit einem wütenden Knurren nach seinen Fingern schnappte. Sein rechter Handschuh färbte sich rot.

Der Mann keuchte vor Schmerz, taumelte einen Schritt rückwärts und steckte die verwundete Hand unter die Achselhöhle.

»Du verdammtes Mistvieh!«, kreischte er, holte aus und versetzte dem Husky einen wuchtigen Fußtritt in die Flanke, der das Tier mit einem schrillen Jaulen gegen die Wand prallen ließ. Wütend riss der Soldat seine Waffe von der Schulter und stieß sie nach vorne, um das Tier mit dem aufgepflanzten Bajonett aufzuspießen.

Er kam nicht dazu, die Bewegung zu Ende zu führen, denn plötzlich war Quinn über ihm, riss ihm mit der Linken das Gewehr aus der Hand und packte ihn mit der rechten Hand an der Brust, um ihn wie ein Kind in die Höhe zu heben. Der Soldat brüllte vor Wut und Schmerz, strampelte mit den Beinen und schlug mit beiden Fäusten nach Quinns Gesicht. Er traf, aber der schwarzhaarige Riese schien die Hiebe nicht einmal zu spüren. Er schüttelte den Soldaten wie einen nassen Hund, ließ ihn plötzlich fallen und ballte die Faust, als der Mann vor ihm zusammenbrach.

»Quinn!«

Thors Schrei ließ den Inuk erstarren. Einen Moment lang stand er noch reglos und drohend über den Soldaten gebeugt da, dann trat er zurück, entspannte sich und fuhr mit einer blitzartigen Bewegung herum, um sich um seinen Hund zu kümmern.

Thor kniete neben dem Soldaten nieder und streckte die Hände aus. »Alles in Ordnung mit Ihnen?«, fragte er.

Die Reaktion des Soldaten fiel anders aus, als er erwartet hatte: Der Mann richtete sich mit einer blitzartigen Bewegung wieder auf, schlug Thors hilfreich ausgestreckte Hände zur Seite und funkelte ihn zornig an. Dann verzog er das Gesicht, hob die rechte Hand und versuchte mit den Zähnen den Handschuh herunterzuzerren.

»Warten Sie«, rief Doktor Rosenfeld. »Ich helfe Ihnen.«

Tatsächlich protestierte der Mann nicht mehr, als Doktor Rosenfeld neben ihm in die Hocke ging, behutsam seine

Hand nahm und mit spitzen Fingern den Handschuh herunterzog. Thor registrierte erleichtert, dass er nicht so schlimm verletzt war, wie es im ersten Moment den Anschein gehabt hatte. Der dicke Pelzhandschuh hatte das Schlimmste verhütet. Die Hand blutete zwar heftig, aber es war nur eine Fleischwunde. Er überlegte, ob der Mann überhaupt wusste, welches Glück er gehabt hatte. Quinns Huskys waren ausgesucht starke Tiere. Und Fenris, das Leittier des Rudels, konnte einem Mann normalerweise mühelos die Hand abbeißen.

»Das sieht schlimmer aus, als es ist«, murmelte Doktor Rosenfeld beruhigend. »Aber die Wunde muss verbunden werden. Warten Sie – ich hole etwas.«

Der Soldat starrte erst sie, dann länger und sehr viel wütender Thor Garson und den Inuk an und riss seine Hand schließlich mit einem Ruck wieder an sich. »Das ist alles eure Schuld!«, sagte er. »Sie und dieser … Wilde mit seinen Bestien!«

Thor warf Quinn einen raschen besorgten Blick zu. Aber wenn dieser die Worte überhaupt gehört hatte, reagierte er jedenfalls nicht darauf. Er kniete neben seinem Hund, hatte ihn wie ein krankes Kind in die Arme genommen und streichelte ihm beruhigend den Kopf. Auch das Tier schien nicht wirklich verletzt, soweit Thor das beurteilen konnte – und doch … Irgendetwas stimmte nicht mit ihm. Fenris' Lefzen waren gehoben und das Ehrfurcht gebietende Gebiss drohend gebleckt. Seine Flanken zitterten vor Erregung und aus seinem Maul troff Speichel.

»Was ist mit ihm?«, fragte Thor.

»Ich weiß es nicht«, antwortete Quinn. Er warf einen weiteren zornigen Blick auf den Soldaten, aber auch er schien zu spüren, dass Fenris nicht nur wegen des Fußtritts so zitterte. Der Hund war vorher schon erregt gewesen, und überhaupt: Thor konnte sich nicht erinnern, dass einer der Huskys in der ganzen Zeit, die sie jetzt an Bord waren, auch nur einmal versucht hätte davonzulaufen.

»Kann es sein, dass er irgendetwas wittert?«, fragte er.

Quinn zuckte nur mit den Schultern und fuhr fort, den Hund zu streicheln und ihm beruhigende Worte ins Ohr zu flüstern, und Thor wandte sich an den Soldaten, der sich mittlerweile wieder aufgerichtet hatte.

»Was ist hinter dieser Tür?«, fragte er mit einer Handbewegung auf die nachträglich eingezogene Sperrholzwand, die den Gang vor ihm abschloss.

Der Soldat runzelte die Stirn. »Ich weiß es nicht«, sagte er unfreundlich. »Und es geht mich auch nichts an. Nur Colonel Lestrade und Doktor Browning dürfen durch diese Tür gehen.«

»Und jeden anderen, der es versucht, erschießen Sie auf der Stelle, wie?«, grinste Thor sarkastisch.

Der Soldat schwieg, aber sein Blick machte deutlich, dass sein Befehl vielleicht nicht so lautete, er sich aber im Moment wünschte, Thor solle versuchen es doch zu tun.

Genau das hatte er übrigens vor. »Ich bin sicher, dass der Hund etwas gewittert hat«, sagte er. »Öffnen wir die Tür.«

»Das darf ich nicht«, rief der Soldat. »Und selbst wenn ich es wollte – ich kann es gar nicht.«

Thor trat nahe an die Tür heran und rüttelte an der Klinke. Sie machte keinen sonderlich stabilen Eindruck, war aber abgeschlossen.

»Lassen Sie mich mal.«

Thor trat verwundert zur Seite, als Doktor Rosenfeld an ihm vorbeiging, das Schloss kurz und fast abfällig musterte und dann in ihre Jackentasche griff. Sie zog eine Haarnadel hervor, bog sie mit raschen, geschickten Bewegungen ein paarmal um und steckte sie in das Schloss. Es dauerte kaum länger als eine Sekunde, bis ein helles metallisches Schnappen erklang – und die Tür ein kleines Stück nach innen schwang.

»Was tun Sie da?«, rief der Soldat zornig.

Thor ignorierte ihn. »Wie haben Sie das gemacht?«, fragte er.

»Ich war einmal Einbrecherin«, antwortete Doktor Rosenfeld spöttisch. Thor runzelte die Stirn und sie fügte erklärend und in ernsterem Tonfall hinzu: »Nein, keine Angst. Mein Vater war Schlosser. So einfach ist das. Er hat mir gezeigt, wie man die meisten Schlösser aufbekommt. Es ist ganz leicht, wenn man weiß, wie.«

»Bleiben Sie von der Tür weg!«, sagte der Soldat hinter ihnen noch einmal, jetzt noch lauter.

Thor drehte sich um und sah, wie es in seinen Augen zornig aufblitzte. Dann hörte er ein dunkles, drohendes Knurren, und der Soldat und er wandten fast gleichzeitig den Blick ab und sahen auf den Husky hinab, der sich in Quinns Armen aufgerichtet hatte und mit angelegten Ohren und gebleckten Zähnen die Tür anknurrte.

»Er wittert etwas«, sagte Thor. »Sehen Sie das denn nicht, Mann?«

»Es ist mir völlig egal, was dieses blöde Vieh wittert oder nicht«, antwortete der Soldat erregt. »Ich habe meine Befehle, und die lauten, dass niemand diese Tür öffnen darf.«

»Dann gehen Sie doch meinetwegen zu Lestrade und beschweren sich über uns«, antwortete Thor verärgert. »Ich sehe jetzt jedenfalls nach, was hier los ist.«

Er versuchte es tatsächlich, aber er hatte die Tür noch nicht einmal ganz durchschritten, da war der Soldat schon hinter ihm und riss ihn grob an der Schulter herum.

Thor schlug seinen Arm zur Seite und funkelte ihn an. »Rühren Sie mich noch einmal an!«, fauchte er. »Und …«

Er brach verwirrt ab. Für einen Augenblick erschreckte ihn seine Reaktion, dieser plötzliche, kaum zu beherrschende Jähzorn, den er überhaupt nicht an sich kannte. Mit mühsam beherrschter Stimme fuhr er fort: »Seien Sie doch vernünftig, Mann. Sie sehen doch selbst, dass hier etwas nicht stimmt. Ich kenne diese Hunde! Sie machen nicht grundlos so ein Theater.«

Der Soldat schien einen Moment irritiert. Verwirrt blickte er von Quinn zu dem Hund, dann zurück zu Thor und wieder zu dem weißen Husky, der sich mittlerweile so wild gebärdete, dass selbst Quinn alle Mühe zu haben schien, ihn zu halten. Schließlich nickte er widerstrebend.

»Also gut«, sagte er. »Meinetwegen. Aber halten Sie mir dieses Mistvieh vom Leib. Wenn er mir zu nahe kommt, schieße ich ihn über den Haufen.«

Thor antwortete vorsichtshalber nicht darauf, während Quinn dem Soldaten einen mordlüsternen Blick schenkte, Fenris aber fest am Halsband ergriff und neben sich her führte.

Die Nase dicht an den Boden pressend und heftig schnüffelnd, lief der Hund vor ihnen her und blieb schließlich vor einer der Frachtkabinen stehen. Er stieß ein leises Winseln aus und begann mit der Pfote an der Tür zu kratzen.

Thor wandte sich an den Soldaten. »Haben Sie einen Schlüssel?«

»Nein«, antwortete der Mann. »Nur Kapitän Lestrade selbst hat die Schlüssel und –«

»– und Browning, ich weiß«, unterbrach Thor ihn verärgert. Mit einem fragenden Blick wandte er sich an Doktor Rosenfeld. »Versuchen Sie Ihr Glück noch mal?«

Doktor Rosenfeld zögerte. »Ich weiß nicht, ob das gut ist.«

»Colonel Lestrade lässt Sie auf der Stelle einsperren, wenn

er das erfährt«, sagte der Posten. Er klang nervös. Und er sah ganz so aus, als bedauere er seinen Entschluss, Thor hier hereinzulassen, schon längst. »Und mich gleich dazu.«

»Er muss es ja nicht erfahren«, beruhigte ihn Thor. »Wenn wir nichts finden, erfährt er kein Wort. Das verspreche ich Ihnen. Und wenn, dann wird er Ihnen dankbar sein.«

Der Soldat wirkte nicht sehr überzeugt, widersprach aber nicht mehr, als Doktor Rosenfeld erneut ihre umfunktionierte Haarnadel nahm und sich damit an der Tür zu schaffen machte. Diesmal dauerte es länger, aber am Ende drang auch aus diesem Schloss ein helles Schnappen und Doktor Rosenfeld trat mit einer einladenden Handbewegung zurück.

Hinter der Tür herrschte Dunkel – aber es war nicht vollkommen. Für einen Moment sah Thor Licht – einen schmalen, wie mit dem Lineal gezogenen hellen Streifen, der im gleichen Augenblick, in dem er die Tür öffnete, schmolz und erlosch. Ein dumpfes Geräusch erklang; wie das Zuschlagen einer Tür, nur heftiger.

Fenris stieß ein drohendes Knurren aus und sträubte das Nackenfell und Thor tastete ganz automatisch in seiner Jackentasche nach Streichhölzern.

»Sind Sie wahnsinnig geworden?« Der Soldat ergriff seine Hand und schlug sie so grob zur Seite, dass das Streichholzbriefchen davonflog. Sein Gesicht hatte vor Schrecken jede Farbe verloren. »Wollen Sie uns in die Luft jagen?«

Thor blickte ihn eine Sekunde lang betroffen an, bevor er überhaupt begriff, was der Soldat meinte. »Oh«, murmelte er kleinlaut. »Entschuldigung.«

Der Soldat zog eine Taschenlampe unter seiner Jacke hervor und schaltete sie ein. Ein bleicher, zitternder Lichtstrahl fiel an Thor, Quinn und dem Hund vorbei ins Innere des Raums, als er die Lampe darauf richtete.

»Warten Sie«, sagte er. »Hier muss irgendwo Licht sein. Ich habe gesehen, wie sie Kabel verlegt haben.«

Er trat an Thor vorbei in den Laderaum, machte sich darin eine Zeit lang im Dunkeln zu schaffen – und dann glommen unter der Decke ein halbes Dutzend trüber Glühbirnen auf.

Und Thor hielt überrascht den Atem an, als er sah, was sich in dem Raum befand.

Der Großteil des vorhandenen Platzes wurde von einem sorgfältig zusammengeschweißten Metallgerüst eingenommen, in dem sich ein halbes Dutzend fast meterdicker und gut sechsmal so langer Metallzylinder befanden. Ihre vorderen Enden waren feuerrot angestrichen, während sich an den hinteren, schlanker zulaufenden Enden drei pfeilförmige, dreieckige Flossen befanden.

Mabel wollte etwas sagen, aber in diesem Moment hörten sie ein Geräusch: ein Geräusch, das ganz und gar nicht hierhergehörte. Es klang fast wie Schritte, aber es kam von *unten* – nur dass unter ihren Füßen der Rumpf der DRAGON war und sonst absolut nichts mehr.

Verwirrt blickte Thor sich um und erinnerte sich erst jetzt wieder an den haarfeinen Lichtstreifen, den er bemerkt zu haben glaubte. Und jetzt sah er auch, woher dieser gekommen war. In der Mitte des Raumes gab es eine gewaltige zweiteilige Klappe, die durch eine komplizierte Mechanik aus Zahnrädern, Stangen und Ketten offenbar geöffnet werden konnte …

Er gab Mabel mit einer Geste zu verstehen, dass sie zurückbleiben sollte, ging vorsichtig weiter – und stockte erschrocken mitten im Schritt, als der Boden unter ihm zu ächzen begann.

Die Klappe war nicht verriegelt. Wäre er mit seinem ganzen Körpergewicht daraufgetreten, wäre er vermutlich einfach in die Tiefe gestürzt …

Hastig ließ er sich auf die Knie sinken, dann beugte er sich behutsam vor und legte die gespreizten Finger der Rechten auf die Klappe. Es war genauso, wie er vermutet hatte: Die Klappe war geschlossen, aber nicht verriegelt. Er musste sich nicht einmal besonders anstrengen, um die eine Hälfte ganz hinunterzudrücken.

Eiskalter Wind schlug ihm ins Gesicht, und obwohl er sich mit beiden Knien auf sicherem Boden befand und sich noch dazu an der Kante festhielt, schwindelte ihm im ersten Moment. Unter ihm lag Meilen entfernt nichts als das Meer.

»Was … tun Sie da?«, fragte der Soldat nervös.

Thor antwortete nicht, sondern beugte sich weiter vor.

Und was er sah, überraschte ihn nicht einmal mehr – aber es ließ ihn trotzdem erstaunt die Augen aufreißen.

Jemand *war* hier gewesen. Jemand, den sie offensichtlich gestört und der in aller Hast geflohen war, auf einem Weg, der selbst Thor Garson einen eisigen Schauer über den Rücken laufen ließ: Unter der DRAGON, nur nachlässig an der Klappe und an ein paar durch den Rumpf getriebenen Drähten befestigt, baumelte eine Strickleiter. Der Eindringling musste sich wie ein Trapezkünstler daran entlanggehangelt haben …

»Verdammt, was ist los?«, fragte der Soldat hinter ihm.

Thor richtete sich auf und sah ihn an. »Jemand war hier«, sagte er. »Unmittelbar vor uns. Wir haben ihn nur knapp verpasst.«

»Quatsch!«, meinte der Soldat überzeugt. »Wie sollte er wohl hier hereingekommen sein?«

Thor machte eine einladende Handbewegung. »Sehen Sie selbst nach.«

Der Mann zögerte. Er wurde bleich und trat im ersten Moment einen Schritt zurück – aber dann schürzte er trotzig die Lippen, legte sein Gewehr auf den Boden und beugte sich durch die Klappe nach draußen.

Er war noch bleicher, als er sich nach ein paar Augenblicken wieder aufrichtete und Thor anstarrte. »Das ist … unglaublich«, murmelte er. »Ich sehe es, aber ich … ich glaube es einfach nicht.«

»Tun Sie es besser«, sagte Thor grimmig. »Und bis Sie sich dazu durchgerungen haben, gehen Sie vielleicht hinunter und holen Lestrade. Ich glaube, das hier dürfte ihn interessieren.«

Der Mann verließ den Frachtraum so schnell, dass es schon einer Flucht ähnelte. Thor und Quinn schlossen mit vereinten Kräften die Klappe im Boden wieder und diesmal überzeugte Thor sich davon, dass sie auch *wirklich* verriegelt war. Erst dann wagte er, aufzuatmen und sich wieder zu Doktor Rosenfeld herumzudrehen.

»Was … was, um Gottes willen, ist das?«, fragte sie verstört.

»Ich glaube«, sagte er, »das ist der Grund, warum niemand hier heraufdurfte. Der wirkliche Grund unserer Reise. Erinnern Sie sich noch, was Bates über die DRAGON erzählte? Dass sie ein Versuchsschiff gewesen sei? Ein Prototyp, der niemals in Serie gegangen ist?«

»Sicher«, erwiderte Doktor Rosenfeld. »Und?«

»Jetzt wissen Sie auch, warum«, sagte Thor. »Die DRAGON ist kein Forschungsschiff. Das ist sie niemals gewesen. Sie ist ein Bomber.« Er deutete anklagend mit der Hand auf die riesigen Zylinder in dem Metallgestell hinter ihnen. »Das da sind Torpedos!«

Es dauerte nur wenige Minuten, bis Lestrade kam. Und er war nicht allein: In seiner Begleitung befanden sich Doktor Browning, Morton und auch Bates. Und vier bewaffnete Soldaten, die wie durch Zufall einen perfekten Halbkreis um Thor, Doktor Rosenfeld und den Inuk bildeten.

Lestrade ließ Thor gar nicht erst zu Wort kommen, sondern brüllte sofort los: »Wer, zum Teufel, hat Ihnen erlaubt, in diesen Teil des Schiffes zu gehen?!«

»Niemand«, antwortete Thor, »aber –«

Lestrade hörte nicht zu, sondern fuhr mit einer wütenden Bewegung den Posten an, der vor Quinns Tür gestanden hatte: »Und Sie, Leutnant, machen sich auf ein Kriegsgerichtsverfahren gefasst! Sie hatten strengsten Befehl, niemanden hier hereinzulassen!«

»Das hat er auch nicht«, sagte Thor ruhig.

Im ersten Moment glaubte er fast, dass Lestrade auch jetzt nicht auf seine Worte reagieren würde, aber dann drehte sich der Colonel langsam um und funkelte ihn an. Sein Gesicht war nicht nur zornig, der Ausdruck darauf war beinahe hasserfüllt.

»Ich habe die Tür geöffnet«, stellte Thor fest. »Gegen seinen Willen übrigens.«

»Dann hätte er Sie daran hindern müssen!«

»Und wie?«, fragte Thor mit einem süffisanten Lächeln. »Sollte er Quinn, Doktor Rosenfeld und mich vielleicht erschießen?«

»Was, zum Teufel, hatten Sie überhaupt hier zu suchen?«, schnappte Lestrade.

»Gar nichts«, erwiderte Doktor Rosenfeld. »Wir wollten Mister Garsons Freund und den Hunden einen Besuch abstatten. Aber eines der Tiere ist entwischt und fing an, an der Tür zu kratzen und zu bellen.« Sie deutete auf Fenris, der sich neben Quinns Füßen niedergelassen hatte und Lestrade und die ihn begleitenden Soldaten misstrauisch musterte.

»Sie sollten froh sein, dass der Hund so wachsam war«, sagte Thor, bevor Lestrade abermals lospoltern konnte. »Jemand war hier drin. Und ohne das Tier hätten wir es niemals bemerkt.«

»Das ist völlig ausgeschlossen!«, behauptete Lestrade. »Es sei denn«, und damit wandte er sich wieder an den Wachsoldaten, der unter seinem Blick zusammenfuhr wie ein geprügelter Hund, »Sie sind nicht die Einzigen, die diese Schlafmütze da vorbeigelassen hat.«

»Der Mann hat sich nichts zuschulden kommen lassen«, beharrte Thor. Der Posten warf ihm einen raschen dankbaren Blick zu, der Lestrade übrigens keineswegs entging, und Thor beeilte sich zu erklären, auf welchem Wege der unbekannte Eindringling in den Torpedoraum hinein- und auch wieder herausgekommen war. Lestrade hörte ihm schweigend zu, aber der Ausdruck, der sich dabei auf seinem Gesicht ausbreitete, machte sehr deutlich, was er von Thors Ausführungen hielt.

»Das ist ausgeschlossen!«, behauptete er, als Thor zu Ende berichtet hatte. »Was Sie da erzählen, ist völlig unmöglich.«

»Vielleicht aber auch nicht«, mischte Browning sich ein. Lestrade warf ihm einen wütenden Blick zu, aber der Regierungsbeauftragte fuhr unbeirrt fort: »Ein wirklich geschickter Mann könnte es schaffen. Voraussetzung wäre allerdings, dass er Nerven wie Drahtseile hat.«

»Ja«, grollte Lestrade. »Oder fliegen kann!«

»Was ist los mit Ihnen, Colonel?«, fragte Thor. »Haben Sie Angst davor, zuzugeben, dass sich ein Verräter an Bord befindet? Oder wollen Sie nur nicht eingestehen, dass Sie sich geirrt haben, was die beiden Deutschen angeht?«

»Wie meinen Sie das?«, zischte Lestrade.

Thor lächelte abfällig. »Nun, die Majore von Ludolf und Loben sitzen ja wohl offensichtlich immer noch in ihrer Kabine. Sie können es kaum gewesen sein.«

»Und für meine Mannschaft lege ich die Hand ins Feuer«, sagte Lestrade wütend. »Für jeden einzelnen Mann.«

»Tja, dann bleibt ja nur noch eine Möglichkeit übrig«,

grinste Thor spöttisch. »Dann muss es wohl einer von uns gewesen sein. Oder wir haben einen blinden Passagier an Bord.«

»Was bedeutet das alles hier überhaupt?«, fragte Doktor Rosenfeld, ehe Lestrade antworten und damit wahrscheinlich vollends einen Streit vom Zaun brechen konnte.

Lestrades Kopf ruckte mit einer zornigen Bewegung herum. Seine Augen blitzten, als er die dunkelhaarige Neurologin anstarrte. »Das geht Sie überhaupt nichts an!«

»Ich glaube doch, dass uns das etwas angeht«, meinte Thor. »Wissen Sie«, er deutete auf Browning, »Doktor Browning und Kapitän Morton haben mich überredet, an einer *wissenschaftlichen Mission* teilzunehmen. Wenn ich jetzt an Bord plötzlich genügend Waffen finde, um einen Zweiten Weltkrieg damit zu beginnen, dann fange ich schon an, mir die eine oder andere Frage zu stellen.«

Lestrade starrte ihn an und schwieg verbissen.

Thor wandte sich an Browning. »Also? Und kommen Sie mir nicht wieder mit irgendwelchen Ausflüchten, wie Fragen der Landessicherheit, oder geheimnisvollen Andeutungen. Ich will jetzt endlich die Wahrheit wissen. Was hat das alles hier zu bedeuten?«

Browning druckste einen Moment herum, dann warf er einen beinahe Verzeihung heischenden Blick in Lestrades Richtung und seufzte: »Also gut, ich denke, Sie haben ein Recht, es zu erfahren. Aber nicht hier. Ich schlage vor, wir gehen hinunter und verlegen die Unterredung in Colonel Lestrades Kabine. Das ist vielleicht der einzige Raum an Bord, wo wir wirklich ungestört sind.«

Lestrades Blick verdüsterte sich noch weiter, aber er widersprach nicht mehr, sondern wandte sich mit einer ruckartigen Bewegung um, ging zum Ausgang – und blieb plötzlich wie angewurzelt stehen.

Und auch Thor und die anderen sahen alarmiert auf.

Ohne dass es einer von ihnen bisher bemerkt hätte, hatte Fenris sich von seinem Platz neben Quinns Füßen erhoben und war zu einem der Torpedoregale gelaufen. Jetzt zerrte er, knurrend und heftig mit den Vorderläufen scharrend, an einem Stück Zeltplane, das scheinbar achtlos darunter liegen gelassen worden war. Unter der Plane kam ein schwarzes, schweres Metallkästchen zum Vorschein, auf dessen Vorderseite eine Anzahl roter und grüner Lichter glommen und auf dem sich eine in zahlreiche Segmente unterteilte Skala befand. Ein daumendickes Kabel ringelte sich aus dem Kästchen hervor und verschwand in einem Loch, das in den Boden gebohrt worden war.

»Was ist das?«, fragte Browning alarmiert. Lestrade antwortete nicht, sondern machte nur eine abwehrende Bewegung mit der Hand, streckte den anderen Arm aus und versuchte den Hund zurückzuziehen. Fenris knurrte drohend und zeigte ihm die Zähne, bis Quinn den Husky am Halsband fortzerrte.

Lestrade zog die Plane jetzt ganz herunter und nun erkannte jeder von ihnen, was der Hund da gefunden hatte. Bates stieß einen halblauten anerkennenden Pfiff durch die Zähne aus und der Ausdruck auf Brownings Gesicht verwandelte sich von Betroffenheit in pures Erschrecken.

Thor sagte: »Vielleicht glauben Sie mir jetzt, Colonel. Oder denken Sie immer noch, das Ding da wäre von einem Hirngespinst aufgestellt worden?«

Lestrade antwortete nicht. Dafür ließ sich jetzt auch Doktor Rosenfeld neben Thor und dem Colonel niedersinken und blickte abwechselnd sie und das blinkende Kästchen unter dem Regal an. »Was ist das?«, fragte sie.

»Ein Funkgerät«, antwortete Thor Garson düster. »Aber eine ganz besondere Art von Funkgerät. Ein Peilsender, um genau zu sein.«

Eine halbe Stunde später versammelten sie sich alle in Lestrades Privatkabine. Die Kajüte war zwar größer als jede andere an Bord der DRAGON, aber sie war dennoch klein und mit sieben Personen eindeutig überfüllt.

Lestrade hatte trotz Thors ausdrücklicher Forderung die beiden deutschen Offiziere bisher nicht freigelassen; aber immerhin war es Thor gelungen, dass auch Quinn und Doktor Rosenfeld an der Unterredung teilnehmen durften. Bedachte er den Ruf, der Colonel Lestrade vorauseilte, dann war das im Grunde schon mehr, als er eigentlich hätte erwarten dürfen.

Doch auch an Lestrade war die unheimliche Spannung nicht spurlos vorübergegangen. Auch er wirkte nervös, auch er wirkte fahrig und aufgelöst und auch er hatte den größten Teil seiner Ruhe und Selbstsicherheit eingebüßt. Wozu allerdings in nicht unerheblichem Maß der Peilsender beigetragen hatte – und der mittlerweile unzweifelhafte Umstand, dass es außer von Ludolf und Loben noch mindestens einen weiteren Spion an Bord gab.

»Also«, begann Thor, als Lestrade auch nach weiteren Minuten keinerlei Anstalten machte, das Gespräch von sich aus zu eröffnen, »ich denke, dass die Zeit für Ihre Geheimniskrämerei endgültig vorbei ist, Colonel. Wir erwarten eine Erklärung.«

Lestrades Blick irrte unsicher zwischen ihm, Doktor Rosenfeld, Quinn und Browning hin und her. Er sagte nichts, aber sein Gesichtsausdruck machte sehr deutlich, was er von der Anwesenheit der Zivilisten in diesem Raum hielt.

»Bitte, Colonel«, forderte Browning. »Mister Garson hat recht. Wir sollten ihm und den anderen sagen, warum wir wirklich hier sind.«

»Das gefällt mir nicht«, sagte Lestrade. Er deutete auf Rosenfeld und Quinn. »Diese beiden da sind Zivilisten, und –«

»– und das hier ist ganz eindeutig ein Kriegsschiff«, unterbrach Thor ihn in scharfem Tonfall. »Ich weiß. Aber niemand hat uns gesagt, dass es das ist. Hätte man es getan, wären wir nicht hier.« Er sah Beifall heischend in die Runde und erntete Kopfnicken, zu seiner Überraschung nicht nur von Quinn, Doktor Rosenfeld und Morton, sondern auch von Bates. »Dieses Schiff ist vollgestopft mit Waffen. Und wir verlangen jetzt endlich zu wissen, warum.«

»Es könnte sein, dass wir …«, Lestrade zögerte und sah unsicher, beinahe flehend in Brownings Richtung, der seinem Blick jedoch auswich, »… dass wir uns wehren müssen«, sagte er schließlich.

»Quatsch!«, meinte Doktor Rosenfeld nachdrücklich. »Gegen wen? Soweit ich weiß, befinden sich die USA im Moment mit keinem Land im Kriegszustand. Ich habe allein in diesem Raum acht Torpedos gezählt und ich verstehe zwar nichts davon, aber ich gehe jede Wette ein, dass jeder einzelne groß genug ist, einen Schlachtkreuzer zu versenken. Und ich gehe ebenfalls jede Wette ein, dass die übrigen Laderäume, die Sie so sorgsam vor uns abgeschlossen haben, Colonel, bis unters Dach mit Waffen vollgestopft sind.«

Lestrades Blick bewies, dass sie mit ihrer Vermutung der Wahrheit ziemlich nahegekommen war. Aber er schwieg weiter. Und schließlich war nicht er es, sondern Browning, der das Schweigen beendete. »Sie haben recht, Doktor Rosenfeld«, sagte er. »In den Laderäumen befinden sich Waffen.«

Er hob rasch und begütigend die Hand, als Doktor Rosenfeld auffahren wollte, und fuhr fort: »Und auch Sie haben recht, Mister Garson. Die DRAGON ist kein Forschungs-, sondern ein Kriegsschiff. Vielleicht das einzige Luftschiff, das jemals zu Kriegszwecken gebaut wurde, aber mit Sicherheit das beste.«

Thor dachte an das Gespräch, das er in der kleinen Jacht auf dem Hudson geführt hatte, und schluckte die wütende Antwort hinunter, die ihm auf der Zunge lag. So ruhig wie möglich sagte er: »Und wir sind auch nicht nur unterwegs, um das Schicksal von Professor van Heslings Begleitern aufzuklären.«

Browning nickte bekümmert. »Nicht *nur*«, gestand er. »Wenn ich ehrlich sein soll – dies ist nicht einmal der Hauptgrund unserer Reise.«

»Und welcher ist es dann?«, fragte Thor. »Und welche Rolle spielen *wir* überhaupt dabei?« Er deutete auf Mabel Rosenfeld, Quinn und sich.

Jetzt war es Lestrade, der einen Augenblick herumdruckste. »Es ist ... nicht so einfach zu erklären«, sagte er schließlich. »Aber ich werde es versuchen. Sie alle, auch Sie, Doktor Rosenfeld, und ich denke, selbst Sie, Mister Quinn, kennen die derzeitige politische Lage. Europa ist zu einem Pulverfass geworden und im Moment ist der mächtigste Mann dort leider ein Verrückter, der gern mit Streichhölzern spielt. Sie erinnern sich, was der ...«, er korrigierte sich hastig, »... was unser Auftraggeber Ihnen vor Beginn dieser Reise gesagt hat? Uns liegen sehr sichere Hinweise vor, dass Hitler-Deutschland einen Überfall auf eines seiner Nachbarländer plant. Und höchstwahrscheinlich wird es nicht dabei bleiben. Ich will Ihnen nichts vormachen: Die Vereinigten Staaten von Amerika rechnen ernsthaft damit, dass noch in diesem Jahr ein Krieg in Europa ausbrechen wird.«

Thor zuckte zusammen und ballte die Hände zu Fäusten, sagte aber nichts.

»Und was hat das alles mit uns zu tun?«, fragte Doktor Rosenfeld.

»Ich fürchte, eine ganze Menge«, meinte Browning bedrückt. »Sehen Sie, Doktor Rosenfeld, nachdem wir Professor van Hesling gefunden hatten, fragten wir uns natürlich, was das Schiff in diesem Teil des Ozeans zu suchen hatte. Wir stellten gewisse Nachforschungen an, und was wir herausfanden, war mehr als nur beunruhigend. Dieses Schiff war ganz gewiss nicht unterwegs, um das Klima im Polarmeer zu erforschen.«

»Hören Sie endlich auf, wie die Katze um den heißen Brei herumzuschleichen«, sagte Thor. »Was haben Sie herausgefunden?«

»Die Deutschen bauen eine Raketenbasis im Polarmeer«, stieß Lestrade hervor.

Sekundenlang herrschte fassungslose Stille in der kleinen Kabine. Nicht bloß Thor sah den Colonel ungläubig an. Nur Browning wirkte weder überrascht noch erschrocken, aber noch niedergeschlagener als bisher. Als Thor den Kopf drehte und ihn fragend ansah, nickte er.

»Ich fürchte, Colonel Lestrade hat nur zu recht«, sagte er. »Alles deutet darauf hin. Die Besatzung des Schiffes, die Güter, die es an Bord hatte, sein Kurs, gewisse … Transporte, die im Lauf des vergangenen Jahres Cuxhaven und Hamburg verlassen haben, ohne dass wir uns bisher einen Reim darauf machen konnten.« Er breitete in einer hilflosen Geste die Hände aus. »Wir wissen aus zuverlässiger Quelle, dass die Deutschen schon seit geraumer Zeit an der Entwicklung ferngelenkter Raketengeschosse arbeiten, die auch über große Entfernungen hinweg Städte oder Hafenanlagen zerstören können. Es gibt da eine kleine Gruppe äußerst fähiger Wissenschaftler um einen gewissen Doktor Wernher von Braun, die uns auf diesem Gebiet um Längen voraus ist.«

»Aber warum sollten sie diese Basis ausgerechnet im Polarmeer bauen?«, fragte Thor ungläubig.

Browning seufzte. »Nun, dafür gibt es mehrere Gründe. Zum einen ist dieses Seegebiet auch für moderne Schiffe kaum zu erreichen. Das ist ideal, um das Unternehmen geheim zu halten. Selbst wenn wir es wollten, würde es uns verdammt schwerfallen, einen Spion dort einzuschleusen. Und zum anderen ...« Diesmal zögerte er länger, und nicht nur Thor spürte, wie schwer es ihm fiel weiterzusprechen. »Wenn es in Europa zum Krieg kommt«, sagte er schließlich, »dann ist es beinahe unvermeidlich, dass über kurz oder lang auch die Vereinigten Staaten mit hineingezogen werden.«

»Wieso?«, fragten Doktor Rosenfeld und Bates wie aus einem Mund.

»Glauben Sie wirklich, dass die Vereinigten Staaten von Amerika tatenlos zusehen werden, wie sich ein Wahnsinniger die halbe Welt unter den Nagel reißt?«, fragte Lestrade an Brownings Stelle.

Thor nickte zögernd. »Ich glaube, ich verstehe. Sie fürchten, diese Basis und die Raketen, die darauf gebaut und stationiert werden, könnten die Vereinigten Staaten direkt bedrohen.«

»Das ist ... ungeheuerlich!«, empörte sich Doktor Rosenfeld.

Browning nickte zustimmend, bis er begriff, dass ihre Worte einen völlig anderen Sinn hatten, als er annahm.

»Das werden Sie bereuen!«, versprach Doktor Rosenfeld aufgebracht. »Sie haben Mister Garson, mich und einen todkranken Mann auf diese Reise mitgenommen, obwohl Sie ganz genau wussten, dass sie nur ein Vorwand für einen ...«, sie suchte krampfhaft nach Worten und fand keine, »... einen ... einen Privatkrieg ist«, stieß sie schließlich hervor.

»Jetzt tun Sie mir unrecht, Doktor Rosenfeld«, sagte Browning ruhig. »Alles, was wir Ihnen über Odinsland und das, was Morton darauf gefunden hat, erzählt haben, entspricht der Wahrheit. Es gibt diesen Berg und es gibt auch dieses Wikingerschiff. Die Fotos sind echt, darauf gebe ich Ihnen mein Ehrenwort.«

»Aber sie sind nicht der Grund, weswegen wir hier sind«, erwiderte Doktor Rosenfeld aufgebracht.

»Doch«, widersprach Browning. »Wir suchen wirklich Odinsland. Und wir werden Mister Garson, seinen Begleiter und ein Forscherteam unter der Leitung der beiden dänischen Wissenschaftler dort absetzen.«

»Und natürlich auch die beiden deutschen Offiziere«, vermutete Thor.

Browning lächelte flüchtig. »Natürlich«, sagte er.

»Und die DRAGON?«, fragte Thor.

»Wir fliegen weiter«, antwortete Lestrade. »Es ist nicht einmal eine Tagesreise von hier bis zu dem Punkt, an dem sich die Raketenbasis vermutlich befindet. Wir sind in achtundvierzig Stunden zurück.«

»Oder überhaupt nicht.«

Lestrade machte eine abfällige Handbewegung. »Jetzt überschätzen Sie die Deutschen, Mister Garson«, sagte er. »Angesichts Ihrer Herkunft mag das verständlich sein, aber glauben Sie mir, Sie haben nur einen Bruchteil von dem gesehen, was sich wirklich an Bord der DRAGON befindet. Wenn wir wollten, könnten wir es mit einer ganzen Flotte aufnehmen. Und wir haben den Vorteil der Überraschung auf unserer Seite. Sie ahnen nicht einmal, dass wir kommen.«

Doktor Rosenfelds Augen wurden schmal, als sie den Colonel ansah. »Einen Moment«, rief sie. »Ich verstehe Sie doch richtig? Sie haben vor, diese Basis zu suchen und zu zerstören?«

Lestrade blickte sie kühl an und nickte.

»Das wäre ein kriegerischer Akt«, gab Thor zu bedenken.

»Das kommt auf die Auslegung an«, meinte Lestrade.

»Wenn es diese Basis wirklich gibt und wenn die Deutschen dort tun, was wir vermuten, dann stellt ihre bloße Existenz schon fast eine Kriegserklärung dar. Und außerdem würde sich Hitler niemals die Blöße geben, ihre Existenz einzugestehen. Offiziell gibt es diese Basis nicht. Er kann sich schlecht in der Öffentlichkeit darüber beschweren, dass wir etwas zerstören, dessen Existenz er unter Eid leugnet.«

»*Falls* Sie sie zerstören«, sagte Thor. Diesmal gelang es Lestrade nicht mehr ganz, seinen Ärger zu verhehlen, aber Thor fuhr ungerührt fort. »Haben Sie sich schon einmal Gedanken darüber gemacht, mein lieber Colonel, was aus uns und den Männern wird, die uns begleiten? Ich meine für den Fall, dass Sie nicht zurückkommen.«

»Wir werden zurückkommen«, widersprach Lestrade überzeugt. Und er tat es in einem Ton, der Thor einsehen ließ, wie sinnlos jedes weitere Wort in dieser Richtung war.

»Da mache ich nicht mit!«, rief Doktor Rosenfeld. »Ich verlange, dass Sie auf der Stelle den Kurs ändern und Mister Garson und mich an Land absetzen.«

Lestrade gab sich nicht einmal die Mühe zu antworten. Und Browning schüttelte nur den Kopf. »So leid es mir tut, Doktor Rosenfeld«, sagte er, »aber es geht nicht. Nicht nach dem, was wir dort oben gefunden haben.«

»Ich denke nicht daran, an Bord eines Luftschiffs zu bleiben, das unterwegs ist, um zahllose unschuldige Menschen umzubringen«, empörte sich Doktor Rosenfeld.

»Ich akzeptiere und achte diese Einstellung, Doktor Rosenfeld«, antwortete Browning traurig. »Trotzdem: Wir können den Kurs nicht ändern. Nachdem wir dieses Funkgerät gefunden haben, müssen wir davon ausgehen, dass unser Unternehmen verraten wurde.«

»Dann ist es doch sowieso sinnlos geworden«, sagte Doktor Rosenfeld.

»Ganz im Gegenteil, Doktor Rosenfeld«, erwiderte Browning. »Dieser Peilsender war vielleicht der letzte Beweis, den wir noch brauchten. Warum sollten sich die Deutschen – oder irgendwer sonst – die Mühe machen, einen Spion bei uns einzuschleusen und unseren Kurs mittels eines Funkgerätes zu verfolgen, wenn es dort oben nichts gibt, was wir entdecken könnten?«

»Aber sie sind jetzt gewarnt«, wandte Thor ein. »Wenn es diese Basis wirklich gibt, werden sie Ihnen einen heißen Empfang bereiten.«

Lestrade lachte abfällig. »Gewarnt oder nicht – sie haben einfach keine Zeit, sich auf uns vorzubereiten«, sagte er. »Sehen Sie, Mister Garson, die DRAGON ist das einzige Fahrzeug auf der weiten Welt, das die Basis innerhalb von vierundzwanzig Stunden erreichen kann. Selbst wenn die Deutschen gewarnt wurden und Hilfe angefordert haben, können sie auf keinen Fall früh genug da sein. Aber das ändert sich, wenn wir jetzt beidrehen und einen Umweg von zwei oder drei Tagen in Kauf nehmen.« Er schüttelte entschlossen den Kopf und machte eine Handbewegung. »Es bleibt dabei – wir setzen Sie und jeden, der dies wünscht, auf diesem Eisberg ab, falls wir ihn finden, und fliegen dann weiter.«

»Das heißt, Sie überlassen uns unserem Schicksal?«, fragte Doktor Rosenfeld fassungslos. »Wenn Ihnen und dem Schiff etwas zustößt, dann sind auch wir verloren.«

»Keineswegs«, antwortete Browning. »Wir werden Sie mit genügend Lebensmitteln und allem Nötigen ausstatten, um zur Not Monate dort durchzustehen. Aber so lange werden Sie nicht warten müssen. Zeitgleich mit der DRAGON sind zwei Polarschiffe der US-Navy ausgelaufen. Zu Ihrer Ausrüstung gehört selbstverständlich auch ein Funkgerät. Sollte die DRAGON nicht innerhalb der verabredeten Frist zurückkehren, dann können Sie einen Hilferuf absetzen. Sie werden dann innerhalb von drei oder vier Tagen abgeholt.«

Doktor Rosenfeld wollte abermals wütend widersprechen, aber in diesem Moment wurde die Tür zu Lestrades Kabine aufgerissen und ein völlig aufgelöster Matrose stürmte herein. Lestrade fuhr herum und schnauzte den Mann an: »Was fällt Ihnen ein? Ich hatte gesagt, dass –«

»Der Berg, Sir!«, unterbrach ihn der Soldat. Er musste gerannt sein, denn sein Atem ging schnell, er hatte Mühe, überhaupt zu sprechen. »Wir haben den Eisberg gefunden!«

Aus einer Höhe von fünf- oder sechstausend Fuß und einer Entfernung von vielleicht noch fünfzehn Meilen betrachtet wirkte Odinsland weder gigantisch noch in irgendeiner Weise beeindruckend. Aber es war ganz zweifellos der Eisberg, den sie auf den Fotos gesehen hatten: Die Perspektive war nicht dieselbe und auf dem Schwarz-Weiß-Foto, das noch dazu gegen die Sonne aufgenommen worden war, hatte er viel bedrohlicher und düsterer gewirkt. Trotzdem gab es keinen Zweifel daran, dass der treibende weiße Punkt tief unter ihnen die gesuchte Eisinsel war. Die Form stimmte und Thor musste nur in Mortons Gesicht blicken, um auch noch den allerletzten Zweifel auszuräumen. Der Kapitän der POSEIDON war bleich vor Schreck. Seine Hände zitterten ganz leicht und er hatte die Unterlippe zwischen die Zähne gezogen und kaute darauf herum, ohne es überhaupt zu bemerken. Seine Augen waren groß und blickten beinahe glasig. Wenn Thor jemals einen von Angst gezeichneten Menschen gesehen hatte, dann war es Morton in diesem Moment.

»Das gefällt mir nicht«, murmelte Lestrade neben ihm.

»Was?« Thor sah verwundert auf. »Wir haben ihn doch schneller gefunden, als Sie erwartet haben, oder? Und ich denke, dass er groß genug ist, um bequem daran anlegen zu können.«

Lestrade schüttelte den Kopf, hob die Hand und deutete nach Norden, aber nicht genau auf den Berg, sondern auf den Horizont, genauer gesagt: einen Punkt ungefähr eine Handbreit darüber. »Ich meine nicht diese verdammte Eisscholle, sondern *das da.*«

Thors Blick folgte seiner Geste und Thor war auch nicht der Einzige, der leicht zusammenfuhr, als er begriff, was es war, das Colonel Lestrade solche Sorgen bereitete: Im Norden, vielleicht hundert, vielleicht aber auch nur noch zwanzig oder dreißig Meilen entfernt, ballten sich schwarze, riesige Wolken zu einer dunklen Front. Dann und wann glaubte Thor Garson im Inneren dieser gewaltigen Masse etwas aufblitzen zu sehen; vielleicht einen Blitz, vielleicht auch nur das Schimmern von Milliarden und Abermilliarden winziger Eiskristalle, die in den Wolken darauf warteten, über das Schiff herzufallen und es zu Staub zu zermahlen.

»Wo kommt dieser Sturm auf einmal her?«, wunderte sich Browning. »Wir hatten herrliches Wetter während der letzten drei Tage.«

»Das bedeutet in dieser Meeresgegend überhaupt nichts«, knurrte Lestrade. »Hier zieht ein Sturm schneller auf, als Sie Ihren Namen buchstabieren können.«

»Es ist genau dasselbe«, flüsterte Morton.

»Was ist dasselbe?« Thor tauschte einen alarmierten Blick mit Doktor Rosenfeld, ehe er sich zu Morton umwandte.

Der Kapitän der POSEIDON sah ihn nicht an, sondern starrte weiter auf die schwarze Wolkenformation im Norden. »Das Wetter war völlig ruhig«, flüsterte er. »Bis wir uns dem Berg näherten. Ein … ein Sturm zog auf. Und die Besatzung wurde immer nervöser.« Plötzlich fuhr er herum und wandte sich mit schriller, erregter Stimme an Lestrade.

»Drehen Sie bei, Colonel«, rief er aufgeregt. »Ich beschwöre Sie! Sie … Sie dürfen nicht näher herangehen. Wir werden alle sterben!«

Lestrade musterte ihn mit einer Mischung aus Verwirrung und Herablassung. »Sie sind ja verrückt«, sagte er.

Morton schüttelte fast hysterisch den Kopf. »Wir werden alle umkommen!«, behauptete er. »Drehen Sie bei, Lestrade! Vielleicht ist es noch nicht zu spät!«

Er streckte die Arme aus, wie um Lestrade bei seinen Rockaufschlägen zu packen, aber der Colonel schlug die Hände mit einer zornigen Bewegung beiseite und schrie ihn an: »Sie sind ja wahnsinnig, Mann! Verlassen Sie das Ruderhaus, auf der Stelle!«

»Aber begreifen Sie denn nicht?!« Mortons Stimme war jetzt schrill, drohte sich zu überschlagen. *»Es ist dieser Berg! Er ist verflucht! Ich weiß es!«*

Lestrades Gesicht begann sich vor Zorn zu verdunkeln und Doktor Rosenfeld trat hastig zwischen ihn und Morton, bevor die Situation vollends entgleisen konnte. »Bitte, Kapitän Morton«, sagte sie beschwörend. »Beruhigen Sie sich.«

Aber Morton beruhigte sich nicht; ganz im Gegenteil – er begann immer heftiger zu zittern, starrte abwechselnd Lestrade, den Eisberg und die Wolkenfront an und rang krampfhaft, aber vergebens nach Worten.

»Bringen Sie den Kerl raus!«, verlangte Lestrade. »Ehe ich ihn in Ketten legen lasse.«

Doktor Rosenfeld wollte auffahren, aber Thor begriff, wie sinnlos jedes weitere Wort war. Rasch trat er hinter den Kapitän, legte ihm die Hand auf die Schultern und führte ihn mit sanfter Gewalt zur Treppe. Einen Moment lang versuchte Morton sich zu sträuben, aber Thor verstärkte den Druck seiner Hand und dann konnte er fast spüren, wie alle

Kraft aus Mortons Körper wich. Die Schultern des Kapitäns sanken nach vorne und der Ausdruck von Erregung auf seinem Gesicht machte dem einer dumpfen, mit Entsetzen gepaarten Resignation Platz. Er versuchte nicht mehr sich zu wehren, als Thor ihn die Treppe hinauf und aus der Steuerkabine lenkte. Doktor Rosenfeld folgte ihnen, während die anderen bei Lestrade zurückblieben.

Oben wollte Morton stehen bleiben, aber Thor schüttelte nur den Kopf und schob ihn weiter und auch diesmal ließ der Kapitän es widerspruchslos geschehen. Erst als sie den Aufenthaltsraum durchquert hatten und in seiner Kabine angelangt waren, brach er das Schweigen.

»Sie müssen mit ihnen reden, Mister Garson!«, sagte er. Seine Stimme zitterte. Er war halb wahnsinnig vor Angst. »Bitte«, wiederholte er noch einmal. »Ich weiß, dass sie auf Sie hören. Sie dürfen nicht auf diesem Berg landen.«

Thor drückte ihn mit sanfter Gewalt auf seine Liege hinab und sah Doktor Rosenfeld an. Sie schwieg, aber ihr Blick antwortete auf die unausgesprochene Frage und dann griff sie in die Jackentasche und zog eine kleine Glasflasche hervor, aus der sie zwei winzige runde Tabletten auf ihre Handfläche schüttete. »Hier«, sagte sie, während sie Morton die Hand entgegenstreckte. »Nehmen Sie das. Das wird Sie beruhigen.«

Morton starrte die Tabletten an, ohne einen Finger zu rühren. Dann flog sein Kopf mit einem Ruck in den Nacken. »Sie halten mich für verrückt, wie?«, fragte er. »Aber das bin ich nicht!«

Doktor Rosenfeld schüttelte den Kopf und lächelte milde. »Keineswegs, Kapitän«, antwortete sie. »Das ist nur ein leichtes Beruhigungsmittel. Sie sind erregt.«

»Aus gutem Grund!«, erwiderte Morton. »Ich weiß, dass Sie mich für verrückt halten. Es klingt ja auch verrückt, ich gebe es zu. Aber es ist so. Keiner von uns wird lebend davonkommen, wenn wir auf diesem verdammten Eisklotz landen!«

Dann griff er nach kurzem Zögern doch nach den beiden Tabletten und schluckte sie.

»Sie glauben also, dass es gefährlich sein könnte, wenn wir auf Odinsland landen?«, fragte Thor.

Morton antwortete nicht, aber das war auch nicht nötig. Thor spürte einfach, dass er recht hatte. Irgendetwas … schien von diesem Eisberg auszugehen. Etwas, das so stark war, dass er es trotz der enormen Entfernung, die sie noch davon trennte, dort unten im Steuerhaus gefühlt hatte. Irgendetwas geschah mit ihm, mit ihnen allen. Er war von allen hier an Bord vielleicht derjenige, der am allerbesten wusste, dass es Dinge auf der Welt gab, die mit Logik und dem normalen Menschenverstand nicht zu erklären waren, aber das hier war … etwas völlig anderes. Es war, als begännen sie alle sich zu verändern, auf eine ungute, unheimliche Art. Er dachte an die sonderbaren Gedanken und Empfindungen, die der Anblick des aufziehenden Unwetters in ihm ausgelöst hatte. Gedanken, die irgendwie … nicht seine eigenen zu sein schienen. Er schüttelte die Vorstellung ab.

»Es ist genau wie auf der POSEIDON«, murmelte Morton leise. »Es fängt wieder an.«

»Ich fürchte, das ist ein bisschen zu wenig, um Colonel Lestrade zu überzeugen«, meinte Thor.

Morton blickte ihn an. »Ich weiß«, sagte er. »Aber es ist so. Wir … wir werden alle umkommen.«

»Ich werde noch einmal mit Lestrade sprechen«, versprach Thor. »Ich glaube nicht, dass er auf mich hören wird, aber ich will es wenigstens versuchen.«

Morton nickte dankbar und Thor und Doktor Rosenfeld verließen die Kabine.

»Was glauben Sie?«, fragte Thor. »Ist er einfach durchgedreht oder – «

»Der Mann hat Angst«, antwortete Doktor Rosenfeld überzeugt. »Er ist fast verrückt vor Angst.«

»Das habe ich auch gemerkt«, sagte Thor ungehalten. »Ich frage mich nur, ob er Grund dazu hat.«

»Es gibt keine grundlose Angst«, erwiderte Doktor Rosenfeld. »Es spielt keine Rolle, ob die Gefahr eingebildet oder echt ist, vor der wir Angst haben, verstehen Sie?« Sie hob die Hand und tippte sich mit Zeige- und Mittelfinger gegen die Stirn. »Es passiert alles hier oben.«

»Eine wirklich erschöpfende Auskunft«, sagte Thor enttäuscht.

»Sie wollten meine Meinung als Wissenschaftlerin, oder?«, entgegnete Doktor Rosenfeld spitz. Dann wurde sie übergangslos sehr ernst. »Wenn Sie allerdings an meiner privaten Meinung interessiert sind …«

»Das bin ich in der Tat«, erwiderte Thor.

Doktor Rosenfeld druckste einen Moment herum. »Ich weiß nicht, wie ich es ausdrücken soll«, begann sie umständlich. »Aber ich …«

»Ja?«

»Ich fühle mich auch … seltsam«, gestand sie nach einem erneuten Zögern. »Irgendetwas an diesem Berg macht mir Angst.«

Und Thor Garson ging es ebenso. Es war, als hätte es erst Doktor Rosenfelds Worte bedurft, damit er es sich selbst eingestand, aber gefühlt hatte er es die ganze Zeit über: Diese gigantische schwimmende Eisinsel machte auch ihm Angst. Ganz entsetzliche Angst sogar.

Hastiger, als ihm lieb war, wandte er sich um und deutete zum Bug der DRAGON. »Kommen Sie, Doktor Rosenfeld«, sagte er. »Sehen wir nach, ob er recht hat.«

Als sie den Aufenthaltsraum durchquerten, begegneten sie den beiden deutschen Offizieren. Von Ludolf und Loben standen an einem der Aussichtsfenster und unterhielten sich mit Erikson, der gebannt auf den winzigen weißen Fleck im Meer hinabblickte. Als er das Geräusch der Tür hörte, sah von Ludolf kurz auf, entschuldigte sich mit einer Geste bei Erikson und kam auf Thor und Doktor Rosenfeld zu.

»Mister Garson?«, begann er. Thor blieb stehen und musterte den Deutschen neugierig.

»Ich möchte mich bei Ihnen bedanken, Mister Garson«, sagte von Ludolf.

»Bedanken?«

Von Ludolf nickte. »Ich habe erfahren, dass Sie sich in den letzten Tagen mehrmals für unsere Freilassung eingesetzt haben. Ich danke Ihnen dafür.«

»Dazu besteht kein Grund«, antwortete Thor – unfreundlicher, als er eigentlich wollte. »Ich habe es nicht aus Sympathie getan oder weil Sie zufällig diese Uniform tragen. Ich war nur nicht ganz so von Ihrer Schuld überzeugt wie Colonel Lestrade.«

Jeder andere hätte verärgert auf solche Worte reagiert, aber in von Ludolfs Gesicht zeigte sich nicht die mindeste Regung. »Das weiß ich«, sagte er. »Und darum danke ich Ihnen umso mehr. Jemand, der seinen Feind verteidigt, wenn er von dessen Unschuld überzeugt ist, muss schon ein Mann von Ehre sein.«

»Ich wusste gar nicht, dass wir Feinde sind«, erwiderte Thor scharf.

»Das sind wir auch nicht, Mister Garson«, entgegnete von Ludolf. »Und wer weiß, vielleicht werden wir sogar noch Freunde.«

»Ganz bestimmt nicht«, meinte Thor unfreundlich, maß

den deutschen Wehrmachtsoffizier mit einem eisigen Blick und ging weiter.

»Warum waren Sie so abweisend zu ihm?«, fragte Doktor Rosenfeld, als sie außer Hörweite waren.

»War ich das?«, erwiderte Thor. Dabei wusste er die Antwort genau. Er war nicht nur abweisend, er war *feindselig* gewesen. Der Major hatte völlig recht: Thor war von Anfang an ganz und gar nicht von seiner Schuld überzeugt gewesen, wie zum Beispiel Lestrade und wahrscheinlich auch die meisten anderen an Bord. Aber auch er konnte nicht so einfach über seinen Schatten springen. Zu tief saßen der Zorn und die Verachtung dafür, was von Ludolf und seine Vorgesetzten bis hinauf zum Führer aus dem Land gemacht hatten, in dem Thor geboren und aufgewachsen war.

Sie gingen zurück ins Steuerhaus. Der Eisberg war nicht sichtbar näher gekommen, aber die Wolkenfront im Osten war doppelt so hoch und breiter geworden. Es handelte sich jetzt nicht mehr um einzelne schwarze Wolken, sondern um eine massive Mauer.

»Wie sieht es aus?«, erkundigte sich Thor überflüssigerweise. Lestrade antwortete gar nicht, aber Browning warf ihm einen langen, besorgten Blick zu. »Nicht sehr gut«, gestand er nach einer Weile. »Das Unwetter kommt schnell näher. Ich fürchte, es wird hier sein, bevor wir Odinsland erreichen.«

»Können wir trotzdem landen?«, fragte Thor.

Diesmal antwortete Lestrade. Er zuckte mit den Schultern. »Möglicherweise«, sagte er. »Es ist nicht gesagt, dass der Sturm sehr schlimm ist. Es ist nicht einmal gesagt, dass er uns wirklich einholt. Diese Polarstürme sind unberechenbar. Sie wechseln manchmal von einer Minute auf die andere die Richtung.«

»Und wenn nicht?«

Wieder hob Lestrade die Schultern. »Wir könnten versuchen ihn zu überfliegen«, sagte er. »Aber das würde Zeit kosten. Zeit, die wir nicht haben.«

»Spielt es denn eine Rolle, ob wir ein paar Stunden früher oder später ankommen?«, fragte Doktor Rosenfeld.

Diesmal antwortete Lestrade nicht. Dafür sagte Bates: »Sie haben Angst, dass Sie zu spät zu dieser verdammten Basis kommen, nicht wahr?«

Lestrade starrte ihn an und schwieg. In seinem Gesicht arbeitete es. »Sehen Sie doch endlich ein, dass es sowieso zu spät ist!«, rief Bates wütend. »Die Deutschen sind längst gewarnt.«

»Woher wollen Sie das wissen?«, fragte Lestrade gepresst.

»Ich weiß es!«, behauptete Bates. »Und Sie wissen es auch. Zum Teufel, was glauben Sie, warum uns jemand diesen Sender an Bord geschmuggelt hat? Sie wissen über jeden unserer Schritte Bescheid.«

»Sie sind ziemlich gut auf dem Laufenden, was die Deutschen betrifft, nicht wahr?«, fragte Lestrade lauernd.

Bates starrte ihn an und wurde bleich, als er begriff, worauf der Colonel hinauswollte. »Sie ...!«, japste er, wurde aber sofort wieder von Lestrade unterbrochen.

»Ich halte Ihnen Ihre Erregung zugute, Mister Bates. Und ich unterstelle zu Ihren Gunsten einfach einmal, dass Sie ein verdammter Feigling sind. Wäre das nicht so, dann müsste ich nach dem, was Sie gerade gesagt haben, gewisse andere Überlegungen anstellen.«

»Dann tun Sie es doch!«, brüllte Bates plötzlich. »Meinetwegen lassen Sie mich doch verhaften oder gleich auf der Stelle erschießen! Sie bringen uns doch sowieso alle um, wenn Sie auf Ihrem wahnsinnigen Plan bestehen!«

Lestrades Gesicht verlor alle Farbe. Er trat auf Bates zu, aber der Marineflieger wich nicht zurück, sondern starrte ihn sogar herausfordernd an und verschränkte kampflustig die Arme vor der Brust.

Das stumme Duell dauerte nur wenige Sekunden, aber es war ganz eindeutig Lestrade, der es verlor.

Schließlich wandte er sich mit einer zornigen Bewegung ab, trat ans Ruder und starrte auf den Eisberg hinab. Er sagte nichts.

Thors Blick wanderte irritiert zwischen ihm, Bates und Doktor Browning hin und her. Die Reaktionen der drei verwirrten ihn. Ihm war, als wären das gar nicht mehr die Männer, die er bisher gekannt hatte. Er hatte Bates als stets fröhlichen, lebenslustigen jungen Mann erlebt, der das Wort Angst nicht einmal zu kennen schien, und Lestrade als einen herrischen, stahlharten Kommandanten, der seinen Männern nicht einmal die kleinste Nachlässigkeit durchgehen ließ. Und jetzt das! Auch Doktor Browning hatte sich verändert. Der Mann, dem er jetzt gegenüberstand, bebte innerlich vor Angst und während des Streits zwischen Bates und Lestrade hatte er sich instinktiv in eine Ecke des Steuerhauses zurückgezogen wie ein verängstigtes Tier, das sich verkroch.

Und er selbst? Thor Garson scheute beinahe davor zurück, sich diese Frage ehrlich zu beantworten. Aber auch in ihm ging diese unheimliche Veränderung vor. Und er wusste mit einem Mal, dass Morton recht hatte. Irgendetwas geschah mit ihnen und es geschah nicht einfach, es *wurde* getan. Es war dieser Eisberg. Es war Odinsland, von dem etwas Unheimliches, Beängstigendes ausging.

Und es wurde schlimmer.

Während der nächsten zwanzig Minuten breitete sich ein fast lähmendes Schweigen in der Steuerkanzel aus. Mit Ausnahme Lestrades, der dem Mann am Steuer dann und wann einen halblauten Befehl gab, sprach niemand ein Wort und der Eisberg kam allmählich näher.

Aber auch die Gewitterwolken: Sie kamen nicht allmählich näher – sie näherten sich mit rasender Geschwindigkeit, wie es schien. Aus dem sanften Gleiten der DRAGON wurde bald wieder ein Schütteln und Bocken, und auch als Lestrade den Befehl gab, die vier riesigen Propellermotoren mit voller Kraft laufen zu lassen, wurde es eher schlimmer als besser. Das Luftschiff begann sich wie ein Boot auf stürmischer See hin und her zu bewegen und immer häufiger musste der Mann am Ruder den Kurs korrigieren, damit sie wenigstens noch halbwegs auf Odinsland zuhielten. Es war, dachte Thor, als würden sie von einer unsichtbaren, aber ungeheuer starken Hand zur Seite geschoben, zu Anfang vielleicht eher sanft, wie eine Warnung, nicht weiterzufliegen, aber als sie sie ignorierten, wurde der Druck stärker und der sachte Widerstand wandelte sich in ein Trommelfeuer unsichtbarer Hammerschläge, unter denen der Zeppelin zu erzittern begann.

Es wurde dunkler. Die Wolken schoben sich näher, glitten über den Eisberg und schließlich auch über die DRAGON. Da die Sonne bereits tief stand, blieb es unter ihnen noch ein wenig länger hell, aber vielleicht war es gerade das, was den Anblick so unheimlich machte. Über ihnen befand sich eine kompakte schwarzbraune Masse, in der es unentwegt brodelte und zuckte und aufblitzte, während das Meer unter ihnen noch für Momente in goldenem Sonnenlicht dalag, ehe es von einer rasch näher kommenden, wie mit einem Lineal gezogenen Schattenfront verschlungen wurde.

Dann traf die erste richtige Sturmbö die DRAGON.

Es war wie ein Hieb mit Thors Hammer. Das gigantische Luftschiff dröhnte wie eine Glocke. Thor konnte hören, wie die Metallspanten des Rumpfes hoch über ihnen unter der Belastung ächzten. Das Schiff legte sich fast auf die Seite, sodass sie alle, eingeschlossen der Mann am Ruder, den Halt verloren und gegen die Wand stürzten, richtete sich mit einer mühsamen, schwerfälligen Bewegung auf und kippte gleich darauf wieder, ehe Lestrade selbst ans Ruder springen und das Schiff wieder halbwegs in seine Gewalt bringen konnte. Aus dem Geräusch des Sturms wurde ein ungeheuerliches Heulen, ein Wimmern und Schreien wie von hunderttausend losgelassenen Wölfen, die aus dem Nichts auf das Schiff einstürmten. Thor hörte Schreie, das Klirren von Glas, spürte, wie er durch einen gewaltigen Schlag von den Beinen gerissen wurde, und taumelte gegen die Wand. Eine Gestalt prallte gegen ihn und er griff instinktiv zu und hielt sie mit aller Kraft fest, ehe er bemerkte, dass es Doktor Rosenfeld war.

Die DRAGON tanzte wild auf und ab, begann sich wie ein überdimensionaler Kreisel zu drehen und kämpfte mit heulenden Rotoren gegen den Sturm an. Lestrade schrie seinen Männern Befehle zu, die diese zwar ausführten, die aber wirkungslos blieben, und das Bocken und Schütteln des Schiffes wurde immer schlimmer. Ein unheimliches düsteres Mahlen und Knirschen lief jetzt unentwegt durch den Rumpf. Vor Thors geistigem Auge stieg die entsetzliche Vision von zerborstenen Stahlträgern und zerrissenen Gaskammern auf. Das Schiff zitterte wie ein waidwundes Tier, legte sich abermals auf die Seite, richtete sich wieder auf und begann zu schaukeln. Eines der Fenster zerbrach klirrend und eisige Luft und nadelspitze Regentropfen schlugen in ihre Gesichter.

»Raus hier!«, brüllte Lestrade. »Verlassen Sie das Steuerhaus! Alle!«

Thor versuchte es, aber es war gar nicht so einfach, zumal er Doktor Rosenfeld und dann auch noch Bates mit sich schleifen musste. Auf der schmalen Treppe nach oben verlor er beinahe das Gleichgewicht und prallte so hart gegen das Metallgeländer, dass er glaubte seine Rippen knacken zu hören. Aber irgendwie schafften sie es, sich bis in den Aufenthaltsraum hochzukämpfen, ehe eine neuerliche Sturmbö die DRAGON traf und sie allesamt von den Füßen riss.

Browning überschlug sich und landete mit einem gellenden Schrei in einem Durcheinander zerborstener Tische und Stühle, und auch Thor stürzte schwer zu Boden, wobei er Doktor Rosenfeld mit sich riss und sich im letzten Moment so herumdrehte, dass er mit seinem Körper die ärgste Wucht des Sturzes abfing.

Als er es wagte, die Augen wieder zu öffnen und den Kopf zu heben, glaubte er direkt in die Hölle zu sehen.

Rings um die DRAGON herrschte absolute Finsternis. Eine schwarze, brodelnde Dunkelheit, die das Luftschiff völlig eingeschlossen hatte und in der es unentwegt weiß und blau aufblitzte. Taubeneigroße Hagelkörner prasselten wie Maschinengewehrfeuer gegen die Hülle und die Scheiben und das Geräusch des Regens war zu einem unablässigen düsteren Grollen geworden, wie das Rauschen eines Wasserfalls, unter den die DRAGON geraten war. In das Ächzen und Stöhnen des Rumpfes hatte sich ein neuer Laut gemischt: ein unheimliches, fast rhythmisches Knirschen und Knacken, als zerbrächen ringsherum Balken und Bindungen.

Mühsam arbeitete sich Thor auf die Füße und zog Doktor Rosenfeld mit sich in die Höhe. »Kommen Sie!«, brüllte er über das Kreischen der entfesselten Naturgewalten hinweg. »Nach oben!«

Doktor Rosenfelds Antwort ging im Heulen des Sturms unter und er wartete ihre Reaktion auch gar nicht ab, sondern zerrte sie einfach hinter sich her. Gestalten tauchten vor ihnen auf. Ein Matrose versuchte Thor festzuhalten, ein anderer schrie ihm etwas zu, das er nicht verstand; einen Moment lang sah er Erikson, der mit schreckensbleichem Gesicht in der Tür zu seiner Kabine stand und sich mit beiden Händen am Rahmen festklammerte. Sie hatten den Aufenthaltsraum durchquert und Thor stieß Doktor Rosenfeld grob vor sich durch die Tür. Bevor er ihr folgte, blieb er noch einmal stehen und warf einen Blick zurück.

Eine halbe Sekunde später wünschte er sich, es nicht getan zu haben. Er hatte sich eingebildet, es könnte nicht mehr schlimmer werden, aber das stimmte nicht.

Es wurde schlimmer.

Außerhalb des Schiffes herrschte noch immer eine ägyptische Finsternis, aber in der Dunkelheit war ... *irgendetwas.* Etwas Gewaltiges, Großes, das sich rasend schnell auf die DRAGON zubewegte, sie treffen und schlichtweg zermalmen musste.

Er wollte hinter Doktor Rosenfeld herstürmen, doch in dem Moment ergriff eine Hand seinen Arm und zerrte ihn grob herum. Es war Bates. Das Gesicht des jungen Marinefliegers war angstverzerrt und seine Stimme hatte sich in ein schrilles, hysterisches Kreischen verwandelt. »Wir stürzen ab!«, brüllte er. »Das ist das Ende!«

Thor löste seine Hand mit erheblich mehr als *sanfter* Gewalt von Bates' Arm und schüttelte ihn, um ihn zur Vernunft zu bringen. Aber Bates schrie immer lauter, jetzt keine Worte mehr, sondern nur noch hysterische Laute, und schlug schließlich sogar nach ihm. Es bereitete Thor keine Mühe, dem Hieb auszuweichen, und er hatte genug Erfahrung im Umgang mit Menschen in Situationen wie dieser, um ganz instinktiv das einzig Richtige zu tun: Er holte aus und versetzte Bates eine schallende Ohrfeige.

Der Schlag, zusammen mit dem unablässigen Schütteln und Beben des Bodens, reichte aus, um Bates von den Füßen zu reißen. Er stolperte rückwärts, fiel schwer zu Boden und blieb für einen Moment benommen sitzen, ehe er sich wieder aufrichtete und betroffen Thor ansah. »Ich …«

»Schon gut«, knurrte Thor. »Ich weiß, was Sie sagen wollen. Kommen Sie mit.« Er deutete auf die Tür, durch die er Doktor Rosenfeld gestoßen hatte, trat einen halben Schritt darauf zu – und erstarrte, als sein Blick aus dem Fenster fiel. Dort draußen wurde es wieder hell. Aber nicht etwa, weil der Sturm abflaute oder es Lestrade gelungen wäre, die DRAGON durch die Wolkendecke nach oben zu drücken. Ganz im Gegenteil.

Die DRAGON befand sich jetzt nicht mehr in der Wolkenhülle, sondern wieder unter ihr; genauer gesagt in einem allerhöchstens noch hundert Meter hohen Streifen halbwegs klarer Luft, der sich zwischen den tobenden Gewitterwolken und der Meeresoberfläche befand. Und sie näherten sich dieser Meeresoberfläche mit rasender Geschwindigkeit!

»Großer Gott!«, flüsterte Thor. Er stand wie gelähmt da, völlig unfähig, irgendetwas zu tun oder auch nur einen klaren Gedanken zu fassen. Anders als sonst, wenn er sich in einer gefährlichen Situation befunden hatte, war er paralysiert vor Schrecken und nicht in der Lage, an etwas anderes zu denken als diese schaumgekrönte Fläche, auf die die DRAGON mit hoher Geschwindigkeit hinabschoss!

Die Propellermotoren des Luftschiffs brüllten auf, als auch Lestrade eine Etage unter ihnen die Gefahr begriff, in der die DRAGON und all ihre Besatzungsmitglieder schwebten. Ein heftiges Zittern lief durch den Rumpf und die Neigung des Bodens nahm ein wenig ab. Aber nicht genug. Das Schiff stürzte jetzt nicht mehr ganz so schnell wie noch vor Sekunden und der stumpfe Bug deutete in einem etwas weniger steilen Winkel auf das Meer. Doch Thor wusste, dass sie es nicht schaffen würden. Wenn es überhaupt noch etwas gab, das die DRAGON retten konnte, dann nur ein Wunder.

Es geschah nicht.

Im allerletzten Moment erst begriff Thor Garson, was wirklich passieren würde, aber da war es zu spät. Er fuhr noch herum, packte Doktor Rosenfeld und presste sie schützend an sich, doch im gleichen Moment schon prallte die DRAGON mit ungeheurer Wucht auf die Meeresoberfläche. Vor den großen Scheiben der Gondel war plötzlich Wasser, eine schaumgekrönte Linie, die mit rasender Geschwindigkeit nach oben schoss und den Tag und das Schiff verschlang, mit einem fürchterlichen Krachen gegen den Zeppelinrumpf prallte und sprudelnd daran emporwuchs. Thor wurde von den Füßen gerissen und begrub Doktor Rosenfeld unter sich, gleichzeitig zerbarsten zwei der riesigen Scheiben und ein zischender Strahl eiskalten Wassers schoss in die Gondel. Zertrümmerte Möbelstücke und kreischende Gestalten flogen vorüber und plötzlich fühlte sich auch Thor von einer eiskalten Riesenfaust gepackt und durch den Raum geschleudert. Instinktiv drückte er Doktor Rosenfeld so heftig an sich, wie er nur konnte, strampelte hilflos mit den Beinen, um den erwarteten Aufprall abzufangen, und rang vergeblich nach Atem. Rings um ihn war nur noch Wasser, eiskaltes, tödlich kaltes Wasser; Wasser, das ihn mit unvorstellbarer Wucht fortzerrte und gegen etwas Weiches, Nachgiebiges schleuderte.

Und dann, von einer Sekunde auf die andere, konnte er wieder atmen. Das Wasser verschwand fast so schnell, wie es gekommen war, und plötzlich wurde es wieder hell. Zitternd, unendlich mühsam und langsam, aber beständig hob sich die DRAGON. Der Sturm hatte das Schiff wie eine riesige Faust auf das Meer hinunter und ein Stück unter seine

Oberfläche hineingedrückt, aber noch erwies sich der Auftrieb der gasgefüllten Kammern im Inneren des Rumpfes als stärker. Sprudelnd und schäumend zog sich das Wasser zurück.

Irgendetwas regte sich unter ihm. Thor wandte den Blick wieder vom Fenster ab und stellte erst jetzt fest, dass er noch immer auf Doktor Rosenfeld lag, über die er sich vorher schützend geworfen hatte. Ihre Blicke begegneten sich und außer dem Entsetzen und der ungläubigen Erleichterung in ihren Augen las er noch etwas anderes darin. Ein sonderbares Glitzern, das ihm nie zuvor aufgefallen war und der Situation völlig unangemessen schien – und dessen Anblick trotzdem unendlich wohltat.

»Sie können jetzt wieder aufstehen, Mister Garson«, sagte Doktor Rosenfeld.

Thor lächelte verlegen, stemmte sich hastig auf Knie und Hände hoch und stand vorsichtig auf. Das Schiff zitterte und bebte noch immer, sodass er um ein Haar wieder gefallen wäre, aber er fand an den Überresten eines zertrümmerten Tisches Halt und hatte sogar noch die Kraft, die Hand auszustrecken, um Doktor Rosenfeld aufzuhelfen.

Dann fiel sein Blick auf etwas neben ihnen und erst jetzt erinnerte er sich, dass irgendetwas seinen Sturz abgefangen hatte. Und plötzlich wusste er auch, was es gewesen war.

Eine schlanke, braunhaarige Gestalt in einer zerrissenen grauen Wehrmachtsuniform.

»Um Gottes willen«, wisperte Doktor Rosenfeld. Hastig ließ sie sich neben dem deutschen Offizier auf die Knie sinken, drehte ihn herum und fuhr zurück, als ihr Blick in Lobens weit aufgerissene, gebrochene Augen fiel.

Er war tot. Thor hätte ihn nicht einmal anzusehen brauchen, um das festzustellen. Er erinnerte sich nur zu gut an die fürchterliche Wucht, mit der Rosenfeld und er gegen den Soldaten geschleudert worden waren. Es war fast schon absurd: Einer der beiden Männer an Bord, denen er vielleicht am meisten misstraute, hatte ihm und der Neurologin unabsichtlich das Leben gerettet – und sein eigenes dabei verloren.

Behutsam griff er nach Doktor Rosenfelds Hand und zog sie fort. »Kommen Sie«, sagte er. »Wir müssen hier weg. Es ist noch lange nicht vorbei.«

Doktor Rosenfeld widersprach nicht, aber auf ihrem Gesicht hatte sich ein Ausdruck von fassungslosem Entsetzen und auch Schuldbewusstsein breitgemacht. Sie musste so gut wie er wissen, dass eigentlich sie und Thor jetzt tot sein sollten, nicht dieser deutsche Offizier.

Doch sie schien auch einzusehen, dass Thor recht hatte. Irgendwie war es Lestrade – oder auch nur dem puren Zufall – gelungen, das Schiff noch einmal vom Meer hochzureißen. Aber es mochte sein, dass es diesmal eine Gnadenfrist war, eine letzte, scheinbare Chance, die ihnen das Schicksal gab, um sie gleich darauf umso härter treffen zu können. Die DRAGON gewann langsam wieder an Höhe, aber über ihnen war noch immer die brodelnde schwarze Wand, als hätte jemand einen Deckel über das gesamte Meer gestülpt, und der bloße Versuch, sie zu durchstoßen, musste zu einer weiteren, dann aber wahrscheinlich endgültigen Katastrophe führen.

So schnell es der unablässig zitternde Boden zuließ, durchquerten sie den völlig zerstörten Raum und machten sich zum zweiten Mal auf den Weg nach oben. Thor verzichtete diesmal bewusst darauf, noch einmal zurückzublicken.

Als sie die Leiter hinaufstiegen, begann das Schiff wieder stärker zu beben. Das Dröhnen der Motoren wurde immer lauter und lauter und auch das unheimliche Mahlen und

Knirschen des Rumpfes nahm zu. Offensichtlich versuchte Lestrade erneut die Wolkendecke zu durchstoßen, um die DRAGON über das Gewitter zu bekommen. Möglicherweise die einzige Methode, diesen Höllensturm zu überstehen – aber zumindest nach Thors Auffassung auch eine ziemlich selbstmörderische Methode.

Er verscheuchte den Gedanken und verwandte stattdessen lieber jedes bisschen Kraft, das er hatte, darauf, dicht hinter Doktor Rosenfeld Hand über Hand die Leiter hinaufzuklettern.

Auch das Innere des eigentlichen Luftschiffs hatte sich in eine Hölle aus Lärm, Bewegung und Kälte verwandelt, als er die Klappe aufstieß. Die Hülle der DRAGON war an zahllosen Stellen gerissen, sodass Regen und Hagel eindringen konnten, und Thor sah voller Schreck, dass auch ein zweiter der riesigen Gassäcke gerissen war und schlaff von seinen Haltetauen hing. Hastig stemmte er sich neben Doktor Rosenfeld aus der Luke, richtete sich in eine halbwegs sichere Stellung auf und half ihr ebenfalls auf die Füße zu kommen. Der Sturm heulte hier oben so laut, dass eine Verständigung völlig unmöglich war. So deutete er nur heftig gestikulierend auf die Tür, hinter der Quinns Kabine lag, ergriff sie am Arm und zerrte sie einfach mit sich. Er verzichtete darauf zu klopfen, sondern riss die Tür einfach auf, taumelte hindurch und zog Doktor Rosenfeld mit sich.

Im Inneren des Laderaums herrschte ein heilloses Chaos. Ein Teil der Ladung hatte sich losgerissen und Thor sah voller Entsetzen, dass sie einen der Hunde unter sich begraben hatte. Das Tier lebte noch, schien aber schwer verletzt zu sein, und Quinn bemühte sich trotz seiner riesigen Kräfte vergeblich, es unter dem Berg von Kisten und Ballen hervorzuzerren, unter dem es eingeklemmt war.

Thor ließ Doktor Rosenfeld los, trat wortlos neben

Quinn und versuchte ihm zu helfen. Aber selbst ihre vereinten Kräfte reichten nicht aus. Und hinzu kam, dass die anderen Hunde sich wie wahnsinnig gebärdeten: Quinn hatte sie festgebunden, und das war wahrscheinlich der einzige Grund, warum sie nicht längst übereinander oder auch über Quinn hergefallen waren. Sie kläfften und jaulten wie wild, bissen wie von Sinnen um sich und versuchten mit den Pfoten den Boden aufzureißen. Offensichtlich machten das Heulen des Sturms und das Zittern und Beben des Bodens die Tiere völlig verrückt.

»Was ist passiert?«, schrie Thor über das ungeheure Brüllen der Sturmböen hinweg.

Quinn deutete auf den eingeklemmten Hund. »Er hat sich losgerissen! Wollte wohl raus. Wir müssen ihm helfen!«

Sie versuchten es. Nach einer Weile gesellte sich sogar Doktor Rosenfeld zu ihnen und zog und zerrte mit aller Kraft an den ineinander verkeilten Kisten und Kartons und Ballen; aber auch zu dritt gelang es ihnen nicht, das Tier zu befreien. Schließlich richtete Quinn sich auf, sah Thor und Doktor Rosenfeld sehr ernst und sehr traurig an und machte eine Handbewegung; sie sollten zurücktreten.

Thor ahnte, was der Inuk vorhatte, und wollte die Hand heben, aber ein einziger Blick aus Quinns Augen ließ ihn innehalten.

Außerdem hatte der Inuk recht. Das Tier musste schwer verletzt sein. Mit Sicherheit hatte es mehrere Knochenbrüche und mit großer Wahrscheinlichkeit auch innere Verletzungen. Und sie hatten weder die nötigen Instrumente noch die Zeit oder Gelegenheit, ihm zu helfen. Wortlos wandte Thor sich ab, während Quinn unter seinen Mantel griff und ein Messer zog.

»Was hat er vor?«, fragte Doktor Rosenfeld entsetzt.

»Das, was er tun muss«, antwortete Thor so leise, dass sie

die Worte kaum verstehen konnte. Aber sie sagte nichts mehr, sondern wandte sich ebenfalls mit einem Ruck ab und suchte nach einem freien Platz, wo sie sich setzen konnte. Es gab keinen. Der größte Teil der Ladung hatte sich losgerissen und bildete ein heilloses Durcheinander auf dem Boden, und dazwischen waren die Hunde, die an ihren Leinen zerrten und rissen und in blinder Panik nach allem schnappten, was sich bewegte.

»Wir müssen hier raus«, sagte Thor entschlossen. »Quinn! Wie weit bist du?«

Er drehte sich nicht zu dem Inuk um und Quinn antwortete auch nicht; aber er wusste, dass der Inuk ihm folgen würde. Sobald er getan hatte, was er tun musste.

Sein Blick suchte das Bullauge. Draußen vor der DRAGON herrschte jetzt graues Zwielicht, für Thor ein Beweis, dass sie sich wieder der Wolkendecke näherten, das Zittern des Bodens hatte ein ganz klein wenig nachgelassen und das Heulen des Sturms schien nicht mehr ganz so ungeheuerlich wie noch vor Augenblicken. Vielleicht hatten sie noch einmal Glück gehabt. Vielleicht ließ der Sturm nach oder Lestrade hatte einen Weg gefunden, irgendwie damit fertig zu werden. Er betete, dass es so sein möge.

»Quinn!«, rief er noch einmal. »Beeil dich!«

Der Inuk antwortete auch jetzt nicht, aber nach ein paar Sekunden trat er neben ihn und Doktor Rosenfeld. Sein Gesicht war wie aus Stein. Seine Miene war völlig ausdruckslos, doch in seinen Augen lag ein Schmerz, als hätte er eines seiner Kinder getötet.

Als sie den Laderaum verließen, hörte der Boden auf zu zittern. Und nur ein paar Sekunden später verstummte das Heulen des Sturms, und durch die zahllosen Risse und Löcher in der Außenhaut der DRAGON drang plötzlich wieder klares goldenes Sonnenlicht.

Thor blickte fassungslos nach oben. »Was ist denn jetzt los?«, fragte er. Das Wenige, das er vom Inneren der DRAGON sehen konnte, bot einen völlig chaotischen Anblick. Das Schiff war zerstört. Einen anderen Ausdruck dafür gab es nicht. Es schwebte zwar noch und es würde wahrscheinlich auch nicht abstürzen, aber wenn es irgendwann und irgendwo einen Flugplatz erreichen und landen würde, so könnte es nie wieder starten. Drei der acht riesigen Gastanks waren zerrissen und das Gewirr von Leitern und Stegen, das sie miteinander verband, zum größten Teil zerbrochen. Selbst die gewaltigen metallenen Spanten, die das Außengerüst bildeten, waren verbogen. Die DRAGON sah aus, als hätte ein Ungetüm die Hand nach ihr ausgestreckt und sie kurz zusammengepresst, aber heftig genug, um diesen Flug zu ihrem letzten zu machen.

»Kommt«, sagte er. »Gehen wir hinunter. Sie werden unsere Hilfe brauchen.«

Doktor Rosenfeld nickte wortlos, aber Quinn schüttelte den Kopf. »Ich bleibe bei den Hunden«, widersprach er.

Thor sagte nichts darauf. Er ahnte, was in dem Inuk vor sich ging. Die Huskys waren mehr als Tiere für ihn. Sie waren mehr als seine Freunde. Sie waren alles, was er hatte. Quinn hätte eher sein eigenes Leben geopfert, als sie im Stich gelassen.

Vorsichtig, um nicht über eines der herumliegenden Trümmerstücke zu stolpern oder abzurutschen, gingen sie zur Luke zurück und stiegen wieder in die Gondel hinab.

Die Passagiersektion der DRAGON bot einen noch schlimmeren Eindruck, als er befürchtet hatte. Überall lagen Verletzte herum und viele rührten sich überhaupt nicht mehr. Die Männer, die das Chaos halbwegs unverletzt überstanden hatten, versuchten mit aller Kraft, ihren Kameraden zu helfen, aber es gab nicht viel, was sie tun konnten.

Einer der Motoren lief ungleichmäßig und stotternd. Als Thor die Passagierkabine durchquerte und einen Blick aus dem zerborstenen Fenster warf, sah er, dass einer der Propeller sich kaum noch drehte. Fettiger, schwarzer Qualm quoll aus dem Motor.

Er musste durch knöcheltiefes Wasser waten, um den Raum zu durchqueren. Auch hier gab es zahlreiche Verletzte, und Thor befürchtete zu Recht, dass Loben nicht der einzige Tote war. Als er die Tür öffnete und den Weg zur Steuerkanzel einschlug, fiel ihm mit jähem Schrecken wieder ein, dass das Ruderhaus der DRAGON noch eine Etage tiefer lag – was nichts anderes bedeutete, als dass es fünf oder sechs Meter weiter unter Wasser gelegen hatte als der Aufenthaltsraum.

Aber diesmal trafen seine schlimmsten Befürchtungen nicht ein. Anders als die großen Fenster oben im Aufenthaltsraum hatten die Scheiben des Steuerhauses dem Wasserdruck standgehalten. Die Erschütterung des Aufpralls hatte auch hier alles losgerissen und klein geschlagen, was nicht festgenietet oder -geschraubt war, und in einem Winkel neben der Treppe hockte ein Matrose und krümmte sich vor Schmerzen, aber es schien keine Toten gegeben zu haben. Lestrade stand vornübergebeugt und mit verbissenem Gesicht am Steuer, beide Hände so fest um die Lenkung geklammert, dass das Blut aus seiner Haut gewichen war, und starrte ins Leere, während Browning beim Geräusch von Thors Schritten herumfuhr und ihn aus schreckgeweiteten Augen anstarrte.

»Was ist passiert?«, fragte Thor. »Wieso ist es vorbei?«

»Es ist nicht vorbei«, sagte Browning düster. Er deutete nach draußen. »Sehen Sie doch!«

Thor blickte nach draußen, dann nach oben –

– und dann stöhnte auch er vor Entsetzen auf. Mit einem

Mal begriff er, warum der Sturm so plötzlich vorüber gewesen war; viel schneller, als das eigentlich möglich.

Die DRAGON war in jeder Himmelsrichtung von einer schwarzen, wabernden Wand umgeben. Nur noch wenige Meter unter ihnen erhob sich ein zyklopisches weißes Ungetüm: Odinsland, das wie eine schwimmende Burg mit zahllosen spitzen Türmchen und Erkern unter ihnen lauerte, um das Luftschiff aufzuspießen. Über ihnen spannte sich ein strahlend blauer, völlig wolkenloser Himmel, aber dieser wolkenlose Bereich war nicht besonders groß. Vielleicht einen Kilometer im Durchmesser, höchstens anderthalb. Und er war kreisrund, ein Loch in den Wolken, in dem sich die DRAGON bewegte. Der Sturm war kein Sturm. Er war ein Hurrikan.

Und das Schiff befand sich genau in seinem Auge.

»Wie lange noch?«

»Ich weiß es nicht.« Lestrades Stimme war nur noch ein Flüstern. Sie hatte keine Ähnlichkeit mehr mit dem selbstbewussten, befehlenden Klang, den Thor gewohnt war. So wenig wie der Mann Ähnlichkeit mit dem forschen, unnachsichtigen Kommandanten hatte, als den Thor ihn kennengelernt hatte. Lestrade war ein gebrochener Mann; ein Mann, der wusste, dass er verloren hatte, endgültig und unwiderruflich. Er starrte nach draußen, aber Thor war sich ziemlich sicher, dass er die schwarzen Wolken gar nicht sah. Sein Blick ging ins Leere. Er musste wissen, dass die DRAGON sterben würde. Und Thor wusste plötzlich, dass nicht nur im übertragenen Sinn auch etwas von ihm mit dem gewaltigen Luftschiff sterben würde.

»Vielleicht ein paar Minuten«, meinte er, »Vielleicht auch eine Stunde. Das kommt darauf an, wie sich der Hurrikan bewegt. Man kann so etwas nicht vorhersagen.«

»Warum versuchen Sie nicht, zu steigen?«, fragte Doktor Rosenfeld. Lestrade schüttelte den Kopf. Die Bewegung war kaum zu sehen. »Es geht nicht«, erwiderte er. »Ich habe es versucht. Unser Auftrieb reicht nicht. Zwei Motoren sind ausgefallen und wir haben zu viel Gas verloren.«

Langsam, wie gegen einen unsichtbaren Widerstand ankämpfend, drehte er den Kopf und sah Thor an. »Bringen Sie die Männer nach oben«, sagte er. »Wenn ... wir aufprallen, dann bleibt vielleicht die Hülle unbeschädigt.«

Es dauerte einen Moment, bis Thor überhaupt begriff, was Lestrade meinte. Ungläubig starrte er den Colonel an. »Sie wollen auf dem Eisberg landen?«, fragte er.

»Die einzige Chance«, antwortete Lestrade. »Wir kommen hier nie mehr raus. Aber vielleicht können Sie Ihr Leben retten. Und das der Männer.«

Thor entging keineswegs, dass er *Sie* gesagt hatte, nicht *wir.* Doch er schwieg dazu.

»Das ist doch Wahnsinn!«, rief Doktor Rosenfeld. »Sie können niemals –«

»Tun Sie, was ich sage!«, brüllte Lestrade. *»Auf der Stelle!«*

Thor machte eine rasche Handbewegung zu Doktor Rosenfeld, sie möge schweigen, und sagte dann: »Ich werde es versuchen. Aber dort oben sieht es nicht besonders gut aus. Ich weiß nicht, wo ich fast siebzig Männer unterbringen soll.«

»Dann werfen Sie diese verfluchten Waffen über Bord«, schrie Lestrade.

»Das verbiete ich!«, mischte sich Browning ein. »Wir sind hier, um –«

»Es ist mir völlig egal, was Sie verbieten oder nicht«, unterbrach ihn Lestrade, noch immer schreiend. »Sie sind doch schuld an dieser Katastrophe, Sie verdammter Idiot! Sie und Ihre Idee, diese Basis aus der Luft anzugreifen! Sie ...!«

Er brach ab, starrte Browning eine Sekunde lang betroffen an und wandte sich dann wieder mit einem Ruck um. Browning sagte nichts. Aber auch er wirkte mit einem Mal erschüttert.

»Kommen Sie, Doktor«, sagte Thor. »Colonel Lestrade hat recht. Dort oben sind wir immer noch sicherer als hier.«

Browning starrte ihn feindselig an und rührte sich nicht von der Stelle, nach einem weiteren Moment drehte sich Thor wortlos um und verließ die Steuerkanzel, gefolgt von Doktor Rosenfeld, Bates und dem verletzten Matrosen, der mit schmerzverzerrtem Gesicht hinter ihnen herhinkte.

Nach allem, was geschehen war, schien das Schicksal ausnahmsweise einmal gnädig mit ihnen zu sein. Der Hurrikan verharrte die nächste Viertelstunde lang auf der Stelle, sodass die DRAGON weiter reglos über Odinsland schwebte. Aber irgendwann würde er sich weiterbewegen, und bei dem derzeitigen Zustand des Luftschiffs war es allerhöchstens noch eine Frage von Sekunden, bis es in der Luft zerrissen oder einfach abermals auf das Meer hinuntergedrückt und diesmal zermalmt werden würde.

Dann, mit quälender Langsamkeit, wie es schien, wuchs der Eisberg unter ihnen heran. Thor erkannte jetzt, dass er noch sehr viel größer war, als die Bilder hatten vermuten lassen. Seine Oberfläche, die sich mehr als eine Viertelmeile aus dem Meer erhob, war annähernd kreisrund und musste einen Durchmesser von gut drei bis vier Meilen haben. Es gab nur eine einzige Stelle, an der ein Schiff hätte anlegen können, eben jene halbrunde Bucht, vor der die POSEIDON vor Anker gegangen war, der Rest bestand aus beinahe senkrecht aufsteigenden, spiegelglatt polierten Wänden. Aber etwas war anders als auf dem Foto: Dort, wo auf dem Bild und nach Mortons Aussagen ein kleines Gebirge aus Eisnadeln und Zacken sein sollte, gähnte jetzt ein Krater. Ein fast kreisrundes Loch, dessen Wände so sauber in die Tiefe führten, als wäre es aus dem Berg herausgestanzt worden, und in dessen Tiefe es silberweiß blitzte. Offensichtlich war die Decke der Höhle eingestürzt oder geschmolzen. Und auch die Oberfläche der treibenden Insel war nicht mehr glatt.

Thor wandte den Blick vom Fenster, als er spürte, wie sich Doktor Rosenfeld enger an ihn drängte. Er legte den Arm um ihre Schulter und versuchte aufmunternd zu lächeln, aber es misslang. Aus dem Lächeln wurde eine Grimasse. Auch ihm gelang es nicht mehr, seine Angst völlig zu unterdrücken. Und abermals spürte er, dass diese Angst mehr war als die Angst vor dem Tod, die Angst vor einem möglichen Absturz oder dem, was ihm folgen könnte. Der böse Atem von Odinsland war noch immer spürbar. Ja, er konnte sich mittlerweile nicht einmal mehr sicher sein, dass all dies Zufall war. Dieses unheimliche stille Auge des Hurrikans, das ganz genau über Odinsland lag und auch dort zu verharren schien, nichts von alldem war Zufall. Er wusste es einfach.

»Hast du Angst?«, fragte ihn Doktor Rosenfeld.

Thor nickte.

»Ich auch«, sagte sie.

Dann schwiegen sie. Niemand in der großen Passagierkabine sagte noch ein Wort, während die DRAGON langsam tiefer sank. Die Motoren arbeiteten unregelmäßig, und was ein sanftes Gleiten sein sollte, wurde zu einem ruckenden, nur noch notdürftig gebremsten Sturz, der immer schneller zu werden schien. Odinsland wuchs groß und abweisend unter ihnen heran, schien schließlich die ganze Welt auszufüllen und wuchs immer noch weiter, eine drohend glitzernde Fläche, in der sich der Umriss der DRAGON als verzerrte Reflexion spiegelte.

Und dann kam der Aufprall.

Er war entsetzlich. Thor hörte ein fürchterliches Krachen, Splittern und Bersten, das aus der Tiefe des Rumpfes zu ihnen drang, Klirren und Kreischen von Stahl, Schreie, das Splittern von Holz, dann wurde er von den Füßen gerissen, flog hilflos quer durch den Raum und prallte auf. Fast alle Scheiben brachen. Plötzlich gähnte ein gewaltiger gezackter Riss in der Außenwand der Kabine und ein Teil der Decke brach herab und begrub einige Männer unter sich. In das Splittern und Krachen der auseinanderbrechenden Passagiergondel mischten sich Schmerzensschreie.

Thor riss schützend die Hände über den Kopf, versuchte auf die Füße zu kommen und musste hilflos mit ansehen, wie Morton, Doktor Rosenfeld und zwei der Matrosen an ihm vorübergeschleudert wurden und mit entsetzlicher Wucht gegen die Wand prallten. Wahrscheinlich war es einzig der Umstand, dass fast alles hier drinnen nur aus dünnem Sperrholz bestand, der sie vor schweren Verletzungen oder gar dem Tod bewahrte. Aber auch so glaubte Thor die Wucht, mit der Doktor Rosenfeld gegen das Holz krachte, körperlich zu fühlen und stöhnte auf.

Die pure Angst um sie gab ihm die Kraft, sich trotz allem hochzustemmen und auf sie zuzutaumeln. Das Schiff legte sich jetzt auf die Seite. Der Himmel rutschte nach oben weg und machte einer gigantischen weißen, blitzenden Fläche Platz; und wieder zerbrach etwas unter ihm. Er stürzte, schrie Doktor Rosenfelds Namen und streckte hilflos die Hände in ihre Richtung aus, ohne auch nur in ihre Nähe zu gelangen, dann prallte jemand gegen ihn und schleuderte ihn meterweit weg.

Diesmal blieb Thor einige Augenblicke benommen liegen. Als er sich wieder hochrappelte, hatte sich auch Mabel auf die Knie hochgestemmt und lächelte, wenn auch mit schmerzverzerrtem Gesicht.

»Ich bin in Ordnung«, behauptete sie. Das war zwar glatt gelogen, aber immerhin war sie bei Bewusstsein und offensichtlich nicht sehr schwer verletzt.

Was man nicht von allen behaupten konnte. Wieder hatte es Tote gegeben, wie Thor mit schmerzlicher Gewissheit erkannte, und es schien niemand in diesem Raum zu sein, der nicht mehr oder weniger schwer verletzt worden war. Dann fiel sein Blick aus dem Fenster und er begriff, dass es noch lange nicht vorbei war. So furchtbar der Aufprall gewesen war, er hatte das Schiff nicht so schwer beschädigt, dass es nicht mehr flog. Doch es war jetzt steuerlos, und das bedeutete, dass die DRAGON sich langsam, aber unbarmherzig wieder von der Oberfläche Odinslands löste und in die Höhe zu steigen begann! Das Dröhnen der Motoren war verstummt. Das Schiff war jetzt nicht mehr als ein Luftballon.

»Bates!«, schrie Thor. »Wie hält man dieses Ding an?!«

»Ich weiß es nicht!«, schrie der Pilot zurück. Thor konnte ihn in dem Chaos aus Trümmern und übereinanderliegenden Körpern nicht sehen, aber seine Stimme verriet, dass er nur wenige Meter entfernt sein konnte.

»Der Notanker!«, rief eine andere Stimme. Thor sah auf und erkannte einen Matrosen, der sich mit blutüberströmtem Gesicht unter den Trümmern eines Tisches hervorarbeitete. »Es gibt einen Notanker im Heck. Aber jemand müsste hinunter und ihn festmachen.«

»Wissen Sie, wo das Ding ist?«

Der Mann nickte und Thor erhob sich taumelnd auf die Füße. »Dann nehmen Sie ein paar Mann und gehen hin«, sagte Thor. »Ich versuche mein Bestes.«

Er taumelte zum Fenster, suchte irgendwo nach einem Halt und zerschnitt sich an einem Glassplitter die Finger, ohne es überhaupt zu merken; mit klopfendem Herzen blickte er nach unten. Die DRAGON begann wieder zu steigen, aber das Eis lag nur knapp zehn Meter unter ihnen. Noch.

Thor verschwendete keine Zeit mehr damit, seine Chancen abzuwägen. Dicht vor dem Fenster baumelte ein wenige Meter langes Stück Seil, das sich von der Hülle des Ballons gelöst hatte. Entschlossen griff er danach, schwang sich hinaus und begann sich an dem Seil in die Tiefe zu hangeln. Es war nur knapp vier Meter lang, sodass er sich immer noch gut vier oder fünf Meter über dem spiegelnden Eis befand, als Thor sein Ende erreicht hatte. Und dazu kam, dass die DRAGON immer weiter in die Höhe stieg, wenn sich ihr Tempo jetzt auch verlangsamte. Über ihm erschien Mabel Rosenfelds schreckensbleiches Gesicht im Fenster. Er sah, wie sich ihr Mund bewegte, und hörte, dass sie ihm irgendetwas zurief, ohne die Worte zu verstehen. Thor schloss die Augen, zählte in Gedanken bis drei – und ließ los.

Sekundenlang blieb er benommen auf dem Eis liegen, ehe es ihm wieder gelang, die Augen zu öffnen und sich mühsam in die Höhe zu stemmen.

Die DRAGON schwebte zehn Meter über ihm und ihr Anblick ließ ihn abermals aufstöhnen. Das Ruderhaus war völlig verschwunden. Lestrade musste tot sein. Alles, was sich über ihm befand, war ein Gewirr aus zerborstenem Holz und Metall und heraushängendem Stoff, und aus der zertrümmerten Gondel regneten ununterbrochen Trümmer und Glassplitter herab. Ein Mensch steckte eingeklemmt und mit hängenden Armen zwischen zwei verbogenen Trägern und schien ihm zuzuwinken.

Thors Blick tastete verzweifelt über die Gondel. Wie lange würden die Männer brauchen, um diesen Notanker zu finden – falls er überhaupt noch da war? Eine Minute? Zwei?

Er wusste auch hinterher nicht, wie lange es gedauert hatte, aber schließlich öffnete sich in dem unteren Viertel der Gondel eine quadratische Luke und etwas Dunkles, Glänzendes fiel wie ein Stein auf das Eis herab und zog eine lange silbrige Kette hinter sich her. Thor rannte los, verlor natürlich auf der spiegelglatten Oberfläche sofort den Halt und schlug der Länge nach hin. Und erst in diesem Moment wurde ihm bewusst, dass die Oberfläche Odinslands keineswegs *eben* war. Ganz im Gegenteil, sie bildete eine gefährliche Schräge, auf der jede unbedachte Bewegung zu einer tödlichen Rutschpartie werden konnte. Es war pures Glück, dass er nicht völlig den Halt verlor, sondern nach einigen Metern wieder zum Liegen kam und sich vorsichtig aufrichten konnte.

Sein Blick suchte den Rettungsanker. Es war eine gewaltige, fast mannshohe Konstruktion, deren messerscharfe Dornen sich tief ins Eis gegraben hatten. Die DRAGON stieg allmählich weiter und die Kette begann sich bereits wieder zu spannen. Thor hoffte, dass sie das Schiff auch wirklich halten und nicht kurzerhand in zwei Stücke reißen würde, so stark beschädigt, wie es war.

Hilflos blickte er den gewaltigen Anker an. Was sollte er tun? Er war eigentlich losgestürmt, ohne einen konkreten Plan zu haben, und hatte sich auf seine Intuition verlassen, die ihm schon mehr als einmal aus scheinbar ausweglosen Situationen herausgeholfen hatte. Aber es sah so aus, als würde es diesmal nicht klappen. Er konnte schlecht die Kette ergreifen und das gewaltige Luftschiff daran herunterziehen.

Als wäre dieser Gedanke ein Stichwort gewesen, erschienen in den zertrümmerten Fenstern der Gondel Gesichter und hektisch winkende Arme. Irgendjemand warf etwas zu ihm herunter, das mit einem Krachen auf dem Eis landete, plötzlich flog ein Tau zu ihm herab, dann ein zweites, drittes, viertes. Jemand schrie, aber Thor konnte die Worte nicht verstehen.

Hastig näherte er sich dem Bündel, das von der DRAGON herabgeworfen worden war, und stellte fest, dass es eine Anzahl übergroßer Metallheringe und einen schweren Fausthammer enthielt. So schnell es der gefährliche Grund, auf dem er stand, zuließ, nahm er einen der Heringe heraus und versuchte ihn mit wuchtigen Hammerschlägen in das Eis zu treiben; ein Vorhaben, das rascher beschlossen als ausgeführt war, denn das Eis war hart wie Stahl und er musste verdammt aufpassen, um nicht durch die Wucht seiner eigenen Schläge das Gleichgewicht zu verlieren.

Endlich war er so weit, den ersten Haken zu befestigen, angelte nach einem der Taue und zog es durch die große Öse am Hakenende.

Trotzdem hätte er es niemals geschafft, wären nach einigen Augenblicken nicht zwei weitere Männer aus der DRAGON herabgeklettert, um ihm zu helfen. Schließlich gelang es ihnen, das Schiff wenigstens notdürftig zu verankern. Die DRAGON hüpfte und sprang noch immer am Ende der sechs Haltetaue, die sie im Eis befestigt hatten, und trotz aller Beschädigungen war der Auftrieb der gasgefüllten Hülle immer noch viel zu stark, als dass sie auch nur daran denken konnten, das Schiff ganz auf das Eis herabzuziehen. Aber zumindest schwebte die zertrümmerte Gondel jetzt in einer Höhe von nur mehr fünf oder zehn Metern über ihnen, sodass es den Überlebenden gelingen konnte, das rettende Eis zu erreichen, ohne sich zu Tode zu stürzen.

Thor blickte gehetzt um sich, während aus dem zerschmetterten Heck der Passagiergondel eine Strickleiter heruntergelassen wurde, an deren oberem Ende eine Gestalt erschien. In die schwarze Wolkenwand, die Odinsland nach allen Richtungen einschloss, war Bewegung gekommen. Offensichtlich hatte der Hurrikan sich entschlossen, jetzt doch weiterzuziehen. Aber er tat es sehr langsam. Vielleicht hatten sie eine Chance, dachte er verzweifelt. Vielleicht würden wenigstens die meisten der Männer noch aus dem Schiff herauskommen, ehe die schwarze Wand heran war und die DRAGON in Fetzen riss. Vielleicht –

Sein Blick verharrte auf einem Punkt im Meer, vielleicht einen Kilometer entfernt, scheinbar unmittelbar vor der schwarzen Wolkenwand. Irgendetwas dort erregte seine Aufmerksamkeit. Im ersten Moment fiel es ihm etwas schwer, es zu erkennen, denn der wabernde Hintergrund machte es unmöglich, Einzelheiten wahrzunehmen. Irgendetwas … tauchte aus dem Meer auf, etwas Großes, Dunkles, Wuchtiges. Es wuchs heran, wurde größer, wie die Spitze eines Turms, der direkt aus dem Meeresgrund emporstieg, und wurde schließlich zu einer lang gestreckten, gedrungenen Masse; ein stählerner Hai aus grauem Eisen, auf dessen Flanke ein blutroter Kreis mit einem Hakenkreuz prangte!

Ein Unterseeboot!

Seltsamerweise empfand Thor keinerlei Erleichterung; ganz im Gegenteil. Dass dieses Boot ausgerechnet hier und ausgerechnet jetzt auftauchte, konnte kein Zufall mehr sein. Er hatte plötzlich eine ganz bestimmte Vorstellung davon, wer die Signale des Peilsenders verfolgen wollte, den sie an Bord der DRAGON gefunden hatten.

Und warum.

Und seine Befürchtungen erwiesen sich als nur zu berechtigt. Das Unterseeboot tauchte völlig auf, nahm langsam Fahrt auf und richtete den Bug auf Odinsland. Es bewegte sich nicht allzu schnell, aber Thor konnte trotz der großen Entfernung erkennen, wie der Turmbug geöffnet wurde und Gestalten in dunkelblauen Uniformen auf das

Deck strömten. Gehetzt blickte er um sich. Ein Großteil der Männer hatte die DRAGON bereits verlassen, unter ihnen Bates, Browning und – wie er mit einem Gefühl unendlicher Erleichterung feststellte – auch Doktor Rosenfeld. Einige andere waren dabei, große Bündel mit ihrer Notausrüstung von Bord zu werfen. Die meisten davon prallten auf das Eis auf und verschwanden sofort auf Nimmerwiedersehen, weil sie auf dem abschüssigen Untergrund keinen Halt fanden.

Aber wo war Quinn?

Thor rannte los. Aus den Augenwinkeln sah er, wie Doktor Rosenfeld entsetzt zusammenfuhr, und er hörte, wie auch Bates und Browning ihm zuschrien zurückzukommen, aber er lief nur noch schneller.

Mehr schlitternd als laufend erreichte er die wild pendelnde Strickleiter, ergriff sie und begann in fliegender Hast hinaufzuklettern. Mehr als einmal musste er ausweichen und sich nur mit einer Hand oder einem Fuß festhalten, um einem Mann Platz zu machen, der von oben zu ihm herabgeklettert kam, und einmal sauste eines der verschnürten Bündel mit der Überlebensausrüstung so dicht an ihm vorbei, dass er um ein Haar in die Tiefe gerissen worden wäre.

»Thor! Komm zurück!«, schrie ihm Doktor Rosenfeld hinterher. Und auch Bates brüllte: *»Garson! Sind Sie wahnsinnig geworden?!«*

Vermutlich war er das. Aber er würde seinen Freund niemals im Stich lassen und er hatte auch gar keine Zeit, wirklich über das nachzudenken, was er tat. Zitternd vor Erschöpfung und Kälte erreichte er die Gondel, zog sich ins Innere des zertrümmerten Wracks und hastete an den Männern vorbei, die ihm entgegenströmten.

»Quinn!«, brüllte er. »Wo bist du?«

Wie als Antwort drang ein ungeheures Dröhnen und

Knirschen aus der Höhe zu ihm herab und eine Sekunde später hörte er das schrille Jaulen eines Hundes. Thor lief noch schneller, stolperte über Trümmer und reglos daliegende menschliche Körper und erreichte die Leiter nach oben. Das Hundegebell und -heulen wurde lauter und schriller und auch das schreckliche Mahlen und Knirschen des zerberstenden Luftschiffrumpfes nahm zu.

Thor kletterte nach oben, dabei unentwegt Quinns Namen brüllend, stieß einen Mann beiseite, der ihn aus großen Augen anstarrte und ihn zurückzuhalten versuchte, und zog sich mit einer verzweifelten Bewegung durch die Bodenklappe ins Innere des Zeppelinrumpfes.

Die DRAGON war kaum mehr wiederzuerkennen. Hier oben schien es nichts zu geben, was noch heil war, und obwohl er all seine Aufmerksamkeit darauf konzentrierte, auf den Beinen zu bleiben und sich dem Laderaum mit den Hunden zu nähern, sah er doch, dass nur noch die Hälfte der Gastanks gefüllt war.

Er sprengte die Tür mit der Schulter auf, taumelte in den Raum und sah, wie Quinn einen der Hunde unter einem umgestürzten Schlitten hervorzuziehen versuchte. Das Tier musste schwer verletzt und halb verrückt vor Schmerz und Angst sein, denn es schnappte unentwegt nach ihm. Quinns rechte Hand war voller Blut.

»Quinn! Wir müssen raus hier!« Thor war mit einem Satz bei dem Inuk, packte ihn bei der Schulter und versuchte ihn zurückzuzerren. Aber das einzige Ergebnis war ein wütendes Knurren des Inuks – und ein derber Stoß mit dem Ellbogen, der Thor zurück und gegen die Wand taumeln ließ. Ein weißes Fellbündel schoss an ihm vorbei, raste durch die offen stehende Tür und verschwand mit einem schrillen Jaulen in der Tiefe, weil es zu spät bemerkte, dass der Laufgang vor der Tür nicht mehr vorhanden war.

»Quinn!«, brüllte Thor. »Du kannst nichts mehr für sie tun!«

Quinn reagierte auch diesmal nicht, sondern versuchte weiterhin vergeblich, den eingeklemmten Hund zu befreien, ohne darauf zu achten, dass das Tier, das fast rasend vor Schmerz und Angst war, die Zähne immer wieder in seinen rechten Arm grub. Thor rappelte sich mühsam hoch, starrte den riesigen Inuk eine Sekunde lang beinahe verzweifelt an und ballte die Fäuste. Wenn es sein musste, würde er seinen Freund eher niederschlagen und aus dem Schiff tragen, als ihn seinem Schicksal zu überlassen.

Als er den ersten Schritt in Quinns Richtung machte, erscholl von draußen ein peitschendes, rasend schnelles Hämmern und fast im gleichen Sekundenbruchteil erschien eine schnurgerade diagonale Linie faustgroßer, ausgezackter Löcher in der Außenwand der Kabine. Ein helles Schwirren und Heulen von Querschlägern mischte sich in das Jaulen der Hunde und den tobenden Lärm des sterbenden Luftschiffs, und irgendetwas surrte mit einem ekelhaften Geräusch so dicht an Thors Gesicht vorbei, dass er den kochenden Luftzug spüren konnte.

Instinktiv warf er sich zu Boden, kam mit einer Rolle wieder auf die Füße und stürzte sich auf Quinn. Der Inuk versuchte ihn abzuschütteln, aber die Angst verlieh Thor schier übermenschliche Kräfte: Er zerrte seinen Freund mit sich, nahm zwei, drei zornige Hiebe, die Quinn auf sein Gesicht abschoss, einfach hin und versetzte ihm einen Stoß, der ihn fast bis zur Tür taumeln ließ.

Wieder erscholl dieses peitschende Geräusch draußen auf dem Meer, und diesmal konnte Thor hören, wie hoch über ihren Köpfen die Außenhülle ihres Luftschiffs zerriss und zischend das Gas ausströmte. »Sie schießen!«, schrie er. »Diese verdammten Schweine feuern auf uns!«

Die Worte schienen Quinn endgültig in die Wirklichkeit zurückzureißen. Eine Sekunde lang stand er hoch aufgerichtet und reglos einfach da und starrte abwechselnd Thor und die Hunde an, dann hob er wie in einer flehenden Geste beide Hände und wollte etwas sagen, aber Thor ließ ihn gar nicht erst zu Wort kommen. Grob packte er ihn am unverletzten Arm, zerrte ihn mit sich aus der Kabine und stolperte, so schnell er konnte, den zerstörten Laufsteg entlang auf die Bodenklappe zu. Sein Blick fiel durch eines der gewaltigen Löcher in der Außenhülle der DRAGON aufs Meer hinaus. Er konnte das Unterseeboot sehen. Das dumpfe Hämmern und Dröhnen erklang jetzt ununterbrochen und auf dem Bug des U-Bootes blitzte es im gleichen Rhythmus auf. Dünne, grelle Lichtfinger stachen nach der DRAGON und schlugen mit fürchterlicher Wucht in ihren Rumpf; Leuchtspurgeschosse, mit denen das MG am Bug des U-Boots das sterbende Luftschiff eindeckte.

Der Weg nach unten wurde zu einem Spießrutenlauf. Es war nicht nur das MG-Feuer, mit dem das U-Boot die DRAGON regelrecht in Stücke schoss. Rings um Thor und Quinn herum begann das Schiff, nun vollends seiner Stabilität beraubt, auseinanderzubrechen. Ganze Teile der Passagiergondel brachen auseinander und stürzten polternd in die Tiefe und von oben regneten jetzt unentwegt Trümmer herab. Irgendetwas explodierte und einmal blieb Quinn für eine einzige, aber entsetzlich lange Sekunde stehen und blickte auf den Weg zurück, den sie gekommen waren, als sich in das Krachen und Bersten des sterbenden Schiffes das schrille Jaulen eines Hundes mischte.

Wie sie es geschafft hatten, in einem Stück und unverletzt nach unten zu kommen, wusste selbst Thor hinterher nicht mehr zu sagen. Irgendwann, nach einer Ewigkeit, die sie durch ein Chaos aus zusammenbrechenden Wänden, fliegenden Trümmern und tödlichen Leuchtspurgeschossen getaumelt zu sein schienen, lag der Notausstieg unter ihnen, und das Wunder, auf das Thor kaum noch zu hoffen gewagt hatte, war geschehen: Die Strickleiter war noch da, und die DRAGON hatte sich sogar noch ein gutes Stück weiter auf das Eis herabgesenkt, jetzt, wo das Gas aus ihren durchschossenen Tanks schneller entwich. Das U-Boot feuerte noch immer, aber das MG konzentrierte seine Garben jetzt auf die Hülle der DRAGON, sodass sie zumindest im Moment nicht Gefahr liefen, getroffen zu werden.

Thor gestikulierte heftig mit Quinn, um ihn dazu zu bringen, als Erster die Strickleiter hinabzusteigen, aber der Inuk schüttelte den Kopf. Thor verschwendete keine kostbare Zeit darauf, mit ihm zu diskutieren, sondern schwang sich auf die Strickleiter und begann, so schnell er konnte, in die Tiefe zu steigen. Über ihm erschien die riesige Gestalt Quinns.

Sie hatten die Hälfte des Weges hinter sich, als sie auch dem U-Boot-Kommandanten aufzufallen schienen. Für eine Sekunde verstummte das MG-Feuer, und als es wieder einsetzte, zielten die weiß glühenden Leuchtspurgeschosse wie tödliche Lichtblitze auf Quinn und ihn. Wahrscheinlich war es einzig der Umstand, dass sich die DRAGON wie ein sterbender Wal über ihnen hin und her warf und die Strickleiter immer stärker zu hüpfen und schwanken begann, der ihnen das Leben rettete. Mehr als einmal kamen die MG-Garben so nah, dass Thor in Erwartung des tödlichen Aufschlages bereits die Augen schloss, aber sie wurden nicht getroffen. Eines der Geschosse durchschlug eine geflochtene Sprosse, kaum eine Handbreit über ihm, und ein zweites streifte Quinn, brannte aber nur eine rauchende Spur in das Fell seines Mantels, ohne ihn wirklich zu treffen.

Dann waren sie aus dem Schussfeld heraus und in einem

toten Winkel, in dem sie das MG nicht mehr erreichen konnte. Wieder stockte das Feuer, und die winzige Pause, die ihnen blieb, reichte für Thor gerade aus, den letzten Meter mit einem gewaltigen Sprung zurückzulegen und hastig beiseitezutreten, als Quinn ihm auf die gleiche Weise folgte.

»Verschwindet! Um Gottes willen, lauft weg!«

Thor wusste nicht, wem die Stimme gehörte oder woher sie kam – aber als er sich herumdrehte, sah er, wie die Besatzung der DRAGON in ihrer Panik vor ihm und Quinn zurückwich. Genauer gesagt weniger vor Quinn und ihm als vielmehr vor der DRAGON selbst, die sich langsam, aber unaufhaltsam auf die Seite zu legen und gleichzeitig zu stürzen begann.

In verzweifelter Hast rannten sie los. Der Abstand zwischen ihnen und der zerrissenen Unterseite der DRAGON betrug noch zehn Meter, dann noch acht, sieben …

Sie hätten es trotz allem nicht geschafft, hätte das deutsche U-Boot nicht abermals in diesem Moment das Feuer eröffnet. Seiner beiden lebenden Zielscheiben beraubt, lenkte der MG-Schütze seine Garben wieder auf das gewaltige Luftschiff. Die Leuchtspurgeschosse rissen kopfgroße Löcher in die Außenhülle der DRAGON, prallten als Funken sprühende Querschläger von den Leichtmetallrippen ab oder zerfetzten die Luftsäcke darunter. Das Schiff bebte, schien sich wie ein tödlich getroffenes Riesentier aufzubäumen – und zerbrach in zwei Teile!

Das hintere, größere Bruchstück, in dem sich noch ein oder zwei intakte Gastanks befinden mussten, taumelte wie ein übergroßer durchlöcherter Luftballon davon, während das vordere Drittel mit den Überresten der Passagiergondel plötzlich wie ein Stein zu Boden stürzte. Thor kam nicht einmal mehr dazu, einen Schreckensruf auszustoßen, sondern riss nur noch instinktiv die Arme über den Kopf und warf sich flach auf den Boden; eine halbe Sekunde, bevor etwas von der Größe eines Berges direkt auf ihn und Quinn herabzustürzen schien und sie unter sich begrub. Die gesamte Eisinsel erbebte unter dem Aufprall des tonnenschweren Wracks und rings um ihn herum zersplitterten Glas, Holz und Stahl. Etwas traf seinen Arm und jagte einen dumpfen und betäubenden Schmerz durch seinen Körper und ein glühend heißer Luftzug streifte seinen Hinterkopf und seinen Rücken. Ein Regen kleiner und großer Trümmerstücke prasselte auf ihn herab und dann legte sich etwas Gewaltiges, Weiches über ihn und verschluckte auch noch das letzte bisschen Licht.

Sekundenlang blieb er einfach reglos liegen und überlegte ernsthaft, ob er überhaupt noch am Leben war. Eigentlich hätte er es nicht sein dürfen; er lag völlig unter den Trümmern eines ganzen Luftschiffs begraben. Und als wäre das noch nicht genug, schien ein Teil des Wracks direkt über ihm explodiert oder zumindest in Brand geraten zu sein, denn aus dem anfangs warmen Hauch, der ihn gestreift hatte, wurde allmählich Hitze, die schon mehr als unangenehm war. Er versuchte sich zu bewegen, aber es ging nicht: Seine Beine waren unter einem scheinbar tonnenschweren Gewicht eingeklemmt und alles, was unterhalb seiner Hüfte lag, war völlig gefühllos. Im ersten Moment empfand er einen jähen Schrecken, als ihm die Möglichkeit durch den Kopf schoss, dass er zwar überlebt hatte, möglicherweise aber gelähmt war. Dann versuchte er noch einmal sein rechtes Bein zu bewegen, und diesmal spürte er nicht nur einen scharfen Schmerz, der durch seinen Knöchel bis ins Knie hinaufschoss, sondern auch, wie sich das Gewicht auf seinem Unterleib unter den Bewegungen ein wenig verlagerte.

Aber das Wissen, nicht mit gebrochenem Rückgrat, sondern hilflos eingeklemmt dazuliegen, beruhigte ihn nur wenig. Die Hitze stieg immer mehr, jetzt konnte er das Prasseln von Flammen hören und auch die Dunkelheit rings um ihn war nicht mehr ganz so undurchdringlich. Ein blasser rötlicher Schein drang durch die Schwärze. Thor versuchte abermals sich hochzustemmen, aber das Ergebnis war das gleiche wie vorher. Was immer quer über seinen Beinen lag und ihn gegen den Boden nagelte, musste Tonnen wiegen.

Durch das Zischen der Flammen drangen jetzt Schreie an sein Ohr, Schritte und die Geräusche zahlreicher Menschen, die sich näherten. Thor begann verzweifelt um Hilfe zu schreien, aber er ahnte, dass seine Rufe kaum gehört werden würden.

Die Zeit wurde ihm lang und länger. Die Hitze stieg immer mehr, erreichte die Grenze des Erträglichen und überstieg sie. Die Luft in seinem winzigen Versteck wurde warm und schließlich kochend heiß, sodass jeder einzelne Atemzug ihm unerträgliche Schmerzen bereitete. Und er begann den Druck des auf ihm lastenden Gewichts nun doch ganz erheblich zu spüren.

Schließlich näherten sich Schritte. Er hörte die Geräusche von Männern, die die Trümmer durchsuchten und sich Worte zuschrien, und brüllte mit seinem letzten bisschen Atem um Hilfe. Er wusste nicht, ob seine Stimme überhaupt gehört wurde oder ob es purer Zufall war – aber dann waren die Schritte ganz nah und dann spürte er, wie sich jemand an der Plane, die ihn unter sich begraben hatte, zu schaffen machte. Man schrie seinen Namen, Thor hörte ein Scharren und Rasseln und plötzlich durchbrach etwas die dunkle Decke über ihm und schlitzte sie auf eine Länge von fast einem Meter auf: eine Messerklinge, die sein Gesicht nur um Zentimeter verfehlte und dann zurückgezogen wurde, um einer Hand Platz zu machen, die mit aller Kraft an der Plane riss und zerrte, um das Loch zu erweitern. Und dann waren schließlich Hände da, Dutzende von Händen, wie es schien, die die Trümmerstücke von ihm herunterzerrten und seinen eingeklemmten Körper befreiten.

Das Erste, was er wieder bewusst wahrnahm, war Mabels besorgtes Gesicht, als sie sich über ihn beugte und seinen Körper nach Verletzungen abtastete. In ihrem Blick erschien ein Ausdruck unendlicher Erleichterung, als sie sah, wie er die Augen aufschlug und sie anblickte.

»Thor!«, rief sie erleichtert aus und umarmte ihn – mit dem Ergebnis, dass Thor vor Schmerz die Zähne zusammenbiss und die Luft einsog.

Mabel ließ ihn erschrocken wieder los und richtete sich auf. »Bist du verletzt?«, fragte sie ihn.

»Ich … bin nicht ganz sicher«, antwortete Thor stockend. Er versuchte sich aufzurichten und stellte zu seiner Überraschung fest, dass es ihm gelang. Sein Rücken fühlte sich immer noch an, als hätte eine ganze Horde Eisbären Rumba darauf getanzt, und alles, was unterhalb seiner Hüften lag, war taub und gefühllos. Aber als er erschrocken an sich herabsah, registrierte er, dass er die Beine bewegen konnte. Es schien zumindest nichts gebrochen zu sein.

Ein Marinesoldat erschien neben Doktor Rosenfeld und streckte die Hand aus. Thor griff dankbar danach, zog sich vorsichtig in die Höhe und stand – zwar schwankend und alles andere als sicher, aber immerhin aus eigener Kraft.

»Danke«, murmelte er müde. »Haben Sie mich ausgegraben?«

Der Soldat schüttelte den Kopf. »Das war der da«, sagte er und deutete auf einen Punkt hinter Thor. Thor drehte sich um. Hinter ihm türmte sich das Wrack der DRAGON auf. Sämtliche Gastanks schienen zerfetzt zu sein, sodass die Hülle schlaff über den zusammengedrückten Stahlträgern hing, in denen sich heulend der Wind fing. Überall lagen Trümmer herum und dazwischen entdeckte er eine hünenhafte, in Fell gekleidete Gestalt, neben der zwei weiße Huskys aufgeregt hin und her sprangen.

Im ersten Moment begriff Thor nicht, woher die Hunde kamen. Dann wurde ihm klar, dass sich der Laderaum mit den Tieren im vorderen, abgestürzten Drittel der DRAGON befunden haben musste. Und mit ihm die gesamte Ausrüstung.

Er winkte Quinn flüchtig zu, drehte sich wieder herum und sah abwechselnd Mabel und den Marinesoldaten an. »Wo sind die anderen?«, fragte er.

Der Soldat deutete auf eine Gruppe von vielleicht zwanzig, fünfundzwanzig Personen, die in respektvollem Abstand zu dem Wrack standen. Er schwieg. Thor blickte erst ihn, dann Mabel betroffen an. »Sind das alle?«, fragte er.

Mabel nickte stumm und der Soldat sagte: »Alle, die herausgekommen sind. Vielleicht gibt es in den Trümmern noch ein paar Überlebende.« Aber seine Worte klangen nicht sehr überzeugend.

Wie sich herausstellte, waren von den fast siebzig Passagieren, die in Lakehurst an Bord der DRAGON gegangen waren, noch sechsundzwanzig am Leben. Und annähernd die Hälfte davon war mehr oder weniger schwer verletzt. Als Thor und Mabel zu der kleinen Gruppe Überlebender hinübergingen, die sich in zwei-, dreihundert Schritten Entfernung vom Wrack des Schiffes versammelt hatten, entdeckte er auf Anhieb ein halbes Dutzend Männer, denen er kaum noch eine Chance einräumte, den nächsten Morgen zu erleben. Und auch von denen, die mehr Glück gehabt hatten, war kein Einziger ohne eine Unzahl von Kratzern, Prellungen und mehr oder weniger schlimmen Hautabschürfungen davongekommen. Er hielt nach Morton Ausschau, konnte ihn aber nirgends entdecken.

Dafür sah er Bates und Doktor Browning, die beide ebenso aufgeregt wie vergeblich versuchten ein paar Soldaten zurückzuhalten, die eine Gestalt in einer zerrissenen grauen Wehrmachtsuniform gepackt hatten und auf sie einschlugen.

Mabel hielt erschrocken die Luft an, als sie sah, was vorging, und Thor zögerte nur eine Sekunde, bevor er losrannte. Er packte den erstbesten Mann, dessen er habhaft wurde, riss ihn herum und versetzte ihm einen wuchtigen Fausthieb in den Magen, der den Marinesoldaten zusammenklappen ließ. Blitzschnell schleuderte er ihn davon, stieß einen zweiten Mann, der sich auf ihn werfen wollte, zu Boden und stellte sich schützend vor von Ludolf, der wimmernd auf die Knie gesunken war und die Hände gegen das Gesicht presste. Zwischen seinen Fingern sickerte Blut hervor.

»Was geht hier vor?«, schrie er. »Seid ihr völlig verrückt geworden?«

Ein Soldat trat herausfordernd auf ihn zu und deutete wütend auf von Ludolf. »Geh mir aus dem Weg!«, forderte er. »Dieses verdammte Schwein ist doch schuld an allem!« Er machte einen weiteren Schritt – und Thor schickte ihn mit einem blitzschnellen Fausthieb zu Boden.

Drohend rückten die Übrigen näher. Und nicht nur sie. Immer mehr und mehr Soldaten gesellten sich zu ihnen, bis Thor, von Ludolf, Bates und Browning, die neben ihn getreten waren, von einem Ring wütender Gestalten eingeschlossen waren.

»Seid doch vernünftig, Leute«, sagte Browning beschwörend. »Das führt doch zu nichts.«

Die Männer reagierten nicht, sondern rückten abermals näher. Und plötzlich lag etwas wie Mordlust in der Luft, ein Hass, den sich Thor in dieser Intensität trotz allem einfach nicht erklären konnte. Irgendetwas ging mit diesen Männern vor. Das waren nicht mehr die disziplinierten Soldaten, die das Schiff in Lakehurst betreten hatten. Es war ein mordlüsterner Mob, der Blut sehen wollte, ganz egal, von wem.

»Ihr glaubt doch nicht im Ernst, dass von Ludolf dafür verantwortlich ist?«, fragte er.

»Wer denn sonst?«, brüllte einer der Männer. »Es war ein deutsches U-Boot, oder?«

»Sicher«, antwortete Thor sarkastisch. »Deswegen haben sie uns ja auch beschossen. Wahrscheinlich, weil sie genau wussten, dass wir ihre eigenen Leute an Bord hatten.«

Wäre die Situation normal gewesen, dann hätten die Worte sogar gewirkt. Aber die Männer waren nicht mehr für Ironie oder Logik empfänglich. Sie rückten wieder ein Stück näher und Thor spürte, wie sich die Spannung unter ihnen noch weiter ausbaute.

Plötzlich ertönte hinter ihnen ein drohendes Knurren. Zwei, drei Soldaten wichen erschrocken zur Seite, um einer riesenhaften Gestalt in einem blutbefleckten Fellmantel Platz zu machen, die von zwei großen, ebenfalls über und über blutbeschmierten Hunden eskortiert wurde. Quinn sagte kein Wort, aber allein der Ausdruck, der auf seinem Gesicht lag, ließ die Männer erbleichen und hastig noch ein paar Schritte weiter zurückweichen. Und was sein Anblick allein vielleicht noch nicht erreicht hatte, das bewirkte der der Hunde.

Selbst Thor erschrak, als er die beiden Huskys sah. Es war nicht allein ihr Aussehen. Die Tiere waren verletzt und blutverschmiert, doch das Schlimmste war das Glitzern in ihren Augen. Aus den großen, aber normalerweise sanftmütigen Tieren waren reißende Bestien geworden. Die Lefzen waren drohend hochgezogen und entblößten Furcht einflößende Gebisse, und das Knurren, das aus ihren Kehlen drang, klang eher wie das von Wölfen als das von seit Jahrhunderten domestizierten Schlittenhunden. Es war die gleiche mörderische Wut, die auch in den Augen der Soldaten loderte; aber sie war schlimmer, denn sie war die Wut eines Tieres, der rücksichtslose Hass eines Ungeheuers, das nur einen Wunsch kennt: sich auf seine Beute zu stürzen und sie zu zerreißen.

»Okay«, sagte Thor. »Wer immer noch Lust hat, sich auf Major von Ludolf zu stürzen, der kann es ja versuchen.« Er wartete, bis Quinn und die beiden Hunde neben ihn und die anderen getreten waren, und blickte herausfordernd in die Runde.

Niemand rührte sich, aber Thor spürte, dass die Gefahr auch jetzt noch nicht vorüber war. Was mit diesen Männern geschehen war, schien sie auf einer tieferen Ebene ihres Bewusstseins in ebenso reißende Bestien verwandelt zu haben wie die Hunde.

Aber diesmal verging der gefährliche Moment, ohne dass es zur Katastrophe kam. Langsam, fast widerwillig trat einer der Männer zurück und trottete davon, dann ein zweiter, ein dritter – und schließlich löste sich die ganze Gruppe auf.

Neben ihm atmete Browning erleichtert auf, während sich Bates und Mabel um von Ludolf bemühten, der noch immer auf den Knien hockte. Er hatte aufgehört zu stöhnen und die Hände heruntergenommen. Sein Gesicht war geschwollen und blutüberströmt und in seinem Blick war ein Flackern, das Thor an das von van Hesling erinnerte.

»Alles in Ordnung?«, fragte er.

Es dauerte Sekunden, bis von Ludolf überhaupt auf die Worte reagierte. Mühsam hob er den Blick und sah Thor an, dann versuchte er etwas zu sagen, brachte im ersten Moment aber nur ein unverständliches Stammeln zustande.

»Lass ihn in Ruhe«, bat Mabel. »Du siehst doch, dass er kaum sprechen kann.«

Sie betrachtete besorgt von Ludolfs zerschlagenes Gesicht und fuhr mit den Fingerspitzen über seine Schläfen. Der Major sog schmerzerfüllt die Luft ein und machte eine Bewegung, als wolle er ihre Hand beiseiteschlagen, führte sie aber nicht zu Ende.

»Ich … ich habe keine Ahnung«, stammelte er. »Ich weiß nicht, woher dieses Schiff kam. Ich weiß nicht, warum sie auf uns geschossen haben.«

Thor glaubte ihm sogar. Von Ludolf war nicht in der Verfassung, um noch zu lügen. Und außerdem waren seine Worte die einzige Erklärung, die Sinn machte. Selbst die Deutschen opferten nicht zwei hochrangige Offiziere, nur um den Schein zu wahren.

»Wo, zum Teufel, ist dieses Schiff dann hergekommen?«, fragte Bates.

Von Ludolf stöhnte, als Mabel einen Streifen aus ihrer Bluse riss und damit das Blut von einer üblen Platzwunde auf seiner Schläfe zu tupfen begann.

»Ich weiß es nicht«, sagte er noch einmal. »Ich habe keine Ahnung, warum … warum sie das getan haben.«

»Vielleicht sollten wir uns später darum kümmern«, meinte Browning. »Im Moment interessiert mich eher, wo dieses Schiff *jetzt* ist, nicht, wo es hergekommen ist.«

»Auf der anderen Seite.« Quinn deutete nach Norden, zum entgegengesetzten Ende von Odinsland. »Ich habe gesehen, wie es beigedreht hat.«

Thor sah den Inuk zweifelnd an, aber er widersprach nicht; anscheinend war er länger unter den Trümmern begraben gewesen, als er bis jetzt gedacht hatte.

»Aber warum haben sie uns beschossen?«, fragte er. »Es war doch nicht einmal mehr nötig.«

»Vielleicht doch«, sagte Browning halblaut.

Thor sah ihn fragend an und auch von Ludolf und Mabel blickten auf.

»Ich meine … von ihrem Standpunkt aus«, ergänzte Browning hastig. Plötzlich wirkte er nervös, als bedaure er die Worte, die ihm so vorschnell herausgerutscht waren.

»Sie verheimlichen uns etwas, nicht wahr, Doktor Browning?«, fragte Thor geradeheraus.

Browning wich seinem Blick aus und antwortete nicht.

»Verdammt, was muss denn noch passieren, bis Sie uns die ganze Geschichte erzählen?«, rief Bates aufgebracht.

»Es gibt nichts mehr zu erzählen«, verteidigte sich Browning. Die Lüge war so ungeschickt, dass sie wahrscheinlich nicht einmal mehr in seinen eigenen Ohren überzeugend klang. Trotzdem fuhr er fort: »Ich versuche ja nur, mich in den Kommandanten dieses U-Bootes zu versetzen. Wahrscheinlich … hatte er Befehl, uns am Betreten der Insel zu hindern. Und als er gesehen hat, dass die DRAGON zur Landung ansetzte –«

»So ein Unsinn!«, sagte Mabel. »Und wir sind nicht gelandet, sondern abgestürzt. Und warum sollte ein deutsches U-Boot uns daran hindern, auf Odinsland zu landen? Immerhin sind wir hier, weil die deutsche Regierung uns darum gebeten hat, diese Expedition durchzuführen.«

»Dann schwimmen Sie doch hin und fragen ihn, warum er das getan hat!«, brüllte Browning. Sein Gesicht flammte vor Zorn und plötzlich war auch in seinen Augen diese Wut.

Thor trat hastig zwischen ihn und Mabel und hob besänftigend die Hand. »Bitte!«, beschwor er sie. »Hört auf, euch zu streiten. Wir reden später über alles. Im Moment haben wir wirklich andere Sorgen.« Er deutete auf das

Wrack der DRAGON. »Vielleicht gibt es dort noch Überlebende.«

»Keine Überlebenden«, sagte Quinn.

Thor sah den Inuk eine Sekunde lang verwirrt an, ehe ihm wieder einfiel, dass Quinn das Wrack durchsucht hatte. »Bist du sicher?«, fragte er.

Quinn nickte. »Niemand.« In seiner Stimme war ein unbestimmter Schmerz, den vielleicht nur Thor zu deuten verstand. Mitfühlend blickte er seinen Freund an, dann die beiden Hunde, die sich wie Schutz suchend an ihren Herrn drängten und längst aufgehört hatten zu knurren.

Er war plötzlich sicher, dass Quinn das Wrack nicht durchsucht hatte, um nach *menschlichen* Überlebenden zu sehen.

Niedergeschlagen blickte Thor zu den zertrümmerten Überresten des Luftschiffs hinüber. Sie hatten trotz allem noch Glück gehabt. Es war das vordere Drittel der DRAGON, das auf das Eis von Odinsland herabgestürzt war; der Teil des Schiffes, in dem sich ihre Polarausrüstungen und der Großteil der Lebensmittel befanden. Und – wenn sie sehr, sehr viel Glück hatten – vielleicht auch das Funkgerät, von dem Lestrade gesprochen hatte.

»Gut«, seufzte Thor schweren Herzens. »Bates, Mabel und Doktor Browning bleiben hier und passen auf Major von Ludolf auf. Und schickt ein paar Männer zur anderen Seite der Insel hinüber, um nach diesem U-Boot Ausschau zu halten. Ich habe keine besondere Lust, plötzlich einem halben Dutzend schießwütiger deutscher Soldaten gegenüberzustehen.«

Er warf Quinn einen auffordernden Blick zu. »Ist der Frachtraum auch runtergekommen?«

Quinn nickte. »Das meiste ist zerstört«, sagte er. »Aber ich glaube, ein Teil hat es überstanden.«

»Dann sollten wir versuchen zu retten, was zu retten ist«, erwiderte Thor Garson und ging los.

Bis zum Abend hatten sie aus den Trümmern des Schiffes geborgen, was noch zu bergen war. Wie sich herausstellte, hatten sie tatsächlich Glück im Unglück gehabt: Der allergrößte Teil ihrer Ausrüstung war vernichtet oder auf Nimmerwiedersehen mit den übrigen zwei Dritteln der DRAGON im Meer versunken, aber sie fanden eine Anzahl Zelte und genügend warme Kleidung, um sich wenigstens notdürftig vor der Kälte zu schützen. Browning hatte vorgeschlagen, ihr Lager im Wrack der DRAGON aufzubauen – die gewaltige Hülle des Luftschiffs war zwar zerfetzt und über und über von Einschusslöchern übersät, bot aber trotzdem noch hinreichend Schutz gegen den eisigen Wind, der über die Oberfläche des Berges fegte. Doch sowohl Thor als auch Quinn waren dagegen gewesen. Der Orkan war zwar nicht wiederaufgelebt, aber sie wussten beide, wie tückisch selbst ein normaler Sturm in diesem Teil der Welt sein konnte. Eine einzige kräftige Windbö und das gesamte Luftschiffwrack – samt allen, die sich darin aufhielten – konnte davongeweht und ins Meer geschleudert werden. Also hatten sie die restliche Ausrüstung aus dem Schiff getragen und sich eine gute Dreiviertelmeile von den Überresten der DRAGON entfernt. Und als sich der Abend herabsenkte und sie ihr Lager aufgeschlagen, warme Kleidung und Lebensmittel verteilt und eine erste etwas gründlichere Bestandsaufnahme gemacht hatten, wurde Thor erst das ganze schreckliche Ausmaß der Katastrophe bewusst. Von den sechzig Elitesoldaten, die zu Lestrades Truppe gehört hatten, lebten noch neunzehn. Bates, Morton und Browning waren nur leicht verletzt, aber von Ludolf hatte es übel erwischt; selbst ohne die Verletzungen, die ihm von den Soldaten zugefügt worden waren. Sie hatten Baldursons Leichnam im Wrack des Schiffes gefunden, aber von Erikson fehlte jede Spur. Wahrscheinlich war er wie alle anderen in dem abstürzenden Teil der DRAGON gewesen. Und das Schlimmste von allem war: Sie hatten trotz intensivster Suche nicht einmal die Spur eines Funkgerätes gefunden. Wo die mit Zeitungspapier ausgeschlagene Holzkiste mit dem tragbaren Sender gestanden hatte, gähnte ein gewaltiges Loch in der Außenwand des Laderaums.

Thor gab sich allerdings Mühe, sich seine Niedergeschlagenheit nicht allzu deutlich anmerken zu lassen, als er kurz nach Dunkelwerden in das kleine Zelt kroch, das er sich mit Mabel, Browning, Bates, Morton und von Ludolf teilte. Aber der Ausdruck auf den Gesichtern der anderen sagte ihm deutlich, dass sie ebenfalls wussten, wie aussichtslos ihre Lage war.

Sie aßen schweigend: kaltes, geschmackloses Konservenfleisch, denn nicht ein einziger Gaskocher hatte den Absturz überstanden, und sie wagten nicht, ein Feuer anzuzünden. Es gab genügend Holz im Wrack der DRAGON und Thor hatte einen Teil der Männer während der letzten eineinhalb Stunden dazu abgestellt, es in Sicherheit zu bringen. Aber ein Feuer bedeutete Licht und keiner von ihnen hatte das deutsche Unterseeboot vergessen, das mit Sicherheit noch irgendwo in der Nähe der Insel lauerte. Nach dem Essen verteilte Bates die letzten Zigaretten, die er in seiner Dose hatte. Morton, Browning und von Ludolf griffen dankbar zu, während Mabel und Thor ablehnten. Aber Thor griff in die Tasche und gab dem deutschen Major Feuer. Von Ludolf nickte dankbar und nahm einen tiefen, gierigen Zug.

»Danke«, sagte er. Er sah Thor eine Sekunde lang an. »Und auch noch einmal Dank dafür, dass Sie mir das Leben gerettet haben.«

»Das war ein reines Versehen«, antwortete Thor spitz. »Außerdem – bedanken Sie sich nicht zu früh. Vielleicht habe ich Ihnen damit nicht einmal einen Gefallen getan.«

»Sie haben eine wunderbare Art, Optimismus zu verbreiten, Mister Garson«, sagte Browning feindselig.

»Wieso auch nicht?«, meinte Thor sarkastisch. »Unsere Lage ist doch wirklich hervorragend. Wir haben Lebensmittel für zwei, vielleicht sogar drei Tage, keine Möglichkeit, Hilfe herbeizurufen, und praktisch keine Chance, dass irgendjemand unser Verschwinden bemerkt. Und selbst wenn, wüssten sie nicht, wo sie nach uns suchen sollen. Lestrade hat ja während der letzten Tage Funkstille befohlen. Und wenn mich nicht alles täuscht«, fügte er nach einer Sekunde hinzu, »dann treibt diese verdammte Eisscholle weiter nach Norden und damit noch weiter weg von irgendwelchen Schifffahrtslinien.«

»Wissen Sie, wo sich das Unterseeboot im Moment aufhält?«, fragte von Ludolf plötzlich.

Nicht nur Browning sah ihn irritiert und alarmiert zugleich an. »Wieso?«, hakte er nach.

»Weil das vielleicht die Rettung wäre«, sagte von Ludolf.

»Das ist nicht Ihr Ernst«, rief Mabel verstört. »Sie glauben, dasselbe Schiff, das uns abgeschossen hat, könnte uns –«

»Bitte verzeihen Sie, Doktor Rosenfeld«, unterbrach sie von Ludolf. »Aber das ist etwas völlig anderes. Ich weiß nicht, warum das U-Boot das Feuer auf die DRAGON eröffnet hat. Ich bin sicher, sein Kommandant hatte entsprechende Befehle. Aber selbst wenn es so war, ist die Situation jetzt etwas anders. Ein feindliches Luftfahrzeug abzuschießen, ist eine Sache. Schiffbrüchige zurückzulassen, eine ganz andere. Ein deutscher U-Boot-Kommandant tut so etwas nicht.«

»Ein feindliches Luftschiff?«, fragte Browning lauernd.

Von Ludolf maß ihn mit einem fast verächtlichen Blick. »Bitte, Doktor Browning, halten Sie mich nicht für einen Narren. Ich weiß sehr gut, warum die DRAGON wirklich hier war.«

»Woher?«, zischte Browning.

»Ich habe das eine oder andere aufgeschnappt im Laufe der Tage«, antwortete von Ludolf. »Und ich war auch mit im Wrack, vergessen Sie das nicht. Dort drüben liegen genügend Waffen, um einen Krieg anzufangen. Jedenfalls entschieden zu viele, als dass es sich hier nur um eine wissenschaftliche Expedition handeln könnte.«

»Worum dann?«, schnappte Browning. Ein lauernder Ausdruck machte sich auf seinem Gesicht breit.

Auch in von Ludolfs Augen blitzte es auf. »Ich habe bisher weder an Ihrer Intelligenz gezweifelt noch Sie wie einen Trottel behandelt, Doktor Browning«, sagte er kalt. »Also bitte, tun Sie mir den Gefallen, es umgekehrt auch nicht zu tun.«

Browning beherrschte sich mühsam. Thor sah, wie sich seine Hände zu Fäusten ballten und wieder öffneten. Die vergangenen Stunden, so hart sie gewesen waren, hatten nichts an der gereizten Stimmung geändert, die hier überall herrschte. Auch er selbst war nicht ganz frei davon. Die Feindseligkeit, die er von Ludolf gegenüber die ganze Zeit über verspürt hatte, drohte allmählich zu echtem Hass anzuwachsen, den er nur noch mühsam beherrschte; und das eigentlich auch nur deswegen, weil er sich mit aller Macht immer wieder selbst vorhielt, dass es überhaupt keinen Grund für dieses Gefühl gäbe.

»Vielleicht wissen Sie doch mehr, als Sie zugeben«, sagte Browning nach einer Weile.

»Hört auf!«

Morton hatte sich vorgebeugt. Sein Gesicht war kreideweiß und vielleicht war es das einzige, auf dem nicht Zorn und mühsam unterdrückter Hass, sondern pures Entsetzen geschrieben stand. »Hört auf!«, rief er noch einmal.

»Was ist los mit Ihnen?«, fragte Mabel besorgt.

Morton sah mit einem Ruck auf. Seine Augen weiteten sich noch mehr. »Spürt ihr es denn nicht?«, fragte er. »Es ... es greift nach uns allen. Es geht schon wieder los!«

Niemand antwortete, aber Thor wusste nur zu gut, dass Morton recht hatte. Es war jetzt keine Ahnung mehr, es war die absolute Gewissheit, dass irgendetwas auf diesem Berg auf ihre Gedanken einwirkte.

Er stand auf, schlug den Kragen seiner Pelzjacke hoch und deutete auf den Zeltausgang. »Ich sehe nur kurz nach den Wachen«, sagte er. »Hat jemand Lust, mich zu begleiten?«

Browning und Bates schüttelten den Kopf, aber nach einer Sekunde erhob sich Mabel wortlos und folgte ihm aus dem Zelt.

Ein eisiger Wind schlug ihnen ins Gesicht, als sie sich aufrichteten. Die schwarzen Sturmwolken hatten sich längst verzogen, aber die Temperaturen lagen trotzdem weit unter dem Gefrierpunkt und der Wind war so stark, dass sie aufpassen mussten, wohin sie traten, um nicht aus dem Gleichgewicht zu geraten. Thor drehte sich fröstelnd einmal um seine Achse und sah sich in dem winzigen improvisierten Lager um. Sie hatten insgesamt fünf Zelte aus dem Wrack des Luftschiffs retten können. In vier davon waren die Soldaten und sie selbst untergebracht, das fünfte hatten sie Quinn und seinen beiden Hunden zugewiesen. Die Tiere waren im Lauf des Tages immer nervöser geworden, sodass Quinn selbst vorgeschlagen hatte, sie von den Männern zu trennen. Und natürlich hatte er darauf bestanden, bei ihnen zu bleiben. Thor war nicht sehr glücklich über diese Entscheidung. Er kannte die Tiere lange genug, um zu wissen, dass sie sich nicht normal verhielten. Und wenn sie den gleichen grundlosen Hass auf alles, was sich bewegte und lebte, verspürten wie die Menschen hier, dann war vielleicht sogar Quinn nicht mehr sicher in ihrer Nähe.

»Pass auf, wo du hintrittst«, sagte er, während er sich langsam nach Norden wandte und losging. Mabel antwortete nicht, aber sie trat etwas näher an ihn heran, sodass ihre Schulter die seine berührte, als sie sich auf den nördlichen Rand des Eisplateaus zubewegten.

Unter dem sternenübersäten Nachthimmel hoben sich die Gestalten der beiden Männer, die am Rand der gewaltigen Eisfläche standen und das Meer beobachteten, als scharf umrissene schwarze Schatten ab. Einer von ihnen drehte sich um und riss erschrocken seine Waffe hoch, als er ihre Schritte hörte, entspannte sich aber wieder, als Thor die Hand hob und seinen Namen rief. Sie hatten die Männer dort aufgestellt, um das Meer und den kleinen Eisstrand zu beobachten, an dem vor einem halben Jahr die Beiboote der POSEIDON angelegt hatten. Es war die einzige Stelle, an der überhaupt jemand an Land gehen konnte. Falls das U-Boot zurückkam und etwa Soldaten absetzte, dann hier. Das war auch der Grund, warum sie ihr Lager nicht dort unten aufgeschlagen hatten. Zwar wären sie dort vor dem eisigen Wind geschützt gewesen, aber sie hätten prächtige Zielscheiben für das Maschinengewehr des Unterseeboots abgegeben. Und Thor und Browning waren nicht halb so überzeugt von der Ehrenhaftigkeit eines deutschen U-Boot-Kommandanten, wie von Ludolf es war.

Mittlerweile standen sie schweigend da und blickten auf das Meer hinab. Obwohl die Nacht sehr dunkel war und nicht einmal der Mond am Himmel stand, reichte der Blick sehr weit. Weit genug jedenfalls, um Thor schmerzhaft die

Unendlichkeit des Ozeans vor Augen zu führen, eine schier endlose Wüste aus Wasser, in die sie unaufhaltsam weiter hineintrieben. Der Eisberg musste in den Griff einer unterseeischen Strömung geraten sein, denn er bewegte sich jetzt immer schneller nach Norden. Thor schätzte, dass sie allein bis zum nächsten Morgen sicherlich dreißig, wenn nicht vierzig Meilen zurückgelegt haben mussten, wenn er seine Geschwindigkeit beibehielt. Selbst wenn jemand kam, um sie zu suchen, dachte er niedergeschlagen, würden sie einfach nicht mehr da sein, wo man sie vermutete …

Schließlich wandten sie sich wieder um und gingen zum Lager zurück, aber jetzt sehr viel langsamer als auf dem Hinweg, trotz des Windes und der beißenden Kälte.

»Glaubst du, dass wir eine Chance haben?«, fragte Mabel plötzlich.

»Ich weiß es nicht,« gestand Thor nach einer Weile. »Ich wollte, ich könnte mir einreden, wir hätten sie. Aber die Wahrheit ist, ich weiß es nicht.«

Das war *eben nicht* die Wahrheit. Im Grunde wusste er sehr genau, dass sie keine Chance mehr hatten. Selbst wenn das deutsche U-Boot nicht zurückkam und sie erwischte, dann würden Kälte und Wind sie töten. Ihre Lebensmittel reichten für allerhöchstens drei Tage, und auch wenn sie das Risiko eingingen, ein Feuer zu entzünden, um sich zu wärmen, könnten sie auf diese Weise im Höchstfall noch zwei, drei weitere Tage herausschinden. Und dann? Sie befanden sich in einem Teil des Meeres, der so gut wie niemals von Schiffen befahren wurde.

Mabel blieb plötzlich stehen, drehte sich zu ihm herum und schlang die Arme um seine Brust und Thor erwiderte die Umarmung. Eine ganze Weile standen sie einfach da, hielten sich aneinander fest und schwiegen. Dann löste sich Mabel wieder aus seiner Umarmung und schüttelte den

Kopf. »Es muss eine Möglichkeit geben zu überleben«, sagte sie. Ihre Stimme klang eher trotzig als überzeugt, aber Thor widersprach nicht. »Van Hesling hat es auch geschafft«, fuhr sie fort. »Er muss monatelang auf diesem Eisberg gewesen sein.«

»Das war etwas anderes«, erwiderte Thor. »Er war allein. Und er hatte wahrscheinlich genügend Lebensmittel. Und außerdem niemanden, der ihm nach dem Leben getrachtet hat.«

Mabel wischte seine Worte mit einer ärgerlichen Bewegung beiseite. »Vielleicht ist das Schiff die Antwort«, meinte sie. »Er muss an Bord gewesen sein. Er hatte die Kleidung und diese Waffen bei sich.«

»Selbst wenn«, antwortete Thor traurig, »dann hilft uns das nichts. Wenn Morton die Wahrheit gesagt hat, dann liegt das Ding eine halbe Meile unter uns.«

»Es gibt einen Weg dort hinunter«, widersprach Mabel überzeugt. »Und wir werden ihn finden.«

Sie wollte weitersprechen, aber in diesem Moment drang ein schrilles, wütendes Bellen an ihr Ohr und eine Sekunde später der Schmerzensschrei eines Menschen. Quinn!

»Verdammt!«, rief Thor. »Da stimmt was nicht!«

Sie rannten los. In dem kleinen Zeltlager entstanden Unruhe und Bewegung, ehe sie es erreichten. Männer stürmten aus den Zelten, und das Bellen und Heulen des Hundes wurde immer schriller. Zwei, drei Soldaten näherten sich Quinns Zelt und machten sich am Eingang zu schaffen, aber Thor erreichte es, ehe sie die Schnüre gelöst hatten, und stieß die Männer grob weg.

Mit einem Ruck riss er die Zeltplane zur Seite und sprang geduckt ins Innere des Zeltes.

Was er sah, ließ ihn für eine Sekunde erstarren. Quinn lag auf dem Rücken, hatte die Knie schützend an den Leib gezogen und wehrte sich mit verzweifelter Kraft gegen die beiden Huskys, die wie tollwütig über ihn hergefallen waren. Sein Mantel hing in Fetzen, sein Gesicht war voller Blut und der Verband an seiner linken Hand, den Mabel erst vor wenigen Stunden angelegt hatte, färbte sich schon wieder dunkelrot. Mit der anderen Hand schlug er verzweifelt nach einem der Huskys, der immer wieder versuchte nach seiner Kehle zu schnappen, verfehlte ihn aber, denn das Tier wich seinen Hieben geschickt aus. Der andere Hund hatte sich in seinen linken Stiefel verbissen und zerrte mit einem wütenden Knurren daran.

Thor war mit einem Satz bei Quinn, versetzte dem Hund, der es auf seine Kehle abgesehen hatte, einen Fußtritt in die Flanke, der ihn davonfliegen ließ, und zog sein Messer.

»*Thor! Nein!*«

Thor ignorierte Quinns Schrei, warf sich mit weit ausgebreiteten Armen auf den Hund und rammte ihm die Klinge mit aller Kraft in die Brust. Das Tier stieß ein schrilles Jaulen aus, bäumte sich auf und starb auf der Stelle.

Vielleicht war Thor selbst von allen am meisten schockiert. Er … hatte das nicht gewollt. Er hatte Quinn helfen wollen und er hatte auch Angst vor dem riesigen Hund gehabt, aber er hatte nie vorgehabt ihn umzubringen. Es war, als hätte irgendetwas nach seiner Hand gegriffen und sie geführt.

Entsetzt richtete er sich auf, sah fassungslos das blutige Messer in seiner Hand an und dann Quinn, der mitten in der Bewegung erstarrt war und ihn aus aufgerissenen Augen anblickte. Dann registrierte er eine Bewegung aus den Augenwinkeln und wollte herumfahren. Aber seine Bewegung wäre nicht schnell genug gewesen. Der zweite Husky stieß sich mit unglaublicher Kraft ab und flog wie ein lebendes

Geschoss auf ihn zu, die Zähne gebleckt und auf seine empfindliche Kehle zielend.

Ein Schuss krachte. Die Kugel sauste nur eine Handbreit an Thor vorbei und zerschmetterte den Schädel des Hundes. Das Tier wurde mitten im Sprung herumgerissen, überschlug sich in der Luft und stürzte direkt neben Quinn zu Boden.

Thor wandte sich um. Im Zelteingang war ein Soldat erschienen. In seinen Händen lag ein Gewehr. Er starrte den Soldaten eine Sekunde lang an, dann drehte er sich um und ließ sich langsam neben dem Inuk in die Hocke sinken. Er wollte die Hand ausstrecken, um seinen verletzten Freund zu berühren, aber als er dem Blick seiner Augen begegnete, führte er die Bewegung nicht zu Ende.

Quinn sagte kein Wort.

»Es tut mir leid, Quinn«, flüsterte Thor. Seine Stimme zitterte und plötzlich spürte er einen harten, bitteren Kloß im Hals. »Das … das habe ich nicht gewollt.«

Quinn schwieg noch immer.

»He, Quinn«, stammelte Thor. »Das –«

Quinn hob die Hand und machte eine Geste und Thor verstummte mitten im Wort. Der Inuk stand auf. Sein Gesicht war wie Stein, als er auf die beiden toten Huskys hinabblickte. Nicht das geringste Gefühl war darauf abzulesen. Aber als Mabel nach seinem verletzten Arm sehen wollte, stieß er sie grob von sich, wandte sich mit einem Ruck um und lief aus dem Zelt.

Thor widerstand der Versuchung ihm nachzulaufen. Er spürte, dass sein Freund jetzt allein sein wollte.

»Du brauchst dir nichts vorzuwerfen«, sagte Mabel, als er sich niedergeschlagen zu ihr herumdrehte. »Du hattest gar keine andere Wahl. Die Hunde hätten ihn umgebracht. Oder dich.«

Natürlich war das die Wahrheit, aber sie half erbärmlich wenig. Er hatte sehr viel mehr getan, als den Hund zu töten. Thor wusste mit grausamer Sicherheit, dass er mit dem Messer, das er noch immer in der Hand hielt, nicht nur den Husky umgebracht hatte, sondern auch die Freundschaft ausgelöscht, die zwischen Quinn und ihm bestanden hatte.

»Alles in Ordnung mit Ihnen?«, fragte der Soldat, der den zweiten Husky erschossen hatte, als Thor an ihm vorbei aus dem Zelt ging. Thor blieb einen Moment stehen und funkelte ihn fast hasserfüllt an. Plötzlich wollte er nichts mehr, als seine Fäuste in das Gesicht des Mannes schlagen, so lange, bis er sich nicht mehr bewegte, bis das Leben in seinen Augen erlosch und –

Was geschah nur mit ihm? Er versuchte sich mit aller Macht zu beherrschen, aber sein Wille reichte nicht mehr. »Gehen Sie mir aus dem Weg!«, zischte er gepresst.

Die Sorge im Blick des Soldaten machte purem Zorn Platz. »Vielleicht hätte ich besser abwarten sollen, dass sich das Vieh Ihnen an die Kehle setzt!«, antwortete er wütend. »Oder diesen Wilden gleich mit erschießen.«

Thor schluckte die beißende Antwort hinunter, die ihm auf der Zunge lag, und drehte sich mit einem Ruck weg, um sich mit ein paar Schritten zu entfernen. Wenn er oder der Soldat noch ein einziges Wort sagten, dann würde er sich nicht mehr zurückhalten können und sich auf ihn stürzen, das wusste er.

Vom anderen Ende des Lagers näherten sich Browning und Bates. »Was ist passiert?«, fragte Browning aufgeregt. »Ich habe Schüsse gehört.«

»Nichts«, erwiderte Thor und wandte sich brüsk ab.

Browning sah ihn verstört an und wollte ihn zurückhalten, aber Mabel trat mit einem Schritt zwischen sie und schüttelte den Kopf. »Lassen Sie ihn in Ruhe, Doktor Browning«, sagte sie.

»Es ist schon gut, Mabel«, murmelte Thor. Zu Browning gewandt fügte er hinzu: »Die Hunde haben Quinn angegriffen. Ich habe einen von ihnen getötet.«

»Und?«, fragte Browning irritiert.

»Begreifen Sie denn nicht?«, rief Thor aufgebracht. »Diesmal war es nur ein Hund, aber das nächste Mal ist es vielleicht einer der Männer. Ich … ich kann mich kaum noch beherrschen.«

»Und es geht allen so, Doktor«, fügte Mabel hinzu.

Brownings Blick wanderte irritiert ein paarmal zwischen Thor und Mabel hin und her. Er versuchte zu lachen, aber es gelang ihm nicht wirklich. »Das ist doch Unsinn«, sagte er hilflos.

»Das ist es nicht«, widersprach Mabel. »Sie wissen es genauso gut wie ich. Irgendetwas geschieht mit uns. Sehen Sie sich die Männer doch an. Heute Nachmittag hätten sie fast Major von Ludolf umgebracht, und wenn Quinn nicht dazwischengegangen wäre, dann hätten sie sich auf Sie, Mister Bates und Thor gestürzt. Und es wird immer schlimmer.«

»Es ist dieser verdammte Eisberg«, sagte Bates.

Browning funkelte ihn zornig an. »Fangen Sie nicht mit dem gleichen Unsinn an wie Morton!«, befahl er barsch.

»Es ist kein Unsinn«, widersprach Thor. »Wir hätten auf Morton hören sollen, solange noch Zeit war. Irgendetwas Unheimliches geschieht hier, Doktor. Und es wird mit jeder Minute schlimmer.«

Er war beinahe selbst überrascht, als Browning nicht widersprach, sondern Mabel und ihn nur betroffen ansah. »Und was schlagen Sie vor?«, fragte er.

»Ich weiß es nicht«, gestand Thor. »Aber wir müssen hier weg. Ganz egal, wie.«

Browning lachte humorlos. »Eine tolle Idee«, sagte er bissig. »Warum fangen Sie nicht an, sich ein Floß zu bauen?«

»Vielleicht wäre das besser, als hier zu bleiben, bis wir anfangen uns gegenseitig umzubringen«, antwortete Thor ernsthaft.

»Denken Sie an van Hesling«, warf Mabel ein. »Sie wissen, in welchem Zustand Morton ihn gefunden hat.«

»Selbst wenn ich Ihnen glauben würde«, antwortete Browning unwillig, »was sollen wir tun? Es kann Wochen dauern, bis Hilfe eintrifft. Wenn überhaupt.«

»Das deutsche U-Boot«, sagte Thor.

Browning starrte ihn an. »Das ist nicht Ihr Ernst!«

»Und ob!«, antwortete Thor. »Sobald es Tag wird, besorge ich mir ein weißes Tuch und bastle eine Fahne daraus. Ich bin sicher, sie sind noch irgendwo hier in der Gegend und beobachten uns. Sie werden kaum auf Männer schießen, die sich ergeben.«

»Ich glaube, Sie haben zu lange mit von Ludolf gesprochen«, knurrte Browning.

»Es ist mir völlig egal, was Sie von Major von Ludolf halten«, erwiderte Thor. »Aber in einem Punkt hat er recht: Wenn sie verhindern können, dass wir auf diesem Berg bleiben, erreichen sie ihr Ziel auch, wenn sie uns als Gefangene an Bord nehmen.«

»Ich wusste gar nicht, dass Sie ein Feigling sind, Mister Garson!«, schnappte Browning.

Thor holte tief Luft, aber er kam nicht dazu, Browning die scharfe Antwort zu geben, die ihm auf der Zunge lag, denn plötzlich hob Bates die Hand und legte den Kopf schräg. »Hört doch!«, flüsterte er.

Auch Thor und die anderen lauschten gebannt und nach einem Augenblick hörten sie es: In das unablässige Heulen und Wimmern des Windes hatte sich ein anderer Ton gemischt, ein tiefes, gleichmäßiges Brummen, das allmählich näher kam. Und es war kein natürlicher Laut.

»Ein Flugzeug!«, rief Mabel aufgeregt. »Das ist ein Flugzeug!«

Ihre Blicke suchten den Himmel ab, aber natürlich sahen sie nichts. Die Nacht war sternenklar, doch selbst wenn das Flugzeug seine Positionslampen eingeschaltet hätte, wäre es vor dem flimmernden Hintergrund der Milchstraße kaum sichtbar gewesen. Und der stetig heulende Wind machte es unmöglich, die genaue Richtung zu bestimmen, aus der das Geräusch kam.

»Ein Flugzeug!«, sagte Mabel noch einmal. »Wir sind gerettet!«

Bates blickte sie kurz und zweifelnd an und begann dann wieder den Himmel mit Blicken abzusuchen; auch Thor war nicht ganz so überzeugt davon, dass dieses Geräusch wirklich die Rettung bedeutete.

Und er sollte recht behalten.

Das Geräusch schwoll beständig an und wurde lauter, und schließlich konnten sie ausmachen, dass es nicht ein, sondern mindestens drei Flugzeuge waren, die sich Odinsland näherten. Doch irgendetwas an diesem Geräusch störte Thor. Er hatte diesen Klang schon einmal gehört, und das war in ganz und gar keinem erfreulichen Zusammenhang gewesen.

»Das sind … Deutsche!«, sagte Bates plötzlich.

»Woher wollen Sie das wissen?«, fragte Mabel.

Bates machte eine entschiedene Handbewegung. »Das sind Flieger … und ich kenne den Klang. Das sind *Messerschmitt Bf 109*, mindestens drei Stück. Wahrscheinlich sogar vier.«

Brownings Augen weiteten sich und auch Thor fuhr leicht zusammen und blickte den Marineflieger erschrocken an. Die Bf 109 war eines der gefürchtetsten Flugzeuge der Deutschen Luftwaffe. Klein, schnell und ungeheuer wendig, gab es praktisch keine Möglichkeit der Abwehr gegen sie, und umgekehrt gab es so gut wie kein Ziel, das sie nicht angreifen und vernichten konnte. Und es war sicher kein Flugzeug, das man zu einer *Rettungsaktion* eingesetzt hätte!

»Aber das ist doch –«

Der Rest von Mabels Worten ging in einem dumpfen Krachen unter, das vom Meer herüberwehte, gefolgt von einem heulenden, rasend schnell anschwellenden Laut – und einer grell orangeweißen Explosion, die die Kante des Eisplateaus im Norden zerriss und die Nacht für Augenblicke in lodernden Feuerschein tauchte. Wie in einer blitzartigen Vision sah Thor die Schatten der beiden Soldaten, die dort Wache gestanden hatten, vor der Druckwelle zurücktaumeln und stürzen, dann fuhr er herum, warf sich mit weit ausgebreiteten Armen auf Mabel und begrub sie schützend unter sich.

Der Donner der Explosion war noch nicht ganz verklungen, als ein neues, noch schrecklicheres Geräusch erscholl: Aus dem Motorengeräusch der Flugzeuge wurde ein schrilles, an den Nerven zerrendes Wimmern und Heulen, das immer lauter und lauter und lauter wurde, und plötzlich fegten zwei, drei, schließlich vier gewaltige schwarze Schatten dicht über die Oberfläche von Odinsland hinweg. Kaum eine Sekunde später zerriss eine Folge neuerlicher ungeheurer Explosionen die Nacht.

Grellweißer Feuerschein vertrieb die Dunkelheit. In das Dröhnen und Bersten der explodierenden Bomben mischten sich das fürchterliche Splittern von Eis und die Schreie von Männern. Ein Geysir aus Wasser, kochend heißem Dampf und Trümmern stieg in die Höhe, wenige Sekunden später regneten Eissplitter und brennende Stofffetzen auf Thor und die anderen herab. Eine glühende Druckwelle fegte über sie hinweg und Thor presste sich instinktiv noch dichter an Mabel, um sie mit seinem eigenen Körper vor den Trümmerstücken und der Hitze zu schützen. Plötzlich war die Nacht voller Schreie und hastender Gestalten, voller Flammen und einem unablässigen Bersten und Krachen, das aus der Tiefe des Eisbergs zu dringen schien. Thor wartete, bis das Schlimmste vorüber war, dann erhob er sich unsicher auf die Knie und blickte zum Lager zurück.

Besser gesagt: zu dem, was davon übrig geblieben war. Die Bomben, die die Flieger abgeworfen hatten, hatten mit entsetzlicher Präzision getroffen. Das Wrack der DRAGON stand in hellen Flammen, zwei der sechs Zelte brannten und ein drittes war vollkommen verschwunden. Wo es gestanden hatte, gähnte ein gut zehn Meter weiter und halb so tiefer Krater in der Oberfläche der Eisinsel. Überall lagen brennende Trümmerstücke herum, aus dem Eis stieg Dampf auf und Thor bemerkte allein auf den ersten Blick ein gutes halbes Dutzend reglose Gestalten, die zwischen den zerstörten Zelten lagen.

»Sie kommen zurück!«

Bates' Hand deutete heftig gestikulierend in die Richtung, in die die Kampfflugzeuge verschwunden waren. Thor konnte die Flugzeuge auch jetzt nicht sehen, aber das schrille Heulen, das ihren Angriff begleitet hatte, wurde bereits wieder lauter. Dann waren sie da, noch ehe er einen klaren Gedanken fassen konnte.

Diesmal verzichteten die Piloten darauf, Bomben zu werfen. Vermutlich hatten sie es auch das erste Mal nur getan, weil die Oberfläche der Eisinsel in völliger Dunkelheit dalag und das Wrack der DRAGON der einzige Orientierungspunkt gewesen war. Aber die Hülle des Luftschiffs brannte nun lichterloh und verbreitete gleißendes gelbes und orangerotes Licht, sodass die übrig gebliebenen Zelte und die überlebenden Männer hervorragende Zielscheiben boten.

Thor warf sich zum zweiten Mal über Mabel, als zwei der vier Maschinen plötzlich herabstießen und das Feuer aus ihren Maschinengewehren eröffneten. Vier schnurgerade Reihen meterhoher Explosionen aus Dampf und Eissplittern rasten in irrsinnigem Tempo auf das Lager zu, zerfetzten eines der letzten Zelte und verfehlten Thor und die anderen um weniger als zehn Meter. Zwei Jäger rasten wie riesige schwarze Todesvögel über sie hinweg und stiegen wieder auf, um zu einem neuerlichen Angriff anzusetzen, während die beiden anderen Flugzeuge das Lager unter Beschuss nahmen. Schreie und Gewehrfeuer mischten sich in das Rattern der MG-Salven. Zwei oder drei von Lestrades Elitesoldaten fielen getroffen zu Boden, während die anderen in heller Panik in alle Richtungen davonrannten. Fast gleichzeitig wehte vom Meer her der dumpfe Knall eines weiteren Kanonenschusses zu ihnen herauf und eine zweite, noch höhere Feuersäule schoss aus der Kante des Eisplateaus unmittelbar über dem Strand. Dann waren auch die beiden anderen Flugzeuge verschwunden und für eine Sekunde senkte sich eine fast unheimliche Stille über das Lager; eine Stille, in der selbst das Prasseln der Flammen und das Stöhnen der Verwundeten sonderbar unwirklich klangen.

Thor sprang mit einem Ruck auf die Füße und riss Mabel hoch. »Wir müssen hier weg!«, schrie er. »Sie kommen wieder!«

»Wohin?«

Thors Gedanken jagten fieberhaft ... Es gab hier oben absolut nichts, wo sie sich verstecken konnten. Der einzige

Weg von diesem Plateau hinunter führte über den Spalt im Eis, den Morton heraufgeklettert war – und vor diesem lauerte das deutsche Unterseeboot, dessen Kanoniere wahrscheinlich nur auf ein Ziel warteten, auf das sie ihre Kanonen richten konnten … zur Mitte des Plateaus, auf den gewaltigen Krater, den sie von Bord der DRAGON aus gesichtet hatten!

Er wartete Mabels Antwort gar nicht erst ab, sondern rannte los, wobei er sie einfach hinter sich herzerrte. Bates schrie ihm etwas nach, was er nicht verstand. Er musste all seine Aufmerksamkeit darauf konzentrieren, überhaupt auf den Füßen zu bleiben. Während der vergangenen Stunden hatte er sich an die bedrohliche Neigung des Bodens gewöhnt, aber da hatte er auch nicht um sein Leben rennen müssen. Ein einziger Fehltritt und ihre Flucht würde zu einer rasenden Rutschpartie in den Tod werden.

Die Jäger griffen ein drittes Mal an, ehe sie den Eiskrater erreichten, aber sie waren jetzt weit genug vom Lager und dem Wrack des Luftschiffs entfernt, um nicht mehr in unmittelbarer Gefahr zu sein. Thor warf im Laufen einen Blick über die Schulter zurück und erkannte, dass es auch zwischen den brennenden Zelten jetzt ununterbrochen aufblitzte. Offensichtlich hatten Lestrades Soldaten endlich ihre Schrecksekunde überwunden und schossen zurück – wenn dieser Widerstand auch eher symbolischen Charakter hatte. Mit einer Maschinenpistole ein angreifendes Kampfflugzeug erwischen zu wollen, war schlichtweg ein Ding der Unmöglichkeit. Trotzdem wünschte er, auch eine Waffe bei sich zu haben. Und sei es nur, um sich nicht ganz so hilflos zu fühlen.

Wie aus dem Nichts tauchte plötzlich eine Gestalt vor ihnen auf. Thor lief noch ein paar Schritte weiter, ehe er die weiße Felljacke und die Maschinenpistole in den Händen des Mannes sah und begriff, wen er vor sich hatte. Instinktiv warf er sich zur Seite, riss Mabel mit sich und rollte an sie geklammert über das Eis, als der deutsche Soldat seine Waffe hob und abdrückte. Die Salve verfehlte sie um mehrere Meter und Thor gab ihm keine Gelegenheit, noch einmal zu zielen. Er sprang auf, warf sich mit weit ausgebreiteten Armen auf den Mann und brachte ihn zu Boden. Der Soldat stieß ein überraschtes Keuchen aus und versuchte die Knie an den Körper zu ziehen, um Thor von sich zu stoßen, aber dieser ließ ihm keine Chance. Seine Faust traf die Schläfe des Mannes, und aus dem wütenden Knurren des Soldaten wurde ein halblautes Seufzen, als er das Bewusstsein verlor.

Thor sprang auf und fuhr herum. »Mabel! Wo bist du?«

Er entdeckte sie nur wenige Meter neben sich. Sie wirkte benommen, stemmte sich aber aus eigener Kraft auf die Füße hoch und versuchte einen taumelnden Schritt. Hinter ihr erschienen eine zweite und eine dritte weiß gekleidete Gestalt aus der Nacht.

»Mabel! Hinter dir!«, brüllte Thor.

Mabel drehte erschrocken den Kopf, erkannte die beiden als deutsche Soldaten und stieß einen spitzen Schrei aus, besaß aber trotzdem genug Geistesgegenwart, um sofort loszurennen. Einer der beiden hob seine Waffe, aber er schoss nicht, sondern setzte sofort zur Verfolgung an und auch Thor rannte los.

Er erreichte Mabel eine halbe Sekunde vor den beiden Deutschen. Einer der Soldaten hob wieder seine Maschinenpistole und Thor warf sich zwischen ihn und Mabel, prallte dabei mit der Schulter gegen sie und sah, wie sie einen ungeschickten, torkelnden Schritt zur Seite machte –

– und plötzlich verschwunden war.

Unter ihren Füßen war kein Eis mehr, sondern nur noch ein bodenloses schwarzes Loch. Ein gellender Schrei erklang und einen Augenblick später ein dumpfer Aufprall. Auch Thor schrie erschrocken auf, beugte sich vor und rang ein paar Sekunden lang mit verzweifelt rudernden Armen um sein Gleichgewicht, als er erkannte, dass das Eis vor ihm wie abgeschnitten endete. Tief unter ihm brach sich das Sternenlicht glitzernd auf Wasser. Im letzten Moment fand Thor sein Gleichgewicht wieder. Aber nur kurz. Dann waren die beiden Deutschen neben ihm und einer von ihnen rammte ihm den Lauf seiner MP mit solcher Wucht in den Rücken, dass Thor vor Schmerz aufschrie und erneut nach vorne kippte.

Diesmal schaffte er es nicht mehr, den Sturz abzufangen. Hilflos schwankte er vorwärts, drehte sich noch in der Bewegung herum und griff verzweifelt nach oben. Seine Hände bekamen etwas Hartes zu fassen und klammerten sich daran. Es war der Stiefel des Soldaten, der ihn in den Abgrund gestoßen hatte. Der Mann keuchte vor Schrecken, ließ seine Waffe fallen und begann nun selbst mit den Armen zu rudern, um sein Gleichgewicht wiederzufinden, aber Thors Gewicht war zu groß: Er stürzte, warf panisch den Oberkörper herum und griff nun seinerseits nach den Beinen seines Kameraden, der kaum einen halben Meter neben ihm stand. Dieser versuchte im letzten Moment auszuweichen, aber auch seine Reaktion kam zu spät. Er fiel, krallte sich in das Eis und brüllte vor Angst, als das gemeinsame Gewicht Thors und seines Kameraden auch ihn in die Tiefe zu zerren drohte.

Thors Stiefelspitzen fuhren scharrend über das Eis. Verzweifelt suchte er irgendwo nach Halt. Er stürzte nicht mehr, sondern glitt jetzt an der Wand hinab, aber es konnte nur noch Sekunden dauern, bis einer der beiden Deutschen oder beide endgültig ihren Halt verloren und sie alle drei in den Tod stürzten.

Plötzlich fühlte er unter seinen Füßen Widerstand. Thor spannte alle Muskeln an, um nicht durch den Ruck von der Wand fortgeschleudert zu werden, klammerte sich mit noch größerer Kraft an die Stiefel des Soldaten, der seinerseits die Beine seines Kameraden umklammerte, der wiederum sich selbst mit beiden Händen an der Kante des Kraters festkrallte – und das Wunder geschah. Sie stürzten nicht, sondern hingen ein oder zwei Sekunden lang reglos in dieser fast schon grotesken Stellung da, ehe Thor es wagte, den Kopf zu wenden und in die Tiefe zu blicken.

Vielleicht war das keine besonders gute Idee gewesen. Unter ihm war nichts. Im wahrsten Sinne des Wortes. Nichts außer einem bodenlosen Schacht und einem kaum halbmeterbreiten Sims, auf dem seine Füße Halt gefunden hatten. So wie die Mabel Rosenfelds, die nur ein Stück neben ihm lag. Sie hatte sich mit beiden Händen in die Wand gekrallt und lag in so unnatürlich verkrümmter Haltung da, dass Thor im ersten Moment Angst hatte, sie könnte tot sein. Dann hob sie den Blick und sah ihn an und er begriff, dass es nur Angst war, die sie lähmte.

Über dem Kraterrand erschienen jetzt weitere Gestalten, allesamt in die weißen Kapuzenjacken der deutschen Sturmtruppen gekleidet. Einige Sekunden lang starrten sie nur reglos zu ihm, Mabel und den beiden deutschen Soldaten herab, dann hob einer der Männer seine Waffe und legte auf Thor an.

Ein scharfer Befehl erscholl und der Soldat ließ hastig sein Gewehr sinken und trat zurück. Eine weitere in Weiß gekleidete Gestalt erschien zwischen den Männern, starrte Thor reglos an und begann dann Befehle in Deutsch zu erteilen. Einen Augenblick später griffen kräftige Hände nach den Armen des Mannes, der sich an den Kraterrand klammerte, und begannen daran zu ziehen. Thor stöhnte vor

Schmerz, als auch der zweite Mann, der sich an den Beinen des ersten festhielt, in die Höhe gezerrt und die Dehnung in seinen eigenen Schultergelenken schier unerträglich wurde. Trotzdem ließ er nicht los. Es wäre sein sicherer Tod gewesen und auch der Mabels. Er wusste, dass er sich nur noch wenige Augenblicke würde halten können.

»Klammere dich an mir fest!«, schrie er. »Versuch dich an meinen Beinen festzuhalten!«

Mabel blickte ihn an und schien nicht einmal zu verstehen, was er meinte. Thor wiederholte seine Worte und endlich löste sie vorsichtig eine Hand von ihrem Halt, streckte sie nach seinem Fuß aus und klammerte sich daran.

»Die andere Hand!«, schrie Thor. »Halt dich fest!«

Mabel gehorchte und während die beiden Soldaten über ihm langsam wieder in die Höhe gezogen wurden, klammerte sie sich mit aller Kraft an seine Beine und versuchte selbst auf dem schmalen Sims festen Halt zu finden.

Der Soldat am oberen Ende der bizarren Kette begann zu schreien, als plötzlich das Gewicht von drei Menschen an seinen Gliedern zerrte. Aber weder der Mann über Thor noch Thor ließ los, sodass sie langsam wieder nach oben glitten. Ein Seil fiel neben ihm in den Schacht herab, eine halbe Sekunde später ein zweites auf der anderen Seite, dann kletterten zwei Männer in weißen Schneeanzügen zu ihm und Mabel herunter.

Thor hätte sich in den vergangenen Jahren nicht träumen lassen, dass er irgendwann einmal froh sein würde, einen deutschen Soldaten zu sehen; aber er war es. Mit zusammengebissenen Zähnen wartete er ab, bis einer der Männer an ihm vorbeigestiegen und neben Mabel angelangt war, um die Arme nach ihr auszustrecken, dann griff er selbst dankbar nach der ausgestreckten Hand des zweiten Soldaten. In seinen Armen war nicht mehr das mindeste bisschen Gefühl. Er versuchte sich an dem Mann festzuhalten, aber es ging nicht. Hätte der Soldat nicht mit erstaunlicher Kraft zugegriffen und ihn einfach festgehalten, dann wäre er in diesem Moment wahrscheinlich doch noch abgestürzt. Schwäche und Müdigkeit überfluteten ihn wie eine betäubende Woge, als sie endlich wieder oben auf dem Eis waren. Mit einem hilflosen keuchenden Laut sank er auf die Knie, blieb einen Augenblick zitternd so hocken und fiel schließlich ganz nach vorne. Rings um ihn herum drehte sich alles. Seine Arme fühlten sich an, als wären sie aus den Schultern gerissen und verkehrt herum wieder eingesetzt worden, und für einen Moment wurde ihm übel vor Schwäche. Das Erste, was er wieder sah, als sein Blick sich klärte, waren ein Paar auf Hochglanz polierte schwarze Schaftstiefel, die direkt vor ihm emporragten.

Thor blinzelte, drehte sich mühsam auf den Rücken – und riss erstaunt die Augen auf, als er in das Gesicht blickte, das dem Besitzer der Schaftstiefel gehörte.

»Erikson!«

Erikson lächelte dünn. »Das ist nicht ganz richtig, Mister Garson«, sagte er. »Ich glaube, wir haben es nicht mehr nötig, Theater zu spielen. Mein Name ist Erich, Obersturmbannführer Klaus Erich, um genau zu sein.«

Das Wrack der DRAGON brannte noch immer, als sie ins Lager zurückkehrten. Das Feuer warf zuckende Schatten über das Eis, und die ungewohnte Wärme tat nach den dreißig oder vierzig Minusgraden, die bisher hier geherrscht hatten, beinahe weh. Nur ein einziges Zelt hatte den Tieffliegerangriff überstanden. Der Rest war zerfetzt, einfach verschwunden oder zu Asche zerfallen. Mabel sagte kein Wort, während sie neben Thor durch das verwüstete Lager ging, aber der Ausdruck von Schrecken auf ihrem Gesicht wurde immer tiefer.

Ihr Ziel war das einzige zurückgebliebene Zelt. Erikson – Erich – schlug mit dem Lauf seiner Maschinenpistole die Plane zurück und machte eine spöttische einladende Geste. Mabel bedachte ihn mit einem eisigen Blick und duckte sich in das Zelt hinein, eine Sekunde später folgte ihr Thor.

Drinnen brannte eine kleine Gasflamme, in deren Schein Thor Doktor Browning, Morton und Bates sowie Major von Ludolf erkannte. Mit Ausnahme von Ludolfs schienen alle mit dem Schrecken davongekommen zu sein, wenn sich auch Bates' rechte Gesichtshälfte allmählich zu verfärben begann und anschwoll. Offensichtlich hatten nicht alle Männer im Lager widerstandslos aufgegeben.

Von Ludolf hockte mit schmerzverzerrtem Gesicht da und starrte ins Leere. Um seinen rechten Oberschenkel spannte sich ein breiter, sehr lieblos angelegter Verband, auf dem ein hässlicher dunkler Fleck prangte. Seltsamerweise erfüllte ihn die Vorstellung, dass ausgerechnet von Ludolf von einem seiner eigenen Männer verletzt worden war, weder mit Zufriedenheit noch mit Schadenfreude.

Sie setzten sich, nachdem auch Erich und drei seiner Soldaten, die die Versammlung mit griffbereit über den Knien liegenden Maschinenpistolen bewachten, ihnen gefolgt waren. Im Zelt herrschte jetzt eine drückende Enge.

»Damit kommen Sie nicht durch« sagte Browning zornig an Erich gewandt.

»Womit, mein lieber Doktor?«, erkundigte sich der Obersturmbannführer freundlich. Brownings Brauen zogen sich noch weiter zusammen. Wütend hob er die Hände und Thor bemerkte erst jetzt, dass seine Gelenke mit dünnen, tief in die Haut schneidenden Lederriemen gebunden waren, wie die aller anderen mit Ausnahme von Ludolfs.

»Mit ... mit diesen Morden!«, antwortete er. »Das war ein kriegerischer Akt, Erich! Das wird Konsequenzen haben. Sie werden sich persönlich für den Tod jedes einzelnen meiner Männer verantworten müssen!«

»Ihrer Männer?«, wiederholte Erich nachdenklich. »Also geben Sie zu, dass Sie Mitglied dieser Verschwörung hier sind.«

»Verschwörung?!«, krächzte Browning.

Erich nickte. »Natürlich. Oder wie würden Sie es nennen, wenn ein Staat mitten im Frieden eine schwer bewaffnete Einheit losschickt, um die Forschungsstation eines anderen Landes zu überfallen?«

»Ich weiß überhaupt nicht, wovon Sie reden!«, knurrte Browning.

Erich setzte zu einer scharfen Antwort an, doch Thor fiel ihm ins Wort: »Hören Sie schon auf. Dieses kindische Theater hilft keinem von uns weiter.«

Die Worte galten eher Browning, aber es war Erich, der darauf antwortete. »Wenigstens sind Sie vernünftig, Mister Garson«, sagte er. »Daran habe ich auch niemals gezweifelt. Sie wussten wirklich nicht, welchem Zweck diese Expedition diente, nicht wahr? So wenig wie Doktor Rosenfeld, nehme ich an.«

Thor antwortete nicht und Browning sagte abermals: »Damit kommen Sie nicht durch. Das war Mord.«

Erich zuckte gelassen mit den Schultern. »Möglicherweise«, gestand er. »Aber ich glaube nicht, dass das noch eine Rolle spielt.«

Es dauerte eine Weile, bis auch Browning begriff. Er wurde bleich. »Sie wollen uns … ermorden?«, fragte er fassungslos.

»Das ist ein hässliches Wort, Doktor Browning«, antwortete Erich lächelnd. »Ich würde den Begriff *exekutieren* vorziehen.«

»Das können Sie nicht tun!«

Überrascht sah Thor auf. Es war von Ludolf gewesen, der die Worte gesprochen hatte. Aus weit aufgerissenen Augen starrte er Erich an.

»Das verbiete ich«, sagte er. »Die meisten Männer hier sind verletzt. Und die, die noch leben, sind Kriegsgefangene. Ich lasse nicht zu, dass Sie sie einfach ermorden!«

»Die Männer hier«, erwiderte Erich kalt, »sind nichts anderes als gemeine Piraten. Fragen Sie doch Doktor Browning, wozu die DRAGON wirklich unterwegs war.«

Er deutete mit einer herrischen Geste auf den Regierungsbeauftragten und fuhr fort: »Das Schiff war bis unters Dach mit Waffen vollgestopft. Und diese sogenannten Besatzungsmitglieder waren nichts anderes als eine Eliteeinheit der US-Navy, die in der Nähe unserer Basis abgesetzt werden sollte, falls der erste Angriff fehlgeschlagen wäre.«

Von Ludolf blickte Browning irritiert an. »Stimmt das?«, fragte er leise.

Browning wich seinem Blick aus, aber Erich fuhr fort: »Natürlich stimmt es! Sind Sie so dumm oder wollen Sie es nur nicht einsehen? Diese Männer hier sind Verbrecher. Sie bekommen, was sie verdienen!«

»Trotzdem wäre es Mord!«, beharrte von Ludolf. »Ich lasse nicht zu, dass so etwas geschieht!«

Erich machte sich nicht einmal die Mühe, darauf zu antworten. Aber der Blick, mit dem er den Major maß, verriet Thor, dass es ihm nicht unbedingt darauf ankam, einen Mann mehr oder weniger erschießen zu lassen.

Nach einer Weile wandte Erich sich wieder an Thor. »Ich nehme an, Mister Garson, dass ich es mir ersparen kann, Ihnen den Vorschlag zu machen, wieder auf unserer Seite zurückzuwechseln? Wir können Männer wie Sie gebrauchen.«

»Sie haben recht«, antwortete Thor. »Sie können sich die Frage wirklich sparen.« Aber dann fügte er hinzu: »Lassen

Sie wenigstens Doktor Rosenfeld laufen. Sie hat absolut nichts mit alldem zu tun.«

Erich drehte den Kopf und maß Mabel mit einem langen, abschätzenden Blick. Ein dünnes, durch und durch böses Lächeln erschien auf seinen Lippen. »Doktor Rosenfeld«, meinte er nachdenklich. »Ein interessanter Name. Sagen Sie, Doktor, haben Sie irgendwelche jüdischen Vorfahren oder woher stammt dieser Name?«

Mabels Gesicht schien zu Eis zu erstarren. Aber sie sagte kein Wort, sondern starrte Erich nur so durchdringend an, dass es nach einer Weile der deutsche Offizier war, der den Blick senkte.

»Was haben Sie jetzt mit uns vor?«, fragte Browning.

Erich zuckte mit den Achseln. »Im Augenblick nichts«, antwortete er. »Im Gegenteil, ich gebe Ihnen mein Wort, dass Ihnen im Moment nichts geschehen wird. Solange Sie vernünftig sind, heißt das.«

»Und was verstehen Sie unter ›vernünftig‹?«, fragte Mabel herausfordernd.

»Das liegt ganz bei Ihnen, Frau Doktor«, antwortete Erich freundlich.

»Wir werden eine Weile gemeinsam hier ausharren müssen, wie es aussieht. In zwei Tagen kommt ein Schiff, das uns abholt. Sie haben die Wahl, ob Sie die beiden Tage als Gefangene in diesem Zelt verbringen oder mit uns zusammenarbeiten möchten. Sollten Sie sich dazu entschließen«, fügte er nach einer winzigen Pause hinzu, »könnte ich vielleicht sogar vergessen, dass Sie Jüdin sind.«

»Sie Schwein!«, sagte Mabel ruhig.

Erichs Gesichtszüge entgleisten. Für einen Moment wurde sein Gesicht zu einer Fratze aus purem Hass, aber er fand seine Selbstbeherrschung fast ebenso schnell wieder, wie er sie verloren hatte. »Ganz wie Sie wollen«, meinte er.

Er stand auf, dann wandte er sich wieder an Thor. »Ich gebe Ihnen bis morgen Zeit, über meinen Vorschlag nachzudenken, Mister Garson«, sagte er. »Und vielleicht versuchen Sie auch auf Ihre reizende Freundin einzuwirken. Wissen Sie, Stolz ist etwas Schönes. Aber der Tod ist etwas sehr Hässliches. Und er ist so endgültig.«

»Sie werden alle sterben«, sagte Morton in diesem Moment.

Es waren die ersten Worte, die er überhaupt sprach, seit sie zurückgekommen waren. Und nicht nur Thor wandte überrascht den Blick; auch Erich starrte den Kapitän mit einer Mischung aus Zorn und Überraschung an und legte den Kopf schräg.

»Ich fürchte, Sie verdrehen da ein bisschen die Tatsachen«, sagte er. »Im Augenblick sind Sie unsere Gefangenen.«

»Sie werden alle sterben«, wiederholte Morton. »Und wir auch. Niemand kommt lebend von hier weg. Ich weiß es.«

»Halten Sie doch endlich den Mund«, erwiderte Browning müde, aber zu Thors Überraschung war es Erich, der den Regierungsbeauftragten mit einer barschen Geste unterbrach.

»Lassen Sie ihn reden, Doktor Browning«, sagte er. »Vielleicht hat er ja gar nicht so unrecht.«

»Dieser Ort ist verflucht!«, behauptete Morton.

Browning warf ihm einen wütenden Blick zu, aber Erich lächelte plötzlich auf sonderbar wissende Art. »In gewissem Sinne stimmt das sogar«, sagte er.

»Was soll das heißen?«, fragte Thor.

Erichs Lächeln wurde noch ein wenig breiter. »Vielleicht beantworte ich diese Frage morgen früh«, sagte er. »Vielleicht auch nicht. Das hängt ganz von *Ihren* Antworten auf meine Fragen ab.« Er stand auf und verließ ohne ein weiteres Wort das Zelt, und nach kurzem Zögern folgten ihm auch die drei Soldaten – allerdings nicht ohne Thor und Mabel vorher auf die gleiche Art an Hand- und Fußgelenken zu fesseln wie die anderen.

IRGENDWO AM POLARKREIS

Es dauerte bis zum nächsten Morgen, ehe Thor dazu kam, eine erste schreckliche Bilanz des Tieffliegerangriffs zu ziehen. Das Wrack der DRAGON war mitsamt allem, was es noch enthalten hatte, bis zur Unkenntlichkeit verbrannt und das Lager war vollständig verwüstet. Aber auch diesmal hatten sie trotz allem noch Glück im Unglück gehabt: Mit Ausnahme der beiden Wächter, die dem Feuer des Unterseebootes zum Opfer gefallen waren, hatte es noch drei weitere Tote unter den Soldaten gegeben und die meisten anderen waren mit dem Schrecken und mit leichten Verletzungen davongekommen. Die Deutschen hatten die ganze Nacht emsig gearbeitet, und als Thor und Mabel am frühen Morgen von zwei Soldaten abgeholt wurden und das Zelt verließen, sahen sie auch, woran: Nur wenige Meter neben dem zerbombten Zeltlager waren zwei flache, aus vorgefertigten Teilen zusammengesetzte Baracken erstellt worden. Es waren niedrige, fensterlose Wellblechhütten, in denen eine unerträgliche Enge herrschen musste, die aber zumindest Schutz vor dem Wind und der eisigen Kälte boten. Rund zwanzig Soldaten in weißen Schneeuniformen eilten geschäftig hin und her oder standen einfach herum und einige von ihnen hielten mit erhobenen Gewehren Wache vor der geschlossenen Tür einer Baracke. Thor vermutete, dass dort die überlebenden Marinesoldaten gefangen gehalten wurden. Mabel wollte hingehen, um sich um die Verwundeten zu kümmern, aber der Soldat, an den sie diese Bitte richtete, schüttelte nur den Kopf und deutete mit seinem Gewehr in die entgegengesetzte Richtung. Thor sah, dass sich die Aktivitäten der Soldaten nicht nur auf das Lager beschränkt hatten. Auch am Rande des gewaltigen Kraters, der in der

Oberfläche des Eisbergs gähnte, war ein heftiges Arbeiten und Werken im Gange. Dicht neben dem Punkt, an dem Mabel und er am vergangenen Abend beinahe abgestürzt wären, entstand eine große stelzbeinige Konstruktion aus Balken und Stahlträgern. Eine dritte, etwas kleinere Wellblechhütte war wenige Meter daneben entstanden, und als Mabel und er sich näherten, wurde die Tür geöffnet und Erich trat heraus.

Der Deutsche sah müde aus. Dunkle Ringe lagen unter seinen Augen und seine Haut hatte einen grauen Schimmer. Seine Bewegungen wirkten fahrig und Thor fiel auf, dass die beiden Soldaten ängstlich ein Stück zurückwichen, als er sich ihnen näherte. Offensichtlich stand auch bei den Deutschen nicht alles zum Besten.

»Guten Morgen«, begrüßte Erich sie. »Ich hoffe, Sie hatten eine angenehme Nacht.«

»Ja«, antwortete Thor unfreundlich. »Ich schlafe besonders gut im Sitzen und mit zusammengebundenen Händen.«

»Es tut mir leid, wenn Sie nicht den gewohnten Service vorgefunden haben«, erwiderte Erich spöttisch. »Aber Sie haben es ja vorgezogen, den unbeugsamen Helden zu spielen, statt mein Angebot anzunehmen.«

»Was ist mit den anderen?«, fragte Thor. Er machte eine Kopfbewegung zu einer der beiden Wellblechhütten im Lager. »Die Männer, die Sie dort zusammengepfercht haben. Man wollte uns nicht zu ihnen lassen.«

»Wozu auch?«, gab Erich zurück. »Wir haben einen Arzt dabei, der sich um die Verletzten kümmert. Oder suchen Sie nach jemand Bestimmtem?«

Thor überlegte blitzartig. Erich wusste gut, wie er zu Quinn stand. Und die misstrauische Art, in der er diese Frage stellte, konnte nur eines bedeuten.

»Nein«, antwortete Thor. »Quinn habt ihr ja offensichtlich schon vorher erledigt.«

Erich zuckte mit den Schultern. »Was nicht unbedingt ein großer Verlust für die Menschheit ist«, sagte er lächelnd. Als er sah, wie es in Thors Augen aufblitzte, fügte er kalt hinzu: »Es war schließlich nicht meine Schuld, dass er es vorgezogen hat, bei seinen Hunden zu bleiben, statt sich in Sicherheit zu bringen.« Er machte eine herrische Geste, die jeden Widerspruch im Keim erstickte, und begann auf die beiden Konstruktionen am Rand des Kraters zuzugehen. Thor und Mabel folgten ihm.

»Wie Sie sehen, Mister Garson«, begann er, »waren wir nicht untätig. Die Arbeiten sind noch nicht ganz abgeschlossen, aber ich denke, dass es allerhöchstens noch zwei oder drei Stunden dauern wird.« Er legte eine winzige Pause ein und sah Thor und Mabel bedeutungsvoll an. »Und ganz genauso lange gebe ich Ihnen noch Zeit, um über meinen Vorschlag nachzudenken.«

Thor ersparte sich eine Antwort und ging vorsichtig weiter. Seine Schritte wurden automatisch langsamer, als er sich dem Kraterrand näherte, und einen halben Meter davor blieb er schließlich stehen. Erichs Soldaten hatten während der Nacht einen provisorischen Zaun rings um das gewaltige Loch gezogen, eine Anzahl meterhoher eiserner Stäbe, die in das Eis gerammt und zwischen denen rot-weiße Bänder gespannt worden waren, die eher symbolischen Charakter hatten.

Erich machte eine einladende Bewegung. Thor streckte den Arm aus, hielt sich an einer Metallverstrebung des Gerüsts fest und beugte sich mit klopfendem Herzen nach vorne.

Was er sah, verschlug ihm für Sekunden im wahrsten Sinne des Wortes den Atem.

Was gestern Abend nichts weiter als ein bodenloses schwarzes Loch gewesen war, das erwies sich jetzt, im hellen Licht des Morgens, als kreisrunder, sicherlich drei- oder vierhundert Meter weiter Schacht, dessen Wände aus spiegelblank poliertem Eis bestanden. Der ebenfalls runde See auf seinem Grund war so ruhig, dass das Wasser wie eine gewaltige Silberplatte glänzte. Und es war ganz genau so, wie Morton behauptet und die Fotos es gezeigt hatten: Direkt unter ihnen, zu einem Teil ins Eis der Schachtwand eingefroren, lag ein gewaltiges Wikingerschiff mit einem gestreiften Segel.

»Aber das ist doch unmöglich!«, flüsterte Mabel, die sich ebenfalls vorgebeugt hatte.

Erich lachte leise. »Nichts ist unmöglich, meine Liebe. Ich sehe schon, Sie haben dem bedauernswerten Mister Morton ebenso wenig geglaubt wie alle anderen.« Er lachte leise und spöttisch. »Sehen Sie, in diesem Punkt unterscheiden wir uns eben auch. Wir haben ihm geglaubt, sonst wären wir kaum hier.«

Thor richtete sich überrascht auf und sah den Deutschen an. »Was meinen Sie damit?«, fragte er.

»Sie enttäuschen mich, Mister Garson«, sagte Erich. »Ich dachte, Sie wären schon von selbst darauf gekommen. Wir hatten von Anfang an keine Zweifel, dass es dieses Schiff und diese Höhle wirklich gibt. Es ist der einzige Grund, warum wir dafür gesorgt haben, dass Sie diese Expedition unternehmen.«

»Dafür … gesorgt?«, vergewisserte sich Mabel.

»Ich gebe zu, es war nicht einfach. Aber es hat sich gelohnt.«

»Dann … dann sind Sie nicht wegen dieser Raketenbasis hier?«, fragte Thor. »Ich meine, man hat Sie nicht an Bord geschmuggelt, um –«

»Raketenbasis?« Erich lachte heftig. »Was für eine Raketenbasis, Mister Garson? Es gibt keine solche Basis. Sie existiert nur in den Köpfen dieser Narren Lestrade und Browning.«

»Aber die Beweise –«, begann Thor, wurde aber sofort wieder von Erich unterbrochen.

»Beweise! Papperlapapp! Papier ist geduldig, wie man so schön sagt. Brownings sogenannte Beweise waren nichts als Fälschungen, die wir ihm zugespielt haben.« Sein Blick wurde verächtlich. »Glauben Sie wirklich, wir würden amerikanischen Spionen gestatten, an Informationen über ein so streng geheimes Vorhaben zu gelangen?«

»Aber warum, um Gottes willen?«, murmelte Mabel fassungslos.

Erich antwortete nicht auf ihre Frage, aber Thor tat es mit leiser, zitternder Stimme und geballten Fäusten, um sich nicht einfach auf den Deutschen zu stürzen und auf ihn einzuschlagen. »Damit wir ganz genau das tun, was wir getan haben, Mabel«, sagte er. »Mein Gott, sie haben uns alle zum Narren gehalten.«

»Aber wozu dann all das?«, fragte Mabel noch einmal. »Warum haben sie uns nicht einfach gesagt, was sie wollten?«

»Weil wir ein Luftschiff wie die DRAGON niemals losgeschickt hätten, nur um das da zu finden.« Thor deutete mit einer Geste auf das Wikingerschiff unter ihnen. Erich nickte zustimmend, schwieg aber und sah Thor neugierig an. »Sie wussten genau, dass die Regierung der Vereinigten Staaten ganz bestimmt nicht ein paar Millionen Dollar investiert und ihr modernstes Luftschiff losgeschickt hätte, nur um ein tausend Jahre altes Wikingerboot zu bergen. Um eine deutsche Raketenbasis aufzuspüren schon.«

»Aber warum haben Sie es nicht einfach selbst getan?«

»Weil wir kein Luftschiff wie die DRAGON hatten«, antwortete Erich in fast freundlichem Ton. »Und aus einem anderen höchst simplen Grund, meine Liebe. Wir kannten die Position dieses Eisbergs nicht.«

»Sie hätten ihn suchen können!«, schrie Mabel plötzlich. »Sie … Sie haben Schiffe und U-Boote und Flugzeuge. Sie hätten ihn einfach suchen können, ohne dass all diese Männer hätten sterben müssen!«

»Nein«, antwortete Erich, »das konnten wir eben nicht. Uns blieb einfach keine Zeit dazu. Sie sehen es selbst.« Er deutete mit einer Kopfbewegung auf den Krater und den See. »Der Berg beginnt sich aufzulösen. Er treibt zwar wieder nach Norden, aber irgendetwas geht hier vor. Das Eis schmilzt. Ihn zu suchen hätte Wochen gedauert, wenn nicht Monate – falls wir ihn überhaupt gefunden hätten. Bis dahin wäre das Schiff vielleicht nicht mehr da gewesen.«

»Aber was ist denn an diesem verdammten Wrack so Besonderes? Es … es ist doch nur ein altes Schiff.«

»Nein, genau das ist es nicht«, widersprach Erich so heftig, dass Thor ihn erneut überrascht anblickte. »Sie haben ja keine Ahnung, was das da unten wirklich ist, Doktor Rosenfeld. Das ist nicht irgendein Schiff.«

»Sondern?»

»Es ist das Naglfar«, flüsterte Thor. Er sah Erich an. »Odins Schiff, das die Seelen gefallener Krieger nach Walhall bringt. Nicht wahr?«

Erich nickte.

»Aber das … das ist doch Unsinn! Das ist doch nichts weiter als eine uralte Legende!«

»O nein, meine Liebe«, sagte Erich kopfschüttelnd. In seiner Stimme schwang Stolz. Seine Augen leuchteten. »Das ist es ganz und gar nicht. Erinnern Sie sich an die Geschichte, die ich Ihnen an Bord der DRAGON erzählt habe? Die Geschichte von der ersten Besiedelung Grönlands?«

Mabel starrte ihn an und nickte schließlich mühsam.

»Auch das war keine Legende«, fuhr Erich fort. »Es gibt genügend Beweise, dass die Wikinger tatsächlich in Grönland waren. Und auch dafür, dass sie eines Tages alle verschwanden, und zwar alle auf einmal. Und wir wissen jetzt auch, warum. Es war dieses Schiff, das sie abgeholt hat. Das Schiff der Götter.«

»Das ist doch Unsinn!«, murmelte Mabel.

Erich war in viel zu euphorischer Stimmung, um sie überhaupt wahrzunehmen. »Wir werden es bergen, Doktor Rosenfeld«, sagte er aufgeregt. »Begreifen Sie, was das bedeutet? Wir werden Odins eigenes Schiff bergen! Wir werden die Macht der alten Götter auf unserer Seite haben!«

»Sie wissen ja nicht, was Sie da reden, Mann«, flüsterte Thor erschüttert. Die Vorstellung ließ ihn schaudern. Er sah den Wahnsinn in Erichs Blick und er dachte an einen anderen, noch viel Wahnsinnigeren, der etliche tausend Meilen entfernt in Berlin über ein unterdrücktes Volk regierte und sich gerade eben darauf vorbereitete, die Nachbarländer und vielleicht die *ganze* Welt mit Krieg zu überziehen. Wenn das dort unten wirklich das Naglfar war und es Erich und seinen Begleitern gelang, es in ihre Gewalt zu bringen, wenn es den Deutschen glückte, auch nur einen Teil der uralten Kräfte zu wecken, die in seinem schwarzen Rumpf schlummerten, dann bedeutete das …

»Ragnarök«, flüsterte er.

Erich starrte ihn nur an, während Mabel fragend die Brauen hob.

»Die Götterdämmerung«, erklärte Thor.

»Jetzt übertreiben Sie, Mister Garson«, sagte Erich mit sanftem Spott. »Wir haben keineswegs vor, die Welt zu zerstören. Wir wollen nur ein wenig Ordnung in sie bringen. Und sie hat es weiß Gott nötig.«

»Das stimmt sogar«, erwiderte Thor. »Ich wüsste einen bestimmten Ort in Europa, an dem man damit beginnen sollte.«

Erich lachte und machte dann eine knappe Handbewegung, mit der er das Thema für beendet erklärte. »Genug«, sagte er. »Wie Sie sehen, werden wir bereits in den nächsten Stunden in der Lage sein, das Schiff zu erreichen. Ich frage Sie jetzt zum letzten Mal, ob Sie mit uns zusammenarbeiten wollen oder es vorziehen, mit den anderen zu sterben.«

Mabel wollte auffahren, aber Thor legte ihr rasch und beruhigend die Hand auf den Unterarm. »Warte«, warnte er.

Erich grinste. »Ich sehe, Sie kommen allmählich zur Vernunft, Mister Garson«, sagte er.

»Habe ich gesagt, dass ich Ihr Angebot annehme?«, fragte Thor.

»Nein. Aber ich habe eine Menge über Sie gehört, Mister Garson. Unter anderem, dass Sie ein gutes Spiel zu schätzen wissen. Das stimmt doch?«

Thor nickte und Erich fuhr fort. »Ich schlage Ihnen ein Spiel vor, Mister Garson. Der Einsatz ist Ihr Leben – und das Ihrer Freundin.«

»Und die Regeln bestimmen Sie, nehme ich an«, knurrte Thor.

Erich nickte. »Selbstverständlich. Interessieren sie Sie? Ich will Ihnen nichts vormachen, Mister Garson. Wir brauchen Sie. Professor Baldurson war leider der einzige Archäologe, über den ich hätte verfügen können. Und wie Sie wissen, ist er bedauerlicherweise beim Absturz Ihres Luftschiffs ums Leben gekommen. Es ist nicht so, dass wir unbedingt auf Ihre Mitarbeit angewiesen wären, aber sie würde manches erleichtern. Für Sie und auch für uns. Ich schlage Ihnen vor, Sie helfen uns das Schiff zu bergen und als Gegenleistung schenke ich Ihnen und Doktor Rosenfeld das Leben.«

»Oh, und Sie meinen, darauf würde ich eingehen?«

»Natürlich nicht«, antwortete Erich. »Halten Sie mich bitte nicht für einen Narren, Mister Garson. Selbstverständlich ist mir klar, dass Sie jede Gelegenheit nutzen werden, zu fliehen oder gegen uns zu arbeiten. Aber so, wie die Dinge im Moment liegen, gibt es nicht besonders viele Möglichkeiten, wohin Sie fliehen könnten. Und sollten Sie versuchen unsere Arbeit zu sabotieren oder uns irgendwie aufzuhalten, verspreche ich Ihnen, dass Ihre Kameraden dafür bezahlen werden.«

Thor starrte den Deutschen hasserfüllt an. Aber er wusste auch, dass ihm gar keine andere Wahl blieb. Und trotz allem war da auch noch der Archäologe in ihm, der die vielleicht größte Entdeckung aller Zeiten zum Greifen nahe vor sich sah.

»Ich bin einverstanden«, sagte er schweren Herzens. »Aber ich sage Ihnen gleich, dass Sie scheitern werden. Wenn dieses Schiff dort unten wirklich das ist, wofür Sie es halten, dann kann kein lebender Mensch es betreten.«

»Professor van Hesling hat es getan«, erwiderte Erich.

»Woher wollen Sie das wissen?«, fragte Thor. »Er kann genauso gut die ganze Zeit in einer Höhle oder in seinem Zelt unten am Strand überlebt haben.«

Erich seufzte. »Sie selbst haben den Beweis dafür in Händen gehalten«, sagte er. »Ist Ihnen an den Waffen und der Rüstung, die Doktor Browning uns an Bord des Luftschiffs gezeigt hat, nichts aufgefallen?«

Thor schüttelte den Kopf.

»Mir auch nicht«, gestand Erich. »Aber ich habe mit Doktor Baldurson gesprochen, als wir allein waren. Ich bin nicht erstaunt, dass es Ihnen entgangen ist – Sie sind zwar eine Kapazität auf Ihrem Gebiet, aber Baldurson war wahrscheinlich der größte Kenner auf der Welt, was die Nordmeervölker anging. Er versicherte mir, dass er Dinge wie diese niemals zuvor gesehen habe. Sie müssen von diesem Schiff stammen. Alles andere, was wir je gefunden haben, waren nichts als schlechte Imitationen davon.«

»Selbst wenn«, sagte Mabel erregt. »Sie wissen, was mit van Hesling geschehen ist. Er verlor den Verstand.«

»Dafür kann es hundert Gründe geben«, entgegnete Erich. »Er war monatelang allein auf dieser Insel. Und ich bin nicht so sicher wie Sie, dass er wirklich verrückt war.«

»Oh«, meinte Mabel bissig. »Von Ihrem Standpunkt aus vielleicht nicht, aber –« Sie verstummte, als sie ein eisiger Blick aus Erichs Augen traf.

»Möglicherweise haben Sie auch recht«, sagte Erich plötzlich. »Es kann sein, dass dieses Schiff tatsächlich gefährlich ist. Aber um uns davor zu schützen, haben wir ja Sie und Mister Garson, nicht wahr?«

»Das ist alles ein Albtraum«, murmelte Browning später, als sie wieder im Zelt waren. Thor und Mabel hatten ihm und den anderen von ihrem Gespräch mit Erich erzählt. Der Einzige, der nicht überrascht gewesen war, war Morton. Dafür war der Ausdruck von Entsetzen auf seinem Gesicht ungleich heftiger. Er sah aus wie ein Mann, der bereits mit dem Leben abgeschlossen hat und auf Schlimmeres wartet als nur den Tod.

»Es ist … Irrsinn«, sagte Browning. »Ich meine – selbst wenn es sich bei diesem Wrack wirklich um das sagenhafte Schiff handelt, was, um alles in der Welt, *wollen* sie damit? Die Wehrmacht um ein Bataillon berittener Walküren aufstocken?«

Der Scherz misslang kläglich. So absurd die Vorstellung im ersten Moment auch schien, ließ sie Thor doch innerlich schaudern. Und auch Mabel sah den Regierungsbeauftragten eher erschrocken als belustigt an.

Thor zuckte hilflos mit den Schultern. Für eine Weile sagte er gar nichts, sondern blickte nur versonnen auf Major von Ludolf hinab, der mit an den Körper gezogenen Knien in einer Ecke des Zeltes saß und ins Leere starrte, dann wandte er sich an Morton.

»Eines gibt mir zu denken«, meinte er. »Ich frage mich, was Erich gemeint haben könnte, als er sagte, er sei nicht sicher, ob Professor van Hesling wirklich den Verstand verloren habe.«

»Wie meinen Sie das?«, fragte Morton.

»Bitte erinnern Sie sich, Kapitän«, erwiderte Thor eindringlich. »Ich weiß es nicht mehr genau, aber da war irgendetwas, was Sie über van Hesling gesagt haben. Irgendeine Bemerkung …«

»Er ist auf uns losgegangen wie ein Wahnsinniger«, sagte Morton.

Thor schüttelte den Kopf. »Nein. Das waren nicht Ihre Worte. Sie haben gesagt, wie … wie ein Berserker.«

Morton nickte.

»Großer Gott!«, flüsterte Thor entsetzt. »Was war ich doch für ein Idiot! Genau das ist es!«

Nicht nur Morton, sondern auch alle anderen sahen ihn fragend an.

»Begreift ihr denn nicht?«, fuhr Thor fort. »Denn ganz genau das war er! Er war nicht verrückt. Jedenfalls nicht nur. Er … er hat dieses Schiff verteidigt!«

»Er hat *was*?«, fragte Browning.

»Morton hat es doch selbst gesagt!«, antwortete Thor erregt. »›Er hat wie ein Berserker gekämpft!‹ Ganz genau das waren seine Worte!«

»Das stimmt«, gab Browning zu, »aber ich verstehe nicht, was das mit diesen Deutschen zu tun –«

»Das ist die Erklärung!« Thor schrie fast. »Begreifen Sie

doch! Genau das ist es, was sie wollen! Browning, jedes Kind kennt die Berserker-Sage! Van Hesling hat mit der Kraft eines Wahnsinnigen gekämpft! Er war fast unverwundbar und er schien keinerlei Schmerz zu spüren! Das wollen sie! Die alten Legenden sind wahr! Es hat die Berserker gegeben und es kann sie wieder geben! Und dieses Schiff hat die Macht, sie zu erschaffen!«

Browning erbleichte. »O mein Gott!« flüsterte er. »Sie glauben, Hitler will in Wahrheit –«

»Eine Armee unbesiegbarer Krieger aufstellen, ja«, knurrte Thor grimmig und sah wieder von Ludolf an. Aber der Wehrmachtsoffizier wirkte so entsetzt und ungläubig wie alle anderen.

»Er will die Macht, die alten Berserker wieder zum Leben zu erwecken. Ein Heer fast unverwundbarer Soldaten, die ohne Rücksicht auf sich selbst kämpfen.«

»Aber das ist Irrsinn!«, sagte Mabel. »Wir haben doch alle gesehen, was mit van Hesling passiert ist. Er war ein geistiges Wrack, als alles vorüber war.«

»Und? Glaubst du, dass das diesen Wahnsinnigen stört?«

Mabels Augen wurden groß vor Entsetzen und auch Browning rang hörbar nach Luft, als ihn die Erkenntnis, dass Thor recht hatte, mit voller Wucht traf. Und vielleicht sah er in diesem Moment vor seinem geistigen Auge das Gleiche wie Thor: Legionen schier unverwundbarer, unbesiegbarer menschlicher Kampfmaschinen, die Europa überrollen und auch vor seinen Grenzen nicht haltmachen würden.

»Wir müssen dieses Ding zerstören«, sagte Bates, der als Einziger bisher schweigend zugehört hatte.

»Eine grandiose Idee«, erwiderte Browning. »Warum gehen Sie nicht los und fangen schon mal an?«

»Das ist gar nicht nötig«, mischte Morton sich ein. »Es wird uns so oder so alle vernichten.«

»Unsinn!«, rief Browning zornig. Er wandte sich wieder an Thor. »Es war richtig von Ihnen, Erichs Angebot anzunehmen, Mister Garson. Wir müssen diesen Wahnsinnigen daran hindern, sich des Schiffes zu bemächtigen. Ganz egal, wie.«

»Das ist es ja gerade, was mir Sorge macht«, entgegnete Thor. »Ich weiß nicht, wie.«

»Es *muss* eine Möglichkeit geben«, beharrte Browning. »Ich weiß, es klingt hart, aber wenn es sein muss, dann sind Sie verpflichtet, Ihr eigenes Leben und auch das Doktor Rosenfelds zu opfern, um es zu schaffen. Ich würde keine Sekunde zögern, das Gleiche zu tun.«

»Darum geht es nicht«, hielt Thor entgegen. »Ich bin nicht sicher, dass man dieses Schiff überhaupt zerstören kann.«

»Natürlich kann man das«, widersprach Browning heftig. »Alles kann zerstört werden.«

Thor blickte ihn lange und sehr niedergeschlagen an, ehe er beinahe im Flüsterton erwiderte: »Alles, was Menschen geschaffen haben, können Menschen auch zerstören, Doktor Browning. Aber wie zerstört man etwas, das ein Gott erschaffen hat?«

Zwei Stunden später wurden sie wieder abgeholt. Die Arbeiten am Kraterrand hatten sichtbare Fortschritte gemacht: Aus dem unfertigen Holz- und Metallgerüst war ein gut fünf Meter hohes Dreibein geworden, in dem an einem komplizierten Gewirr aus Tauen und Rädern ein metallener Korb hing, groß genug, um drei oder vier Menschen aufzunehmen. Während sich Thor und Mabel dem Krater näherten, begannen zwei von Erichs Soldaten eine große Winde zu bedienen und der Korb verschwand schwankend und mit zwei Soldaten besetzt in der Tiefe des Eiskraters. Als Thor dies sah, schritt er schneller aus, um zu Erich zu gelangen, der neben dem Dreibein stand und dem Hinabsinken des Korbes gebannt nachblickte.

»Sind Sie wahnsinnig geworden?«, begann er übergangslos. Er gestikulierte heftig in die Tiefe. Der Korb senkte sich mit beängstigender Geschwindigkeit in den Schacht hinab. »Die Männer dürfen das Schiff auf keinen Fall betreten!«

Erich maß ihn mit einem fast verächtlichen Blick. »Das werden sie auch nicht«, entgegnete er. »Aber um Ihre Frage zu beantworten: Ich bin auf jeden Fall *nicht* so wahnsinnig, Sie und Doktor Rosenfeld ohne entsprechende Bewachung und noch dazu als Erste an Bord dieses Schiffes gehen zu lassen.«

Thor presste wütend die Lippen aufeinander und beugte sich vor. Der Korb hatte bereits die halbe Strecke nach unten hinter sich gebracht, aber man sah jetzt, dass er nicht direkt auf das Wikingerschiff zielte, sondern auf eine schmale, grob dreieckig geformte Eisfläche, die unmittelbar daneben wie eine glitzernde Zunge aus der Schachtwand hervorwuchs.

»Beruhigen Sie sich wieder, Mister Garson«, sagte Erich spöttisch hinter ihm. »Ich kann Ihren Forscherdrang ja verstehen, aber die Ehre, als Erster einen Fuß auf dieses Schiff zu setzen, kann ich Ihnen doch nicht überlassen. Doch Sie werden der Zweite sein, darauf gebe ich Ihnen mein Wort. Mit dem nächsten Korb fahren Sie und ich hinunter. Und selbstverständlich auch Ihre entzückende Begleiterin«, fügte er mit einer angedeuteten spöttischen Verbeugung in Mabels Richtung hinzu.

Thor bemerkte das Blitzen in Mabels Blick und signalisierte ihr hastig, nichts Unbedachtes zu tun oder zu sagen.

Gebannt verfolgten sie, wie der Drahtkorb weiter in die Tiefe glitt und nach wenigen Minuten auf der Eiszunge aufsetzte. Die beiden Soldaten kletterten hinaus und Erich gab den Männern an der Winde einen Wink, den Korb wieder heraufzuziehen.

Die Zeit schien stehen zu bleiben. Der Korb brauchte nur wenig mehr als zwei Minuten, um wieder zu ihnen heraufzukommen, aber für Thor vergingen Ewigkeiten. Seine Gedanken überschlugen sich. Sein Herz begann rasend schnell zu hämmern und seine Handflächen wurden feucht vor Aufregung. Er war nervös. Auf der einen Seite wünschte er sich nichts sehnlicher, als dieses fantastische Schiff zu betreten und sich mit eigenen Augen davon zu überzeugen, ob es auch das war, wofür sie alle es hielten.

Und gleichzeitig hatte er vor nichts auf der Welt mehr Angst als genau davor.

Etwas Entsetzliches würde geschehen, wenn er es tat, das wusste er. Etwas Furchtbares, Drohendes und ungeheuer *Altes* umgab das schwarze Wikingerschiff. Es wirkte, als wäre es in einen Mantel aus geronnener Furcht gehüllt.

Hinter Mabels Stirn schienen sich ähnliche Überlegungen zu vollziehen, denn auch sie war bleich und zitterte, als sie in den kleinen Drahtkorb kletterte und sich mit beiden Händen festhielt. Die Winde begann knarrend zu arbeiten, dann hob sich der Korb ein wenig, schwenkte zur Seite – und unter ihnen war kein Boden mehr. Ganz langsam begannen sie in die Tiefe zu sinken.

»Ich begreife das nicht«, sagte Mabel, als sie ungefähr die halbe Strecke zurückgelegt hatten. »Diesen See dürfte es gar nicht geben. Seine Oberfläche liegt etliche hundert Meter unter dem Wasserspiegel.«

Erich schüttelte den Kopf. »Er ist nicht mit dem Meer verbunden, vermute ich«, meinte er. »Ich glaube, es ist einfach eine Höhle, die irgendwann voll Wasser gelaufen ist.«

Ja, dachte Thor, *oder es ist ein See, den es bisher noch gar nicht gegeben hat.* Odinsland schmolz. Vielleicht war dieses Schiff über all die Jahrhunderte hinweg völlig im Eis eingeschlossen gewesen, und der See, auf dem es nun schwamm, war nur das Wasser, in das sich das Eis zurückzuverwandeln begann. Und wenn diese Vermutung zutraf, dann gab es noch eine weitere Gefahr, von der sie bisher nichts geahnt hatten: Odinsland war groß, aber es war nicht endlos. Irgendwann würde das Eis bis zum Meer hindurch weggeschmolzen sein – und dann würde sich dieser Schacht in eine Todesfalle verwandeln, die sich innerhalb weniger Sekunden mit Wasser füllte.

Er verscheuchte den Gedanken und beugte sich neugierig vor, um das Schiff zu betrachten.

Es bot einen unheimlichen Anblick. Obwohl man ihm sein ungeheures Alter deutlich ansah, wirkte es nicht im geringsten Maß verfallen. Das riesige rot-weiß gestreifte Segel sah aus, als wäre es erst vor wenigen Tagen aufgezogen worden, nicht vor einem Jahrtausend. Der Rumpf war von tiefschwarzer, matter Farbe und er war nicht glatt, sondern mit zahllosen Sprüngen, Rissen, Erhebungen, Kanten und Vorsprüngen übersät, als bestünde er gar nicht aus Holz, sondern aus lebendem Material. Die beiderseits der Reling aufgestellten runden Metallschilde waren mit fantasievollen Mustern bemalt und auch die Farbe wirkte so frisch und unversehrt, als wäre sie gestern aufgetragen worden. Selbst als sie weiter in die Tiefe glitten und Einzelheiten zu erkennen waren, konnte Thor nicht genau sagen, was die Muster auf diesen Schilden darstellten. Sie erinnerten an germanische Runen, waren gleichzeitig aber auch völlig anders und irgendwie schienen sie … sich in ständiger Bewegung zu befinden. Fast als versuchten sie sich den Blicken der Menschen zu entziehen, als wären sie nicht für sie geschaffen. Zwischen diesen zwei Dutzend runden Schilden ragte dieselbe Anzahl armstarker schwarzer Ruder hervor. Aber auch sie waren keine wirklichen Ruder, sondern sahen nur wie Ruder aus; wenn Thor seiner Fantasie Spielraum ließ, erinnerte ihn ihr Anblick eher an schwarz glänzende Insektenbeine, die es dem Schiff ermöglichten, über das Wasser zu laufen.

Es kostete ihn alle Mühe, die entsetzliche Vorstellung zu verdrängen, aber ganz gelang es ihm nicht. Irgendwie war dieses gewaltige Schiff *lebendig.* Und etwas unsagbar Entsetzliches, Böses umgab es.

Der Korb setzte mit einem sanften Ruck auf und Erich schwang sich als Erster ins Freie. Rasch trat er einen Schritt zurück, damit die beiden Soldaten, die auf sie warteten, ihre Waffen in Anschlag bringen konnten, um Thor und Mabel in Schach zu halten, und machte erst dann eine auffordernde Geste. Hintereinander kletterten sie aus dem Korb und Erich hob die Hand und winkte den Männern oben an der Winde zu. Das bizarre Gefährt verschwand wieder über ihnen, um weitere Männer zu holen.

Schaudernd blickte Thor das Schiff an. Sie waren ihm jetzt ganz nah – zwischen der dreieckigen Eiszunge und dem Rumpf des riesenhaften Schiffes befand sich nur noch ein knapp halbmeterbreiter Spalt. Und erst jetzt, als sie direkt neben ihm standen, erkannte Thor, wie riesenhaft dieses Schiff wirklich war. Es musste mindestens fünfmal so groß sein wie jedes andere Wikingerschiff, das er jemals gesehen hatte. Und es war nicht einfach nur ein großes Schiff; seine Proportionen stimmten nicht. Wenn er die Schilde und Ruder und die Höhe der Bordwand als Vergleichsmaßstab nahm, dann schien es für Riesen gemacht zu sein.

»Sagenhaft!«, flüsterte Erich neben ihm. Der Blick des Deutschen hing gebannt an den schwarzen Flanken des Naglfar und seine Hände zitterten. Thor hatte ihn niemals so erregt gesehen wie in diesem Moment. Er schien sich nur noch mit Mühe zurückhalten zu können, um nicht einfach den letzten Schritt zu tun und an Bord des Schiffes zu gehen.

»Was ist das?«, fragte Mabel. Sie deutete auf die schwarzen Flanken des Schiffes. »Das ist doch kein Holz!«

Thor beugte sich vor, so weit er es wagen konnte. Mabel hatte recht: Was von oben wie schwarzes, verkrustetes Holz ausgesehen hatte, war keines. Erneut fiel ihm der Vergleich ein, den er gerade selbst gezogen hatte, und jetzt wusste er auch, warum er auf diese Idee gekommen war. Die Flanken des Schiffes bestanden nicht aus Holz. Sie waren aus Millionen und Abermillionen winziger schwarzer Splitter zusammengesetzt, keiner davon größer als ein Fingernagel.

Und ganz genau das waren sie auch.

»Das ist Horn«, stellte er fest.

Mabel blickte ihn irritiert an, während Erich nur lächelte. Er schien nicht im Mindesten überrascht zu sein.

»Horn?«, vergewisserte sich Mabel.

»Das Schiff Naglfar«, sagte Thor leise. »Ich bin jetzt sicher, das ist es. Die Legende sagt, es ist aus den Finger- und Zehennägeln toter Krieger erschaffen worden. Daher der Name.«

Mabel verzog angeekelt das Gesicht, schwieg aber, und Erich riss sich endlich von dem eindrucksvollen Anblick des Götterschiffs los, machte einen Schritt rückwärts und gab Thor und Mabel mit einer Geste zu verstehen, dass sie neben ihn treten sollten. Einer seiner Soldaten folgte ihrer Bewegung mit dem Lauf seiner Maschinenpistole.

Erich deutete mit einer Handbewegung auf den anderen. »Gehen Sie an Bord!«, befahl er.

Der Soldat wurde blass. Er zögerte. Voller Angst blickte er Erich an, dann – und mit deutlich mehr Angst – das gigantische Wikingerschiff. Er wollte etwas sagen, aber Erich fuhr ihn barsch an: »Haben Sie nicht verstanden, Soldat?«

Der grobe Ton wirkte. Der Soldat zögerte noch eine einzige Sekunde, drehte sich widerstrebend um, hängte sich die Waffe über die Schulter und streckte vorsichtig die Arme aus.

Thor hielt instinktiv den Atem an, als die Hände des Mannes das Schiff berührten. Aber nichts geschah. Zwei oder drei Sekunden lang stand der deutsche Soldat einfach nur reglos da, als warte er darauf, dass die Erde sich öffne und ihn verschlänge, dann atmete er hörbar erleichtert auf und schwang sich mit einer entschlossenen Bewegung in das Schiff. Wieder blieb er einen Augenblick stehen und sah sich angstvoll um, dann atmete er ein zweites Mal auf und drehte sich zu ihnen herum. »Alles in Ordnung«, sagte er. »Ich –«

Irgendetwas geschah. Thor spürte es, eine Sekunde bevor es wirklich geschah, und auch Mabel schlug mit einem erschrockenen kleinen Schrei die Hand vor den Mund. Keiner von ihnen konnte sehen, was wirklich passierte. Aber plötzlich erstarrte der Soldat mitten in der Bewegung, versuchte sich aufzurichten – und wurde von etwas Unsichtbarem, entsetzlich Starkem getroffen und wie ein Spielzeug in die Luft gewirbelt. Er begann zu schreien, aber sein Schrei brach sofort wie erstickt ab, während sein Körper, bereits tot, von einer unsichtbaren Riesenfaust zermalmt, in hohem Bogen vom Deck des Naglfar heruntergeschleudert wurde und im See verschwand.

Mabel schrie ein zweites Mal auf, schlug die Hände vor das Gesicht und warf sich mit einem Schluchzen gegen Thors Brust, während Erich und der zweite Soldat entsetzt zurückwichen. Der Soldat löste eine Hand von seiner Waffe und schlug das Kreuzzeichen vor der Brust, als Erich das

Schiff mit mehr Interesse als wirklichem Schrecken betrachtete und nach einem weiteren Moment mit den Schultern zuckte.

»Nun«, meinte er, »einen Versuch war es wert.«

Thors Augen wurden groß, als er begriff, was Erichs Worte bedeuteten. »Sie … Sie haben das gewusst?«, ächzte er.

Erich verzog abfällig die Lippen. »Gewusst nicht direkt, Mister Garson«, antwortete er. »Aber sagen wir: Ich habe mit der Möglichkeit gerechnet.«

»Das heißt, Sie haben ihn ganz bewusst umgebracht«, sagte Thor hasserfüllt.

»Umgebracht!« Erich machte eine wegwerfende Handbewegung. »Was für ein dramatisches Wort. Es war ein Experiment, verstehen Sie? Für die Forschung müssen auch schon mal Opfer gebracht werden. Immerhin«, fügte er mit einem bösen Lächeln hinzu, »habe ich nicht darauf bestanden, dass Sie oder Doktor Rosenfeld als Erste an Bord gehen.«

»Ungeheuer!«, zischte Thor gepresst. »Sie verdammte Bestie. Ich werde –«

Die Wand hinter Erich barst. Eine Lawine aus Eisbrocken und -splittern regnete auf sie herab, und plötzlich erweiterte sich der gezackte Riss in der Eiswand zu einem mehr als mannshohen schwarzen Loch, in dem eine riesenhafte gehörnte Gestalt erschien. Erich kreischte erschrocken auf und versuchte sich mit einem Satz in Sicherheit zu bringen. Der Soldat riss seine Maschinenpistole hoch und legte auf das hünenhafte Wesen an.

Er führte die Bewegung nie zu Ende. Der Riese sprang vor und in seinen Händen blitzte plötzlich ein ein Meter langes Schwert. Ein Schuss löste sich aus der Maschinenpistole des Soldaten, aber die Kugel fuhr hinter dem Giganten ins Eis, und dann fiel die Maschinenpistole samt der Hand, die sie gehalten hatte, zu Boden und der deutsche Soldat brach mit einem röchelnden Laut in die Knie und stürzte nach vorne. Erich fingerte an seinem Gürtelhalfter herum und wollte seine Pistole ziehen, aber auch er war nicht schnell genug. Trotz seiner ungeheuren Größe wirbelte der Gigant schnell wie ein Schatten herum und schlug ein zweites Mal mit dem Schwert zu. Der deutsche Offizier begriff die Gefahr, in der er schwebte, im allerletzten Moment, duckte sich und versuchte gleichzeitig einen Schritt rückwärts zu machen, aber beide Bewegungen kamen zu spät. Die Klinge des Riesen enthauptete ihn nicht, wie er es vorgehabt hatte, aber sie grub eine tiefe, blutige Spur in seinen rechten Oberarm, und dort, wo Erich den Fuß hatte hinsetzen wollen, war kein Eis mehr, sondern nur noch Wasser. Erich schrie vor Schreck und Schmerz, stand einen Moment lang in fast grotesker Haltung und mit hilflos wirbelnden Armen da und kippte schließlich rücklings ins eisige Wasser des Sees, nur eine Handbreit vom Rumpf des Naglfar entfernt.

Dann fuhr der Riese herum und stürzte sich auf Thor und Mabel.

Thor fühlte sich von einer unmenschlich starken Hand gepackt und wie ein Kind in die Höhe gerissen, als der Riese zuerst ihn, dann Mabel ergriff und sie sich wie leblose Gewichte über die Schulter warf. Mabel begann zu kreischen, mit den Beinen zu strampeln und mit beiden Fäusten auf das Gesicht unter den gewaltigen Hörnern einzuschlagen, und auch Thor wand sich verzweifelt im Griff des Riesen, weil ihm dieser die Luft abschnürte. Aber ihr Widerstand war sinnlos. Der Mann mit dem Hörnerhelm fuhr herum, duckte sich – und verschwand in dem Loch in der Eiswand, aus dem er aufgetaucht war.

Es war der Eingang zu einem hohlen Stollen, den man ins Eis von Odinsland getrieben hatte und der im steilen Winkel nach oben führte. Gut hundert, hundertfünfzig Meter weit trug sie der Hüne in rasendem Tempo diesen Stollen entlang, dann zweigte sich der Gang. Er nahm die rechte Öffnung, rannte eine natürlich gewachsene Treppe im Eis hinauf und tauchte in einen weiteren Gang ein, der plötzlich vom Hauptstollen abzweigte. Unter der scheinbar so massiven Oberfläche schien Odinsland ein Labyrinth von Gängen und Stollen im Eis zu sein.

Und ihr Weg war auch hier noch nicht zu Ende. Der Riese hetzte weiter, rannte in einen nächsten Seitengang, in noch einen, eine schräge Rampe hinauf, auf der seine Füße eigentlich gar keinen Halt hätten finden dürfen.

Endlich erreichten sie einen halbrunden, völlig aus Eis bestehenden Raum und der Hüne hielt an. Hastig setzte er zuerst Mabel, dann Thor zu Boden, fuhr herum und wälzte einen mannshohen, sicherlich eine halbe Tonne schweren Brocken aus milchigem Eis vor das Tunnelende, aus dem sie herausgekommen waren.

Erst jetzt entspannte er sich. Eine Weile blieb er einfach schwer atmend stehen, dann drehte er sich um, hob die Hände an den Kopf und nahm mit einem erleichterten Seufzer den gewaltigen Hörnerhelm ab.

»Mister Quinn!«, rief Mabel ungläubig.

Und Thor fügte hinzu: »Ich habe mich schon gefragt, wo du die ganze Zeit bleibst.«

Die Höhle konnte nicht sehr weit von der Außenwand des Eisbergs entfernt liegen, denn durch die rückseitige Mauer drang blasses, milchiges Licht. Wie alles hier bestand die Höhle fast vollständig aus Eis. Und sie war voller Toter.

Es war Thor nicht möglich, ihre Zahl zu schätzen. Einige lagen auf dem Boden der Eishöhle, schon vor einem Jahrtausend gestorben und von der grausamen Kälte konserviert. Die meisten waren im Eis eingeschlossen; einige nur wenige Zentimeter unter der Oberfläche, sodass sie wie mitten in der Bewegung erstarrte Puppen dastanden und Thor, Mabel und Quinn aus ihren weit aufgerissenen, leeren Augen anzustarren schienen; andere tiefer im Berg, nur noch als Schemen zu erkennen. Es waren Wikinger. Männer in zerschrammten Kettenhemden und Wolfs- und Bärenfellmänteln, aber auch Frauen, alte und junge, und Kinder – die Bevölkerung eines ganzen Dorfes. Viele von ihnen trugen Bündel bei sich, einige geflochtene Weidenkörbe, in denen Thor sogar noch Obst und große runde Brotfladen erkennen konnte. Der Tod musste sie in Sekundenbruchteilen ereilt haben, so schnell, dass ihre Körper nicht einmal mehr Zeit gefunden hatten, zu Boden zu sinken, sondern auf der Stelle erstarrt waren.

Mabel betrachtete die entsetzliche Ansammlung seit einem Jahrtausend toter Wikinger mit unverhohlenem Entsetzen. Und auch Thor konnte sich eines Schauders nicht erwehren, obwohl er schon oft in Gräbern gewesen und an den Anblick von Toten gewöhnt war. Aber das hier war etwas anderes. Er hatte Leichen gefunden, die zehnmal älter als diese und auf ungleich schrecklichere Weise ums Leben gekommen waren. Aber all die Menschen hier schienen ihm … nicht wirklich tot. Natürlich wusste er, dass sie nicht im nächsten Moment aus ihrem eisigen Gefängnis treten und wieder zum Leben erwachen würden. Trotz allem Zauber der nordischen Götter war dies nicht möglich. Aber gleichzeitig hatte er das Gefühl, dass diesen Menschen Schlimmeres widerfahren war als der Tod. Sie waren betrogen worden von einem grausamen Schicksal, das ihnen das Tor zum Himmel gezeigt hatte, um sie dann im letzten Moment nur umso härter zu bestrafen.

Schaudernd wandte er sich ab und sah Mabel an.

»Sieh nicht hin«, sagte er.

Das war leichter gesagt als getan. Die Höhle war nicht besonders groß und mit Ausnahme des Bereichs unmittelbar vor dem Eingang, vor den Quinn den Eisbrocken geschoben hatte, war sie mit Toten gefüllt.

»Großer Gott«, flüsterte Mabel. »Was ist hier nur passiert?«

»Das, was Erich uns auf der DRAGON erzählt hat«, antwortete Thor halblaut. »Erinnerst du dich? Er sagte, dass Odin sein Schiff geschickt hat, um die Bewohner der neuen Welt zu holen. Sie haben es alle geschafft, bis auf die hier.«

»Aber wie konnten sie so sterben?«, wunderte sich Mabel. »Sie sehen aus, als seien sie in einer Sekunde erstarrt.«

»So etwas kommt vor. Es ist selten, aber es ist schon passiert. Wenn ganz bestimmte meteorologische Voraussetzungen zusammentreffen, dann können die Temperaturen im Bruchteil einer Sekunde auf fünfzig oder hundert Grad unter null sinken.«

Mabel starrte ihn ungläubig an und Thor fügte erklärend hinzu: »Man hat schon Mammute aus der Steinzeit gefunden, die so perfekt tiefgekühlt waren, dass man ihr Fleisch noch essen konnte.«

Er wandte sich an Quinn. »Ich wusste, dass du es schaffen würdest, alter Junge«, grinste er. »Als ich deine Leiche nicht bei den anderen gesehen habe, war es mir klar.«

»Es war nur Glück«, entgegnete Quinn. »Als die Flugzeuge kamen, bin ich einfach losgerannt. Plötzlich brach der Boden ein und ich fand mich hier wieder.«

Thor sah sich suchend um. »Hier?«

Quinn machte eine vage Handbewegung rückwärts. »Irgendwo in einem Stollen. Dieser ganze Eisklotz ist hohl. Es gibt Hunderte Gänge. Ich habe das Lager die ganze Nacht beobachtet, aber ich konnte nichts tun. Sie passen zu gut auf. Und es sind zu viele. Ich musste auf eine günstige Gelegenheit warten.«

Thor verzog das Gesicht zu einem säuerlichen Lächeln. »Ja«, sagte er, »man kann dir einen gewissen Sinn für Dramatik nicht absprechen. Woher hast du die Kleidung und die Waffen?«

Quinn deutete auf die Toten. »Von ihnen. Sie brauchen sie nicht mehr. Ihr solltet euch auch Mäntel nehmen. Es ist verdammt kalt hier unten.«

Damit hatte er recht. Thor fror erbärmlich und auch Mabel zitterte vor Kälte. Ohne ein weiteres Wort bückte er sich zu einem der Wikinger herab, schälte ihn vorsichtig aus seinem Mantel und ging damit auf Mabel zu. »Hier, zieh das an.«

Mabel schüttelte den Kopf und wich entsetzt einen Schritt zurück. »Niemals«, rief sie angeekelt. »Lieber erfriere ich.«

»Genau das wirst du«, knurrte Thor ärgerlich. »Sei nicht albern!«

Mabel blickte ihn noch einen Moment lang trotzig an, aber dann bückte sie sich doch zu einer der erstarrten Gestalten hinab und begann sie aus ihrem Mantel zu schälen. Thor sah sich in der Zwischenzeit etwas aufmerksamer in der Höhle um.

»Also so ist er an die Waffen gekommen«, murmelte er.

»Wen meinst du?«, fragte Mabel.

»Van Hesling«, antwortete Thor. Er deutete auf die Toten, dann auf Quinn. »Er muss diese Höhle ebenfalls gefunden haben. Er hat hier drinnen überlebt, nicht in diesem albernen Zelt.«

»Ja«, sagte Quinn. »Und ich kann dir sogar sagen, wie.«

Thor sah ihn fragend an. Quinn deutete auf einen Leichnam, der ein Stück entfernt lag, und Thors Augen wurden groß, als er ihn genau betrachtete. Mabel trat neben ihn, schlug entsetzt die Hand vor den Mund und wandte sich mit einem Ruck um.

»Oh«, flüsterte Thor betroffen, »kein Wunder, dass der arme Kerl den Verstand verloren hat.«

Quinn zuckte gelassen mit den Achseln. »Was hättest du getan?«, fragte er. »Die Lebensmittel in seinem Rettungsboot haben bestimmt nicht lange gereicht.«

»Könntet ihr … bitte … das Thema wechseln?«, würgte Mabel mühsam hervor.

Thor sah sie betroffen an, zuckte dann mit den Schultern und warf einen fragenden Blick auf den Eisbrocken vor dem Höhleneingang. »Kriegst du das Ding auch wieder weg?«, fragte er.

Quinn grinste. »Kein Problem«, erwiderte er, »aber das ist nicht nötig. Es gibt einen zweiten Ausgang, dort hinten. Der Stollen ist nicht sehr hoch. Wir werden kriechen müssen. Aber er führt fast bis zum Strand. Ich war vorhin schon dort. Wenn wir warten, bis es dunkel wird, haben wir eine Chance.«

»Eine Chance? Wozu?«

»Unterseeboot«, erklärte Quinn. »Es liegt dort vor Anker. Ich glaube, sie haben nur ein paar Mann als Wache zurückgelassen.«

»Du meinst, wir sollten versuchen es zu entern?«, meinte Thor.

Quinn nickte. »Was sonst?«

»Und die anderen im Stich lassen?«, fragte Thor. Er schüttelte den Kopf. »Das kommt nicht infrage.«

»Willst du es ganz allein mit den Nazis aufnehmen?«, fragte Quinn.

»Hast du eine bessere Idee?«

»Es sind fast vierzig Mann«, gab Quinn zu bedenken. »Und wir haben keine Waffen.«

»Nein?«, fragte Thor mit einem bezeichnenden Blick auf das Schwert an Quinns Seite. »Haben wir nicht?«

Quinn schürzte abfällig die Lippen. »Mach dich nicht lächerlich. Sie haben Maschinenpistolen.«

Thor antwortete diesmal nicht gleich. Natürlich hatte Quinn völlig recht – dass er Erich und den Soldaten besiegt hatte, bedeutete überhaupt nichts. Er hatte den Vorteil der Überraschung auf seiner Seite gehabt und sie waren nur zu zweit gewesen. Das nächste Mal würden die Deutschen wissen, mit wem sie es zu tun hatten. Und sie würden kaum so freundlich sein, einzeln zu ihnen zu kommen, um sich von Quinn und Thor überrumpeln zu lassen.

Und trotzdem … Sie hatten gar keine andere Wahl. Weder er noch Quinn würden die anderen im Stich lassen, selbst wenn sie eine Chance hätten, das Unterseeboot zu kapern und damit davonzufahren, wie Quinn es vorgeschlagen hatte. Und außerdem war da noch das Schiff in dem Eiskrater, das darauf wartete, aus seinem eisigen Schlaf zu erwachen und damit vielleicht Gewalten freizusetzen, gegen die die Trompeten von Jericho wie der Schalmeienklang eines Friedensengels klingen mussten.

Sehr ernst sah er Mabel und Quinn an. Dann begann er ihnen leise seinen Plan darzulegen.

Der Tag schien kein Ende zu nehmen. Quinn hatte sie tiefer in das Labyrinth aus Gängen und Stollen geführt, das das Innere Odinslands ausfüllte, bis sie in eine etwas kleinere Höhle gelangten, die weit genug vom See entfernt war, sodass nicht mehr die Gefahr bestand, von den Deutschen entdeckt zu werden, die garantiert einen Suchtrupp losschicken würden.

Thor hatte Quinn und Mabel geraten, die verbliebene Zeit zu nutzen, um sich auszuruhen, aber wie üblich beherzigte er selbst seine Ratschläge am allerwenigsten. Er versuchte zwar sich auf dem Eisboden auszustrecken und ein wenig zu schlafen, aber er war viel zu aufgeregt. Seine Gedanken drehten sich wie wild im Kreis und hinzu kam, dass es grausam kalt war. Ungeachtet der Tatsache, dass Odinsland von innen heraus zu schmelzen begann, herrschten hier drinnen Temperaturen, die selbst das Atmen zur Qual machten. Thor begriff immer weniger, wie es van Hesling gelungen war, an diesem Ort fünf Monate zu überleben. Er war sicher, dass er selbst keine fünf Tage durchhalten würde. Vielleicht nicht einmal einen.

Als es zu dämmern begann und der milchige Schein, der durch das Eis drang, allmählich blasser wurde, weckte er Mabel, die sich neben ihm in ihren Fellmantel gerollt und im Schlaf an ihn gekuschelt hatte. Sie fuhr erschrocken zusammen und blickte ihn eine Sekunde lang an, als wüsste sie gar nicht, wo sie war. Dann richtete sie sich auf, bemerkte erst jetzt, dass er den Arm um ihre Schultern gelegt hatte, und lächelte verlegen. Aber sie versuchte nicht ihn abzustreifen.

Sie sprachen kaum ein Wort, während sie die Ausrüstung anlegten, die sie aus der Wikingerhöhle mitgebracht hatten. Obwohl der Plan von Thor stammte, kam er sich ziemlich lächerlich dabei vor, sich in ein rostiges Kettenhemd zu hüllen, einen Wolfsfellmantel um seine Schultern zu legen und einen Hörnerhelm aufzusetzen, der ihm noch dazu um mindestens zwei Nummern zu groß war. Aber irgendwie erschien ihm diese Verkleidung auch wieder angemessen. Und das Schwert, das er sich schließlich um die Hüfte gurtete – so lächerlich es gegen die Maschinenpistolen und Kanonen der Deutschen sein mochte – beruhigte ihn irgendwie.

Als er fertig war, half er Mabel ihre Rüstung anzulegen. Sie schien sich dabei ähnlich zu fühlen wie er, denn auch ihr

Lächeln wirkte ein wenig gequält. Und sie zog im ersten Moment die Hand zurück, als er einen der großen Rundschilde aufhob und an ihrem rechten Arm befestigte. Das Ding wog fast einen halben Zentner, aber Mabel musste stärker sein, als sie aussah, denn sie trug ihn ohne sichtbare Anstrengung.

»Du machst dich gut als Walküre«, sagte er spöttisch.

»Auf jeden Fall besser als du als Donnergott, auch wenn du wie er heißt«, gab Mabel freundlich zurück.

Thor lächelte flüchtig und wurde sofort wieder ernst. Ihr scherzhafter Ton hatte nur den Zweck, ihre Angst zu überspielen. Und damit stand sie nicht allein da. Auch ihm selbst schossen plötzlich hunderttausend Gründe auf einmal durch den Kopf, warum ihr Plan gar nicht aufgehen konnte, selbst wenn die Deutschen so dumm waren, auf diese Verkleidung hereinzufallen. Aber wenn man in einer Situation ist, in der man überhaupt keine andere Wahl hat, so dachte er, dann ist ein irrsinniger Plan vielleicht immer noch besser als gar keiner.

Der Tag verblasste vollkommen, bis sie die Oberfläche erreichten – wie Quinn gesagt hatte, durch ein ausgezacktes Loch in der Decke eines Ganges, der genau unter dem ausgebrannten Wrack der DRAGON lag.

Thor war der Erste, der umständlich ins Freie kletterte. Flach auf dem Bauch liegend streckte er die Arme in die Tiefe und ergriff Mabels hochgereckte Hände. Mit Quinns Hilfe, der von unten kräftig schob, zog er sie durch das Loch zu sich herauf, dann halfen sie mit vereinten Kräften auch Quinn an die Oberfläche zu hieven.

Aufmerksam sah Thor sich um. In der Luft hing noch immer Brandgeruch und das ausgeglühte Stahlgerippe der DRAGON erhob sich wie das Skelett eines gestrandeten Wals über ihnen. Überall lagen Trümmer und verkohltes

Holz herum, sodass sie aufpassen mussten, nirgendwo anzustoßen und kein verräterisches Geräusch zu machen. Aber die Nacht war sehr klar und die Deutschen waren freundlich genug gewesen, einige kleine Feuer zu entzünden, sodass das Lager fast taghell erleuchtet war.

Thors Vertrauen in seinen eigenen Plan sank noch weiter, als er sah, dass die deutschen Soldaten offensichtlich keinen Schlaf benötigten: Sie waren weniger als hundert Meter vom Lager entfernt und er konnte deutlich beobachten, dass sich überall weiß gekleidete Gestalten bewegten. Stimmen drangen zu ihnen, und vom Rand des Kraters, von dem sie nun fast wieder eine Meile entfernt waren, wehte ein helles, rhythmisches Hämmern und Klingen heran.

»Sie bauen irgendetwas«, flüsterte Mabel.

Thor nickte und legte gleichzeitig warnend den Zeigefinger über die Lippen, obwohl im Lager der Deutschen so viel Lärm herrschte, dass sie wohl kaum gehört werden konnten. Misstrauisch spähte er zu den Soldaten hinüber, die zwischen den beiden Wellblechhütten und dem einzigen stehen gebliebenen Zelt hin und her hetzten. Irgendetwas an ihren Bewegungen war nicht normal. Er wusste nicht, was es war, aber er spürte, dass dort etwas vor sich ging.

Und auch Mabel schien es zu merken. »Da stimmt was nicht«, sagte sie leise. »Da muss … etwas passiert sein.«

Thor sah genauer hin und jetzt erkannte er, dass die Soldaten nicht einfach ziellos durch die Gegend liefen. Einige standen herum und unterhielten sich heftig gestikulierend miteinander, andere rannten wie gehetzt über das Eis und jetzt hörte er auch Schreie. Dann, wie auf ein Stichwort, begannen zwei der Männer plötzlich aufeinander einzuschlagen. Das Schreien und Rufen wurde lauter und von überall rannten Soldaten herbei, um die beiden Streitenden auseinanderzutreiben.

»Was, zum Teufel, tun die da?«, wunderte sich Quinn.

»Sie ... streiten«, sagte Thor verwirrt. »Aber weshalb?«

»Ich glaube nicht, dass sie einen Grund brauchen«, antwortete Mabel. Thor warf ihr einen fragenden Blick zu und sie fuhr fort: »Denk dran, was Morton erzählt hat. Und an die Stimmung, die auf der DRAGON herrschte.«

Thor nickte. »Und später unter unseren eigenen Leuten«, sagte er. »Verdammt, ich glaube fast, Morton hatte recht. Dieser Berg macht alle wahnsinnig.«

»Aber wieso wirkt er dann nicht auf uns?«, wunderte sich Mabel.

Thor sah sie überrascht an. Auf ihn wirkte der böse Zauber Odinslands durchaus. Er hatte nicht vergessen, wie schwer es ihm gefallen war, sich zu beherrschen. Und auch Quinn erging es nicht anders. Die Art und Weise, wie er Erich und den deutschen Soldaten angegriffen hatte, war nur noch mit purer Raserei zu beschreiben.

Im Lager der Deutschen entstand immer mehr Aufregung. Es war den Männern nicht gelungen, die beiden Kämpfer voneinander zu trennen, ganz im Gegenteil: Plötzlich waren es nicht mehr zwei, sondern drei, dann vier, fünf und schließlich sechs Männer, die wie besessen aufeinander einschlugen. Die übrigen machten keinen Versuch mehr, sie zu trennen, sondern bildeten einen weit auseinandergezogenen Kreis, der die Kämpfenden mit beifälligem Geschrei anfeuerte.

»Das ist unsere Chance«, flüsterte Thor aufgeregt. »Vielleicht haben wir diese ganze Verkleidung jetzt nicht mehr nötig.« Er deutete mit der rechten Hand auf die Wellblechbaracke, in der sich die Gefangenen befanden, dann mit der linken auf das Zelt. Auch der Mann, der davor Wache stehen sollte, hatte sich von seinem Posten entfernt und eilte auf den Kampfplatz zu. »Quinn! Versuche die Männer rauszuholen. Mabel und ich kümmern uns um Browning und die anderen.«

Er huschte los, noch ehe Quinn antworten konnte. Geduckt rannten Mabel und er über das Eis, näherten sich dem Lager und schlugen einen großen Bogen nach links, um möglichst weit weg vom Feuerschein zu bleiben. Ihre dunkle Kleidung ließ sie in der Nacht beinahe unsichtbar werden und Thor hoffte, dass das Geschehen im Zentrum des Lagers die ganze Aufmerksamkeit der Deutschen beanspruchte. Im Moment sah es zumindest nicht so aus, als würde der Kampf aufhören. Ganz im Gegenteil, das Schreien und Brüllen wurde immer lauter.

Unbehelligt kamen sie in die Nähe des Zeltes und hielten noch einmal an. Thor sah sich mit klopfendem Herzen um. Seine Hand legte sich auf den Schwertgriff an seiner Seite, ohne dass es ihm bewusst wurde, dann wurde ihm klar, wie lächerlich diese Bewegung war, und er zog die Finger beinahe hastig wieder zurück.

»Okay«, flüsterte er. »Du wartest hier. Pass auf, dass uns niemand überrascht.«

Er schlich weiter, erreichte das Zelt und riss die Plane mit einem Ruck auf.

Drinnen brannte eine winzige Gaslampe, die trübes gelbes Licht verbreitete. Bates, Morton und, zu Thors Überraschung, auch Major von Ludolf lagen zusammengerollt auf dem Boden und schliefen, während Browning mit nach vorne gesunkenen Schultern dahockte und ins Leere starrte. Dann weiteten sich seine Augen in ungläubiger Überraschung, als er Thor erkannte.

»Mister Garson!«, keuchte er. »Was –«

Thor machte eine hastige Bewegung, aber Brownings Ausruf hatte die anderen geweckt. Bates blinzelte, riss die Augen auf und starrte ihn mit offenem Mund an, während

Morton plötzlich wie irre zu lachen begann. Einzig Major von Ludolf bewahrte seine Fassung. Auch er sah Thor überrascht an, reagierte aber ansonsten mit fast unnatürlicher Gelassenheit.

»Keinen Laut mehr!«, sagte Thor warnend. »Ich habe jetzt keine Zeit für Erklärungen. Wir müssen weg.«

Er griff unter den Mantel, zog den Bronzedolch hervor, den er einem der toten Wikinger abgenommen hatte, und säbelte heftig an Mortons Handfesseln herum.

»Wo, um Gottes willen, kommen Sie her?«, fragte Browning. »Obersturmbannführer Erich hat uns ausrichten lassen, Sie seien tot.«

»Und was soll diese Verkleidung?«, fügte Bates hinzu.

Thor hatte Brownings Fesseln durchtrennt und huschte geduckt zu Bates hinüber. »Seid endlich still«, warnte er. »Der Posten ist abgelenkt, aber ich weiß nicht, wie viel Zeit uns bleibt. Ich erkläre euch später alles.«

Er hatte auch Bates' Fesseln durchtrennt und wollte sich Morton zuwenden, als draußen vor dem Zelt ein Schuss krachte. Für eine Sekunde erstarrten sie alle vor Schreck. Thor wandte mit einem Ruck den Kopf und sah zum Ausgang, aber fast im selben Augenblick erschien Mabels Gesicht unter der Zeltplane, wie das seine von einem gewaltigen Wikingerhelm gekrönt, was Brownings Gesichtszüge vollkommen entgleisen ließ.

»Alles in Ordnung«, sagte sie hastig. »Aber beeilt euch. Hier bricht gleich die Hölle los.«

Thor beugte sich über Morton, durchtrennte mit einem kraftvollen Schnitt auch seine Hand- und Fußfesseln und drehte sich wieder herum. Sein Blick streifte von Ludolf und eine Sekunde lang zögerte er.

»Wieso sind Sie hier?«, fragte er.

»Obersturmbannführer Erich war wohl der Meinung,

dass ich hier besser aufgehoben sei«, antwortete von Ludolf ruhig. »Er hat mich vor die Wahl gestellt, mich an seinem Unternehmen zu beteiligen oder bei Doktor Browning und seinen Leuten zu bleiben.«

»Und das soll ich Ihnen glauben?«, fragte Thor misstrauisch.

»Ich bin deutscher Offizier«, antwortete von Ludolf beleidigt. »Kein Mörder. Ich weiß nicht, wer diesen Einsatz geplant und Erich die Befehle gegeben hat. Aber solange ich diese Uniform trage, werde ich nicht dabei mithelfen, Kriegsgefangene und Zivilisten abzuschlachten.«

Thor tauschte einen kurzen, fragenden Blick mit Morton – und drehte sich rasch wieder zu von Ludolf herum, um auch seine Fesseln zu durchtrennen.

Der Major starrte ihn ungläubig an.

»Habe ich Ihr Ehrenwort?«, fragte Thor eindringlich.

»Ich werde nicht gegen meine Kameraden kämpfen«, antwortete von Ludolf ernst. »Aber ich verspreche Ihnen, Sie weder zu verraten noch aufzuhalten.«

»Das reicht«, sagte Thor. »Wir brauchen fünf Minuten. Und wenn ich Sie wäre, Major«, fügte er hinzu, »dann würde ich die Zeit nutzen, um von hier zu verschwinden.«

Er verließ als Letzter das Zelt und deutete auf Mabel. »Folgen Sie ihr!«, befahl er. »Sie bringt Sie weg.«

»Und Sie?«, fragte Browning.

Thor blickte kurz zum Lager zurück, ehe er antwortete. Der Tumult hatte weiter zugenommen und wieder krachte ein Schuss, aber vor der Hütte mit den Gefangenen herrschte Ruhe. Es war auch kein Posten mehr dort.

»Ich helfe Quinn«, sagte er. »Er versucht die anderen herauszuholen. Und jetzt verschwindet! Mabel zeigt euch den Weg. Wenn alles klappt, dann kommen wir später nach.«

Er gab Browning keine Gelegenheit, abermals zu widersprechen, sondern lief geduckt los. Er musste einen gewaltigen Bogen schlagen, um nicht in Sichtweite der Deutschen zu geraten, die mittlerweile fast alle in der Mitte des Lagers zusammengeströmt waren, aber er hatte auch diesmal Glück. Ungehindert erreichte er die Wellblechhütte, presste sich einen Moment lang schwer atmend gegen die Wand und lauschte. Geräusche und dumpfes Stimmengemurmel drangen aus dem Inneren des kleinen Gebäudes, aber er konnte die Worte nicht verstehen. Für einen Moment schoss ihm der entsetzliche Gedanke durch den Kopf, dass er sich vielleicht geirrt hatte. Möglicherweise waren dort drinnen gar keine Gefangenen, ganz einfach, weil Erich seine Drohung wahrgemacht und sie bereits hatte hinrichten lassen, und Thor würde sich nicht einem Dutzend erleichterter Gesichter, sondern ebenso vielen Gewehrläufen gegenübersehen, wenn er durch die Tür stürmte. Aber es gab nur eine einzige Möglichkeit das herauszufinden …

Thor zog das Wikingerschwert, rückte den viel zu großen, wackelnden Helm auf seinem Kopf zurecht – und rammte die Tür mit der Schulter ein.

Sie bot sehr viel weniger Widerstand, als er erwartet hatte, was wohl zum Großteil daran lag, dass sich dort, wo eigentlich ein massives Schloss hätte sein sollen, nur ein verbogenes Loch im Blech befand. Thor stolperte hilflos ein paar Schritte weit in den Raum hinein, verlor das Gleichgewicht und fiel der Länge nach hin. Der Helm rutschte von seinem Kopf und rollte davon.

Als er den Kopf hob, blickte er genau in Quinns schadenfrohes Grinsen.

Neben und hinter ihm drängte sich ein Dutzend schreckensbleicher Gesichter, die überrascht und zum Teil auch belustigt auf ihn herabblickten.

Thor rappelte sich hastig hoch, hob seinen Helm auf und

ließ ihn gleich darauf wieder fallen, als ihm klar wurde, dass diese lächerliche Verkleidung nun wirklich nicht mehr nötig war. Das Schwert behielt er. Es war immer noch besser als gar keine Waffe.

»Wie sieht es aus?«, fragte er überflüssigerweise. »Was ist mit dem Wächter?«

Quinn deutete auf eine reglose Gestalt in einer weißen Jacke, die in der Ecke neben der Tür lag. »Hier drinnen ist alles in Ordnung«, sagte er. »Was geht dort draußen vor?«

Wie als Antwort auf diese Frage drang das Geräusch von drei oder vier weiteren Gewehrschüssen durch die Wand. »Ich hab keine Ahnung«, gestand Thor. »Aber so wie es aussieht, fallen sie im Moment gerade übereinander her. Eine bessere Chance bekommen wir nicht mehr.«

Rasch drehte er sich zur Tür und sah hinaus. Er hatte keineswegs übertrieben. Die Schüsse, die sie gehört hatten, waren alles andere als Warnschüsse gewesen. Auf dem Eis lagen zwei reglose Männer in weißen Jacken, und genau in diesem Moment krachte ein weiterer Schuss und ein dritter deutscher Soldat brach tödlich getroffen zusammen. Was als Auseinandersetzung zwischen zwei Männern begonnen hatte und als Massenschlägerei weitergegangen war, drohte nun in eine regelrechte Schlacht zwischen den Deutschen auszuarten.

»Los!«, befahl er. »Jetzt oder nie!«

Niemand rührte sich. Einzig Quinn machte eine Bewegung, um an ihm vorbei und aus der Hütte zu treten, führte sie aber nicht zu Ende, als ihm auffiel, dass keiner der anderen ihm folgte.

»Worauf wartet ihr?«, fragte Thor unwirsch. »Eine bessere Chance kriegen wir nicht mehr.«

»Das stimmt«, antwortete einer der Männer. »Das ist die Gelegenheit, auf die wir gewartet haben.«

»Ich weiß, wo sie unsere Waffen untergebracht haben«, sagte ein anderer. »Lasst uns die Schweine umbringen.«

»Genau«, fügte ein dritter hinzu. »Wir machen sie fertig!«

Andere nickten zustimmend und einer wollte sofort an Thor vorbeieilen, um die Worte in die Tat umzusetzen, aber Thor versetzte ihm einen Stoß, der ihn rücklings und in die Arme seiner Kameraden taumeln ließ.

»Seid ihr völlig verrückt geworden?«, fragte er fassungslos.

Er bekam keine Antwort, aber als er in die Gesichter der Männer blickte, wurde ihm klar, welch fürchterlichen Fehler er begangen hatte. Es war genau so, wie Mabel vermutet hatte: Es war der böse Geist dieses Eisberges, der Atem des Götterschiffs, der aus Menschen tobsüchtige Kampfmaschinen machte und dessen Wirkung er draußen im Lager der Deutschen beobachten konnte. Aber er beschränkte sich keineswegs auf die Nazi-Soldaten. Hatte er sich wirklich eingebildet, *sie* seien immun dagegen?

»Seid vernünftig, Männer«, sagte er. »Es ist völlig sinnlos jetzt –«

Er kam nicht einmal dazu, weiterzusprechen, denn der gleiche Mann, den er gerade zurückgestoßen hatte, warf sich jetzt mit einem wütenden Knurren auf ihn, riss ihn einfach von den Füßen und begann wie besessen auf ihn einzuschlagen. Quinn wollte Thor zu Hilfe eilen, aber er erreichte ihn nicht. Drei, vier, fünf Soldaten auf einmal warfen sich auf ihn und zwangen ihn zu Boden, während die anderen an ihnen vorbei und aus der Hütte stürmten.

Als wäre dies ein Signal gewesen, ließen nun auch die übrigen Männer von Thor und Quinn ab und folgten ihren Kameraden. Das Schreien und Stimmengewirr draußen wurde lauter; dann plötzlich krachten mehrere Schüsse und Thor sah durch die offen stehende Tür, wie einer der Navy-Soldaten getroffen zusammenbrach. Die anderen stürmten unbeeindruckt weiter. Thor beobachtete, wie ein zweiter Soldat von einer Gewehrkugel in die Schulter getroffen wurde und taumelte. Aber er stürzte nicht einmal und seine Schritte wurden auch nicht langsamer.

Thor konnte regelrecht fühlen, was geschah: Die latente Gewalttätigkeit, die bisher wie eine unsichtbare dräuende Wolke über der Insel gelegen hatte, entlud sich in einer fürchterlichen Explosion. Es war, als griffe irgendetwas nach seinem Bewusstsein und schaltete sein logisches Denken aus. Plötzlich war in ihm nur noch Zorn, ein lodernder, glühender Hass auf alles, was sich bewegte und lebte, was dachte und in der Lage war, etwas anderes zu empfinden als Hass und Wut. Mit einem Schrei sprang er auf, ballte die Fäuste und stürzte sich auf Quinn.

Sein Angriff überrumpelte den Inuk vollkommen. Thors Faust traf Quinn am Kinn und ließ ihn zurückstolpern, aber der hünenhafte Inuk überwand seine Überraschung fast sofort. Als Thor zum zweiten Mal zuschlagen wollte, ergriff er blitzschnell seine Hand und hielt sie fest, streckte den Arm aus und packte auch sein anderes Handgelenk. Thor versuchte nach ihm zu treten, aber Quinn fegte seine Füße mit einer fast lässigen Bewegung beiseite und riss gleichzeitig die Arme hoch, sodass Thor plötzlich fünf Zentimeter über dem Boden hing, hilflos mit den Beinen strampelnd und schreiend vor Wut.

Quinn schüttelte ein paarmal den Kopf, nahm Thors Handgelenke in eine einzige seiner gewaltigen Pranken – und versetzte ihm mit der anderen eine Ohrfeige, die ihm beinahe das Bewusstsein raubte.

Aber der Schmerz riss ihn auch in die Wirklichkeit zurück. Als sich die flimmernden Sterne und Kreise vor seinen Augen verzogen, konnte er wieder halbwegs klar denken. Er spürte noch immer Zorn, eine rasende Wut, die sich nicht gegen Quinn im Besonderen, sondern gegen jedes Lebewesen richtete; aber er war jetzt zumindest in der Lage, sie halbwegs zu beherrschen und im Zaum zu halten.

»Wieder in Ordnung?«, fragte Quinn misstrauisch.

Thor nickte. »Danke«, murmelte er. Das Sprechen bereitete ihm Mühe. Quinn hatte so hart zugeschlagen, dass sein halbes Gesicht gelähmt zu sein schien.

Vorsichtig ließ der Inuk ihn zu Boden sinken, lockerte seinen Griff und trat hastig einen Schritt zurück, um gegen einen neuerlichen Angriff gewappnet zu sein.

Thor hob stöhnend die Hand ans Gesicht, betastete seine brennende Wange und sah gleichzeitig zur Tür.

In den wenigen Augenblicken, die vergangen waren, hatte sich das Bild draußen drastisch verändert. Die deutschen Soldaten hatten aufgehört sich gegenseitig umzubringen und konzentrierten stattdessen ihr Feuer auf die ausgebrochenen Gefangenen; aber die Raserei, in die sie verfallen waren, machte sie wohl gleichzeitig auch blind vor Wut, denn nur die allerwenigsten Schüsse trafen. Der Großteil der Navy-Soldaten hatte mittlerweile die zweite Wellblechhütte erreicht, und genau in diesem Moment brach einer von ihnen das Schloss einfach heraus und verschwand mit einem gellenden Schrei im Inneren. Eine Sekunde später fielen auch in der Hütte Schüsse und plötzlich torkelte der Soldat rücklings wieder aus der Tür heraus: blutüberströmt und von mehreren Kugeln getroffen. Aber er stürzte nicht, sondern blieb nur einen Moment schwankend stehen und rannte dann wieder ins Innere der Wellblechbaracke.

Auch zwischen den übrigen Navy-Soldaten und den Deutschen brachen jetzt überall Handgemenge aus. Die Nazis schienen aus irgendeinem Grund vergessen zu haben, dass sie mit Schuss- und Stichwaffen und sogar Handgranaten ausgerüstet waren, denn sie feuerten jetzt kaum noch, sondern stürzten sich mit bloßen Händen auf ihre Gegner, sodass es zu Dutzenden von Schlägereien gleichzeitig kam.

Obwohl Thor kaum eine Sekunde daran verschwendete, den an zahlreichen Stellen tobenden Kampf zu beobachten, bemerkte er doch, dass sie mit einer Wut aufeinander losgingen, die kaum noch etwas Menschliches hatte. Das war Mortons Berserker-Effekt, diese rücksichtslose Raserei, von der er erzählt und die Thor selbst einmal an van Hesling und ein zweites Mal an seinem Freund Quinn beobachtet hatte.

Und auch in ihm weckte schon der Anblick des verbissenen Kampfes wieder die gleiche rasende Wut, die er jede Sekunde weniger zu beherrschen imstande war.

»Los! Versuchen wir es!«

Sie rannten aus der Hütte und wandten sich nach links, dem Wrack der DRAGON zu. Hinter ihnen brach eine regelrechte Schlacht zwischen den Nazis und den Marinesoldaten aus, bei der, zumindest im Moment, keine der beiden Seiten eindeutig die Oberhand zu haben schien, obwohl die Deutschen den Amerikanern zahlenmäßig fast um das Doppelte überlegen waren. Doch vielleicht wirkte der unheimliche Einfluss auf die Marinesoldaten stärker, einfach weil sie ihm schon viel länger ausgesetzt waren. Möglicherweise aber war es auch nur die Überraschung, die die Deutschen noch lähmte.

Sie rannten geduckt und so schnell sie konnten; aber obwohl der Kampf hinter ihnen an Heftigkeit immer mehr zunahm und ihre dunklen Mäntel sie zusätzlich tarnten, wurden sie doch entdeckt, kaum dass sie die halbe Strecke zurückgelegt hatten. Eine schnurgerade Linie mannshoher Schnee- und Eisexplosionen raste in irrsinnigem Tempo auf sie zu, als einer der Deutschen mit einer Maschinenpistole auf sie schoss. Thor warf sich mit einer verzweifelten Bewegung zur Seite, rollte haltlos über das Eis und prallte schmerzhaft gegen irgendetwas Hartes. Es war eine der ausgeglühten Stahlstreben der DRAGON. Hastig richtete er sich auf, sah sich nach Quinn um und registrierte erleichtert, dass auch der Inuk unverletzt geblieben war. Das MP-Feuer hatte aufgehört. Offensichtlich hatte der Schütze sein Interesse an ihnen verloren oder ein lohnenderes Ziel gefunden.

Quinn rannte geduckt auf ihn zu, riss ihn ohne ein weiteres Wort in die Höhe und versetzte ihm einen Stoß, der ihn noch tiefer ins Wrack des Luftschiffs hineinstolpern ließ. Rings um sie herum wimmelte es von Menschen, die im Augenblick der gleichen Beschäftigung nachgingen wie die deutschen und amerikanischen Soldaten oben auf dem Eis: Sie schlugen mit verbissener Wut aufeinander ein.

Und nicht nur sie. Der Berserker-Effekt beschränkte sich keineswegs auf die Soldaten im Lager. Auch Browning und von Ludolf wälzten sich aneinandergeklammert und knurrend wie Tiere über das Eis und droschen wild aufeinander ein, und Mabel stand, das Wikingerschwert gezogen und mit beiden Händen haltend, ein paar Schritte abseits und sah sich mit einem Blick um, den Thor nicht völlig einordnen konnte. Hatte sie nun Angst oder hielt sie einfach nach einem Opfer Ausschau, das sie niederschlagen konnte …

Kurz darauf sprang Quinn zu ihnen in die Eishöhle hinab und er bereinigte jetzt die Situation auf seine ganz persönliche Art und Weise: Blitzschnell packte er Morton und Bates mit jeweils einer Hand, schlug sie mit den Köpfen aneinander und ließ sie los. Morton fiel stocksteif um, während Bates stöhnend auf die Knie sank und die Hände vor das Gesicht schlug. Quinn fuhr herum, pflückte Doktor Browning mit der linken und von Ludolf mit der rechten Hand vom Boden, hielt sie einen Moment fest und begann sie dann zu schütteln.

In der Zwischenzeit rappelte sich auch Thor hoch und

machte einen Schritt in Mabels Richtung. Das Schwert in ihrer Hand bewegte sich, sodass die Spitze nun genau auf Thor deutete, und auch Thors Hand kroch zum Gürtel und griff nach dem Wikingerschwert, das darin steckte.

»Nein«, flüsterte er mühsam. Schweiß bedeckte seine Stirn. Seine Hände zitterten und die Wut und der Blutdurst in ihm wurden immer schlimmer. Mabels Gesicht begann vor seinen Augen zu verschwimmen. Er konnte nicht mehr denken, er spürte nur noch Hass, wollte nichts anderes, als zerstören und töten.

Mabel hob das Schwert und auch in ihren Augen flammte es auf.

»Bitte … tu das … nicht«, stöhnte Thor. Selbst das Sprechen fiel ihm schwer. Irgendetwas Dunkles, Formloses und ungeheuer Starkes schien aus seiner Seele emporzukriechen und sein bewusstes Denken mehr und mehr auszuschalten. »Kämpfe … dagegen an«, flüsterte er stockend. »Du musst es … besiegen.«

Aber auch ihm fiel es immer schwerer, der tobenden Wut tief unter seinen Gedanken standzuhalten. Minutenlang, wie es schien, standen sie sich einfach gegenüber, zwei Menschen, die Freunde waren und die doch im Moment nichts lieber wollten, als sich gegenseitig zu töten.

Diesmal gewann er den Kampf noch. Langsam, fast widerwillig zog sich das böse, dunkle Etwas wieder in die finsteren Winkel seiner Seele zurück, aus der es hervorgekrochen war. Es verschwand nicht völlig. Thor spürte, dass es noch da war, vielleicht die ganze Zeit, sein ganzes Leben über da gewesen war wie eine schwarze, widerwärtige Spinne, die in ihrem Versteck lauert und auf eine Unaufmerksamkeit wartet, um hervorzukriechen und seinen Verstand zu überwältigen. Und er war nicht sicher, ob er sie noch einmal würde besiegen können.

Auch in Mabels Blick machte sich plötzlich Bestürzung breit. Sie sah auf das Schwert in ihren Händen herab, erbleichte und ließ die Waffe fast angeekelt fallen. Dann sprang sie mit einem Satz auf ihn zu und warf sich an seine Brust. Thor wartete darauf, dass sie zu weinen beginnen würde, aber sie sagte kein Wort, sondern hielt ihn einfach nur fest, wenn auch mit solcher Kraft, dass er kaum noch Luft bekam.

Als er sich zu Quinn herumdrehte, war auch das mörderische Lodern in den Augen der anderen erloschen. Bates hockte immer noch am Boden und hielt sich den Kopf, aber Kapitän Morton hatte sich wieder erhoben; und auch auf Brownings und von Ludolfs Gesichtern machte sich ein bestürzter, beinahe entsetzter Ausdruck breit.

»Was … was war das?«, stammelte der deutsche Offizier.

»Das, wonach Ihr Kamerad Erich sucht«, antwortete Thor zornig. »Die Macht, die er entfesseln will.«

Von Ludolf starrte ihn aus schreckgeweiteten Augen an. »Was wollen Sie damit sagen?«

»Das erkläre ich Ihnen später«, entgegnete Thor ausweichend und fügte hinzu: »Was tun Sie überhaupt hier?«

»Er hat darauf bestanden, mitzukommen«, sagte Mabel. »Er meinte, Erich würde ihn umbringen, wenn wir ihn zurückließen.«

»Na wunderbar«, knurrte Thor. »Was glauben Sie, was er mit Ihnen tun wird, wenn er Sie bei uns erwischt?«

Er schwieg einen Moment, dann schob er Mabel mit sanfter Gewalt von sich und sah ihr ins Gesicht. »Glaubst du, dass du den Weg zur Wikingerhöhle zurück findest?«, fragte er.

Mabel nickte, aber es wirkte nicht sehr überzeugt. »Warum?«

»Quinn und ich müssen noch einmal zurück ins Lager«, sagte er.

»Aber wozu denn?«

»Wir müssen noch einmal in diese Baracke«, antwortete Thor. Er wandte sich an Quinn. »Erinnerst du dich, was der Soldat gesagt hat? Sie haben die Waffen aus der DRAGON in der zweiten Hütte verstaut.«

Quinn nickte.

»Und was haben Sie vor?«, fragte Browning misstrauisch. »Wollen Sie die Deutschen angreifen, zwei Mann hoch?«

»Nein«, antwortete Thor grimmig. »Ich will versuchen ein wenig Dynamit zu stehlen. Ich werde dieses verdammte Schiff der Götter in die Luft jagen.«

Der Kampf im Lager tobte mit unverminderter Heftigkeit weiter, aber das Schießen hatte beinahe aufgehört. Vielmehr war aus der ungleichen Auseinandersetzung ein wütendes Handgemenge geworden, bei dem jeder gegen jeden zu kämpfen schien: Deutsche kämpften gegen Amerikaner, Amerikaner gegen Deutsche, Amerikaner gegen Amerikaner und Deutsche gegen Deutsche. Was Thor und Quinn in den wenigen Minuten sahen, die sie brauchten, um um das Lager zu schleichen und sich den beiden Wellblechhütten von der Rückseite her zu nähern, das überzeugte sie endgültig davon, dass die unheimliche Ausstrahlung des Schiffes nicht einfach nur aus den Männern unbesiegbare Kampfmaschinen machte, sondern ihnen auch den Verstand raubte. Es ging in diesem Kampf längst nicht mehr darum, dass irgendeine Seite die Oberhand gewann. Es war einfach eine tobende Explosion von Gewalt, die nur ein einziges Ziel kannte: zu zerstören. Ganz egal, was oder wen oder warum.

Immerhin waren die Deutschen genug mit sich selbst und ihren Gegnern beschäftigt, um von den beiden Gestalten, die sich im Schutz der Dunkelheit der halbrunden Wellblechhütte näherten, keinerlei Notiz zu nehmen. Thor schlich sich geduckt an die aufgebrochene Tür der Hütte heran, während Quinn das Lager im Auge behielt, aber weder von dort noch aus dem Inneren des kleinen Gebäudes drohte Gefahr. Thor warf noch einen raschen sichernden Blick in die Runde, huschte dann mit einer schnellen Bewegung durch die Tür und winkte Quinn, ihm zu folgen. Das Innere des Wellblechgebäudes stellte eine Mischung aus Schlafraum, Funkzentrale und Lager dar. Etwa fünfundzwanzig schmale Metallpritschen drängten sich neben- und übereinander an einer der Wände, daneben war auf einem kleinen Tischchen eine komplizierte – und ziemlich demolierte – Funkanlage aufgebaut. Irgendjemand hatte eine Axt genommen und sie damit endgültig ausgeschaltet. Die Einzelteile waren überall in der Baracke verstreut. Auf der anderen Seite des Raums stand ein großer Tisch, der mit Landkarten und Schriftstücken übersät war, ein deutscher Soldat war tot darüber zusammengesunken. Im hinteren Drittel der Hütte schließlich fanden sie, wonach sie suchten: Bis unter die Decke stapelten sich Kartons und Kisten, die zum Großteil mit deutscher, zum Teil aber auch mit amerikanischer Beschriftung versehen waren. Offensichtlich handelte es sich um Dinge, die Erichs Soldaten aus dem Wrack der DRAGON geborgen hatten, denn viele der Kisten waren angesengt.

Thor gab Quinn mit einer Geste zu verstehen, dass er an der Tür zurückbleiben und aufpassen sollte, und nahm dann wahllos eine der Kisten vom Stapel herunter. Mithilfe seines Wikingerschwerts brach er den Deckel auf und diesmal hatte er auf Anhieb Glück: Unter dem angeschmorten Holz kam eine grün gestrichene Metallkiste zum Vorschein, und als er diese öffnete, fiel sein Blick auf über hundert Handgranaten, die säuberlich aufgereiht nebeneinander auf einer Gummiunterlage ruhten. Thor nahm zwei, drei Handgranaten heraus, stopfte sie hastig in die Taschen seines Fellmantels und überlegte es sich dann anders. Vorsichtig legte er die Granaten zurück, ließ die Schlösser des Metallkastens zuschnappen und nahm die ganze Kiste an sich. Sie war überraschend schwer. Aber die Sprengkraft dieser hundert Granaten musste ausreichen, das riesige Wikingerschiff zu zerfetzen.

Er hörte, wie Quinn irgendetwas rief, achtete aber nicht weiter darauf, sondern stellte die Kiste zu Boden und sah sich suchend um. Nach ein paar Augenblicken entdeckte er, was er brauchte: eine etwas größere, ebenfalls angesengte Holzkiste, deren Beschriftung ihm verriet, dass sie Maschinenpistolen enthielt. Er erbrach auch ihren Deckel, nahm vier der kurzläufigen Gewehre heraus und hängte sie sich hintereinander über die Schultern. Hastig stopfte er sich die Taschen mit Magazinen voll, drehte sich – wankend unter seiner Last – herum, um nach der Kiste zu greifen –

– und erstarrte mitten in der Bewegung.

Quinn war nicht mehr allein. Thor begriff plötzlich, dass er sich vielleicht doch besser umgedreht hätte, als der Inuk ihm etwas zugeschrien hatte, aber diese Einsicht kam ein wenig zu spät. Der schwarzhaarige Riese stand mit erhobenen Armen und steinernem Gesicht an der Wand neben der Tür, in Schach gehalten von drei weiß gekleideten deutschen Soldaten, deren Maschinenpistolen drohend auf seine Brust und sein Gesicht gerichtet waren. Drei weitere Soldaten standen auf der anderen Seite der Tür und auch sie hatten die Waffen im Anschlag. Aber deren Mündungen zielten nicht auf Quinn, sondern auf Thor. Und unter der Tür stand Erich, in eine zerfetzte, verdreckte Uniform gekleidet, Haare und Augenbrauen voller Eis und Raureif.

»Guten Abend, Mister Garson«, sagte er spöttisch.

Thor schwieg. Seine Gedanken rasten. Er zweifelte keine

Sekunde daran, dass die Männer auf ihn schießen würden, wenn Erich auch nur eine entsprechende Bewegung mit dem kleinen Finger machte. Aber seine Lage war vielleicht nicht ganz so aussichtslos, wie es im ersten Moment schien.

»Es freut mich, dass wir uns doch noch einmal wiedersehen, Mister Garson«, fuhr Erich fort. »Wenn Sie jetzt vielleicht die Güte hätten, die Waffen zu Boden zu legen und die Arme zu heben …?«

Thor tat keines von beidem. »Warum schießen Sie nicht?«, fragte er kalt. Dann deutete er mit dem Daumen über die Schulter zurück. »Aber Sie sollten sicher sein, dass Ihre Leute auch treffen. Da hinten liegt genug Sprengstoff, um diese ganze Insel in die Luft zu jagen.«

Es war ein Bluff und natürlich funktionierte er nicht. Erich sah ihn nur eine Sekunde lang abschätzend an, dann wandte er sich an die Männer, die Quinn in Schach hielten. »Zerschießt ihm die Kniescheiben«, sagte er. »Zuerst die rechte, dann die linke. Aber passt auf, dass ihr ihn nicht umbringt.«

»Halt!«, rief Thor entsetzt. Tatsächlich stockten die Soldaten mitten in der Bewegung und auch Erich drehte sich wieder zu ihm herum. Ein böses, triumphierendes Lächeln erglomm in seinen Augen.

»Oh«, rief er, »ich sehe, Sie möchten das nicht, Mister Garson.« Er schüttelte in gespieltem Bedauern den Kopf. »Doch ich fürchte, es gibt nur eine Möglichkeit, um das zu verhindern.«

Thor starrte ihn hasserfüllt an. Aber er begriff, dass er verloren hatte. Den meisten anderen Männern gegenüber hätte er vielleicht eine winzige Chance gehabt, mit seinem Bluff durchzukommen, zumal es nicht unbedingt ein Bluff war: Er war tatsächlich bereit, lieber sein eigenes Leben zu opfern, als zuzulassen, dass dieser Wahnsinnige Gewalt über

Odins Schiff und die darin schlummernden Mächte erlangte. Aber Erich war vielleicht verrückt, doch keineswegs dumm. Er wusste genau, Thor hätte niemals zugelassen, dass ein Unschuldiger für ihn bezahlte. Vorsichtig, um die Soldaten nicht durch eine unbedachte Bewegung zu erschrecken, legte er die Waffen zu Boden und hob die Arme.

Erich machte eine befehlende Geste. Zwei seiner Soldaten traten an Thors Seite und stießen ihm grob die Läufe ihrer MPs in die Rippen, während der dritte hastig begann die Waffen einzusammeln.

»Sehen Sie, Mister Garson«, sagte Erich höhnisch, »jetzt habe ich doch noch gewonnen.« Er deutete mit einer Kopfbewegung auf die Kiste mit den Handgranaten. »Hatten Sie wirklich vor, das Schiff *damit* zu zerstören?« Er lachte. »Sie sind ein Narr, Mister Garson. Ein gefährlicher Narr, aber trotzdem ein Narr. Nichts, was Menschen gemacht haben, kann diesem Schiff schaden. Oder dem, der es beherrscht.«

»Vielleicht bin ich wirklich ein Narr«, erwiderte Thor gepresst, »aber ich bin wenigstens nicht wahnsinnig wie Sie.«

Erichs vereiste linke Augenbraue rutschte ein Stück weiter in die Höhe.

»Wahnsinnig?«

Thor nickte wütend. »Sehen Sie sich doch um!«, rief er. »Gehen Sie hinaus, und sehen Sie, was aus Ihren Leuten geworden ist. Glauben Sie wirklich, dass es *das* ist, was sich Ihr famoser Führer wünscht? Eine Armee von Verrückten, die alles vernichtet, was sich ihr in den Weg stellt, ohne zu fragen, wer es ist?«

Erich lachte. »Sie wissen ja nicht einmal, wovon Sie reden, Mister Garson«, sagte er.

Thor wollte widersprechen, aber Erich gab einem der Männer einen blitzschnellen Wink und Thor fand gerade noch Zeit, die Luft anzuhalten, als ihm der Soldat den Lauf seiner Maschinenpistole so heftig in die Nieren stieß, dass er mit einem Schmerzenslaut auf die Knie sank.

»Vielleicht erkläre ich es Ihnen sogar«, höhnte Erich abfällig, »bevor ich Sie erschießen lasse, vielleicht aber auch nicht.«

Er drehte sich um und verließ die Baracke, und die beiden Soldaten zerrten Thor grob auf die Füße und versetzten ihm einen Stoß, der ihn in Gang brachte.

Draußen im Lager wurde nicht mehr gekämpft. Überrascht registrierte Thor, dass irgendetwas geschehen sein musste in den wenigen Minuten, die Quinn und er in der Hütte gewesen waren. Er wusste nicht genau, was, aber er war ziemlich sicher, dass es etwas mit Erich zu tun hatte. Auf eine Art, die er nicht verstand, die ihm aber Angst machte, schien dieser Mann die zu Berserkern gewordenen Soldaten zu beherrschen.

Nach der apokalyptischen Schlacht, die sich die Soldaten geliefert hatten, wirkte die Ruhe im Lager fast unheimlich. Nichts rührte sich. Die Männer, die noch am Leben und in der Lage waren, auf eigenen Beinen zu stehen, standen reglos, fast wie erstarrt da und blickten Erich und seine beiden Gefangenen ohne rechte Beteiligung an. Was Thor in den Gesichtern der Männer las, erschreckte ihn beinahe noch mehr als die blindwütige Raserei zuvor: Leere. Da war nichts mehr. Kein Gefühl. Kein Bewusstsein. Thor hatte den Eindruck, großen, beweglichen Puppen gegenüberzustehen, die zu keinerlei Regung mehr fähig waren.

Sie durchquerten das Lager und näherten sich wieder dem Wrack des Luftschiffes und dort hielt Erich eine weitere Überraschung für sie parat: Auf einen halblauten Ruf des SS-Offiziers hin trat eine weitere Anzahl Soldaten aus dem Schatten des Wracks hervor. Auch sie hielten ihre Waffen im Anschlag und zwischen ihnen bewegten sich Mabel, Doktor Browning, Morton und Bates.

Erich ließ Thor ausreichend Zeit, um seine Überraschung zu überwinden; vielleicht weidete er sich auch nur an dem Schrecken, der sich in diesem Moment auf Thors Gesicht widerspiegeln musste. Thor wollte auf Mabel zueilen, aber einer der beiden Soldaten riss ihn grob an der Schulter zurück und hob drohend die Waffe.

»Sie sehen, Mister Garson», sagte Erich höhnisch, »Ihre kleine Palastrevolution ist gescheitert.«

Thor funkelte ihn hasserfüllt an und schwieg.

Erich schien auf eine Antwort oder irgendeine Reaktion zu warten, denn eine ganze Weile lang sagte auch er nichts, sondern sah Thor nur fragend an.

Thor eilte auf Mabel zu und schloss sie kurz und heftig in die Arme, bevor er sich wieder zu Erich umwandte. »Und jetzt?«, fragte er. »Was haben Sie weiter mit uns vor?«

Erich schürzte abfällig die Lippen. »Können Sie sich das nicht denken, Mister Garson?«, fragte er böse. »Sie hatten Ihre Chance. Es ist nicht meine Schuld, dass Sie es vorgezogen haben, sie zu verspielen.« Er machte eine herrische Handbewegung. »Erschießt sie!«

Die sechs Soldaten in seiner Begleitung hoben ihre Gewehre und auch die Männer, die Browning und die anderen Gefangenen eskortiert hatten, traten rasch ein paar Schritte zurück und brachten ihre Waffen in Anschlag.

»*Halt!*«

Erichs Kopf ruckte mit einer zornigen Bewegung herum. Seine Augen wurden schmal, als er die grau gekleidete Gestalt sah, die aus der Dunkelheit herangelaufen kam. In ihrer Begleitung befanden sich vier Soldaten: drei Deutsche, wie unschwer an ihren weißen Tarnjacken zu erkennen war, aber auch ein Amerikaner. Und die Männer machten nicht unbedingt den Eindruck von *Feinden.*

Erich machte eine blitzschnelle Geste und einer seiner

Soldaten hob seine Waffe und richtete sie auf die Neuankömmlinge; die der anderen zielten unverwandt weiter auf Thor und seine Mitstreiter.

»Major von Ludolf!«, rief Erich überrascht, als die Leute näher kamen und er den Wehrmachtsoffizier erkannte, der sie anführte. Ein dünnes, unsympathisches Lächeln huschte über seine Lippen. »Ich wusste doch, dass ich jemanden übersehen habe.«

Er deutete mit einer Kopfbewegung auf Thor und die anderen und fuhr in spöttischem Tonfall fort: »Sind Sie gekommen, um sich Ihren Freunden anzuschließen, oder haben Sie endlich begriffen, auf welche Seite Sie gehören?«

Von Ludolf blieb stehen. Sein Blick glitt über Thors und Mabels Gesichter, über die drohend erhobenen Maschinenpistolen in den Händen der deutschen Soldaten und richtete sich schließlich auf Erichs Gesicht.

»Ich verbiete das!«, sagte er sehr ernst.

Zwei oder drei Sekunden lang starrte Erich ihn nur verblüfft an. Dann lachte er hoch, schrill und in der Tonlage eines Wahnsinnigen. »Sie sind ja verrückt«, höhnte er, nachdem er sich wieder halbwegs beruhigt hatte. »Sie haben hier gar nichts zu sagen, von Ludolf. Seien Sie froh, wenn ich Sie am Leben lasse. Wenigstens noch für eine Weile«, schränkte er nach einer Sekunde ein.

Von Ludolf schüttelte unbeeindruckt den Kopf und sagte noch einmal: »Ich lasse das nicht zu, Erich.«

Erichs Gesicht verzerrte sich zu einer Grimasse. »Schießt ihn nieder!«, befahl er.

Tatsächlich hob ein Soldat die Waffe. Sein Finger tastete nach dem Abzug. Aber er zögerte. Auf seinem Gesicht war deutlich der Zwiespalt abzulesen, in dem er sich befand.

Erich fuhr herum, starrte den Mann einen Moment lang wütend an und packte ihn schließlich bei den Schultern.

»Sie sollen ihn erschießen!«, brüllte er, während er den Mann wild schüttelte.

Der Soldat befreite sich mühsam aus Erichs Griff, stolperte einen halben Schritt zurück und hob unsicher seine Waffe.

»Tun Sie das nicht, Soldat«, sagte von Ludolf. Er sprach ganz ruhig. Er hob nicht einmal die Stimme, doch vielleicht war es gerade das, was den Soldaten abermals zögern ließ. Erich hatte geschrien, sich wie hysterisch gebärdet, aber diese Männer waren es gewohnt, ihre Befehle in ruhigem, sachlichem Ton zu bekommen.

Die Maschinenpistole in der Hand des Soldaten zitterte. Für einen Augenblick richtete sich ihr Lauf noch einmal auf von Ludolfs Oberkörper, dann senkte er sich und der Soldat schüttelte wortlos den Kopf und trat drei Schritte zurück.

»Ich enthebe Sie hiermit Ihres Kommandos, Herr Obersturmbannführer«, sagte von Ludolf ruhig. »Es ist offensichtlich, dass Sie nicht mehr Herr Ihrer Sinne sind.«

Erich keuchte vor Wut, wirbelte herum und war mit einem Satz bei einem anderen Soldaten. Er versuchte ihm die Waffe zu entreißen, aber der Mann schlug seine Hand herunter und brachte sich mit einem hastigen Schritt in Sicherheit.

»Geben Sie endlich auf, Erich«, sagte von Ludolf ruhig. »Sie haben verloren. Begreifen Sie das doch.«

Erich knurrte wie ein wildes Tier. Sein Blick flackerte und seine Fäuste schlossen und öffneten sich ununterbrochen, eine Bewegung, die er gar nicht wahrzunehmen schien.

»Legt die Waffen nieder!«, sagte von Ludolf. Die Worte galten nicht nur den Männern in Erichs unmittelbarer Nähe, die Thor und die anderen bedrohten, sondern allen hier. Ein paar Sekunden lang schien überhaupt nichts zu passieren, aber dann senkte der erste Soldat seine Maschinenpistole, dann ein zweiter, ein dritter – und schließlich ließen alle Männer ihre Waffen sinken; nicht nur das Exekutionskommando, sondern jeder, der von Ludolfs Worte gehört hatte.

Erich heulte wie ein geprügelter Hund, machte einen Schritt auf von Ludolf zu und blieb wieder stehen. Sein Gesicht loderte vor Zorn. Schaum trat vor seinen Mund und irgendetwas geschah in seinen Augen, was Thor schaudern ließ. Es war nicht nur der Blick eines Wahnsinnigen, es war …

Nein, er konnte nicht in Worte fassen, was es war. Es war wie das Wirken einer göttlichen Macht, dessen Zeugen sie wurden. Aber wenn, so war es ein finsterer, zerstörerischer Gott. Eine Macht, die aus uralten, vergessenen Zeiten auferstanden war und nie wieder leben durfte.

»Geben Sie auf, Erich«, sagte von Ludolf ruhig. »Die Männer werden Ihnen nicht mehr gehorchen. Weder jetzt noch später.«

»Dafür werden Sie bezahlen!«, heulte Erich. »Sie Verräter! Ich werde persönlich dafür sorgen, dass Sie vor Gericht gestellt und hingerichtet werden!«

»Das glaube ich nicht«, sagte von Ludolf ruhig. »Niemand hier will das. Schauen Sie sich um.«

Er machte eine weit ausholende Geste mit der linken Hand, die das ausgeglühte Luftschiffwrack, das zerstörte Lager, die brennenden Baracken und die gesamte Insel einschloss. »Schauen Sie sich um und fragen Sie sich, mit welchen Mächten wir uns eingelassen haben. Es gibt Dinge, an die niemand rühren darf, Erich. Sie würden allen den Tod bringen. Nicht nur unseren Feinden, sondern auch uns.«

Sekundenlang starrte Erich ihn einfach nur an, als begreife er tatsächlich, was von Ludolf gesagt hatte. Abermals flackerte sein Blick, und Erschrecken trat in seine Augen und löste das Lodern des Wahnsinns darin ab.

Aber nur für kurze Zeit. Dann verwandelte sein Blick sich wieder in den eines Wahnsinnigen und seine Stimme wurde zu einem schrillen, sich überschlagenden Heulen: »Sie Hund! Sie verdammter, volksverräterischer Feigling!«, kreischte er. Plötzlich fuhr er herum, entriss einem der Soldaten in seiner Nähe die Waffe und legte damit auf Thor und die anderen an. »Dann tue ich es eben selbst«, schrie er.

Von Ludolf schoss ihm in den Rücken.

Er zog die Hand nicht einmal aus der Tasche, sondern drückte ohne Warnung ab. Eine fingerlange orangerote Feuerzunge brach aus seiner Uniform und eine Sekunde später taumelte Erich wie von einem Faustschlag getroffen nach vorn, ließ die MP fallen und brach mit einem Keuchen in die Knie. Seine Augen wurden glasig.

»Es tut mir leid«, sagte von Ludolf leise. »Aber ich kann das nicht zulassen.«

Er zog die rechte Hand mit der Pistole aus der Tasche, schüttelte traurig den Kopf und drückte noch einmal ab. Und noch einmal. Und noch einmal. Und noch einmal.

ODINSLAND. RAGNARÖK

Das Unterseeboot lag wie ein stählerner Riesenfisch vor dem natürlichen Hafen der Eisinsel. Das Wasser war so klar, dass man seinen Rumpf zur Gänze sehen konnte, und Thor erkannte, dass es ein sehr großes Boot war. Keiner der kleinen, schnellen Jäger, von denen jeder bereits jetzt – zu recht – annahm, dass sie im Falle eines ausbrechenden Krieges zu einer der gefürchtetsten Waffen der deutschen Marine werden würden, sondern ein großes, fast plump aussehendes Schiff, das über ein enormes Transportvolumen verfügen musste.

Trotzdem schauderte Thor bei der Vorstellung, welch unerträgliche Enge an Bord des U-Boots geherrscht haben mochte, als es Erichs vierzig Soldaten samt ihrer Ausrüstung hierher transportiert hatte. Und allein bei dem Gedanken, an Bord dieses schwimmenden Stahlsarges zu gehen und darin vielleicht Tage, wenn nicht Wochen eingesperrt zu sein, wurde ihm fast schlecht vor Angst.

Gleichzeitig konnte er den Moment kaum noch abwarten. Er wollte weg hier, nichts als weg, fort von diesem Eisberg, fort von den Toten, die in ihm eingeschlossen waren, und vor allem: fort von diesem entsetzlichen Schiff, das wie ein schwarzes Ungeheuer aus einer anderen Welt in seinem Herzen lauerte. Nicht einmal das Maschinengewehr am Bug des U-Boots, dessen Lauf der Bewegung des kleinen Ruderboots beharrlich folgte, flößte ihm so viel Angst ein wie der bloße *Gedanke* an das Naglfar.

Langsam näherten sie sich dem Unterseeboot. Von Ludolf, der breitbeinig und sehr unsicher im Bug des kleinen Schiffchens stand, schwenkte in Ermangelung einer Fahne ein weißes Taschentuch; offensichtlich vertraute er doch nicht so ganz auf die Wirkung seiner grauen Wehrmachtsuniform, wie er Thor und den anderen noch vor ein paar Minuten an Land hatte einreden wollen.

Auch Thor und Browning wurden immer nervöser. Browning gefiel verständlicherweise der Gedanke überhaupt nicht, sich auf Gedeih und Verderb einem deutschen Wehrmachtsoffizier auszuliefern, während Thors Nervosität völlig andere Gründe hatte. Gründe, die er selbst nicht ganz verstand. Eigentlich gab es nichts mehr, wovor er noch Angst haben musste: Erich war tot und mit dem ersten Licht des neuen Tages war auch die unerklärliche Raserei völlig von den Männern abgefallen. Aus den Berserkern waren wieder ganz normale Männer geworden; Männer, in deren Gesichtern deutlich das namenlose Grauen abzulesen war, mit dem sie die Erinnerung an die vergangene Nacht erfüllte.

Von Ludolf und die kleine Gruppe um Thor nicht mitgerechnet, hatten knapp zwanzig Männer das Gemetzel überlebt. Und so, wie sie im Moment zusammengedrängt und verängstigt am Ufer der schwimmenden Eisinsel standen, schien es kaum noch einen Unterschied zwischen ihnen zu geben. Es war gleich, ob Amerikaner oder Deutscher: Jeder einzelne dieser Männer hatte gespürt, dass er einer Macht ausgeliefert gewesen war, die keine Unterschiede machte und an der absolut nichts Menschliches war.

Und wäre Erich nicht völlig wahnsinnig gewesen, davon war Thor überzeugt, dann hätte selbst er eingesehen, dass die Magie der alten Götter keine Kraft war, die man sich nach Belieben zunutze machen konnte. Eine zweite Nacht auf dieser Insel würde keiner von ihnen überleben.

Sie näherten sich dem Unterseeboot, und Browning, der im Heck des Schiffes saß, drosselte den Motor. Das kleine Boot verlor an Fahrt, stieß mit einem dumpfen Geräusch gegen den Rumpf des U-Boots und schrammte ein paar Meter weit daran entlang, ehe von oben ein Tau herabgeworfen wurde, das Thor ergriff. Ein zweites Tau folgte und dann flog eine Strickleiter zu ihnen herab. Thor knotete den Strick an einer Planke des Bootes fest, ehe er als Letzter auf das Deck des U-Boots hinaufstieg.

»Es bleibt dabei«, sagte von Ludolf leise. »Sie sagen kein Wort. Überlassen Sie mir das Reden.«

Brownings Gesichtsausdruck verdüsterte sich noch weiter, während Thor nur nickte. Sein Verstand war hundertprozentig von der Aufrichtigkeit von Ludolfs überzeugt, sein Gefühl nicht. Aber so, wie es im Moment aussah, hatten sie gar keine andere Wahl, als dem Major zu vertrauen.

Ein hochgewachsener Mann in einer dunkelblauen Uniform mit dem Rangabzeichen eines Kapitänleutnants kam ihnen entgegen, musterte Thor und Browning kühl und sehr flüchtig und wandte sich dann an von Ludolf. Die Art, in der er die Hand zum Hitler-Gruß hob, machte deutlich, dass er dieser Ehrenbezeugung nicht besonders viel Wertschätzung entgegenbrachte und sie nur als Pflichtübung betrachtete.

»Heil Hitler, Herr Major!«, sagte er. Nach einer neuerlichen Pause und einem weiteren fragenden Blick auf Thor und Browning fügte er hinzu: »Wo ist Obersturmbannführer Erich?«

»Tot«, antwortete von Ludolf.

Der Kapitänleutnant runzelte die Stirn. Er sah nicht besonders betroffen aus, nur überrascht. »Was ist geschehen?«

»Ich musste ihn erschießen«, antwortete von Ludolf. Er machte eine rasche befehlende Geste und nahm den Kapitänleutnant bei der Schulter, um ihn einige Schritte weit wegzuführen. Dann begann er leise und in Deutsch auf ihn einzureden.

Thor verstand nicht, was die beiden Männer sprachen, obwohl Deutsch seine Muttersprache war. Von Ludolf redete sehr leise und offensichtlich sehr erregt und der Kapitänleutnant antwortete ebenso, doch nicht einmal Wortfetzen drangen an Thors Ohren. Aber die Blicke, die die beiden Männer abwechselnd Thor und Browning oder der Insel zuwarfen, waren vielsagend genug.

Es dauerte gute fünf Minuten, bis von Ludolf sich schließlich umdrehte und zurückkam, während der Kapitän des U-Boots mit schnellen Schritten zum Turm ging und die schmale Leiter hinaufeilte.

»Nun«, begann Browning, »was hat er gesagt?«

»Das, was ich Ihnen schon vorher gesagt habe, Doktor Browning«, antwortete von Ludolf. »Kapitänleutnant Bresser wird Sie und Ihre Begleiter als Schiffbrüchige an Bord nehmen und in den nächsten erreichbaren amerikanischen Hafen bringen beziehungsweise an Bord des nächsten amerikanischen Schiffes, das unseren Kurs kreuzt.«

Browning blickte ihn ungläubig an. »Einfach so?«, vergewisserte er sich.

»Einfach so«, bestätigte von Ludolf. »So wie es die internationalen Seefahrtsregeln vorsehen. Was haben Sie erwartet?«

Browning druckste einen Moment herum. Er wirkte jetzt beinahe verlegen. »Nun, nach den Ereignissen der letzten Tage …«

»Bitte schließen Sie nicht vom Verhalten eines einzelnen Mannes auf das der ganzen Deutschen Wehrmacht«, sagte von Ludolf kalt. »Erich war wahnsinnig und ein Verbrecher. Hätte ich ihn nicht erschossen, dann wäre er in Deutschland vor ein Kriegsgericht gestellt und hingerichtet worden. Mein Wort darauf. Und was diesen Berg angeht, so nehme ich doch an, dass es in unserem beiderseitigen Interesse ist, wenn wir so tun, als habe es dieses Schiff niemals gegeben.«

Browning sagte nichts darauf. Aber der Blick, mit dem er erst von Ludolf und dann Thor musterte, war beredt genug.

»Ich stimme Ihnen zu«, sagte Thor rasch, damit Browning nicht irgendetwas Unbedachtes sagte oder tat und so im letzten Moment womöglich noch alles verdarb. Sowohl Browning als auch der deutsche Major blickten ihn fragend an. »Der Berg schmilzt«, fuhr Thor erklärend fort. »Ich bin sicher, dass er in wenigen Wochen nicht mehr existieren wird – und damit auch das Schiff. Es wird sinken oder davongetrieben werden.«

Browning runzelte zweifelnd die Stirn und auf von Ludolfs Gesicht war überhaupt keine Reaktion abzulesen. Aber sie ahnten wohl beide, dass Thor recht hatte.

Schließlich räusperte sich Browning gekünstelt und wechselte das Thema. »Dann lassen Sie uns die Männer an Bord holen. Gibt es eine Möglichkeit, das Schiff näher an den Berg heranzubringen?«

Von Ludolf schüttelte den Kopf. »Zu gefährlich«, antwortete er. »Wir werden das Boot nehmen müssen. Das dauert zwar eine Weile, aber Bresser hat das U-Boot ohnehin schon viel zu nahe an den Berg heranmanövriert.« Er machte eine Kopfbewegung zum Strand zurück. »Ich werde zwei Matrosen mit dem Boot zurückschicken, damit sie die Männer holen.«

»Das übernehme ich schon«, rief Thor. Er sprach vielleicht eine Spur zu hastig und weckte so von Ludolfs Misstrauen, denn der deutsche Major sah ihn eine Sekunde lang durchdringend an. Aber falls er erriet, warum Thor wirklich noch einmal zurück auf die Insel wollte, dann behielt er es jedenfalls für sich.

»Gut«, sagte er nur. »Aber bitte, beeilen Sie sich. Ich möchte keine Minute länger hierbleiben, als unbedingt nötig.«

»Sicher«, bestätigte Thor. Er zögerte, räusperte sich umständlich und suchte einen Moment nach Worten.

Von Ludolf legte den Kopf schräg und sah ihn fragend an. »Ja?«

Thor zögerte noch immer. Es fiel ihm schwer, weiterzusprechen, und als er es tat, war es eine der ganz wenigen Gelegenheiten, bei denen seine Stimme verlegen und stockend klang.

»Major von Ludolf, wir … wir alle sind Ihnen sehr dankbar«, begann er. »Ich … nun, ich weiß nicht, wie ich anfangen soll, aber –«

»Nur zu«, sagte von Ludolf mit einem flüchtigen, aber echten Lächeln.

»Nun, streng genommen haben Sie gegen die Interessen Ihres Heimatlandes gehandelt«, meinte Thor unsicher. »Ich meine, es könnte sein, dass Sie … Ärger bekommen.«

»Das ist möglich – aber nicht sehr wahrscheinlich«, entgegnete von Ludolf. »Worauf wollen Sie hinaus, Mister Garson?«

»Sie können bei uns bleiben«, sagte Thor. »Ich meine … ich kann Ihnen anbieten, mit uns von Bord zu gehen. Niemand muss es erfahren, bis wir den Hafen erreichen, verstehen Sie? Aber ich bin sicher, dass die Vereinigten Staaten von Amerika Ihnen politisches Asyl gewähren werden, wenn Sie darum ersuchen.«

Im allerersten Moment sah es so aus, als habe er von Ludolf mit diesen Worten beleidigt. Aber dann lächelte der Wehrmachtsoffizier.

»Das ist sehr großzügig von Ihnen, Mister Garson«, lächelte er. »Aber ich glaube nicht, dass es nötig sein wird. Für Sie mag es der richtige Weg gewesen sein, aber nicht für mich. Trotzdem – vielen Dank für das Angebot.«

Thor sah ihn noch einen Moment unschlüssig an, dann

wandte er sich um, kletterte ins Boot zurück und startete den Außenbordmotor, nachdem er das Haltetau gelöst hatte. In einem weiten Bogen entfernte er sich von dem deutschen U-Boot, nahm wieder Kurs auf Odinsland und lenkte das kleine Schiffchen zielsicher auf den Strand hinauf.

Ein paar Soldaten eilten ihm entgegen und halfen ihm trockenen Fußes an Land zu kommen. Fast alle Überlebenden der vergangenen Nacht hatten sich auf dem schmalen Eisrand versammelt. Thor entdeckte Morton und Bates zwischen den Soldaten und nach kurzem Suchen auch Quinns hünenhafte Gestalt.

Ein flüchtiges Lächeln huschte über seine steif gefrorenen Lippen, als er den Inuk sah. Quinn trug noch immer den dicken Bärenfellmantel und den gehörnten Wikingerhelm. Und an seiner Seite baumelte sogar noch das Schwert, mit dem er sich bewaffnet hatte. Wahrscheinlich wollte er die Dinge als Andenken mitnehmen.

Dann fiel ihm etwas auf und er vergaß schlagartig Quinns Verkleidung.

Wo war Mabel?

Er wandte sich an Morton, der jedoch nur mit den Schultern zuckte. Aber Bates antwortete: »Sie ist noch oben. Sie sagte, sie habe etwas vergessen.«

Thor unterdrückte einen Fluch. Er hatte eine ziemlich genaue Vorstellung davon, was Mabel dort oben *vergessen* hatte. *Diese verdammte Närrin!*

Ohne ein weiteres Wort eilte er an Bates und den anderen vorbei und stieg den schmalen Grat zum Eisplateau hinauf, so schnell er konnte. Als er es erreicht hatte, erklang unter ihm wieder das Dröhnen des Außenbordmotors; das Boot brachte die erste Abteilung der Männer zum U-Boot hinaus. Viel Zeit blieb ihm nicht mehr.

Thor sah sich um. Vor ihm lag das Wrack der DRAGON

und das, was von ihrem Lager übrig geblieben war. Zwischen den Baracken rührte sich nichts. Von Mabel war keine Spur zu sehen. Thor schluckte einen weiteren Fluch hinunter und lief los, so schnell er es auf dem schlüpfrigen Untergrund wagen konnte. Trotzdem brauchte er fast fünf Minuten, um den gewaltigen Krater in der Mitte des Eisplateaus zu erreichen – und er war noch mehr als hundert Meter von seinem Rand entfernt, als er begriff, dass seine Befürchtungen nur zu begründet waren.

Die Winde des improvisierten Aufzugs bewegte sich quietschend und daneben stand eine schmale, in einen übergroßen braunen Fellmantel gehüllte Gestalt, die anscheinend alle Mühe hatte, ganz allein die große Kurbel zu bedienen.

»Mabel!«, brüllte Thor. »Hör sofort auf!«

Mabel sah auf, erkannte ihn – und verdoppelte ihre Anstrengungen. Thor sah, wie der Aufzugkorb über den Rand des Schachts glitt und aufsetzte. Mabel ließ die Kurbel los, lief um die Winde herum und mühte sich mit einem gewaltigen Kasten ab, den sie in den Drahtkorb zu schleifen versuchte.

Sie hätte es wahrscheinlich nicht einmal geschafft, wenn Thor sie nicht vorher erreicht hätte. Der Kasten musste sehr schwer sein. Wenn er das enthielt, was Thor glaubte, dann war es schon ein kleines Wunder, dass es ihr überhaupt gelungen war, ihn bis hierher zu schaffen.

»Verdammt noch mal, bist du wahnsinnig geworden?!« Thor packte sie grob an den Schultern und riss sie herum.

Mabel versuchte sich loszureißen. Ihr Blick flammte vor Zorn. »Lass mich!«, schrie sie. »Ich muss dieses Ding vernichten. So etwas darf nie wieder passieren!«

Thor blickte sie nur kopfschüttelnd an, ließ sich auf ein Knie sinken und klappte den Deckel der Kiste auf. Sie war vollgestopft mit Sprengstoff: Dynamit, Handgranaten, Haft- und Tretminen – offensichtlich hatte sie wahllos alles, was irgendwie explosiv aussah, zusammengerafft und in diese Kiste gepfercht. Dass sie sich dabei nicht versehentlich selbst in die Luft gesprengt hatte, war eigentlich ein Wunder. Thor schüttelte noch einmal den Kopf und sah sie vorwurfsvoll an.

»Toll«, sagte er spöttisch. »Und was hattest du damit vor? Es auf das Schiff fallen zu lassen?«

Mabel presste trotzig die Lippen zusammen. »Mir wäre schon irgendetwas eingefallen«, sagte sie.

»Ja«, murmelte Thor. »Zum Beispiel, dich selbst mit in die Luft zu jagen.« Er seufzte tief, griff in die Jackentasche und zog den kleinen Sprengsatz heraus. Bates hatte ihm in der vergangenen Nacht die Funktionsweise genau erklärt. Aber seine Hände zitterten trotzdem leicht, als er den Zeitzünder auf sechzig Minuten einstellte und das Gerät mit spitzen Fingern in die Kiste legte. Sehr behutsam klappte er den Deckel wieder zu, ließ die Schlösser einschnappen und stand auf.

Mabels Augen wurden groß. Dann verdunkelten sie sich vor Zorn. »Du hattest also –«

»– dasselbe vor wie du. Ja«, bestätigte Thor gelassen. »Aber ich hatte vor, es zu überleben.«

Mabel wirkte betroffen, aber sie sagte nichts, sondern blickte nur abwechselnd ihn und die Kiste an.

»Also gut«, sagte Thor. »Bringen wir es hinter uns. Den größten Teil der Arbeit hast du mir ja schon abgenommen.«

Selbst zu zweit schafften sie es kaum, die Munitionskiste in den Drahtkorb zu heben. Thor fragte sich erneut, wie, um alles in der Welt, Mabel es fertiggebracht hatte, das gut zwei Zentner wiegende Ding hierherzuschleifen.

Nervös sah er auf die Uhr, als es ihnen endlich gelungen

war. Fünf ihrer kostbaren sechzig Minuten waren bereits um.

»Bist du sicher, dass du das tun willst?«, fragte Mabel leise, als sie nebeneinander an die Kurbel traten, um den Korb in die Tiefe zu lassen.

»Ja«, sagte Thor leise und sehr ernst. »Es gibt Dinge, die Menschen niemals erfahren sollten.«

Entschlossen griff er nach der Kurbel und drehte daran. Und nach einem Augenblick packte auch Mabel zu. Der Korb glitt über den Schacht und begann sich langsam in die Tiefe zu bewegen.

Sie arbeiteten stumm und sehr schnell und Thor wich Mabels Blick aus. Er hatte ihr nicht ganz die Wahrheit gesagt. Er bezweifelte, dass der Sprengstoff dem Naglfar wirklichen Schaden zufügen konnte. Im Grunde war er sogar sicher, dass alle Waffen der Welt diesem Schiff nichts anhaben konnten. Aber die Explosion würde gewaltig genug sein, um den Eisschacht zusammenbrechen zu lassen, sodass es unter etlichen hundert Tonnen Eis begraben liegen würde. Genau so, wie es tausend Jahre da gelegen hatte. Vielleicht würden noch einmal tausend Jahre vergehen, ehe es wieder gefunden würde. Und vielleicht waren die Menschen dann ein wenig klüger als sie …

Plötzlich stockte die Winde. Thor zog erstaunt die Brauen zusammen. Die gewaltige Seilrolle vor ihnen war noch nicht einmal zu zwei Dritteln abgewickelt, der Korb konnte das Schiff also noch gar nicht erreicht haben. »Was ist denn jetzt los?«, murmelte er.

»Vielleicht hat er sich irgendwo verhakt?«, sagte Mabel. »Warte, ich gehe nachschauen.«

Thor wollte sie zurückhalten, aber sie wandte sich rasch um und machte einen Schritt auf den Kraterrand zu.

Etwas zischte. Ein zuerst gelbes, dann weißes und schließlich unerträglich grelles weißblaues Licht flackerte aus dem Loch im Eis herauf und plötzlich zerriss der Donner einer ungeheueren Explosion die Stille. Thor spürte, wie sich der gesamte Berg unter ihren Füßen um einen halben Meter hob und mit einem fürchterlichen Ruck zurücksackte. Dann brachen Flammen aus dem Krater, gefolgt von einer brüllenden Druckwelle, die Mabel und ihn von den Füßen riss und sie meterweit durch die Luft schleuderte, ehe sie wieder auf das Eis krachten.

Thor schrie vor Schmerz, als eine Woge kochend heißer Luft über ihn hinwegfauchte und ihn wie eine glühende Riesenhand gegen das Eis presste. Um ihn herum regneten Trümmer und Flammen nieder und es kam einem Wunder gleich, dass er die nächsten Sekunden überhaupt überlebte. Der Boden zitterte und bebte ununterbrochen und er hörte ein tiefes, unheimliches Grollen und Knirschen, als die verborgenen Hohlräume in Odinsland zusammenzubrechen begannen. Er spürte, wie sich der ganze riesige Eisberg in einer täuschend langsamen Bewegung auf die Seite zu legen begann.

Dann … zerriss etwas unter ihnen.

Thor konnte ganz deutlich fühlen, wie der Boden des Eisschachts brach und das Meerwasser in den Tunnel strömte. Und er sah förmlich vor sich, wie das Naglfar aus dem Eis gerissen und angehoben wurde und wie ein zu kleiner Korken im Flaschenhals auf dem Rücken einer schaumigen Woge nach oben schoss.

Der Feuerregen und das Krachen der Explosionen hörten auf, aber es dauerte fast fünf Minuten, bis sich das Zittern des Bodens so weit beruhigt hatte, dass er es wagte, sich auf Hände und Knie zu erheben und zu Mabel hinüberzukriechen.

Bis auf ein paar Schrammen und Kratzer war sie unverletzt wie er, aber benommen. Einige Augenblicke blickte sie ihn nur verwirrt an, dann versuchte sie sich hochzustemmen. Es gelang ihr erst beim zweiten Anlauf und auch nur, weil Thor ihr dabei half.

»Was … ist passiert?«, fragte sie verwirrt.

Thor deutete auf den Krater. »Die Ladung ist zu früh hochgegangen«, antwortete er. *Und das ist noch nicht alles,* fügte er in Gedanken hinzu.

»Ist es … zerstört?«, fragte Mabel.

Statt zu antworten, drehte sich Thor um und näherte sich vorsichtig dem Loch im Eis.

Das Naglfar war nicht zerstört. Nicht einmal das Segel war beschädigt. Und es war so, wie Thor vermutet hatte: Der Boden des Eisschachts war geborsten und das silbern glänzende Rund hatte sich mit kochendem, sprudelndem Wasser gefüllt, das wie rasend strudelte. Das Naglfar hüpfte auf dieser wirbelnden Wasserfläche auf und ab, jetzt höchstens noch hundertfünfzig oder zweihundert Fuß unter ihnen. Und das Wasser stieg noch immer.

Was eigentlich unmöglich war. Es sei denn …

Thors Kopf ruckte herum und dann sah er etwas, was seine Augen in Entsetzen weitete: den Turm des deutschen Unterseeboots! »Großer Gott«, flüsterte er. »Er … er sinkt!«

Mabel sah ihn verwirrt an. »Was meinst du?«

»Er sinkt!«, wiederholte Thor. »Der Berg! Odinsland … versinkt im Meer!«

»Aber das ist unmöglich«, widersprach Mabel erregt. »Eisberge sinken nicht!«

»Doch, dieser hier tut es!«, brüllte Thor. »Frag mich nicht, wie. Aber dieser ganze verdammte Eisklotz versinkt im Meer!«

Und es war ganz genau so, wie er sagte: Die Oberfläche Odinslands befand sich jetzt bereits so tief, dass sie nicht nur den Turm des Unterseeboots, sondern bereits auch sein Heck sehen konnten.

»Um Gottes willen!«, schrie Thor. »Weg hier! Nichts wie weg!«

Er fuhr herum, packte Mabels Hand und spurtete los, wobei er sie einfach mit sich zerrte. Einen Moment lang versuchte sie ganz instinktiv sich loszureißen, aber dann sah auch sie ein, dass sie um ihr Leben laufen mussten, und beschleunigte ihre Schritte.

Es war ein Rennen, das sie nicht gewinnen konnten. Der Berg zitterte und bebte jetzt unablässig unter ihren Füßen, und einmal stürzte ein Teil des Bodens von der Größe eines Fußballfelds unmittelbar neben ihnen in sich zusammen und riss sie um ein Haar mit sich in die Tiefe. Von der Stelle im Meer aus, an der sich der Eisstrand befunden hatte, wehten verzweifelte Schreie zu ihnen herauf.

Thor sah sich im Laufen um, und was er sah, das ließ ihn noch einmal einen Schreckensruf ausstoßen: Odinsland war mittlerweile fast völlig gesunken. Was einmal eine hohe schwimmende Burg aus Eis gewesen war, das war jetzt nur noch eine zerrissene Scholle, die wie durch ein kleines Wunder noch nicht in mehrere Stücke zerbrochen war und allerhöchstens noch fünf oder sechs Fuß weit aus dem Meer ragte. Der Rumpf des Naglfar war deutlich über dem Kraterrand in seiner Mitte zu sehen. Das rot-weiß gestreifte Segel blähte sich, obwohl nicht der mindeste Wind wehte, und der Bug des Götterschiffs drehte sich ganz langsam herum.

»Erich!«, murmelte er.

Thor ahnte die Bewegung mehr, als dass er sie wirklich sah, und warf sich blitzartig zur Seite, wobei er Mabel mit sich von den Füßen riss.

Ein weißgoldener Blitz sengte eine rauchende Spur aus

Hitze und Licht in die Luft, genau dort, wo Mabel und er sich befunden hätten, wären sie weitergelaufen, und explodierte zwei- oder dreihundert Meter entfernt im Meer. Ein ungeheurer Donnerschlag erklang und eine turmhohe Dampfwolke schoss aus der Meeresoberfläche empor. Thor schloss geblendet die Augen, rollte sich herum und presste sich schützend gegen Mabel.

»Was ist das?«, schrie sie voller Angst.

»Erich!«, brüllte Thor über das donnernde Tosen, das noch immer anhielt, hinweg. »Ich weiß nicht, wie er es macht, aber es ist Erich!«

»Aber das ist unmöglich! Er ist tot!«

Ein zweiter, anscheinend noch grellerer Blitz zerriss die Luft nur wenige Meter über ihnen und diesmal stöhnte Thor vor Schmerz, als eine kochend heiße Hitzewelle seinen Rücken versengte.

»Sag ihm das!«, brüllte er. »Vielleicht hat er es noch nicht gemerkt!«

Geblendet hob er den Kopf und suchte verzweifelt nach einer Deckung, einem Versteck, in das sie sich vor den tödlichen Lichtblitzen verkriechen konnten. Das Eis, auf dem sie lagen, zitterte und bebte noch immer, aber das dumpfe Poltern und Krachen aus dem Inneren des Berges hatte ein wenig nachgelassen und Odinsland sank auch nicht weiter. Seine Oberfläche ragte jetzt allerhöchstens noch einen Fuß hoch über das Meer hinaus, und überall begannen sich die neu entstandenen Risse und Spalten im Eis mit Wasser zu füllen. Statt des dumpfen Krachens zusammenbrechender Hohlräume hörte Thor jetzt ein beständiges Knistern und Knirschen und plötzlich ging ein letzter, sehr heftiger Ruck durch den Boden.

Dann zerbrach der ganze gigantische Eisberg in zwei Teile.

Gehetzt blickte Thor um sich. Das deutsche Unterseeboot befand sich eine knappe halbe Meile hinter ihnen, bei den mörderischen Wassertemperaturen mindestens zehnmal zu weit, um auch nur daran zu denken, dorthin zu schwimmen. Ganz davon abgesehen, dass da immer noch Erich war, der es irgendwie geschafft haben musste, zu überleben und sich die entsetzliche Magie der alten Götter zunutze zu machen.

Er drehte sich wieder herum und sah zum Naglfar zurück. Das Schiff hatte seinen wilden Tanz auf dem Wasser beendet und den Drachenbug auf den neu entstandenen Kanal auf dem Eis ausgerichtet und das Segel blähte sich stärker. Wie von Geisterhand bewegt tauchten die riesigen Ruder ins Wasser. Langsam, zitternd, als müsse es nach einem Jahrtausend des Schlafes erst allmählich die Kontrolle über seinen Körper wiederfinden, setzte sich das Naglfar in Bewegung. Thors Blick hing wie gebannt an der winzigen, in eine zerfetzte rot-weiße Jacke gekleideten Gestalt hinter dem Bug. Es war Erich. Er konnte es nicht sein, denn Mabel und Thor und fast zwei Dutzend Leute hatten mit eigenen Augen gesehen, wie er gestorben war, aber er war es! Hoch aufgerichtet stand er da, blutüberströmt das Gesicht und zu einer Grimasse des Wahnsinns verzerrt. In seiner Hand glitzerte etwas Großes, Goldenes und plötzlich kam Thor ein fürchterlicher Gedanke. Wenn dieses Schiff wirklich Odins Schiff war, dann war das, was er an Bord gefunden hatte, vielleicht –

Nein, die Vorstellung war einfach zu entsetzlich.

»Welche Vorstellung?«, fragte Mabel.

Thor fuhr erschrocken zusammen und begriff erst jetzt, dass er zumindest den letzten Gedanken laut ausgesprochen hatte. Er schwieg einen Moment. Als er dann sprach, klang seine Stimme belegt und brüchig wie die eines alten Mannes. »Die Vorstellung, dass das, was er in der Hand hält, Mjölnir ist«, sagte er.

Mabel wurde kreidebleich. »Das … das … das ist nicht dein Ernst«, stammelte sie.

»Mjölnir, der Blitze schleudernde Hammer des Gottes Thor, nach dem meine Eltern mich benannt haben«, sagte Thor tonlos. Vergessen waren sämtliche Späße über seinen Namen, die er jemals gehört oder selbst gemacht hatte, vor allem wenn er seine Fäuste gelegentlich schon mal scherzhaft als Thors Hammer bezeichnet hatte. Sein Blick hing an dem goldenen Funkeln in Erichs rechter Hand. Obwohl das Schiff schnell näher kam, konnte er nicht genau erkennen, was es war. Aber der furchtbare Verdacht war mittlerweile fast zur Gewissheit geworden.

»Wenn das stimmt, dann ist das die fürchterlichste Waffe, die es jemals auf dieser Welt gegeben hat«, flüsterte Mabel entsetzt.

»Ja«, antwortete Thor. »Und sie ist in der Hand eines Wahnsinnigen.«

Seine Gedanken rasten. Er musste etwas tun, irgendetwas, und wenn es sein eigenes Leben kostete. Es spielte keine Rolle mehr. Erich an Bord des Naglfar, mit Mjölnir bewaffnet – das war eine Gefahr, gegen die selbst Hitler mit all seinen zahllosen Panzern und Flugzeugen verblasste. Er musste diesen Wahnsinnigen aufhalten, ganz gleich, wie.

Das Schiff bewegte sich jetzt nicht mehr so schnell wie zu Anfang, aber die Ruder hatten einen Takt gefunden, der es gleichmäßig durch das Wasser gleiten ließ. Ihm blieb eine Minute, sich etwas einfallen zu lassen, allerhöchstens eineinhalb. Eine verflucht kurze Zeit, um die Welt zu retten.

»Versteck dich irgendwo«, sagte er. »Lauf weg. Versuche irgendwo unterzukriechen.«

»Was hast du vor?«, fragte Mabel misstrauisch.

Thor deutete mit einer grimmigen Kopfbewegung auf das Naglfar. Seine enorme Größe machte es schwer, seine wirkliche Geschwindigkeit zu schätzen, aber es war bereits nahe, sehr nahe. »Ich werde versuchen an Bord des Schiffes zu springen«, murmelte er.

Mabels Augen wurden groß. Erich war kein normaler Gegner, vielleicht nicht einmal mehr ein Mensch. Sie beide hatten gesehen, wie er von vier Kugeln getroffen zusammengebrochen war, aber sie beide hatten auch gehört, was Kapitän Morton über van Hesling zu erzählen wusste. Und sie beide hatten die fürchterlichen Szenen nicht vergessen, deren Zeugen sie in der vergangenen Nacht im Lager geworden waren. Und an Bord des Naglfar … Nein, Thor war nicht einmal sicher, ob er Erich überhaupt noch verletzen konnte.

»Und wenn du es nicht schaffst?«, fragte Mabel.

Thor schwieg dazu.

Das Schiff kam langsam näher. Wenn es seinen Kurs nicht änderte, dann würde es unmittelbar an Thor und Mabel vorübergleiten; und Erich musste sie längst entdeckt haben. Wenn er darauf verzichtete, seine fürchterliche Waffe noch einmal einzusetzen und sie auf der Stelle umzubringen, dann wahrscheinlich nur deshalb, weil er sich absolut sicher fühlte. Und wahrscheinlich sogar zu Recht, dachte Thor.

Und sofort wurde sein Verdacht zur Gewissheit.

Ein dumpfes Dröhnen wehte über das Meer zu ihnen, und als er herumfuhr, sah er, wie das Maschinengewehr im Bug des deutschen Unterseeboots grelle Flammenzungen spuckte. Die Salve riss Splitter aus dem Eis, jagte eine Reihe meterhoher Schaumexplosionen durch das Wasser und traf das Naglfar mit absoluter Präzision.

Nicht eine der Kugeln kam Erich auch nur nahe. Die Geschosse prallten Funken sprühend von einem unsichtbaren

Hindernis ab wie von einer Wand aus Glas, die sich zwischen dem Schiff und ihnen erhob!

Ein hämisches, durch und durch böses Grinsen verzerrte Erichs Gesicht. Langsam, in einer ganz bewusst auf Dramatik bedachten Geste, hob er die Arme; und jetzt sah Thor, dass es tatsächlich eine Art riesiger, ganz aus Gold gefertigter Hammer war, den er in beiden Händen hielt. Blitzartig drehte er sich um und schloss in Erwartung des Kommenden die Augen. Trotzdem war das Licht so grell, dass es schmerzhaft durch seine geschlossenen Lider drang und ihn aufstöhnen ließ.

Der Blitz aus dem Hammer fuhr nur wenige Meter neben dem deutschen Unterseeboot ins Meer und ließ das Wasser explodieren. Das ganze U-Boot erbebte wie unter einem Faustschlag, legte sich auf die Seite und richtete sich mühsam wieder auf. Zwei Männer, die gerade mit letzter Kraft auf das Deck hinaufgekrochen waren, wurden von der Springflut aus Schaum und kochendem Dampf, die es überschüttete, sofort wieder ins Meer gefegt und das Maschinengewehr hörte auf zu feuern.

Thor spannte sich, aber Mabel fiel ihm mit einer blitzschnellen Bewegung in den Arm. »Nicht!«, rief sie.

Thor wollte sie abschütteln, aber sie hielt seine Hand fest. »Das hat keinen Sinn«, sagte sie. »Er wird dich umbringen.«

»Hast du eine bessere Idee?«, fragte Thor.

Mabel nickte. »Wenn es mir gelingt an Bord zu kommen, kann ich ihn vielleicht überwältigen«, meinte sie. »Ich glaube nicht, dass er mich als eine Gefahr betrachtet. Er wird nicht auf mich achten, du musst ihn nur ablenken.«

Thor warf einen Blick zum Naglfar hinüber, ehe er antwortete. Noch dreißig Sekunden, bis das Schiff da war, schätzte er. »Es wird dir nicht gelingen; das Schiff wird nicht zulassen, dass du an Bord gelangst. Hast du schon vergessen, was dem Soldaten passiert ist, der es versucht hat?«, fragte er. »Wahrscheinlich war auch seine Abstammung nicht rein genug für das Naglfar. Aber ich kann es vielleicht schaffen. Im Gegensatz zu dir stamme ich aus Deutschland.«

Mabel schüttelte hastig den Kopf. »Deine Mutter«, erinnerte sie. »Sie war eine amerikanische Jüdin. Ich glaube nicht, dass das Schiff dich akzeptieren wird, selbst wenn du wie der ursprüngliche Besitzer des Hammers heißt. Es wird dir nicht anders als dem Soldaten ergehen. Aber ich bin sicher, dass *ich* es schaffe.«

»Du? Aber wieso ausgerechnet du?«

»Nun, weil ich genau das *nicht* bin, was Erich so sicher geglaubt hat«, erwiderte Mabel mit einem flüchtigen Lächeln. »Ich kann dieses Schiff betreten. Auch meine Großeltern waren Deutsche, weißt du? Genau wie deine Eltern sind sie in die Staaten gekommen, allerdings schon lange, ehe dieser ganze Wahnsinn in Deutschland begann. Aber als Hitler an die Macht kam, da hat sich mein Vater den Spaß gemacht, unseren Stammbaum zu überprüfen. Ein arischeres Blut als meines wirst du wahrscheinlich kaum finden. Unsere Familie muss in direkter Linie von den Asen abstammen.«

Der letzte Satz hatte ein Scherz sein sollen, aber er ließ Thor zusammenzucken. »Und der Name?«, fragte er.

»Rosenfeld – ein deutscher Name«, antwortete sie achselzuckend. »Es ist nicht meine Schuld, wenn dieser Idiot ihn für einen jüdischen hielt.«

Thor zögerte noch immer. Mabels Worte klangen überzeugend, aber es war trotzdem Wahnsinn. Sie hatte keine Chance gegen diesen Verrückten, und selbst wenn …

»Ich will dich nicht auch noch verlieren«, sagte er leise.

Mabel lächelte. Noch eine letzte Sekunde stand sie einfach da und blickte ihn an. Dann streckte sie plötzlich die

Arme aus, zog seinen Kopf zu sich herab und küsste ihn, ehe sie mit weit ausgreifenden Schritten auf das Schiff zurannte.

Die Gestalt am Bug des Naglfar fuhr herum. Mjölnir hob sich, als Erich die Bewegung bemerkte.

»Erich!«, brüllte Thor.

Erich zögerte. Sein Blick irrte unentschlossen zwischen Thor Garson und Mabel hin und her, dann grinste er plötzlich, senkte den Hammer wieder und drehte sich zu Thor herum. Offensichtlich fühlte er sich absolut sicher. »Was wollen Sie, Mister Garson?« schrie er.

»Kommen Sie von diesem verdammten Ding herunter und kämpfen Sie wie ein Mann«, schrie Thor. »Oder haben Sie Angst vor mir?«

Erichs Lachen wurde noch schriller. Er schwenkte den Hammer in der rechten Hand, ließ spielerisch zwei, drei der grell goldenen Blitze in den Himmel und das Meer zucken und schien sich köstlich über Thors Drohung zu amüsieren. Dann erlosch sein Lächeln schlagartig. Er beugte sich vor, hielt sich mit der linken Hand an der Reling fest und streckte die andere mit der Götterwaffe drohend in Thors Richtung aus.

»Strapazieren Sie meine Geduld nicht noch mehr, Mister Garson«, sagte er. »Ich hatte eigentlich vor, Sie am Leben zu lassen, damit Sie Zeuge dessen werden, was ich tue. Obwohl es natürlich eine besondere Ironie wäre, Sie ausgerechnet mit Thors Hammer zu töten.«

Mabel hatte das Schiff erreicht. Zwischen ihr und dem hoch aufragenden Rumpf des Naglfar klaffte eine gut eineinhalb Meter breite Lücke im Eis. Thor sah, wie sie ein paar Meter Anlauf nahm.

»Was werden Sie tun?«, schrie er, um Erichs Aufmerksamkeit ganz auf sich zu ziehen. »Die Welt ins Chaos stürzen?«

»Ihr die Ordnung bringen, die sie braucht«, antwortete

Erich zornig. »Ich weiß, dass Sie uns verachten, Mister Garson. Ich weiß, dass die ganze Welt glaubt, wir seien größenwahnsinnig. Aber das stimmt nicht. Ich werde allen beweisen, wer die wahren Herren sind. Und dass auf dieser Welt kein Platz für Verräter ist.«

Sein Hammer stieß einen gleißenden Blitz aus, der diesmal genau auf das Unterseeboot zielte. Die Bewegung war zu hastig, um direkt zu treffen, der Blitz streifte den Turmaufbau; aber Thor sah, wie schon diese flüchtige Berührung ausreichte, um die Panzerplatten des Rumpfes dunkelrot aufglühen zu lassen. Zwei- oder dreihundert Meter hinter dem U-Boot stieg eine kochende Dampfsäule aus dem Meer und Erich lachte abermals schrill.

Mabel sprang und Thor brüllte laut den Namen des Obersturmbannführers im gleichen Moment, in dem sie mit einem dumpfen Geräusch gegen die bemalten Rundschilde an die Reling des Naglfar prallte und sich daran festklammerte.

»Sie sind ja verrückt!«, schrie Thor. »Sie wissen gar nicht, was Sie da tun, Erich. Kommen Sie zu sich! Die Kräfte, die Sie da entfesseln, werden uns alle vernichten.«

Mabel kletterte mit zusammengebissenen Zähnen an Bord des Schiffes. Erich hatte sie bisher nicht einmal bemerkt. Geduckt und nur auf Zehenspitzen laufend, um kein überflüssiges Geräusch zu verursachen, rannte sie auf ihn zu.

»Geben Sie endlich auf, Garson!«, schrie Erich grinsend. »Sehen Sie endlich ein, dass ich unverwundbar bin. Nichts und niemand kann mich jetzt mehr aufhalten. *Nichts!*«

Und im gleichen Moment sprang Mabel ihn an.

Er schien die Bewegung im allerletzten Augenblick zu spüren, denn er versuchte herumzufahren, aber er war nicht schnell genug. Mabel sprang mit weit ausgebreiteten Armen gegen ihn, riss ihn durch die pure Wucht ihres Ansturms von den Füßen und klammerte sich an ihn. Der Hammer entglitt Erichs Hand, flog in hohem Bogen davon und prallte vom geschnitzten Drachenkopf des Naglfar ab. Sich in der Luft überschlagend trudelte er über Bord, fiel klatschend ins Wasser und versank in der Tiefe. Einen Augenblick lang leuchtete sein goldener Schein noch zu Thor empor, dann erlosch er. Mit aller Kraft musste Thor gegen das jäh in ihm aufkeimende Verlangen ankämpfen, ihm nachzuspringen. Er wusste, dass er keine Chance hatte, den Hammer noch zu erreichen, und bei dem Versuch höchstens den Tod in dem eisigen Wasser finden würde, aber das spielte plötzlich keine Rolle mehr. Was dort in der Tiefe versank, das war *Thors Hammer!* Mabel hatte recht, es war die wahrscheinlich fürchterlichste Waffe, die jemals geschaffen worden war.

Was nicht einmal die Aussicht auf seinen sicheren Tod geschafft hatte, das vermochte dieser Gedanke. Ernüchterung überkam Thor und fegte das Verlangen, den Hammer an sich zu bringen, hinweg. Er mochte wie der asische Donnergott heißen, aber er war nur ein Mensch, und kein Mensch sollte eine Waffe wie diese bsitzen, auch er nicht.

Er zwang sich, seinen Blick von der Stelle abzuwenden, an der Mjölnir im Wasser verschwunden war, und richtete ihn wieder auf das Naglfar. Erich schrie wie von Sinnen, schleuderte Mabel von sich und sprang auf. Mit einer einzigen Bewegung war er an der Reling und beugte sich vor. Sein Blick irrte über das Wasser und auf seinem Gesicht machte sich ein Ausdruck namenlosen Entsetzens breit.

»Nein!«, schrie er. *»Nein! Nein! Nein!«* Immer und immer wieder dieses eine Wort.

»Mabel!«, brüllte Thor. »Spring!«

Mabel hatte sich erhoben und versuchte ebenfalls die Reling zu erreichen. Erich fuhr herum. Sein Gesicht, ohnehin schon verzerrt, wurde vollends zur Grimasse und ein tiefes, fast tierisches Knurren drang aus seiner Kehle. Mit einem gellenden Schrei warf er sich vor, packte Mabel am Nacken und bei den Hüften und riss sie einfach in die Höhe.

Wenigstens versuchte er es.

Es gelang ihm nicht. Entweder seine Berserkerkräfte versagten – oder auch Mabel verfügte mit einem Mal über die gleiche unheimliche Stärke, denn sie entwich seinem Griff mit fast spielerischer Leichtigkeit, drehte sich um und versetzte ihm einen Stoß, der ihn rücklings taumeln und hart gegen einen der Schilde fallen ließ. Erich sank mit einem Schmerzenslaut auf die Knie, sprang sofort wieder in die Höhe und machte einen einzigen unsicheren Schritt, ehe er wieder stehen blieb und Doktor Rosenfeld verblüfft anstarrte.

Und auch Thor vergaß für einen Moment seine Furcht, die entsetzliche Situation, in der er sich befand, ja sogar die fürchterliche Gefahr, die dieses Schiff und der Wahnsinnige darstellten. Mit einer Mischung aus Entsetzen und Unverständnis blickte er Mabel an.

Etwas … umgab sie. Ein goldenes, scheinbar aus dem Nichts kommendes Licht, ein magischer Schein, wie der Glanz, der Mjölnir eingehüllt hatte, aber weicher, sanfter. Millionen und Abermillionen winziger goldglänzender Lichtpartikel schwebten mit einem Mal um ihren Körper, bildeten einen wabernden Umhang aus Milliarden von winzigen Lichtkäfern, der sich eng um ihre Gestalt schmiegte. Und auch ihr Geist veränderte sich. Für einen Moment erschien auch auf ihren Zügen ein Ausdruck maßloser Verblüffung. Dann aber las Thor plötzlich etwas wie … *Wissen* in ihren Augen. Ein unendlich *altes* Wissen. Alle Angst und aller Schmerz in Mabel Rosenfelds Blick erloschen und machten einer tiefen, übermenschlichen Ruhe Platz. Und schließlich erschien ein fast glückliches Lächeln auf ihren Zügen.

Erich schrie auf wie unter Schmerzen, riss die Arme in die Höhe und versuchte sich auf sie zu stürzen. Mabel machte eine fast lässige Bewegung mit der linken Hand und ein goldener Blitz traf Erichs Gestalt, hüllte sie ein und schleuderte ihn zu Boden. Er schrie auf, riss die Hände schützend vor das Gesicht und rollte drei-, vier-, fünfmal hintereinander über das schwarze Deck des Naglfar, bevor er wimmernd liegen blieb.

»Mabel!«, flüsterte Thor.

Obwohl er sehr leise gesprochen hatte, wandte sie den Blick und sah ihn an. Und wieder zitterte Thor beim Anblick ihrer Augen und des unendlichen Wissens, das darin schlummerte. Es war nicht mehr länger das Wissen eines *Menschen.*

»Komm zurück!«, rief er. »Spring!«

Mabel schüttelte den Kopf. Sie lächelte. »Ich kann nicht zurück«, sagte sie. »Und ich will es auch nicht.«

Das Schiff war jetzt fast an ihm vorübergeglitten und Thor begann zu laufen, um mit dem Naglfar Schritt zu halten. »Komm zurück!«, schrie er noch einmal. »Spring! Ich fange dich auf.«

Wieder schüttelte Mabel den Kopf. Und wieder erschien dieses sonderbar glückliche Lächeln auf ihren Zügen. »Ich muss an Bord bleiben«, sagte sie. »Und es ist gut so.«

»Aber warum?«, schrie Thor.

Er glaubte die Antwort zu wissen. Aber sie war so schrecklich, dass er sich für einen Moment weigerte, sie zu akzeptieren.

»Weil dieses Schiff seiner Bestimmung gehorchen muss«, sagte Mabel ruhig. »Odin selbst hat es geschickt, um die letzten Wikinger abzuholen, und es kann nicht eher zurück nach Walhall, bis es seine Aufgabe erfüllt hat. Ich muss an Bord bleiben. Und ich will es.«

Thor rannte schneller. Er hatte den Rand des Eisplateaus fast erreicht. Noch fünfzehn, zwanzig Schritte und das Naglfar hatte das offene Meer erreicht.

Das riesige Segel blähte sich, die Ruder schlugen schneller ins Wasser und das Schiff nahm mehr und mehr Fahrt auf, sodass Thor zurückfiel. Er schrie immer wieder Mabels Namen und er wusste, dass sie ihn hörte, aber sie antwortete jetzt nicht mehr, sondern stand einfach da, blickte einen Moment lang die wimmernde Gestalt zu ihren Füßen an und wandte sich dann noch einmal zu Thor um. Sie hob die Hand, winkte ihm zum Abschied zu und ging dann zum Bug des Schiffes. So blieb sie stehen, hoch aufgerichtet und die linke Hand auf den riesigen Drachenkopf des Naglfar gelegt, bis das Schiff die offene See erreichte und langsam auf einen nördlichen Kurs schwenkte; in die gleiche Richtung, in die sich Odinsland in den vergangenen eineinhalb Tagen bewegt hatte.

Thor blieb reglos am Ufer der zerbrochenen Eisinsel stehen. Das Schiff passierte das Unterseeboot und wurde schneller. Die Ruder tauchten emsiger ins Wasser und das Segel blähte sich noch heftiger, obwohl auch jetzt noch Windstille herrschte.

Und er versuchte vergeblich Schmerz zu empfinden. Trauer, ja, und ein wenig Enttäuschung über den Verlust, den er erlitten hatte, denn obwohl keiner von ihnen es ausgesprochen hatte, war doch mehr als Freundschaft zwischen ihnen gewesen.

Und trotzdem empfand er keine Verbitterung. Sie hatte getan, was sie tun musste, und vielleicht waren sie alle, einschließlich ihm, Browning, Bates, ja sogar dieses wahnsinnigen Deutschen, der jetzt bei Mabel war und sich vor einer höheren Gerechtigkeit für sein Tun würde verantworten müssen, zu einem einzigen Zweck hierhergeschickt worden: damit sie an Bord ging.

Das Schiff der Götter hatte seine Bestimmung erfüllt.

Und einen ganz kurzen Moment, bevor das Naglfar in der Ferne zu einem winzigen Punkt schmolz und schließlich ganz verschwand, glaubte er, einen gewaltigen schimmernden Regenbogen zu sehen, der sich aus der Oberfläche des Meeres erhob und direkt bis in den Himmel hinaufführte.

Wolfgang Hohlbein

THOR GARSON

Der Dämonengott

Thor Garson wird von seinem sterbenden Freund ein Amulett anvertraut – es zeigt Quetzalcoatl, den gefiederten Schlangengott der Maya. Von zwielichtigen Gestalten verfolgt entdeckt Thor bald, was in dem besonderen Schmuckstück steckt, denn einer alten Legende zufolge kann es den Schlangengott wieder zum Leben erwecken. Thor stürzt sich in ein turbulentes Abenteuer und versucht eine Katastrophe zu verhindern.

Großes Abenteuer mit Wolfgang Hohlbein!

ISBN 978-3-8000-5353-7

UEBERREUTER

Wolfgang Hohlbein

THOR GARSON

Der Fluch des Goldes

Neue Bewährungsprobe für Thor Garson:
Im Dschungel Boliviens wird ein Talkessel voller Gold entdeckt und sofort wittern zahlreiche Gangster ihre Chance. Thor macht sich auf, das Geheimnis des Tals, bei dem es sich nur um den legendären Schatz von El Dorado handeln kann, zu lösen.
Doch auf dem Gold liegt ein Fluch:
Jeder, der damit in Berührung kommt, stirbt einen qualvollen Tod.

Großes Abenteuer mit Wolfgang Hohlbein!

ISBN 978-3-8000-5354-4

UEBERREUTER